हिन्द पॉकेट बुक्स

ईदगाह

प्रेमचंद हिन्दी और उर्दू के महानतम भारतीय लेखकों में से एक हैं। मूल नाम धनपत राय श्रीवास्तव, प्रेमचंद को नवाब राय और मुंशी प्रेमचंद के नाम से भी जाना जाता है। वे एक संवेदनशील लेखक, सचेत नागरिक, कुशल वक्ता तथा सुधी (विद्वान) संपादक थे। उपन्यास के क्षेत्र में उनके योगदान को देखकर बंगाल के विख्यात उपन्यासकार शरतचंद्र चट्टोपाध्याय ने उन्हें उपन्यास सम्राट कहकर संबोधित किया था। प्रेमचंद ने हिन्दी कहानी और उपन्यास की एक ऐसी परंपरा का विकास किया जिसने पूरी सदी के साहित्य का मार्गदर्शन किया। आगामी एक पूरी पीढ़ी को गहराई तक प्रभावित कर प्रेमचंद ने साहित्य की यथार्थवादी परंपरा की नींव रखी। उनका लेखन हिन्दी साहित्य की एक ऐसी विरासत है जिसके बिना हिन्दी के विकास का अध्ययन अधूरा होगा।

ईदगाह

प्रेमचंद

हिन्द पॉकेट बुक्स

पेंगुइन रैंडम हाउस इम्प्रिंट

हिन्द पॉकेट बुक्स

यूएसए | कनाडा | यूके | आयरलैंड | ऑस्ट्रेलिया | सिंगापुर
न्यू ज़ीलैंड | भारत | दक्षिण अफ्रीका | चीन

हिन्द पॉकेट बुक्स, पेंगुइन रैंडम हाउस ग्रुप ऑफ़ कम्पनीज़ का हिस्सा है,
जिसका पता global.penguinrandomhouse.com पर मिलेगा

पेंगुइन रैंडम हाउस इंडिया प्रा. लि.,
चौथी मंजिल, कैपिटल टावर -1, एम जी रोड,
गुड़गांव 122 002, हरियाणा, भारत

पेंगुइन
रैंडम हाउस
इंडिया

प्रथम हिन्दी संस्करण हिन्द पॉकेट बुक्स द्वारा 2009 में प्रकाशित
यह हिन्दी संस्करण हिन्द पॉकेट बुक्स में पेंगुइन रैंडम हाउस द्वारा 2022 में प्रकाशित

10 9 8 7 6 5 4 3 2

इस पुस्तक में व्यक्त विचार लेखक के अपने हैं, जिनका यथासंभव तथ्यात्मक
सत्यापन किया गया है, और इस संबंध में प्रकाशक एवं सहयोगी
प्रकाशक किसी भी रूप में उत्तरदायी नहीं हैं।

ISBN 9789353495091

मुद्रक : मणिपाल टेक्नॉलजीस् लिमिटेड, भारत

www.penguin.co.in

This is a legitimate digitally printed version of the book and therefore might not have certain extra finishing on the cover.

कथा-क्रम

ईदगाह

रमज़ान के पूरे तीस रोज़ों के बाद आज ईद आयी है। कितना मनोहर, कितना सुहावना प्रभात है। वृक्षों पर कुछ अजीब हरियाली है, खेतों में कुछ अजीब रौनक है, आसमान पर कुछ अजीब लालिमा है। आज का सूर्य देखो, कितना प्यारा, कितना शीतल है, मानो संसार को ईद की बधाई दे रहा है। गाँव में कितनी हलचल है। ईदगाह जाने की तैयारियाँ हो रही हैं। किसी के कुरते में बटन नहीं है। पड़ोस के घर से सुई-धागा लेने दौड़ा जा रहा है। किसी के जूते कड़े हो गये हैं। उनमें तेल डालने के लिए तेली के घर भागा जाता है। जल्दी-जल्दी बैलों को सानी-पानी दे दें। ईदगाह से लौटते-लौटते दोपहर हो जायेगी। तीन कोस का पैदल रास्ता, फिर सैकड़ों आदमियों से मिलना-भेंटना। दोपहर के पहले लौटना असंभव है। लड़के सबसे ज्यादा प्रसन्न हैं। किसी ने एक रोज़ा रखा है, वह भी दोपहर तक, किसी ने वह भी नहीं; लेकिन ईदगाह जाने की खुशी उनके हिस्से की चीज़ है। रोज़े बड़े-बूढ़ों के लिए होंगे। उनके लिए तो ईद है। रोज़ ईद का नाम रटते थे। आज वह आ गयी। अब जल्दी पड़ी है कि लोग ईदगाह क्यों नहीं चलते। इन्हें गृहस्थी की चिंताओं से क्या प्रयोजन ! सेवैयों के लिए दूध और शक्कर घर में है या नहीं, इनकी बला से, ये तो सेवैयाँ खायेंगे। वह क्या जाने कि अब्बाजान क्यों बदहवास चौधरी कायमअली के घर दौड़े जा रहे हैं। उन्हें क्या ख़बर कि चौधरी आज आँखें बदल लें, तो यह सारी ईद मुहर्रम हो जाय। उनकी अपनी जेबों में तो कुबेर का धन भरा हुआ है। बार-बार जेब से अपना खजाना निकालकर गिनते हैं और खुश होकर फिर रख लेते हैं। महमूद गिनता है, एक-दो, दस-बारह। उसके पास बारह पैसे हैं। मोहसिन के पास एक, दो, तीन, आठ, नौ, पन्द्रह पैसे हैं। इन्हीं अनगिनती पैसों में अनगिनती चीज़ें लायेंगे—खिलौने, मिठाइयाँ, बिगुल, गेंद और न जाने क्या-क्या। और सबसे ज्यादा प्रसन्न है हामिद। वह चार-पाँच साल का गरीब-सूरत, दुबला-पतला लड़का, जिसका बाप गत वर्ष हैजे की भेंट हो गया और माँ न जाने क्यों पीली होती-होती एक दिन मर गयी। किसी को पता न चला, क्या बीमारी है। कहती भी तो कौन सुनने वाला था। दिल पर जो कुछ बीतती थी, वह दिल में ही सहती थी और जब

न सहा गया तो संसार से बिदा हो गयी। अब हामिद अपनी बूढ़ी दादी अमीना की गोद में सोता है और उतना ही प्रसन्न है। उसके अब्बाजान रुपये कमाने गये हैं। बहुत-सी थैलियाँ लेकर आयेंगे। अम्मीजान अल्लाह मियाँ के घर से उसके लिए बड़ी अच्छी-अच्छी चीज़ें लाने गयी हैं; इसलिए हामिद प्रसन्न है। आशा तो बड़ी चीज़ है, और फिर बच्चों की आशा ! उनकी कल्पना तो राई का पर्वत बना लेती है। हामिद के पाँव में जूते नहीं हैं, सिर पर एक पुरानी-धुरानी टोपी है, जिसका गोट काला पड़ गया है, फिर भी वह प्रसन्न है। जब उसके अब्बाजान थैलियाँ और अम्मीजान नियामतें लेकर आयेंगी, तो वह दिल के अरमान निकाल लेगा। तब देखेगा महमूद, मोहसिन, नूरे और सम्मी कहाँ से उतने पैसे निकालेंगे। अभागिन अमीना अपनी कोठरी में बैठी रो रही है। आज ईद का दिन और उसके घर में दाना नहीं ! आज आबिद होता तो क्या इसी तरह ईद आती और चली जाती ! इस अंधकार और निराशा में वह डूबी जा रही थी। किसने बुलाया था इस निगोड़ी ईद को। इस घर में उसका काम नहीं है, लेकिन हामिद ! उसे किसी के मरने-जीने से क्या मतलब ? उसके अन्दर प्रकाश है, बाहर आशा। विपत्ति अपना सारा दल-बल लेकर आये, हामिद की आनन्द-भरी चितवन उसका विध्वंस कर देगी।

हामिद भीतर जाकर दादी से कहता है—तुम डरना नहीं अम्माँ, मैं सबसे पहले आऊँगा। बिलकुल न डरना !

अमीना का दिल कचोट रहा है। गाँव के बच्चे अपने-अपने बाप के साथ जा रहे हैं। हामिद के बाप अमीना के सिवा और कौन है ? उसे कैसे अकेले मेले जाने दे। उस भीड़-भाड़ में बच्चा कहीं खो जाय तो क्या हो। नहीं; अमीना उसे यों न जाने देगी। नन्ही-सी जान ! तीन कोस चलेगा कैसे ! पैर में छाले पड़ जायेंगे। जूते भी तो नहीं हैं। वह थोड़ी-थोड़ी दूर पर उसे गोद ले लेगी; लेकिन यहाँ सेवैयाँ कौन पकायेगा ? पैसे होते तो लौटते-लौटते सब सामग्री जमा करके चटपट बना लेती। यहाँ तो घण्टों चीज़ें जमा करते लगेंगे। माँगे ही का तो भरोसा ठहरा। उस दिन फहीमन के कपड़े सिये थे। आठ आने पैसे मिले थे। उस अठन्नी को ईमान की तरह बचाती चली आती थी इसी ईद के लिए, लेकिन कल ग्वालन सिर पर सवार हो गयी तो क्या करती। हामिद के लिए कुछ नहीं है, तो दो पैसे का दूध तो चाहिए ही। अब तो कुल दो आने पैसे बच रहे हैं। तीन पैसे हामिद की जेब में, पाँच अमीना के बटवे में। यही तो बिसात है और ईद का त्योहार ! अल्लाह ही बेड़ा पार लगावे। धोबन और नाइन और मेहतरानी और चूड़िहारिन सभी तो आयेंगी। सभी को सेवैयाँ चाहिए और थोड़ा किसी की आँखों नहीं लगता। किस-किस से मुँह चुरायेगी। और मुँह क्या चुराये ? साल भर का त्यौहार है। ज़िन्दगी ख़ैरियत से रहे, उनकी तकदीर भी तो उसी के साथ है। बच्चे को खुदा सलामत रखे, ये दिन भी कट जायँगे।

गाँव से मेला चला। और बच्चों के साथ हामिद भी जा रहा था। कभी सब-के-सब दौड़कर आगे निकल जाते। फिर किसी पेड़ के नीचे खड़े होकर साथ वालों का इन्तज़ार करते। ये लोग क्यों इतना धीरे-धीरे चल रहे हैं। हामिद के पैरों में तो जैसे पर लग गये हैं। वह कभी थक सकता है ! शहर का दामन आ गया। सड़क के दोनों ओर अमीरों के बग़ीचे हैं। पक्की चारदीवारी बनी हुई है। पेड़ों में आम और लीचियाँ लगी हुई हैं। कभी-कभी कोई लड़का कँकड़ी उठाकर आम पर निशाना लगता है। माली अन्दर से गाली देता हुआ निकलता है। लड़के वहाँ से एक फर्लांग पर हैं। खूब हँस रहे हैं। माली को कैसे उल्लू बनाया है।

बड़ी-बड़ी इमारतें आने लगीं; यह अदालत है, यह कालेज है, यह क्लब-घर है। इतने बड़े कालेज में कितने लड़के पढ़ते होंगे ? सब लड़के नहीं हैं जी ! बड़े-बड़े आदमी हैं, सच उनकी बड़ी-बड़ी मूँछे हैं। इतने बड़े हो गये, अभी तक पढ़ने जाते हैं। न जाने कब तक पढ़ेंगे और क्या करेंगे इतना पढ़कर। हामिद के मदरसे में दो-तीन बड़े-बड़े लड़के हैं, बिलकुल तीन कौड़ी के, रोज़ मार खाते हैं, काम से जी चुरानेवाले। इस जगह भी उसी तरह के लोग होंगे और क्या। क्लब-घर में जादू होता है। सुना है, यहाँ मुरदे की खोपड़ियाँ दौड़ती हैं। और बड़े-बड़े तमाशे होते हैं, पर किसी को अन्दर नहीं जाने देते। और यहाँ शाम को साहब लोग खेलते हैं। बड़े-बड़े आदमी खेलते हैं, मूँछों-दाढ़ीवाले और मेमें खेलती हैं, सच ! हमारी अम्माँ को वह दे दो, क्या नाम है, बैट, तो उसे पकड़ ही न सकें। घुमाते ही लुढ़क न जायँ।

महमूद ने कहा—हमारी अम्मीजान का तो हाथ काँपने लगे, अल्ला कसम।

मोहसिन बोला—अम्मी मनों आटा पीस डालती हैं। ज़रा-सा बैट पकड़ लेंगी, तो हाथ काँपने लगे। सैकड़ों घड़े पानी रोज़ निकालती हैं। पाँच घड़े तो मेरी भैंस पी जाती है। किसी मेम को एक घड़ा पानी भरना पड़े तो आँखों तले अँधेरा आ जाय।

महमूद—लेकिन दौड़तीं तो नहीं, उछल-कूद तो नहीं सकतीं।

मोहसिन—हाँ, उछल-कूद नहीं सकतीं; लेकिन उस दिन मेरी गाय खुल गयी थी और चौधरी के खेत में जा पड़ी थी, तो अम्माँ इतनी तेज़ दौड़ीं कि मैं उन्हें न पा सका, सच ?

आगे चले। हलवाइयों की दुकानें शुरू हुईं। आज खूब सजी हुई थीं। इतनी मिठाइयाँ कौन खाता है। देखो न, एक-एक दुकान पर मनों होंगी। सुना है, रात को जिन्नात आकर खरीद ले जाते हैं। अब्बा कहते थे कि आधी रात को एक आदमी हर दुकान पर जाता है और जितना माल बचा होता है, वह तुलवा लेता है और सचमुच के रुपये देता है, बिलकुल ऐसे ही रुपये।

हामिद को यकीन न आया—ऐसे रुपये जिन्नात को कहाँ से मिल जायेंगे ?

मोहसिन ने कहा—जिन्नात को रुपये की क्या कमी ? जिस खज़ाने में चाहें, चले जायँ। लोहे के दरवाज़े तक उन्हें नहीं रोक सकते जनाब, आप हैं किस फेर में। हीरे-जवाहरात तक उनके पास रहते हैं, जिससे खुश हो गये, उसे टोकरों जवाहरात दे दिये। अभी यहीं बैठे हैं, पाँच मिनट में कहो कलकत्ता पहुँच जायँ।

हामिद ने फिर पूछा—जिन्नात बहुत बड़े-बड़े होते होंगे ?

मोहसिन—एक-एक आसमान के बराबर होता है जी। जमीन पर खड़ा हो जाय तो उसका सिर आसमान से जा लगे, मगर चाहें तो एक लोटे में घुस जायँ।

हामिद—लोग उन्हें खुश करते होंगे ? कोई मुझे वह मन्तर बता दे, तो एक जिन्न को खुश कर लूँ।

मोहसिन—अब यह तो मैं नहीं जानता, लेकिन चौधरी साहब के काबू में बहुत से जिन्नात हैं। कोई चीज़ चोरी चली जाय, चौधरी साहब उसका पता लगा देंगे और चोर का नाम भी बता देंगे। जुमराती का बछवा उस दिन खो गया था। तीस दिन हैरान हुए, कहीं न मिला। तब झख मारकर चौधरी के पास गये। चौधरी ने तुरन्त बता दिया कि मवेशीखाने में है, और वहीं मिला। जिन्नात आकर उन्हें सारे जहान की खबरें दे जाते हैं।

अब उसकी समझ में आ गया कि चौधरी के पास क्यों इतना धन है, और क्यों उनका इतना सम्मान है।

आगे चले। यह पुलिस लाइन है। यहीं सब कानिसटिबल कवायद करते हैं। रैटन ! फाय फो ! रात को बेचारे घूम-घूमकर पहरा देते हैं, नहीं चोरियाँ हो जायँ। मोहसिन ने प्रतिवाद किया—यह कानिसटिबल पहरा देते हैं ? तभी तुम बहुत जानते हो। अजी हजरत, यही चोरी कराते हैं। शहर के जितने चोर- डाकू हैं, सब इनसे मिले रहते हैं। रात को ये लोग चोरों से तो कहते हैं, चोरी करो और आप दूसरे मुहल्ले में जाकर 'जागते रहो ! जागते रहो !' पुकारते हैं। जभी इन लोगों के पास इतने रुपये आते हैं। मेरे मामूँ एक थाने में कानिसटिबल हैं। बीस रुपया महीना पाते हैं; लेकिन पचास रुपये घर भेजते हैं। अल्ला कसम ! मैंने एक बार पूछा था कि मामूँ, आप इतने रुपये कहाँ से पाते हैं ? हँसकर कहने लगे—बेटा, अल्लाह देता है। फिर आप ही बोले—लोग चाहें तो एक दिन में लाखों मार लायें। हम तो इतना ही लेते हैं, जिसमें अपनी बदनामी न हो और नौकरी न चली जाय।

हामिद ने पूछा—यह लोग चोरी करवाते हैं तो कोई इन्हें पकड़ता नहीं ?

मोहसिन उसकी नादानी पर दया दिखाकर बोला—अरे पागल, इन्हें कौन पकड़ेगा। पकड़नेवाला तो यह खुद हैं; लेकिन अल्लाह इन्हें सजा भी खूब देता है। हराम का माल हराम में जाता है। थोड़े ही दिन हुए, मामूँ के घर में आग लग गयी। सारी लेई-पूँजी जल गयी। एक बरतन तक न बचा। कई दिन पेड़ के नीचे

सोये, अल्ला कसम, पेड़ के नीचे। फिर न जाने कहाँ से एक सौ क़र्ज़ लाये तो बरतन-भांडे आये।

हामिद—एक सौ तो पचास से ज्यादा होते हैं?

'कहाँ पचास कहाँ एक सौ। पचास एक थैली-भर होता है। सौ तो दो थैलियों में भी न आवे।'

अब बस्ती घनी होने लगी थी। ईदगाह जानेवालों की टोलियाँ नज़र आने लगीं। एक-से-एक भड़कीले वस्त्र पहने हुए। कोई इक्के-ताँगे पर सवार, कोई मोटर पर, सभी इत्र में बसे; सभी के दिलों में उमंग। ग्रामीणों का यह छोटा-सा दल अपनी विपन्नता से बेखबर, सन्तोष और धैर्य में मगन चला जा रहा था। बच्चों के लिए नगर की सभी चीज़ें अनोखी थीं। जिस चीज़ की ओर ताकते, ताकते ही रह जाते। और पीछे से बार-बार हॉर्न की आवाज़ होने पर भी न चेतते। हामिद तो मोटर के नीचे आते-आते बचा।

सहसा ईदगाह नज़र आया। ऊपर इमली के घने वृक्षों की छाया। नीचे पक्का फर्श है, जिस पर जाजिम बिछा हुआ है। और रोज़ेदारों की पंक्तियाँ एक के पीछे एक न जाने कहाँ तक चली गयी हैं, पक्के जगत के नीचे तक, जहाँ जाजिम भी नहीं है। नये आनेवाले आकर पीछे की कतार में खड़े हो जाते हैं। आगे जगह नहीं है। यहाँ कोई धन और पद नहीं देखता। इस्लाम की निगाह में सब बराबर हैं। इन ग्रामीणों ने भी वजू किया और पिछली पंक्ति में खड़े हो गये। कितना सुन्दर संचालन है, कितनी सुन्दर व्यवस्था! लाखों सिर एक साथ सिजदे में झुक जाते हैं, फिर सब-के-सब एक साथ खड़े हो जाते हैं, एक साथ झुकते हैं और एक साथ घुटनों के बल बैठ जाते हैं। कई बार यही क्रिया होती है, जैसे बिजली की लाखों बत्तियाँ एक साथ प्रदीप्त हों और एक साथ बुझ जायँ, और यही क्रम चलता रहा। कितना अपूर्व दृश्य था, जिसकी सामूहिक क्रियाएँ, विस्तार और अनन्तता हृदय को श्रद्धा, गर्व और आत्मानन्द से भर देती थीं, मानो भ्रातृत्व का एक सूत्र इन समस्त आत्माओं को एक लड़ी में पिरोये हुए है।

2

नमाज़ खत्म हो गयी है। लोग आपस में गले मिल रहे हैं। तब मिठाई और खिलौने की दुकानों पर धावा होता है। ग्रामीणों का यह दल इस विषय में बालकों से कम उत्साही नहीं है। यह देखो, हिंडोला है। एक पैसा देकर चढ़ जाओ। कभी आसमान पर जाते हुए मालूम होंगे, कभी जमीन पर गिरते हुए। यह चर्खी है, लकड़ी के हाथी, घोड़े, ऊँट छड़ों से लटके हुए हैं। एक पैसा देकर बैठ जाओ और पच्चीस चक्करों का मजा लो। महमूद और मोहसिन और नूरे और सम्मी इन घोड़ों और

ऊँटों पर बैठते हैं। हामिद दूर खड़ा है। तीन ही पैसे तो उसके पास हैं। अपने कोष का तिहाई ज़रा-सा चक्कर खाने के लिए नहीं दे सकता।

सब चर्खियों से उतरते हैं। अब खिलौने लेंगे। इधर दुकानों की कतार लगी हुई है। तरह-तरह के खिलौने हैं–सिपाही और गुजरिया, राजा और वकील, भिश्ती और धोबिन और साधू। वाह ! कितने सुन्दर खिलौने हैं। अब बोला ही चाहते हैं। महमूद सिपाही लेता है, खाकी वर्दी और लाल पगड़ीवाला, कन्धे पर बन्दूक रखे हुए। मालूम होता है, अभी कवायद किये चला आ रहा है। मोहसिन को भिश्ती पसन्द आया। कमर झुकी है, ऊपर मशक रखे हुए है। मशक का मुँह एक हाथ से पकड़े हुए है। कितना प्रसन्न है। शायद कोई गीत गा रहा है। बस, मशक से पानी उँडेला ही चाहता है। नूरे को वकील से प्रेम है। कैसी विद्वत्ता है उसके मुख पर ! काला चोगा, नीचे सफेद अचकन, अचकन के सामने की जेब में घड़ी, सुनहरी ज़ंजीर, एक हाथ में कानून का पोथा लिए हुए। मालूम होता है, अभी किसी अदालत से जिरह या बहस किये चला आ रहा है। यह सब दो-दो पैसे के खिलौने हैं। हामिद के पास कुल तीन पैसे हैं; इतने महँगे खिलौने वह कैसे ले ? खिलौना कहीं हाथ से छूट पड़े, तो चूर-चूर हो जाय। ज़रा पानी पड़े तो सारा रंग धुल जाय। ऐसे खिलौने लेकर वह क्या करेगा; किस काम के !

मोहसिन–मेरा भिश्ती रोज़ पानी दे जायगा; साँझ-सबेरे।

महमूद–और मेरा सिपाही घर का पहरा देगा। कोई चोर आवेगा, तो फौरन बन्दूक से फैर कर देगा !

नूरे–और मेरा वकील खूब मुकदमा लड़ेगा।

सम्मी–और मेरी धोबिन रोज कपड़े धोयेगी।

हामिद खिलौनों की निन्दा करता है–मिट्टी ही के तो हैं, गिरें तो चकनाचूर हो जायँ, लेकिन ललचाई हुई आँखों से खिलौनों को देख रहा है और चाहता है कि ज़रा देर के लिए उन्हें हाथ में ले सकता। उसके हाथ अनायास ही लपकते हैं : लेकिन लड़के इतने त्यागी नहीं होते, विशेषकर जब अभी नया शौक है। हामिद ललचता रह जाता है।

खिलौने के बाद मिठाइयाँ आती हैं। किसी ने रेवड़ियाँ ली हैं, किसी ने गुलाबजामुन, किसी ने सोहनहलुआ। मज़े से खा रहे हैं। हामिद उनकी बिरादरी से पृथक है। अभागे के पास तीन पैसे हैं। क्यों नहीं कुछ लेकर खाता ? ललचायी आँखों से सबकी ओर देखता है।

मोहसिन कहता है–हामिद, रेवड़ी ले जा, कितनी खुशबूदार है।

हामिद को सन्देह हुआ, यह केवल क्रूर विनोद है, मोहसिन इतना उदार नहीं है; लेकिन यह जानकर भी वह उसके पास जाता है। मोहसिन दोने से एक रेवड़ी निकालकर हामिद की ओर बढ़ाता है। हामिद हाथ फैलाता है। मोहसिन रेवड़ी अपने

मुँह में रख लेता है। महमूद, नूरे और सम्मी खूब तालियाँ बजा-बजाकर हँसते हैं। हामिद खिसिया जाता है।

मोहसिन—अच्छा, अबकी ज़रूर देंगे हामिद, अल्ला कसम, ले जाव।

हामिद—रखे रहो। क्या मेरे पास पैसे नहीं हैं ?

सम्मी—तीन ही पैसे तो हैं। तीन पैसे में क्या-क्या लोगे ?

महमूद—हमसे गुलाबजामुन ले जाव हामिद। मोहसिन बदमाश है।

हामिद—मिठाई कौन बड़ी नेमत है। किताब में इसकी कितनी बुराइयाँ लिखी हैं।

मोहसिन—लेकिन दिल में कह रहे होंगे कि मिले तो खा लें। अपने पैसे क्यों नहीं निकालते ?

महमूद—हम समझते हैं इसकी चालाकी। जब हमारे सारे पैसे खर्च हो जायेंगे, तो हमें ललचा-ललचाकर खायगा।

मिठाइयों के बाद कुछ दुकानें लोहे की चीज़ों की हैं। कुछ गिलट और कुछ नकली गहनों की। लड़कों के लिए यहाँ कोई आकर्षण न था। वह सब आगे बढ़ जाते हैं। हामिद लोहे की दुकान पर रुक जाता है। कई चिमटे रखे हुए थे। उसे खयाल आया, दादी के पास चिमटा नहीं है। तवे से रोटियाँ उतारती है, तो हाथ जल जाता है; अगर वह चिमटा ले जाकर दादी को दे दे, तो वह कितनी प्रसन्न होंगी ? फिर उनकी उंगलियाँ कभी न जलेंगी। घर में एक काम की चीज़ हो जायगी। खिलौने से क्या फायदा। व्यर्थ में पैसे खराब होते हैं। ज़रा देर ही तो खुशी होती है। फिर तो खिलौनों को कोई आँख उठा कर नहीं देखता। या तो घर पहुँचते-पहुँचते टूट-फूट बराबर हो जायेंगे, या छोटे बच्चे जो मेले में नहीं आए हैं, ज़िद करके ले लेंगे और तोड़ डालेंगे। चिमटा कितने काम की चीज़ है। रोटियाँ तवे से उतार लो, चूल्हें में सेंक लो। कोई आग माँगने आवे तो चटपट चूल्हे से आग निकालकर उसे दे दो। अम्माँ बेचारी को कहाँ फुर्सत है कि बाजार आयें, और इतने पैसे ही कहाँ मिलते हैं। रोज हाथ जला लेती हैं। हामिद के साथी आगे बढ़ गये हैं। सबील पर सब-के-सब शर्बत पी रहे हैं। देखो, सब कितने लालची हैं। इतनी मिठाइयाँ लीं, मुझे किसी ने एक भी न दी। उस पर कहते हैं, मेरे साथ खेलो। मेरा यह काम करो। अब अगर किसी ने कोई काम करने को कहा, तो पूछूँगा। खायें मिठाइयाँ, आप मुँह सड़ेगा, फोड़े-फुन्सियाँ निकलेंगी, आप ही जबान चटोरी हो जायगी। तब घर के पैसे चुरायेंगे और मार खायेंगे। किताब में झूठी बातें थोड़े ही लिखी हैं। मेरी ज़बान क्यों खराब होगी ? अम्मा चिमटा देखते ही दौड़कर मेरे हाथ से ले लेंगी और कहेंगी—मेरा बच्चा अम्माँ के लिए चिमटा लाया है ! हज़ारों दुआएँ देंगी। फिर पड़ोस की औरतों को दिखायेंगी। सारे गाँव में चरचा होने लगेगी, हामिद चिमटा लाया है। कितना अच्छा लड़का है। इन लोगों के खिलौनों पर कौन इन्हें दुआएँ

देगा। बड़ों की दुआएँ सीधे अल्लाह के दरबार में पहुँचती हैं, और तुरन्त सुनी जाती हैं। मेरे पास पैसे नहीं हैं। तभी तो मोहसिन और महमूद यों मिज़ाज दिखाते हैं। मैं भी इनसे मिज़ाज दिखाऊँगा। खेलें खिलौने और खायें मिठाइयाँ। मैं नहीं खेलता खिलौने, किसी का मिज़ाज क्यों सहूँ। मैं गरीब सही, किसी से कुछ माँगने तो नहीं जाता। आखिर अब्बाजान कभी-न-कभी आयेंगे। अम्माँ भी आयेंगी ही। फिर इन लोगों से पूछूँगा कितने खिलौने लोगे ? एक-एक को टोकरियों खिलौने दूँ और दिखा दूँ कि दोस्तों के साथ इस तरह सलूक किया जाता है। यह नहीं कि एक पैसे की रेवड़ियाँ लीं तो चिढ़ा-चिढ़ाकर खाने लगे। सब-के-सब खूब हँसेंगे कि हामिद ने चिमटा लिया है। हँसें। मेरी बला से। उसने दुकानदार से पूछा—यह चिमटा कितने का है ?

दुकानदार ने उसकी ओर देखा और कोई आदमी साथ न देखकर कहा—यह तुम्हारे काम का नहीं है जी ?

'बिकाऊ क्यों नहीं है। और यहाँ क्यों लाद लाये हैं ?'

'बिकाऊ है, क्यों नहीं ?'

'तो बताते क्यों नहीं, कै पैसे का है ?'

'छै पैसे लगेंगे।'

हामिद का दिल बैठ गया।

'ठीक-ठीक पाँच पैसे लगेंगे, लेना हो लो, नहीं चलते बनो।'

हामिद ने कलेजा मजबूत करके कहा—तीन पैसे लोगे ?

यह कहता हुआ वह आगे बढ़ गया कि दुकानदार की घुड़कियाँ न सुने। लेकिन दुकानदार ने घुड़कियाँ नहीं दीं। बुलाकर चिमटा दे दिया। हामिद ने उसे इस तरह कन्धे पर रखा, मानो बन्दूक है और शान से अकड़ता हुआ संगियों के पास आया। ज़रा सुनें, सब-के-सब क्या-क्या आलोचनाएँ करते हैं।

मोहसिन ने हँसकर कहा—यह चिमटा क्यों लाया पगले; इसे क्या करेगा ? हामिद ने चिमटे को जमीन पर पटककर कहा—ज़रा अपना भिश्ती जमीन पर गिरा दो। सारी पसलियाँ चूर-चूर हो जायँ बच्चू की।

महमूद बोला—तो यह चिमटा कोई खिलौना है ?

हामिद—खिलौना क्यों नहीं ? अभी कन्धे पर रखा, बन्दूक हो गयी। हाथ में लिया, फकीरों का चिमटा हो गया। चाहूँ तो इससे मजीरे का काम ले सकता हूँ। एक चिमटा जमा दूँ तो तुम लोगों के सारे खिलौनों की जान निकल जाय। तुम्हारे खिलौने कितना ही ज़ोर लगावें, वे मेरे चिमटे का बाल भी बाँका नहीं कर सकते। मेरा बहादुर शेर है—चिमटा।

सम्मी ने खँजरी ली थी। प्रभावित होकर बोला—मेरी खँजरी से बदलोगे ? दो आने की है।

हामिद ने खँजरी की ओर उपेक्षा से देखा—मेरा चिमटा चाहे तो तुम्हारी खँजरी का पेट फाड़ डाले। बस, एक चमड़े की झिल्ली लगा दी, ढब-ढब बोलने लगी। ज़रा-सा पानी लग जाय तो खतम हो जाय। मेरा बहादुर चिमटा आग में, पानी में, तूफान में बराबर डटा खड़ा रहेगा।

चिमटे ने सभी को मोहित कर लिया; लेकिन अब पैसे किसके पास धरे हैं ! फिर मेले से दूर निकल आये हैं, नौ कब के बज गये, धूप तेज़ हो रही है। घर पहुँचने की जल्दी हो रही है। बाप से जिद भी करें, तो चिमटा नहीं मिल सकता है। हामिद है बड़ा चालाक। इसीलिए बदमाश ने अपने पैसे बचा रखे थे !

अब बालकों के दो दल हो गये हैं। मोहसिन, महमूद, सम्मी और नूर एक तरफ हैं, हामिद अकेला दूसरी तरफ। शास्त्रार्थ हो रहा है। सम्मी तो विधर्मी हो गया। दूसरे पक्ष से जा मिला; लेकिन मोहसिन, महमूद और नूरे भी, हामिद से एक-एक, दो-दो साल बड़े होने पर भी हामिद के आघातों से आतंकित हो उठे हैं। उसके पास न्याय का बल है और नीति की शक्ति। एक ओर मिट्टी है, दूसरी ओर लोहा, जो इस वक्त अपने को फौलाद कह रहा है। वह अजेय है, घातक है। अगर कोई शेर आ जाय, तो मियाँ भिश्ती के छक्के छूट जायँ, मियाँ सिपाही मिट्टी की बन्दूक छोड़कर भागें, वकील साहब की नानी मर जाय, चोगे में मुँह छिपाकर जमीन पर लेट जायँ। मगर यह चिमटा, यह बहादुर, यह रुस्तमे-हिन्द लपककर शेर की गरदन पर सवार हो जायगा और उसकी आँखें निकाल लेगा।

मोहसिन ने एड़ी-चोटी का ज़ोर लगाकर कहा—अच्छा, पानी तो नहीं भर सकता।

हामिद ने चिमटे को सीधा खड़ा करके कहा—भिश्ती को एक डाँट बतायेगा, तो दौड़ा हुआ पानी लाकर उसके द्वार पर छिड़कने लगेगा।

मोहसिन परास्त हो गया; पर महमूद ने कुमक पहुँचाई—अगर बच्चा पकड़ा जाये तो अदालत में बँधे-बँधे फिरेंगे। तब तो वकील साहब के ही पैरों पड़ेंगे।

हामिद इस प्रबल तर्क का जवाब न दे सका। उसने पूछा—हमें पकड़ने कौन आयेगा ?

नूरे ने अकड़कर कहा—यह सिपाही बन्दूक वाला।

हामिद ने मुँह चिढ़ाकर कहा—यह बेचारे हम बहादुर रुस्तमे-हिन्द को पकड़ेंगे ! अच्छा लाओ, अभी ज़रा कुश्ती हो जाय। इसकी सूरत देखकर दूर से भागेंगे। पकड़ेंगे क्या बेचारे !

मोहसिन को एक नयी चोट सूझ गयी—तुम्हारे चिमटे का मुँह रोज आग में जलेगा।

उसने समझा था कि हामिद लाजवाब हो जायगा; लेकिन यह बात न हुई। हामिद ने तुरन्त जवाब दिया—आग में बहादुर ही कूदते हैं जनाब, तुम्हारे यह वकील, सिपाही और भिश्ती लौंडियों की तरह घर में घुस जायँगे। आग में कूदना वह काम है, जो रुस्तमे-हिन्द ही कर सकता है।

महमूद ने एक ज़ोर लगाया—वकील साहब कुर्सी-मेज पर बैठेंगे, तुम्हारा चिमटा तो बावरचीखाने में जमीन पर पड़ा रहेगा।

इस तर्क ने सम्मी और नूरे को भी सजीव कर दिया। कितने ठिकाने की बात कही है पट्ठे ने। चिमटा बावरचीखाने में पड़े रहने के सिवा और क्या कर सकता है ?

हामिद को कोई फड़कता हुआ जवाब न सूझा तो उसने धाँधली शुरू की—मेरा चिमटा बावरचीखाने में नहीं रहेगा। वकील साहब कुरसी पर बैठेंगे तो जाकर उन्हें जमीन पर पटक देगा और उनका कानून उनके पेट में डाल देगा।

बात कुछ बनी नहीं। खासी गाली-गलौच थी; कानून को पेट में डालने वाली बात छा गयी। ऐसी छा गयी थी कि तीनों सूरमा मुँह ताकते रह गए, मानो कोई धेलचा कनकौआ किसी गण्डेवाले कनकौए को काट गया हो। कानून मुँह से बाहर निकलनेवाली चीज़ है। उसको पेट के अन्दर डाल दिया जावे, बेतुकी-सी बात होने पर भी कुछ नयापन रखती है। हामिद ने मैदान मार लिया। उसका चिमटा रुस्तमे-हिन्द है। अब इसमें मोहसिन, महमूद, नूरे, सम्मी किसी को भी आपत्ति नहीं हो सकती।

विजेता को हारनेवालों से जो सत्कार मिलना स्वाभाविक है, वह हामिद को भी मिला। औरों ने तीन-तीन, चार-चार आने पैसे खर्च किये; पर कोई काम की चीज़ न ले सके। हामिद ने तीन पैसे में रंग जमा लिया। सच ही तो है, खिलौनों का क्या भरोसा ? टूट-फूट जायँगे। हामिद का चिमटा बना रहेगा बरसों !

सन्धि की शर्त तय होने लगी। मोहसिन ने कहा—ज़रा अपना चिमटा दो, हम भी देखें, तुम हमारा भिश्ती लेकर देखो।

महमूद और नूरे ने भी अपने-अपने खिलौने पेश किये।

हामिद को इन शर्तों के मानने में कोई आपत्ति न थी। चिमटा बारी-बारी से सबके हाथ में गया; और उनके खिलौने बारी-बारी से हामिद के हाथ में आये। कितने खूबसूरत खिलौने हैं !

हामिद ने हारनेवाले के आँसू पोंछे—मैं तुम्हें चिढ़ा रहा था, सच। यह लोहे का चिमटा भला इन खिलौनों की क्या बराबरी करेगा; मालूम होता है, अब बोले, अब बोले।

लेकिन मोहसिन की पार्टी को इस दिलासे से संतोष नहीं होता। चिमटे का सिक्का खूब बैठ गया है। चिपका हुआ टिकट अब पानी से नहीं छूट रहा है।

मोहसिन—लेकिन इन खिलौनों के लिए कोई हमें दुआ तो न देगा।

महमूद—दुआ को लिए फिरते हो। उलटे मार न पड़े। अम्माँ ज़रूर कहेंगी कि मेले में मिट्टी के खिलौने ही तुम्हें मिले ?

हामिद को स्वीकार करना पड़ा कि खिलौनों को देखकर किसी की माँ इतनी खुश न होंगी, जितनी दादी चिमटे को देखकर होंगी। तीन पैसों ही में तो उसे

सब कुछ करना था, और उन पैसों के इस उपयोग पर पछतावे की बिलकुल ज़रूरत न थी। फिर अब तो चिमटा रुस्तमे-हिन्द है और सभी खिलौनों का बादशाह।

रास्ते में महमूद को भूख लगी। उसके बाप ने केले खाने को दिये। महमूद ने केवल हामिद को साझी बनाया। उसके अन्य मित्र मुँह ताकते रह गये। यह उस चिमटे का प्रसाद था।

3

ग्यारह बजे सारे गाँव में हलचल मच गयी। मेलेवाले आ गये। मोहसिन की छोटी बहन ने दौड़कर भिश्ती उसके हाथ से छीन लिया और मारे खुशी के जो उछली, तो मियाँ भिश्ती नीचे आ रहे और सुरलोक सिधारे। इस पर भाई-बहन में मार-पीट हुई। दोनों खूब रोये। उनकी अम्माँ यह शोर सुनकर बिगड़ीं और दोनों को ऊपर से दो-दो चाँटे और लगाये।

मियाँ नूरे के वकील का अन्त उसकी प्रतिष्ठानुकूल इससे ज़्यादा गौरवमय हुआ। वकील जमीन पर या ताक पर तो नहीं बैठ सकता। उसकी मर्यादा का विचार तो रखना ही होगा। दीवार में दो खूटियाँ गाड़ी गयीं। उन पर लकड़ी का एक पटरा रखा गया। पटरे पर काग़ज़ का कालीन बिछाया गया। वकील साहब राजा भोज की भाँति सिंहासन पर विराजे। नूरे ने उन्हें पंखा झलना शुरू किया। अदालतों में खस की टट्टियाँ और बिजली के पंखे रहते हैं। क्या यहाँ मामूली पंखा भी न हो। कानून की गर्मी दिमाग़ पर चढ़ जायगी कि नहीं। बाँस का पंखा आया और नूरे हवा करने लगे। मालूम नहीं, पंखे की हवा से या पंखे की चोट से वकील साहब स्वर्गलोक से मृत्युलोक में आ रहे और उनका माटी का चोला माटी में मिल गया। फिर बड़े ज़ोर-शोर से मातम हुआ और वकील साहब की अस्थि घूरे पर डाल दी गयी।

अब रहा महमूद का सिपाही। उसे चटपट गाँव का पहरा देने का चार्ज मिल गया; लेकिन पुलिस का सिपाही कोई साधारण व्यक्ति तो था नहीं; जो अपने पैरों चले। वह पालकी पर चलेगा। एक टोकरी आयी, उसमें कुछ लाल रंग के फटे-पुराने चिथड़े बिछाये गये, जिसमें सिपाही साहब आराम से लेटे। नूरे ने यह टोकरी उठायी और अपने द्वार का चक्कर लगाने लगे। उनके दोनों छोटे भाई सिपाही की तरफ से 'छोनेवाले, जागते लहो' पुकारते चलते हैं। मगर रात तो अँधेरी ही होनी चाहिए। महमूद को ठोकर लग जाती है। टोकरी उसके हाथ से छूटकर गिर पड़ती है और मियाँ सिपाही अपनी बन्दूक लिये जमीन पर आ जाते हैं और उनकी एक टाँग में विकार आ जाता है। महमूद को आज ज्ञात हुआ कि वह अच्छा डाक्टर है। उसको ऐसा मरहम मिल गया है, जिससे वह टूटी टाँग को आनन-फानन जोड़

सकता है। केवल गूलर का दूध चाहिए। गूलर का दूध आता है। टाँग जोड़ दी जाती है; लेकिन सिपाही को ज्यों ही खड़ा किया जाता है, टाँग जवाब दे जाती है। शल्यक्रिया असफल हुई, तब उसकी दूसरी टाँग भी तोड़ दी जाती है। अब कम-से-कम एक जगह आराम से बैठ तो सकता है। एक टाँग से तो न चल सकता था न बैठ सकता था। अब वह सिपाही संन्यासी हो गया है। अपनी जगह पर बैठा-बैठा पहरा देता है। कभी-कभी देवता भी बन जाता है। उसके सिर का झालरदार साफा खुरच दिया गया है। अब उसका जितना रूपान्तर चाहो, कर सकते हो। कभी-कभी तो उससे बाट का काम भी लिया जाता है।

अब मियाँ हामिद का हाल सुनिए। अमीना उसकी आवाज सुनते ही दौड़ी और उसे गोद में उठाकर प्यार करने लगी। सहसा उसके हाथ में चिमटा देखकर वह चौंकी।

'यह चिमटा कहाँ था ?'

'मैंने मोल लिया है।'

'कै पैसे में ?'

'तीन पैसे दिये।'

अमीना ने छाती पीट ली। यह कैसा बेसमझ लड़का है कि दोपहर हुआ, कुछ खाया न पिया। लाया क्या यह चिमटा ! सारे मेले में तुझे और कोई चीज़ न मिली, जो यह लोहे का चिमटा उठा लाया।

हामिद ने अपराधी भाव से कहा—तुम्हारी उँगलियाँ तवे से जल जाती थीं, इसलिए मैंने इसे ले लिया।

बुढ़िया का क्रोध तुरन्त स्नेह में बदल गया, और स्नेह भी वह नहीं, जो प्रगल्भ होता है और अपनी सारी कसक शब्दों में बिखेर देता है। यह मूक स्नेह था, खूब ठोस, रस और स्वाद से भरा हुआ। बच्चे में कितना त्याग, कितना सद्भाव और कितना विवेक है ! दूसरों को खिलौने लेते और मिठाई खाते देखकर उसका मन कितना ललचाया होगा। इतना जब्त इससे हुआ कैसे ? वहाँ भी उसे अपनी बुढ़िया दादी की याद बनी रही। अमीना का मन गद्गद हो गया।

और अब एक बड़ी विचित्र बात हुई। हामिद के इस चिमटे से भी विचित्र। बच्चे हामिद ने बूढ़े हामिद का पार्ट खेला था। बुढ़िया अमीना बालिका अमीना बन गयी। वह रोने लगी। दामन फैलाकर हामिद को दुआएँ देती जाती थी और आँसू की बड़ी-बड़ी बूँदें गिराती जाती थी। हामिद इसका रहस्य क्या समझता !

अलग्योझा

भोला महतो ने पहली स्त्री के मर जाने के बाद दूसरी सगाई की तो उसके लड़के रग्घू के लिए बुरे दिन आ गये। रग्घू की उम्र उस समय केवल दस वर्ष की थी। चैन से गाँव में गुल्ली-डंडा खेलता फिरता था। माँ के आते ही चक्की में जुतना पड़ा। पन्ना रूपवती स्त्री थी और रूप और गर्व में चोली-दामन का नाता है। वह अपने हाथों से कोई मोटा काम न करती। गोबर रग्घू निकालता, बैलों को सानी रग्घू देता। रग्घू ही जूठे बरतन माँजता। भोला की आँखें कुछ ऐसी फिरीं कि उसे अब रग्घू में सब बुराइयाँ-ही-बुराइयाँ नज़र आतीं। पन्ना की बातों को वह प्राचीन मर्यादानुसार आँखें बन्द करके मान लेता था। रग्घू की शिकायतों की ज़रा भी परवाह न करता। नतीजा यह हुआ कि रग्घू ने शिकायत करना छोड़ दिया। किसके सामने रोए ? बाप ही नहीं, सारा गाँव उसका दुश्मन था। बड़ा ज़िद्दी लड़का है, पन्ना को कुछ समझता ही नहीं; बेचारी उसका दुलार करती है, खिलाती-पिलाती है। यह उसी का फल है। दूसरी औरत होती, तो निबाह न होता ! वह तो कहो, पन्ना इतनी सीधी-सादी है कि निबाह होता जाता है। सबल की शिकायतें सब सुनते हैं, निर्बल की फ़रियाद भी कोई नहीं सुनता। रग्घू का हृदय माँ की ओर से दिन-दिन फटता जाता था। यहाँ तक कि आठ साल गुज़र गये। और एक दिन भोला के नाम मृत्यु का सन्देश आ पहुँचा।

पन्ना के चार बच्चे थे—तीन बेटे और एक बेटी। इतना बड़ा खर्च और कमानेवाला कोई नहीं। रग्घू अब क्यों पूछने लगा। यह मानी हुई बात थी। अपनी स्त्री लायेगा और अलग रहेगा। स्त्री आकर और भी आग लगायेगी। पन्ना के चारों ओर अंधेरा-ही-अंधेरा दिखाई देता था। पर कुछ भी हो, वह रग्घू की आसरैत बनकर घर में न रहेगी। जिस घर में उसने राज किया, उसमें अब लौंडी न बनेगी। जिस लौंडे को अपना गुलाम समझा, उसका मुँह न ताकेगी। वह सुन्दर थी, अवस्था भी कुछ ऐसी ज्यादा न थी। जवानी अपनी पूरी बहार पर थी। क्या वह कोई दूसरा घर नहीं कर सकती ? यही न होगा, लोग हँसेगे। बला से ! उसकी बिरादरी में क्या ऐसा होता नहीं। ब्राह्मण-ठाकुर थोड़े ही थी कि नाक कट जायगी। यह तो

ऊँची जातों में होता है कि घर में चाहे जो कुछ करो, बाहर परदा ढँका रहे। वह तो संसार को दिखाकर दूसरा घर कर सकती है। फिर वह रग्घू की दबैल बनकर क्यों रहे ?

भोला को मरे एक महीना गुज़र चुका था। संध्या हो गई थी। पन्ना इसी चिन्ता में पड़ी हुई थी कि सहसा उसे ख़याल आया, लड़के घर में नहीं हैं। यह बैलों के लौटने की बेला है, कहीं कोई लड़का उनके नीचे न आ जाय। अब द्वार पर कौन है, जो उनकी देखभाल करेगा। घर से बाहर निकली, तो देखा रग्घू अपने झोंपड़े में बैठा ऊख की गँडेरियाँ बना रहा है, तीनों लड़के उसे घेरे खड़े हैं और छोटी लड़की गर्दन में हाथ डाले उसकी पीठ पर सवार होने की चेष्टा कर रही है। पन्ना को अपनी आँखों पर विश्वास न आया। आज तो यह नई बात है ! शायद दुनिया को दिखाता है कि मैं अपने भाइयों को कितना चाहता हूँ और मन में छुरी रक्खी हुई है। घात मिले तो जान ही ले ले। काला साँप है, काला साँप। कठोर स्वर में बोली—तुम सब-के-सब वहाँ क्या करते हो ? घर में आओ, साँझ की बेला है, गोरू आते होंगे।

रग्घू ने विनीत नेत्रों से देखकर कहा—मैं तो हूँ ही काकी, डर किस बात का है ?

बड़ा लड़का केदार बोला—काकी, रग्घू दादा ने हमारे लिए दो गाड़ियाँ बना दी हैं। यह देख, एक पर हम और खुन्नू बैठेंगे, दूसरी पर लछमन और झुनिया। दादा दोनों गाड़ियाँ खींचेंगे।

यह कहकर वह कोने से छोटी-छोटी गाड़ियाँ निकाल लाया, चार-चार पहिए लगे थे, बैठने के लिए तख्ते और रोक के लिए दोनों तरफ बाजू थे।

पन्ना ने आश्चर्य से पूछा—ये गाड़ियाँ किसने बनायीं ?

केदार ने चिढ़कर कहा—रग्घू दादा ने बनायी हैं, और किसने। भगत के घर से बसूला और रुखानी माँग लाये और झटपट बना दीं। खूब दौड़ती हैं काकी। बैठ खुन्नू, मैं खींचूँ।

खुन्नू गाड़ी में बैठ गया। केदार खींचने लगा। चर-चर का शोर हुआ, मानो गाड़ी भी इस खेल में लड़कों के साथ शरीक है।

लछमन ने दूसरी गाड़ी पर बैठकर कहा—दादा खींचो।

रग्घू ने झुनिया को भी गाड़ी में बैठा दिया और गाड़ी खींचता हुआ दौड़ा। तीनों लड़के तालियाँ बजाने लगे। पन्ना चकित नेत्रों से यह दृश्य देख रही थी और सोच रही थी कि यह वही रग्घू है या और।

थोड़ी देर के बाद दोनों गाड़ियाँ लौटीं; लड़के घर में आकर इस यान-यात्रा के अनुभव बयान करने लगे। कितने खुश थे सब, मानों हवाई जहाज़ पर बैठ आये हों।

खुन्नू ने कहा—काकी सच, पेड़ दौड़ रहे थे।

लछमन—और बछिया कैसी भागीं, सब-की-सब दौड़ीं।

केदार—काकी, रग्घू दादा दोनों गाड़ियाँ एक साथ खींच ले जाते हैं।

झुनिया सबसे छोटी थी। उसकी व्यंजना-शक्ति उछल-कूद और नेत्रों तक परिमित थी—तालियाँ बजा-बजाकर नाच रही थी।

खुन्नू—अब हमारे घर गाय भी आ जायगी काकी। रग्घू दादा ने गिरधारी से कहा है कि हमें एक गाय ला दो।

गिरधारी बोला—कल लाऊँगा।

केदार—तीन सेर दूध देती है काकी। खूब दूध पीयेंगे।

इतने में रग्घू भी अन्दर आ गया। पन्ना ने अवहेलना की दृष्टि से देखकर पूछा—क्यों रग्घू, तुमने गिरधारी से कोई गाय माँगी है ?

रग्घू ने क्षमा-प्रार्थना के भाव से कहा—हाँ माँगी तो है, कल लावेगा।

पन्ना—रुपये किसके घर से आयेंगे ? यह भी सोचा है ?

रग्घू—सब सोच लिया है काकी। मेरी यह मुहर नहीं है। इसके पच्चीस रुपये मिल रहे हैं; पाँच रुपये बछिया के मुज़रा दे दूँगा। बस गाय अपनी हो जायेगी।

पन्ना सन्नाटे में आ गयी। अब उसका अविश्वासी मन भी रग्घू के प्रेम और सज्जनता को अस्वीकार न कर सका। बोली—मुहर को क्यों बेचे देते हो ? गाय की अभी कौन जल्दी है। हाथ में पैसे हो जायँ, तो ले लेना। सूना-सूना गला अच्छा न लगेगा। इतने दिनों गाय नहीं रही; तो क्या लड़के नहीं जिये ?

रग्घू दार्शनिक भाव से बोला—बच्चों के खाने-पीने के यही दिन हैं काकी। इस उम्र में न खाया, तो फिर क्या खायेंगे। मुहर पहनना मुझे अच्छा भी नहीं मालूम होता, लोग समझते होंगे कि बाप तो मर गया, इसे मुहर पहनने की सूझी है।

भोला महतो तो गाय की चिन्ता ही में चल बसे, न रुपये आये और न गाय मिली, मजबूर थे। रग्घू ने वह समस्या कितनी सुगमता से हल कर दी। आज जीवन में पहली बार, पन्ना को रग्घू पर विश्वास आया, बोली—जब गहना ही बेचना है, तो अपनी मुहर क्यों बेचोगे। मेरी हँसली ले लेना।

रग्घू—नहीं काकी ! वह तुम्हारे गले में बहुत अच्छी लगती है। मर्दों को क्या, मुहर पहने या न पहने।

पन्ना—चल, मैं बूढ़ी हुई। मुझे अब हँसली पहनकर क्या करना है। तू अभी लड़का है, तेरा सूना गला अच्छा न लगेगा।

रग्घू मुस्करा कर बोला—तुम अभी से कैसे बूढ़ी हो गयीं ? गाँव में, कौन तुम्हारे बराबर है ?

रग्घू की सरल आलोचना ने पन्ना को लज्जित कर दिया। उसके रूखे-मुरझाये मुख पर प्रसन्नता की लाली दौड़ गयी।

2

पाँच साल गुज़र गये। रग्घू का-सा मेहनती, ईमानदार, बात का धनी दूसरा किसान गाँव में न था। पन्ना की इच्छा के बिना कोई काम न करता। उसकी उम्र अब 23 साल की हो गयी थी। पन्ना बार-बार कहती—भइया बहू को बिदा करा लाओ। कब तक नैहर में पड़ी रहेगी। सब लोग मुझी को बदनाम करते हैं कि यही बहू को नहीं आने देती, मगर रग्घू टाल देता था। कहता कि अभी जल्दी क्या है। उसे अपनी स्त्री के रंग-ढंग का कुछ परिचय दूसरों से मिल चुका था। ऐसी औरत को घर में लाकर वह अपनी शान्ति में बाधा नहीं डालना चाहता था।

आखिर एक दिन पन्ना ने जिद करके कहा—तो तुम न लाओगे ?

'कह दिया कि अभी कोई जल्दी नहीं है।'

'तुम्हारे लिए जल्दी न होगी, मेरे लिए तो जल्दी है। मैं आज आदमी भेजती हूँ।'

'पछताओगी काकी, उसका मिज़ाज अच्छा नहीं है।'

'तुम्हारी बला से। जब मैं उससे बोलूँगी ही नहीं; तो क्या हवा से लड़ेगी। रोटियाँ तो बना लेगी। मुझसे भीतर-बाहर का सारा काम नहीं होता, मैं आज बुलाए लेती हूँ।'

'बुलाना चाहती हो, बुला लो; मगर फिर यह न कहना कि यह मेहरिया को ठीक नहीं करता, उसका गुलाम हो गया।'

'न कहूँगी, जाकर दो साड़ियाँ और मिठाई ले आ।'

तीसरे दिन मुलिया मैके से आ गई। दरवाजे पर नगाड़े बजे। शहनाइयों की मधुर ध्वनि आकाश में गूँजने लगी। मुँह-दिखावे की रस्म अदा हुई। वह इस मरुभूमि में निर्मल जल-धारा थी। गेहुआँ रंग था, बड़ी-बड़ी नोकीली पलकें, कपोलों पर हल्की सुर्खी, आँखों में प्रबल आकर्षण, रग्घू उसे देखते ही मन्त्र-मुग्ध हो गया।

प्रातःकाल पानी का घड़ा लेकर चलती, तब उसका गेहुआँ रंग प्रभात की सुनहली किरणों से कुन्दन हो जाता, मानो उषा अपनी सारी सुगन्ध, सारा विकास और सारा उन्माद लिये मुस्कराती चली जाती हो।

3

मुलिया मैके से ही जली-भुनी आयी थी, मेरा शौहर छाती फाड़कर काम करे, और पन्ना रानी बनी बैठी रहे, उसके लड़के रईसज़ादे बने घूमें। मुलिया से यह बरदाश्त न होगा। वह किसी की गुलामी न करेगी। अपने लड़के तो अपने होते ही नहीं,

भाई किसके होते हैं। जब तक पर नहीं निकलते हैं, रग्घू को घेरे हुए हैं। ज्यों ही ज़रा सयाने हुए, पर झाड़कर निकल जायँगे। बात भी न पूछेंगे।

उस दिन उसने रग्घू से कहा—तुम्हें इस तरह गुलामी करनी हो तो करो, मुझसे न होगी।

रग्घू—तो फिर क्या करूँ, तू ही बता ? लड़के तो अभी घर का काम करने लायक भी नहीं हैं।

मुलिया—लड़के रावत के हैं, कुछ तुम्हारे नहीं हैं। यही पन्ना है, जो तुम्हें दाने-दाने को तरसाती थी। सब सुन चुकी हूँ। मैं लौंडी बनकर न रहूँगी। रुपये-पैसे का मुझे कुछ हिसाब नहीं मिलता। न जाने तुम क्या लाते हो ? और वह क्या करती है। तुम समझते हो रुपये घर ही में तो हैं; मगर देख लेना, तुम्हें जो एक फूटी कौड़ी भी मिले।

रग्घू—रुपये-पैसे तेरे हाथ में देने लगूँ, तो दुनिया क्या कहेगी, यह तो सोच।

मुलिया—दुनिया जो चाहे कहे। दुनिया के हाथों बिकी नहीं हूँ। देख लेना, भाड़ लीपकर हाथ काला ही रहेगा। फिर तुम अपने भाइयों के लिए मरो, मैं क्यों मरूँ ?

रग्घू ने जवाब न दिया—उसे जिस बात का भय था, वह इतनी जल्द सिर पर आ पड़ी। अब अगर उसने बहुत तत्थोथंभी किया, तो साल-छः महीने और काम चलेगा। बस, आगे यह डोंगा चलता नज़र नहीं आता। बकरे की माँ कब तक खैर मनायेगी ?

एक दिन पन्ना ने महुए का सुखावन डाला। बरसात शुरू हो गई थी। बखार में अनाज गीला हो रहा था। मुलिया से बोली—बहू, ज़रा देखती रहना, मैं तालाब से नहा आऊँ।

मुलिया ने लापरवाही से कहा—मुझे नींद आ रही है, तुम बैठकर देखो, एक दिन न नहाओगी तो क्या होगा।

पन्ना ने साड़ी उठाकर रख दी, नहाने न गई। मुलिया का वार खाली गया।

कई दिन के बाद एक शाम को पन्ना धान रोपकर लौटी, अँधेरा हो गया था। दिन भर की भूखी थी, आशा थी, बहू ने रोटी बना रखी होगी, मगर देखा तो यहाँ चूल्हा ठंडा पड़ा हुआ था, और बच्चे मारे भूख के तड़प रहे थे। मुलिया से आहिस्ते से पूछा—आज अभी चूल्हा नहीं जला ?

केदार ने कहा—आज दोपहर को भी चूल्हा नहीं जला काकी ! भाभी ने कुछ बनाया ही नहीं।

पन्ना—तो तुम लोगों ने खाया क्या ?

केदार—कुछ नहीं, रात की रोटियाँ थीं, खुन्नू और लछमन ने खायीं। मैंने सत्तू खा लिया।

पन्ना—और बहू ?

केदार—वह तो पड़ी सो रही है, कुछ नहीं खाया।

पन्ना ने उसी वक्त चूल्हा जलाया और खाना बनाने बैठ गयी। आटा गूँथती थी और रोती थी। क्या नसीब है, दिन-भर खेत में जली, घर आई तो चूल्हे के सामने जलना पड़ा।

केदार का चौदहवाँ साल था। भाभी के रंग-ढंग देखकर सारी स्थिति समझ रहा था। बोला—काकी, भाभी अब तुम्हारे साथ रहना नहीं चाहती। पन्ना ने चौंककर पूछा—क्या कुछ कहती थी ?

केदार—कहती कुछ नहीं थी; मगर है उसके मन में यही बात। फिर तुम क्यों नहीं छोड़ देतीं ? जैसे चाहे रहे; हमारा भी भगवान है।

पन्ना ने दाँतों से जीभ दबाकर कहा—चुप, मेरे सामने ऐसी बात भूल कर भी न कहना। रग्घू तुम्हारा भाई नहीं, तुम्हारा बाप है। मुलिया से कभी बोलोगे, तो समझ लेना जहर खा लूँगी।

4

दशहरे का त्योहार आया। इस गाँव से कोस-भर पर एक पुरवे में मेला लगता था। गाँव के सब लड़के मेला देखने चले। पन्ना भी लड़कों के साथ चलने को तैयार हुई; मगर पैसे कहाँ से आयें ? कुंजी तो मुलिया के पास थी।

रग्घू ने आकर मुलिया से कहा—लड़के मेले जा रहे हैं, सबों को दो-दो आने पैसे दे दे।

मुलिया ने त्योरियाँ चढ़ाकर कहा—पैसे घर में नहीं हैं।

रग्घू—अभी तो तेलहन बिका था, क्या इतनी जल्दी रुपये उठ गये ?

मुलिया—हाँ, उठ गये।

रग्घू—कहाँ उठ गये ? ज़रा सुनूँ, आज त्योहार के दिन लड़के मेला देखने न जायँगे ?

मुलिया—अपनी काकी से कहो, पैसे निकालें, गाड़कर क्या करेंगी।

खूँटी पर कुंजी लटक रही थी। रग्घू ने कुंजी उतारी और चाहा कि संदूक खोले कि मुलिया ने उसका हाथ पकड़ लिया और बोली—कुंजी मुझे दे दो, नहीं तो ठीक न होगा। खाने-पहनने को भी चाहिए, काग़ज़-किताब को भी चाहिए, उस पर मेला देखने को भी चाहिए। हमारी कमाई इसलिए नहीं है कि दूसरे खायँ और मूँछों पर ताव दें।

पन्ना ने रग्घू से कहा—भइया, पैसे क्या होंगे। लड़के मेले देखने न जायँगे।

रग्घू ने झिड़ककर कहा—मेला देखने क्यों न जायँगे ? सारा गाँव जा रहा है। हमारे ही लड़के न जायँगे?

यह कहकर रग्घू ने अपना हाथ छुड़ा लिया और पैसे निकालकर लड़कों को दे दिये; मगर कुंजी जब मुलिया को देने लगा, तब उसने उसे आँगन में फेंक दिया और मुँह लपेटकर लेट गयी। लड़के मेला देखने न गये।

इसके बाद दो दिन गुज़र गये। मुलिया ने कुछ नहीं खाया, और पन्ना भी भूखी रही। रग्घू कभी इसे मनाता, कभी उसे; पर न यह उठती न वह। आखिर रग्घू ने हैरान होकर मुलिया से पूछा—कुछ मुँह से कह, चाहती क्या है ?

मुलिया ने धरती को सम्बोधित करके कहा—मैं कुछ नहीं चाहती, तू मुझे मेरे घर पहुँचा दे।

रग्घू—अच्छा उठ, बना खा। पहुँचा दूँगा।

मुलिया ने रग्घू की ओर आँखें उठाईं। रग्घू उसकी सूरत देखकर डर गया। वह माधुर्य, वह मोहकता, वह लावण्य गायब हो गया था। दाँत निकल आये थे, आँखें फट गयी थीं और नथुने फड़क रहे थे। अंगारे की-सी लाल आँखों से देखकर बोली—अच्छा, तो काकी ने यह सलाह दी है, यह मन्त्र पढ़ाया है ? तो यहाँ ऐसी कच्ची नहीं हूँ। तुम दोनों की छाती पर मूँग दलूँगी। हो किस फेर में।

रग्घू—अच्छा, तो मूँग ही दल लेना। कुछ खा-पी लेगी, तभी तो मूँग दल सकेगी।

मुलिया—अब तो तभी मुँह में पानी डालूँगी, जब घर अलग हो जायगा। बहुत झेल चुकी, अब नहीं झेला जाता।

रग्घू सन्नाटे में आ गया, एक मिनट तक तो उसके मुँह से आवाज ही न निकली। अलग होने की उसने स्वप्न में भी कल्पना न की थी। उसने गाँव में दो चार परिवारों को अलग होते देखा था। वह खूब जानता था, रोटी के साथ लोगों के हृदय भी अलग हो जाते हैं। अपने हमेशा के लिए ग़ैर हो जाते हैं। फिर उनमें वही नाता रह जाता है, जो गाँव के और आदमियों में। रग्घू ने मन में ठान लिया था कि इस विपत्ति को घर न आने दूँगा; मगर होनहार के सामने उसकी एक न चली। आह ! मेरे मुँह में कालिख लगेगी, दुनिया यही कहेगी कि बाप के मर जाने पर दस साल भी एक में निबाह न हो सका। फिर किससे अलग हो जाऊँ। जिनको गोद में खिलाया, जिनको बच्चों की तरह पाला, जिनके लिए तरह-तरह के कष्ट झेले, उन्हीं से अलग हो जाऊँ। अपने प्यारों को घर से निकाल बाहर करूँ। उसका गला फँस गया। काँपते हुए स्वर में बोला—तू क्या चाहती है कि मैं अपने भाइयों से अलग हो जाऊँ ? भला सोच तो; कहीं मुँह दिखाने लायक रहूँगा ?

मुलिया—तो मेरा इन लोगों के साथ निबाह न होगा ?

रग्घू—तो तू अलग हो जा। मुझे अपने साथ क्यों घसीटती है।

मुलिया—तो मुझे क्या तुम्हारे घर में मिठाई मिलती है, मेरे लिए क्या संसार में जगह नहीं है ?

रग्घू—तेरी जैसी मर्जी, जहाँ चाहे रह। मैं अपने घरवालों से अलग नहीं हो सकता। जिस दिन इस घर में दो चूल्हे जलेंगे, उस दिन मेरे कलेजे के दो टुकड़े हो जायँगे। मैं यह चोट नहीं सह सकता। तुझे जो तकलीफ़ हो, वह मैं दूर कर सकता हूँ। माल-असबाब की मालकिन तू है ही, अनाज-पानी तेरे ही हाथ है, अब रह क्या गया है ? अगर कुछ काम-धन्धा करना नहीं चाहती, मत कर। भगवान ने मुझे समाई दी होती, तो तुझे तिनका तक उठाने न देता। तेरे यह सुकुमार हाथ-पाँव मेहनत-मजूरी करने के लिए बनाये ही नहीं गये हैं; मगर क्या करूँ, अपना कुछ बस ही नहीं है। फिर भी तेरा जी कोई काम करने को न चाहे, मत कर; मगर मुझसे अलग होने को न कह, तेरे पैरों पड़ता हूँ।

मुलिया ने सिर से आंचल खिसकाया और ज़रा समीप आकर बोली—मैं काम करने से नहीं डरती, न बैठे-बैठे खाना चाहती हूँ; मगर मुझसे किसी की धौंस नहीं सही जाती। तुम्हारी ही काकी घर का काम-काज करती हैं, तो अपने लिए करती हैं, अपने बाल-बच्चों के लिए करती हैं। मुझ पर कुछ एहसान नहीं करतीं। फिर मुझ पर धौंस क्यों जमाती हैं। उन्हें अपने बच्चे प्यारे होंगे, मुझे तो तुम्हारा आसरा है। मैं अपनी आँखों से यह नहीं देख सकती कि सारा घर तो चैन करे, ज़रा-ज़रा से बच्चे तो दूध पीयें, और जिसके बल-बूते पर गृहस्थी थमी हुई है, वह मट्ठे को तरसे। कोई उसका पूछनेवाला न हो। ज़रा अपना मुँह तो देखो, कैसे सूरत निकल आयी है। औरों के तो चार बरस में अपने पट्ठे तैयार हो जायेंगे। तुम तो दस साल में खाट पर पड़ जाओगे। बैठ जाओ, खड़े क्यों हो ? क्या मारकर भागोगे ! मैं तुम्हें जबरदस्ती न बाँध लूँगी। जानती कि ऐसे निर्मोहिये से पाला पड़ेगा, तो इस घर में भूल से न आती। आती भी तो मन न लगाती, मगर अब तो मन तुमसे लग गया। घर भी जाऊँ, तो मन यहाँ ही रहेगा। और तुम जो हो, मेरी बात नहीं पूछते।

मुलिया की ये रसीली बातें रग्घू पर कोई असर न डाल सकीं। वह उसी रुखाई से बोला—मुलिया, मुझसे यह न होगा। अलग होने का ध्यान करते ही मेरा मन न जाने कैसा हो जाता है। यह चोट मुझसे न सही जायगी।

मुलिया ने परिहास करके कहा—तो चूड़ियाँ पहनकर अन्दर बैठो न। लाओ मैं मूँछें लगा लूँ। मैं तो समझती थी कि तुममें भी कुछ कस-बल है। अब देखती हूँ, तो निरे मिट्टी के लोंदे हो।

पन्ना दालान में खड़ी दोनों की बातचीत सुन रही थी। अब उससे न रहा गया। सामने आकर रग्घू से बोली—जब वह अलग होने पर तुली हुई है, फिर तुम क्यों उसे जबरदस्ती मिलाये रखना चाहते हो ? तुम उसे लेकर रहो, हमारे भगवान मालिक हैं। जब महतो मर गये थे, और कहीं पत्ती की भी छाँह न थी, जब उस

वक्त भगवान ने निबाह दिया, तो अब क्या डर ? अब तो भगवान की दया से तीनों लड़के सयाने हो गए हैं। अब कोई चिन्ता नहीं।

रग्घू ने आँसू भरी आँखों से पन्ना को देखकर कहा—काकी, तू भी पागल हो गयी है क्या ? जानती नहीं, दो रोटियाँ होते ही दो मन हो जाते हैं।

पन्ना—जब वह मानती ही नहीं, तब तुम क्या करोगे ? भगवान की यही मर्जी होगी, तो कोई क्या करेगा। परारब्ध में जितने दिन एक साथ रहना लिखा था, उतने दिन रहे, अब उसकी यही मर्जी है, तो यही सही। तुमने मेरे बाल-बच्चों के लिए जो कुछ किया, वह मैं भूल नहीं सकती। तुमने इनके सिर पर हाथ न रक्खा होता तो आज इनकी न जाने क्या गति होती, न जाने किसके द्वार पर ठोकरें खाते होते, न जाने कहाँ-कहाँ भीख माँगते फिरते। तुम्हारा जस मरते दम तक गाऊँगी, अगर मेरी खाल तुम्हारे जूते बनाने के काम आये, तो खुशी से दे दूँ। चाहे तुमसे अलग हो जाऊँ, पर जिस घड़ी तुम पुकारोगे, कुत्ते की तरह दौड़ी आऊँगी। यह भूलकर भी न सोचना कि तुमसे अलग होकर मैं तुम्हारा बुरा चेतूँगी। जिस दिन तुम्हारा अनभल मेरे मन में आयेगा, उसी दिन विष खाकर मर जाऊँगी। भगवान करे, तुम दूधों नहावो, पूतों फलो। मरते दम तक यही असीस मेरे रोएँ-रोएँ से निकलती रहेगी। और अगर लड़के भी अपने बाप के हैं, तो मरते दम तुम्हारा पोस मानेंगे।

यह कहकर पन्ना रोती हुई वहाँ से चली गई। रग्घू वहीं मूर्ति की तरह खड़ा रहा। आसमान की ओर टकटकी लगी थी और आँखों से आँसू बह रहे थे।

5

पन्ना की बातें सुनकर मुलिया समझ गयी कि अब अपने पौबारह हैं। चटपट उठी, घर में झाडू लगाया, चूल्हा जलाया और कुएँ से पानी लाने चली। उसकी टेक पूरी हो गयी थी।

गाँव में स्त्रियों के दो दल होते हैं—एक बहुओं का, दूसरा सासों का। बहुएँ सलाह और सहानुभूति के लिए अपने दल में जाती हैं, सासें अपने दल में। दोनों की पंचायतें अलग होती हैं। मुलिया को कुएँ पर दो-तीन बहुएँ मिल गयीं। एक ने पूछा—आज तो तुम्हारी बुढ़िया बहुत रो-धो रही थी।

मुलिया ने विजय के गर्व से कहा—इतने दिनों से घर की मालकिन बनी हुई हैं, राज-पाट छोड़ते किसे अच्छा लगता है। बहन, मैं उनका बुरा नहीं चाहती; लेकिन एक आदमी की कमाई में कहाँ तक बरकत होगी। मेरे भी तो यही खाने-पीने, पहनने-ओढ़ने के दिन है। अभी उनके पीछे मरो, फिर बाल-बच्चे हो जायँ, उनके पीछे मरो। सारी ज़िन्दगी रोते ही कट जाय।

एक बहू—बुढ़िया यही चाहती है कि यह बस जन्म भर लौंडी बनी रहे। मोटा-झोटा खाएं और पड़ी रहे।

दूसरी बहू—किस भरोसे पर कोई मरे। अपने लड़के तो बात नहीं पूछते, पराये लड़कों का क्या भरोसा ? कल इनके हाथ-पाँव हो जायँगे, फिर कौन पूछता है। अपनी-अपनी मेहरियों का मुँह देखेंगे। पहले से ही फटकार देना अच्छा है। फिर तो कोई कलंक न होगा।

मुलिया पानी लेकर गयी, खाना बनाया और रग्घू से बोली—'जाओ, नहा आओ, रोटी तैयार है।'

रग्घू ने मानो सुना ही नहीं। सिर पर हाथ रखकर द्वार की तरफ ताकता रहा।

मुलिया—क्या कहती हूँ, कुछ सुनाई देता है ? रोटी तैयार है, जाओ नहा आओ।

रग्घू—सुन तो रहा हूँ, क्या बहरा हूँ ? रोटी तैयार है, तो जाकर खा ले। मुझे भूख नहीं है।

मुलिया ने फिर कुछ नहीं कहा। जाकर चूल्हा बुझा दिया, रोटियाँ उठाकर छींके पर रख दीं और मुँह ढाँककर लेट रही।

ज़रा देर में पन्ना आकर बोली—खाना तो तैयार है, नहा-धोकर खा लो ! वह भी तो भूखी होगी ?

रग्घू ने झुँझलाकर कहा—काकी, तू घर में रहने देगी कि मुँह में कालिख लगाकर कहीं निकल जाऊँ ? खाना तो खाना ही है, आज न खाऊँगा, कल खाऊँगा; लेकिन अभी मुझसे न खाया जायगा। केदार क्या अभी मदरसे से नहीं आया ?

पन्ना—अभी तो नहीं आया, आता ही होगा।

पन्ना समझ गयी कि जब तक वह खाना बनाकर लड़कों को न खिलायेगी और खुद न खायेगी, रग्घू न खायेगा। इतना ही नहीं, उसे रग्घू से लड़ाई करनी पड़ेगी, उसे जली-कटी सुनानी पड़ेगी, उसे यह दिखाना पड़ेगा कि मैं ही उससे अलग होना चाहती हूँ, नहीं तो वह इसी चिन्ता में घुल-घुलकर प्राण दे देगा। यह सोचकर उसने अलग चूल्हा जलाया। और खाना बनाने लगी। इतने में केदार और खुन्नू मदरसे से आ गये। पन्ना ने कहा—'आओ बेटा, खा लो रोटी तैयार है।'

केदार ने पूछा—भइया को बुला लूँ न ?

पन्ना—तुम आकर खा लो। उनकी रोटी बहू ने अलग बनायी है।

खुन्नू—जाकर भइया से पूछ न आऊँ ?

पन्ना—जब उनका जी चाहेगा, खायेंगे। तू बैठकर खा, तुझे इन बातों से क्या मतलब ? जिसका जी चाहेगा, खायेगा, जिसका जी न चाहेगा न खायेगा। जब वह और उसकी बीवी अलग रहने पर तुले हैं, तो कौन मनाये ?

केदार—तो क्या अम्माँजी, क्या हम अलग घर में रहेंगे ?

पन्ना—उनका जी चाहे एक घर में रहें, जी चाहे आँगन में दीवार डाल लें।

खुन्नू ने दरवाजे पर आकर झाँका, सामने फूस की झोपड़ी थी, वहीं खाट पर पड़ा रग्घू नारियल पी रहा था।

खुन्नू—भइया तो अभी नारियल लिये बैठे हैं।

पन्ना—जब जी चाहेगा खायेंगे।

केदार—भइया ने भाभी को डाँटा नहीं ?

मुलिया अपनी कोठरी में पड़ी सुन रही थी। बाहर आकर बोली—भइया ने तो नहीं डाँटा, अब तुम आकर डाँटो।

केदार के चेहरे का रंग उड़ गया। फिर जबान न खोली। तीनों लड़कों ने खाना खाया, और बाहर निकले। लू चलने लगी थी। आम के बाग में गाँव के लड़के-लड़कियाँ हवा से गिरे हुए आम चुन रहे थे। केदार ने कहा—आज हम भी आम चुनने चलें, खूब आम गिर रहे हैं।

खुन्नू—दादा जी बैठे हैं...

लछमन—मैं न जाऊँगा, दादा घुड़केंगे।

केदार—वह तो अब अलग हो गये।

लछमन—तो अब हमको कोई मारेगा, तब भी दादा न बोलेंगे ?

केदार—वाह, तब क्यों न बोलेंगे ?

रग्घू ने तीनों लड़कों को दरवाजे पर खड़े देखा, पर कुछ बोला नहीं। पहले तो वह घर से बाहर निकलते ही उन्हें डाँट बैठता था; पर आज वह मूर्ति के समान निश्चल बैठा रहा। अब लड़कों को कुछ साहस हुआ। कुछ दूर और आगे बढ़े, रग्घू अब भी न बोला, कैसे बोले। वह सोच रहा था, काकी ने लड़कों को खिला-पिला दिया, मुझसे पूछा तक नहीं। क्या उसकी आँखों पर भी परदा पड़ गया है; अगर मैंने लड़कों को पुकारा और वह न आये तो ? मैं उनको मार-पीट तो सकूँगा। लू में सब-के-सब मारे-मारे फिरेंगे। कहीं बीमार न पड़ जायँ। उसका दिल मसोसकर रह जाता था; लेकिन मुँह से कुछ कह न सकता था। लड़कों ने देखा कि यह बिलकुल नहीं बोलते, तो निर्भय होकर चल पड़े।

सहसा मुलिया ने आकर कहा—अब तो उठोगे कि अब भी नहीं ? जिनके नाम पर फाका कर रहे हो, उन्होंने मजे से लड़कों को खिलाया और आप खाया, अब आराम से सो रही हैं। 'मोर पिया मोरी बात न पूछें मोर सुहागिन नाँव।' एक भी तो मुँह से न फटा कि भइया, खा लो।

रग्घू को इस समय मर्मान्तक पीड़ा हो रही थी। मुलिया के इन कठोर शब्दों ने घाव पर नमक छिड़क दिया। दुःखित नेत्रों से देखकर बोला—तेरी जो मर्जी थी, वही तो हुआ। अब जा ढोल बजा !

मुलिया—नहीं, तुम्हारे लिए थाली परोसे बैठी हैं !

रग्घू—मुझे चिढ़ा मत। तेरे पीछे मैं भी बदनाम हो रहा हूँ। जब तू किसी की होकर नहीं रहना चाहती; तो दूसरे को क्या ग़रज़ है, जो तेरी खुशामद करे। जाकर काकी से पूछ, लड़के आम चुनने गये हैं, उन्हें पकड़ लाऊँ।

मुलिया अँगूठा दिखाकर बोली—यह जाता है ! तुम्हें सौ बार ग़रज़ हो जाकर पूछो।

इतने में पन्ना भी भीतर से निकल आयी। रग्घू ने पूछा—लड़के बगीचे में चले गये काकी, लू चल रही है।

पन्ना—अब उनका कौन पुछत्तर है। बगीचे में जायँ, पेड़ पर चढ़ें, पानी में डूबें। मैं अकेली क्या-क्या करूँ ?

रग्घू—जाकर पकड़ लाऊँ ?

पन्ना—जब तुम्हें अपने मन से नहीं जाना है, तो फिर मैं जाने को क्यों कहूँ ? तुम्हें रोकना होता, तो रोक न देते ? तुम्हारे सामने ही तो गये होंगे।

पन्ना की बात पूरी न हुई थी कि रग्घू ने नारियल कोने में रख दिया और बाग की तरफ चला।

6

रग्घू लड़कों को लेकर बाग से लौटा, तो देखा मुलिया अभी तक झोपड़े में खड़ी है। बोला—तू जाकर खा क्यों नहीं लेती। मुझे तो इस बेला भूख नहीं है।

मुलिया ऐंठकर बोली—हाँ, भूख क्यों लगेगी। भाइयों ने खाया, वह तुम्हारे पेट में पहुँच ही गया होगा।

रग्घू ने दाँत पीसकर कहा—मुझे जला मत मुलिया, नहीं तो अच्छा न होगा। खाना कहीं भागा नहीं जाता। एक बेला न खाऊँगा, तो मर न जाऊँगा। क्या तू समझती है, घर में आज कोई छोटी बात हो गई है ? तूने घर में चूल्हा नहीं जलाया, मेरे कलेजे में आग लगाई है। मुझे घमण्ड था कि और चाहे कुछ हो जाय, पर मेरे घर में फूट का रोग न आने पावेगा, पर तूने मेरा घमंड चूर कर दिया। परालब्ध की बात है।

मुलिया तिनककर बोली—सारा मोह-छोह तुम्हीं को है कि और किसी को भी है ? मैं तो किसी को तुम्हारी तरह बिसूरते नहीं देखती।

रग्घू ने ठण्डी साँस खींचकर कहा—मुलिया घाव पर नोन न छिड़क। तेरे ही कारन मेरी पीठ में धूल लग रही है। मुझे इस गृहस्थी का मोह न होगा, तो किसे होगा ? मैंने ही तो इसे मर-मर जोड़ा। जिनको गोद में खेलाया, वही अब मेरे पट्टीदार होंगे। जिन बच्चों को मैं डाँटता था, उन्हें आज कड़ी आँखों से भी नहीं देख सकता। मैं उनके भले के लिए भी कोई बात करूँ, तो दुनिया यही कहेगी कि यह अपने

भाइयों को लूटे लेता है। जा, मुझे छोड़ दे, अभी मुझसे कुछ न खाया जायगा।

मुलिया—मैं क़सम रखा दूँगी, नहीं चुपके से चले चलो।

रग्घू—देख, अब भी कुछ नहीं बिगड़ा है। अपनी हठ छोड़ दे।

मुलिया—हमारा ही लहू पिये, जो खाने न उठे।

रग्घू ने कानों पर हाथ रखकर कहा—यह तूने क्या किया मुलिया ? मैं तो उठ ही रहा था। चल खा लूँ। नहाने-धोने कौन जाय, लेकिन इतना कहे देता हूँ कि चाहे चार की जगह छः रोटियाँ खा जाऊँ, चाहे तू मुझे घी के मटके में ही डुबो दे; पर यह दाग मेरे दिल से न मिटेगा।

मुलिया—दाग-साग सब मिट जायगा। पहले सबको ऐसा ही लगता है। देखते नहीं हो, उधर कैसी चैन की बंसी बज रही है। वह तो मना ही रही थी किसी तरह यह सब अलग हो जायँ। अब वह पहले की-सी चाँदी तो नहीं है कि जो कुछ घर में आवे, सब ग़ायब ! अब क्यों हमारे साथ रहने लगीं।

रग्घू ने आहत स्वर में कहा—इसी बात का तो मुझे ग़म है। काकी से ऐसी आशा न थी।

रग्घू खाने बैठा, तो कौर विष के घूँट-सा लगता था। जान पड़ता था, रोटियाँ भूसी की हैं। दाल पानी-सी लगती थी। पानी भी कंठ के नीचे न उतरता था। दूध की तरफ देखा तक नहीं। दो-चार ग्रास खाकर उठ आया, जैसे किसी प्रियजन के श्राद्ध का भोजन हो।

रात का भोजन भी उसने इसी तरह किया। भोजन क्या किया, कसम पूरी की। रात-भर उसका चित्त उद्विग्न रहा। एक अज्ञात शंका उसके मन पर छाई हुई थी, जैसे भोला महतो द्वार पर बैठा रो रहा हो। वह कई बार चौंककर उठा। ऐसा जान पड़ा, भोला उसकी ओर तिरस्कार की आँखों से देख रहा है।

वह दोनों जून का भोजन करता था; पर जैसे शत्रु के घर। भोला की शोकमग्न मूर्ति आँखों से न उतरती थी। रात को उसे नींद न आती। वह गाँव में निकलता, तो इस तरह मुँह चुराये, सिर झुकाये, मानो गोहत्या की हो।

7

पाँच साल गुज़र गये। रग्घू अब दो लड़कों का बाप था। आँगन में दीवार खिंच गई थी, खेतों में मेड़ें डाल दी गयी थीं, और बैल-बधिये बाँट लिये गये थे। केदार की उम्र अब सोलह साल की हो गई थी। उसने पढ़ना छोड़ दिया था और खेती का काम करता था। खुन्नू गाय चराता था। केवल लछमन अब तक मदरसे जाता था। पन्ना और मुलिया दोनों एक दूसरे की सूरत से जलती थीं। मुलिया के दोनों लड़के बहुधा पन्ना के पास ही रहते। वही उन्हें उबटन मलती, वही काजल लगाती,

वही गोद में लिए फिरती; मगर मुलिया के मुँह से अनुग्रह का एक शब्द भी न निकलता। न पन्ना ही इसकी इच्छुक थी। वह जो कुछ करती निर्व्याज भाव से करती थी। उसके दो-दो लड़के कमाऊ हो गए थे। लड़की खाना पका लेती थी। वह खुद ऊपर का काम-काज कर लेती। इसके विरुद्ध रग्घू अपने घर का अकेला था, वह भी दुर्बल, अशक्त और जवानी में बूढ़ा। अभी आयु तीस वर्ष से अधिक न थी; लेकिन बाल खिचड़ी हो गये थे, कमर भी झुक चली थी। खाँसी ने जीर्ण कर रक्खा था। देखकर दया आती थी। और खेती पसीने की वस्तु है। खेतों की जैसी सेवा होनी चाहिए, वह उससे न हो पाती। फिर अच्छी फसल कहाँ से आती ! कुछ ऋणी भी हो गया था। वह चिन्ता और भी मारे डालती थी। चाहिए तो यह था कि अब उसे कुछ आराम मिलता। इतने दिनों के निरन्तर परिश्रम के बाद सिर का बोझ कुछ हल्का होता ; किन्तु मुलिया की स्वार्थपरता और अदूरदर्शिता ने लहराती हुई खेती उजाड़ दी; अगर सब एकसाथ रहते, तो वह अब तक पेंशन पा जाता, मजे से द्वार पर बैठा हुआ नारियल पीता। भाई काम करता, वह सलाह देता। महतों बना फिरता। कहीं किसी के झगड़े चुकाता। कहीं साधु-सन्तों की सेवा करता; पर वह अवसर हाथ से निकल गया। अब तो चिन्ताभार दिन-दिन बढ़ता जाता था।

आखिर उसे धीमा-धीमा ज्वर रहने लगा। हृदय-शूल, चिन्ता, कड़े परिश्रम और अभाव का यही पुरस्कार है। पहले कुछ परवाह न की। समझा आप ही अच्छा हो जायगा; मगर कमज़ोरी बढ़ने लगी, तो दवा की फिक्र हुई। जिसने जो बता दिया, खा लिया। डाक्टरों और वैद्यों के पास जाने की सामर्थ्य कहाँ ? और सामर्थ्य भी होती, तो रुपये खर्च कर देने के सिवा और नतीजा ही क्या था। जीर्ण ज्वर की औषधि आराम है और पुष्टिकारक भोजन। न वह बसन्त-मालती का सेवन कर सकता था और न आराम से बैठकर बलवर्धक भोजन कर सकता था, कमज़ोरी बढ़ती ही गयी।

पन्ना को अवसर मिलता तो वह आकर उसे तसल्ली देती; लेकिन उसके लड़के अब रग्घू से बात भी न करते थे। दवा-दारू तो क्या करते, उसका और मजाक उड़ाते। भैया समझते थे कि हम लोगों से अलग होकर सोने की ईंट रख लेंगे। भाभी भी समझती थीं, सोने से लद जाऊँगी। अब देखें, कौन पूछता है। सिसक-सिसककर न मरें, तो कह देना। बहुत 'हाय ! हाय !' भी अच्छी नहीं होती। आदमी उतना काम करे, जितना हो सके। यह नहीं कि रुपये के लिए जान ही दे दे।

पन्ना कहती—रग्घू बेचारे का कौन दोष है।

केदार कहता—चल, मैं खूब समझता हूँ। भैया की जगह मैं होता तो डंडे से बात करता। मजाल थी कि औरत यों जिद करती। यह सब भैया की चाल थी। सब सधी-बदी बात थी।

आखिर एक दिन रग्घू का टिमटिमाता हुआ जीवन-दीपक बुझ गया। मौत ने सारी चिन्ताओं का अन्त कर दिया।

अन्त समय उसने केदार को बुलाया था, पर केदार को ऊख में पानी देना था। डरा, कहीं दवा के लिए न भेज दें। बहाना बना दिया।

8

मुलिया का जीवन अन्धकारमय हो गया। जिस भूमि पर उसने मंसूबों की दीवार खड़ी की थी, अब नीचे से खिसक गई थी। जिस खूँटे के बल पर वह उछल रही थी, वह उखड़ गया था। गाँववालों ने कहना शुरू किया, ईश्वर ने कैसा तत्काल दण्ड दिया। बेचारी मारे लाज के अपने बच्चों को लिये रोया करती। गाँव में किसी को मुँह दिखाने का साहस न होता। प्रत्येक प्राणी उससे यह कहता हुआ मालूम होता था—'मारे घमण्ड के धरती पर पाँव न रखती थी, आखिर सजा मिल गई कि नहीं।' अब इस घर में कैसे निबाह होगा ? वह किसके सहारे रहेगी ? किसके बल पर खेती होगी। बेचारा रग्घू बीमार था, दुर्बल था; पर जब तक जीता रहा, अपना काम करता रहा। मारे कमज़ोरी के कभी-कभी सिर पकड़कर बैठ जाता, और ज़रा दम लेकर फिर हाथ चलाने लगता था। सारी खेती तहस-नहस हो रही थी, उसे कौन सँभालेगा ? अनाज की डाँठें खलिहान में पड़ी थीं, ऊख अलग सूख रही थी। वह अकेली क्या-क्या करेगी ? फिर सिंचाई अकेले आदमी का तो काम नहीं। तीन-तीन मजूरों को कहाँ से लाये ? गाँव में मजूर थे ही कितने ? आदमियों के लिए खींचातानी हो रही थी। क्या करे, क्या न करे ?

इस तरह तेरह दिन बीत गये। क्रिया-कर्म से छुट्टी मिली। दूसरे ही दिन सबेरे मुलिया ने दोनों बालकों को गोद में उठाया और अनाज माँड़ने चली। खलिहान में पहुँचकर उसने एक को तो पेड़ के नीचे घास के नर्म बिस्तर पर सुला दिया और दूसरे को वहीं बैठाकर अनाज माँड़ने लगी। बैलों को हाँकती थी और रोती थी। क्या इसीलिए भगवान ने उसको जन्म दिया था ? देखते- देखते क्या-से-क्या हो गया ? इन्हीं दिनों पिछले साल भी अनाज माँड़ा गया था, वह रग्घू के लिए लोटे में शरबत और मटर की घुँघनी लेकर आयी थी। आज कोई उसके न आगे है न पीछे ! लेकिन किसी की लौंडी तो नहीं हूँ ? उसे अलग होने का अब भी पछतावा न था।

एकाएक छोटे बच्चे का रोना सुनकर उसने उधर ताका, तो बड़ा लड़का उसे चुमकारकर कह रहा था—बैया, तुप रहो, तुप रहो। धीरे-धीरे उसके मुँह पर हाथ फेरता था और चुप करने के लिए विकल था। जब बच्चा किसी तरह न चुप हुआ

तो वह खुद उसके पास लेट गया और उसे छाती से लगाकर प्यार करने लगा; मगर जब यह प्रयत्न भी सफल न हुआ, तो वह रोने लगा।

उसी समय पन्ना दौड़ी आयी और छोटे बालक को गोद में उठाकर प्यार करती हुई बोली—लड़कों को मुझे क्यों न दे आयी बहू ? हाय ! हाय ! अभी बेचारा धरती पर पड़ा लोट रहा है। जब मैं मर जाऊँ, तो जो चाहे करना, अभी तो जीती हूँ। अलग हो जाने से बच्चे तो नहीं अलग हो गये।

मुलिया ने कहा—तुम्हें भी तो छुट्टी नहीं थी अम्माँ, क्या करती।

पन्ना—तो तुझे यहाँ आने की ऐसी क्या जल्दी थी। डाँठ माँड़ न जाती तीन-तीन लड़के तो हैं, और किस दिन काम आयेंगे। केदार तो कल ही माँड़ने को कह रहा था; पर मैंने कहा—पहले ऊख में पानी दे लो; फिर अनाज माँड़ना। मँड़ाई तो दस दिन बाद भी हो सकती है, ऊख की सिंचाई न हुई तो सूख जायगी। कल से पानी चढ़ा हुआ है, परसों तक खेत पुर जायगा। तब मँड़ाई हो जायगी। तुझे विश्वास न आवेगा, जब से भैया मरे हैं, केदार को बड़ी चिंता हो गयी है। दिन में सौ-सौ बार पूछता है, भाभी बहुत रोती तो नहीं हैं ? देख, लड़के भूखे तो नहीं हैं। कोई लड़का रोता है, तो दौड़ा आता है देख अम्माँ क्या हुआ, बच्चा क्यों रोता है ? कल रोकर बोला—अम्माँ, मैं जानता कि भैया इतनी जल्दी चले जायँगे, तो उनकी सेवा कर लेता। कहाँ जगाये-जगाये उठता था, अब देखती हो; पहर रात से उठकर काम में लग जाता है। खुन्नू कल ज़रा-सा बोला—पहले हम अपनी ऊख में पानी दे लेंगे, तब भैया की ऊख में देंगे। उस पर केदार ने ऐसा डाँटा कि खुन्नू के मुँह से फिर बात न निकली। बोला—कैसी तुम्हारी और कैसी हमारी ऊख। भैया ने जिला न लिया होता, तो आज या तो मर गये होते या कहीं भीख माँगते। आज तुम बड़े ऊखवाले बने हो ! यह उन्हीं का पुन-परताप है कि आज भले आदमी बने बैठे हो। परसों रोटी खाने को बुलाने गयी; तो मड़ैया में बैठा रो रहा था। पूछा—क्यों रोता है ? तो बोला—अम्माँ, भैया इसी 'अलग्योझे' के दुख से मर गये, नहीं अभी उनकी उमिर ही क्या थी। यह उस बखत न सूझा; नहीं उनसे क्यों बिगाड़ करते।

यह कहकर पन्ना ने मुलिया की ओर संकेतपूर्ण दृष्टि से देखकर कहा—तुम्हें वह अलग न रहने देगा बहू; कहता है, भैया हमारे लिए मर गये तो हम भी उनके बाल-बच्चों के लिए मर जायँगे।

मुलिया की आँखों से आँसू जारी थे, पन्ना की बातों में आज सच्ची वेदना, सच्ची सांत्वना, सच्ची सद्‌चिन्ता भरी हुई थी। मुलिया का मन कभी उसकी ओर इतना आकर्षित न हुआ था। जिनसे उसे व्यंग्य और प्रतिकार का भय था, वे इतने दयालु, इतने शुभेच्छु हो गये थे।

आज पहली बार उसे अपनी स्वार्थपरता पर लज्जा आयी, पहली बार आत्मा ने अलग्योझे पर धिक्कारा !

9

इस घटना को हुए पाँच साल गुज़र गये। पन्ना आज बूढ़ी हो गयी है। केदार घर का मालिक है। मुलिया घर की मालकिन है। खुन्नू और लछमन के विवाह हो चुके हैं; मगर केदार अभी तक क्वाँरा है। कहता है—मैं विवाह न करूँगा। कई जगहों से बातचीत हुई, कई सगाइयाँ आयीं; पर उसने हामी न भरी। पन्ना ने कम्पे लगाये, जाल फैलाये; पर वह न फँसा। कहता—औरतों से कौन सुख। मेहरिया घर में आयी और आदमी का मिज़ाज बदला। फिर जो कुछ है, वह मेहरिया है। माँ-बाप, भाई-बन्धु सब पराये हैं। जब भैया-जैसे आदमी का मिज़ाज बदल गया, तो फिर दूसरों की क्या गिनती। दो लड़के भगवान के दिये हैं, और क्या चाहिए। बिना ब्याह किये दो बेटे मिल गये, इससे बढ़कर और क्या होगा। जिसे अपना समझो, वह अपना है, जिसे ग़ैर समझो, वह ग़ैर है।

एक दिन पन्ना ने कहा—तेरा वंश कैसे चलेगा ?

केदार—मेरा वंश तो चल रहा है। दोनों लड़कों को अपना ही समझता हूँ।

पन्ना—समझने ही पर है, तो तू मुलिया को भी अपनी मेहरिया समझता होगा।

केदार ने झेंपते हुए कहा—तुम तो गाली देती हो अम्माँ !

पन्ना—गाली कैसी, तेरी भाभी ही तो है।

केदार—मेरे जैसे लट्ठ-गँवार को वह क्या पूछने लगी !

पन्ना—तू करने को कह, तो मैं उससे पूछूँ ?

केदार—नहीं मेरी अम्माँ, कहीं रोने-गाने न लगे।

पन्ना—तेरा मन हो, तो मैं बातों-बातों में उसके मन की थाह लूँ ?

केदार—मैं नहीं जानता, जो चाहे कर।

पन्ना केदार के मन की बात समझ गयी। लड़के का दिल मुलिया पर आया हुआ है; पर संकोच और भय के मारे कुछ नहीं कहता।

उसी दिन उसने मुलिया से कहा—'क्या करूँ बहू, मन की लालसा मन में ही रही जाती है। केदार का घर भी बस जाता; तो मैं निश्चिन्त हो जाती।

मुलिया—वह तो करने ही नहीं कहते।

पन्ना—कहता है, ऐसी औरत मिले, जो घर में मेल से रहे, तो कर लूँ।

मुलिया—ऐसी औरत कहाँ मिलेगी ? कहीं ढूँढो।

पन्ना—मैंने तो ढूँढ लिया है।

मुलिया—सच ! किस गाँव की है ?

पन्ना—अभी न बताऊँगी, मुदा यह जानती हूँ कि उससे केदार की सगाई हो जाय, तो घर बस जाय और केदार की ज़िन्दगी भी सफल हो जाय। न जाने लड़की मानेगी कि नहीं !

मुलिया—मानेगी क्यों नहीं अम्माँ; ऐसा सुन्दर, कमाऊ, सुशील वर और कहाँ मिला जाता है। उस जनम का कोई साधु-महात्मा है, नहीं तो लड़ाई-झगड़े के डर से कौन बिन ब्याहा रहता है। कहाँ रहती है, मैं जाकर उसे मना लाऊँ।

पन्ना—तू चाहे, तो मना ले। तेरे ही ऊपर है।

मुलिया—मैं आज ही चली जाऊँगी अम्माँ ! उसके पैरों पड़कर मना लाऊँगी।

पन्ना—बता दूँ ! वह तू ही है !

मुलिया लजाकर बोली—तुम तो अम्माँ जी, गाली देती हो।

पन्ना—गाली कैसी, देवर ही तो है।

मुलिया—मुझ जैसी बुढ़िया को वह क्यों पूछेंगे।

पन्ना—वह तुझी पर दाँत लगाये बैठा है। तेरे सिवा कोई और उसे भाती ही नहीं। डर के मारे कहता नहीं; पर उसके मन की बात मैं जानती हूँ।

वैधव्य के शोक से मुरझाया हुआ मुलिया का पीत बदन कमल की भाँति अरुण हो उठा। दस वर्षों में जो कुछ खोया था, उसी एक क्षण में मानो ब्याज के साथ मिल गया। वही लावण्य, वही विकास, वही आकर्षण, वही लोच !

माँ

आज बंदी छूटकर घर आ रहा है। करुणा ने एक दिन पहले ही घर लीप-पोत रक्खा था, इन तीन वर्षों में उसने कठिन तपस्या करके जो दस-पाँच रुपये जमा कर रखे थे, वह सब पति के सत्कार और स्वागत की तैयारियों में खर्च कर दिये। पति के लिए धोतियों का जोड़ा लायी थी, नये कुरते बनवाये थे, बच्चे के लिए नये कोट और टोपी का आयोजन किया था। बार-बार बच्चे को गले लगाती, और प्रसन्न होती। अगर इस बच्चे ने सूर्य की भाँति उदय होकर उसके अँधेरे जीवन को प्रदीप्त न कर दिया होता, तो कदाचित् ठोकरों ने उसके जीवन का अन्त कर दिया होता। पति के कारावास दंड के तीन ही महीने बाद इस बालक का जन्म हुआ। उसी का मुँह देख-देखकर करुणा ने यह तीन साल काट दिये थे। वह सोचती–जब मैं बालक को उनके सामने ले जाऊँगी, तो वह कितने प्रसन्न होंगे ! उसे देखकर पहले तो चकित हो जायेंगे, फिर गोद में उठा लेंगे, और कहेंगे–करुणा, तुमने यह रत्न देकर मुझे निहाल कर दिया। कैद के सारे कष्ट बालक की तोतली बातों में भूल जायेंगे, उसकी एक सरल, पवित्र, मोहक दृष्टि हृदय की सारी व्यथाओं को धो डालेगी। इस कल्पना का आनन्द लेकर वह फूली न समाती थी। वह सोच रही थी–आदित्य के साथ बहुत से आदमी होंगे। जिस समय वह द्वार पर पहुँचेंगे, 'जय-जय शंकर' की ध्वनि से आकाश गूँज उठेगा। वह कितना स्वर्गीय दृश्य होगा। उन आदमियों के बैठने के लिए करुणा ने एक फटा-सा टाट बिछा दिया था, कुछ पान बना लिये थे और बार-बार आशामय नेत्रों से द्वार की ओर ताकती थी। पति की वह सुदृढ़, उदार, तेज़पूर्ण मुद्रा बार-बार आँखों में फिर जाती थी, उनकी वे बातें बार-बार याद आती थीं, जो चलते समय उनके मुख से निकली थीं, उनका वह धैर्य, वह आत्मबल, जो पुलिस के प्रहारों के सामने भी अटल रहा था, वह मुस्कराहट जो उस समय भी उनके अधरों पर खेल रही थी; वह आत्मा- भिमान जो उस समय भी उनके मुख से टपक रहा था, क्या करुणा के हृदय से कभी विस्मृत हो सकता था ? उनका स्मरण आते ही करुणा के निस्तेज़ मुख पर आत्मगौरव की लालिमा छा गयी। यही वह आलम्बन था, जिसने इन तीन वर्षों की घोर यातनाओं में भी

उसके हृदय को आश्वासन दिया था। कितनी ही रातें फाकों से गुज़रीं, बहुधा घर में दीपक जलने की नौबत भी न आती थी; पर दीनता के आँसू कभी उसकी आँखों से न गिरे। आज उन सारी विपत्तियों का अन्त हो जायगा। पति के प्रगाढ़ आलिंगन में वह सब कुछ हँसकर झेल लेगी। वह अनन्त निधि पाकर फिर उसे कोई अभिलाषा न रहेगी।

गगन-पथ का चिरगामी पथिक लपका हुआ विश्राम की ओर चला जाता था, जहाँ सन्ध्या ने सुनहरी फ़र्श सजाया था और उज्ज्वल पुष्पों की सेज बिछा रखी थी। उसी समय करुणा को एक आदमी लाठी टेकता आता दिखाई दिया, मानो किसी जीर्ण मनुष्य की वेदना-ध्वनि हो। पग-पग पर रुककर खाँसने लगता था। उसका सिर झुका हुआ था; करुणा उसका चेहरा न देख सकती थी; लेकिन चाल-ढाल से कोई बूढ़ा आदमी मालूम होता था, पर एक क्षण में जब वह समीप आ गया, तो करुणा उसे पहचान गयी। वह उसका प्यारा पति ही था; किन्तु शोक। उसकी सूरत कितनी बदल गयी थी। वह जवानी, वह तेज़, वह चपलता, वह सुगठन सब प्रस्थान कर चुका था। केवल हड्डियों का एक ढाँचा रह गया था। न कोई संगी, न साथी, न यार, न दोस्त। करुणा उसे पहचानते ही बाहर निकल आयी, पर आलिंगन की कामना हृदय में दबकर ही रह गयी। सारे मंसूबे धूल में मिल गये। सारा मनोल्लास आँसुओं के प्रवाह में बह गया, विलीन हो गया।

आदित्य ने घर में क़दम रखते ही मुस्कराकर करुणा को देखा। पर उस मुसकान में वेदना का एक संसार भरा हुआ था। करुणा ऐसी शिथिल हो गयी, मानो हृदय का स्पन्दन रुक गया हो। वह फटी हुई आँखों से स्वामी की ओर टकटकी बाँधे खड़ी थी, मानो उसे अपनी आँखों पर अब भी विश्वास न आता हो। स्वागत या दुख का एक शब्द भी उसके मुँह से न निकला। बालक भी उसकी गोद में बैठा हुआ सहमी आँखों से इस कंकाल को देख रहा था और माता की गोद में चिपटा जाता था।

आखिर उसने कातर स्वर में कहा—यह तुम्हारी क्या दशा है ? बिलकुल पहचाने नहीं जाते।

आदित्य ने उसकी चिंता को शांत करने के लिए मुस्कराने की चेष्टा करके कहा—कुछ नहीं, ज़रा दुबला हो गया हूँ। तुम्हारे हाथों का भोजन पाकर फिर स्वस्थ हो जाऊँगा।

करुणा—छी ! सूखकर काँटा हो गये। क्या वहाँ भरपेट भोजन भी नहीं मिलता ! तुम कहते थे, राजनैतिक आदमियों के साथ बड़ा अच्छा व्यवहार किया जाता है, और वह तुम्हारे साथी क्या हो गये, जो तुम्हें आठों पहर घेरे रहते थे और तुम्हारे पसीने की जगह खून बहाने को तैयार रहते थे।

आदित्य की त्यौरियों पर बल पड़ गये। बोले—यह बड़ा ही कटु अनुभव है करुणा। मुझे न मालूम था कि मेरे क़ैद होते ही लोग मेरी ओर से यों आँखें फेर लेंगे, कोई बात भी न पूछेगा। राष्ट्र के नाम पर मिटनेवालों का यही पुरस्कार है, यह मुझे न मालूम था। जनता अपने सेवकों को बहुत जल्द भूल जाती है, यह तो मैं जानता था; लेकिन अपने सहयोगी और सहायक इतने बेवफ़ा होते हैं, इसका मुझे यह पहला ही अनुभव हुआ; लेकिन मुझे किसी से शिकायत नहीं। सेवा स्वयं अपना पुरस्कार है। मेरी भूल थी कि मैं इसके लिए यश और नाम चाहता था।

करुणा—तो क्या वहाँ भोजन भी न मिलता था ?

आदित्य—यह न पूछो करुणा, बड़ी करुण कथा है। बस यही गनीमत समझो की जीता लौट आया। तुम्हारे दर्शन बदे थे; नहीं कष्ट तो ऐसे-ऐसे उठाये कि अब तक मुझे प्रस्थान कर जाना चाहिए था। मैं ज़रा लेटूँगा। खड़ा नहीं रहा जाता। दिन भर में इतनी दूर आया हूँ।

करुणा—चलकर कुछ खा लो; आराम से लेटो। (बालक को गोद में उठाकर) बाबूजी हैं बेटा, तुम्हारे बाबूजी। इनकी गोद में जाओ तुम्हें प्यार करेंगे।

आदित्य ने आँसू-भरी आँखों से बालक को देखा और उनका एक-एक रोम उनका तिरस्कार करने लगा। अपनी जीर्ण दशा पर उन्हें कभी इतना दुःख न हुआ था। ईश्वर की असीम दया से यदि उनकी दशा सँभल जाती, तो वह फिर कभी राष्ट्रीय आन्दोलनों के समीप न जाते। इस फूल-से बच्चे को यों संसार में लाकर दरिद्रता और दीनता की आग में झोंकने का उन्हें क्या अधिकार था ? वह अब लक्ष्मी की उपासना करेंगे; और अपना क्षुद्र जीवन बच्चे के लालन-पालन के लिए अर्पित कर देंगे। उन्हें उस समय ऐसा ज्ञात हुआ कि बालक उन्हें उपेक्षा की दृष्टि से देख रहा है; मानो कह रहा है—'मेरे साथ आपने अपना कौन-सा कर्तव्य पालन किया ?' उनकी सारी कामना, सारा प्यार बालक को हृदय से लगा लेने के लिए अधीर हो उठा; पर हाथ फैला न सके। हाथों में शक्ति ही न थी।

करुणा बालक को लिये हुए उठी, और थाली में कुछ भोजन निकालकर लायी। आदित्य ने क्षुधा-पूर्ण नेत्रों से थाली की ओर देखा, मानो आज बहुत दिनों के बाद कोई खाने की चीज़ सामने आयी है। जानता था कि कई दिनों के उपवास के बाद और आरोग्य की इस गयी-गुज़री दशा में उसे ज़बान को काबू में रखना चाहिए; पर सब्र न कर सका; थाली पर टूट पड़ा और देखते-देखते थाली साफ कर दी। करुणा संशक हो गयी। उसने दोबारा किसी चीज़ के लिए न पूछा। थाली उठाकर चली गयी, पर उसका दिल कह रहा था—इतना तो यह कभी न खाते थे।

करुणा बच्चे को कुछ खिला रही थी कि एकाएक कानों में आवाज़ आयी—करुणा !

करुणा ने आकर पूछा—क्या तुमने मुझे पुकारा है ?

आदित्य का चेहरा पीला पड़ गया था, और साँस ज़ोर-ज़ोर से चल रही थी।

हाथों के सहारे वहीं टाट पर लेट गये थे। करुणा उनकी यह हालत देखकर घबड़ा गयी। बोली–जाकर किसी वैद को बुला लाऊँ ?

आदित्य ने हाथ के इशारे से उसे मना करके कहा–व्यर्थ है करुणा ! अब तुमसे छिपाना व्यर्थ है, मुझे सिल हो गया है। कई बार मरते-मरते बच गया हूँ। तुम लोगों के दर्शन बदे थे। इसलिए प्राण न निकलते थे। देखो प्रिये, रोओ मत।

करुणा ने सिसकियों को दबाते हुए कहा–मैं वैदजी को लेकर अभी आती हूँ।

आदित्य ने फिर सिर हिलाया–नहीं करुणा, केवल मेरे पास बैठी रहो। अब किसी से कोई आशा नहीं है। डाक्टरों ने जवाब दे दिया है। मुझे तो यही आश्चर्य है कि यहाँ पहुँच कैसे गया। न जाने कौन-सी दैवी शक्ति मुझे वहाँ से खींच लायी। कदाचित् यह इस बुझते हुए दीपक की अन्तिम झलक थी। आह ! मैंने तुम्हारे साथ बड़ा अन्याय किया। इसका मुझे हमेशा दुःख रहेगा। मैं तुम्हें कोई आराम न दे सका। तुम्हारे लिए कुछ न कर सका। केवल सोहाग का दाग लगाकर और एक बालक के पालन का भार छोड़कर चला जा रहा हूँ। आह !

करुणा ने हृदय को दृढ़ करके कहा–तुम्हें कहीं दर्द तो नहीं हो रहा है ? आग बना लाऊँ। कुछ बताते क्यों नहीं ?

आदित्य ने करवट बदलकर कहा–कुछ करने की ज़रूरत नहीं प्रिये। कहीं दर्द नहीं। बस, ऐसा मालूम हो रहा है कि दिल बैठा जाता है, जैसे पानी में डूबा जाता हूँ। जीवन की लीला समाप्त हो रही है। दीपक को बुझते हुए देख रहा हूँ। कह नहीं सकता, कब आवाज़ बन्द हो जाय। जो कुछ कहना है, वह कह डालना चाहता हूँ। क्यों वह लालसा ले जाऊँ ? मेरे एक प्रश्न का जवाब दोगी, पूछूँ ?

करुणा के मन की सारी दुर्बलता, सारा शोक, सारी वेदना मानो लुप्त हो गयी, और उनकी जगह उस आत्म-बल का उदय हुआ, जो मृत्यु पर हँसता है, और विपत्ति के साँपों से खेलता है। रत्न-जड़ित, मखमली म्यान में जैसे तेज़ तलवार छिपी रहती है, जल के कोमल प्रवाह में जैसे असीम शक्ति छिपी रहती है, वैसे ही रमणी का कोमल हृदय साहस और धैर्य को अपनी गोद में छिपाये रहता है। क्रोध जैसे तलवार को बाहर खींच लेता है, विज्ञान जैसे जल-शक्ति का उद्घाटन कर लेता है, वैसे ही प्रेम रमणी के साहस और धैर्य को प्रदीप्त कर देता है।

करुणा ने पति के सिर पर हाथ रखते हुए कहा–पूछते क्यों नहीं प्यारे !

आदित्य ने करुणा के हाथों के कोमल स्पर्श का अनुभव करते हुए कहा–तुम्हारे विचार में मेरा जीवन कैसा था। बधाई के योग्य ? देखो, तुमने मुझसे कभी परदा नहीं रखा। इस समय भी स्पष्ट ही कहना। तुम्हारे विचार में मुझे अपने जीवन पर हँसना चाहिए या रोना चाहिए ?

करुणा ने उल्लास के साथ कहा—यह प्रश्न क्यों करते हो प्रियतम ? क्या मैंने तुम्हारी कभी उपेक्षा की है ? तुम्हारा जीवन देवताओं का-सा जीवन था, निःस्वार्थ, निर्लिप्त और आदर्श ! विघ्न-बाधाओं से तंग आकर मैंने तुम्हें कितनी ही बार संसार की ओर खींचने की चेष्टा की है; पर उस समय भी मैं मन में जानती थी कि मैं तुम्हें ऊँचे आसन से गिरा रही हूँ। अगर तुम माया-मोह में फँसे होते, कदाचित् मेरे मन को अधिक सन्तोष होता; लेकिन मेरी आत्मा को वह गर्व और उल्लास न होता, जो इस समय हो रहा है। मैं अगर किसी को बड़े-से-बड़ा आशीर्वाद दे सकती हूँ, तो वह यही होगा कि उसका जीवन तुम्हारे जैसा हो।

यह कहते-कहते करुणा का आभाहीन मुखमण्डल ज्योतिर्मय हो गया, मानो उसकी आत्मा दिव्य हो गयी हो। आदित्य ने सगर्व नेत्रों से करुणा को देखकर कहा—बस, अब मुझे सन्तोष हो गया करुणा, इस बच्चे की ओर से मुझे कोई शंका नहीं है। मैं उसे इससे अधिक कुशल हाथों में नहीं छोड़ सकता। मुझे विश्वास है कि जीवन का यह ऊँचा और पवित्र आदर्श सदैव तुम्हारे सामने रहेगा। अब मैं मरने को तैयार हूँ।

2

सात वर्ष बीत गये।

बालक प्रकाश अब दस साल का रूपवान, बलिष्ठ, प्रसन्नमुख कुमार था, बला का तेज़, साहसी और मनस्वी। भय तो उसे छू भी नहीं गया था। करुणा का संतप्त हृदय उसे देखकर शीतल हो जाता। संसार करुणा को अभागिनी और दीन समझे। वह कभी भाग्य का रोना नहीं रोती। उसने उन आभूषणों को बेच डाला, जो पति के जीवन में उसे प्राणों से भी प्रिय थे, और उस धन से कुछ गायें और भैंसें मोल लीं। वह कृषक की बेटी थी, और गो-पालन उसके लिए कोई नया व्यवसाय न था। इसी को उसने अपनी जीविका का साधन बनाया। विशुद्ध दूध कहाँ मयस्सर होता है ? सब दूध हाथों-हाथ बिक जाता। करुणा को पहर दिन से पहर रात तक काम में लगा रहना पड़ता; पर वह प्रसन्न थी। उसके मुख पर निराशा या दीनता की छाया नहीं, संकल्प और साहस का तेज़ है। उसके एक-एक अंग से आम-गौरव की ज्योति-सी निकल रही है; आँखों में एक दिव्य प्रकाश है—गंभीर, अथाह और असीम। सारी वेदनाएँ—वैधव्य का शोक और विधि का निर्दय प्रहार—सब उस प्रकाश की गहराई में विलीन हो गया है। प्रकाश पर वह जान देती है। उसका आनन्द, उसकी अभिलाषा, उसका संसार, उसका स्वर्ग, सब प्रकाश पर न्योछावर है; पर यह मजाल नहीं कि प्रकाश कोई शरारत करे और करुणा आँखें बन्द कर ले। नहीं, वह उसके चरित्र की बड़ी कठोरता से देखभाल करती है। वह प्रकाश

की माँ ही नहीं, माँ-बाप दोनों है। उसके पुत्र-स्नेह में माता की ममता के साथ पिता की कठोरता भी मिली हुई है। पति के अन्तिम शब्द अभी तक उसके कानों में गूँज रहे हैं। वह आत्मोल्लास जो उनके चेहरे पर झलकने लगा था, वह गर्वमयी लाली जो उनकी आँखों में छा गयी थी, अभी तक उसकी आँखों में फिर रही है। निरन्तर पति-चिंतन ने आदित्य को उसकी आँखों में प्रत्यक्ष कर दिया है। वह सदैव उनकी उपस्थिति का अनुभव किया करती है। उसे ऐसा जान पड़ता है कि आदित्य की आत्मा सदैव उसकी रक्षा करती रहती है। उसकी यही हार्दिक अभिलाषा है कि प्रकाश जवान होकर पिता का पदगामी हो।

संध्या हो गयी थी। एक भिखारिन द्वार पर आकर भीख माँगने लगी। करुणा उस समय गउओं को सानी दे रही थी। प्रकाश बाहर खेल रहा था। बालक ही तो था। शरारत सूझी ! घर में गया, और कटोरे में थोड़ा-सा भूसा लेकर बाहर निकला। भिखारिन ने अपनी झोली फैला दी। प्रकाश ने भूसा उसकी झोली में डाल दिया और ज़ोर-ज़ोर से तालियाँ बजाता हुआ भागा।

भिखारिन ने अग्निमय नेत्रों से देखकर कहा—वाह रे लाडले ! मुझसे हँसी करने चला है ! यही माँ-बाप ने सिखाया है ! तब तो खूब कुल का नाम जगाओगे।

करुणा उसका बोल सुनकर बाहर निकल आयी, और पूछा—क्या है माता ? किसे कह रही हो ?

भिखारिन ने प्रकाश की तरफ इशारा करके कहा—वह तुम्हारा लड़का है न। देखो, कटोरे में भूसा भरकर मेरी झोली में डाल गया है। चुटकी-भर आटा था, वह भी मिट्टी में मिल गया। कोई इस तरह दुखियों को सताता है ? सबके दिन एक से नहीं रहते। आदमी को घमण्ड न करना चाहिए।

करुणा ने कठोर स्वर में पुकारा—प्रकाश !

प्रकाश लज्जित न हुआ। अभिमान से सिर उठाये हुए आया और बोला—यह हमारे घर भीख माँगने क्यों आयी है। कुछ काम क्यों नहीं करती ?

करुणा ने उसे समझाने की चेष्टा करके कहा—शर्म तो नहीं आती, उलटे और आँखें दिखाते हो।

प्रकाश—शर्म क्यों आये ? यह क्यों रोज भीख माँगने आती है ? हमारे यहाँ क्या कोई चीज़ मुफ़्त आती है !

करुणा—तुम्हें कुछ न देना था तो सीधे से कह देते, जाओ। तुमने यह शरारत क्यों की ?

प्रकाश—उसकी आदत कैसे छूटती ?

करुणा ने बिगड़कर कहा—तुम अब पिटोगे, मेरे हाथों।

प्रकाश—पिटूँगा क्यों, आप जबरदस्ती पीटेंगी ? दूसरे मुल्कों में अगर कोई भीख माँगे, तो कैद कर लिया जाय। यह नहीं कि उलटे भिखमंगों को और शह दिया जाय।

करुणा–जो अपंग है, वह कैसे काम करे ?

प्रकाश–तो जाकर डूब मरे, जिन्दा क्यों रहती है।

करुणा निरुत्तर हो गयी। बुढ़ियां को तो उसने आटा-दाल देकर विदा किया; किन्तु प्रकाश का कुतर्क उसके हृदय में फोड़े के समान टीसता रहा। इसने यह धृष्टता, यह अविनय कहाँ सीखा। रात को भी उसे बार-बार यही ख़याल सताता रहा।

आधी रात के समीप एकाएक प्रकाश की नींद टूटी, तो देखा–लालटेन जल रही है और करुणा बैठी रो रही है। उठ बैठा और बोला–अम्माँ, अभी तुम सोई नहीं ?

करुणा ने मुँह फेरकर कहा–नींद नहीं आयी। तुम कैसे जाग गये ? प्यास तो नहीं लगी है ?

प्रकाश–नहीं अम्माँ, न जाने क्यों आँख खुल गयी। मुझसे आज बड़ा अपराध हुआ अम्माँ।

करुणा ने उसके मुख की ओर स्नेह के नेत्रों से देखा।

प्रकाश–मैंने आज बुढ़िया के साथ बड़ी नटखटी की। मुझे क्षमा करो। फिर कभी ऐसी शरारत न करूँगा।

यह कहकर वह रोने लगा। करुणा ने स्नेहार्द्र होकर उसे गले लगा लिया और उसके कपोलों का चुम्बन करके बोली–बेटा, मुझे खुश करने के लिए यह कह रहे हो; या तुम्हारे मन में सचमुच पछतावा हो रहा है ?

प्रकाश ने सिसकते हुए कहा–नहीं अम्माँ, मुझे दिल से अफसोस हो रहा है। अबकी वह बुढ़िया आयेगी, तो मैं उसे बहुत से पैसे दूँगा।

करुणा का हृदय मतवाला हो गया। ऐसा जान पड़ा, आदित्य सामने खड़े बच्चे को आशीर्वाद दे रहे हैं और कह रहे हैं, करुणा, क्षोभ मत कर ! प्रकाश अपने पिता का नाम रोशन करेगा। तेरी संपूर्ण कामनाएँ पूरी हो जायँगी।

3

लेकिन प्रकाश के कर्म और वचन में मेल न था, और दिनों के साथ उसके चरित्र का यह अंग प्रत्यक्ष होता जाता था। जहीन था ही, विश्वविद्यालय से उसे वजीफे मिलते थे, करुणा भी उसकी यथेष्ट सहायता करती रहती थी, फिर भी उसका खर्च पूरा न पड़ता था। वह मितव्ययिता और सरल जीवन पर विद्वत्ता से भरे हुए व्याख्यान दे सकता था; पर उसका रहन-सहन फैशन के अंधभक्तों से जौ भर भी घटकर न था। प्रदर्शन की धुन हमेशा सवार रहती थी। उसके मन और बुद्धि में निरन्तर द्वन्द्व होता रहता था। मन जाति की ओर था, बुद्धि अपनी ओर। बुद्धि मन को

दबाये रखती थी। उसके सामने मन की एक न चलती थी। जाति-सेवा ऊसर की खेती है, वहाँ बड़े-से-बड़ा उपहार जो मिल सकता है, वह है गौरव और यश; पर वह भी स्थायी नहीं, इतना अस्थिर कि एक क्षण में जीवन भर की कमाई पर पानी फिर सकता है। अतएव उसका अंतःकरण अनिवार्य वेग के साथ विलासमय जीवन की ओर झुकता था। यहाँ तक कि धीरे-धीरे उसे त्याग और निग्रह से घृणा होने लगी। वह दुरवस्था और दरिद्रता को हेय समझता था। उसके हृदय न था, भाव न थे, केवल मस्तिष्क था। मस्तिष्क में दर्द कहाँ, दया कहाँ ! वहाँ तो तर्क है, हौसला है, मंसूबे हैं।

सिंध में बाढ़ आयी। हज़ारों आदमी तबाह हो गये। विद्यालय ने वहाँ एक सेवा समिति भेजी। प्रकाश के मन में द्वन्द्व होने लगा—जाऊँ या न जाऊँ। इतने दिनों अगर वह परीक्षा की तैयारी करे तो प्रथम श्रेणी में पास हो। चलते समय उसने बीमारी का बहाना कर दिया। करुणा ने लिखा, तुम सिंध न गये, इसका मुझे खेद है। तुम बीमार रहते हुए भी वहाँ जा सकते थे। समिति में चिकित्सक भी तो थे ! प्रकाश ने पत्र का उत्तर न दिया।

उड़ीसा में अकाल पड़ा। प्रजा मक्खियों की तरह मरने लगी। कांग्रेस ने पीड़ितों के लिए मिशन तैयार किया। उन्हीं दिनों विद्यालय ने इतिहास के छात्रों को ऐतिहासिक खोज के लिए लंका भेजने का निश्चय किया। करुणा ने प्रकाश को लिखा तुम उड़ीसा जाओ, किन्तु प्रकाश लंका जाने को लालायित था। वह कई दिन इसी दुविधा में रहा। अन्त को सीलोन ने उड़ीसा पर विजय पायी। करुणा ने अबकी उसे कुछ न लिखा। चुपचाप रोती रही।

सीलोन से लौटकर प्रकाश छुट्टियों में घर गया। करुणा उससे खिंची-खिंची रही। प्रकाश मन में लज्जित हुआ और संकल्प किया कि अबकी कोई अवसर आया, तो अम्माँ को अवश्य प्रसन्न करूँगा। यह निश्चय करके वह विद्यालय लौटा। लेकिन यहाँ आते ही फिर परीक्षा की फिक्र सवार हो गयी। यहाँ तक कि परीक्षा के दिन आ गये; मगर इम्तहान से फुरसत पाकर भी प्रकाश घर न गया। विद्यालय के एक अध्यापक कश्मीर सैर करने जा रहे थे। प्रकाश उन्हीं के साथ कश्मीर चल खड़ा हुआ। जब परीक्षा-फल निकले और प्रकाश प्रथम आया, तब उसे घर की याद आयी। उसने तुरन्त करुणा को पत्र लिखा, और अपने आने की सूचना दी। माता को प्रसन्न करने के लिए उसने दो-चार शब्द जाति-सेवा के विषय में भी लिखे—अब मैं आपकी आज्ञा का पालन करने को तैयार हूँ। मैंने शिक्षा-सम्बन्धी कार्य करने का निश्चय किया है। इसी विचार से मैंने यह विशिष्ट स्थान प्राप्त किया है। हमारे नेता भी तो विद्यालयों के आचार्यों ही का सम्मान करते हैं—अभी तक इन उपाधियों के मोह से मुक्त नहीं हुए हैं। यह उपाधि लेकर वास्तव में मैंने अपने सेवा-मार्ग से एक बाधा हटा दी है। हमारे नेता भी योग्यता, सदुत्साह, लगन का उतना सम्मान

नहीं करते, जितना उपाधियों का ! अब सब मेरी इज्जत करेंगे, और ज़िम्मेदारी का काम सौंपेंगे, जो पहले माँगे भी न मिलता।

करुणा की आस फिर बँधी।

4

विद्यालय खुलते ही प्रकाश के नाम रजिस्ट्री का पत्र पहुँचा। उन्होंने प्रकाश को इंगलैंड जाकर विद्याभ्यास करने के लिए सरकार से वजीफे की मंजूरी की सूचना दी थी। प्रकाश पत्र हाथ में लिये हर्ष के उन्माद में जाकर माँ से बोला—अम्माँ, इंगलैंड जाकर पढ़ने के लिए सरकारी वजीफा मिल गया।

करुणा ने उदासीन भाव से पूछा—तो तुम्हारा क्या इरादा है ?

प्रकाश—मेरा इरादा ? ऐसा अवसर पाकर भला कौन छोड़ता है !

करुणा—तुम तो स्वयंसेवकों में भरती होने जा रहे थे ?

प्रकाश—तो क्या आप समझती हैं, स्वयंसेवक बन जाना ही जाति-सेवा है ? मैं इंगलैंड से आकर भी तो सेवा-कार्य कर सकता हूँ, और अम्माँ, सच पूछो तो एक मैजिस्ट्रेट अपने देश का जितना उपकार कर सकता है, उतना एक हज़ार स्वयंसेवक मिलकर भी नहीं कर सकते। मैं तो सिविल सर्विस की परीक्षा में बैठूँगा, और मुझे विश्वास है कि सफल हो जाऊँगा।

करुणा ने चकित होकर पूछा—तो क्या तुम मैजिस्ट्रेट हो जाओगे ?

प्रकाश—सेवा-भाव रखने वाला एक मैजिस्ट्रेट कांग्रेस के एक हज़ार सभापतियों से ज्यादा उपकार कर सकता है। अखबारों में उसकी लम्बी-लम्बी तारीफें न छपेंगी, उसकी वक्तृताओं पर तालियाँ न बजेंगी, जनता उसके जुलूस की गाड़ी न खींचेगी, और न विद्यालयों के छात्र उसको अभिनन्दन-पत्र देंगे; पर सच्ची सेवा मैजिस्ट्रेट ही कर सकता है।

करुणा ने आपत्ति के भाव से कहा—लेकिन यही मैजिस्ट्रेट जो जाति के सेवकों को सज़ाएँ देते हैं, उन पर गोलियाँ चलाते हैं ?

प्रकाश—अगर मैजिस्ट्रेट के हृदय में परोपकार का भाव है तो वह नरमी से वही काम कर सकता है, जो दूसरे गोलियाँ चलाकर भी नहीं कर सकते।

करुणा—मैं यह न मानूँगी। सरकार अपने नौकरों को इतनी स्वाधीनता नहीं देती। वह एक नीति बना देती है, और हर एक सरकारी नौकर को उसका पालन करना पड़ता है। सरकार की पहली नीति यह है कि वह दिन-दिन अधिक संगठित और दृढ़ हो। इसके लिए स्वाधीनता के भावों का दमन करना ज़रूरी है, अगर कोई मैजिस्ट्रेट इस नीति के विरुद्ध काम करता है, तो वह मैजिस्ट्रेट न रहेगा। वह हिन्दुस्तानी मैजिस्ट्रेट था, जिसने तुम्हारे बाबूजी को ज़रा-सी बात पर तीन साल की सजा दे

दी। इस सजा ने उनके प्राण लिये। बेटा, मेरी इतनी बात मानो। सरकारी पदों पर न गिरो। मुझे यह मंजूर है कि तुम मोटा खाकर और मोटा पहनकर अपने देश की कुछ सेवा करो इसके बदले कि तुम हाकिम बन जाओ; और शान से जीवन बिताओ। यह समझ लो कि जिस दिन तुम हाकिम की कुरसी पर बैठोगे, उस दिन से तुम्हारा दिमाग हाकिमों का-सा हो जायगा। तुम यही चाहोगे कि अफसरों में तुम्हारी नेकनामी और तरक्की हो। एक गँवारू मिसाल लो। लड़की जब तक मैके में क्वाँरी रहती है, वह अपने को उसी घर का समझती है; लेकिन जिस दिन ससुराल चली जाती है, वह अपने घर को दूसरों का घर समझने लगती है। माँ-बाप, भाई-बंद सब वही रहते हैं; लेकिन वह घर अपना नहीं रहता। यही दुनिया का दस्तूर है।

प्रकाश ने खीझकर कहा—तो क्या आप यही चाहती हैं कि मैं ज़िन्दगी भर चारों तरफ ठोकरें खाता फिरूँ ?

करुणा कठोर नेत्रों से देखकर बोली—अगर ठोकर खाकर आत्मा स्वाधीन रह सकती है, तो मैं कहूँगी, ठोकर खाना अच्छा है !

प्रकाश ने निश्चयात्मक भाव से पूछा—तो आपकी यही इच्छा है ?

करुणा ने उसी स्वर में उत्तर दिया—हाँ, मेरी यही इच्छा है।

प्रकाश ने कुछ जवाब न दिया। उठकर बाहर चला गया, और तुरन्त रजिस्ट्रार को इनकारी-पत्र लिख भेजा, मगर उसी क्षण से मानो उसके सिर पर विपत्ति ने आसन जमा लिया। विरक्त और विमन अपने कमरे में पड़ा रहता, न कहीं घूमने जाता, न किसी से मिलता। मुँह लटकाये भीतर आता; दो-चार कौर खाता, और फिर बाहर चला जाता, यहाँ तक कि एक महीना गुज़र गया। न चेहरे पर वह लाली रही, न वह ओज; आँखें अनाथों के मुख की भाँति याचना से भरी हुईं, ओठ हँसना भूल गये, मानो उस इनकारी-पत्र के साथ उसकी सारी सजीवता, सारी चपलता, सारी सरसता बिदा हो गयी। करुणा उसके मनोभाव समझती थी, और उसके शोक को भुलाने की चेष्टा करती थी; पर रूठे देवता प्रसन्न न होते थे।

आखिर एक दिन उसने प्रकाश से कहा—बेटा, अगर तुमने विलायत जाने को ठान ली है, तो चले जाओ। मैं मना न करूँगी। मुझे खेद है कि मैंने तुम्हें रोका। अगर मैं जानती कि तुम्हें इतना आघात पहुँचेगा, तो कभी न रोकती। मैंने तो केवल एक विचार से रोका था कि तुम्हें जाति-सेवा में मग्न देखकर तुम्हारे बाबूजी की आत्मा प्रसन्न होगी। उन्होंने चलते समय यह वसीयत की थी।

प्रकाश ने रुखाई से जवाब दिया—अब क्या जाऊँगा। इनकारी-खत लिख चुका। मेरे लिए कोई अब तक बैठा थोड़े ही होगा। कोई दूसरा लड़का चुन लिया गया होगा। और फिर करना ही क्या है। जब आपकी मर्जी है कि गाँव-गाँव की खाक छानता फिरूँ, तो वही सही।

करुणा का गर्व चूर-चूर हो गया। इस अनुमति से उसने बाधा का काम लेना चाहा था; पर सफल न हुई। बोली—अभी न चुना गया होगा। लिख दो, मैं जाने को तैयार हूँ।

प्रकाश ने झुँझलाकर कहा—अब कुछ नहीं हो सकता। लोग हँसी उड़ायेंगे। मैंने तय कर लिया है कि जीवन को आपकी इच्छा के अनुकूल बनाऊँगा ?

करुणा—तुमने अगर शुद्ध मन से यह इरादा किया होता, तो यों न रहते। तुम मुझसे सत्याग्रह कर रहे हो; अगर मन को दबाकर, मुझे अपनी राह का काँटा समझकर, तुमने मेरी इच्छा पूरी भी की, तो क्या। मैं तो जब जानती कि तुम्हारे मन में आप-ही-आप सेवा का भाव उत्पन्न होता। तुम आज ही रजिस्ट्रार साहब को पत्र लिख दो।

प्रकाश—अब नहीं लिख सकता।

'तो इसी शोक में तने बैठे रहोगे ?'

'लाचारी है।'

करुणा ने कुछ और न कहा। ज़रा देर में प्रकाश ने देखा कि वह कहीं जा रही है; मगर वह कुछ बोला नहीं। करुणा के लिए बाहर आना-जाना कोई असाधारण बात न थी; लेकिन जब संध्या हो गयी, और करुणा न आयी, तो प्रकाश को चिन्ता होने लगी। अम्माँ कहाँ गयीं ? यह प्रश्न बार-बार उसके मन में उठने लगा।

प्रकाश सारी रात द्वार पर बैठा रहा। भाँति-भाँति की शंकाएँ मन में उठने लगीं। उसे अब याद आया, चलते समय करुणा कितनी उदास थी, उसकी आँखें कितनी लाल थीं। यह बातें प्रकाश को उस समय क्यों न नज़र आयीं ? वह क्या स्वार्थ में अन्धा हो गया था ?

हाँ अब प्रकाश को याद आया—माता ने साफ-सुथरे कपड़े पहने थे। उसके हाथ में छतरी भी थी, तो क्या वह कहीं बहुत दूर गयी हैं ? किससे पूछे ? अनिष्ट के भय से प्रकाश रोने लगा।

श्रावण की अँधेरी, भयानक रात थी। आकाश में श्याम मेघमालाएँ भीषण स्वप्न की भाँति छाई हुई थीं। प्रकाश रह-रहकर आकाश की ओर देखता था, मानो करुणा उन्हीं मेघमालाओं में छिपी बैठी है। उसने निश्चय किया, सबेरा होते ही माँ को खोजने चलूँगा और अगर...

किसी ने द्वार खटखटाया। प्रकाश ने दौड़कर खोला, तो देखा, करुणा खड़ी है ! उसका मुख-मंडल इतना खोया हुआ, इतना करुण था, जैसे आज ही उसका सोहाग उठ गया है, जैसे अब संसार में उसके लिए कुछ नहीं रहा, जैसे वह नदी के किनारे खड़ी अपनी लदी हुई नाव को डूबती देख रही है और कुछ कर नहीं सकती।

प्रकाश ने अधीर होकर पूछा—अम्माँ, कहीं चली गयी थीं ? बहुत देर लगाई ?

करुणा ने भूमि की ओर ताकते हुए जवाब दिया—एक काम से गयी थी, देर हो गयी।

यह कहते हुए उसने प्रकाश के सामने एक बंद लिफाफा फेंक दिया। प्रकाश ने उत्सुक होकर लिफाफा उठा लिया। ऊपर ही विद्यालय की मुहर थी। तुरन्त ही लिफाफा खोलकर पढ़ा। हलकी-सी लालिमा चेहरे पर दौड़ गयी। पूछा—यह तुम्हें कहाँ मिल गया अम्माँ ?

करुणा—तुम्हारे रजिस्ट्रार के पास से लायी हूँ।

'क्या तुम वहाँ चली गयी थीं ?'

'और क्या करती।'

'कल तो गाड़ी का समय न था ?'

'मोटर ले ली थी !'

प्रकाश एक क्षण तक मौन खड़ा रहा। फिर कुण्ठित स्वर में बोला—जब तुम्हारी इच्छा नहीं है, तो क्यों मुझे भेज रही हो ?

करुणा ने विरक्त भाव से कहा—इसलिए कि तुम्हारी जाने की इच्छा है। तुम्हारा यह मलिन वेश नहीं देखा जाता। अपने जीवन के बीस वर्ष तुम्हारी हित-कामना पर अर्पित कर दिये; अब तुम्हारी महत्त्वाकांक्षा की हत्या नहीं कर सकती। तुम्हारी यात्रा सफल हो, यही मेरी हार्दिक अभिलाषा है।

करुणा का कण्ठ रुँध गया और कुछ न कह सकी।

5

प्रकाश उसी दिन से यात्रा की तैयारियाँ करने लगा। करुणा के पास जो कुछ था, वह सब खर्च हो गया। कुछ ऋण भी लेना पड़ा। नये सूट बने, सूटकेस लिये गये। प्रकाश अपनी धुन में मस्त था। कभी किसी चीज़ की फरमाइश लेकर आता, कभी किसी चीज़ की।

करुणा इस एक सप्ताह में कितनी दुर्बल हो गयी है, उसके बालों पर कितनी सफेदी आ गयी है, चेहरे पर कितनी झुर्रियाँ पड़ गयी हैं, यह उसे कुछ न नज़र आता। उसकी आँखों में इंगलैंड के दृश्य समाये हुए थे। महत्त्वाकांक्षा आँखों पर परदा डाल देती है।

प्रस्थान का दिन आया। आज कई दिन के बाद धूप निकली थी। करुणा स्वामी के पुराने कपड़ों को बाहर निकाल रही थी। उनकी गाढ़े की चादरें, खद्दर के कुरते, पाजामे और लिहाफ अभी तक संदूक में संचित थे। प्रतिवर्ष वे धूप में सुखाये जाते और झाड़-पोंछकर रख दिये जाते थे। करुणा ने आज फिर उन कपड़ों

को निकाला, मगर सुखाकर रखने के लिए नहीं, गरीबों को बाँट देने के लिए। वह आज पति से नाराज़ है। वह लुटिया, डोर और घड़ी जो आदित्य की चिरसंगिनी थीं और जिनकी आज बीस वर्ष से करुणा ने उपासना की थी, आज निकालकर आँगन में फेंक दी गयीं; वह झोली जो बरसों आदित्य के कन्धों पर आरूढ़ रह चुकी थी, आज कूड़े में डाल दी गयी; वह चित्र जिसके सामने आज बीस वर्ष से करुणा सिर झुकाती थी, आज बड़ी निर्दयता से भूमि पर डाल दिया गया। पति का कोई स्मृति-चिह्न वह अब अपने घर में नहीं रखना चाहती। उसका अन्तःकरण शोक और निराशा से विदीर्ण हो गया है, और पति के सिवा वह किस पर क्रोध उतारे ? कौन उसका अपना है ? वह किससे अपनी व्यथा कहे ? किसे अपनी छाती चीरकर दिखाये ? वह होते तो क्या आज प्रकाश दासता की जंजीर गले में डालकर फूला न समाता ! उसे कौन समझाये कि आदित्य भी इस अवसर पर पछताने के सिवा और कुछ न कर सकते।

प्रकाश के मित्रों ने आज उसे विदाई का भोज दिया था। वहाँ से वह सन्ध्या समय कई मित्रों के साथ मोटर पर लौटा। सफर का सामान मोटर पर रख दिया गया। तब वह अन्दर जाकर माँ से बोला–अम्माँ, जाता हूँ। बम्बई पहुँचकर पत्र लिखूँगा। तुम्हें मेरी कसम, रोना मत, और मेरे खतों का जवाब बराबर देना।

जैसे किसी लाश को बाहर निकालते समय सम्बन्धियों का धैर्य छूट जाता है, रुके हुए आँसू निकल पड़ते हैं और शोक की तरंगें उठने लगती हैं, वही दशा करुणा की हुई। कलेजे में एक हाहाकार हुआ, जिसने उसकी दुर्बल आत्मा के एक-एक अणु को कँपा दिया। मालूम हुआ, पाँव पानी में फिसल गया है, और मैं लहरों में बही जा रही हूँ। उसके मुख से शोक या आशीर्वाद का एक शब्द भी न निकला। प्रकाश ने उसके चरण छुए, अश्रुजल से माता के चरणों को पखारा, फिर बाहर चला गया। करुणा पाषाण-मूर्ति की भाँति खड़ी थी।

सहसा ग्वाले ने आकर कहा–बहूजी, भइया चले गये ! बहुत रोते थे।

तब करुणा की समाधि टूटी। देखा, सामने कोई नहीं है। घर में मृत्यु का-सा सन्नाटा छाया हुआ है, और मानो हृदय की गति बन्द हो गयी है।

सहसा करुणा की दृष्टि ऊपर उठ गयी। उसने देखा कि आदित्य अपनी गोद में प्रकाश की निर्जीव देह लिये खड़े रो रहे हैं। करुणा पछाड़ खाकर गिर पड़ी।

6

करुणा जीवित थी; पर संसार से उसका कोई नाता न था। उसका छोटा-सा संसार जिसे उसने अपनी कल्पनाओं के हृदय में रचा था, स्वप्न की भाँति अनन्त में विलीन हो गया था। जिस प्रकाश को सामने देखकर वह जीवन की अँधेरी रात में भी हृदय

में आशाओं की संपत्ति लिये जी रही थी, वह बुझ गया और संपत्ति लुट गयी। अब न कोई आश्रय था, और न उसकी ज़रूरत। जिन गउओं को वह दोनों वक्त अपने हाथों से दाना-चारा देती और सहलाती थी, अब खूँटे पर बँधी निराश नेत्रों से द्वार की ओर ताकती रहती थीं। बछड़ों को गले लगाकर चुमकारने वाला अब कोई न था। किसके लिए दूध दुहे, मस्का निकाले ? खानेवाला कौन था ? करुणा ने अपने छोटे-से संसार को अपने ही अन्दर समेट लिया था।

किन्तु एक ही सप्ताह में करुणा के जीवन ने फिर रंग बदला। उसका छोटा-सा संसार फैलते-फैलते विश्वव्यापी हो गया। जिस लंगर ने नौका को तट से एक केन्द्र पर बाँध रखा था, वह उखड़ गया। अब नौका सागर के अशेष विस्तार में भ्रमण करेगी, चाहे वह उद्दाम तरंगों के वक्ष में ही क्यों न विलीन हो जाय।

करुणा द्वार पर जा बैठती, और मुहल्ले भर के लड़कों को जमा करके दूध पिलाती। दोपहर तक मक्खन निकालती, और वह मक्खन मुहल्ले के लड़के खाते। फिर भाँति-भाँति के पकवान बनाती और कुत्तों को खिलाती। अब यही उसका नित्य का नियम हो गया। चिड़ियाँ, कुत्ते, बिल्लियाँ, चींटे-चींटियाँ सब अपने हो गये। प्रेम का वह द्वार अब किसी के लिए बन्द न था। उस अंगुल भर जगह में, जो प्रकाश के लिए भी काफी न थी, अब समस्त संसार समा गया।

एक दिन प्रकाश का पत्र आया। करुणा ने उसे उठाकर फेंक दिया। फिर थोड़ी देर के बाद उसे उठाकर फाड़ डाला, और चिड़ियों को दाना चुगाने लगी; मगर जब निशा-योगिनी ने अपनी धूनी जलाई, और वेदनाएँ उससे वरदान माँगने के लिए विकल हो-होकर चलीं, तो करुणा की मनोवेदना भी सजग हो उठी—प्रकाश का पत्र पढ़ने के लिए उसका मन व्याकुल हो उठा। उसने सोचा प्रकाश मेरा कौन है ? मेरा उससे क्या प्रयोजन ? हाँ, प्रकाश मेरा कौन है ? हृदय ने उत्तर दिया; प्रकाश तेरा सर्वस्व है, वह तेरे उस अमर प्रेम की निशानी है, जिससे तू सदैव के लिए वंचित हो गयी। वह तेरे प्राणों का प्राण है, जीवन-दीपक का प्रकाश, तेरे संचित कामनाओं का माधुर्य, तेरे अश्रुजल में विहार करने वाला हास। करुणा उस पत्र के टुकड़ों को जमा करने लगी, मानो उसके प्राण बिखर गये हों। एक-एक टुकड़ा उसे अपने खोये हुए प्रेम का एक-एक पदचिह्न मालूम होता था। जब सारे पुरजे जमा हो गये, तो करुणा दीपक के सामने बैठकर उन्हें जोड़ने लगी, जैसे कोई वियोगी हृदय प्रेम के टूटे हुए तारों को जोड़ रहा हो। हाय री ममता ! वह अभागिनी सारी रात उन पुरजों को जोड़ने में लगी रही। पत्र दोनों ओर लिखा हुआ था, इसलिए पुरजों को ठीक स्थान पर रखना और भी कठिन था। कोई शब्द, कोई वाक्य बीच में गायब हो जाता। उस एक टुकड़े को वह फिर खोजने लगती। सारी रात बीत गयी; पर, पत्र अभी अपूर्ण था।

दिन चढ़ आया, मुहल्ले के लौंडे मक्खन और दूध की चाट में एकत्र हो गये, कुत्तों और बिल्लियों का आगमन हुआ, चिड़ियाँ आ-आकर आँगन में फुदकने लगीं, कोई ओखली पर बैठी, कोई तुलसी के चौतरे पर; पर करुणा को सर उठाने की फुरसत नहीं।

दोपहर हुआ। करुणा ने सिर न उठाया। न भूख थी, न प्यास थी। फिर सन्ध्या हो गयी; पर वह पत्र अभी तक अधूरा था। पत्र का आशय समझ में आ रहा था—प्रकाश का जहाज़ कहीं-से-कहीं जा रहा है। उसके हृदय में कुछ उठा हुआ है। क्या उठा हुआ है ? पर करुणा न सोच सकी। प्यास से तड़पते हुए आदमी की प्यास क्या ओस से बुझ सकती है ? करुणा पुत्र की लेखनी से निकले हुए एक-एक शब्द को पढ़ना और उसे अपने हृदय पर अंकित कर लेना चाहती थी।

इस भाँति तीन दिन गुज़र गये। सन्ध्या हो गयी थी। तीन दिन की जगी आँखें ज़रा झपक गयीं। करुणा ने देखा, एक लम्बा-चौड़ा कमरा है; उसमें मेज़ें और कुर्सियाँ लगी हुई हैं, बीच में एक ऊँचे मंच पर कोई आदमी बैठा हुआ है। करुणा ने ध्यान से देखा, वह प्रकाश था।

एक क्षण में एक कैदी उसके सामने लाया गया, उसके हाथ-पाँव में जंजीर थी, कमर झुकी हई, यह आदित्य थे।

करुणा की आँखें खुल गयीं। आँसू बहने लगे। पत्र के टुकड़ों को फिर समेट लिया और उसे जलाकर राख कर डाला। राख की एक चुटकी के सिवा वहाँ कुछ न रहा। यही उस ममता की चिता थी, जो उसके हृदय को विदीर्ण किये डालती थी। इसी एक चुटकी राख में उसका गुड़ियों वाला बचपन, उसका संतप्त यौवन और उसका तृष्णामय वैधव्य सब समा गया।

प्रातःकाल लोगों ने देखा, तो पक्षी पिंजड़े से उड़ चुका था। आदित्य का चित्र अब भी उसके शून्य हृदय से चिपका हुआ था। वह भग्नहृदय पति की स्नेह-स्मृति में विश्राम कर रहा था और प्रकाश का जहाज़ योरप चला जा रहा था !!

बेटों वाली विधवा

पण्डित अयोध्यानाथ का देहान्त हुआ तो सबने कहा, ईश्वर आदमी को ऐसी ही मौत दे। चार जवान बेटे थे, एक लड़की। चारों लड़कों के विवाह हो चुके थे, केवल लड़की क्वाँरी थी। सम्पत्ति भी काफी छोड़ी। एक पक्का मकान, दो बगीचे, कई हज़ार के गहने और बीस हज़ार नकद। विधवा फूलमती को वह शोक तो हुआ और कई दिन तक वह बेहाल रही; लेकिन जवान बेटों को सामने देखकर उसे ढाढ़स हुआ। चारों लड़के एक-से-एक सुशील, चारों बहुएँ एक-से-एक बढ़कर आज्ञाकारिणी। जब वह रात को लेटती तो चारों बारी-बारी से उसके पाँव दबातीं। वह स्नान करके उठती, तो साड़ी छाँटतीं। सारा घर उसके इशारे पर चलता था। बड़ा लड़का कामता एक दफ्तर में 50/- पर नौकर था, छोटा उमानाथ डाक्टरी पास कर चुका था, और कहीं औषधालय खोलने की फ़िक्र में था, तीसरा दयानाथ बी. ए. में फेल हो गया था और पत्रिकाओं में लेख-लिखकर कुछ-न-कुछ कमा लेता था, चौथा सीतानाथ चारों में सबसे कुशाग्र और होनहार था और अबकी साल बी. ए. प्रथम श्रेणी में पास करके एम.ए. की तैयारी में लगा हुआ था। किसी लड़के में वह दुर्व्यसन, वह छैलापन, वह लुटाऊपन न था, जो माता-पिता को जलाता और कुलमर्यादा को डुबाता है। फूलमती घर की मालकिन थी, गोकि कुंजियाँ बड़ी बहू के पास रहती थीं। बुढ़िया में वह अधिकार-प्रेम न था, जो वृद्धजनों को कटु और कलहशील बना दिया करता है; किन्तु उसकी इच्छा के बिना कोई बालक मिठाई तक न मँगा सकता था।

सन्ध्या हो गयी थी। पंडित को मरे आज बारहवाँ दिन था। कल तेरही है। ब्रह्मभोज होगा। बिरादरी के लोग निमन्त्रित होंगे। उसी की तैयारियाँ हो रही थीं। फूलमती अपनी कोठरी में बैठी देख रही थी कि पल्लेदार बोरे में आटा लाकर रख रहे हैं। घी के टिन आ रहे हैं। शाक-भाजी के टोकरे, शक्कर की बोरियाँ, दही के मटके चले आ रहे हैं। महापात्र के लिए दान की चीज़ें लाई गयीं—बर्तन, कपड़े, पलँग, बिछावन, छाते, जूते, छड़ियाँ, लालटैनें आदि किन्तु फूलमती को कोई चीज़ नहीं दिखायी गयी। नियमानुसार ये सब सामान उसके पास आने चाहिये थे। वह

प्रत्येक वस्तु को देखती, उसे पसन्द करती, उसकी मात्रा में कमी-बेशी का फैसला करती, तब इन चीज़ों को भण्डारे में रखा जाता। क्यों उसे दिखाने और उसकी राय लेने की ज़रूरत नहीं समझी गयी ? अच्छा ! वह आटा तीन ही बोरा क्यों आया ? उसने तो पाँच बोरों के लिए कहा था। घी भी पाँच ही कनस्तर है। उसने तो दस कनस्तर मँगवाये थे। इसी तरह शाक-भाजी, शक्कर, दही आदि में भी कमी की गयी होगी। किसने उसके हुक्म में हस्तक्षेप किया ? जब उसने एक बात तय कर दी, तब किसे उसको घटाने-बढ़ाने का अधिकार है।

आज चालीस वर्षों से घर के प्रत्येक मामले में फूलमती की बात सर्वमान्य थी। उसने सौ कहा तो सौ खर्च किये गये, एक कहा तो एक ! किसी ने मीन-मेख न की। यहाँ तक कि पं. अयोध्यानाथ भी उसकी इच्छा के विरुद्ध कुछ न करते थे; पर आज उसकी आँखों के सामने प्रत्यक्ष रूप से उसके हुक्म की उपेक्षा की जा रही है ! इसे वह क्योंकर स्वीकार कर सकती !

कुछ देर तक तो वह जब्त किये बैठी रही; पर अन्त में न रहा गया। स्वायत्त-शासन उसका स्वभाव हो गया था। वह क्रोध में भरी हुई आयी और कामतानाथ से बोली—क्या आटा तीन ही बोरे लाये ? मैंने तो पाँच बोरे के लिए कहा था। और घी भी पाँच ही टिन मँगवाया। तुम्हें याद है, मैंने दस कनस्तर कहा था ? किफ़ायत को मैं बुरा नहीं समझती; लेकिन जिसने यह कुआँ खोदा उसी की आत्मा पानी को तरसे, यह कितनी लज्जा की बात है !

कामतानाथ ने क्षमा-याचना न की, अपनी भूल स्वीकार न की, लज्जित भी नहीं हुआ। एक मिनट तो विद्रोही भाव से खड़ा रहा, फिर बोला—हम लोगों की सलाह तीन ही बोरों की हुई और तीन बोरे के लिए पाँच टिन घी काफी था। इसी हिसाब से और चीज़ें भी कम कर दी गयी हैं।

फूलमती उग्र होकर बोली—किसकी राय से आटा कम किया गया ?

'हम लोगों की राय से।'

'तो मेरी राय कोई चीज़ नहीं है ?'

'है क्यों नहीं; लेकिन अपना हानि-लाभ तो हम भी समझते हैं।'

फूलमती हक्का-बक्का होकर उसका मुँह ताकने लगी। इस वाक्य का आशय उसकी समझ में न आया। अपना हानि-लाभ ! अपने घर में हानि-लाभ की ज़िम्मेदार वह आप है। दूसरों को, चाहे वे उसके पेट के जन्मे पुत्र ही क्यों न हों, उसके कामों में हस्तक्षेप करने का क्या अधिकार ? यह लौंडा तो इस ढिठाई से जवाब दे रहा है, मानो घर उसी का है, उसी ने मर-मरकर गृहस्थी जोड़ी है, मैं तो ग़ैर हूँ ! ज़रा इसकी हेकड़ी तो देखो।

उसने तमतमाये हुए मुख से कहा—मेरे हानि-लाभ के ज़िम्मेदार तुम नहीं हो। मुझे अख्तियार है, जो उचित समझूँ वह करूँ। अभी जाकर दो बोरे आटा और

पाँच टिन घी और लाओ और आगे के लिए खबरदार, जो किसी ने मेरी बात काटी।

अपने विचार से उसने काफ़ी तम्बीह कर दी थी। शायद इतनी कठोरता अनावश्यक थी। उसे अपनी उग्रता पर खेद हुआ। लड़के ही तो हैं, समझे होंगे, कुछ किफ़ायत करनी चाहिए। मुझसे इसलिए न पूछा होगा कि अम्माँ तो खुद हरेक काम में किफ़ायत किया करती हैं। अगर इन्हें मालूम होता, कि इस काम में मैं किफ़ायत पसन्द न करूँगी, तो कभी इन्हें मेरी उपेक्षा करने का साहस न होता। यद्यपि कामतानाथ अब भी उसी जगह खड़ा था और उसकी भावभंगी से ऐसा ज्ञात होता था कि इस आज्ञा का पालन करने के लिए वह बहुत उत्सुक नहीं है, पर फूलमती निश्चिंत होकर अपनी कोठरी में चली गयी। इतनी तम्बीह पर भी किसी को उसकी अवज्ञा करने की सामर्थ्य हो सकती है, इसकी सम्भावना का ध्यान भी उसे न आया।

पर ज्यों-ज्यों समय बीतने लगा, उस पर यह हक़ीक़त खुलने लगी कि इस घर में अब उसकी वह हैसियत नहीं रही, जो दस-बारह दिन पहले थी। संबंधियों के यहाँ से नेवते में शक्कर, मिठाई, दही, अचार आदि आ रहे थे। बड़ी बहू इन वस्तुओं को स्वामिनी-भाव से सँभाल-सँभालकर रख रही थी। कोई भी उससे पूछने नहीं आता। बिरादरी के लोग भी जो कुछ पूछते हैं, कामतानाथ से, या बड़ी बहू से। कामतानाथ कहाँ का बड़ा इन्तज़ामकार है, रात-दिन भंग पिये पड़ा रहता है। किसी तरह रो-धोकर दफ़्तर चला जाता है। उसमें भी महीने में पन्द्रह नागों से कम नहीं होते। वह तो कहो, साहब पंडित जी का लिहाज करता है, नहीं अब तक कभी का निकाल देता। और बड़ी बहू जैसी फूहड़ औरत भला इन बातों को क्या समझेगी ! अपने कपड़े-लत्ते तक तो जतन से रख नहीं सकती, चली है गृहस्थी चलाने ! भद होगी और क्या। सब मिलकर कुल की नाक कटवायेंगे। वक्त पर कोई-न-कोई चीज़ कम हो जायगी। इन कामों के लिए बड़ा अनुभव चाहिए ! कोई चीज़ तो इतनी ज़्यादा बन जायेगी कि मारी-मारी फिरेगी। कोई चीज़ इतनी कम बनेगी कि किसी पत्तल पर पहुँचेगी, किसी पर नहीं। आखिर इन सबों को हो क्या गया है ! अच्छा, बहू तिज़ोरी क्यों खोल रही है ? वह मेरी आज्ञा के बिना तिज़ोरी खोलने वाली कौन होती है ! कुंजी उसके पास है अवश्य; लेकिन जब तक मैं रुपये न निकलवाऊँ, तिज़ोरी नहीं खोलती; आज तो इस तरह खोल रही है, मानो मैं कुछ हूँ ही नहीं। यह मुझसे न बर्दाश्त होगा ?

वह झमककर उठी और बहू के पास जाकर कठोर स्वर में बोली—तिज़ोरी क्यों खोलती हो बहू, मैंने तो खोलने को नहीं कहा ?

बड़ी बहू ने निस्संकोच भाव से उत्तर दिया—बाजार से सामान आया है, तो दाम न दिया जाएगा ?

'कौन चीज़ किस भाव से आयी है और कितनी आयी है, यह मुझे कुछ नहीं मालूम ! जब तक हिसाब-किताब न हो जाय, रुपये कैसे दिये जायँ ?'

'हिसाब-किताब सब हो गया है।'

'किसने किया ?'

'अब मैं क्या जानूँ किसने किया ? जाकर मरदों से पूछो। मुझे हुकुम मिला, रुपये लाकर दे दो, रुपये लिये जाती हूँ।'

फूलमती खून का घूँट पीकर रह गयी। इस वक्त बिगड़ने का अवसर न था। घर में मेहमान स्त्री-पुरुष भरे हुए थे। अगर इस वक्त उसने लड़कों को डाँटा, तो लोग यही कहेंगे कि इनके घर में पण्डितजी के मरते ही फूट पड़ गयी। दिल पर पत्थर रखकर फिर अपनी कोठरी में चली आयी। जब मेहमान बिदा हो जायँगे, तब वह एक-एक की खबर लेगी। तब देखेगी, कौन उसके सामने आता है और क्या कहता है। इनकी सारी चौकड़ी भुला देगी।

किन्तु कोठरी के एकान्त में भी वह निश्चिंत न बैठी थी। सारी परिस्थिति को गिद्ध-दृष्टि से देख रही थी। कहाँ सत्कार का कौन-सा नियम भंग होता है, कहाँ मर्यादाओं की उपेक्षा की जाती है। भोज आरम्भ हो गया। सारी बिरादरी एक साथ पंगतों में बिठा दी गयी। आँगन में मुश्किल से दो सौ आदमी बैठ सकते हैं। ये पाँच सौ आदमी इतनी-सी जगह में कैसे बैठ जायँगे ? क्या आदमी के ऊपर आदमी बिठाये जायेंगे ? दो पंगतों में लोग बिठाये जाते तो क्या बुराई हो जाती ? यही तो होता कि बारह बजे की जगह भोज दो बजे समाप्त होता; मगर यहाँ तो सबको सोने की जल्दी पड़ी हुई है। किसी तरह यह बला सिर से टले और चैन से सोयें ! लोग कितने सटकर बैठे हुए हैं कि किसी को हिलने की भी जगह नहीं। पत्तल एक-पर-एक रखे हुए हैं। पूरियाँ ठण्डी हो गयीं, लोग गरम-गरम माँग रहे हैं। मैदे की पूरियाँ ठण्डी होकर चिमड़ी हो जाती हैं। इन्हें कौन खायेगा ? रसोइये को कढ़ाव पर से न जाने क्यों उठा दिया गया। यही सब बातें नाक कटाने की हैं।

सहसा शोर मचा, तरकारियों में नमक नहीं। बड़ी बहू जल्दी-जल्दी नमक पीसने लगी। फूलमती क्रोध के मारे ओठ चबा रही थी, पर इस अवसर पर मुँह न खोल सकती थी। नमक पिसा और पत्तलों पर डाला गया। इतने में फिर शोर मचा—पानी गरम है, ठंडा पानी लाओ। ठंडे पानी का कोई प्रबन्ध न था, बर्फ भी न मँगाई थी। आदमी बाज़ार दौड़ाया गया, मगर बाज़ार में इतनी रात गये बर्फ कहाँ ! आदमी खाली हाथ लौट आया। मेहमानों को वही नल का गरम पानी पीना पड़ा। फूलमती का बस चलता, तो लड़कों का मुँह नोच लेती। ऐसी छीछालेदर उसके घर में कभी न हुई थी। उस पर सब मालिक बनने के लिए मरते हैं ! बर्फ जैसी ज़रूरी चीज़ मँगवाने की भी किसी को सुधि न थी ! सुधि कहाँ से रहे। जब

किसी को गप लड़ाने से फुर्सत मिले। मेहमान अपने दिल में क्या कहेंगे कि चले हैं बिरादरी को भोज देने और घर में बर्फ तक नहीं !

अच्छा, फिर यह हलचल क्यों मच गयी ! अरे, लोग पंगत से उठे जा रहे हैं। क्या मामला है ?

फूलमती उदासीन न रह सकी। कोठरी से निकलकर बरामदे में आयी और कामतानाथ से पूछा—क्या बात हो गयी लल्ला ? लोग उठे क्यों जा रहे हैं ?

कामता ने कोई जवाब न दिया। वहाँ से खिसक गया। फूलमती झुँझला कर रह गयी। सहसा कहारिन मिल गयी। फूलमती ने उससे भी वही प्रश्न किया। मालूम हुआ, किसी के शोरबे में मरी हुई चुहिया निकल आयी। फूलमती चित्रलिखित-सी वहीं खड़ी रह गयी। भीतर ऐसा उबाल उठा कि दीवार से सिर टकरा ले। अभागे भोज का प्रबन्ध करने चले थे। इस फूहड़पन की कोई हद है, कितने आदमियों का धर्म सत्यानाश हो गया। फिर पंगत क्यों न उठ जाय ? आँखों से देखकर अपना धर्म कौन गँवायेगा। हाँ ! किया-धरा मिट्टी में मिल गया ! सैकड़ों रुपये पर पानी फिर गया। बदनामी हुई वह अलग।

मेहमान उठ चुके थे। पत्तलों पर खाना ज्यों-का-त्यों पड़ा हुआ था। चारों लड़के आँगन में लज्जित खड़े थे। एक-दूसरे को इलजाम दे रहा था। बड़ी बहू अपनी देवरानियों पर बिगड़ रही थी। देवरानियाँ सारा दोष कुमुद के सिर डालती थीं। कुमुद खड़ी रो रही थी। उसी वक्त फूलमती झल्लाई हुई आकर बोली—मुँह में कालिख लगी कि नहीं ? या अभी कुछ कसर बाकी है ? डूब मरो सब-के-सब जाकर चुल्लू भर पानी में ! शहर में कहीं मुँह दिखाने लायक भी नहीं रहे।

किसी लड़के ने जवाब न दिया।

फूलमती और भी प्रचण्ड होकर बोली—तुम लोगों को क्या। किसी को शर्म-हया तो है नहीं। आत्मा तो उसकी रो रही है; जिन्होंने अपनी ज़िन्दगी घर की मरजाद बनाने में खराब कर दी। उनकी पवित्र आत्मा को तुमने यों कलंकित किया। शहर में थुड़ी-थुड़ी हो रही है। अब कोई तुम्हारे द्वार पर पेशाब करने तो आयेगा नहीं।

कामतानाथ कुछ देर तक चुपचाप खड़ा सुनता रहा। आखिर झुँझलाकर बोला—अच्छा; अब चुप रहो अम्माँ। भूल हुई, हम सब मानते हैं, बड़ी भयंकर भूल हुई; लेकिन क्या अब उसके लिए घर के प्राणियों को हलाल कर डालोगी ? सभी से भूलें होती हैं। आदमी पछताकर रह जाता है। किसी की जान तो नहीं मारी जाती ?

बड़ी बहू ने अपनी सफ़ाई दी—हम क्या जानते थे कि बीबी (कुमुद) से इतना-सा काम भी न होगा। इन्हें चाहिए था कि देखकर तरकारी कढ़ाव में डालतीं। टोकरी उठाकर कढ़ाव में डाल दी। इसमें हमारा क्या दोष ?

कामतानाथ ने पत्नी को डाँटा—इसमें न कुमुद का कसूर है न तुम्हारा, न मेरा। संयोग की बात है। बदनामी भाग्य में लिखी थी वह हुई। इतने बड़े भोज

में एक-एक मुट्ठी तरकारी कढ़ाव में नहीं डाली जाती। टोकरे-के-टोकरे उँडेल दिये जाते हैं। कभी-कभी ऐसी दुर्घटना हो ही जाती है, पर इसमें कैसी जग-हँसाई और कैसी नाक-कटाई। तुम खामखाह जले पर नमक छिड़कती हो।

फूलमती ने दाँत पीसकर कहा–शरमाते तो नहीं, उलटे और बेहयाई की बातें करते हो।

कामता ने निःसंकोच होकर कहा–शरमाऊँ क्यों, किसी की चोरी की है। चीनी में चींटे और आटे में घुन, यह नहीं देखे जाते। पहले हमारी निगाह न पड़ी, बस यहीं बात बिगड़ गयी। नहीं, चुपके से चुहिया निकालकर फेंक देते। किसी को खबर तक न होती।

फूलमती ने चकित होकर कहा–क्या कहता है, मरी चुहिया खिलाकर सबका धर्म बिगाड़ देता।

कामता हँसकर बोला–क्या पुराने ज़माने की बातें करती हो अम्माँ ? इन बातों से धर्म नहीं जाता। यह धर्मात्मा लोग जो पत्तल पर से उठ गये हैं, इनमें ऐसा कौन है जो भेड़-बकरी का मांस न खाता हो ? तालाब के कछुए और घोंघे तक तो किसी से बचते नहीं। ज़रा-सी चुहिया में क्या रखा था।

फूलमती को ऐसा प्रतीत हुआ कि अब प्रलय आने में बहुत देर नहीं है। जब पढ़े-लिखे आदमियों के मन में ऐसे अधार्मिक भाव आने लगें, तो फिर धर्म की भगवान ही रक्षा करें। अपना-सा मुँह लेकर चली गयी।

2

दो महीने गुज़र गये हैं। रात का समय है। चारों भाई दिन के काम से छुट्टी पाकर कमरे में बैठे गप-शप कर रहे हैं। बड़ी बहू भी षड्यन्त्र में शरीक है। कुमुद के विवाह का प्रश्न छिड़ा हुआ है।

कामतानाथ ने मसनद पर टेक लगाते हुए कहा–दादा की बात दादा के साथ गयी। मुरारी पंडित विद्वान् भी हैं और कुलीन भी होंगे। लेकिन जो आदमी अपनी विद्या और कुलीनता को रुपयों पर बेचे, वह नीच है, ऐसे नीच आदमी के लड़के से हम कुमुद का विवाह सेंत में भी न करेंगे, पाँच हज़ार दहेज तो दूर की बात है। उसे बताओ धता और किसी दूसरे वर की तलाश करो। हमारे पास कुल बीस हज़ार ही तो हैं। एक-एक हिस्से में पाँच-पाँच हज़ार आते हैं। पाँच हज़ार दहेज में दे दें, और पाँच हज़ार नेग-न्योछावर, बाजे-गाजे में उड़ा दें तो फिर हमारी तो बधिया ही बैठ जायगी।

उमानाथ बोले–मुझे अपना औषधालय खोलने के लिए कम-से-कम पाँच हज़ार की ज़रूरत है। मैं अपने हिस्से में से एक पाई भी नहीं दे सकता। फिर खुलते ही आमदनी तो होगी नहीं। कम-से-कम साल-भर घर से खाना पड़ेगा।

दयानाथ एक समाचार-पत्र देख रहे थे। आँखों से ऐनक उतारते हुए बोले—मेरा विचार भी एक पत्र निकालने का है। प्रेस और पत्र में कम-से-कम दस हज़ार की कैपिटल चाहिए। पाँच हज़ार मेरे रहेंगे, तो कोई-न-कोई साझेदार पाँच हज़ार का मिल जायेगा। पत्रों में लेख लिखकर मेरा निर्वाह नहीं हो सकता।

कामतानाथ ने सिर हिलाते हुए कहा—अजी, राम भजो, सेंत में कोई लेख छापता नहीं; रुपये कौन दिये देता है।

दयानाथ ने प्रतिवाद किया—नहीं, यह बात तो नहीं है। मैं तो कहीं भी बिना पेशगी पुरस्कार लिये नहीं लिखता।

कामता ने जैसे अपने शब्द वापस लिये—तुम्हारी बात मैं नहीं कहता भाई। तुम तो थोड़ा-बहुत मार लेते हो; लेकिन सबको तो नहीं मिलता।

बड़ी बहू ने श्रद्धा-भाव से कहा—कन्या भाग्यवान हो, तो दरिद्र घर में भी सुखी रह सकती है। अभागी हो, तो राजा के घर में भी रोयेगी। यह सब नसीबों का खेल है।

कामतानाथ ने स्त्री की ओर प्रशंसा भाव से देखा—फिर इसी साल हमें सीता का विवाह भी करना है।

सीतानाथ सबसे छोटा था। सिर झुकाये भाइयों की स्वार्थभरी बातें सुन-सुनकर कुछ कहने के लिए उतावला हो रहा था। अपना नाम सुनते ही बोला—मेरे विवाह की आप लोग चिन्ता न करें। मैं जब तक किसी धन्धे में न लग जाऊँगा, विवाह का नाम भी न लूँगा, और सच पूछिए तो मैं विवाह करना नहीं चाहता। देश को इस समय बालकों की ज़रूरत नहीं, काम करने वालों की ज़रूरत है। मेरे हिस्से के रुपये आप कुमुद के विवाह में खर्च कर दें। सारी बातें तय हो जाने के बाद यह उचित नहीं कि पंडित मुरारीलाल से सम्बन्ध तोड़ लिया जाये।

उमा ने तीव्र स्वर में कहा—दस हज़ार कहाँ से आयेंगे ?

सीता ने डरते हुए कहा—'मैं तो अपने हिस्से के रुपये देने को कहता हूँ।'

'और शेष ?'

'मुरारीलाल से कहा जाय कि दहेज में कुछ कमी कर दें। वह इतने स्वार्थांध नहीं हैं कि इस अवसर पर कुछ बल खाने को तैयार न हो जायँ; अगर वह तीन हज़ार में सन्तुष्ट हो जायँ, तो पाँच हज़ार में विवाह हो सकता है।'

उमा ने कामतानाथ से कहा—सुनते हैं भाई साहब, इनकी बातें ?

दयानाथ बोल उठे—तो इसमें आप लोगों का क्या नुकसान है। यह अपने रुपये दे रहे हैं, खर्च कीजिए। मुरारी पंडित से हमारा कोई बैर नहीं है। मुझे तो इस बात से खुशी हो रही है कि भला हममें कोई तो त्याग करने योग्य है। इन्हें तत्काल रुपये की ज़रूरत नहीं है। सरकार से वजीफा पाते ही हैं। पास होने पर कहीं-न-कहीं जगह मिल जायगी। हम लोगों की हालत तो ऐसी नहीं।

कामतानाथ ने दूरदर्शिता का परिचय दिया—नुकसान की एक ही कही। हममें से एक को कष्ट हो, तो क्या और लोग बैठे देखेंगे ? यह अभी लड़के हैं, इन्हें क्या मालूम समय पर एक रुपया एक लाख का काम करता है ? कौन जानता है, कल इन्हें विलायत जाकर पढ़ने के लिए सरकारी वजीफा मिल जाय, या सिविल सर्विस में आ जायँ। उस वक्त सफर की तैयारियों में चार-पाँच हज़ार लग जायँगे। तब किसके सामने हाथ फैलाते फिरेंगे ? मैं यह नहीं चाहता कि दहेज के पीछे इनकी ज़िन्दगी नष्ट हो जाय।

इस तर्क ने सीतानाथ को भी तोड़ लिया। सकुचाता हुआ बोला—हाँ, यदि ऐसा हुआ तो बेशक मुझे रुपये की ज़रूरत होगी।

'क्या ऐसा होना असम्भव है ?'

'असम्भव तो मैं नहीं समझता, लेकिन कठिन अवश्य है। वजीफे उन्हें मिलते हैं, जिनके पास सिफ़ारिशें होती हैं, मुझे कौन पूछता है।'

'कभी-कभी सिफ़ारिशें धरी रह जाती हैं और बिना सिफ़ारिश वाले बाजी मार ले जाते हैं।'

'तो आप जैसा उचित समझें। मुझे यहाँ तक मंजूर है कि चाहे मैं विलायत न जाऊँ, पर कुमुद अच्छे घर जाय।'

कामतानाथ ने निष्ठा-भाव से कहा—अच्छा घर दहेज देने से नहीं मिलता भैया ! जैसा तुम्हारी भाभी ने कहा, यह नसीबों का खेल है। मैं तो चाहता हूँ कि मुरारीलाल को जवाब दे दिया जाय और कोई ऐसा वर खोजा जाय, जो थोड़े में राजी हो जाय। इस विवाह में मैं एक हज़ार से ज्यादा नहीं खर्च कर सकता। पंडित दीनदयाल कैसे हैं ?

उमा ने प्रसन्न होकर कहा—बहुत अच्छे। एम.ए., बी.ए. न सही, जजमानी से अच्छी आमदनी है।

दयानाथ ने आपत्ति की—अम्माँ से भी तो पूछ लेना चाहिए।

कामतानाथ को इसकी कोई ज़रूरत न मालूम हुई। बोले—उनकी तो जैसे बुद्धि ही भ्रष्ट हो गयी है। वही पुराने युग की बातें। मुरारीलाल के नाम पर उधार खाये बैठी हैं। यह नहीं समझतीं कि वह जमाना नहीं रहा। उनको तो बस कुमुद मुरारी पंडित के घर जाय, चाहे हम लोग तबाह हो जायँ।

उमा ने एक शंका उपस्थित की—अम्माँ अपने सब गहने कुमुद को दे देंगी, देख लीजिएगा।

कामतानाथ का स्वार्थ नीति से विद्रोह न कर सका। बोले—गहनों पर उनका पूरा अधिकार है। यह उनका स्त्री-धन है। जिसे चाहें दे सकती हैं।

उमा ने कहा—स्त्री-धन है तो क्या वह उसे लुटा देंगी। आखिर वह भी तो दादा ही की कमाई है।

'किसी की कमाई हो। स्त्री-धन पर उनका पूरा अधिकार है।'

'यह कानूनी गोरखधन्धे हैं। बीस हज़ार में तो चार हिस्सेदार हों और दस हज़ार के गहने अम्माँ के पास रह जायँ। देख लेना, इन्हीं के बल पर वह कुमुद का विवाह मुरारी पंडित के घर करेंगी।'

उमानाथ इतनी बड़ी रकम को इतनी आसानी से नहीं छोड़ सकता। वह कपट-नीति में कुशल है। कोई कौशल रचकर माता से सारे गहने ले लेगा। उस वक्त तक कुमुद के विवाह की चर्चा करके फूलमती को भड़काना उचित नहीं। उमानाथ ने सिर हिलाकर कहा—गहने दस हज़ार से कम के न होंगे।

कामतानाथ अविचलित स्वर में बोले—कितने ही के हों, मैं अनीति में हाथ नहीं डालना चाहता।

'तो आप अलग बैठिए। हाँ, बीच में बाज़ी न मारियेगा।'

'मैं अलग रहूँगा।'

'और तुम सीता ?'

'मैं भी अलग रहूँगा।'

लेकिन जब दयानाथ से यही प्रश्न किया किया गया; तो वह उमानाथ से सहयोग करने को तैयार हो गया। दस हज़ार में ढाई हज़ार तो उसके होंगे ही। इतनी बड़ी रकम के लिए यदि कुछ कौशल भी करना पड़े तो क्षम्य है।

3

फूलमती रात का भोजन करके लेटी थीं कि उमा और दया उसके पास जाकर बैठ गये। दोनों ऐसा मुँह बनाये हुए थे, मानो कोई भारी विपत्ति आ पड़ी है। फूलमती ने संशक होकर पूछा—तुम दोनों घबड़ाये हुए मालूम होते हो।

उमा ने सिर खुजलाते हुए कहा—समाचार-पत्रों में लेख लिखना बड़े जोखिम का काम है अम्माँ। कितना ही बचकर लिखो; लेकिन कहीं-न-कहीं पकड़ हो ही जाती है। दयानाथ ने एक लेख लिखा था। उस पर पाँच हज़ार की जमानत माँगी गयी है ! अगर कल तक जमानत न जमा कर दी गयी, तो गिरफ़्तार हो जायेंगे और दस साल की सज़ा ठुक जायगी।

फूलमती ने सिर पीटकर कहा—तो ऐसी बातें क्यों लिखते हो बेटा, जानते नहीं हो आजकल हमारे अदिन आये हुए हैं। जमानत किसी तरह टल नहीं सकती ?

दयानाथ ने अपराधी भाव से उत्तर दिया—मैंने तो अम्माँ ऐसी कोई बात नहीं लिखी थी; लेकिन किस्मत को क्या करूँ। हाकिम जिला इतना कड़ा है कि ज़रा भी रियायत नहीं करता। मैंने जितनी दौड़-धूप हो सकती थी, वह सब कर ली।

'तो तुमने कामता से रुपये का प्रबन्ध करने को नहीं कहा ?'

उमा ने मुँह बनाया—उनका स्वभाव तो तुम जानती हो अम्माँ, उन्हें रुपये प्राणों से प्यारे हैं। उन्हें चाहे कालापानी ही हो जाय; वह एक पाई न देंगे।

दयानाथ ने समर्थन किया—मैंने तो उनसे इसका जिक्र ही नहीं किया।

फूलमती ने चारपाई से उठते हुए कहा—चलो, मैं कहती हूँ, देगा कैसे नहीं ? रुपये इसी दिन के लिए होते हैं कि गाड़कर रखने के लिए ?

उमानाथ ने माता को रोककर कहा—नहीं अम्माँ, उनसे कुछ न कहो। रुपये तो न देंगे, उल्टे और हाय-हाय मचायेंगे। उनको अपनी नौकरी की खैरियत मनानी है, इन्हें घर में रहने भी न देंगे। अफसरों में जाकर खबर दे दें तो आश्चर्य नहीं।

फूलमती ने लाचार होकर कहा—तो फिर जमानत का क्या प्रबन्ध करोगे ? मेरे पास तो कुछ नहीं है। हाँ, मेरे गहने हैं, इन्हें ले जाव, कहीं गिरों रखकर जमानत दे दो। और आज से कान पकड़ो कि किसी पत्र में एक शब्द भी न लिखोगे।

दयानाथ कानों पर हाथ रखकर बोला—यह तो नहीं हो सकता अम्माँ, कि तुम्हारे जेवर लेकर मैं अपनी जान बचाऊँ। दस-पाँच साल की कैद ही तो होगी, झेल लूँगा। यहीं बैठा-बैठा क्या कर रहा हूँ।

फूलमती छाती पीटते हुए बोली—कैसी बातें मुँह से निकालते हो बेटा, मेरे जीते जी तुम्हें कौन गिरफ्तार कर सकता है ? उसका मुँह झुलस दूँगी। गहने इसी दिन के लिए हैं या और किसी दिन के लिए। जब तुम्हीं न रहोगे, तो गहने लेकर क्या आग में झोंकूँगी।

उसने पिटारी लाकर उसके सामने रख दी।

दया ने उमा की ओर जैसे फरियाद की आँखों से देखा, और बोला— आपकी क्या राय है भाई साहब ? इसी मारे मैं कहता था, अम्माँ को जताने की ज़रूरत नहीं। जेल ही तो हो जाती या और कुछ।

उमा ने जैसे सिफ़ारिश करते हुए कहा—यह कैसे हो सकता था कि इतनी बड़ी वारदात हो जाती और अम्माँ को खबर न होती। मुझसे यह नहीं हो सकता था कि सुनकर पेट में डाल लेता; मगर अब करना क्या चाहिए; यह मैं खुद निर्णय नहीं कर सकता। न तो यही अच्छा लगता है कि तुम जेल जाओ और न यही अच्छा लगता है कि अम्माँ के गहने गिरों रखे जायँ।

फूलमती ने व्यथित कण्ठ से पूछा—क्या तुम समझते हो मुझे गहने तुमसे ज्यादा प्यारे हैं। मैं तो अपने प्राण तक तुम्हारे ऊपर न्यौछावर कर दूँ, गहनों की बिसात ही क्या है।

दया ने दृढ़ता से कहा—अम्माँ तुम्हारे गहने तो न लूँगा, चाहे मुझ पर कुछ भी क्यों न आ पड़े। जब आज तक तुम्हारी कुछ सेवा न कर सका; तो किस मुँह से तुम्हारे गहने उठा ले जाऊँ। मुझ जैसे कपूत को तो तुम्हारी कोख से जन्म ही न लेना चाहिए था। सदा तुम्हें कष्ट देता रहा।

फूलमती ने भी उतनी ही दृढ़ता से कहा—तुम अगर यों न लोगे; तो मैं खुद जाकर इन्हें गिरों रख दूँगी और खुद हाकिम जिला के पास जाकर जमानत जमा कर आऊँगी; अगर इच्छा हो तो यह परीक्षा भी ले लो। आँखें बन्द हो जाने के बाद क्या होगा, भगवान जानें; लेकिन जब तक जीती हूँ, तुम्हारी ओर कोई तिरछी आँखों से देख नहीं सकता।

उमानाथ ने मानो माता पर एहसान रखकर कहा—अब तो हमारे लिए कोई रास्ता नहीं रहा दयानाथ। क्या हरज़ है, ले लो; मगर याद रखो, ज्यों ही हाथ में रुपये आ जायँ गहने छुड़ाने पड़ेंगे। सच कहते हैं, मातृत्व दीर्घ तपस्या है। माता के सिवाय इतना स्नेह कौन कर सकता है। हम बड़े अभागे हैं कि माता के प्रति जितनी श्रद्धा रखनी चाहिए उसका शतांश भी नहीं रखते।

दोनों ने जैसे बड़े धर्म-संकट में पड़कर गहनों की पिटारी सँभाली और चलते बने। माता वात्सल्यभरी आँखों से उनकी ओर देख रही थी, और उसकी सम्पूर्ण आत्मा का आशीर्वाद जैसे उन्हें अपनी गोद में समेट लेने के लिए व्याकुल हो रहा था। आज कई महीने के बाद उनके भग्न मातृहृदय को अपना सर्वस्व अर्पण करके जैसे आनन्द की विभूति मिली। उसकी स्वामिनी-कल्पना इसी त्याग के लिए, इसी आत्म-समर्पण के लिए जैसे कोई मार्ग ढूँढती रहती थी। अधिकार या लोभ या ममता की वहाँ गन्ध तक न थी। त्याग ही उसका आनन्द और त्याग ही उसका अधिकार है। आज अपना खोया हुआ अधिकार पाकर, अपनी सिरजी हुई प्रतिमा पर अपने प्राणों की भेंट करके वह निहाल हो गयी।

4

तीन महीने और गुज़र गये। माँ के गहनों पर हाथ साफ करके चारों भाई उसकी दिलजोई करने लगे थे। अपनी स्त्रियों को भी समझाते रहते थे कि उसका दिल न दुखायें। अगर थोड़े शिष्टाचार से उसकी आत्मा को शान्ति मिलती है, तो इसमें क्या हानि है। चारों करते अपने मन की, पर माता से सलाह ले लेते। या ऐसा जाल फैलाते कि वह सरला उनकी बातों में आ जाती और हरेक काम में सहमत हो जाती। बाग को बेचना उसे बहुत बुरा लगता था; लेकिन चारों ने ऐसी माया रची कि वह उसे बेचने पर राजी हो गयी; किन्तु कुमुद के विवाह के विषय में मतैक्य न हो सका। माँ पं. मुरारीलाल पर जमी हुई थी, लड़के दीनदयाल पर अड़े हुए थे। एक दिन आपस में कलह हो गया।

फूलमती ने कहा—माँ-बाप की कमाई में बेटी का हिस्सा भी है। तुम्हें सोलह हज़ार का एक बाग मिला, पच्चीस हज़ार का एक मकान। बीस हज़ार नकद में; क्या पाँच हज़ार भी कुमुद का हिस्सा नहीं है ?

कामता ने नम्रता से कहा—अम्माँ, कुमुद आपकी लड़की है, तो हमारी बहिन है। आप दो-चार साल में प्रस्थान कर जायँगी, पर हमारा और उसका बहुत दिनों तक सम्बन्ध रहेगा। तब यथाशक्ति कोई ऐसी बात न करेंगे, जिससे उसका अमंगल हो; लेकिन हिस्से की बात कहती हो; तो कुमुद का हिस्सा कुछ नहीं। दादा जीवित थे तब और बात थी। वह उसके विवाह में जितना चाहते खर्च करते। कोई उनका हाथ न पकड़ सकता था; लेकिन अब तो हमें एक-एक पैसे की किफ़ायत करनी पड़ेगी, जो काम एक हज़ार में हो जाय उसके लिए पाँच हज़ार खर्च करना कहाँ की बुद्धिमानी है ?

उमानाथ ने सुधारा—पाँच हज़ार क्यों, दस हज़ार कहिए।

कामता ने भवें सिकोड़कर कहा—नहीं, मैं पाँच हज़ार ही कहूँगा। एक विवाह में पाँच हज़ार खर्च करने की हमारी हैसियत नहीं है।

फूलमती ने जिद पकड़कर कहा—विवाह तो मुरारीलाल के पुत्र से ही होगा; चाहे पाँच हज़ार खर्च हों, चाहे दस हज़ार। मेरे पति की कमाई है। मैंने मर-मर कर जोड़ा है। अपनी इच्छा से खर्च करूँगी। तुम्हीं ने मेरी कोख से नहीं जन्म लिया है। कुमुद भी उसी कोख से आयी है। मेरी आँखों में तुम सब बराबर हो। मैं किसी से कुछ माँगती नहीं। तुम बैठे तमाशा देखो, मैं सब कुछ कर लूँगी, बीस हज़ार में पाँच हज़ार कुमुद का है।

कामतानाथ को अब कड़वे सत्य की शरण लेने के सिवा और कोई मार्ग न रहा। बोला—अम्माँ, तुम बरबस बात बढ़ाती हो। जिन रुपयों को तुम अपना समझती हो, वह तुम्हारे नहीं है, हमारे हैं। तुम हमारी अनुमति के बिना उनमें से कुछ नहीं खर्च कर सकतीं।

फूलमती को जैसे सर्प ने डस लिया—क्या कहा ! फिर तो कहना ! मैं अपने ही संचे रुपये अपनी इच्छा से नहीं खर्च कर सकती ?

'वह रुपये तुम्हारे नहीं रहे, हमारे हो गये।'

'तुम्हारे होंगे, लेकिन मेरे मरने के पीछे।'

'नहीं, दादा के मरते ही हमारे हो गये।'

उमानाथ ने बेहयाई से कहा—'अम्माँ कानून-कायदा तो जानतीं नहीं, नाहक उलझती हैं।'

फूलमती क्रोध-विह्वल होकर बोली—भाड़ में जाय तुम्हारा कानून। मैं ऐसे कानून को नहीं मानती। तुम्हारे दादा ऐसे कोई बड़े धन्नासेठ न थे। मैंने ही पेट और तन काटकर यह गृहस्थी जोड़ी है, नहीं आज बैठने को छाँह न मिलती। मेरे जीते-जी तुम मेरे रुपये नहीं छू सकते। मैंने तीन भाइयों के विवाह में दस-दस हज़ार खर्च किये हैं। वही मैं कुमुद के विवाह में भी खर्च करूँगी।

कामतानाथ भी गर्म पड़ा—आपको कुछ भी खर्च करने का अधिकार नहीं है।

उमानाथ ने बड़े भाई को डाँटा—आप खामख्वाह अम्माँ के मुँह लगते हैं भाई साहब ! मुरारीलाल को पत्र लिख दीजिए कि तुम्हारे यहाँ कुमुद का विवाह न होगा। बस, छुट्टी हुई। यह कायदा-कानून तो जानतीं नहीं, व्यर्थ की बहस करती हैं।

फूलमती ने संयमित स्वर में कहा—अच्छा, क्या कानून है, ज़रा मैं भी सुनूँ ?

उमा ने निरीह भाव से कहा—कानून यही है कि बाप के मरने के बाद जायदाद बेटों की हो जाती है। माँ का हक़ केवल रोटी-कपड़े का है।

फूलमती ने तड़पकर पूछा—किसने यह कानून बनाया है ?

उमा शान्त-स्थिर स्वर में बोला—हमारे ऋषियों ने, महाराज मनु ने, और किसने ?

फूलमती एक क्षण अवाक् रहकर आहत कण्ठ से बोली—तो इस घर में मैं तुम्हारे टुकड़ों पर पड़ी हुई हूँ ?

उमानाथ ने न्यायाधीश की निर्ममता से कहा—तुम जैसा समझो।

फूलमती की सम्पूर्ण आत्मा मानो इस वज्रपात से चीत्कार करने लगी। उसके मुख से जलती हुई चिनगारियों की भाँति यह शब्द निकल पड़े—मैंने घर बनवाया; मैंने सम्पत्ति जोड़ी, मैंने तुम्हें जन्म दिया, पाला और आज मैं इस घर में ग़ैर हूँ ? मनु का यही क़ानून है और तुम उसी क़ानून पर चलना चाहते हो ? अच्छी बात है। अपना घर-द्वार लो। मुझे तुम्हारी आश्रिता बनकर रहना स्वीकार नहीं। इससे कहीं अच्छा है कि मर जाऊँ। वाह रे अन्धेर ! मैंने पेड़ लगाया और मैं ही उसकी छाँह में खड़ी हो नहीं सकती; अगर यही कानून है, तो इसमें आग लग जाय।

चारों युवकों पर माता के इस क्रोध और आतंक का कोई असर न हुआ। कानून का फौलादी कवच उनकी रक्षा कर रहा था। इन काँटों का उन पर क्या असर हो सकता था।

ज़रा देर में फूलमती उठकर चली गयी। आज जीवन में पहली बार उसका वात्सल्य-भग्न मातृत्व अभिशाप बनकर उसे धिक्कारने लगा। जिस मातृत्व को उसने जीवन की विभूति समझा था, जिसके चरणों पर वह सदैव अपनी समस्त अभिलाषाओं और कामनाओं को अर्पित करके अपने को धन्य मानती थी, वही मातृत्व आज उसे अग्निकुण्ड-सा जान पड़ा, जिसमें उसका जीवन जलकर भस्म हो रहा था।

सन्ध्या हो गयी थी। द्वार पर नीम का वृक्ष सिर झुकाये निस्तब्ध खड़ा था, मानो संसार की गति पर क्षुब्ध हो रहा हो। अस्ताचल की ओर प्रकाश और जीवन का देवता फूलमती के मातृत्व की ही भाँति अपनी चिता में जल रहा था।

5

फूलमती अपने कमरे में जाकर लेटी, तो उसे मालूम हुआ, उसकी कमर टूट गयी है। पति के मरते ही अपने पेट के लड़के उसके शत्रु हो जायँगे, उसको स्वप्न में

भी गुमान न था। जिन लड़कों को उसने अपना हृदय-रक्त पिला-पिलाकर पाला, वही आज उसके हृदय पर यों आघात कर रहे हैं। अब वह घर उसे काँटों की सेज हो रहा था। जहाँ उसकी कुछ कद्र नहीं, कुछ गिनती नहीं, वहाँ अनाथों की भाँति पड़ी रोटियाँ खाये, यह उसकी अभिमानी प्रकृति के लिए असह्य था।

पर उपाय ही क्या था ! वह लड़कों से अलग होकर रहे भी तो नाक किसकी कटेगी ! संसार उसे थूके तो क्या, और लड़कों को थूके तो क्या, बदनामी तो उसी की है। दुनिया यही तो कहेगी कि चार जवान बेटों के होते बुढ़िया अलग पड़ी हुई मजूरी करके पेट पाल रही है। जिन्हें उसने हमेशा नीच समझा, वही उस पर हँसेंगे। नहीं, वह अपमान इस अनादर से कहीं ज़्यादा हृदयविदारक था। अब अपना और घर का परदा ढँका रखने में ही कुशल है। हाँ, अब उसे अपने को नई परिस्थितियों के अनुकूल बनाना पड़ेगा। समय बदल गया है। अब तक स्वामिनी बनकर रही, अब लौंडी बनकर रहना पड़ेगा। ईश्वर की यही इच्छा है, अपने बेटों की बातें और लातें ग़ैरों की बातों और लातों की अपेक्षा फिर भी गनीमत है।

वह बड़ी देर तक मुँह ढाँपे अपनी दशा पर रोती रही। सारी रात इसी आत्मवेदना में कट गयी। शरद का प्रभात डरता-डरता उषा की गोद से निकला, जैसे कोई कैदी छिपकर जेल से भाग आया हो। फूलमती अपने नियम के विरुद्ध आज तड़के ही उठी, रात भर में उसका मानसिक परिवर्तन हो चुका था। सारा घर सो रहा था और वह आँगन में झाड़ू लगा रही थी। रात ओस में भीगी हुई पक्की जमीन उसके नंगे पैरों में काँटों की तरह चुभ रही थी। पंडितजी उसे कभी इतने सबेरे उठने न देते थे। शीत उसके लिए बहुत हानिकर थी। पर अब वह दिन नहीं। प्रकृति को भी समय के साथ बदल देने का प्रयत्न कर रही थी। झाड़ू से फुर्सत पाकर उसने आग जलायी और चावल-दाल की कंकड़ियाँ चुनने लगी। कुछ देर में लड़के जागे। बहुएँ उठीं। सभी ने बुढ़िया को सर्दी से सिकुड़े हुए काम करते देखा, पर किसी ने यह न कहा कि अम्माँ, क्यों हलकान होती हो ? शायद सब-के-सब बुढ़िया के इस मान-मर्दन पर प्रसन्न थे।

आज से फूलमती का यही नियम हो गया कि जी-तोड़कर घर का काम करना, और अन्तरंग नीति से अलग रहना। उसके मुख पर जो एक आत्मगौरव झलकता रहता था, उसकी जगह अब गहरी वेदना छाई हुई नज़र आती थी। जहाँ बिजली जलती थी, वहाँ अब तेल का दिया टिमटिमा रहा था, जिसे बुझा देने के लिए हवा का एक हलका-सा झोंका काफी है।

मुरारीलाल को इनकारी-पत्र लिखने की बात पक्की हो चुकी थी। दूसरे दिन पत्र लिख दिया गया। दीनदयाल से कुमुद का विवाह निश्चित हो गया, दीनदयाल की उम्र चालीस से कुछ अधिक थी, मर्यादा में भी कुछ हेठे थे, पर रोटी-दाल से खुश थे। बिना किसी ठहराव के विवाह करने पर राजी हो गये। तिथि नियत हुई,

बारात आयी, विवाह हुआ और कुमुद विदा कर दी गयी। फूलमती के दिल पर क्या गुज़र रही थी, इसे कौन जान सकता है। कुमुद के दिल पर क्या गुज़र रही थी, इसे कौन जान सकता है; पर चारों भाई बहुत प्रसन्न थे, मानो उनके हृदय का काँटा निकल गया हो। ऊँचे कुल की कन्या, मुँह कैसे खोलती। भाग्य में सुख भोगना लिखा होगा, सुख भोगेगी, दुःख भोगना लिखा होगा, दुःख झेलेगी। हरि इच्छा बेकसों का अन्तिम अवलम्ब है। घरवालों ने जिससे विवाह कर दिया, उसमें हज़ार ऐब हों, तो भी वह उसका उपास्य, उसका स्वामी है। प्रतिरोध उसकी कल्पना से परे था।

फूलमती ने किसी काम में दखल न दिया। कुमुद को क्या दिया गया, मेहमानों का कैसा सत्कार किया गया, किसके यहाँ से नेवते में क्या आया, किसी बात से भी उसे सरोकार न था। उससे कोई सलाह भी ली गयी तो यही कहा—बेटा, तुम लोग जो करते हो, अच्छा ही करते हो, मुझसे क्या पूछते हो।

जब कुमुद के लिए द्वार पर डोली आ गयी और कुमुद माँ के गले लिपटकर रोने लगी, तो वह बेटी को अपनी कोठरी में ले गयी और जो कुछ सौ-पचास रुपये और दो-चार मामूली गहने उसके पास बच रहे थे बेटी के अंचल में डालकर बोली—बेटी, मेरी तो मन की मन में रह गयी; नहीं क्या आज तुम्हारा विवाह इस तरह होता और तुम इस तरह विदा की जातीं।

आज तक फूलमती ने अपने गहनों की बात किसी से न कही थी। लड़कों ने उसके साथ जो कपट-व्यवहार किया था, इसे चाहे वह अब तक न समझी हो, लेकिन इतना जानती थी कि गहने फिर न मिलेंगे और मनोमालिन्य बढ़ने के सिवा कुछ हाथ न लगेगा; लेकिन इस अवसर पर उसे अपनी सफ़ाई देने की ज़रूरत मालूम हुई। कुमुद यह भाव मन में लेकर जाये कि अम्माँ ने अपने गहने बहुओं के लिए रख छोड़े हैं, इसे वह किसी तरह न सह सकती थी, इसीलिए वह अपनी कोठरी में गयी थी; लेकिन कुमद को पहले ही इस कौशल की टोह मिल चुकी थी, उसने गहने और रुपये अंचल से निकालकर माता के चरणों पर रख दिये और बोली—अम्माँ, मेरे लिए तुम्हारा आशीर्वाद लाखों रुपयों के बराबर है। तुम इन चीज़ों को अपने पास रक्खो। न जाने अभी तुम्हें किन विपत्तियों का सामना करना पड़े।

फूलमती कुछ कहना ही चाहती थी कि उमानाथ ने आकर कहा—क्या कर रही है कुमुद ? चल, जल्दी कर। साइत टली जाती है। वह लोग हाय-हाय कर रहे हैं, फिर तो दो-चार महीने में आयेगी ही, जो कुछ लेना-देना हो, ले लेना।

फूलमती के घाव पर जैसे मनों निमक पड़ गया। बोली—मेरे पास अब क्या है भैय्या, जो मैं इसे दूँगी। जावो बेटी, भगवान तुम्हारा सोहाग अमर करें।

कुमुद विदा हो गयी। फूलमती पछाड़ खाकर गिर पड़ी। जीवन की अंतिम लालसा नष्ट हो गयी।

6

एक साल बीत गया।

फूलमती का कमरा घर के सब कमरों में बड़ा और हवादार था। कई महीनों से उसने बड़ी बहू के लिए खाली कर दिया था और खुद एक छोटी-सी कोठरी में रहने लगी थी, जैसे कोई भिखारिन हो। बेटों और बहुओं से अब उसे ज़रा भी स्नेह न था। वह अब घर की लौंडी थी। घर के किसी प्राणी, किसी वस्तु, किसी प्रसंग से उसे प्रयोजन न था। वह केवल इसीलिए जीती थी कि मौत न आती थी। सुख या दुःख का अब उसे लेशमात्र भी ज्ञान न था। उमानाथ का औषधालय खुला, मित्रों की दावत हुई, नाच-तमाशा हुआ। दयानाथ का प्रेस खुला, फिर जलसा हुआ। सीतानाथ को वजीफा मिला और विलायत गया। फिर उत्सव हुआ। कामतानाथ के बड़े लड़के का यज्ञोपवीत-संस्कार हुआ, फिर धूमधाम हुई; लेकिन फूलमती के मुख पर आनन्द की छाया तक न आयी। कामातानाथ टाईफाईड में महीने भर बीमार रहा और मरकर उठा। दयानाथ ने अबकी अपने पत्र का प्रचार बढ़ाने के लिए वास्तव में एक आपत्तिजनक लेख लिखा और छः महीने की सजा पायी। उमानाथ ने एक फौजदारी के मामले में रिश्वत लेकर गलत रिपोर्ट लिखी और उनकी सनद छीन ली गयी; पर फूलमती के चेहरे पर रंज की परछाईं तक न पड़ी। उसके जीवन में अब कोई आशा, कोई दिलचस्पी, कोई चिन्ता न थी। बस, पशुओं की तरह काम करना और खाना, यही उसकी ज़िन्दगी के दो काम थे। जानवर मारने से काम करता है, पर खाता है मन से। फूलमती बेकहे काम करती थी, पर खाती थी विष के कौर की तरह। महीनों सिर में तेल न पड़ता, महीनों कपड़े न धुलते, कुछ परवाह नहीं। वह चेतनाशून्य हो गयी थी।

सावन की झड़ी लगी हुई थी। मलेरिया फैल रहा था। आकाश में मटियाले बादल थे, जमीन पर मटियाला पानी। आर्द्र वायु शीत-ज्वर और श्वास का वितरण करती फिरती थी। घर की महरी बीमार पड़ गयी। फूलमती ने घर के सारे बर्तन माँजे, पानी में भीग-भीगकर सारा काम किया। फिर आग जलाई और चूल्हे पर पतीलियाँ चढ़ा दीं। लड़कों को समय पर भोजन तो मिलना ही चाहिए। सहसा उसे याद आया कामतानाथ नल का पानी नहीं पीते। उसी वर्षा में गंगाजल लाने चली।

कामतानाथ ने पलँग पर लेटे-लेटे कहा—रहने दो अम्माँ, मैं पानी भर लाऊँगा, आज महरी खूब बैठ रही।

फूलमती ने मटियाले आकाश की ओर देखकर कहा—तुम भीग जाओगे बेटा, सर्दी हो जायगी।

कामतानाथ बोले—तुम भी भीग रही हो। कहीं बीमार न पड़ जाओ।

फूलमती निर्मम भाव से बोली—मैं बीमार न पड़ूँगी ! मुझे भगवान ने अमर कर दिया है।

उमानाथ भी वहीं बैठा था। उसके औषधालय में कुछ आमदनी न होती थी; इसीलिए बहुत चिन्तित रहता था। भाई-भावज की मुँह-देखी करता रहता था। बोला—जाने भी दो भैया। बहुत दिनों बहुओं पर राज कर चुकी हैं, उसका प्रायश्चित तो करने दो।

गंगा बढ़ी हुई थी, जैसे समुद्र हो। क्षितिज सामने के कूल से मिला हुआ था। किनारे के वृक्षों की केवल फुनगियाँ पानी के ऊपर रह गई थीं। घाट ऊपर तक पानी में डूब गये थे। फूलमती कलसा लिये नीचे उतरी। पानी भरा और ऊपर जा रही थी कि पाँव फिसला। सँभल न सकी। पानी में गिर पड़ी। पल भर हाथ-पाँव चलाये, फिर लहरें उसे नीचे खींच ले गयीं। किनारे पर दो-चार पंडे चिल्लाये—'अरे दौड़ो, बुढ़िया डूबी जाती है।' दो-चार आदमी दौड़े भी, लेकिन फूलमती लहरों में समा गयी थी, उन बल खाती हुई लहरों में, जिन्हें देखकर हृदय काँप उठता था।

एक ने पूछा—यह कौन बुढ़िया थी ?

'अरे, वही पण्डित अयोध्यानाथ की विधवा है।'

'अयोध्यानाथ तो बड़े आदमी थे।'

'हाँ, थे तो; पर इसके भाग्य में ठोकर खाना लिखा था।'

'उनके तो कई लड़के बड़े-बड़े हैं और सब कमाते हैं ?'

'हाँ, सब हैं भाई, मगर भाग्य भी तो कोई वस्तु है !'

बड़े भाई साहब

मेरे भाई साहब मुझसे पाँच साल बड़े थे; लेकिन केवल तीन दरजे आगे। उन्होंने भी उसी उम्र में पढ़ना शुरू किया था जब मैंने शुरू किया था; लेकिन तालीम जैसे महत्त्व के मामले में वह जल्दबाजी से काम लेना पसन्द न करते थे। इस भावना की बुनियाद खूब मजबूत डालना चाहते थे, जिस पर आलीशान महल बन सके। एक साल का काम दो साल में करते थे। कभी-कभी तीन साल भी लग जाते थे। बुनियाद ही पुख्ता न हो, तो मकान कैसे पायेदार बने !

मैं छोटा था, वह बड़े थे। मेरी उम्र नौ साल की थी, वह चौदह साल के थे। उन्हें मेरी तम्बीह और निगरानी का पूरा और जन्मसिद्ध अधिकार था। और मेरी शालीनता इसी में थी कि उनके हुक्म को कानून समझूँ।

वह स्वभाव से बड़े अध्ययनशील थे। हरदम किताब खोले बैठे रहते। और शायद दिमाग को आराम देने के लिए कभी कापी पर, कभी किताब के हाशियों पर चिड़ियों, कुत्तों, बिल्लियों की तस्वीरें बनाया करते थे। कभी-कभी एक ही नाम या शब्द या वाक्य दस-बीस बार लिख डालते। कभी एक शेर को बार-बार सुन्दर अक्षरों में नकल करते। कभी ऐसी शब्द-रचना करते, जिसमें न कोई अर्थ होता, न कोई सामंजस्य। मसलन एक बार उनकी कापी पर मैंने यह इबारत देखी—स्पेशल, अमीना, भाइयों-भाइयों, दर-असल, भाई-भाई, राधेश्याम, श्रीयुत राधेश्याम, एक घंटे तक—इसके बाद एक आदमी का चेहरा बना हुआ था। और उनसे पूछने का साहस न हुआ। वह नवीं जमात में थे, मैं पाँचवीं में। उनकी रचनाओं को समझना मेरे लिए छोटा मुँह बड़ी बात थी।

मेरा जी पढ़ने में बिलकुल न लगता था। एक घंटा भी किताब लेकर बैठना पहाड़ था। मौका पाते ही होस्टल से निकल मैदान में आ जाता और कभी कंकरियाँ उछालता, कभी कागज की तितलियाँ उड़ाता, और कहीं कोई साथी मिल गया, तो पूछना ही क्या। कभी चारदीवारी पर चढ़कर नीचे कूद रहे हैं, कभी फाटक पर सवार, उसे आगे-पीछे चलाते हुए मोटरकार का आनन्द उठा रहे हैं, लेकिन कमरे में आते ही भाई साहब का वह रौद्र-रूप देखकर प्राण सूख जाते ! उनका पहला सवाल यह

होता—'कहाँ थे ?' हमेशा यही सवाल, इसी ध्वनि में हमेशा पूछा जाता था और इसका जवाब मेरे पास केवल मौन था। न जाने मेरे मुँह से यह बात क्यों न निकलती कि ज़रा बाहर खेल रहा था। मेरा मौन कह देता था कि मुझे अपना अपराध स्वीकार है और भाई साहब के लिए इसके सिवा और कोई इलाज न था कि स्नेह और रोष से मिले हुए शब्दों में मेरा सत्कार करें।

'इस तरह अंग्रेज़ी पढ़ोगे, तो ज़िन्दगी भर पढ़ते रहोगे और हर्फ न आयेगा। अंग्रेज़ी पढ़ना कोई हँसी-खेल नहीं है कि जो चाहे, पढ़ ले; नहीं ऐरा-ग़ैरा नत्थू-खैरा सभी अंग्रेज़ी के विद्वान हो जाते। यहाँ रात-दिन आँखें फोड़नी पड़ती हैं और खून जलाना पड़ता है, तब कहीं यह विद्या आती है। और आती क्या है, हाँ, कहने को आ जाती है। बड़े-बड़े विद्वान भी शुद्ध अंग्रेज़ी नहीं लिख सकते, बोलना तो दूर रहा। और मैं कहता हूँ, तुम कितने घोंघा हो कि मुझे देखकर भी सबक नहीं लेते। मैं कितनी मेहनत करता हूँ, यह तुम अपनी आँखों से देखते हो, अगर नहीं देखते, तो यह तुम्हारी आँखों का कसूर है, तुम्हारी बुद्धि का कसूर है। इतने मेले-तमाशे होते हैं, मुझे तुमने कभी देखने जाते देखा है ? रोज ही क्रिकेट और हाकी-मैच होते हैं। मैं पास नहीं फटकता। हमेशा पढ़ता रहता हूँ। उस पर भी एक-एक दरजे में दो-दो, तीन-तीन साल पड़ा रहता हूँ; फिर भी तुम कैसे आशा करते हो कि तुम यों खेल-कूद में वक्त गँवाकर पास हो जाओगे ? मुझे तो दो ही तीन साल लगते हैं, तुम उम्र-भर इसी दरजे में पड़े सड़ते रहोगे ! अगर तुम्हें इस तरह उम्र गँवानी है तो बेहतर है; घर चले जाओ और मज़े से गुल्ली-डण्डा खेलो। दादा की गाढ़ी कमाई के रुपये क्यों बरबाद करते हो ?'

मैं यह लताड़ सुनकर आँसू बहाने लगता। जवाब ही क्या था। अपराध तो मैंने किया, लताड़ कौन सहे ? भाई साहब उपदेश की कला में निपुण थे। ऐसी-ऐसी लगती बातें कहते, ऐसे-ऐसे सूक्ति-बाण चलाते, कि मेरे जिगर के टुकड़े-टुकड़े हो जाते और हिम्मत टूट जाती। इस तरह जान तोड़कर मेहनत करने की शक्ति मैं अपने में न पाता था और उस निराशा में ज़रा देर के लिए मैं सोचने लगता—क्यों न घर चला जाऊँ। जो काम मेरे बूते के बाहर है, उसमें हाथ डालकर क्यों अपनी ज़िन्दगी खराब करूँ। मुझे अपना मूर्ख रहना मंजूर था, लेकिन उतनी मेहनत ! मुझे तो चक्कर आ जाता था; लेकिन घंटे-दो घंटे के बाद निराशा के बादल छँट जाते और मैं इरादा करता कि आगे से खूब जी लगाकर पढ़ूँगा। चटपट एक टाइम-टेबिल बना डालता। बिना पहले से नक्शा बनाये, कोई स्कीम तैयार किये काम कैसे शुरू करूँ। टाइम टेबिल में खेलकूद की मद बिलकुल उड़ जाती। प्रातःकाल उठना; छः बजे मुँह-हाथ धो, नाश्ता कर, पढ़ने बैठ जाना। छः से आठ तक अंग्रेज़ी, आठ से नौ तक हिसाब, नौ से साढ़े नौ तक इतिहास, फिर भोजन और स्कूल। साढ़े तीन बजे स्कूल से वापस होकर आध घण्टा आराम, चार से पाँच तक भूगोल, पाँच

से छः तक ग्रामर; आध घंटा होस्टल के सामने ही टहलना, साढ़े छः से सात तक अंग्रेज़ी कम्पोजीशन, फिर भोजन करके आठ से नौ तक अनुवाद, नौ से दस तक हिन्दी, दस से ग्यारह तक विविध-विषय, फिर विश्राम।

मगर टाइम-टेबिल बना लेना एक बात है, उस पर अमल करना दूसरी बात। पहले ही दिन उसकी अवेहलना शुरू हो जाती। मैदान की वह सुखद हरियाली, हवा के हल्के-हल्के झोंके, फुटबाल की तरह उछलकूद, कबड्डी के वह दाँव-घात, बालीबाल की वह तेज़ी और फुरती, मुझे अज्ञात और अनिवार्य रूप से खींच ले जाती और वहाँ जाते ही मैं सब कुछ भूल जाता। वह जानलेवा टाइम-टेबिल, आँखफोड़ पुस्तकें किसी को याद न रहतीं, और भाई साहब को नसीहत और फजीहत का अवसर मिल जाता। मैं उनके साये से भागता, उनकी आँखों से दूर रहने की चेष्टा करता, कमरे में इस तरह दबे पाँव आता कि उन्हें खबर न हो। उनकी नज़र मेरी ओर उठी और मेरे प्राण निकले। हमेशा सिर पर एक नंगी तलवार-सी लटकती मालूम होती। फिर भी जैसे मौत और विपत्ति के बीच भी आदमी मोह और माया के बन्धन में जकड़ा रहता है, मैं फटकार और घुड़कियाँ खाकर भी खेल-कूद का तिरस्कार न कर सकता।

2

सालाना इम्तहान हुआ। भाई साहब फेल हो गये, मैं पास हो गया और दरजे में प्रथम आया। मेरे और उनके बीच में केवल दो साल का अन्तर रह गया। जी में आया, भाई साहब को आड़े हाथों लूँ—आपकी वह घोर तपस्या कहाँ गयी ? मुझे देखिए, मज़े से खेलता भी रहा और दरजे में अव्वल भी हूँ। लेकिन वह इतने दुखी और उदास थे कि मुझे उनसे दिली हमदर्दी हुई और उनके घाव पर नमक छिड़कने का विचार ही लज्जास्पद जान पड़ा। हाँ, अब मुझे अपने ऊपर कुछ अभिमान हुआ और आत्मसम्मान भी बढ़ा। भाई साहब का वह रौब मुझ पर न रहा। आज़ादी से खेलकूद में शरीक होने लगा। दिल मजबूत था। अगर उन्होंने फिर फजीहत की, तो साफ कह दूँगा—आपने अपना खून जलाकर कौन-सा तीर मार लिया। मैं तो खेलते-कूदते दरजे में अव्वल आ गया। जबान से यह हेकड़ी जताने का साहस न होने पर भी मेरे रंग-ढंग से साफ जाहिर होता था कि भाई साहब का वह आतंक मुझ पर नहीं था। भाई साहब ने इसे भाँप लिया—उनकी सहज-बुद्धि बड़ी तीव्र थी और एक दिन जब मैं भोर का सारा समय गुल्ली-डंडे की भेंट करके ठीक भोजन के समय लौटा तो भाई साहब ने मानो तलवार खींच ली और मुझ पर टूट पड़े—देखता हूँ, इस साल पास हो गये और दरजे में अव्वल आ गये, तो तुम्हें दिमाग हो गया है; मगर भाईजान, घमंड तो बड़े-बड़े का नहीं रहा, तुम्हारी क्या हस्ती है ? इतिहास

में रावण का हाल तो पढ़ा ही होगा। उसके चरित्र से तुमने कौन-सा उपदेश लिया ? या यों ही पढ़ गये ? महज इम्तहान पास कर लेना कोई चीज़ नहीं, असल चीज़ है बुद्धि का विकास। जो कुछ पढ़ो, उसका अभिप्राय समझो। रावण भूमण्डल का स्वामी था। ऐसे राजाओं को चक्रवर्ती कहते हैं। आजकल अंग्रेज़ों के राज्य का विस्तार बहुत बढ़ा हुआ है; पर इन्हें चक्रवर्ती नहीं कह सकते। संसार में अनेकों राष्ट्र अंग्रेज़ों का आधिपत्य स्वीकार नहीं करते, बिलकुल स्वाधीन हैं। रावण चक्रवर्ती राजा था, संसार के सभी महीप उसे कर देते थे। बड़े-बड़े देवता उसकी गुलामी करते थे। आग और पानी के देवता भी उसके दास थे; मगर उसका अन्त क्या हुआ ? घमंड ने उसका नामो-निशान तक मिटा दिया, कोई उसे एक चुल्लू पानी देनेवाला भी न बचा। आदमी और जो कुकर्म चाहे करे; पर अभिमान न करे, इतराये नहीं। अभिमान किया, और दीन-दुनिया दोनों से गया। शैतान का हाल भी पढ़ा ही होगा। उसे यह अभिमान हुआ था कि ईश्वर का उससे बढ़कर सच्चा भक्त कोई है ही नहीं ! अंत में यह हुआ कि स्वर्ग से नरक में ढकेल दिया गया। शाहेरूम ने भी एक बार अहंकार किया था। भीख माँग-माँगकर मर गया। तुमने तो अभी केवल एक दरजा पास किया है, और अभी से तुम्हारा सिर फिर गया, तब तो तुम आगे पढ़ चुके। यह समझ लो कि तुम अपनी मेहनत से नहीं पास हुए, अन्धे के हाथ बटेर लग गयी। मगर बटेर केवल एक बार हाथ लग सकती है, बार-बार नहीं लग सकती।

कभी-कभी गुल्ली-डण्डे में भी अंधा-चोट निशाना पड़ जाता है। इससे कोई सफल खिलाड़ी नहीं हो जाता। सफल खिलाड़ी वह है, जिसका कोई निशाना खाली न जाय। मेरे फेल होने पर मत जाओ। मेरे दरजे में आओगे, तो दाँतों पसीना आ जायगा, जब अलजबरा और जामेट्री के लोहे के चने चबाने पड़ेंगे, और इंगलिस्तान का इतिहास पढ़ना पड़ेगा। बादशाहों के नाम याद रखना आसान नहीं। आठ-आठ हेनरी ही गुज़रे हैं। कौन-सा कांड किस हेनरी के समय में हुआ, क्या यह याद कर लेना आसान समझते हो ? हेनरी सातवें की जगह हेनरी आठवाँ लिखा और सब नम्बर गायब ! सफाचट। सिफर भी ना मिलेगा, सिफर भी ! हो किस खयाल में। दरजनों तो जेम्स हुए हैं, दरजनों विलियम, कोड़ियों चार्ल्स ! दिमाग़ चक्कर खाने लगता है। आँधी रोग हो जाता है। इन अभागों को नाम भी न जुड़ते थे। एक ही नाम के पीछे दोयम, सोयम, चहारुम, पंजुम लगाते चले गये। मुझसे पूछते, तो दस लाख नाम बता देता और जामेट्री तो बस खुदा की पनाह ! अ ब ज की जगह अ ज ब लिख दिया और सारे नम्बर कट गये। कोई इन निर्दयी मुमतहिनों से नहीं पूछता कि आखिर अ ब ज और अ ज ब में क्या फ़र्क है, और व्यर्थ की बात के लिए क्यों छात्रों का खून करते हो। दाल-भात-रोटी या भात-दाल-रोटी खाई, इसमें क्या रखा है, मगर इन परीक्षकों को क्या परवाह। वह तो वही देखते हैं जो

पुस्तक में लिखा है। चाहते हैं कि लड़के अक्षर-अक्षर रट डालें। और इसी रटन्त का नाम शिक्षा रख छोड़ा है। और आखिर इन बे-सर-पैर की बातों के पढ़ने से फायदा ? 'इस रेखा पर वह लम्ब गिरा दो, तो आधार लम्ब से दुगुना होगा।' पूछिए, इससे प्रयोजन ? दुगुना नहीं, चौगुना हो जाय, या आधा ही रहे, मेरी बला से; लेकिन परीक्षा में पास होना है, तो यह सब खुराफात याद करनी पड़ेगी। कह दिया—'समय की पाबन्दी' पर एक निबन्ध लिखो, जो चार पन्नों से कम न हो। अब आप कापी सामने खोले, कलम हाथ में लिये उसके नाम को रोइए। कौन नहीं जानता कि समय की पाबन्दी बहुत अच्छी बात है, इससे आदमी के जीवन में संयम आ जाता है, दूसरों का उस पर स्नेह होने लगता है और उसके कारोबार में उन्नति होती है; लेकिन इस ज़रा-सी बात पर चार पन्ने कैसे लिखें। जो बात एक वाक्य में कही जा सके, उसे चार पन्नों में लिखने की ज़रूरत ? मैं तो इसे हिमाकत कहता हूँ। यह तो समय की किफ़ायत नहीं; बल्कि उसका दुरुपयोग है कि व्यर्थ में किसी बात को ठूँस दिया जाय। हम चाहते हैं, आदमी को जो कुछ कहना हो, चटपट कह दे, अपनी राह ले। मगर नहीं, आपको चार पन्ने रँगने पड़ेंगे; चाहे जैसे लिखिए। और पन्ने भी पूरे फुलस्केप के आकार के। यह छात्रों पर अत्याचार नहीं तो और क्या है ? अनर्थ तो यह है कि कहा जाता है, संक्षेप में लिखो। समय की पाबन्दी पर संक्षेप में एक निबन्ध लिखो, जो चार पन्नों से कम न हो। ठीक ! संक्षेप में तो चार पन्ने हुए, नहीं शायद सौ-दो सौ पन्ने लिखवाते। तेज़ भी दौड़िये और धीरे-धीरे भी। उलटी बात है या नहीं ? बालक भी इतनी-सी बात समझ सकता है; लेकिन इन अध्यापकों को इतनी तमीज़ भी नहीं। उस पर दावा है कि हम अध्यापक हैं। मेरे दरजे में आओगे लाला, तो ये सारे पापड़ बेलने पड़ेंगे और तब आटे-दाल का भाव मालूम होगा। इस दरजे में अव्वल आ गये हो, तो जमीन पर पाँव नहीं रखते। इसलिए मेरा कहना मानिए। लाख फेल हो गया हूँ, लेकिन तुमसे बड़ा हूँ, संसार का मुझे तुमसे कहीं ज्यादा अनुभव है, जो कुछ कहता हूँ, उसे गिरह बाँधिए, नहीं पछताइएगा।

स्कूल का समय निकट था, नहीं ईश्वर जाने यह उपदेश-माला कब समाप्त होती। भोजन आज मुझे निःस्वाद-सा लग रहा था। जब पास होने पर यह तिरस्कार हो रहा है, तो फेल हो जाने पर शायद प्राण ही ले लिये जायँ। भाई साहब ने अपने दरजे की पढ़ाई का जो भयंकर चित्र खींचा था; उसने मुझे भयभीत कर दिया। स्कूल छोड़कर घर नहीं भागा, यही ताज्जुब है; लेकिन इतने तिरस्कार पर भी पुस्तकों में मेरी अरुचि ज्यों-की-त्यों बनी रही। खेल-कूद का कोई अवसर हाथ से न जाने देता। पढ़ता भी; मगर बहुत कम, बस इतना ही कि रोज का टास्क पूरा हो जाय और दरजे में जलील न होना पड़े। अपने ऊपर जो विश्वास पैदा था, वह फिर लुप्त हो गया और फिर चोरों का-सा जीवन कटने लगा।

3

फिर सालाना इम्तहान हुआ, और कुछ ऐसा संयोग हुआ कि मैं फिर पास हुआ और भाई साहब फेल हो गये। मैंने बहुत मेहनत नहीं की; पर न जाने कैसे दरजे में अव्वल आ गया। मुझे खुद अचरज हुआ। भाई साहब ने प्राणांतक परिश्रम किया। कोर्स का एक-एक शब्द चाट गये थे, दस बजे रात तक इधर, चार बजे भोर से उधर, छः से साढ़े नौ तक स्कूल जाने के पहले। मुद्रा कांति- हीन हो गयी थी; मगर बेचारे फेल हो गये। मुझे उन पर दया आती थी ! नतीजा सुनाया गया, तो वह रो पड़े और मैं भी रोने लगा। अपने पास होने की खुशी आधी हो गयी ! मैं भी फेल हो गया होता, तो भाई साहब को इतना दुःख न होता, लेकिन विधि की बात कौन टाले।

मेरे और भाई साहब के बीच में अब केवल एक दरजे का अन्तर और रह गया। मेरे मन में एक कुटिल भावना उदय हुई कि कहीं भाई साहब एक साल और फेल हो जायँ, तो मैं उनके बराबर हो जाऊँ, फिर वह किस आधार पर मेरी फज़ीहत कर सकेंगे, लेकिन मैंने इस कमीने विचार को दिल से बलपूर्वक निकाल डाला। आखिर वह मुझे मेरे हित के विचार से ही तो डाँटते हैं। मुझे इस वक्त अप्रिय लगता है अवश्य, मगर वह शायद उनके उपदेशों का ही असर हो कि मैं दनादन पास हो जाता हूँ और इतने अच्छे नम्बरों से।

अब भाई साहब बहुत कुछ नर्म पड़ गये थे। कई बार मुझे डाँटने का अवसर पाकर भी उन्होंने धीरज से काम लिया। शायद अब वह खुद समझने लगे थे कि मुझे डाँटने का अधिकार उन्हें नहीं रहा, या रहा भी, तो बहुत कम। मेरी स्वच्छन्दता भी बढ़ी। मैं उनकी सहिष्णुता का अनुचित लाभ उठाने लगा। मुझे कुछ ऐसी धारणा हुई कि मैं पास हो ही जाऊँगा, पढ़ूँ या न पढ़ँ, मेरी तक़दीर बलवान है; इसलिए भाई साहब के डर से जो थोड़ा बहुत पढ़ लिया करता था, वह भी बन्द हुआ। मुझे कनकौए उड़ाने का नया शौक पैदा हो गया था और अब सारा समय पतंगबाजी की ही भेंट होता था; फिर भी मैं भाई साहब का अदब करता था, और उनकी नज़र बचाकर कनकौए उड़ाता था। माँझा देना, कन्ने बाँधना, पतंग टूरनामेंट की तैयारियाँ आदि समस्याएँ सब गुप्त रूप से हल की जाती थीं। मैं भाई साहब को यह सन्देह न करने देना चाहता था कि उनका सम्मान और लिहाज मेरी नज़रों में कम हो गया है।

एक दिन संध्या समय, होस्टल से दूर मैं एक कनकौआ लूटने बेतहाशा दौड़ा जा रहा था। आँखें आसमान की ओर थीं और मन उस आकाशगामी पथिक की ओर, जो मन्द गति से झूमता पतन की ओर चला आ रहा था, मानो कोई आत्मा स्वर्ग से निकलकर विरक्त मन से नये संस्कार ग्रहण करने आ रही हो। बालकों

की पूरी सेना लग्गे और झाड़दार बाँस लिये इसका स्वागत करने को दौड़ी आ रही थी। किसी को अपने आगे-पीछे की खबर न थी। सभी मानो उस पतंग के साथ ही आकाश में उड़ रहे थे, जहाँ सब कुछ समतल है, न मोटरकारें हैं, ट्राम, न गाड़ियाँ।

सहसा भाई साहब से मेरी मुठभेड़ हो गयी, जो शायद बाजार से लौट रहे थे। उन्होंने वहीं हाथ पकड़ लिया और उग्र भाव से बोले—इन बाजारी लौंडों के साथ धेले के कनकौए के लिए दौड़ते तुम्हें शर्म नहीं आती ? तुम्हें इसका भी कुछ लिहाज नहीं कि अब नीची जमाअत में नहीं हो; बल्कि आठवीं जमाअत में आ गये हो और मुझसे केवल एक दरजा नीचे हो। आखिर आदमी को कुछ तो अपने पोजीशन का खयाल करना चाहिए। एक जमाना था कि लोग आठवाँ दरजा पास करके नायब तहसीलदार हो जाते थे। मैं कितने ही मिडिलचियों को जानता हूँ, जो आज अव्वल दरजे के डिप्टी मैजिस्ट्रेट या सपुरिंटेंडेंट हैं। कितने ही आठवीं जमाअतवाले हमारे लीडर और समाचारपत्रों के सम्पादक हैं। बड़े-बड़े विद्वान उनकी मातहती में काम करते हैं। और तुम उसी आठवें दरजे में आकर बाजारी लौंडों के साथ कनकौए के लिए दौड़ रहे हो ? मुझे तुम्हारी इस कमअक्ली पर दुःख होता है। तुम जहीन हो, इसमें शक नहीं, लेकिन वह जेहन किस काम का, जो हमारे आत्म-गौरव की हत्या कर डाले। तुम अपने दिल में समझते होंगे, मैं भाई साहब से महज एक दरजा नीचे हूँ, और अब उन्हें मुझको कुछ कहने का हक नहीं; लेकिन यह तुम्हारी गलती है। तुमसे पाँच साल बड़ा हूँ और चाहे आज तुम मेरी ही जमाअत में आ जाओ—और परीक्षकों का यही हाल है; तो निस्सन्देह अगले साल तुम मेरे समकक्ष हो जाओगे और शायद एक साल बाद मुझसे आगे भी निकल जाओ—लेकिन मुझमें और तुममें जो पाँच साल का अन्तर है; उसे तुम क्या, खुदा भी नहीं मिटा सकता। मैं तुमसे पाँच साल बड़ा हूँ और हमेशा रहूँगा ! मुझे दुनिया का और ज़िन्दगी का जो तजरबा है, तुम उसकी बराबरी नहीं कर सकते, चाहे तुम एम.ए. और डी. लिट्. और डी.फिल. ही क्यों न हो जाओ। समझ किताबें पढ़ने से नहीं आती, दुनिया देखने से आती है। हमारी अम्माँ ने कोई दरजा नहीं पास किया, और दादा भी शायद पाँचवीं-छठी जमाअत के आगे नहीं गये; लेकिन हम दोनों चाहे सारी दुनिया की विद्या पढ़ लें, अम्माँ और दादा को हमें समझाने और सुधारने का अधिकार हमेशा रहेगा। केवल इसलिए नहीं कि वे हमारे जन्मदाता हैं; बल्कि इसलिए कि उन्हें दुनिया का सबसे ज्यादा तजरबा है और रहेगा। अमेरिका में किस तरह की राज-व्यवस्था है, और आठवें हेनरी ने कितने ब्याह किये और आकाश में कितने नक्षत्र हैं, यह बातें चाहे उन्हें न मालूम हों; लेकिन हज़ारों ऐसी बातें हैं, जिनका ज्ञान उन्हें हमसे और तुमसे ज्यादा है। दैव न करे, आज मैं बीमार हो जाऊँ, तो तुम्हारे हाथ-पाँव फूल जायँगे। दादा को तार देने के सिवा तुम्हें और कुछ न सूझेगा; लेकिन तुम्हारी जगह दादा हों, तो किसी को तार न दें, न घबरायें, न बदहवास

हों। पहले खुद मरज पहचानकर इलाज करेंगे, उसमें सफल न हुए, तो किसी डाक्टर को बुलायेंगे। बीमारी तो खैर बड़ी चीज़ है। हम तुम तो इतना भी नहीं जानते कि महीने भर का खर्च महीना भर कैसे चले। जो कुछ दादा भेजते हैं, उसे हम बीस-बाईस तक खर्च कर डालते हैं, और फिर पैसे-पैसे को मुहताज हो जाते हैं। नाश्ता बन्द हो जाता है, धोबी और नाई से मुँह चुराने लगते हैं, लेकिन जितना आज हम और तुम खर्च कर रहे हैं, उसके आधे में दादा ने अपनी उम्र का बड़ा भाग इज्जत और नेकनामी के साथ निभाया है और कुटुम्ब का पालन किया है जिसमें सब मिलाकर नौ आदमी थे। अपने हेडमास्टर साहब ही को देखो। एम. ए. हैं कि नहीं; और यहाँ के एम.ए. नहीं, ऑक्सफोर्ड के। एक हज़ार रुपये पाते हैं; लेकिन उनके घर का इन्तजाम कौन करता है ? उनकी बूढ़ी माँ। हेडमास्टर साहब की डिग्री यहाँ आकर बेकार हो गई। पहले खुद घर का इन्तजाम करते थे। खर्च पूरा न पड़ता था। करजदार रहते थे। जब से उनकी माताजी ने प्रबन्ध अपने हाथ में ले लिया है, जैसे घर में लक्ष्मी आ गई है। तो भाईजान, यह ग़रूर दिल से निकाल डालो कि तुम मेरे समीप आ गये हो और अब स्वतंत्र हो। मेरे देखते तुम बेराह न चलने पाओगे। अगर तुम यों न मानोगे तो मैं (थप्पड़ दिखाकर) इसका प्रयोग भी कर सकता हूँ। मैं जानता हूँ तुम्हें मेरी बातें ज़हर लग रही हैं...

मैं उनकी इस नई युक्ति से नत-मस्तक हो गया। मुझे आज सचमुच अपनी लघुता का अनुभव हुआ और भाई साहब के प्रति मेरे मन में श्रद्धा उत्पन्न हुई। मैंने सजल आँखों से कहा—हरगिज़ नहीं। आप जो फरमा रहे हैं, वह बिलकुल सच है और आपको उसको कहने का अधिकार है।

भाई साहब ने मुझे गले से लगा लिया और बोले—मैं कनकौए उड़ाने को मना नहीं करता। मेरा भी जी ललचाता है; लेकिन करूँ क्या, खुद बेराह चलूँ, तो तुम्हारी रक्षा कैसे करूँ ? यह कर्तव्य भी तो मेरे सिर है !

संयोग से उसी वक्त एक कटा हुआ कनकौआ हमारे ऊपर से गुज़रा। उसकी डोर लटक रही थी। लड़कों का एक गोल पीछे-पीछे दौड़ रहा था। भाई साहब लम्बे हैं ही ! उछलकर उसकी डोर पकड़ ली और बेतहाशा होस्टल की तरफ दौड़े। मैं पीछे-पीछे दौड़ रहा था।

शान्ति

स्वर्गीय देवनाथ मेरे अभिन्न मित्रों में थे। आज भी जब उनकी याद आ जाती है, तो वह रँगरेलियाँ आँखों में फिर जाती हैं, और कहीं एकान्त में जाकर ज़रा देर रो लेता हूँ। हमारे और उनके बीच में दो-ढाई सौ मील का अन्तर था। मैं लखनऊ में था, वह दिल्ली में; लेकिन ऐसा शायद ही कोई महीना जाता हो कि हम आपस में न मिल जाते हों। वह स्वच्छन्द प्रकृति के, विनोदप्रिय, सहृदय, उदार और मित्रों पर प्राण देनेवाले आदमी थे; जिन्होंने अपने और पराये में कभी भेद नहीं किया। संसार क्या है और यहाँ लौकिक व्यवहार का कैसे निर्वाह होता है, यह उस व्यक्ति ने कभी न जाना और न जानने की चेष्टा की। उनके जीवन में ऐसे कई अवसर आये, जब उन्हें आगे के लिए होशियार हो जाना चाहिए था, मित्रों ने उनकी निष्कपटता से अनुचित लाभ उठाया, और कई बार उन्हें लज्जित भी होना पड़ा, लेकिन उस आदमी ने जीवन से कोई सबक न लेने की कसम खा ली थी। उनके व्यवहार ज्यों के त्यों रहे—जैसे भोलानाथ जिये, वैसे ही भोलानाथ मरे। जिस दुनिया में वह रहते थे वह निराली दुनिया थी, जिसमें सन्देह, चालाकी और कपट के लिए स्थान न था—सब अपने थे, कोई ग़ैर न था। मैंने बार-बार उन्हें सचेत करना चाहा पर इसका परिणाम आशा के विरुद्ध हुआ। जीवन के स्वप्नों को भंग करने में उन्हें हार्दिक वेदना होती थी। मुझे कभी-कभी चिन्ता होती थी कि उन्होंने हाथ बन्द न किया तो नतीजा क्या होगा ? लेकिन विडम्बना यह थी कि उनकी स्त्री गोपा भी कुछ उसी साँचे में ढली हुई थी। हमारी देवियों में जो एक चातुरी होती है, जो सदैव ऐसे उड़ाऊ पुरुषों की असावधानियों पर 'ब्रेक' का काम करती है, उससे वह वंचित थी। यहाँ तक कि वस्त्राभूषण में भी उसे विशेष रुचि न थी। अतएव जब मुझे देवनाथ के स्वर्गारोहण का समाचार मिला, और मैं भागा हुआ दिल्ली गया, तो घर में बरतन-भाँडे और मकान के सिवा और कोई संपत्ति न थी। और अभी उनकी उम्र ही क्या थी, जो संचय की चिन्ता करते। चालीस भी तो पूरे न हुए थे। यों तो लड़कपन उनके स्वभाव में ही था; लेकिन इस उम्र में प्रायः सभी लोग कुछ बेफिक्र रहते हैं। पहले एक लड़की हुई थी। इसके बाद दो लड़के हुए। दोनों

लड़के तो बचपन में ही दग़ा दे गये थे। लड़की बच रही थी, और यही इस नाटक का सबसे करुण दृश्य था। जिस तरह का इनका जीवन था, उसके देखते इस छोटे-से परिवार के लिए दो सौ रुपये महीने की ज़रूरत थी। दो-तीन साल में लड़की का विवाह भी करना होगा। कैसे क्या होगा, मेरी बुद्धि कुछ काम न करती थी।

इस अवसर पर मुझे यह बहुमूल्य अनुभव हुआ कि जो लोग सेवा-भाव रखते हैं और जो स्वार्थ-सिद्धि को जीवन का लक्ष्य नहीं बनाते, उनके परिवार को आड़ देनेवालों की कमी नहीं रहती। यह कोई नियम नहीं है; क्योंकि मैंने ऐसे लोगों को भी देखा है, जिन्होंने जीवन में बहुतों के साथ सलूक किये; पर उनके पीछे उनके बाल-बच्चों की किसी ने बात तक न पूछी; लेकिन चाहे कुछ हो, देवनाथ के मित्रों ने प्रशंसनीय औदार्य से काम लिया और गोपा के निर्वाह के लिए स्थायी धन जमा करने का प्रस्ताव किया। दो-एक सज्जन जो रँडुवे थे, उससे विवाह करने को तैयार थे; किन्तु गोपा ने भी उसी स्वाभिमान का परिचय दिया; जो हमारी देवियों का जौहर है और इस प्रस्ताव को अस्वीकार कर दिया। मकान बहुत बड़ा था। उसका एक भाग किराये पर उठा दिया। इस तरह उसको 50/- महावार मिलने लगे। वह इतने में ही अपना निर्वाह कर लेगी। जो कुछ खर्च था, वह सुन्नी की जात से था। गोपा के लिए तो जीवन में अब कोई अनुराग ही न था।

2

इसके एक ही महीने बाद मुझे कारोबार के सिलसिले में विदेश जाना पड़ा और वहाँ अनुमान से कहीं अधिक—दो साल लग गये। गोपा के पत्र बराबर जाते रहते थे, जिससे मालूम होता था—वे आराम से हैं, कोई चिन्ता की बात नहीं है। मुझे पीछे ज्ञात हुआ कि गोपा ने मुझे भी ग़ैर समझा और वास्तविक स्थिति छिपाती रही।

विदेश से लौटकर मैं सीधा दिल्ली पहुँचा। द्वार पर पहुँचते ही मुझे रोना आ गया। मृत्यु की प्रतिध्वनि-सी छाई हुई थी। जिस कमरे में मित्रों के जमघट रहते थे, उसके द्वार बन्द थे, मकड़ियों ने चारों ओर जाले तान रखे थे। देवनाथ के साथ वह श्री भी लुप्त हो गयी थी। पहली नज़र में तो मुझे ऐसा भ्रम हुआ कि देवनाथ द्वार पर खड़े मेरी ओर देखकर मुस्करा रहे हैं। मैं मिथ्यावादी नहीं हूँ और आत्मा की दैहिकता में मुझे संदेह है; लेकिन उस वक्त एक बार मैं चौंक ज़रूर पड़ा। हृदय में एक कम्पन-सा उठा; लेकिन दूसरी नज़र में प्रतिमा मिट चुकी थी। द्वार खुला। गोपा के सिवा खोलनेवाला ही कौन था ? मैंने उसे देखकर दिल थाम लिया। उसे मेरे आने की सूचना थी और मेरे स्वागत की प्रतीक्षा में उसने नयी साड़ी ली थी और शायद बाल भी गुँथा लिये थे; पर इन दो वर्षों ने उस पर जो आघात किये

थे, उन्हें क्या कहती ? नारियों के जीवन में यह वह अवस्था है; जब रूप-लावण्य अपने पूरे विकास पर होता है, जब उसमें अल्हड़पन, चंचलता और अभिमान की जगह आकर्षण, माधुर्य और रसिकता आ जाती है; लेकिन गोपा का यौवन बीत चुका था। उसके मुख पर झुर्रियाँ और विषाद की रेखाएँ अंकित थीं, जिन्हें उसकी प्रयत्नशील प्रसन्नता भी न मिटा सकती थी। केशों पर सफेदी दौड़ चली थी और एक-एक अंग बूढ़ा हो रहा था !

मैंने करुण स्वर में पूछा—क्या तुम बीमार थीं, गोपा ?

गोपा ने आँसू पीकर कहा—नहीं तो, मुझे तो कभी सिर दर्द भी नहीं हुआ।

'तो तुम्हारी यह क्या दशा है ? बिलकुल बूढ़ी हो गई हो।'

'तो अब जवानी लेकर करना ही क्या है ? मेरी उम्र भी तो पैंतीस के ऊपर हो गयी ?'

'पैंतीस की उम्र तो बहुत नहीं होती।'

'हाँ, उनके लिए, जो बहुत दिन जीना चाहते हैं। मैं तो चाहती हूँ, जितनी जल्दी हो सके, जीवन का अन्त हो जाय। बस, सुन्नी के ब्याह की चिन्ता है। इससे छुट्टी पा जाऊँ; फिर मुझे ज़िन्दगी की परवाह न रहेगी।'

अब मालूम हुआ कि जो सज्जन इस मकान में किरायेदार हुए थे, वह थोड़े दिन के बाद तब्दील होकर चले गये और तब से कोई दूसरा किरायेदार न आया। मेरे हृदय में बरछी-सी चुभ गयी। इतने दिन इन बेचारों का निर्वाह कैसे हुआ, यह कल्पना ही दुःखद थी।

मैंने विरक्त मन से कहा—लेकिन तुमने सूचना क्यों न दी ? क्या मैं बिलकुल ग़ैर हूँ ?

गोपा ने लज्जित होकर कहा—नहीं-नहीं, यह बात नहीं है। तुम्हें ग़ैर समझूँगी तो अपना किसे समझूँगी ? मैंने समझा, परदेश में तुम खुद अपने झमेले में पड़े होंगे, तुम्हें क्यो सताऊँ ? किसी-न-किसी तरह दिन कट ही गये। घर में और कुछ न था, तो थोड़े-से गहने तो थे ही। अब सुनीता के विवाह की चिन्ता है। पहले, मैंने सोचा था, इस मकान को निकाल दूँगी, बीस-बाईस हज़ार मिल जायेंगे। विवाह भी हो जायगा और कुछ मेरे लिए भी बच रहेगा; लेकिन बाद को मालूम हुआ कि मकान पहले ही रेहन हो चुका है और सूद मिलाकर उस पर बीस हज़ार हो गये हैं। महाजन ने इतनी दया ही क्या कम की कि मुझे घर से निकाल न दिया। इधर से तो अब कोई आशा नहीं है। बहुत हाथ-पाँव जोड़ने पर, संभव है, महाजन से दो-ढाई हज़ार मिल जायं। इतने में क्या होगा ? इसी फिक्र में घुली जा रही हूँ। लेकिन, मैं भी कितनी मतलबी हूँ, न तुम्हें हाथ-मुँह धोने को पानी दिया, न कुछ जलपान लायी और अपना दुखड़ा ले बैठी। अब आप कपड़े उतारिये और आराम से

बैठिये। कुछ खाने को लाऊँ, खा लीजिए, तब बातें हों। घर पर तो सब कुशल है ?

मैंने कहा—मैं तो सीधा बम्बई से यहाँ आ रहा हूँ। घर कहाँ गया ?

गोपा ने मुझे तिरस्कार-भरी आँखों से देखा; पर उस तिरस्कार की आड़ में घनिष्ठ आत्मीयता बैठी झाँक रही थी। मुझे ऐसा जान पड़ा, उसके मुख की झुर्रियाँ मिट गयी हैं। पीछे मुख पर हल्की-सी लाली दौड़ गयी। उसने कहा—इसका फल यह होगा कि तुम्हारी देवीजी तुम्हें कभी यहाँ न आने देंगी।

'मैं किसी का गुलाम नहीं हूँ।'

'किसी को अपना गुलाम बनाने के लिए पहले खुद ही उसका गुलाम बनना पड़ता है।'

शीतकाल की सन्ध्या देखते-देखते दीपक जलाने लगी। सुन्नी लालटेन लेकर कमरे में आयी। दो साल पहले की अबोध और कृशतनु बालिका रूपवती युवती हो गयी थी, जिसकी हर एक चितवन, हर एक बात, उसकी गौरवशाली प्रकृति का पता दे रही थी। जिसे मैं गोद में उठाकर प्यार करता था, उसकी तरफ आँखें न उठा सका, और वह जो मेरे गले से लिपटकर प्रसन्न होती थी, आज मेरे सामने खड़ी भी न हो सकी। जैसे मुझसे कोई वस्तु छिपाना चाहती है; और जैसे मैं उसे उस वस्तु के छिपाने का अवसर दे रहा हूँ।

मैंने पूछा—अब तुम किस दरजे में पहुँची सुन्नी ?

उसने सिर झुकाये हुए जवाब दिया—दसवें में हूँ।

'घर का भी कुछ काम-काज करती हो ?'

'अम्माँ जब करने भी दें।'

गोपी बोली—मैं नहीं करने देती या तू खुद किसी काम के नगीच नहीं जाती।

सुन्नी मुँह फेरकर हँसती हुई चली गयी। माँ की दुलारी लड़की थी। जिस दिन वह गृहस्थी का काम करती, उस दिन शायद गोपा रो-रोकर आँखें फोड़ लेती। वह खुद लड़की को कोई काम न करने देती थी; मगर सबसे शिकायत करती थी कि वह कोई काम नहीं करती। यह शिकायत भी उसके प्यार का ही एक करिश्मा था। हमारी 'मर्यादा' हमारे बाद भी जीवित रहती है।

मैं भोजन करके लेटा, तो गोपा ने फिर सुन्नी के विवाह की तैयारियों की चर्चा छेड़ दी। इसके सिवा उसके पास बात ही क्या थी। लड़के तो बहुत मिलते हैं; लेकिन कुछ हैसियत भी तो हो। लड़की को यह सोचने का अवसर क्यों मिले कि दादा होते, तो शायद मेरे लिए इससे अच्छा घर-वर ढूँढते। फिर गोपा ने डरते-डरते लाला मदारीलाल के लड़के का ज़िक्र किया।

मैंने चकित होकर उसकी ओर देखा। लाल मदारीलाल पहले इंजीनियर थे। अब पेंशन पाते थे, लाखों रुपये जमा कर लिये थे; पर अब तक उनके लोभ की

प्यास न बुझी थी। गोपा ने घर भी वह छाँटा, जहाँ उसकी रसाई कठिन थी।

मैंने आपत्ति की—मदारीलाल तो बड़ा ही दुर्जन मनुष्य है।

गोपा ने दाँतों-तले जीभ दबाकर कहा—अरे नहीं भैया, तुमने उन्हें पहचाना न होगा, मेरे ऊपर बड़े दयालु हैं। कभी-कभी आकर कुशल-समाचार पूछ जाते हैं। लड़का ऐसा होनहार है मैं तुमसे क्या कहूँ। फिर उनके यहाँ कमी किस बात की है ? यह ठीक है कि वह खूब रिश्वत लेते थे; लेकिन यहाँ धर्मात्मा कौन है ? कौन अवसर पाकर जाने देता है ? मदारीलाल ने तो यहाँ तक कह दिया कि वह मुझसे दहेज नहीं चाहते, केवल कन्या चाहते हैं। सुन्नी उनके मन में बैठ गयी है।

मुझे गोपा की सरलता पर दया आयी; लेकिन मैंने सोचा, क्यों इसके मन में किसी के प्रति अविश्वास उत्पन्न करूँ। संभव है, मदारीलाल वह न रहे हों। चित्त की भावनाएँ बदलती भी रहती हैं।

मैंने अर्द्ध सहमत होकर कहा—मगर यह तो सोचो, उनमें और तुममें कितना अन्तर है। तुम शायद अपना सर्वस्व अर्पण करके भी उनका मुँह सीधा न कर सको।

लेकिन गोपा के मन में बात जम गई थी। सुन्नी को वह ऐसे घर में ब्याहना चाहती थी, जहाँ वह रानी बनकर रहे !

दूसरे दिन प्रातःकाल मैं मदारीलाल के पास गया और उनसे मेरी जो बातचीत हुई, उसने मुझे मुग्ध कर लिया। किसी समय वह लोभी रहे होंगे। इस समय तो मैंने उन्हें बहुत ही सहृदय, उदार और विनयशील पाया। बोले—भाई साहब, मैं देवनाथजी से परिचित हूँ। आदमियों में रत्न थे। उनकी लड़की मेरे घर में आये, यह मेरा सौभाग्य है। आप उनकी माँ से कह दें; मदारीलाल उनसे किसी चीज़ की इच्छा नहीं रखता। ईश्वर का दिया हुआ मेरे घर में सब कुछ है, मैं उन्हें जेरबार नहीं करना चाहता।

मेरे दिल का बोझ उतर गया। हम सुनी-सुनायी बातों से दूसरों के संबंध में कैसी मिथ्या धारणा कर लिया करते हैं, इसका बड़ा शुभ अनुभव हुआ। मैंने आकर गोपा को बधाई दी। यह निश्चय हुआ कि गर्मियों में विवाह कर दिया जाय।

3

वे चार महीने गोपा ने विवाह की तैयारियों में काटे। मैं महीने में एक बार अवश्य उससे मिल आता था, पर हर बार खिन्न होकर लौटता। गोपा ने अपनी कुल-मर्यादा का न जाने कितना महान् आदर्श अपने सामने रख लिया था। पगली इस भ्रम में पड़ी हुई थी कि उसका यह उत्साह नगर में अपनी यादगार छोड़ जायेगा। यह न जानती थी कि यहाँ ऐसे तमाशे रोज़ होते हैं और आये दिन भुला दिये जाते हैं। शायद वह संसार से यह श्रेय लेना चाहती थी कि इस गयी-बीती दशा में भी,

लेटा हुआ हाथी नौ लाख का है। पग-पग पर उसे देवनाथ की याद आती। वह होते तो यह काम यों न होता, यों होता और तब रोती। मदारीलाल सज्जन हैं, यह सत्य है; लेकिन गोपा का अपनी कन्या के प्रति भी तो कुछ धर्म है। कौन उसके दस-पाँच लड़कियाँ बैठी हुई हैं। वह तो दिल खोलकर अरमान निकालेगी। सुन्नी के लिए उसने जितने गहने और जोड़े बनवाये थे, उन्हें देखकर मुझे आश्चर्य होता था। जब देखो कुछ-न-कुछ सी रही है, कभी सुनारों की दुकान पर बैठी हुई है, कभी मेहमानों के आदर-सत्कार का आयोज़न कर रही है, मुहल्ले में ऐसा बिरला ही कोई सम्पन्न मनुष्य होगा, जिससे उसने कुछ कर्ज़ न लिया हो। वह इसे कर्ज़ समझती थी, देनेवाले दान समझकर देते थे। सारा मुहल्ला उसका सहायक था। सुन्नी अब मुहल्ले की लड़की थी। गोपा की इज्जत सबकी इज्जत है और गोपा के लिए तो नींद और आराम हराम था। दर्द से सिर फटा जा रहा है; आधी रात हो गई; मगर वह बैठी कुछ-न-कुछ सी रही है, या 'इस कोठी का धान उस कोठी' कर रही है। कितनी वात्सल्य से भरी आकांक्षा थी कि जो देखनेवालों में श्रद्धा उत्पन्न कर देती थी।

अकेली औरत और वह भी आधी जान की। क्या-क्या करे ? जो काम दूसरों पर छोड़ देती है, उसी में कुछ-न-कुछ कसर रह जाती है; पर उसकी हिम्मत है कि किसी तरह हार नहीं मानती।

पिछली बार उसकी दशा देखकर मुझसे न रहा गया। बोला—गोपा देवी, अगर मरना ही चाहती हो, तो विवाह हो जाने के बाद मरो; मुझे भय है कि तुम उसके पहले ही न चल दो।

गोपा का मुरझाया हुआ मुख प्रमुदित हो उठा। बोली—इसकी चिन्ता न करो भैया, विधवा की आयु बहुत लम्बी होती है। तुमने सुना नहीं, 'राँड मरे न खँडहर ढहे।' लेकिन मेरी यही कामना है कि सुन्नी का ठिकाना लगाकर मैं भी चल दूँ। अब और जीकर क्या करूँगी, सोचो ! क्या करूँ, अगर किसी तरह का विघ्न पड़ गया तो किसकी बदनामी होगी ! इन चार महीनों में मुश्किल से घण्टा-भर सोती हूँगी। नींद नहीं आती, पर मेरा चित्त प्रसन्न है। मैं मरूँ या जीऊँ, मुझे यह सन्तोष तो होगा कि सुन्नी के लिए उसका बाप जो कर सकता था, वह मैंने कर दिया। मदारीलाल ने अपनी सज्जनता दिखाई, तो मुझे भी अपनी नाक रखनी है।

एक देवी ने आकर कहा—बहन, ज़रा चलकर देख लो, चाशनी ठीक हो गयी है या नहीं। गोपा उसके साथ चाशनी की परीक्षा करने गई और एक क्षण के बाद आकर बोली—जी चाहता है सिर पीट लूँ। तुमसे ज़रा बात करने लगी, उधर चाशनी इतनी कड़ी हो गयी कि लड्डू दाँतों से लड़ेंगे। किससे क्या कहूँ !

मैंने चिढ़कर कहा—तुम व्यर्थ का झंझट कर रही हो। क्यों नहीं किसी हलवाई को बुलाकर मिठाइयों का ठीका दे देतीं ? फिर तुम्हारे यहाँ मेहमान ही कितने आवेंगे,

जिनके लिए यह तूमार बाँध रही हो। दस-पाँच की मिठाई उनके लिए बहुत होगी।

गोपा ने व्यथित नेत्रों से मेरी ओर देखा। मेरी यह आलोचना उसे बुरी लगी। इन दिनों उसे बात-बात पर क्रोध आ जाता था। बोली—भैया, तुम यह बातें न समझोगे। तुम्हें न माँ बनने का अवसर मिला, न पत्नी बनने का ! सुन्नी के पिता का कितना नाम था, कितने आदमी उनके दम से जीते थे, क्या यह तुम नहीं जानते ? वह पगड़ी मेरे ही सिर तो बँधी है ! तुम्हें विश्वास न आयेगा, नास्तिक जो ठहरे; पर मैं तो उन्हें सदैव अपने अन्दर बैठा हुआ पाती हूँ, जो कुछ कर रहे हैं, वह कर रहे हैं, मैं मन्द-बुद्धि स्त्री भला अकेली क्या कर लेती ? वही मेरे सहायक हैं, वही मेरे प्रकाश हैं ! यह समझ लो कि यह देह मेरी है, पर इसके अन्दर जो आत्मा है, वह उनकी है। जो कुछ हो रहा है, उनके पुण्य आदेश से हो रहा है। तुम उनके मित्र हो। तुमने अपने सैकड़ों रुपये खर्च किये और इतना हैरान हो रहे हो। मैं तो उनकी सहगामिनी हूँ, लोक में, परलोक में भी।

मैं अपना-सा मुँह लेकर रह गया।

4

जून में विवाह हो गया। गोपा ने बहुत कुछ दिया और अपनी हैसियत से बहुत ज्यादा दिया; लेकिन फिर भी, उसे संतोष न था। आज सुन्नी के पिता होते, तो जाने क्या करते ! बराबर रोती रही।

जाड़ों में फिर दिल्ली गया। मैंने समझा था, अब गोपा सुखी होगी। लड़की का घर और वर दोनों आदर्श हैं। गोपा को इसके सिवा और क्या चाहिए, लेकिन सुख उसके भाग्य में ही न था।

मैं अभी कपड़े भी न उतारने पाया था कि उसने अपना दुखड़ा शुरू कर दिया—भैया, घर-द्वार सब अच्छा है, सास-ससुर भी अच्छे हैं; लेकिन जमाई निकम्मा निकला। सुन्नी बेचारी रो-रोकर दिन काट रही है। तुम उसे देखो, तो पहचान न सको। उसकी परछाईं मात्र रह गई है। अभी कई दिन हुए, आई हुई थी, उसकी दशा देखकर छाती फटती थी ! जैसे जीवन में अपने पथ खो बैठी हो। न तन-बदन की सुध है, न कपड़े-लत्ते की। मेरी सुन्नी की दुर्गति होगी, यह तो स्वप्न में भी न सोचा था। बिलकुल गुम-सुम हो गयी है। कितना पूछा—बेटी, तुमसे वह क्यों नहीं बोलता, किस बात पर नाराज़ है, लेकिन कुछ जवाब नहीं देती। बस, आँखों से आँसू बहते रहते हैं। मेरी सुन्नी कुएँ में गिर गई।

मैंने कहा—तुमने उनके घरवालों से पता नहीं लगाया ?

'लगाया क्यों नहीं भैया, सब हाल मालूम हो गया। लौंडा चाहता है, मैं चाहे जिस राह जाऊँ, सुन्नी मेरी पूजा करती रहे। सुन्नी भला इसे क्यों सहने लगी !

उसे तो तुम जानते हो, कितनी अभिमानिनी है। वह उन स्त्रियों में नहीं है जो पति को देवता समझती हैं और उसका दुर्व्यवहार सहती रहती हैं। उसने सदैव दुलार और प्यार पाया है। बाप भी उस पर जान देता था। मैं भी आँख की पुतली समझती थी। पति मिला छैला, जो आधी-आधी रात तक मारा-मारा फिरता है। दोनों में क्या बात हुई, यह कौन जान सकता है; लेकिन दोनों में कोई गाँठ पड़ गई है। न वह सुन्नी की परवाह करता है, न सुन्नी उसकी परवाह करती है; मगर वह तो अपने रंग में मस्त है, सुन्नी प्राण दिये देती है। उसके लिए सुन्नी की जगह मुन्नी है, सुन्नी के लिए उसकी उपेक्षा है और रुदन है।'

मैंने कहा—लेकिन तुमने सुन्नी को समझाया नहीं ? उस लौंडे का क्या बिगड़ेगा। इसकी तो ज़िन्दगी खराब हो जायगी।

गोपा की आँखों में आँसू भर आये। बोली—भैया, किस दिल से समझाऊँ ? सुन्नी को देखकर तो मेरी छाती फटने लगती है। बस, यही जी चाहता है कि इसे अपने कलेजे में रख लूँ, कि इसे कोई कड़ी आँख से देख भी न सके। सुन्नी फूहड़ होती, कटु-भाषिणी होती, आरामतलब होती तो समझाती भी। क्या यह समझाऊँ कि तेरा पति गली-गली मुँह काला करता फिरे, फिर भी तू उसकी पूजा किया कर ? मैं तो खुद यह अपमान न सह सकती। स्त्री-पुरुष में विवाह की पहली शर्त यह है कि दोनों सोलहों आने एक- दूसरे के हो जायँ। ऐसे पुरुष तो कम हैं, जो स्त्री को जौ-भर विचलित होते देखकर शांत रह सकें; पर ऐसी स्त्रियाँ बहुत हैं, जो पति को स्वच्छन्द समझती हैं। सुन्नी उन स्त्रियों में नहीं है, वह अगर आत्म-समर्पण करती है, तो आत्म-समर्पण चाहती भी है, और यदि पति में यह बात न हुई, तो वह उससे कोई सम्पर्क न रखेगी, चाहे उसका सारा जीवन रोते कट जाय।

यह कहकर गोपा भीतर गयी और एक सिंगारदान लाकर उसके अन्दर के आभूषण दिखाती हुई बोली—सुन्नी इसे अबकी यहीं छोड़ गई। इसीलिए आयी ही थी। ये वे गहने हैं, जो मैंने न जाने कितने कष्ट सहकर बनवाये थे। उनके पीछे महीनों मारी-मारी फिरी थी। यों कहो कि भीख माँग कर जमा किये थे। सुन्नी अब इनकी ओर आँख उठाकर भी नहीं देखती। पहने तो किसके लिए ? सिंगार करे तो किस पर ? पाँच सन्दूक कपड़ों के दिये थे। कपड़े सीते-सीते मेरी आँखें फूट गयीं। यह सब कपड़े उठाती लायी। इन चीज़ों से जैसे उसे घृणा हो गयी है। बस, कलाई में दो काँच की चूड़ियाँ और एक उजली साड़ी, यही उसका सिंगार है।

मैंने गोपा को सांत्वना दी—मैं जाकर ज़रा केदारनाथ से मिलूँगा। देखूँ तो, वह किस रंग-ढंग का आदमी है।

गोपा ने हाथ जोड़कर कहा—नहीं, भूलकर भी न जाना; सुन्नी सुनेगी तो प्राण ही दे देगी। अभिमान की पुतली ही समझो उसे, रस्सी समझ लो, जिसके जल

जाने पर भी बल नहीं जाते। जिन पैरों ने उसे ठुकरा दिया है, उन्हें वह कभी न सहलायेगी। उसे अपना बनाकर कोई चाहे यों लौंडी बना ले; लेकिन शासन तो उसने मेरा न सहा, दूसरों का क्या सहेगी !

मैंने गोपा से उस वक्त कुछ न कहा; लेकिन अवसर पाते ही लाला मदारीलाल से मिला। मैं रहस्य का पता लगाना चाहता था। संयोग से पिता और पुत्र, दोनों एक ही जगह मिल गये। मुझे देखते ही केदार ने इस तरह झुककर मेरे चरण छुए कि मैं उसकी शालीनता पर मुग्ध हो गया। तुरन्त भीतर गया और चाय, मुरब्बा और मिठाइयाँ लाया। इतना सौम्य, इतना सुशील, इतना विनम्र युवक मैंने न देखा था। वह भावना ही न हो सकती थी कि इसके भीतर और बाहर में कोई अन्तर हो सकता है। जब तक रहा, सिर झुकाये बैठा रहा। उच्छृंखलता तो उसे छू भी नहीं गयी थी।

जब केदार टेनिस खेलने चला गया, तो मैंने मदारीलाल से कहा—केदार बाबू तो बहुत सच्चरित्र जान पड़ते हैं, फिर स्त्री-पुरुष में इतना मनोमालिन्य क्यों हो गया है ?

मदारीलाल ने एक क्षण विचार करके कहा—इसका कारण इसके सिवा और क्या बताऊँ कि दोनों अपने माँ-बाप के लाडले हैं, और प्यार लड़कों को अपने मन का बना देता है। मेरा सारा जीवन संघर्ष में कटा। अब जाकर ज़रा शान्ति मिली है। भोग-विलास का कभी अवसर ही न मिला। दिन-भर परिश्रम करता था, संध्या को पड़कर सो रहता था। स्वास्थ्य भी अच्छा न था; इसलिए बार-बार यह चिन्ता सवार रहती थी कि कुछ संचय कर लूँ। ऐसा न हो कि मेरे पीछे बाल-बच्चे भीख माँगते फिरें। नतीजा यह हुआ कि इन महाशय को मुफ्त का धन मिला। सनक सवार हो गयी। शराब उड़ने लगी। फिर ड्रामा खेलने का शौक हुआ। धन की कमी थी ही नहीं, उस पर माँ-बाप के अकेले बेटे। इसकी प्रसन्नता ही हमारे जीवन का स्वर्ग थी। पढ़ना-लिखना तो दूर रहा, विलास की इच्छा बढ़ती गयी। रंग और गहरा हुआ, अपने जीवन का ड्रामा खेलने लगे। मैंने यह रंग देखा तो मुझे चिन्ता हुई। सोचा ब्याह कर दूँ, ठीक हो जायगा। गोपा देवी का पैगाम आया, तो मैंने तुरन्त स्वीकार कर लिया। मैं सुन्नी को देख चुका था। सोचा, ऐसी रूपवती स्त्री पाकर इसका मन स्थिर हो जायगा, पर वह भी लाडली लड़की थी—हठीली, अबोध, आदर्शवादिनी। सहिष्णुता तो उसने सीखी ही न थी। समझौते का जीवन में क्या मूल्य है, इसकी उसे खबर ही नहीं। लोहा-लोहे से लड़ गया। वह अभिमान से इसे पराजित करना चाहती है, यह उपेक्षा से। यही रहस्य है। और साहब, मैं तो बहू को ही अधिक दोषी समझता हूँ। लड़के तो प्रायः मनचले होते ही हैं। लड़कियाँ स्वभाव से ही सुशीला होती हैं और अपनी ज़िम्मेदारी समझती हैं। इनकी

सेवा, त्याग और प्रेम ही उनका अस्त्र है, जिससे वे पुरुष पर विजय पाती हैं। उसमें ये पूर्ण ही नहीं। डोंगा कैसे पार होगा, ईश्वर ही जानें।

सहसा सुन्नी अन्दर से आ गयी। बिलकुल अपने चित्र की रेखा-सी, मानो मनोहर संगीत की प्रतिध्वनि हो। कुन्दन तपकर भस्म हो गया था। मिटी हुई आशाओं का इससे अच्छा चित्र नहीं हो सकता। उलाहना देती हुई बोली—आप न जाने कब से बैठे हुए हैं, मुझे खबर तक नहीं और शायद आप बाहर-ही-बाहर चले भी जाते।

मैंने आँसुओं के वेग को रोकते हुए कहा—नहीं सुन्नी, यह कैसे हो सकता था। तुम्हारे पास आ ही रहा था कि तुम स्वयं आ गयीं।

मदारीलाल कमरे से बाहर अपनी 'कार' की सफाई कराने लगे। शायद मुझे सुन्नी से बातचीत करने का अवसर देना चाहते थे।

सुन्नी ने पूछा—अम्माँ तो अच्छी तरह से हैं ?

'हाँ, अच्छी हैं। तुमने अपनी यह क्या गत बना रखी है ?'

'मैं तो बहुत अच्छी तरह से हूँ।'

'यह बात क्या है ? तुम लोगों में यह क्या अनबन है ? गोपा देवी प्राण दिये डालती हैं ! तुम खुद मरने की तैयारी कर रही हो। कुछ तो विचार से काम लो।'

सुन्नी के माथे पर बल पड़ गये—आपने नाहक यह विषय छेड़ दिया चाचा जी ! मैंने तो यह सोचकर अपने मन को समझा लिया कि मैं अभागिन हूँ। बस, इसका निवारण मेरे बूते से बाहर है। मैं उस जीवन से मृत्यु को कहीं अच्छा समझती हूँ, जहाँ अपनी क़दर न हो। मैं व्रत के बदले में व्रत चाहती हूँ। जीवन का कोई दूसरा रूप मेरी समझ में नहीं आता। इस विषय में किसी तरह का समझौता करना मेरे लिए असम्भव है। नतीजे की मैं परवाह नहीं करती।

'लेकिन...'

'नहीं चाचाजी, इस विषय में अब कुछ न कहिए, नहीं तो मैं चली जाऊँगी।'

'आखिर सोचो तो...'

'मैं सब सोच चुकी और तय कर चुकी। पशु को मनुष्य बनाना मेरी शक्ति के बाहर है।'

इसके बाद मेरे लिए अपना मुँह बन्द कर लेने के सिवा और क्या रह गया था।

5

मई का महीना था। मैं मंसूरी गया हुआ था कि गोपा का तार पहुँचा—'तुरन्त आओ, ज़रूरी काम है।' मैं घबरा तो गया; लेकिन इतना निश्चित था कि कोई दुर्घटना

नहीं हुई। दूसरे ही दिन दिल्ली जा पहुँचा। गोपा मेरे सामने आकर खड़ी हो गयी, निःस्पन्द, मूक, निष्प्राण, जैसे तपेदिक का रोगी हो।

मैंने पूछा—कुशल तो है, मैं तो घबरा उठा।

उसने बुझी हुई आँखों से देखा और बोली—सच !

'सुन्नी तो कुशल से है ?'

'हाँ, अच्छी तरह है।'

'और केदारनाथ ?'

'वह भी अच्छी तरह है।'

'तो फिर माज़रा क्या है ? तुमने तार दिया और कहती हो—कुछ तो नहीं ?'

'दिल घबरा रहा था, इससे तुम्हें बुला लिया। सुन्नी को किसी तरह समझा कर यहाँ लाना है। मैं तो सब कुछ करके हार गयी।'

'क्या इधर कोई नयी बात हो गयी ?'

'नयी तो नहीं है; लेकिन एक तरह से नयी ही समझो। केदार एक ऐक्ट्रेस के साथ कहीं भाग गया। एक सप्ताह से उसका कहीं पता नहीं है। सुन्नी से कह गया है—जब तक तुम रहोगी, घर नहीं आऊँगा। सारा घर सुन्नी का शत्रु हो रहा है; लेकिन वह वहाँ से टलने का नाम नहीं लेती। सुना है, केदार अपने बाप के दस्तखत बनाकर कई हज़ार रुपये बैंक से ले गया है।'

'तुम सुन्नी से मिली थीं ?'

'हाँ, तीन दिन से बराबर जा रही हूँ।'

'वह नहीं आना चाहती, तो रहने क्यों नहीं देतीं ?'

'वहाँ वह घुट-घुटकर मर जायगी।'

मैं उन्हीं पैरों लाला मदारीलाल के घर चला। हालाँकि मैं जानता था कि सुन्नी किसी तरह न आयेगी; मगर वहाँ पहुँचा, तो देखा—कुहराम मचा हुआ है। मेरा कलेजा धक से रह गया। वहाँ तो अर्थी सज रही थी। मुहल्ले के सैकड़ों आदमी जमा थे। घर में से 'हाय ! हाय !' की क्रन्दन-ध्वनि आ रही थी। यह सुन्नी का शव था।

मदारीलाल मुझे देखते ही मुझसे उन्मत्त की भाँति लिपट गये और बोले—भाई साहब मैं तो लुट गया। लड़का भी गया, बहू भी गयी, ज़िन्दगी ही गारत हो गयी।

मालूम हुआ कि जब से केदार गायब हो गया था, सुन्नी और ज्यादा उदास रहने लगी थी। उसने उसी दिन अपनी चूड़ियाँ तोड़ डाली थीं और माँग का सिंदूर पोंछ डाला था। सास ने जब आपत्ति की, तो उनको अपशब्द कहे। मदारीलाल ने समझाना चाहा; तो उन्हें भी जली-कटी सुनायी। ऐसा अनुमान होता था—उन्माद हो गया है। लोगों ने उससे बोलना छोड़ दिया था। आज प्रातःकाल यमुना-स्नान

करने गयी। अँधेरा था, सारा घर सो रहा था। किसी को नहीं जगाया। जब दिन चढ़ गया और बहू घर में न मिली तो उसकी तलाश होने लगी। दोपहर को पता लगा कि यमुना गयी है। लोग उधर भागे वहाँ उसकी लाश मिली ! पुलिस आयी, शव की परीक्षा हुई। अब जाकर शव मिला है। मैं कलेजा थामकर बैठ गया। हाय, अभी थोड़े दिन पहले जो सुन्दरी पालकी पर सवार होकर आयी थी, आज वह चार के कन्धे पर जा रही है।

मैं अर्थी के साथ हो लिया और वहाँ से लौटा तो रात के दस बज गये थे। मेरे पाँव काँप रहे थे। मालूम नहीं, यह खबर पाकर गोपा की क्या दशा होगी। प्राणान्त न हो जाय, मुझे यही भय हो रहा था। सुन्नी उसकी प्राण थी। उसके जीवन का केन्द्र थी। उस दुखिया के उद्यान में यही एक पौधा बच रहा था। उसे वह हृदय-रक्त से सींचकर पाल रही थी उसके बसन्त का सुनहरा स्वप्न ही उसका जीवन था—उसमें कोपलें निकलेंगी, फूल खिलेंगे, फल लगेंगे, चिड़ियाँ उसकी डालियों पर बैठकर अपने सुहाने राग गावेंगी; किन्तु आज निष्ठुर नियति ने उस जीवन-सूत्र को उखाड़कर फेंक दिया। और अब उसके जीवन का कोई आधार न था ! वह बिन्दु ही मिट गया था, जिस पर जीवन की सारी रेखाएँ आकर एकत्र हो जाती थीं।

दिल को दोनों हाथों से थामे, मैंने ज़ंजीर खटखटाई। गोपा एक लालटेन लिये निकली। मैंने गोपा के मुख पर एक नये आनन्द की झलक देखी।

मेरी शोक-मुद्रा देखकर उसने मातृवत् प्रेम से मेरा हाथ पकड़ लिया और बोली—आज तो तुम्हें सारे दिन रोते ही कटा। अर्थी के साथ बहुत से आदमी रहे होंगे ? मेरे जी में भी आया कि चलकर सुन्नी का अन्तिम दर्शन कर लूँ। लेकिन, मैंने सोचा—आज सुन्नी ही न रही, तो उसकी लाश में क्या रखा है ! न गयी।

मैं विस्मय से गोपा का मुँह देखने लगा तो इसे यह शोक-समाचार मिल चुका है। फिर भी यह शान्ति ! और यह अविचल धैर्य ? बोला—अच्छा किया न गयीं, रोना ही तो था।

'हाँ और क्या ! रोती यहाँ भी, लेकिन तुमसे सच कहती हूँ, दिल से नहीं रोयी। न जाने कैसे आँसू निकल आये। मुझे तो सुन्नी की मौत से प्रसन्नता हुई। दुखिया अपनी मान-मर्यादा लिये संसार से विदा हो गयी, नहीं तो न जाने क्या-क्या देखना पड़ता। इसलिए और भी प्रसन्न हूँ कि उसने अपनी आन निभा दी। स्त्री को जीवन में प्यार न मिले, तो उसका अंत हो जाना ही अच्छा। तुमने सुन्नी की मुद्रा देखी थी, लोग कहते हैं, ऐसा जान पड़ता था—मुस्करा रही है। मेरी सुन्नी सचमुच देवी थी। भैया, आदमी इसलिए थोड़े ही जीना चाहता है कि रोता रहे। जब मालूम हुआ कि जीवन में दुःख के सिवा और कुछ नहीं है, तो आदमी जीकर

क्या करे। किसलिए जिये ? खाने और सोने और मर जाने के लिए ? यह मैं नहीं कहती कि मुझे सुन्नी की याद न आयेगी और मैं उसे याद करके रोऊँगी नहीं लेकिन वह शोक के आँसू न होंगे, हर्ष के आँसू होंगे। बहादुर बेटे की माँ उसकी वीरगति पर प्रसन्न होती है। सुन्नी की मौत में क्या कुछ कम गौरव है, और चाहे सारा संसार उसकी निंदा करे, उसकी माता उसकी सराहना ही करेगी। उसकी आत्मा से यह आनन्द भी छीन लूँ ? लेकिन अब रात ज्यादा हो गयी है। ऊपर जाकर सो रहो ! मैंने तुम्हारी चारपाई बिछा दी है; मगर देखो, अकेले पड़े-पड़े रोना नहीं। सुन्नी ने वही किया, जो उसे करना चाहिए था। उसके पिता होते तो आज सुन्नी की प्रतिमा बना कर पूजते।'

मैं ऊपर जाकर लेटा तो मेरे दिल का बोझा बहुत हल्का हो गया था; किन्तु रह-रहकर यह सन्देह हो जाता था कि गोपा की यह शान्ति उसकी अपार व्यथा का ही रूप तो नहीं है।

नशा

ईश्वरी एक बड़े ज़मींदार का लड़का था और मैं एक गरीब क्लर्क था, जिसके पास मेहनत-मजूरी के सिवा और कोई जायदाद न थी। हम दोनों में परस्पर बहसें होती रहती थीं। मैं ज़मींदारों की बुराई करता, उन्हें हिंसक पशु और खून चूसने वाली जोंक और वृक्षों की चोटी पर फूलनेवाला बंझा कहता। वह ज़मींदारों का पक्ष लेता; पर स्वभावतः उसका पहलू कुछ कमज़ोर होता था, क्योंकि उसके पास ज़मींदारों के अनुकूल कोई दलील न थी। यह कहना कि सभी मनुष्य बराबर नहीं होते, छोटे-बड़े हमेशा होते रहते हैं और होते रहेंगे, लचर दलील थी। किसी मानुषीय या नैतिक नियम से इस व्यवस्था का औचित्य सिद्ध करना कठिन था। मैं इस वाद-विवाद की गर्मा-गर्मी में अक्सर तेज़ हो जाता और लगने वाली बातें कह जाता; लेकिन ईश्वरी हारकर भी मुस्कराता रहता था। मैंने उसे कभी गर्म होते नहीं देखा। शायद इसका कारण यह था कि वह अपने पक्ष की कमज़ोरी समझता था। नौकरों से वह सीधे मुँह बात न करता था। अमीरों में जो एक बेदर्दी और उद्दण्डता होती है, उसका उसे भी प्रचुर भाग मिला था। नौकर ने बिस्तर लगाने में ज़रा भी देर की, दूध ज़रूरत से ज्यादा गर्म या ठंडा हुआ, साइकिल अच्छी तरह साफ नहीं हुई, तो वह आपे से बाहर हो जाता। सुस्ती, बदतमीजी उसे ज़रा भी बर्दाश्त न थी, पर दोस्तों से और विशेषकर मुझसे उसका व्यवहार सौहार्द और नम्रता से भरा होता था। शायद उसकी जगह मैं होता, तो मुझमें भी वही कठोरताएँ पैदा हो जातीं, जो उसमें थीं; क्योंकि मेरा लोक-प्रेम सिद्धान्तों पर नहीं, निजी दशाओं पर टिका हुआ था; लेकिन वह मेरी जगह होकर भी शायद अमीर ही रहता, क्योंकि वह प्रकृति से ही विलासी और ऐश्वर्य-प्रिय था।

अबकी दशहरे की छुट्टियों में मैंने निश्चय किया कि घर न जाऊँगा। मेरे पास किराये के लिए रुपये न थे और न मैं घरवालों को तकलीफ देना चाहता था। मैं जानता हूँ वे मुझे जो कुछ देते हैं वह उनकी हैसियत से बहुत ज्यादा है। इसके साथ ही परीक्षा का भी खयाल था। अभी बहुत-कुछ पढ़ना बाकी था और घर जाकर कौन पढ़ता है। बोर्डिंग हाउस में भूत की तरह अकेले पड़े रहने को

भी जी न चाहता था। लेकिन जब ईश्वरी ने मुझे अपने घर चलने का नेवता दिया, तो मैं बिना आग्रह के राजी हो गया। ईश्वरी के साथ परीक्षा की तैयारी खूब हो जायगी। वह अमीर होकर भी मेहनती और ज़हीन है।

उसने इसके साथ ही कहा—लेकिन भाई एक बात का खयाल रखना। वहाँ अगर ज़मींदारों की निन्दा की तो मुआमला बिगड़ जायगा और मेरे घरवालों को बुरा लगेगा। वह लोग तो असामियों पर इसी दावे से शासन करते हैं कि ईश्वर ने असामियों को उनकी सेवा के लिए पैदा किया है। असामी भी यही समझता है। अगर उसे सुझा दिया जाय कि ज़मींदार और असामी में कोई मौलिक भेद नहीं है, तो ज़मींदारों का कहीं पता न लगे।

मैंने कहा—तो क्या तुम समझते हो कि मैं वहाँ जाकर कुछ और हो जाऊँगा ?

'हाँ मैं तो यही समझता हूँ।'

'तो तुम गलत समझते हो।'

ईश्वरी ने इसका कोई जवाब न दिया। कदाचित् उसने इस मुआमले को मेरे विवेक पर छोड़ दिया और बहुत अच्छा किया। अगर वह अपनी बात पर अड़ता, तो मैं भी ज़िद पकड़ लेता।

2

सेकेण्ड क्लास तो क्या मैंने कभी इण्टर क्लास में भी सफ़र न किया था। अबकी सेकेण्ड क्लास में सफ़र करने का सौभाग्य प्राप्त हुआ। गाड़ी तो नौ बजे रात को आती थी, पर यात्रा के हर्ष में हम शाम को ही स्टेशन जा पहुँचे। कुछ देर इधर-उधर सैर करने के बाद रिफ्रेशमेण्ट रूम में जाकर हम लोगों ने भोजन किया। मेरी वेश-भूषा और रंग-ढंग से पारखी खानसामों को यह पहचानने में देर न लगी कि मालिक कौन है और पिछलग्गू कौन; लेकिन न जाने मुझे उनकी गुस्ताखी बुरी लग रही थी। पैसे ईश्वरी के जेब से गये। शायद मेरे पिता को जो वेतन मिलता है, उससे ज्यादा इन खानसामों को इनाम-एकराम में मिल जाता हो। एक अठन्नी तो चलते समय ईश्वरी ही ने दी। फिर भी मैं उन सबों से उसी तत्परता और विनय की प्रतीक्षा करता था, जिससे वे ईश्वरी की सेवा कर रहे थे ! ईश्वरी के हुक्म पर सब-के-सब क्यों दौड़ते हैं, लेकिन मैं कोई चीज़ माँगता हूँ तो इतना उत्साह नहीं दिखाते ? मुझे भोजन में कुछ स्वाद न मिला। वह भेद मेरे ध्यान को सम्पूर्ण रूप से अपनी ओर खींचे हुए था।

गाड़ी आयी, हम दोनों सवार हुए। खानसामों ने ईश्वरी को सलाम किया। मेरी ओर देखा भी नहीं।

ईश्वरी ने कहा—कितने तमीज़दार हैं ये सब। एक हमारे नौकर हैं कि कोई काम करने का ढंग नहीं।

मैंने खट्टे मन से कहा—इसी तरह अगर तुम अपने नौकरों को भी आठ आने रोज़ इनाम दिया करो तो शायद इससे ज़्यादा तमीज़दार हो जायें।

'तो क्या तुम समझते हो, यह सब केवल इनाम के लालच से इतना अदब करते हैं ?'

'जी नहीं, कदापि नहीं। तमीज़ और अदब तो इनके रक्त में मिल गया है !'

गाड़ी चली। डाक थी। प्रयाग से चली तो प्रतापगढ़ जाकर रुकी। एक आदमी ने हमारा कमरा खोला। मैं तुरन्त चिल्ला उठा—दूसरा दरजा है—सेकेण्ड क्लास है।

उस मुसाफिर ने डब्बे के अन्दर आकर मेरी ओर एक विचित्र उपेक्षा की दृष्टि से देखकर कहा—जी हाँ, सेवक भी इतना समझता है, और बीचवाले बर्थ पर बैठ गया। मुझे कितनी लज्जा आयी, कह नहीं सकता।

भोर होते-होते हम लोग मुरादाबाद पहुँचे। स्टेशन पर कई आदमी हमारा स्वागत करने के लिए खड़े थे। दो भद्र पुरुष थे। पाँच बेगार। बेगारों ने हमारा लगेज उठाया। दोनों भद्र पुरुष पीछे-पीछे चले। एक मुसलमान था, रियासत अली; दूसरा ब्राह्मण था, रामहरख। दोनों ने मेरी ओर अपरिचित नेत्रों से देखा, मानो कह रहे हैं, तुम कौवे होकर हंस के साथ कैसे ?

रियासत अली ने ईश्वरी से पूछा—यह बाबू साहब क्या आपके साथ पढ़ते हैं ?

ईश्वरी ने जवाब दिया—हाँ, साथ पढ़ते भी हैं, और साथ रहते भी हैं ? यों कहिए कि आप ही की बदौलत मैं इलाहाबाद पड़ा हुआ हूँ, नहीं कब का लखनऊ चला आया होता। अबकी मैं उन्हें घसीट लाया। इनके घर से कई तार आ चुके थे; मगर मैंने इनकारी जवाब दिलवा दिये। आखिरी तार तो अर्जेण्ट था, जिसकी फ़ीस चार आने प्रति शब्द है; पर यहाँ से भी उसका जवाब इनकारी ही गया।

दोनों सज्जनों ने मेरी ओर चकित नेत्रों से देखा। आतंकित हो जाने की चेष्टा करते हुए जान पड़े।

रियासत अली ने अर्द्ध शंका के स्वर में कहा—लेकिन आप बड़े सादे लिबास में रहते हैं !

ईश्वरी ने शंका निवारण की—महात्मा गाँधी के भक्त हैं साहब ! खद्दर के सिवा कुछ पहनते ही नहीं। पुराने सारे कपड़े जला डाले ! यों कहो कि राजा हैं। ढाई लाख सालाना की रियासत है; पर आपकी सूरत देखो तो मालूम होता है, अभी अनाथालय से पकड़कर आये हैं।

रामहरख बोले—अमीरों का ऐसा स्वभाव बहुत कम देखने में आता है। कोई भाँप ही नहीं सकता।

रियासत अली ने समर्थन किया—आपने महाराज चाँगली को देखा होता, तो दाँतों उँगली दबाते। एक गाढ़े की मिर्जई और चमरौधे जूते पहने बाजारों में घूमा करते थे। सुनते हैं, एक बार बेगार में पकड़े गये थे और उन्हीं ने दस लाख से कालेज खोल दिया।

मैं मन में कटा जा रहा था; पर न जाने क्या बात थी कि यह सफेद झूठ उस वक्त मुझे हास्यास्पद न जान पड़ा। उसके प्रत्येक वाक्य के साथ मानो मैं उस कल्पित वैभव के समीपतर आता जाता था।

मैं शहसवार नहीं हूँ। हाँ, लड़कपन में कई बार लद्दू घोड़ों पर सवार हुआ हूँ। यहाँ देखा तो दो कलाँ-रास घोड़े हमारे लिए तैयार खड़े थे। मेरी तो जान ही निकल गयी। सवार तो हुआ; पर बोटियाँ काँप रही थीं। मैंने चेहरे पर शिकन न पड़ने दिया। घोड़े को ईश्वरी के पीछे डाल दिया। खैरियत यह हुई कि ईश्वरी ने घोड़े को तेज़ न किया, वरना शायद मैं हाथ-पाँव तुड़वाकर लौटता। सम्भव है, ईश्वरी ने समझ लिया हो कि वह कितने पानी में है।

3

ईश्वरी का घर क्या था, किला था। इमामबाड़े का-सा फाटक, द्वार पर पहरेदार टहलता हुआ, नौकरों का कोई हिसाब नहीं, एक हाथी बँधा हुआ। ईश्वरी ने अपने पिता, चाचा, ताऊ आदि सबसे मेरा परिचय कराया, और उसी अतिशयोक्ति के साथ। ऐसी हवा बाँधी कि कुछ न पूछिए। नौकर-चाकर ही नहीं, घर के लोग भी मेरा सम्मान करने लगे। देहात के ज़मींदार, लाखों का मुनाफ़ा, मगर पुलिस कान्सटेबिल को भी अफसर समझने वाले। कई महाशय तो मुझे हुजूर-हुजूर कहने लगे।

जब ज़रा एकान्त हुआ, तो मैंने ईश्वरी से कहा—तुम बड़े शैतान हो यार, मेरी मिट्टी क्यों पलीद कर रहे हो ?

ईश्वरी ने सुदृढ़ मुस्कान के साथ कहा—इन गधों के सामने यही चाल ज़रूरी थी; वरना सीधे मुँह बोलते भी नहीं।

ज़रा देर बाद एक नाई हमारे पाँव दबाने आया। कुँवर लोग स्टेशन से आये हैं, थक गए होंगे। ईश्वरी ने मेरी ओर इशारा करके कहा—पहले कुँवर साहब के पाँव दबा।

मैं चारपाई पर लेटा हुआ था। मेरे जीवन में ऐसा शायद ही कभी हुआ हो कि किसी ने मेरे पाँव दबाये हों। मैं इसे अमीरों के चोंचले, रईसों का गधापन और बड़े आदमियों की मुटमरदी और जाने क्या-क्या कहकर ईश्वरी का परिहास किया करता और आज मैं पोतड़ों का रईस बनने का स्वाँग भर रहा था !

इतने में दस बज गये। पुरानी सभ्यता के लोग थे। नयी रोशनी अभी केवल पहाड़ की चोटी तक पहुँच पायी थी। अन्दर से भोजन का बुलावा आया। हम स्नान करने चले। मैं हमेशा अपनी धोती खुद छाँट लिया करता हूँ; मगर यहाँ मैंने ईश्वरी की ही भाँति अपनी धोती भी छोड़ दी। अपने हाथों अपनी धोती छाँटते शर्म आ रही थी। अन्दर भोजन करने चले। होटल में जूते पहने मेज पर डटते थे। यहाँ पाँव धोना आवश्यक था। कहार पानी लिये खड़ा था। ईश्वरी ने पाँव बढ़ा दिये। कहार ने उसके पाँव धोये। मैंने भी पाँव बढ़ा दिये। कहार ने मेरे पाँव भी धोये। मेरा वह विचार न जाने कहाँ चला गया था।

4

सोचा था, वहाँ देहात में एकाग्र होकर खूब पढ़ेंगे; पर वहाँ सारा दिन सैर-सपाटे में कट जाता था। कहीं नदी में बजरे पर सैर कर रहे हैं; कहीं मछलियों या चिड़ियों का शिकार खेल रहे हैं, कहीं पहलवानों की कुश्ती देख रहे हैं, कहीं शतरंज पर जमे हैं। ईश्वरी खूब अण्डे मँगवाता और कमरे में 'स्टोव' पर आमलेट बनते। नौकरों का एक जत्था हमेशा घेरे रहता। अपने हाथ-पाँव को हिलाने की कोई ज़रूरत नहीं। केवल एक ज़बान हिला देना काफी है। नहाने बैठे तो आदमी नहलाने को हाज़िर, लेटे तो आदमी पंखा झलने को खड़े। मैं महात्मा गाँधी का कुँअर चेला मशहूर था। भीतर से बाहर तक मेरी धाक थी। नाश्ते में ज़रा भी देर न होने पाये, कहीं कुँअर साहब नाराज न हो जाएँ, बिछावन ठीक समय पर लग जाय, कुँवर साहब के सोने का समय आ गया। मैं ईश्वरी से भी ज्यादा नाज़ुक दिमाग बन गया था, या बनने पर मजबूर किया गया था। ईश्वरी अपने हाथ से बिस्तर बिछा ले; लेकिन कुँवर मेहमान अपने हाथों से कैसे अपना बिछावन बिछा सकते हैं ! उनकी महानता में बट्टा लग जायगा।

एक दिन सचमुच यही बात हो गई। ईश्वरी घर में थे। शायद अपनी माता से कुछ बातचीत करने में देर हो गई। यहाँ दस बज गये। मेरी आँखें नींद से झपक रही थीं; मगर बिस्तर कैसे लगाऊँ ? कुँअर जो ठहरा। कोई साढ़े ग्यारह बजे महरा आया। बड़ा मुँहलगा नौकर था। घर के धन्धों में मेरा बिस्तर लगाने की उसे सुधि ही न रही। अब जो याद आई, तो भागा हुआ आया। मैंने ऐसी डाँट बताई कि उसने भी याद किया होगा।

ईश्वरी मेरी डाँट सुनकर बाहर निकल आया और बोला—तुमने बहुत अच्छा किया। यह सब हरामखोर इसी व्यवहार के योग्य हैं।

इसी तरह ईश्वरी एक दिन एक जगह दावत में गया हुआ था। शाम हो गई; पर लैम्प न जला। लैम्प मेज़ पर रखा हुआ था। दियासलाई भी वहीं थी; लेकिन

ईश्वरी खुद कभी लैम्प नहीं जलाता। फिर कुँअर साहब कैसे जलायें ? मैं झुँझला रहा था। समाचार-पत्र आया रखा हुआ था। जी उधर लगा हुआ था; पर लैम्प नदारत। दैवयोग उसी वक्त मुंशी रियासत अली आ निकले। मैं उन्हीं पर उबल पड़ा ऐसी फटकार बताई कि बेचारा उल्लू हो गया—तुम लोगों को इतनी फिक्र भी नहीं कि लैम्प जलवा दो ! मालूम नहीं, ऐसे कामचोर आदमियों का यहाँ कैसे गुज़र होता है। मेरे यहाँ घंटे भर निर्वाह न हो। रियासत अली ने काँपते हुए हाथों से लैम्प जला दिया।

वहाँ एक ठाकुर अक्सर आया करता था। कुछ मनचला आदमी था, महात्मा गाँधी का परम भक्त। मुझे महात्माजी का चेला समझकर मेरा लिहाज करता था; पर मुझसे कुछ पूछते संकोच करता था। एक दिन मुझे अकेला देखकर आया और हाथ बाँधकर बोला—सरकार तो गाँधी बाबा के चेले हैं न ? लोग कहते हैं कि यहाँ सुराज हो जायगा तो ज़मींदार न रहेंगे।

मैंने शान जमाई—ज़मींदारों के रहने की ज़रूरत ही क्या है ? यह लोग गरीबों का खून चूसने के सिवा और क्या करते हैं ?

ठाकुर ने फिर पूछा—तो क्या सरकार, सब ज़मींदारों की जमीन छीन ली जायगी ?

मैंने कहा—बहुत से लोग खुशी से दे देंगे। जो लोग खुशी से न देंगे उनकी जमीन छीननी ही पड़ेगी। हम लोग तो तैयार बैठे हुए हैं। ज्यों ही स्वराज्य हुआ, अपने सारे इलाके असामियों के नाम हिब्बा कर देंगे।

मैं कुरसी पर पाँव लटकाये बैठा था। ठाकुर मेरे पाँव दबाने लगा। फिर बोला—आजकल ज़मींदार लोग बड़ा जुलुम करते हैं सरकार ! हमें भी हुजूर अपने इलाके में थोड़ी-सी जमीन दे दें; तो चलकर वहीं आपकी सेवा में रहें।

मैंने कहा—अभी तो मेरा कोई अख्तियार नहीं है भाई, लेकिन ज्यों ही अख्तियार मिला, मैं सबसे पहले तुम्हें बुलाऊँगा। तुम्हें मोटर-ड्राइवरी सिखाकर अपना ड्राइवर बना लूँगा।

सुना, उस दिन ठाकुर ने खूब भंग पी और अपनी स्त्री को खूब पीटा और गाँव के महाजन से लड़ने पर तैयार हो गया।

5

छुट्टी इस तरह तमाम हुई और हम फिर प्रयाग चले। गाँव के बहुत से लोग हम लोगों को पहुँचाने आये। ठाकुर तो हमारे साथ स्टेशन तक आया। मैंने भी अपना पार्ट खूब सफ़ाई से खेला और अपनी कुबेरोचित विनय और देवत्व की मुहर हरेक हृदय पर लगा दी। जी तो चाहता था, हरेक को अच्छा इनाम दूँ, लेकिन यह सामर्थ्य कहाँ थी ? वापसी टिकट था ही, केवल गाड़ी में बैठना था; पर गाड़ी आयी तो ठसाठस

भरी हुई। दुर्गा पूजा की छुट्टियाँ भोगकर सभी लोग लौट रहे थे। सेकेण्ड क्लास में तिल रखने की जगह नहीं। इण्टर क्लास की हालत उससे भी बदतर। यह आखिरी गाड़ी थी। किसी तरह रुक न सकते थे। बड़ी मुश्किल से तीसरे दर्जे में जगह मिली। हमारे ऐश्वर्य ने वहाँ अपना रंग जमा लिया; मगर मुझे उसमें बैठना बुरा लग रहा था। आये थे आराम से लेटे-लेटे, जा रहे थे सिकुड़े हुए। पहलू बदलने की भी जगह न थी।

कई आदमी पढ़े-लिखे भी थे। आपस में अंग्रेज़ी राज्य की तारीफ़ करते जा रहे थे। एक महाशय बोले—ऐसा न्याय तो किसी राज्य में नहीं देखा। छोटे-बड़े सब बराबर। राजा भी किसी पर अन्याय करे, तो अदालत उसकी भी गर्दन दबा देती है।

दूसरे सज्जन ने समर्थन किया—अरे साहब, आप खुद बादशाह पर दावा कर सकते हैं ! अदालत में बादशाह पर डिग्री हो जाती है।

एक आदमी, जिसकी पीठ पर बड़ा-सा गट्ठर बँधा था, कलकत्ते जा रहा था। कहीं गठरी रखने की जगह न मिलती थी। पीठ पर बाँधे हुए था। इससे बेचैन होकर बार-बार द्वार पर खड़ा हो जाता। मैं द्वार के पास ही बैठा हुआ था। उसका बार-बार आकर मेरे मुँह को अपनी गठरी से रगड़ना मुझे बहुत बुरा लग रहा था। एक तो हवा यों ही कम थी, दूसरे उस गँवार का आकर मेरे मुँह पर खड़ा हो जाना मानो मेरा गला दबाना था। मैं कुछ देर जब्त किये बैठा रहा। एकाएक मुझे क्रोध आ गया। मैंने उसे पकड़कर ढकेल दिया और दो तमाचे ज़ोर-ज़ोर से लगाये।

उसने आँखें निकालकर कहा—क्यों मारते हो बाबूजी, हमने भी किराया दिया है।

मैंने उठकर दो-तीन तमाचे और जड़ दिये।

गाड़ी में तूफ़ान आ गया। चारों ओर से मुझ पर बौछार पड़ने लगी।

'अगर इतने नाज़ुक मिज़ाज हो, तो अव्वल दर्जे में क्यों नहीं बैठे ?'

'कोई बड़ा आदमी होगा तो अपने घर का होगा। मुझे इस तरह मारते, तो दिखा देता।'

'क्या कसूर किया था बेचारे ने ? गाड़ी में साँस लेने की जगह नहीं, खिड़की पर ज़रा साँस लेने खड़ा हो गया तो उस पर इतना क्रोध ! अमीर होकर क्या आदमी अपनी इंसानियत बिलकुल खो देता है ?'

'यह भी अंग्रेज़ी राज है, जिसका आप बखान कर रहे थे !'

एक ग्रामीण बोला—दफ़्तरन माँ घुसन तो पावत नहीं, उस पर इत्ता मिजाज !

ईश्वरी ने अंग्रेज़ी में कहा—What an idiot you are Sir !

और मेरा नशा कुछ-कुछ उतरता हुआ मालूम होता था।

स्वामिनी

शिवदास ने भण्डारे की कुंजी अपनी बहू रामप्यारी के सामने फेंककर अपनी बूढ़ी आँखों में आँसू भरकर कहा—बहू, आज से गिरस्ती की देख-भाल तुम्हारे ऊपर है। मेरा सुख भगवान से नहीं देखा गया, नहीं तो क्या जवान बेटे को यों ही छीन लेते। उसका काम करने वाला तो कोई चाहिए। एक हल तोड़ दूँ तो गुजारा न होगा। मेरे ही कुकरम से भगवान का यह कोप आया है, और मैं ही अपने माथे पर उसे लूँगा। बिरजू का हल अब मैं ही सँभालूँगा। अब घर की देख-रेख करने वाला, धरने-उठाने वाला तुम्हारे सिवा दूसरा कौन है। रोओ मत बेटा, भगवान की जो इच्छा थी, वह हुआ; और जो इच्छा होगी, वह होगा। हमारा तुम्हारा क्या बस है ? मेरे जीते-जी तुम्हें कोई टेढ़ी आँख से देख भी न सकेगा। तुम किसी बात का सोच मत करो। बिरजू गया, तो मैं तो अभी बैठा ही हुआ हूँ।

रामप्यारी और रामदुलारी दो सगी बहनें थीं। दोनों का विवाह—मथुरा और बिरजू—दो सगे भाइयों से हुआ। दोनों बहनें नैहर की तरह ससुराल में भी प्रेम और आनन्द से रहने लगीं। शिवदास को पेंशन मिली। दिन-भर द्वार पर बैठे गप-शप करते। भरा-पूरा परिवार देख-देखकर प्रसन्न होते और अधिकतर धर्म-चर्चा में लगे रहते थे। लेकिन दैवगति से बड़ा लड़का बिरजू बीमार पड़ा और आज उसे मरे हुए पन्द्रह दिन बीत गये। आज क्रिया-कर्म से फुरसत मिली और शिवदास ने सच्चे कर्मवीर की भाँति फिर जीवन-संग्राम के लिए कमर कस ली। मन में उसे चाहे कितना ही दुःख हुआ हो, उसे किसी ने रोते नहीं देखा। आज अपनी बहू को देखकर एक क्षण के लिए उसकी आँखें सजल हो गयीं; लेकिन उसने मन को सँभाला और रुद्ध-कण्ठ से उसे दिलासा देने लगा। कदाचित् उसने सोचा था, घर की स्वामिनी बनकर विधवा के आँसू पुँछ जायेंगे, कम-से-कम उसे इतना परिश्रम न करना पड़ेगा; इसलिए उसने भण्डारे की कुंजी बहू के सामने फेंकी थी। वैधव्य की व्यथा को स्वामित्व के गर्व से दबा देना चाहता था।

रामप्यारी ने पुलकित कण्ठ से कहा—यह कैसे हो सकता है दादा, कि तुम मेहनत-मजूरी करो और मैं मालकिन बनकर बैठूँ ? काम-धन्धे में लगी रहूँगी, तो मन बहलता रहेगा, बैठे-बैठे तो रोने के सिवा और कुछ न होगा।

शिवदास ने समझाया—बेटा, दैवगति से तो किसी का बस नहीं। रोने-धोने से हलाकानी के सिवा और क्या हाथ आयेगा ? घर में भी तो बीसों काम हैं। कोई साधु-सन्त आ जायँ, कोई पाहुना ही आ पहुँचे, उनके सेवा-सत्कार के लिए किसी को तो घर पर रहना ही पड़ेगा।

बहू ने बहुत-से हीले किये, पर शिवदास ने एक न सुनी।

2

शिवदास के बाहर चले जाने पर रामप्यारी ने कुंजी उठाई तो उसे मन में अपूर्व गौरव और उत्तरदायित्व का अनुभव हुआ। ज़रा देर के लिए पति-वियोग का दुःख उसे भूल गया। उसकी छोटी बहन और देवर दोनों काम करने गये हुए थे। शिवदास बाहर था। घर बिलकुल खाली था। इस वक्त वह निश्चिंत होकर भण्डारे को खोल सकती है ! उसमें क्या-क्या सामान है, क्या-क्या विभूति है, यह देखने के लिए उसका मन लालायित हो उठा। इस घर में वह कभी न आई थी। जब कभी किसी को कुछ देना या किसी से कुछ लेना होता था, तभी शिवदास आकर इस कोठरी को खोला करता था। फिर उसे बन्द कर वह ताली अपनी कमर में रख लेता था। रामप्यारी कभी-कभी द्वार की दराजों से भीतर झाँकती थी, पर अँधेरे में कुछ न दिखाई देता था। सारे घर के लिए वह कोठरी कोई तिलस्म या रहस्य था, जिसके विषय में भाँति-भाँति की कल्पनाएँ होती रहती थीं। आज रामप्यारी को वह रहस्य खोलकर देखने का अवसर मिल गया। उसने बाहर का द्वार बन्द कर दिया कि कोई उसे भण्डारा खोलते न देख ले, नहीं सोचेगा, बेज़रूरत इसने क्यों खोला। तब आकर काँपते हुए हाथों से ताला खोला। उसकी छाती धड़क रही थी कि कोई द्वार न खटखटाने लगे। अन्दर पाँव रखा तो उसे कुछ उसी प्रकार का, लेकिन उससे कहीं तीव्र आनन्द हुआ जो उसे अपने गहने-कपड़े की पिटारी खोलने में होता था। मटकों में गुड़, शक्कर, गेहूँ, जौ आदि चीज़ें रखी हुई थीं। एक किनारे बड़े-बड़े बर्तन भरे थे, जो शादी-ब्याह के अवसर पर निकाले जाते थे, या माँगे दिये जाते थे। एक आले पर मालगुज़ारी की रसीदें और लेन-देन के पुरजे बँधे हुए रखे थे। कोठरी में एक विभूति-सी छाई थी। मानो लक्ष्मी अज्ञात रूप से यहाँ विराज रही हों। उस विभूति की छाया में रामप्यारी आधे घंटे तक बैठी अपनी आत्मा को तृप्त करती रही। प्रतिक्षण उसके हृदय पर ममत्व का नशा-सा छाया जा रहा था। जब वह उस कोठरी से निकली, तो उसके मन के संस्कार बदल गये थे, मानो किसी ने उस पर मन्त्र डाल दिया हो।

उसी समय द्वार पर किसी ने आवाज़ दी। उसने तुरन्त भण्डारे का द्वार बन्द किया और जाकर सदर दरवाजा खोल दिया। देखा तो पड़ोसिन झुनिया खड़ी है और एक रुपया माँग रही है।

रामप्यारी ने रुखाई से कहा—अभी तो एक पैसा घर में नहीं है जीजी, क्रिया-कर्म में सब खरच हो गया।

झुनिया चकरा गयी। चौधरी के घर में इस समय एक रुपया भी नहीं है, यह विश्वास करने की बात न थी। जिसके यहाँ सैकड़ों का लेन-देन है, वह सब कुछ क्रिया-कर्म में नहीं खर्च कर सकता। अगर शिवदास ने यह बहाना किया होता, तो उसे आश्चर्य न होता। प्यारी तो अपने सरल स्वभाव के लिए गाँव में मशहूर थी। अक्सर शिवदास की आँखें बचाकर पड़ोसियों को इच्छित वस्तुएँ दे दिया करती थी। अभी कल ही उसने जानकी को सेर भर दूध दे दिया था। यहाँ तक कि अपने गहने तक माँगे दे देती थी। कृपण शिवदास के घर में ऐसी सखरज बहू का आना गाँव वाले अपने सौभाग्य की बात समझते थे। झुनिया ने चकित होकर कहा—ऐसा न कहो जीजी, बड़े गाढ़े में पड़कर आयी हूँ, नहीं तुम जानती हो, मेरी आदत ऐसी नहीं है। बाकी का एक रुपया देना है। प्यादा द्वार पर खड़ा बक-झक रहा है। रुपया दे दो, तो किसी तरह यह विपत्ति टले। मैं आज के आठवें दिन आकर दे जाऊँगी। गाँव में और कौन घर है, जहाँ माँगने जाऊँ ?

प्यारी टस से मस न हुई।

उसके जाते ही प्यारी साँझ के लिए रसोई-पानी का इन्तज़ाम करने लगी। पहले चावल-दाल बिनना अपाढ़ लगता था और रसोई में जाना तो सूली पर चढ़ने से कम न था। कुछ देर दोनों बहनों में झाँव-झाँव होती, तब शिवदास आकर कहते, क्या आज रसोई न बनेगी, तो दो में से एक उठती और मोटे-मोटे टिक्कड़ लगाकर रख देती, मानो बैलों का रातिब हो। आज प्यारी तन-मन से रसोई के प्रबन्ध में लगी हुई है। अब वह घर की स्वामिनी है।

तब उसने बाहर निकलकर देखा, कितना कूड़ा-करकट पड़ा हुआ है। बुढ़ऊ दिन-भर मक्खी मारा करते हैं, इतना भी नहीं होता कि ज़रा झाड़ू ही लगा दें। अब क्या इनसे इतना भी न होगा ? द्वार ऐसा चिकना चाहिए कि देखकर आदमी का मन प्रसन्न हो जाय। यह नहीं कि उबकाई आने लगे। अभी कह दूँ, तो तिनक उठेंगे। अच्छा, यह मुन्नी नाँद से अलग क्यों खड़ी है ?

उसने मुन्नी के पास जाकर नाँद में झाँका। दुर्गन्ध आ रही थी। ठीक ! मालूम होता है, महीनों से पानी ही नहीं बदला गया। इस तरह तो गाय रह चुकी। अपना पेट भर लिया, छुट्टी हुई, और किसी से क्या मतलब ? हाँ, दूध सबको अच्छा लगता है। दादा द्वार पर बैठे चिलम पी रहे हैं, मगर इतना नहीं होता कि चार घड़ा पानी नाँद में डाल दें। मंजूर रखा है, वह भी तीन कौड़ी का। खाने को डेढ़ सेर, काम करते नानी मरती है। आज आते हैं तो पूछती हूँ, नाँद में पानी क्यों नहीं बदला। रहना हो रहे या जाय। आदमी बहुत मिलेंगे। चारों ओर तो लोग मारे-मारे फिर रहे हैं।

आखिर उससे न रहा गया। घड़ा उठाकर पानी लाने चली।

शिवदास ने पुकारा—पानी क्या होगा बहू ? इसमें पानी भरा हुआ है।

प्यारी ने कहा—नाँद का पानी सड़ गया है। मुन्नी भूसे में मुँह नहीं डालती। देखते नहीं हो, कोस भर पर खड़ी है।

शिवदास मार्मिक भाव से मुस्कराये और आकर बहू के हाथ से घड़ा ले लिया।

3

कई महीने बीत गये। प्यारी के अधिकार में आते ही उस घर में जैसे बसन्त आ गया। भीतर-बाहर जहाँ देखिए, किसी निपुण प्रबन्धक के हस्त-कौशल, सुविचार और सुरुचि के चिह्न दीखते थे। प्यारी ने गृहयन्त्र की ऐसी चाबी कस दी थी कि सभी पुरजे ठीक-ठीक चलने लगे थे। भोजन पहले से अच्छा मिलता, समय पर मिलता है। दूध ज्यादा होता है, घी ज्यादा होता है, और काम ज्यादा होता है। प्यारी न खुद विश्राम लेती है, न दूसरों को विश्राम लेने देती है। घर में कुछ ऐसी बरकत आ गयी है कि जो चीज़ माँगो, घर ही में निकल आती है। आदमी से लेकर जानवर तक सभी स्वस्थ दिखायी देते हैं। अब वह पहले की-सी दशा नहीं है कि कोई चीथड़े लपेटे घूम रहा है, किसी को गहने की धुन सवार है। हाँ, अगर कोई रुग्ण और चिन्तित तथा मलिन वेष में है, तो वह प्यारी है; फिर भी सारा घर उससे जलता है। यहाँ तक कि बूढ़े शिवदास भी कभी-कभी उसकी बदगोई करते हैं। किसी को पहर रात रहे उठना अच्छा नहीं लगता। मेहनत से सभी जी चुराते हैं। फिर भी यह सब मानते हैं कि प्यारी न हो तो घर का काम न चले। और-तो-और, दोनों बहनों में भी उतना अपनापन नहीं है।

प्रातःकाल का समय था। दुलारी ने हाथों के कड़े लाकर प्यारी के सामने पटक दिये और घुन्नाई हुई बोली—लेकर इसे भी भण्डारे में बन्द कर दे।

प्यारी ने कड़े उठा लिये और कोमल स्वर में कहा—कह तो दिया, हाथ में रुपये आने दे, बनवा दूँगी। अभी ऐसा घिस नहीं गया है कि आज ही उतार कर फेंक दिया जाय।

दुलारी लड़ने को तैयार होकर आयी थी। बोली—तेरे हाथ में काहे को कभी रुपये आयेंगे और काहे को कड़े बनेंगे। जोड़-जोड़ रखने में मज़ा आता है न ?

प्यारी ने हँसकर कहा—जोड़-जोड़ रखती हूँ, तो तेरे ही लिए कि मेरा कोई और बैठा हुआ है, कि मैं सबसे ज्यादा खा-पहन लेती हूँ। मेरा अनन्त कब का टूटा पड़ा है।

दुलारी—तुम न खाओ-पहनो, जस तो पाती हो, यहाँ खाने-पहनने के सिवा और क्या है ? तुम्हारा हिसाब-किताब नहीं जानती, मेरे कड़े आज बनने को भेज दो।

प्यारी ने सरल विनोद के भाव से पूछा—रुपये न हों, तो कहाँ से लाऊँ ?

दुलारी ने उद्दण्डता के साथ कहा—मुझे इससे कोई मतलब नहीं। मैं तो कड़े चाहती हूँ।

इसी तरह घर के सब आदमी अपने-अपने अवसर पर प्यारी को दो-चार खोटी-खरी सुना जाते थे। और वह गरीब सब की धौंस हँसकर सहती थी। स्वामिनी का तो यह धर्म ही है कि सब की धौंस सुन ले और करे वही, जिसमें घर का कल्याण हो। स्वामित्व के कवच पर धौंस, ताने, धमकी—किसी का असर न होता। उसकी स्वामिनी-कल्पना इन आघातों से और भी स्वस्थ होती थी। वह गृहस्थी की संचालिका है। सभी अपने-अपने दुःख उसी के सामने रोते हैं; पर जो कुछ वह कहती है, वही होता है। इतना उसे प्रसन्न करने के लिए काफ़ी था।

गाँव में प्यारी की सराहना होती थी। अभी उम्र ही क्या है, लेकिन सारे घर को सँभाले हुए है। चाहती तो सगाई करके चैन से रहती। इस घर के पीछे अपने को मिटाये देती है। कभी किसी से हँसती-बोलती भी नहीं। जैसे कायापलट हो गयी।

कई दिन बाद दुलारी के कड़े बनकर आ गये। प्यारी खुद सुनार के घर दौड़-दौड़ गयी।

सन्ध्या हो गयी थी। दुलारी और मथुरा हार से लौटे। प्यारी ने नये कड़े दुलारी को दिये। दुलारी निहाल हो गयी। चटपट कड़े पहने और दौड़ी हुई बरौठे में जाकर मथुरा को दिखाने लगी। प्यारी बरौठे के द्वार पर छिपी खड़ी यह दृश्य देखने लगी। उसकी आँखें सजल हो गयीं। दुलारी उससे कुल तीन ही साल तो छोटी है ! पर दोनों में कितना अन्तर है ! उसकी आँखें मानो उस दृश्य पर जम गयीं, दाम्पत्य का वह सरल आनन्द, उनका प्रेमालिंगन, उनकी मुग्ध मुद्रा—प्यारी की टकटकी-सी बँध गयी, यहाँ तक कि दीपक के धुँधले प्रकाश में वे दोनों उसकी नज़रों से गायब हो गये और अपने ही अतीत जीवन की एक लीला आँखों के सामने बार-बार नये-नये रूप में आने लगी।

सहसा शिवदास ने पुकारा—बड़ी बहू, एक पैसा दो। तमाखू मँगवाऊँ। प्यारी की समाधि टूट गयी। आँसू पोंछती हुई भण्डारे में पैसा लेने चली गयी।

4

एक-एक करके प्यारी के गहने उसके हाथ से निकलते जाते थे। वह चाहती थी, मेरा घर गाँव में सबसे सम्पन्न समझा जावे, और इस महत्त्वाकांक्षा का मूल्य देना पड़ता था। कभी घर की मरम्मत के लिए, कभी बैलों की नयी गोई खरीदने के लिए, कभी नातेदारों के व्यवहार के लिए, कभी बीमारों की दवा-दारू के लिए रुपये

की ज़रूरत पड़ती रहती थी, और जब बहुत कतर-ब्योंत करने पर भी काम न चलता, तो वह अपनी कोई-न-कोई चीज़ निकाल देती। और चीज़ एक बार हाथ से निकलकर फिर न लौटती थी। वह चाहती, तो इनमें से कितने ही खर्चों को टाल जाती; पर जहाँ इज्जत की बात आ पड़ती थी, वह दिल खोलकर खर्च करती। अगर गाँव में हेठी हो गई, तो क्या बात रही। लोग उसी का नाम तो धरेंगे। दुलारी के पास भी गहने थे। दो-एक चीज़ें, मथुरा के पास भी थीं, लेकिन प्यारी उसकी चीज़ें न छूती। उनके खाने-पहनने के दिन हैं, वे इस जंजाल में क्यों फँसे।

दुलारी को लड़का हुआ, तो प्यारी ने धूम से जन्मोत्सव मनाने का प्रस्ताव किया।

शिवदास ने विरोध किया—क्या फ़ायदा ? जब भगवान की दया से सगाई-ब्याह के दिन आयेंगे, तो धूम-धाम कर लेना।

प्यारी का हौसला से भरा दिल भला क्यों मानता। बोली—कैसी बात कहते हो दादा ? पहलौंठी लड़के के लिए भी धूम-धाम न हुआ तो कब होगा ? मन तो नहीं मानता। फिर दुनिया क्या कहेगी, नाम बड़े दर्शन थोड़े। मैं तुमसे कुछ नहीं माँगती। अपना सारा सरंजाम कर लूँगी।

गहनों के माथे जायगी, और क्या ?—शिवदास ने चिंतित होकर कहा—इस तरह एक दिन धागा भी न बचेगा। कितना समझाया बेटा, भाई-भौजाई किसी के नहीं होते। अपने पास दो चीज़ें रहेंगी, तो सब मुँह जोहेंगे, नहीं कोई सीधी बात भी न करेगा।

प्यारी ने ऐसा मुँह बनाया, मानो वह ऐसी बूढ़ी बातें बहुत सुन चुकी है, और बोली—जो अपने हैं, वे भी न पूछें, तो भी अपने ही रहते हैं। मेरा धरम मेरे साथ है, उनका धरम उनके साथ है। मर जाऊँगी, तो क्या छाती पर लाद ले जाऊँगी ?

धूम-धाम से जन्मोत्सव मनाया गया। बरही के दिन सारी बिरादरी का भोज हुआ। लोग खा-पीकर चले गये, तो प्यारी दिन भर की थकी-माँदी आँगन में एक टाट का टुकड़ा बिछाकर कमर सीधी करने लगी। आँखें झपक गयीं। मथुरा उसी वक्त घर में आया। नवजात पुत्र को देखने के लिए उसका चित्त व्याकुल हो रहा था। दुलारी सौर-गृह से निकल चुकी थी। गर्भावस्था में उसकी देह क्षीण हो गयी थी, मुँह भी उतर गया था; पर आज स्वस्थता की लालिमा मुख पर छाई हुई थी। मातृत्व के गर्व और आनन्द ने अंगों में संजीवनी-सी भर रखी थी। सौर के संयम और पौष्टिक भोजन ने देह को चिकना कर दिया था। मथुरा उसे आँगन में देखते ही समीप आ गया और एक बार प्यारी की ओर ताककर उसके निद्रामग्न होने का निश्चय करके उसने शिशु को गोद में ले लिया और उसका मुँह चूमने लगा।

आहट पाकर प्यारी की आँखें खुल गयीं; पर उसने नींद का बहाना किया और अधखुली आँखों से यह आनन्द-क्रीड़ा देखने लगी। माता और पिता दोनों बारी-बारी से बालक को चूमते, गले लगाते, और उसके मुँह को निहारते थे। कितना स्वर्गीय

आनन्द था। प्यारी की तृषित लालसा एक क्षण के लिए स्वामिनी को भूल गई। जैसे लगाम से मुखबद्ध, बोझा से लदा हुआ, हाँकनेवाले की चाबुक से पीड़ित दौड़ते-दौड़ते बेदम तुरंग हिनहिनाने की आवाज़ सुनकर कनौतियाँ खड़ी कर लेता है और परिस्थिति को भूलकर एक दबी हुई हिनहिनाहट से उसका जवाब देता है, कुछ वही दशा प्यारी की हुई। उसका मातृत्व जो पिंजरे में बन्द मूक निश्चेष्ट पड़ा हुआ था, समीप से आने वाली मातृत्व की चहकार सुनकर जैसे जाग पड़ा और चिंताओं के उस पिंजरे से निकलने के लिए पंख फड़फड़ाने लगा।

मथुरा ने कहा—यह मेरा लड़का है।

दुलारी ने बालक को गोद में चिमटाकर कहा—हाँ, है क्यों नहीं। तुम्हीं ने तो नौ महीने पेट में रखा है। साँसत तो मेरी हुई, बाप कहलाने के लिए तुम कूद पड़े।

मथुरा—मेरा लड़का न होता, तो मेरी सूरत का क्यों होता ! चेहरा-मोहरा, रंग-रूप सब मेरा ही-सा है कि नहीं ?

दुलारी—इससे क्या होता है। बीज बनिए के घर से आता है। खेत किसान का होता है। उपज बनिये की नहीं होती, किसान की होती है।

मथुरा—बातों में तुमसे कोई न जीतेगा। मेरा लड़का बड़ा हो जायगा, तो मैं द्वार पर बैठकर मज़े से हुक्का पिया करूँगा।

दुलारी—मेरा लड़का पढ़े-लिखेगा, कोई बड़ा हुद्दा पायेगा। तुम्हारी तरह दिन-भर बैल के पीछे न चलेगा। मालकिन से कहना है, कल एक पालना बनवा दें।

मथुरा—अब बहुत सबेरे न उठा करना और छाती फाड़कर काम भी न करना।

दुलारी—यह महारानी जीने देंगी।

मथुरा—मुझे तो बेचारी पर दया आती है। उसके कौन बैठा हुआ है। हमीं लोगों के लिए तो मरती है। भैया होते, तो अब तक दो-तीन बच्चों की माँ हो गयी होती।

प्यारी के कण्ठ से आँसुओं का ऐसा वेग उठा कि उसे रोकने में सारी देह काँप उठी। अपना वंचित जीवन उसे मरुस्थल-सा लगा, जिसकी सूखी रेत पर वह हरा-भरा बाग लगाने की निष्फल चेष्टा कर रही थी।

सहसा शिवदास ने भीतर आकर कहा—बड़ी बहू; क्या सो गयी ? बाजे वालों को अभी परोसा नहीं मिला। क्या कह दूँ ?

5

कुछ दिनों के बाद शिवदास भी मर गया। उधर दुलारी के दो बच्चे और हुए। वह भी अधिकतर बच्चों के लालन-पालन में व्यस्त रहने लगी। खेती का काम मजूरों

पर आ पड़ा। मथुरा मजदूर तो अच्छा था, संचालक अच्छा न था। उसे स्वतन्त्र रूप से काम लेने का कभी अवसर न मिला था। खुद पहले भाई की निगरानी में काम करता रहा। बाद को बाप की निगरानी में करने लगा। खेती का तार भी न जानता था। वही मजूर उसके यहाँ टिकते थे, जो मेहनती नहीं, खुशामद करने में कुशल होते थे; इसीलिए प्यारी को अब दिन में दो-चार चक्कर हार का भी लगाना पड़ता। कहने को तो अब मालकिन थी; पर वास्तव में घर-भर की सेविका थी। मजूर भी उससे त्योरियाँ बदलते, ज़मींदार का प्यादा भी उसी पर धौंस जमाता। भोजन में भी किफ़ायत करनी पड़ती। लड़कों को तो जितनी बार माँगें उतनी बार कुछ-न-कुछ चाहिए। दुलारी तो लड़कोरी थी; उसे भी भरपूर भोजन चाहिये, मथुरा घर का सरदार था, उसके इस अधिकार को कौन छीन सकता था। मजूर भला क्यों रिआयत करने लगे थे। सारी कसर बेचारी प्यारी पर निकलती थी। वह एक फ़ालतू चीज़ थी; अगर आधा पेट खाय, तो किसी को कोई हानि न हो सकती थी। तीस वर्ष की अवस्था में उसके बाल पक गये, कमर झुक गयी, आँखों की जोत कम हो गयी; मगर वह प्रसन्न थी। स्वामित्व का गौरव इस सारे जख्मों पर मरहम का काम करता था।

एक दिन मथुरा ने कहा—भाभी, अब तो कहीं परदेश जाने का जी होता है। यहाँ कमाई में कोई बरक्कत नहीं। किसी तरह पेट की रोटियाँ चल जाती हैं, वह भी रो-धोकर। कई आदमी पूरब से आये हैं, वे कहते हैं, वहाँ दो-तीन रुपये रोज़ की मजूरी हो जाती है। चार-पाँच साल भी रह गया, तो मालोमाल हो जाऊँगा। अब आगे लड़के-बाले हुए। इनके लिए तो कुछ तो करना ही चाहिए।

दुलारी ने समर्थन किया—हाथ में चार पैसे होंगे, लड़कों को पढ़ायेंगे-लिखायेंगे। हमारी तो किसी तरह कट गयी, लड़कों को तो आदमी बनाना है।

प्यारी यह प्रस्ताव सुनकर अवाक् रह गयी। उनका मुँह ताकने लगी। इसके पहले इस तरह की बातचीत कभी न हुई थी। यह धुन कैसे सवार हो गयी ? उसे सन्देह हुआ, शायद मेरे कारण यह भावना उत्पन्न हुई है। बोली—मैं तो जाने को न कहूँगी; आगे जैसी तुम्हारी इच्छा हो। लड़कों को पढ़ाने-लिखाने के लिए यहाँ भी तो मदरसा है। फिर क्या नित्य यही दिन बने रहेंगे ? दो-तीन साल भी खेती बन गयी तो, सब कुछ हो जायगा।

मथुरा—इतने दिन खेती करते हो गये, अब तक न बनी, तो अब क्या बन जायगी। इसी तरह एक दिन चल देंगे, मन-की-मन में रह जायगी। फिर अब पौरुख भी तो थक रहा है। यह खेती कौन सँभालेगा। लड़कों को मैं इस चक्की में जोतकर उनकी ज़िन्दगी नहीं खराब करना चाहता।

प्यारी ने आँखों में आँसू लाकर कहा—भैया, घर पर जब तक आधी मिले; सारी के लिए न धावना चाहिए; अगर मेरी ओर से कोई बात हो तो अपना घरबार अपने हाथ में करो, मुझे एक टुकड़ा दे देना, पड़ी रहूँगी।

मथुरा आर्द्र-कंठ होकर बोला—भाभी, यह तुम क्या कहती हो, तुम्हारे ही सँभाले यह घर अब तक चला है, नहीं रसातल को चला गया होता। इस गिरस्ती के पीछे तुमने अपने को मिट्टी में मिला दिया, अपनी देह घुला डाली। मैं अन्धा नहीं हूँ। सब कुछ समझता हूँ। हम लोगों को जाने दो। भगवान ने चाहा, तो फिर घर सँभल जायगा। तुम्हारे लिए हम बराबर खरच-वरच भेजते रहेंगे।

प्यारी ने कहा—जो ऐसा ही है तो तुम चले जाव, बाल-बच्चों को कहाँ-कहाँ बाँधे फिरोगे।

दुलारी बोली—यह कैसे हो सकता है बहन, यहाँ देहात में लड़के क्या पढ़े-लिखेंगे। बच्चों के बिना इनका जी वहाँ न लगेगा। दौड़-दौड़ घर आयेंगे और सारी कमाई रेल खा जायगी। परदेश में अकेले जितना खरच होगा, उतने में सारा घर आराम से रहेगा।

प्यारी बोली—तो मैं यहाँ रहकर क्या करूँगी ? मुझे भी लेते चलो।

दुलारी उसे साथ ले चलने को तैयार न थी। कुछ दिन जीवन का आनन्द उठाना चाहती थी; अगर परदेश में भी यह बन्धन रहा, तो जाने से फायदा ही क्या ? बोली—बहन, तुम चलतीं तो क्या बात थी, लेकिन फिर यहाँ का सारा कारोबार तो चौपट हो जायगा। तुम तो कुछ-न-कुछ देखभाल करती ही रहोगी।

प्रस्थान की तिथि के एक दिन पहले ही रामप्यारी ने रात-भर जागकर हलुआ और पूरियाँ पकाईं। जब से इस घर में आयी, कभी एक दिन के लिए भी अकेले रहने का अवसर नहीं आया। दोनों बहनें सदैव साथ रहीं। आज उस भयंकर अवसर को सामने आते देखकर प्यारी का दिल बैठा जाता था। वह देखती थी, मथुरा प्रसन्न है, बाल-वृन्द यात्रा के आनन्द में खाना-पीना तक भूले हुए है, तो उसके जी में आता, वह भी इस भाँति निर्द्वन्द्व रहे ? मोह और ममता को पैरों से कुचल डाले; किन्तु वह ममता जिस खाद्य को खा-खाकर पली थी, उसे अपने सामने से हटाये जाते देखकर क्षुब्ध होने से न रुकती थी। दुलारी तो इस तरह निश्चिंत होकर बैठी थी, मानो कोई मेला देखने जा रही है। नयी-नयी चीज़ों को देखने, नयी दुनिया में विचरने की उत्सुकता ने उसे क्रियाशून्य-सा कर दिया था। प्यारी के सिर सारे प्रबन्ध का भार था। धोबी के घर से सब कपड़े आये हैं या नहीं, कौन-कौन से बर्तन साथ जायेंगे, सफ़र खर्च के लिए कितने रुपये की ज़रूरत होगी, एक बच्चे को खाँसी आ रही थी। दूसरे को कई दिन से दस्त आ रहे थे, उन दोनों की औषधियों को पीसना- कूटना आदि सैकड़ों ही काम व्यस्त किये हुए थे। लड़कोरी न होकर भी वह बच्चों के लालन-पालन में दुलारी से कुशल थी। देखो, बच्चों को बहुत मारना-पीटना मत, मारने से बच्चे ज़िद्दी और बेहया हो जाते हैं। बच्चों के साथ आदमी को बच्चा बन जाना पड़ता है, कभी उनके साथ खेलना पड़ता है, कभी हँसना पड़ता है। जो तुम चाहो कि हम आराम से पड़े रहें और बच्चे चुपचाप बैठ

रहें, हाथ-पैर न हिलायें, तो यह नहीं हो सकता। बच्चे तो स्वभाव के चंचल होते हैं। उन्हें किसी-न-किसी काम में फँसाये रखो। धेले का एक खिलौना हज़ार घुड़कियों से बढ़कर होता है। दुलारी उपदेशों को इस तरह बेमन होकर सुनती थी, मानो कोई सनककर बक रहा हो।

बिदाई का दिन प्यारी के लिए परीक्षा का दिन था। उसके जी में आता था, कहीं चली जाय, जिससे वह दृश्य देखना न पड़े। हा ! घड़ी भर में यह घर सूना हो जायगा ! वह दिन-भर घर में अकेली पड़ी रहेगी ! किससे हँसेगी-बोलेगी ? यह सोचकर उसका हृदय काँप जाता था। ज्यों-ज्यों समय निकट आता था, उसकी वृत्तियाँ शिथिल होती जाती थीं। वह कोई काम करते-करते जैसे खो जाती थी और अपलक नेत्रों से किसी बिन्दु की ओर ताकने लगती थी। कभी अवसर पाकर एकान्त में जाकर थोड़ा रो आती थी। मन को समझा रही थी, यह लोग अपने होते तो क्या इस तरह चले जाते। यह तो मानने का नाता है; किसी पर कोई ज़बरदस्ती है ? दूसरों के लिए कितना ही मरो, तो भी अपने नहीं होते। पानी तेल में कितना ही मिले, फिर भी अलग ही रहेगा। बच्चे नये-नये कुरते पहने नवाब बने घूम रहे थे। प्यारी उन्हें प्यार करने के लिए गोद में लेना चाहती, तो रोने का-सा मुँह बनाकर छुड़ाकर भाग जाते। वह क्या जानती थी कि ऐसे अवसर पर बहुधा अपने बच्चे भी ऐसे निठुर हो जाते हैं।

दस बजते-बजते द्वार पर बैलगाड़ी आ गयी। लड़के पहले ही से उस पर जा बैठे। गाँव के कितने स्त्री-पुरुष मिलने आये। प्यारी को इस समय उनका आना बुरा लग रहा था। वह दुलारी से थोड़ी देर एकान्त में गले मिलकर रोना चाहती थी, मथुरा से हाथ जोड़कर कहना चाहती थी, मेरी खोज-खबर लेते रहना, तुम्हारे सिवा मेरा संसार में कौन है; लेकिन इस भड़भड़ में उसको इन बातों का मौका न मिला। मथुरा और दुलारी दोनों गाड़ी में जा बैठे। प्यारी द्वार पर रोती खड़ी रह गई। वह इतनी विह्वल थी कि गाँव के बाहर तक पहुँचाने की भी उसे सुधि न रही।

6

कई दिन तक प्यारी मूर्छित-सी पड़ी रही। न घर से निकली, न चूल्हा जलाया, न हाथ-मुँह धोया। उसका हलवाहा जोखू बार-बार आकर कहता—'मालकिन, उठो, मुँह-हाथ धोओ, कुछ खाओ-पियो। कब तक इसी तरह पड़ी रहोगी ?' इस तरह की तसल्ली गाँव की और स्त्रियाँ भी देती थीं; पर उनकी तसल्ली में एक प्रकार की ईर्ष्या का भाव छिपा हुआ जान पड़ता था। जोखू के स्वर से सच्ची सहानुभूति झलकती थी। जोखू कामचोर, बातूनी और नशेबाज था। प्यारी उसे बार-बार डाँटती

रहती थी। दो-एक बार उसे निकाल भी चुकी थी, पर मथुरा के आग्रह से फिर रख लिया था। आज भी जोखू की सहानुभूति-भरी बातें सुनकर प्यारी झुँझलाती, यह काम करने क्यों नहीं जाता, यहाँ मेरे पीछे क्यों पड़ा हुआ है; मगर उसे झिड़क देने को जी न चाहता था। उसे इस समय सहानुभूति की भूख थी। फल काँटेदार वृक्ष से भी मिलें, तो क्या उन्हें छोड़ दिया जाता है ?

धीरे-धीरे क्षोभ का वेग कम हुआ। जीवन के व्यापार होने लगे। अब खेती का सारा भार प्यारी पर था। लोगों ने सलाह दी, एक हल तोड़ दो और खेतों को उठा दो; पर प्यारी का गर्व यों ढोल बजाकर अपनी पराजय स्वीकार न कर सकता था। सारे काम पूर्ववत् चलने लगे। उधर मथुरा के चिट्ठी-पत्री न भेजने से उसके अभिमान को और भी उत्तेजना मिली। वह समझता है, मैं उसके आसरे बैठी हूँ। यहाँ उसको भी खिलाने का दावा रखती हूँ। उसके चिट्ठी भेजने से मुझे कोई निधि न मिल जाती। उसे अगर मेरी चिन्ता नहीं है तो मैं कब उसकी परवाह करती हूँ।

घर में तो अब विशेष कोई काम रहा नहीं, प्यारी सारे दिन खेतीबारी के काम में लगी रहती। खरबूजे बोये थे। वह खूब फले और खूब बिके। पहले सारा दूध घर में खर्च हो जाता था, अब बिकने लगा। प्यारी की मनोवृत्तियों में भी एक विचित्र परिवर्तन आ गया। वह अब साफ-सुथरे कपड़े पहनती, माँग-चोटी की ओर से भी उतनी उदासीन न थी। आभूषणों में भी रुचि हुई। रुपये हाथ में आते ही उसने अपने गिरवी गहने छुड़ाये और भोजन भी संयम से करने लगी। सागर पहले खेतों को सींचकर खुद खाली हो जाता था। अब निकासी की नालियाँ बन्द हो गयी थीं। सागर में पानी जमा होने लगा और अब उसमें हलकी-हलकी लहरें भी थीं, खिले हुए कमल भी थे।

एक दिन जोखू हार से लौटा, तो अँधेरा हो गया था। प्यारी ने पूछा–अब तक वहाँ क्या करता रहा ?

जोखू ने कहा–चार क्यारियाँ बच रही थीं। मैंने सोचा, दस मोट और खींच दूँ। कल की झंझट कौन रखे।

जोखू अब कुछ दिनों से काम में मन लगाने लगा था। जब तक मालिक उसके सिर पर सवार रहते थे, वह हीले-बहाने करता था। अब सब कुछ उसके हाथ में था। प्यारी सारे दिन हार में थोड़े ही रह सकती थी; इसलिए अब उसमें ज़िम्मेदारी आ गयी थी।

प्यारी ने लोटे का पानी रखते हुए कहा–अच्छा, हाथ-मुँह धो डालो। आदमी जान रखकर काम करता है, हाय-हाय करने से कुछ नहीं होता। खेत आज न होते, कल होते, क्या जल्दी थी।

जोखू ने समझा प्यारी बिगड़ रही है, उसने तो अपनी समझ में कारगुजारी की थी और समझा था, तारीफ होगी। यहाँ आलोचना हुई। चिढ़कर बोला–मालकिन, तुम दायें-बायें दोनों ओर चलती हो। जो बात नहीं समझती हो, उसमें क्यों कूदती हो। कल के लिए तो उंचवा के खेत पड़े सूख रहे हैं। आज बड़ी मुश्किल से कुआँ खाली हुआ है।

सबेरे मैं न हुँचता, तो कोई और आकर न छेंक लेता ? फिर अठवारे तक राह देखनी पड़ती। तब तक तो सारी ऊख बिदा हो जाती।

प्यारी उसकी सरलता पर हँसकर बोली–अरे, तो मैं तुझे कुछ कह थोड़ी रही हूँ, पागल ! मैं तो यह कहती हूँ कि जान रखकर काम कर। कहीं बीमार पड़ गया, तो लेने के देने पड़ जायँगे।

जोखू–कौन बीमार पड़ जायगा, मैं ? बीस साल में कभी सिर तक तो दुखा नहीं, आगे की नहीं जानता। कहो रात भर काम करता रहूँ।

प्यारी–मैं क्या जानूँ, तुम्हीं अँतरे दिन बैठे रहते थे, और पूछा जाता था, तो कहते थे–जुर आ गया था, पेट में दरद था।

जोखू झेंपता हुआ बोला–वह बातें तब थीं, जब मालिक लोग चाहते थे कि इसे पीस डालें। अब तो जानता हूँ, मेरे ही माथे है। मैं न करूँगा तो सब चौपट हो जायगा।

प्यारी–मैं क्या देखभाल नहीं करती ?

जोखू–तुम बहुत करोगी, दो बेर चली जावगी। सारे दिन तुम यहाँ बैठी नहीं रह सकतीं।

प्यारी को उसके निष्कपट व्यवहार ने मुग्ध कर लिया। बोली–तो इतनी रात गये चूल्हा जलाओगे ? कोई सगाई क्यों नहीं कर लेते ?

जोखू ने मुँह धोते हुए कहा–तुम भी खूब कहती हो मालकिन। अपने पेट भर को तो होता नहीं, सगाई कर लूँ। सवा सेर खाता हूँ एक जून–पूरा सवा सेर। दोनों जून के लिए दो सेर चाहिए।

प्यारी–आज मेरी रसोई में खाओ, देखूँ कितना खाते हो ?

जोखू ने पुलकित होकर कहा–नहीं मालकिन, तुम बनाते-बनाते थक जावगी। हाँ, आध-आध सेर की दो रोटी बनाकर खिला दो तो खा लूँ। मैं तो यही करता हूँ। बस, आटा सानकर दो लिट बनाता हूँ और उपलों पर सेंक लेता हूँ। कभी मठे से, कभी नमक से, कभी प्याज से खा लेता हूँ और आकर पड़ रहता हूँ।

प्यारी–मैं तुम्हें आज फुलके खिलाऊँगी।

जोखू–तब तो सारी रात खाते ही बीत जायगी।

प्यारी–बको मत, चटपट आकर बैठ जाओ।

जोखू–ज़रा बैलों को पानी देता आऊँ तो बैठूँ।

7

जोखू और प्यारी में ठनी हुई थी।

प्यारी ने कहा—मैं कहती हूँ, धान रोपने की कोई ज़रूरत नहीं। झड़ी लग जाय, तो खेत डूब जाय। बर्खा बन्द हो जाय, तो खेत सूख जाय। जुआर, बाज़रा, सन, अरहर सब तो हैं, धान न सही।

जोखू ने अपने विशाल कंधे पर फावड़ा रखते हुए कहा—जब सबका होगा, तो मेरा भी होगा। सबका डूब जायगा, तो मेरा भी डूब जायगा। मैं क्यों किसी से पीछे रहूँ। बाबा के जमाने में पाँच बीघे से कम नहीं रोपा जाता था, बिरजू भैया ने उसमें एक-दो बीघे और बढ़ा दिये। मथुरा ने भी थोड़ा-बहुत हर साल रोपा, तो मैं क्या सबसे गया-बीता हूँ ? मैं पाँच बीघे से कम न लगाऊँगा।

'तब घर के दो जवान काम करने वाले थे।'

'मै। अकेला उन दोनों के बराबर खाता हूँ। दोनों के बराबर काम क्यों न करूँगा ?'

'चल, झूठा कहीं का। कहते थे, दो सेर खाता हूँ, चार सेर खाता हूँ। आध सेर में रह गये।'

'एक दिन तौलो, तब मालूम हो।'

'तौला है। बड़े खानेवाले ! मैं कहे देती हूँ, धान न रोपो। मजूर मिलेंगे नहीं, अकेले हलकान होना पड़ेगा।'

'तुम्हारी बला से। मैं ही हलकान हूँगा न ? यह देह किस दिन काम आयेगी ?'

प्यारी ने उसके कंधे पर से फावड़ा ले लिया और बोली—तुम पहर दिन से पहर रात तक ताल में रहोगे, अकेले मेरा जी ऊबेगा !

जोखू को जी ऊबने का अनुभव न था। कोई काम न हो, तो आदमी पड़ कर सो रहे। जी क्यों ऊबे। बोला—जी ऊबे तो सो रहना। मैं घर रहूँगा, तब तो और जी ऊबेगा। मैं खाली बैठता हूँ, तो बार-बार खाने की सूझती है। बातों में देर हो रही है और बादल घिरे आते हैं।

प्यारी ने हारकर कहा—अच्छा, कल से जाना, आज बैठो।

जोखू ने मानो बन्धन में पड़कर कहा—अच्छा, बैठ गया, कहो क्या कहती हो ?

प्यारी ने विनोद करते हुए कहा—कहना क्या है, मैं तुमसे पूछती हूँ अपनी सगाई क्यों नहीं कर लेते ? अकेली मरती हूँ। तब एक से दो हो जाऊँगी ?

जोखू शरमाता हुआ बोला—तुमने फिर वही बेबात की बात छेड़ दी, मालकिन ! किससे सगाई कर लूँ यहाँ ? मैं ऐसी मेहरिया लेकर क्या करूँगा, जो गहनों के लिए मेरी जान खाती रहे।

प्यारी—यह तो तुमने बड़ी कड़ी शर्त लगायी। ऐसी औरत कहाँ मिलेगी, जो गहने भी न चाहे।

जोखू—यह मैं थोड़े ही कहता हूँ कि वह गहने न चाहे; हाँ, मेरी जान न खाय। तुमने तो कभी गहनों के लिए हठ न किया; बल्कि अपने सारे गहने दूसरों के ऊपर लगा दिये।

प्यारी के कपोलों पर हलका-सा रंग आ गया। बोली—अच्छा, और क्या चाहते हो ?

जोखू—मैं कहने लगूँगा, तो बिगड़ जावगी।

प्यारी की आँखों में लज्जा की एक रेखा नज़र आयी, बोली—बिगड़ने की बात कहोगे, तो ज़रूर बिगड़ूँगी।

जोखू—तो मैं न कहूँगा।

प्यारी ने उसे पीछे की ओर ढकेलते हुए कहा—कहोगे कैसे नहीं, मैं कहला के छोड़ूँगी।

जोखू—मैं चाहता हूँ कि वह तुम्हारी तरह हो; ऐसी ही गंभीर हो, ऐसी ही बातचीत में चतुर हो, ऐसा ही अच्छा खाना पकाती हो, ऐसी ही किफ़ायती हो, ऐसी ही हँसमुख हो। बस, ऐसी औरत मिलेगी, तो करूँगा नहीं इसी तरह पड़ा रहूँगा।

प्यारी का मुख लज्जा से आरक्त हो गया। उसने पीछे हटकर कहा—तुम बड़े नटखट हो ! हँसी-हँसी में सब कुछ कह गये।

ठाकुर का कुआँ

जोखू ने लोटा मुँह से लगाया तो पानी में सख्त बदबू आयी। गंगी से बोला—यह कैसा पानी है ? मारे बास के पिया नहीं जाता। गला सूखा जा रहा है और तू सड़ा हुआ पानी पिलाए देती है।

गंगी प्रतिदिन शाम को पानी भर लिया करती थी। कुआँ दूर था; बार-बार जाना मुश्किल था। कल वह पानी लायी, तो उसमें बू बिलकुल न थी; आज पानी में बदबू कैसी ? लोटा नाक से लगाया, तो सचमुच बदबू थी। ज़रूर कोई जानवर कुएँ में गिरकर मर गया होगा, मगर दूसरा पानी आवे कहाँ से ?

ठाकुर के कुएँ पर कौन चढ़ने देगा। दूर से लोग डाँट बताएँगे। साहू का कुआँ गाँव के उस सिरे पर है; परन्तु वहाँ भी कौन पानी भरने देगा ? चौथा कुआँ गाँव में है नहीं।

जोखू कई दिन से बीमार है। कुछ देर तक तो प्यास रोके चुप पड़ा रहा, फिर बोला—अब तो मारे प्यास के रहा नहीं जाता। ला, थोड़ा पानी नाक बन्द करके पी लूँ।

गंगी ने पानी न दिया। खराब पानी पीने से बीमारी बढ़ जायगी—इतना जानती थी; परन्तु यह न जानती थी कि पानी को उबाल देने से उसकी खराबी जाती रहती है। बोली यह पानी कैसे पियोगे ? न जाने कौन जानवर मरा है। कुएँ से मैं दूसरा पानी लाये देती हूँ।

जोखू ने आश्चर्य से उसकी ओर देखा—दूसरा पानी कहाँ से लायेगी ?

'ठाकुर और साहू के दो कुएँ तो हैं। क्या एक लोटा पानी न भरने देंगे ?'

'हाथ-पाँव तुड़वा आयेगी और कुछ न होगा। बैठ चुपके से। ब्रह्म-देवता आशीर्वाद देंगे, ठाकुर लाठी मारेंगे, साहूजी एक के पाँच लेंगे। गरीबों का दर्द कौन समझता है ! हम तो मर भी जाते हैं, तो कोई दुआर पर झाँकने नहीं आता, कंधा देना तो बड़ी बात है। ऐसे लोग कुएँ से पानी भरने देंगे ?'

इन शब्दों में कडुवा सत्य था। गंगी क्या जवाब देती; किन्तु उसने वह बदबूदार पानी पीने को न दिया।

2

रात के नौ बजे थे। थके-माँदे मजदूर तो सो चुके थे, ठाकुर के दरवाज़े पर दस-पाँच बेफ़िक्रे जमा थे। मैदानी बहादुरी का तो अब न जमाना रहा है, न मौका। कानूनी बहादुरी की बातें हो रही थीं; कितनी होशियारी से ठाकुर ने थानेदार को एक खास मुकद्दमे में रिश्वत दे दी और साफ निकल गये। कितनी अक्लमन्दी से एक मार्के के मुकद्दमे की नक़ल ले आये। नाजिर और मोहतमिम, सभी कहते थे, नकल नहीं मिल सकती। कोई पचास माँगता; कोई सौ। यहाँ बेपैसे-कौड़ी नक़ल उड़ा दी। काम करने का ढंग चाहिए।

इसी समय गंगी कुएँ से पानी लेने पहुँची।

कुप्पी की धुँधली रोशनी कुएँ पर आ रही थी। गंगी जगत की आड़ में बैठी मौके का इन्तजार करने लगी। इस कुएँ का पानी सारा गाँव पीता है। किसी के लिए रोक नहीं; सिर्फ ये बदनसीब नहीं भर सकते।

गंगी का विद्रोही दिल रिवाजी पाबन्दियों और मजबूरियों पर चोटें करने लगा—हम क्यों नीच हैं और यह लोग क्यों ऊँच हैं ? इसलिए कि ये लोग गले में तागा डाल लेते हैं ? यहाँ तो जितने हैं, एक-से-एक छँटे हैं ? चोरी ये करें, जाल-फरेब ये करें, झूठे मुकद्दमे ये करें। अभी इस ठाकुर ने तो उस दिन बेचारे गडरिये की एक भेड़ चुरा ली थी और बाद में मारकर खा गया। इन्हीं पण्डितजी के घर में बारहों मासा जुआ होता है। यही साहूजी तो घी में तेल मिलाकर बेचते हैं। काम करा लेते हैं, मजूरी देते नानी मरती है। किस बात में हैं हमसे ऊँचे। हाँ, मुँह में हमसे ऊँचे हैं। हम गली-गली चिल्लाते नहीं कि हम ऊँचे हैं, हम ऊँचे हैं ! कभी गाँव में आ जाती हूँ, तो रसभरी आँखों से देखने लगते हैं। जैसे सबकी छाती पर साँप लोटने लगता है, परन्तु घमण्ड यह कि हम ऊँचे हैं।

कुएँ पर किसी के आने की आहट हुई। गंगी की छाती धक-धक करने लगी। कहीं देख ले, तो गजब हो जाय।

एक लात भी तो नीचे न पड़े। उसने घड़ा और रस्सी उठा ली और झुककर चलती हुई एक वृक्ष के अंधेरे साये में जा खड़ी हुई। कब इन लोगों को दया आती है किसी पर। बेचारे महँगू को इतना मारा कि महीनों लहू थूकता रहा। इसलिए कि उसने बेगार न दी थी ! उस पर ये लोग ऊँचे बनते हैं।

कुएँ पर दो स्त्रियाँ पानी भरने आयी थीं। इनमें बातें हो रही थीं।

'खाना खाने चले और हुक्म हुआ कि ताजा पानी भर लाओ। घड़े के लिए पैसे नहीं है।'

'हम लोगों को आराम से बैठे देखकर जैसे मरदों को जलन होती है।'

'हाँ, यह तो न हुआ कि कलसिया उठाकर भर लाते। बस, हुकुम चला दिया कि ताज़ा पानी लाओ, जैसे हम लौंडियाँ ही तो हैं।'

'लौंडियां नहीं तो और क्या हो तुम ? रोटी-कपड़ा नहीं पातीं ? दस-पाँच रुपये छीन-झपट कर ले ही लेती हो। और लौंडियाँ कैसी होती है।'

'मत लजाओ दीदी ! छिन भर आराम करने को जी तरस कर रह जाता है। इतना काम किसी दूसरे के घर कर देती, तो इससे कहीं आराम से रहती। ऊपर से वह एहसान मानता। यहाँ काम करते-करते मर जाओ; पर किसी का मुँह ही नहीं सीधा होता।'

दोनों पानी भरकर चली गयीं, तो गंगी वृक्ष की छाया से निकली और कुएँ के जगत के पास आयी। बेफ़िक्रे चले गये थे। ठाकुर भी दरवाज़ा बन्द कर अन्दर आँगन में सोने जा रहे थे। गंगी ने क्षणिक सुख की साँस ली। किसी तरह मैदान तो साफ हुआ। अमृत चुरा लाने के लिए जो राजकुमार किसी जमाने में गया था, वह भी शायद इतनी सावधानी के साथ और समझ-बूझकर न गया होगा। गंगी दबे पाँव कुएँ के जगत पर चढ़ी। विजय का ऐसा अनुभव उसे पहले कभी न हुआ था।

उसने रस्सी का फंदा घड़े में ढाला। दायें-बायें चौकन्नी दृष्टि से देखा, जैसे कोई सिपाही रात को शत्रु के किले में सुराख कर रहा हो। अगर इस समय वह पकड़ ली गयी, तो फिर उसके लिए माफ़ी या रिआयत की रत्ती-भर उम्मीद नहीं। अन्त में देवताओं को याद करके उसने कलेजा मजबूत किया और घड़ा कुएँ में डाल दिया।

घड़े ने पानी में गोता लगाया, बहुत ही आहिस्ता। ज़रा भी आवाज़ न हुई। गंगी ने दो चार हाथ जल्दी-जल्दी मारे। घड़ा कुएँ से मुँह तक आ पहुँचा। कोई बड़ा शहज़ोर पहलवान भी इतनी तेज़ी से उसे न खींच सकता था।

गंगी झुकी कि घड़े को पकड़कर जगत पर रखे, कि एकाएक ठाकुर साहब का दरवाज़ा खुल गया। शेर का मुँह इससे अधिक भयानक न होगा।

गंगी के हाथ से रस्सी छूट गयी। रस्सी के साथ घड़ा धड़ाम से पानी में गिरा और कई क्षण तक पानी में हलकोरे की आवाज़ें सुनाई देती रहीं।

ठाकुर, 'कौन है, कौन है ?' पुकारते हुए कुएँ की तरफ आ रहे थे और गंगी जगत से कूदकर भागी जा रही थी।

घर पहुँचकर देखा कि जोखू लोटा मुँह से लगाये वही मैला-गंदा पानी पी रहा है।

घर-जमाई

हरिधन जेठ की दुपहरी में ऊख में पानी देकर आया और बाहर बैठा रहा। घर में से धुआँ उठता नज़र आता था। छन-छन की आवाज़ भी आ रही थी। उसके दोनों साले उसके बाद आये और घर में चले गए। दोनों सालों के लड़के भी आये और उसी तरह अंदर दाखिल हो गये; पर हरिधन अंदर न जा सका। इधर एक महीने से उसके साथ यहाँ जो बर्ताव हो रहा था और विशेषकर कल उसे जैसी फटकार सुननी पड़ी थी, वह उसके पाँव में बेड़ियाँ-सी डाले हुए था। कल उसकी सास ही ने तो कहा था, मेरा जी तुमसे भर गया, मैं तुम्हारी ज़िन्दगी-भर का ठीका लिये बैठी हूँ क्या—और सबसे बढ़कर अपनी स्त्री की निष्ठुरता ने उसके हृदय के टुकड़े-टुकड़े कर दिये थे। वह बैठी यह फटकार सुनती रही; पर एक बार तो उसके मुँह से न निकला, अम्माँ, तुम क्यों इनका अपमान कर रही हो ! बैठी गट-गट सुनती रही। शायद मेरी दुर्गति पर खुश हो रही थी। इस घर में वह कैसे जाय ? क्या फिर वही गालियाँ खाने, वही फटकार सुनने के लिए ? और आज इस घर में जीवन के दस साल गुज़र जाने पर यह हाल हो रहा है। मैं किसी से कम काम करता हूँ ? दोनों साले मीठी नींद सो रहते हैं और मैं बैलों को सानी-पानी देता हूँ; छाँटी काटता हूँ। वहाँ सब लोग पल-पल पर चिलम पीते हैं, मैं आँखें बन्द किये अपने काम में लगा रहता हूँ। संध्या समय घरवाले गाने-बजाने चले जाते हैं, मैं घड़ी रात तक गाय-भैंसे दुहता रहता हूँ। उसका यह पुरस्कार मिल रहा है कि कोई खाने को भी नहीं पूछता। उल्टे गालियाँ मिलती हैं।

उसकी स्त्री घर में से डोल लेकर निकली और बोली—ज़रा इसे कुएँ से खींच लो। एक बूँद पानी नहीं है।

हरिधन ने डोल लिया और कुएँ से पानी भर लाया। उसे ज़ोर की भूख लगी हुई थी, समझा अब खाने को बुलाने आवेगी; मगर स्त्री डोल लेकर अन्दर गई तो वहीं की हो रही। हरिधन थका-माँदा क्षुधा से व्याकुल पड़ा-पड़ा सो गया।

सहसा उसकी स्त्री गुमानी ने आकर उसे जगाया।

हरधिन ने पड़े-पड़े कहा—क्या है ? क्या पड़ा भी न रहने देगी या और पानी चाहिए।

गुमानी कटु स्वर में बोली—गुर्राते क्या हो, खाने को तो बुलाने आई हूँ।

हरिधन ने देखा, उसके दोनों साले और बड़े साले के दोनों लड़के भोजन किये चले आ रहे थे। उसकी देह में आग लग गई। मेरी अब यह नौबत पहुँच गई कि इन लोगों के साथ बैठकर खा भी नहीं सकता। ये लोग मालिक हैं। मैं इनकी जूठी थाली चाटने वाला हूँ। मैं इनका कुत्ता हूँ, जिसे खाने के बाद एक टुकड़ा रोटी डाल दी जाती है। यही घर है जहाँ आज से दस साल पहले उसका कितना आदर-सत्कार होता था। साले गुलाम बने रहते थे। सास मुँह जोहती रहती थी। स्त्री पूजा करती थी। तब उसके पास रुपये थे, जायदाद थी। अब वह दरिद्र है, उसकी सारी जायदाद को इन्हीं लोगों ने कूड़ा कर दिया। अब उसे रोटियों के भी लाले हैं। उसके जी में एक ज्वाला-सी उठी कि इसी वक्त अन्दर जाकर सास को और सालों को भिगो- भिगोकर लगाये; पर जब्त करके रह गया। पड़े-पड़े बोला—मुझे भूख नहीं है। आज न खाऊँगा।

गुमानी ने कहा—न खाओगे मेरी बला से, हाँ नहीं तो ! खाओगे, तुम्हारे ही पेट में जायगा, कुछ मेरे पेट में थोड़े ही चला जायगा।

हरिधन का क्रोध आँसू बन गया। यह मेरी स्त्री है, जिसके लिए मैंने अपना सर्वस्व मिट्टी में मिला दिया। मुझे उल्लू बनाकर यह सब अब निकाल देना चाहते हैं। वह अब कहाँ जाय ! क्या करे !

उसकी सास आकर बोली—चलकर खा क्यों नहीं लेते जी, रूठते किस पर हो ? यहाँ तुम्हारे नखरे सहने का किसी में बूता नहीं है। जो देते हो वह मत देना और क्या करोगे। तुमसे बेटी ब्याही है, कुछ तुम्हारी ज़िन्दगी का ठीका नहीं लिखा है।

हरिधन ने मर्माहत होकर कहा—हाँ अम्माँ, मेरी भूल थी कि मैं यही समझ रहा था। अब मेरे पास क्या है कि तुम मेरी ज़िन्दगी का ठीका लोगी। जब मेरे पास भी धन था तब सब कुछ आता था। अब दरिद्र हूँ, तुम क्यों बात पूछोगी।

बूढ़ी सास भी मुँह फुलाकर भीतर चली गई।

2

बच्चों के लिए बाप एक फालतू-सी चीज़—एक विलास की वस्तु—है, जैसे घोड़े के लिए चने या बाबुओं के लिए मोहनभोग। माँ रोटी-दाल है। मोहन भोग उम्र-भर न मिले तो किसका नुकसान है; मगर एक दिन रोटी-दाल के दर्शन न हों, तो फिर देखिए, क्या हाल होता है। पिता के दर्शन कभी-कभी शाम-सबेरे हो जाते हैं, वह बच्चे को उछालता है, दुलारता है, कभी गोद में लेकर या उँगली पकड़कर सैर कराने ले जाता है और बस, यही उसके कर्तव्य की इति है। वह परदेस चला

जाय, बच्चे को परवाह नहीं होती; लेकिन माँ तो बच्चे का सर्वस्व है। बालक एक मिनिट के लिए भी उसका वियोग नहीं सह सकता। पिता कोई हो, उसे परवाह नहीं, केवल एक उछलने-कूदनेवाला आदमी होना चाहिए; लेकिन माता तो अपनी ही होनी चाहिए, सोलहों आने अपनी; वही रूप, वही रंग, वही प्यार, वही सब कुछ। वह अगर नहीं है तो बालक के जीवन का स्रोत मानो सूख जाता है, फिर वह शिव का नन्दी है, जिस पर फूल या जल चढ़ाना लाजिमी नहीं, अख्तियारी है। हरिधन की माता का आज दस साल हुए देहांत हो गया था; उस वक्त उसका विवाह हो चुका था। वह सोलह साल का कुमार था। पर माँ के मरते ही उसे मालूम हुआ, मैं कितना निस्सहाय हूँ। जैसे उस पर उसका कोई अधिकार ही न रहा हो। बहनों के विवाह हो चुके थे। भाई कोई दूसरा न था। बेचारा अकेले घर में जाते भी डरता था। माँ के लिए रोता था; पर माँ की परछाईं से डरता था। जिस कोठरी में उसने देह-त्याग किया था, उधर वह आँखें तक न उठाता। घर में एक बुआ थी, वह हरिधन का बहुत दुलार करती। हरिधन को अब दूध ज्यादा मिलता, काम भी कम करना पड़ता। बुआ बार-बार पूछती—बेटा ! कुछ खाओगे ? बाप भी अब उसे ज्यादा प्यार करता, उसके लिए अलग एक गाय मँगवा दी, कभी-कभी उसे कुछ पैसे दे देता कि जैसे चाहे खर्च करे। पर इन मरहमों से वह घाव न पूरा होता था; जिसने उसकी आत्मा को आहत कर दिया था। यह दुलार और प्यार उसे बार-बार माँ की याद दिलाता। माँ की घुड़कियों में जो मज़ा था; वह क्या इस दुलार में था ? माँ से माँगकर, लड़कर, ठुनककर, रूठकर लेने में जो आनन्द था, वह क्या इस भिक्षादान में था ? पहले वह स्वस्थ था, माँगकर खाता, लड़-लड़कर खाता, अब वह बीमार था, अच्छे-से-अच्छे पदार्थ उसे दिये जाते थे; पर भूख न थी।

साल-भर तक वह इस दशा में रहा। फिर दुनिया बदल गयी। एक नयी स्त्री जिसे लोग उसकी माता कहते थे, उसके घर में आयी और देखते-देखते एक काली घटा की तरह उसके संकुचित भूमंडल पर छा गयी—सारी हरियाली, सारे प्रकाश पर अन्धकार का परदा पड़ गया। हरिधन ने इस नकली माँ से बात तक न की, कभी उसके पास गया तक नहीं। एक दिन घर से निकला और ससुराल चला आया।

बाप ने बार-बार बुलाया; पर उनके जीते-जी वह फिर उस घर में न गया। जिस दिन उसके पिता के देहान्त की सूचना मिली, उसे एक प्रकार का ईर्ष्यामय हर्ष हुआ। उसकी आँखों से आँसू की एक बूँद भी न आयी।

इस नये संसार में आकर हरिधन को एक बार फिर मातृ-स्नेह का आनन्द मिला। उसकी सास ने ऋषि-वरदान की भाँति उसके शून्य जीवन को विभूतियों से परिपूर्ण कर दिया। मरुभूमि में हरियाली उत्पन्न हो गयी। सालियों की चुहल में, सास के स्नेह में, सालों के वाक्-विलास में और स्त्री के प्रेम में उसके जीवन

की सारी आकांक्षाएँ पूरी हो गयीं। सास कहती—बेटा, तुम इस घर को अपना ही समझो, तुम्हीं मेरी आँखों के तारे हो। वह उससे अपने लड़कों की, बहुओं की शिकायत करती। वह दिल में समझता था, सासजी मुझे अपने बेटों से भी ज्यादा चाहती हैं। बाप के मरते ही वह घर गया और अपने हिस्से की जायदाद को कूड़ा करके, रुपयों की थैली लिए हुए आ गया। अब उसका दूना आदर-सत्कार होने लगा। उसने अपनी सारी सम्पत्ति सास के चरणों पर अर्पण करके अपने जीवन को सार्थक कर दिया। अब तक उसे कभी-कभी घर की याद आ जाती थी। अब भूलकर भी उसकी याद न आती, मानो वह उसके जीवन का कोई भीषण कांड था, जिसे भूल जाना ही उसके लिए अच्छा था। वह सबसे पहले उठता, सबसे ज्यादा काम करता, उसका मनोयोग, उसका परिश्रम देखकर गाँव के लोग दाँतों तले उँगली दबाते थे। उसके ससुर का भाग बखानते, जिसे ऐसा दामाद मिल गया; लेकिन ज्यों-ज्यों दिन गुज़रते गये, उसका मान-सम्मान घटता गया। पहले देवता, फिर घर का आदमी, अन्त में घर का दास हो गया। रोटियों में भी बाधा पड़ गयी। अपमान होने लगा। अगर घर के लोग भूखों मरते और साथ ही उसे भी मरना पड़ता, तो उसे ज़रा भी शिकायत न होती। लेकिन जब देखता, और लोग मूँछों पर ताव दे रहे हैं, केवल मैं ही दूध की मक्खी बना दिया गया हूँ, तो उसके अन्तःस्तल से एक लम्बी, ठंडी आह निकल आती। अभी उसकी उम्र पच्चीस ही साल की तो थी। इतनी उम्र इस घर में कैसे गुज़रेगी ? और तो और, उसकी स्त्री ने भी आँखें फेर लीं। यह उस विपत्ति का सबसे क्रूर दृश्य था।

3

हरिधन तो उधर भूखा-प्यासा चिन्ता-दाह में जल रहा था, इधर घर में सास जी और दोनों सालों में बातें हो रही थीं। गुमानी भी हाँ-में-हाँ मिलाती जाती थी।

बड़े साले ने कहा—हम लोगों की बराबरी करते हैं। यह नहीं समझते कि किसी ने उनकी ज़िन्दगी भर का बीड़ा थोड़े ही लिया है। दस साल हो गये। इतने दिनों में क्या दो-तीन हज़ार न हड़प गये होंगे ?

छोटे साले बोले—मजूर हो तो आदमी घुड़के भी, डाँटे भी, अब इनसे कोई क्या कहे। न जाने इनसे कभी पिंड छूटेगा भी या नहीं। अपने दिल में समझते होंगे, मैंने दो हज़ार रुपये नहीं दिये हैं ? यह नहीं समझते कि उनके दो हज़ार कब के उड़ चुके। सवा सेर तो एक जून को चाहिए।

सास ने गम्भीर भाव से कहा—बड़ी भारी खोराक है !

गुमानी माता के सिर से जूँ निकाल रही थी। सुलगते हुए हृदय से बोली—निकम्मे आदमी को खाने के सिवा और काम ही क्या रहता है ?

बड़े—खाने की कोई बात नहीं है। जिसकी जितनी भूख हो उतना खाय, लेकिन कुछ पैदा भी तो करना चाहिए। यह नहीं समझते कि पहुनई में किसी के दिन कटे हैं !

छोटे—मैं तो एक दिन कह दूँगा, अब अपनी राह लीजिए, आपका करज़ा नहीं खाया है।

गुमानी घरवालों की ऐसी-ऐसी बातें सुनकर अपने पति से द्वेष करने लगी थी। अगर वह बाहर से चार पैसे लाता, तो इस घर में उसका कितना मान-सम्मान होता, वह भी रानी बनकर रहती। न जाने क्यों, कहीं बाहर जाकर कमाते उसकी नानी मरती है। गुमानी की मनोवृत्तियाँ अभी तक बिलकुल बालपन की-सी थीं। उसका अपना कोई घर न था। उसी घर का हित-अहित उसके लिए भी प्रधान था। वह भी उन्हीं शब्दों में विचार करती, इस समस्या को उन्हीं आँखों से देखती जैसे उसके घरवाले देखते थे। सच तो, दो हज़ार रुपये में क्या किसी को मोल ले लेंगे ? दस साल में दो हज़ार होते ही क्या हैं। दो सौ ही तो साल भर के हुए। क्या दो आदमी साल भर में दो सौ भी न खायेंगे। फिर कपड़े-लत्ते, दूध-घी, सभी कुछ तो है। दस साल हो गये, एक पीतल का छल्ला नहीं बना। घर से निकलते तो जैसे इनके प्रान निकलते हैं। जानते हैं जैसे पहले पूजा होती थी वैसे ही जनम-भर होती रहेगी। यह नहीं सोचते कि पहले और बात थी, अब और बात है। बहू तो पहले ससुराल जाती है तो उसका कितना महातम होता है। उसके डोली से उतरते ही बाजे बजते हैं, गाँव-मुहल्ले की औरतें उसका मुँह देखने आती हैं और रुपये देती हैं। महीनों उसे घर भर से अच्छा खाने को मिलता है, अच्छा पहनने को, कोई काम नहीं लिया जाता; लेकिन छः महीनों के बाद कोई उसकी बात भी नहीं पूछता, वह घर-भर की लौंडी हो जाती है। उनके घर में मेरी भी तो वही गति होती। फिर काहे का रोना। जो यह कहो कि मैं तो काम करता हूँ, तो तुम्हारी भूल है, मजूर की और बात है। उसे आदमी डाँटता भी है, मारता भी है, जब चाहता है, रखता है, जब चाहता है, निकाल देता है। कसकर काम लेता है। यह नहीं कि जब जी में आया, कुछ काम किया, जब जी में आया, पड़कर सो रहे।

4

हरिधन अभी पड़ा अन्दर-ही-अन्दर सुलग रहा था, कि दोनों साले बाहर आये और बड़े साहब बोले—भैया, उठो तीसरा पहर ढल गया, कब तक सोते रहोगे ? सारा खेत पड़ा हुआ है।

हरिधन चट उठ बैठा और तीव्र स्वर में बोला—क्या तुम लोगों ने मुझे उल्लू समझ लिया है।

दोनों साले हक्का-बक्का हो गये। जिस आदमी ने कभी ज़बान नहीं खोली, हमेशा गुलामों की तरह हाथ बाँधे हाज़िर रहा, वह आज एकाएक इतना आत्माभिमानी हो जाय, यह उनको चौंका देने के लिए काफी था। कुछ जवाब न सूझा।

हरिधन ने देखा, इन दोनों के कदम उखड़ गये हैं, तो एक धक्का और देने की प्रबल इच्छा को न रोक सका। उसी ढंग से बोला—मेरी भी आँखें हैं। अंधा नहीं हूँ, न बहरा ही हूँ। छाती फ़ाड़कर काम करूँ और उस पर भी कुत्ता समझा जाऊँ; ऐसे गधे और कहीं होंगे !

अब बड़े साले भी गर्म पड़े—तुम्हें किसी ने यहाँ बाँध तो नहीं रक्खा है।

अबकी हरिधन लाजवाब हुआ। कोई बात न सूझी।

बड़े ने फिर उसी ढंग से कहा—अगर तुम यह चाहो कि जन्म-भर पाहुने बने रहो और तुम्हारा वैसा ही आदर-सत्कार होता रहे, तो यह हमारे वश की बात नहीं है।

हरिधन ने आँखें निकालकर कहा—क्या मैं तुम लोगों से कम काम करता हूँ ?

बड़े—यह कौन कहता है ?

हरिधन—तो तुम्हारे घर की नीति है कि जो सबसे ज्यादा काम करे वही भूखों मारा जाय ?

बड़े—तुम खुद खाने नहीं गये। क्या कोई तुम्हारे मुँह में कौर डाल देता ?

हरिधन ने ओठ चबाकर कहा—मैं खुद खाने नहीं गया कहते तुम्हें लाज नहीं आती ?

'नहीं आयी थी बहन तुम्हें बुलाने ?'

छोटे साले ने कहा—अम्माँ भी तो आयी थीं। तुमने कह दिया, मुझे भूख नहीं है, तो क्या करतीं।

सास भीतर से लपकी चली आ रही थी। यह बात सुनकर बोली—कितना कहकर हार गई, कोई उठे न तो मैं क्या करूँ ?

हरिधन ने विष, खून और आग से भरे हुए स्वर में कहा—मैं तुम्हारे लड़कों का झूठा खाने के लिए हूँ ? मैं कुत्ता हूँ कि तुम लोग खाकर मेरे सामने रूखी रोटी का टुकड़ा फेंक दो ?

बुढ़िया ने ऐंठकर कहा—तो क्या तुम लड़कों की बराबरी करोगे ?

हरिधन परास्त हो गया। बुढ़िया ने एक ही वाक्-प्रहार में उसका काम तमाम कर दिया। उसकी तनी हुई भवें ढीली पड़ गयीं, आँखों की आग बुझ गयी, फड़कते हुए नथुने शांत हो गये। किसी आहत मनुष्य की भाँति वह जमीन पर गिर पड़ा। 'क्या तुम मेरे लड़कों की बराबरी करोगे ?' यह वाक्य एक लम्बे भाले की तरह उसके हृदय में चुभता चला जाता था—न हृदय का अन्त था, न उस भाले का !

5

सारे घर ने खाया; पर हरिधन न उठा। सास ने मनाया, सालियों ने मनाया, ससुर ने मनाया, दोनों साले मनाकर थक गये। हरिधन न उठा; वहीं द्वार पर एक टाट पर पड़ा था। उसे उठाकर सबसे अलग कुएँ पर ले गया और जगत पर बिछाकर पड़ा रहा।

रात भीग चुकी थी। अनन्त प्रकाश में उज्ज्वल तारे बालकों की भाँति क्रीड़ा कर रहे थे। कोई नाचता था, कोई उछलता था, कोई हँसता था, कोई आँखें मींचकर फिर खोल देता था। रह-रहकर कोई साहसी बालक सपाटा भरकर एक पल में उस विस्तृत क्षेत्र को पार कर लेता था और न जाने कहाँ छिप जाता था। हरिधन को अपना बचपन याद आया, जब वह भी इसी तरह क्रीड़ा करता था। उसकी बाल-स्मृतियाँ उन्हीं चमकीले तारों की भाँति प्रज्वलित हो गयीं। वह अपना छोटा-सा घर, वह आम के बाग जहाँ वह केरियाँ चुना करता था, वह मैदान जहाँ वह कबड्डी खेला करता था, सब उसे याद आने लगे। फिर अपनी स्नेहमयी माता की सदय मूर्ति उसके सामने खड़ी हो गई। उन आँखों में कितनी करुणा थी, कितनी दया थी। उसे ऐसा जान पड़ा मानो माता आँखों में आँसू भरे, उसे छाती से लगा लेने के लिए हाथ फैलाये उसकी ओर चली आ रही है। वह उस मधुर भावना में अपने को भूल गया। ऐसा जान पड़ा मानो माता ने उसे छाती से लगा लिया है और उसके सिर पर हाथ फेर रही है। वह रोने लगा, फूट-फूटकर रोने लगा। उसी आत्म-सम्मोहित दशा में उसके मुँह से यह शब्द निकला—अम्मा, तुमने मुझे इतना भुला दिया। देखो, तुम्हारे प्यारे लाल की क्या दशा हो रही है ? कोई उसे पानी को भी नहीं पूछता। क्या जहाँ तुम हो, वहाँ मेरे लिए जगह नहीं है ?

सहसा गुमानी ने आकर पुकारा—क्या सो गये तुम, नौज किसी को ऐसी राक्षसी नींद आये। चलकर खा क्यों नहीं लेते ? कब तक कोई तुम्हारे लिए बैठा रहे ?

हरिधन उस कल्पना-जगत् से क्रूर प्रत्यक्ष में आ गया। वही कुएँ की जगत थी, वही फटा हुआ टाट और गुमानी सामने खड़ी कह रही थी—कब तक कोई तुम्हारे लिए बैठा रहे !

हरिधन उठ बैठा और मानो तलवार म्यान से निकालकर बोला—भला तुम्हें मेरी सुध तो आयी। मैंने तो कह दिया था, मुझे भूख नहीं है।

गुमानी—तो कै दिन न खाओगे ?

'अब इस घर का पानी भी न पीऊँगा, तुझे मेरे साथ चलना है या नहीं ?'

दृढ़ संकल्प से भरे हुए इन शब्दों को सुनकर गुमानी सहम उठी। बोली—कहाँ जा रहे हो।

हरिधन ने मानो नशे में कहा—तुझे इससे क्या मतलब ? मेरे साथ चलेगी या नहीं ? फिर पीछे से न कहना, मुझसे कहा नहीं।

गुमानी आपत्ति के भाव से बोली—तुम बताते क्यों नहीं, कहाँ जा रहे हो ?

'तू मेरे साथ चलेगी या नहीं ?'

'जब तक तुम बता न दोगे, मैं नहीं जाऊँगी।'

'तो मालूम हो गया, तू नहीं जाना चाहती। मुझे इतना ही पूछना था, नहीं अब तक मैं आधी दूर निकल गया होता।'

यह कहकर वह उठा और अपने घर की ओर चला। गुमानी पुकारती रही—'सुन लो', 'सुन लो'; पर उसने पीछे फिर कर भी न देखा।

6

तीस मील की मंजिल हरिधन ने पाँच घण्टों में तय की। जब वह अपने गाँव की अमराइयों के सामने पहुँचा, तो उसकी मातृ-भावना उषा की सुनहरी गोद में खेल रही थी। उन वृक्षों को देखकर उसका विह्वल हृदय नाचने लगा। मंदिर का वह सुनहरा कलश देखकर वह इस तरह दौड़ा मानो एक छलाँग में उसके ऊपर जा पहुँचेगा। वह वेग में दौड़ा जा रहा था मानो उसकी माता गोद फैलाये उसे बुला रही हो। जब वह आमों के बाग में पहुँचा, जहाँ डालियों पर बैठकर वह हाथी की सवारी का आनन्द पाता था, जहाँ की कच्ची बेरों और लिसोड़ों में एक स्वर्गीय स्वाद था, तो वह बैठ गया और भूमि पर सिर झुका कर रोने लगा, मानो अपनी माता को अपनी विपत्ति-कथा सुना रहा हो। वहाँ की वायु में, वहाँ के प्रकाश में, मानो उसकी विराट रूपिणी माता व्याप्त हो रही थी, वहाँ की अंगुल-अंगुल भूमि माता के पद-चिह्नों से पवित्र थी, माता के स्नेह में डूबे हुए शब्द अभी तक मानो आकाश में गूँज रहे थे। इस वायु और इस आकाश में न जाने कौन-सी संजीवनी थी जिसने उसके शोकार्त्त हृदय को बालोत्साह से भर दिया। वह एक पेड़ पर चढ़ गया और अधर से आम तोड़-तोड़कर खाने लगा। सास के वह कठोर शब्द, स्त्री का वह निष्ठुर आघात, वह सारा अपमान वह भूल गया। उसके पाँव फूल गये थे, तलवों में जलन हो रही थी; पर इस आनन्द में उसे किसी बात का ध्यान न था।

सहसा रखवाले ने पुकारा—वह कौन ऊपर चढ़ा हुआ है रे ? उतर अभी नहीं तो ऐसा पत्थर खींचकर मारूँगा कि वहीं ठण्डे हो जाओगे।

उसने कई गालियाँ भी दीं। इस फटकार और इन गालियों में इस समय हरिधन को अलौकिक आनन्द मिल रहा था। वह डालियों में छिप गया, कई आम काट-काटकर नीचे गिराये, और ज़ोर से ठट्ठा मारकर हँसा। ऐसी उल्लास से भरी हुई हँसी उसने बहुत दिन से न हँसी थी।

रखवाले को वह हँसी परिचित-सी मालूम हुई। मगर हरिधन यहाँ कहाँ ? वह तो ससुराल की रोटियाँ तोड़ रहा है। कैसा हँसोड़ा था, कितना चिबिल्ला ! न जाने बेचारे का क्या हाल हुआ ? पेड़ की डाल से तालाब में कूद पड़ता था। अब गाँव में ऐसा कौन है ?

डाँटकर बोला—वहाँ बैठे-बैठे हँसोगे, तो आकर सारी हँसी निकाल दूँगा, नहीं सीधे से उतर आओ।

वह गालियाँ देने जा रहा था कि एक गुठली आकर उसके सिर पर लगी। सिर सहलाता हुआ बोला—यह कौन सैतान है ? नहीं मानता, ठहर तो, मैं आकर तेरी खबर लेता हूँ।

उसने अपनी लकड़ी नीचे रख दी और बन्दरों की तरह चटपट ऊपर चढ़ गया। देखा तो हरिधन बैठा मुस्करा रहा है। चकित होकर बोला—अरे हरिधन ! तुम यहाँ कब आये ? इस पेड़ पर कब से बैठे हो ?

दोनों बचपन सखा वहीं गले मिले।

'यहाँ कब आये ? चलो, घर चलो भले आदमी, क्या वहाँ आम भी मयस्सर न होते थे ?'

हरिधन ने मुस्कराकर कहा—मँगरू, इन आमों में जो स्वाद है, वह और कहीं के आमों में नहीं है। गाँव का क्या रंग-ढंग है ?

मँगरू—सब चैनचान है भैया ! तुमने तो जैसे नाता ही तोड़ लिया। इस तरह कोई अपना गाँव-घर छोड़ देता है ? जब से तुम्हारे दादा मरे सारी गिरस्ती चौपट हो गयी। दो छोटे-छोटे लड़के हैं, उनके किये क्या होता है ?

हरिधन—मुझे अब उस गिरस्ती से क्या वास्ता है भाई ? मैं तो अपना ले-दे चुका। मजूरी तो मिलेगी न ? तुम्हारी गैया मैं ही चरा दिया करूँगा; मुझे खाने को दे देना।

मँगरू ने अविश्वास के भाव से कहा—अरे भैया कैसी बात करते हो, तुम्हारे लिए जान तक हाज़िर है। क्या ससुराल में अब न रहोगे ? कोई चिंता नहीं। पहले तो तुम्हारा घर ही है। उसे सँभालो। छोटे-छोटे बच्चे हैं, उनको पालो। तुम नई अम्माँ से नाहक डरते थे। बड़ी सीधी है बेचारी। बस, अपनी माँ ही समझो, तुम्हें पाकर तो निहाल हो जायगी। अच्छा, घरवाली को भी तो लाओगे ?

हरिधन—उसका अब मुँह न देखूँगा। मेरे लिए वह मर गयी।

मँगरू—तो दूसरी सगाई हो जायगी। अबकी ऐसी मेहरिया ला दूँगा कि उसके पैर धो-धोकर पिओगे; लेकिन कहीं पहली भी आ गयी तो ?

हरिधन—वह न आयेगी।

7

हरिधन अपने घर पहुँचा तो दोनों भाई, 'भैया आये ! भैया आये !' कहकर भीतर दौड़े और माँ को खबर दी।

उस घर में कदम रखते ही हरिधन को ऐसी शान्त महिमा का अनुभव हुआ मानो वह अपनी माँ की गोद में बैठा हुआ है। इतने दिनों ठोकरें खाने से उसका हृदय कोमल हो गया था। जहाँ पहले अभिमान था, आग्रह था, हेकड़ी थी, वहाँ अब निराशा थी, पराजय थी और याचना थी। बीमारी का ज़ोर कम हो चला था; अब उस पर मामूली दवा भी असर कर सकती थी, किले की दीवारें छिद चुकी थीं, अब उसमें घुस जाना असाध्य न था। वही घर जिससे वह एक दिन विरक्त हो गया था, अब गोद फैलाये उसे आश्रय देने को तैयार था। हरिधन का निरवलम्बन मन यह आश्रय पाकर मानो तृप्त हो गया।

शाम को विमाता ने कहा—बेटा, तुम घर आ गये, हमारे धनभाग। अब इन बच्चों को पालो; माँ का नाता न सही, बाप का नाता तो है ही। मुझे एक रोटी दे देना, खाकर एक कोने में पड़ी रहूँगी। तुम्हारी अम्माँ से मेरा बहन का नाता है। उस नाते से भी तो तुम मेरे लड़के होते हो ?

हरिधन की मातृ-विह्वल आँखों को विमाता के रूप में अपनी माता के दर्शन हुए। घर के एक-एक कोने में मातृ-स्मृतियों की छटा चाँदनी की भाँति छिटकी हुई थी, विमाता का प्रौढ़ मुखमण्डल भी उसी छटा से रंजित था।

दूसरे दिन हरिधन फिर कन्धे पर हल रखकर खेत को चला। उसके मुख पर उल्लास था और आँखों में गर्व। वह अब किसी का आश्रित नहीं; आश्रयदाता था; किसी के द्वार का भिक्षुक नहीं, घर का रक्षक था।

एक दिन उसने सुना, गुमानी ने दूसरा घर कर लिया। माँ से बोला—तुमने सुना काकी ! गुमानी ने घर कर लिया।

काकी ने कहा—घर क्या कर लेगी, ठट्ठा है ? बिरादरी में ऐसा अंधेर ? पंचायत नहीं, अदालत तो है ?

हरिधन ने कहा—नहीं काकी, बहुत अच्छा हुआ। ला, महाबीरजी को लडडू चढ़ा आऊँ। मैं तो डर रहा था, कहीं मेरे गले न आ पड़े। भगवान ने मेरी सुन ली। मैं वहाँ से यही ठानकर चला था, अब उसका मुँह न देखूँगा।

पूस की रात

हल्कू ने आकर स्त्री से कहा—सहना आया है, लाओ, जो रुपये रखे हैं, उसे दे दूँ, किसी तरह गला तो छूटे।

मुन्नी झाड़ू लगा रही थी। पीछे फिरकर बोली—तीन ही तो रुपये हैं; दे दोगे तो कम्मल कहाँ से आवेगा ? माघ-पूस की रात हार में कैसे कटेगी। उससे कह दो, फसल पर रुपये दे देंगे। अभी नहीं।

हल्कू एक क्षण अनिश्चित दशा में खड़ा रहा। पूस सिर पर आ गया, कम्मल के बिना हार में रात को वह किसी तरह नहीं जा सकता। मगर सहना मानेगा नहीं, घुड़कियाँ जमावेगा, गालियाँ देगा। बला से जाड़ों मरेंगे, बला सिर से टल जायगी। यह सोचता हुआ वह अपना भारी-भरकम डील लिए हुए (जो उसके नाम को झूठ सिद्ध करता था) स्त्री के समीप आ गया और खुशामद करके बोला—ला दे दे, गला तो छूटे। कम्मल के लिए कोई दूसरा उपाय सोचूँगा।

मुन्नी उसके पास से दूर हट गयी और आँखें तरेरती हुई बोली—कर चुके दूसरा उपाय ! ज़रा सुनूँ, कौन उपाय करोगे ? कोई खैरात दे देगा कम्मल ? न जाने कितनी बाकी है जो किसी तरह चुकने ही नहीं आती। मैं कहती हूँ, तुम क्यों नहीं खेती छोड़ देते ? मर-मर काम करो, उपज हो तो बाकी दे दो, चलो छुट्टी हुई। बाकी चुकाने के लिए ही तो हमारा जनम हुआ है। पेट के लिए मजूरी करो। ऐसी खेती से बाज आये। मैं रुपये न दूँगी—न दूँगी।

हल्कू उदास होकर बोला—तो क्या गाली खाऊँ ?

मुन्नी ने तड़पकर कहा—गाली क्यों देगा, क्या उसका राज है ?

मगर यह कहने के साथ उसकी तनी हुई भौंहें ढीली पड़ गयीं। हल्कू के उस वाक्य में जो कठोर सत्य था, वह मानो एक भीषण जन्तु की भाँति उसे घूर रहा था।

उसने जाकर आले पर से रुपये निकाले और लाकर हल्कू के हाथ पर रख दिये। फिर बोली—तुम छोड़ दो अबकी से खेती। मजूरी में सुख से एक रोटी खाने को तो मिलेगी। किसी की धौंस तो न रहेगी। अच्छी खेती है ! मजूरी करके लाओ, वह उसी में झोंक दो, उस पर से धौंस।

हल्कू ने रुपये लिये और इस तरह बाहर चला मानो अपना हृदय निकालकर देने जा रहा हो। उसने मजूरी से एक-एक पैसा काट-कपटकर तीन रुपये कम्मल के लिए जमा किये थे। वह आज निकले जा रहे थे। एक-एक पग के साथ उसका मस्तक अपनी दीनता के भार से दबा जा रहा था।

2

पूस की अँधेरी रात ! आकाश पर तारे ठिठुरते हुए मालूम होते थे। हल्कू अपने खेत के किनारे ऊख के पत्तों की एक छतरी के नीचे बाँस के खटोले पर अपनी पुरानी गाढ़े की चादर ओढ़े काँप रहा था। खाट के नीचे उसका संगी कुत्ता जबरा पेट में मुँह डाले सर्दी से कूँ-कूँ कर रहा था। दो में से एक को भी नींद न आती थी।

हल्कू ने घुटनियों को गर्दन में चिपकाते हुए कहा—क्यों जबरा, जाड़ा लगता है ? कहता तो था, घर में पुआल पर लेट रह, तो यहाँ क्या लेने आये थे। अब खाओ ठण्ड, मैं क्या करूँ ? जानते थे, मैं यहाँ हलुवा-पूरी खाने आ रहा हूँ, दौड़े-दौड़े आगे-आगे चले आये। अब रोओ नानी के नाम को।

जबरा ने पड़े-पड़े दुम हिलाई और अपनी कूँ-कूँ को दीर्घ बनाता हुआ एक बार जम्हाई लेकर चुप हो गया। उसकी श्वान-बुद्धि ने शायद ताड़ लिया, स्वामी को मेरी कूँ-कूँ से नींद नहीं आ रही है।

हल्कू ने हाथ निकालकर जबरा की ठंडी पीठ सहलाते हुए कहा—कल से मत आना मेरे साथ, नहीं तो ठंडे हो जाओगे। यह राँड पछुआ न जाने कहाँ से बरफ लिए आ रही है। उठूँ, फिर एक चिलम भरूँ। किसी तरह रात तो कटे ! आठ चिलम तो पी चुका। यह खेती का मज़ा है ! और एक-एक भागवान ऐसे पड़े हैं, जिनके पास जाड़ा जाय तो गर्मी से घबराकर भागे। मोटे-मोटे गद्दे, लिहाफ-कम्मल। मज़ाल है कि जाड़े का गुज़र हो जाय। तकदीर की बखूबी है ! मजूरी हम करें, मज़ा दूसरे लूटें !

हल्कू उठा और गड्ढे में से ज़रा-सी आग निकालकर चिलम भरी। जबरा भी उठ बैठा।

हल्कू ने चिलम पीते हुए कहा, पियेगा चिलम, जाड़ा तो क्या जाता है, ज़रा मन बहल जाता है।

जबरा ने उसके मुँह की ओर प्रेम से छलकती हुई आँखों से देखा।

हल्कू—आज और जाड़ा खा ले। कल से मैं यहाँ पुआल बिछा दूँगा। उसी में घुसकर बैठना, तब जाड़ा न लगेगा।

जबरा ने अगले पंजे उसकी घुटनियों पर रख दिये और उसके मुँह के पास अपना मुँह ले गया। हल्कू को उसकी गर्म साँस लगी।

चिलम पीकर हल्कू फिर लेटा और निश्चय करके लेटा कि चाहे कुछ हो अबकी सो जाऊँगा, पर एक ही क्षण में उसके हृदय में कम्पन होने लगा। कभी इस करवट लेटता, कभी उस करवट; पर जाड़ा किसी पिशाच की भाँति उसकी छाती को दबाये हुए था।

जब किसी तरह न रहा गया तो उसने जबरा को धीरे से उठाया और उसके सिर को थपथपाकर उसे अपनी गोद में सुला लिया। कुत्ते की देह से जाने कैसी दुर्गंध आ रही थी, पर वह उसे अपनी गोद से चिपटाये हुए ऐसे सुख का अनुभव कर रहा था, जो इधर महीनों से उसे न मिला था। जबरा शायद समझ रहा था कि स्वर्ग यही है; और हल्कू की पवित्र आत्मा में तो उस कुत्ते के प्रति घृणा की गन्ध तक न थी। अपने किसी अभिन्न मित्र या भाई को भी वह इतनी ही तत्परता से गले लगाता। वह अपनी दीनता से आहत न था, जिसने आज उसे इस दशा को पहुँचा दिया। नहीं, इस अनोखी मैत्री ने जैसे उसकी आत्मा के सब द्वार खोल दिये थे और उसका एक-एक अणु प्रकाश से चमक रहा था।

सहसा जबरा ने किसी जानवर की आहट पाई। इस विशेष आत्मीयता ने उसमें एक नई स्फूर्ति पैदा कर दी थी, जो हवा के ठंडे झोकों को तुच्छ समझती थी। वह झपटकर उठा और छतरी के बाहर आकर भूँकने लगा। हल्कू ने उसे कई बार चुमकारकर बुलाया; पर वह उसके पास न आया। हार में चारों तरह दौड़-दौड़कर भूँकता रहा। एक क्षण के लिए आ भी जाता तो तुरंत ही फिर दौड़ता। कर्तव्य उसके हृदय में अरमान की भाँति उछल रहा था।

3

एक घंटा और गुज़र गया। रात ने शीत को हवा से धधकाना शुरू किया। हल्कू उठ बैठा और दोनों घुटनों को छाती से मिलाकर सिर को उसमें छिपा लिया। फिर भी ठंड कम न हुई। ऐसा जान पड़ता था, सारा रक्त जम गया है, धमनियों में रक्त की जगह हिम बह रहा है। उसने झुककर आकाश की ओर देखा, अभी कितनी रात बाकी है। सप्तर्षि अभी आकाश में आधे भी नहीं चढ़े। ऊपर आ जायँगे तब कहीं सबेरा होगा। अभी पहर भर से ऊपर रात है।

हल्कू के खेत से कोई एक गोली के टप्पे पर आमों का बाग था। पतझड़ शुरू हो गई थी। बाग में पत्तियों का ढेर लगा हुआ था। हल्कू ने सोचा, चलकर पत्तियाँ बटोरूँ और उन्हें जलाकर खूब तापूँ। रात को कोई मुझे पत्तियाँ बटोरते देखे तो समझे कोई भूत है। कौन जाने कोई जानवर ही छिपा बैठा हो; मगर अब तो बैठे नहीं रहा जाता।

उसने पास के अरहर के खेत में जाकर कई पौधे उखाड़ लिए और उनका एक झाडू बनाकर हाथ में सुलगता हुआ उपला लिए बगीचे की तरफ चला। जबरा ने उसे आते देखा तो पास आया और दुम हिलाने लगा।

हल्कू ने कहा—अब तो नहीं रहा जाता जबरू ! चलो, बगीचे में पत्तियाँ बटोरकर तापें। टाँठे हो जायँगे, तो फिर आकर सोयेंगे। अभी तो रात बहुत है।

जबरा ने कूँ-कूँ करके सहमति प्रकट की और आगे-आगे बगीचे की ओर चला।

बगीचे में खूब अँधेरा छाया हुआ था और अन्धकार में निर्दय पवन पत्तियों को कुचलता हुआ चला जाता था। वृक्षों से ओस की बूँदें टप-टप नीचे टपक रही थीं।

एकाएक एक झोंका मेंहदी के फूलों की खुशबू लिये हुए आया।

हल्कू ने कहा—कैसी अच्छी महक आई जबरू ! तुम्हारी नाक में भी सुगन्ध आ रही है ?

जबरा को कहीं जमीन पर एक हड्डी पड़ी मिल गई थी। उसे वह चिचोड़ रहा था।

हल्कू ने आग ज़मीन पर रख दी और पत्तियाँ बटोरने लगा। ज़रा देर में पत्तियों का एक ढेर लग गया। हाथ ठिठुरे जाते थे। नंगे पाँव गले जाते थे। और वह पत्तियों का पहाड़ खड़ा कर रहा था। इसी अलाव में वह ठंड को जलाकर भस्म कर देगा।

थोड़ी देर में अलाव जल उठा। उसकी लौ ऊपर वाले वृक्ष की पत्तियों को छू-छूकर भागने लगीं। उस अस्थिर प्रकाश में बगीचे के विशाल वृक्ष ऐसे मालूम होते थे, मानो उस अथाह अन्धकार को अपने सिरों पर सँभाले हुए हों। अन्धकार के उस अनन्त सागर में यह प्रकाश एक नौका के समान हिलता, मचलता हुआ जान पड़ता था।

हल्कू अलाव के सामने बैठा आग ताप रहा था। एक क्षण में उसने दोहर उतारकर बगल में दबा ली और दोनों पाँव फैला दिये, मानो ठंड को ललकार रहा हो, तेरे जी में जो आये सो कर। ठंड की असीम शक्ति पर विजय पाकर वह विजय-गर्व को हृदय में छिपा न सकता था।

उसने जबरा से कहा—क्यों जब्बर, अब ठंड नहीं लग रही है ?

जब्बर ने कूँ-कूँ करके मानो कहा—अब क्या ठंड लगती ही रहेगी।

'पहले से यह उपाय न सूझा, नहीं इतनी ठंड क्यों खाते।'

जबरा ने पूँछ हिलाई।

'अच्छा आओ, इस अलाव को कूद कर पार करें। देखें, कौन निकल जाता है। अगर जल गए बच्चा, तो मैं दवा न करूँगा।'

जबरा ने उस अग्निराशि की ओर कातर नेत्रों से देखा।

'मुन्नी से कल न कह देना नहीं तो लड़ाई करेगी।'

यह कहता हुआ वह उछला और अलाव के ऊपर से साफ़ निकल गया। पैरों में ज़रा लपट लगी; पर वह कोई बात न थी। जबरा आग के गिर्द घूमकर उसके पास आ खड़ा हुआ।

हल्कू ने कहा—चलो-चलो, इसकी सही नहीं। ऊपर से कूदकर आओ। वह फिर कूदा और अलाव के इस पार आ गया।

4

पत्तियाँ जल चुकी थीं। बगीचे में फिर अँधेरा छाया था। राख के नीचे कुछ-कुछ आग बाकी थी, जो हवा का झोंका आ जाने पर ज़रा जाग उठती थी; पर एक क्षण में फिर आँखें बन्द कर लेती थी।

हल्कू ने फिर चादर ओढ़ ली और गर्म राख के पास बैठा हुआ एक गीत गुनगुनाने लगा। उसके बदन में गर्मी आ गयी थी; पर ज्यों-ज्यों शीत बढ़ती जाती थी, उसे आलस्य दबाये लेता था।

जबरा ज़ोर से भूँककर खेत की ओर भागा। हल्कू को ऐसा मालूम हुआ कि जानवरों का एक झुण्ड उसके खेत में आया है। शायद नीलगायों का झुण्ड था। उनके कूदने-दौड़ने की आवाजें साफ कान में आ रही थीं। फिर ऐसा मालूम हुआ कि वह खेत में चर रही हैं। उनके चबाने की आवाज़ चर-चर सुनायी देने लगी।

उसने दिल में कहा—नहीं, जबरा के होते कोई जानवर खेत में नहीं आ सकता। नोच ही डाले। मुझे भ्रम हो रहा है। कहाँ ! अब तो कुछ नहीं सुनायी देता। मुझे भी कैसा धोखा हुआ।

उसने ज़ोर से आवाज लगायी—जबरा, जबरा।

जबरा भूँकता रहा। उसके पास न आया।

फिर खेत के चरे जाने की आहट मिली। अब वह अपने को धोखा न दे सका। उसे अपनी जगह से हिलना ज़हर लग रहा था। कैसा दंदाया हुआ था। इस जाड़े-पाले में खेत में जाना, जानवरों के पीछे दौड़ना असूझ जान बैठा पड़ा। वह अपनी जगह से न हिला।

उसने ज़ोर से आवाज़ लगायी—लिहो-लिहो ! लिहो !!

जबरा भूँक उठा। जानवर खेत चर रहे थे। फसल तैयार है। कैसी अच्छी खेती थी; पर ये दुष्ट जानवर उसका सर्वनाश किये डालते हैं।

हल्कू पक्का इरादा करके उठा और दो-तीन क़दम चला; पर एकाएक हवा का ऐसा ठण्डा, चुभनेवाला, बिच्छू के डंक का-सा झोंका लगा कि वह फिर बुझते

हुए अलाव के पास आ बैठा और राख को कुरेदकर अपनी ठण्डी देह को गर्माने लगा।

जबरा अपना गला फाड़े डालता था, नीलगायें खेत का सफाया किये डालती थीं। और हल्कू गर्म राख के पास शांत बैठा हुआ था। अकर्मण्यता ने रस्सियों की भाँति उसे चारों तरफ़ से जकड़ रखा था।

उसी राख के पास गर्म जमीन पर वह चादर ओढ़कर सो गया।

सबेरे जब उसकी नींद खुली, तब चारों तरफ धूप फैल गयी थी। और मुन्नी कह रही थी—क्या आज सोते ही रहोगे ? तुम यहाँ आकर रम गये और उधर सारा खेत चौपट हो गया।

हल्कू ने उठकर कहा—क्या तू खेत से होकर आ रही है ?

मुन्नी बोली—हाँ, सारे खेत का सत्यानाश हो गया। भला ऐसा भी कोई सोता है ! तुम्हारे मड़ैया डालने से क्या हुआ ?

हल्कू ने बहाना किया—मैं मरते-मरते बचा, तुझे अपने खेत की पड़ी है। पेट में ऐसा दरद हुआ, कि मैं ही जानता हूँ।

दोनों फिर खेत की डाँड़ पर आये। देखा, सारा खेत रौंदा पड़ा हुआ है, और जबरा मड़ैया के नीचे चित लेटा है; मानो प्राण ही न हों।

दोनों खेत की दशा देख रहे थे। मुन्नी के मुख पर उदासी छाई थी। पर हल्कू प्रसन्न था।

मुन्नी ने चिंतित होकर कहा—अब मजूरी करके मालगुजारी भरनी पड़ेगी।

हल्कू ने प्रसन्न-मुख से कहा—रात की ठण्ड में यहाँ सोना तो न पड़ेगा।

झाँकी

कई दिनों से घर में कलह मचा हुआ था। माँ अलग मुँह फुलाये बैठी थी, स्त्री अलग। घर की वायु में जैसे विष भरा हुआ था। रात को भोजन नहीं बना, दिन को मैंने स्टोव पर खिचड़ी डाली; पर खाया किसी ने नहीं। बच्चों को भी आज भूख न थी। छोटी लड़की कभी मेरे पास आकर खड़ी हो जाती, कभी माता के पास, कभी दादी के पास; पर कहीं उसके लिए प्यार की बातें न थीं। कोई उसे गोद में न उठाता, मानो उसने भी कोई अपराध किया हो। लड़का शाम को स्कूल से आया। किसी ने उसे कुछ खाने को न दिया, न उससे बोला, न कुछ पूछा। दोनों बरामदे में मन मारे बैठे हुए थे, शायद सोच रहे थे—घर में आज क्यों लोगों के हृदय उनसे इतने फिर गये हैं। भाई-बहन दिन में कितनी ही बार लड़ते हैं, रोना-पीटना भी कई बार हो जाता है; पर ऐसा कभी नहीं होता कि घर में खाना न पके या कोई किसी से बोले नहीं ! यह कैसा झगड़ा है कि चौबीस घण्टे गुज़र जाने पर भी शान्त नहीं होता, यह शायद उसकी समझ में न आता था।

झगड़े की जड़ कुछ न थी। अम्माँ ने मेरी बहन के घर तीज भेजने के लिए जिन सामानों की सूची लिखाई, वह पत्नीजी को घर की स्थिति देखते हुए अधिक मालूम हुई। अम्माँ खुद समझदार हैं। उन्होंने थोड़ी-बहुत काट-छाँट कर दी थी; लेकिन पत्नीजी के विचार में और काट-छाँट होनी चाहिए थी। पाँच साड़ियों की जगह तीन रहें, तो क्या बुराई है। खिलौने इतने क्या होंगे, इतनी मिठाई की क्या ज़रूरत ! उनका कहना था—जब रोजगार में कुछ मिलता नहीं; दैनिक कार्यों में खींचतान करनी पड़ती है, दूध-घी के बजट में तखलीफ हो गयी, तो फिर तीज में क्यों इतनी उदारता की जाय ? पहले घर में दिया जलाकर तब मसजिद में जलाते हैं। यह नहीं कि मसजिद में तो दिया जला दें, और घर में अँधेरा पड़ा रहे। इसी बात पर सास-बहू में तकरार हो गयी, फिर शाखें फूट निकलीं। बात कहाँ-से-कहाँ जा पहुँची, गड़े हुए मुरदे उखाड़े गये। अन्योक्तियों की बारी आई, व्यंग्य का दौर शुरू हुआ और मौनालंकार पर समाप्त हो गया।

मैं बड़े संकट में था। अगर अम्माँ की तरफ से कुछ कहता हूँ, तो पत्नी जी रोना-धोना शुरू करती हैं, अपने नसीबों को कोसने लगती हैं; पत्नी की-सी

कहता हूँ तो जन-मुरीद की उपाधि मिलती है। इसलिए बारी-बारी से दोनों पक्षों का समर्थन करता जाता था; पर स्वार्थवश मेरी सहानुभूति पत्नी के साथ ही थी। मेरे सिनेमा का बजट इधर साल-भर से बिलकुल गायब हो गया था; पान-पत्ते के खर्च में भी कमी करनी पड़ी थी, बाज़ार की सैर बन्द हो गयी थी। खुलकर तो अम्माँ से कुछ न कह सकता था; पर दिल में समझ रहा था कि ज्यादती इन्हीं की है। दुकान का यह हाल है कि कभी-कभी बोहनी भी नहीं होती। असामियों से टका वसूल नहीं होता, तो इन पुरानी लकीरों को पीटकर क्यों अपनी जान संकट में डाली जाय।

बार-बार गृहस्थी के जंजाल में तबीयत झुँझलाती थी। घर में तीन तो प्राणी हैं और उनमें भी प्रेम-भाव नहीं। ऐसी गृहस्थी में आग लगा देनी चाहिए। कभी-कभी ऐसी सनक सवार हो जाती थी कि सबको छोड़-छाड़कर कहीं भाग जाऊँ। जब अपने सिर पड़ेगी, तब इनको होश आयेगा। तब मालूम होगा कि गृहस्थी कैसे चलती है। क्या जानता था कि यह विपत्ति झेलनी पड़ेगी, नहीं विवाह का नाम ही न लेता। तरह-तरह के कुत्सित भाव मन में आ रहे थे। कोई बात नहीं, अम्माँ मुझे परेशान करना चाहती हैं। बहू उनके पाँव नहीं दबाती, उनके सिर में तेल नहीं डालती, तो इसमें मेरा क्या दोष ? मैंने उसे मना तो नहीं कर दिया। मुझे तो सच्चा आनन्द होगा; यदि सास-बहू में इतना प्रेम हो जाय; लेकिन यह मेरे वश की बात तो नहीं कि दोनों में प्रेम डाल दूँ। अगर अम्माँ ने अपनी सास की साड़ी धोई है, उनके पाँव दबाये हैं, उनकी घुड़कियाँ खायी हैं, तो आज वह पुराना हिसाब बहू से क्यों चुकाना चाहती हैं ? उन्हें क्यों दिखायी नहीं देता कि अब समय बदल गया है। बहुएँ अब भयवश सास की गुलामी नहीं करतीं। प्रेम से चाहे उनके सिर के बाल नोच लो; लेकिन जो रोब दिखाकर उन पर शासन करना चाहा, तो वह दिन लद गये।

सारे शहर में जन्माष्टमी का उत्सव हो रहा था। मेरे घर में संग्राम छिड़ा हुआ था। संध्या हो गयी थी; पर सारा घर अँधेरा पड़ा था। नहूसत छाई हुई थी। मुझे अपनी पत्नी पर क्रोध आया। लड़ती हो, लड़ो; लेकिन घर में अँधेरा क्यों रखा है। जाकर कहा—क्या आज घर में चिराग न जलेंगे ?

पत्नी ने मुँह फुलाकर कहा—जला क्यों नहीं लेते। तुम्हारे हाथ नहीं हैं ?

मेरी देह में आग लग गयी। बोला—तो क्या जब तुम्हारे चरण नहीं आये थे, तब घर में चिराग न जलते थे ?

अम्माँ ने आग को हवा दी—नहीं तब सब लोग अँधेरे ही में पड़े रहते थे।

पत्नीजी को अम्माँ की इस टिप्पणी ने जामे से बाहर कर दिया। बोलीं—जलाते होंगे मिट्टी की कुप्पी ! लालटेन तो मैंने नहीं देखी। मुझे भी इस घर में आये दस साल हो गये।

मैंने डाँटा—अच्छा चुप रहो, बहुत बढ़ो नहीं।

'ओ हो ! तुम ऐसा डाँट रहे हो, जैसे मुझे मोल लाये हो !'

'मैं कहता हूँ, चुप रहो !'

'क्यों चुप रहूँ। अगर एक कहोगे, तो दो सुनोगे !'

'इसी का नाम पतिव्रत है।'

'जैसा मुँह होता है, वैसे ही बीड़े मिलते हैं !'

मैं परास्त होकर बाहर चला आया, और अँधेरी कोठरी में बैठा हुआ, उस मनहूस घड़ी को कोसने लगा, जब इस कुलच्छनी से मेरा विवाह हुआ था। इस अन्धकार में भी दस साल का जीवन सिनेमा-चित्रों की भाँति मेरे स्मृति-नेत्रों के सामने दौड़ गया। उसमें कहीं प्रकाश की झलक न थी, कहीं स्नेह की मृदुता न थी।

2

सहसा मेरे मित्र पण्डित जयदेवजी ने द्वार पर पुकारा—अरे, आज यह अँधेरा क्यों कर रखा है जी ? कुछ सूझता ही नहीं। कहाँ हो ?

मैंने कोई जवाब न दिया। सोचा—यह आज कहाँ से आकर सिर पर सवार हो गये।

जयदेव ने फिर पुकारा—अरे कहाँ हो भाई ? बोलते क्यों नहीं ? कोई घर में है या नहीं ?

कहीं से कोई जवाब न मिला।

जयदेव ने द्वार को इतनी ज़ोर से झँझोड़ा कि मुझे भय हुआ, कहीं दरवाजा चौखट-बाजू समेत गिर न पड़े। फिर भी मैं बोला नहीं। उनका आना खल रहा था।

जयदेव चले गये। मैंने आराम की साँस ली। बारे शैतान टला, नहीं घण्टों सिर खाता है।

मगर पाँच ही मिनट में फिर किसी के पैरों की आहट मिली और अबकी टार्च के तीव्र प्रकाश से मेरा सारा कमरा भर उठा। जयदेव ने मुझे बैठे देखकर कुतूहल से पूछा—तुम कहाँ गये थे जी ? घण्टों चीखा, किसी ने जवाब तक न दिया। यह आज क्या मामला है ! चिराग क्यों नहीं जले ?

मैंने बहाना किया—क्या जाने, मेरे सिर में दर्द था, दूकान से आकर लेटा तो नींद आ गयी।

'और सोये तो घोड़ा बेचकर, मुर्दों से शर्त लगाकर ?'

'हाँ यार, नींद आ गयी।'

'मगर घर में चिराग तो जलाना चाहिए। या उनका retrenchment कर दिया ?'

'आज घर में लोग व्रत से हैं। न हाथ खाली होगा।'

'खैर चलो, कहीं झाँकी देखने चलते हो ? सेठ घूरेलाल के मन्दिर में ऐसी झाँकी बनी है कि देखते ही बनता है। ऐसे शीशे और बिजली के सामान सजाये हैं कि आँखें झपक उठती हैं। अशोक के स्तम्भों में लाल-हरी-नीली बत्तियों की अनोखी बहार है। सिंहासन के ठीक सामने ऐसा फौवारा लगाया है कि उसमें से गुलाबजल की फुहारें निकलती हैं। मेरा तो चोला मस्त हो गया। सीधे तुम्हारे पास दौड़ा आ रहा हूँ। बहुत झाँकियाँ देखी होंगी तुमने, लेकिन यह और ही चीज़ है। आलम फटा पड़ता है। सुनते हैं, दिल्ली से कोई चतुर कारीगर आया है। उसी की यह करामात है।'

मैंने उदासीन भाव से कहा—मेरी तो जाने की इच्छा नहीं है भाई। सिर में ज़ोर का दर्द है।

'तब तो ज़रूर चलो भाई। दर्द भाग न जाय तो कहना।'

'तुम तो यार बहुत दिक करते हो। इसी मारे मैं चुपचाप पड़ा था कि किसी तरह यह बला टले; लेकिन तुम सिर पर सवार ही हो गये। कह दिया—मैं न जाऊँगा।'

'और मैंने कह दिया—मैं ज़रूर ले जाऊँगा।'

मुझ पर विजय पाने का मेरे मित्रों को बहुत आसान नुस्खा याद है। यों हाथापाई, धींगा-मुश्ती, धौल-धप्पा में किसी से पीछे रहने वाला नहीं हूँ; लेकिन किसी ने मुझे गुदगुदाया और मैं परास्त हुआ। फिर मेरी कुछ नहीं चलती। मैं हाथ जोड़ने लगता हूँ, घिघियाने लगता हूँ और कभी-कभी रोने लगता हूँ। जयदेव ने वही नुस्खा आज़माया और उसकी जीत हो गयी। सन्धि की यह शर्त ठहरी कि मैं चुपके से झाँकी देखने चला चलूँ।

3

सेठ घूरेलाल उन आदमियों में हैं, जिनका प्रातः को नाम ले लो, तो दिन भर भोजन न मिले। उनके मक्खीचूसपने की सैकड़ों ही दंतकथाएँ नगर में प्रचलित हैं। कहते हैं कि एक बार मारवाड़ का एक भिखारी उनके द्वार पर डट गया कि भिक्षा लेकर ही जाऊँगा। सेठजी भी अड़ गये थे कि भिक्षा न दूँगा, चाहे कुछ हो। मारवाड़ी उन्हीं के देश का था। कुछ देर तो उनके पूर्वजों का बखान करता रहा; फिर उनकी निन्दा करने लगा, अन्त में द्वार पर लेट रहा। सेठजी ने रत्ती-भर परवाह न की। भिक्षुक भी अपनी धुन का पक्का था। सात दिन द्वार पर बे-दाना-पानी पड़ा रहा और अन्त में वहीं पर मर गया। तब सेठजी पसीजे और उसकी क्रिया इतनी धूम-धाम से की कि बहुत कम किसी ने की होगी। एक लाख ब्राह्मणों को भोजन कराया

और लाख ही उन्हें दक्षिणा में दिया। भिक्षुक का सत्याग्रह सेठजी के लिए वरदान हो गया। उनके अन्तःकरण में भक्ति का जैसे स्रोत खुल गया। अपनी सारी सम्पत्ति धर्मार्थ अर्पण कर दी।

हम लोग ठाकुरद्वारे में पहुँचे, तो दर्शकों की भीड़ लगी हुई थी। कंधे-से-कंधा छिलता था। आने और जाने के मार्ग अलग थे, फिर भी हमें आध घण्टे के बाद भीतर जाने का अवसर मिला। जयदेव सजावट देख-देखकर लोट-पोट हुए जाते थे; पर मुझे ऐसा मालूम होता था कि इस बनावट और सजावट के मेले में कृष्ण की आत्मा कहीं खो गयी है। उनकी वह रत्न-जटित, बिजली से जगमगाती मूर्ति देखकर मेरे मन में ग्लानि उत्पन्न हुई। इस रूप में भी प्रेम का निवास हो सकता है ? हमने तो रत्नों में दर्प और अहंकार ही भरा देखा है। मुझे उस वक्त यह याद न रही, कि यह एक करोड़पति सेठ का मन्दिर है और धनी मनुष्य धन में लोटने वाले ईश्वर ही की कल्पना कर सकता है। धनी ईश्वर में ही उनकी श्रद्धा हो सकती है। जिसके पास धन नहीं, वह उनकी दया का पात्र हो सकता है, श्रद्धा का कदापि नहीं।

मन्दिर में जयदेव को सभी जानते हैं। उन्हें तो सभी जगह सभी जानते हैं। मन्दिर के आँगन में संगीत-मण्डली बैठी हुई थी। केलकरजी अपने गंधर्व-विद्यालय के कई शिष्यों के साथ तंबूरा लिए बैठे थे। पखावज, सितार, सरोद, वीणा और जाने कौन-कौन से बाजे, जिनके नाम भी मैं नहीं जानता, उनके शिष्यों के पास थे। कोई गीत बजाने की तैयारी हो रही थी। जयदेव को देखते ही केलकरजी ने पुकारा। मैं भी तुफैल में जा बैठा। एक क्षण में गीत शुरू हुआ। समाँ बँध गया। जहाँ इतना शोरगुल था कि तोप की आवाज़ भी न सुनायी देती, वहाँ जैसे मार्धुय के उस प्रवाह ने सब किसी को अपने में डुबा लिया। जो जहाँ था, वहीं मंत्र-मुग्ध-सा खड़ा था। मेरी कल्पना कभी इतनी सचित्र और सजीव न थी। मेरे सामने न वह बिजली की चकाचौंध थी, न वह रत्नों की जगमगाहट, न वह भौतिक विभूतियों का समारोह। मेरे सामने वही यमुना का तट था, गुल्म-लताओं का घूँघट मुँह पर डाले हुए। वही मोहिनी गउएँ थीं, वही गोपियों की जल-क्रीड़ा, वही वंशी की मधुर ध्वनि, वही शीतल चाँदनी और वही प्यारा नन्द किशोर ! जिसकी मुख-छवि में प्रेम और वात्सल्य की ज्योति थी, जिसके दर्शनों ही से हृदय निर्मल हो जाते थे।

4

मैं इसी आनन्द-विस्मृति की दशा में था, कि कंसर्ट बन्द हो गया और आचार्य केलकर के एक किशोर शिष्य ने धुरपद अलापना शुरू किया। कलाकारों की आदत है कि वह शब्दों को कुछ इस तरह तोड़-मरोड़ देते हैं कि अधिकांश सुननेवालों की समझ में नहीं आता, कि क्या गा रहे हैं। इस गीत का एक शब्द भी मेरी

समझ में न आया; लेकिन कण्ठ-स्वर में कुछ ऐसा मादकता भरा लालित्य था कि प्रत्येक स्वर मुझे रोमांचित कर देता था। कंठ-स्वर में इतनी जादू-भरी शक्ति है, इसका मुझे आज कुछ अनुभव हुआ। मन में एक नये संसार की सृष्टि होने लगी, जहाँ आनन्द-ही-आनन्द, प्रेम-ही-प्रेम, त्याग-ही-त्याग है। ऐसा जान पड़ा, दुःख केवल चित्त की वृत्ति है, सत्य है केवल आनन्द। एक स्वच्छ करुणा-भरी कोमलता, जैसे मन को मसोसने लगी। ऐसी भावना मन में उठी कि वहाँ जितने सज्जन बैठे हुए थे, सब मेरे अपने हैं, अभिन्न हैं। फिर अतीत के गर्भ में मेरे भाई की स्मृति-मूर्ति निकल आई। मेरा छोटा भाई बहुत दिन हुए, मुझसे लड़कर घर की जमा-जथा लेकर रंगून भाग गया था, और वहीं उसका देहान्त हो गया था। उसके पाशविक व्यवहारों को याद करके मैं उन्मत्त हो उठता था। उसे जीता पा जाता, तो शायद उसका खून पी जाता; पर इस समय उस स्मृति-मूर्ति को देखकर मेरा मन जैसे मुखरित हो उठा। मैं उसे आलिंगन करने के लिए व्याकुल हो गया। उसने मेरे साथ, मेरी स्त्री के साथ, माता के साथ, मेरे बच्चों के साथ जो-जो कटु, नीच और घृणास्पद व्यवहार किये थे, वह सब मुझे भूल गये। मन में केवल यही भावना थी—मेरा भैया कितना दुःखी है। मुझे इस भाई के प्रति कभी इतनी ममता न हुई थी, फिर तो मन की वह दशा हो गई, जिसे विह्वलता कह सकते हैं। शत्रु-भाव जैसे मन से मिट गया हो। जिन-जिन प्राणियों से मेरा बैर-भाव था, जिनसे गाली-गलौज, मारपीट, मुकदमेबाजी सब कुछ हो चुकी थी, वह सभी जैसे मेरे गले में लिपट-लिपट कर हँस रहे थे ! फिर विद्या (पत्नी) की मूर्ति मेरे सामने आ खड़ी हुई—वह मूर्ति जिसे दस साल पहले मैंने देखा था—उन आँखों में वही विकल कम्पन था, वही संदिग्ध विश्वास, कपोलों पर वही लज्जा-लालिमा, जैसे प्रेम के सरोवर से निकला हुआ कोई कमल-पुष्प हो। वही अनुराग, वही आवेश, वही उन्माद, वही याचना-भरी उत्सुकता; जिससे मैंने उस न भूलने वाली रात को उसका स्वागत किया था, एक बार फिर मेरे हृदय में जाग उठी। मधुर स्मृतियों का जैसे स्रोत-सा खुल गया। जी ऐसा तड़पा कि इसी समय जाकर विद्या के चरणों पर सिर रगड़कर रोऊँ और रोते-रोते बेसुध हो जाऊँ। मेरी आँखें सजल हो गयीं। मेरे मुँह से जो कटु शब्द निकले थे, वह सब जैसे मेरे ही हृदय में गड़ने लगे ! इसी दशा में, जैसी ममतामयी माता ने आकर मुझे गोद में उठा लिया। बालपन में जिस वात्सल्य का आनन्द उठाने की मुझमें शक्ति न थी वह आनन्द आज मैंने उठाया।

गाना बन्द हो गया। सब लोग उठ-उठकर जाने लगे। मैं कल्पना-सागर में ही डूबा बैठा रहा।

सहसा जयदेव ने पुकारा—चलते हो, या बैठे ही रहोगे ?

गुल्ली-डण्डा

हमारे अंग्रेज़ीदाँ दोस्त मानें या न मानें, मैं तो यही कहूँगा कि गुल्ली-डण्डा सब खेलों का राजा है। अब भी कभी लड़कों को गुल्ली-डण्डा खेलते देखता हूँ, तो जी लोट-पोट हो जाता है कि इनके साथ जाकर खेलने लगूँ। न लॉन की ज़रूरत, न कोर्ट की, न नेट की, न थापी की। मजे से किसी पेड़ की एक टहनी काट ली, गुल्ली बना ली, और दो आदमी भी आ गये; तो खेल शुरू हो गया। विलायती खेलों में सबसे बड़ा ऐब है कि उनके सामान महँगे होते हैं। जब तक कम-से-कम एक सैकड़ा न खर्च कीजिए, खिलाड़ियों में शुमार ही नहीं हो सकता। यह गुल्ली-डण्डा है कि बिना हर्र-फिटकरी के चोखा रंग देता है; पर हम अंग्रेज़ी चीज़ों के पीछे ऐसे दीवाने हो रहे हैं कि अपनी सभी चीज़ों से अरुचि हो गयी है। हमारे स्कूलों में हरेक लड़के से तीन-चार रुपये सालाना केवल खेलने की फीस ली जाती है। किसी को यह नहीं सूझता कि भारतीय खेल खेलायें; जो बिना दाम-कौड़ी के खेले जाते हैं। अंग्रेज़ी खेल उनके लिए है, जिनके पास धन है। गरीब लड़कों के सिर क्यों यह व्यसन मढ़ते हो। ठीक है, गुल्ली से आँख फूट जाने का भय रहता है। तो क्या क्रिकेट से सिर फूट जाने, तिल्ली फट जाने, टाँग टूट जाने का भय नहीं रहता ? अगर हमारे माथे में गुल्ली का दाग आज तक बना हुआ है, तो हमारे कई दोस्त ऐसे भी हैं, जो थापी को बैसाखी से बदल बैठें। ख़ैर, यह अपनी-अपनी रुचि है। मुझे गुल्ली ही सब खेलों से अच्छी लगती है और बचपन की मीठी स्मृतियों में गुल्ली ही सबसे मीठी है। वह प्रातःकाल घर से निकल जाना, वह पेड़ पर चढ़कर टहनियाँ काटना और गुल्ली-डण्डे बनाना, वह उत्साह, वह लगन, वह खिलाड़ियों के जमघटे, वह पदना और पदाना; वह लड़ाई-झगड़े, वह सरल स्वभाव, जिसमें छूत-अछूत, अमीर-गरीब का बिलकुल भेद न रहता था, जिसमें अमीराना चोचलों की, प्रदर्शन की, अभिमान की गुंजाइश ही न थी, यह उसी वक्त भूलेगा जब... घरवाले बिगड़ रहे हैं, पिताजी चौके पर बैठे वेग से रोटियों पर अपना क्रोध उतार रहे हैं, अम्माँ की दौड़ केवल द्वार तक है, लेकिन उनकी विचारधारा में मेरा अंधकारमय

भविष्य टूटी हुई नौका की तरह डगमगा रहा है, और मैं हूँ कि पदाने में मस्त हूँ, न नहाने की सुधि है, न खाने की। गुल्ली है तो ज़रा-सी; पर उसमें दुनिया भर की मिठाइयों की मिठास और तमाशों का आनन्द भरा हुआ है।

मेरे हमजोलियों में एक लड़का गया नाम का था। मुझसे दो-तीन साल बड़ा होगा। दुबला, लम्बा, बन्दरों की-सी लम्बी-लम्बी पतली-पतली उँगलियाँ, बन्दरों की-सी ही चपलता, वही झल्लाहट। गुल्ली कैसी हो, उस पर इस तरह लपकता था; जैसे छिपकली कीड़ों पर लपकती है। मालूम नहीं उसके माँ-बाप थे या नहीं, कहाँ रहता था, क्या खाता था; पर था हमारे गुल्ली-क्लब का चैम्पियन। जिसकी तरफ वह आ जाय, उसकी जीत निश्चित थी ! हम सब उसे दूर से आते देख, उसका दौड़कर स्वागत करते थे और उसे अपना गोइयाँ बना लेते थे।

एक दिन हम और गया दो ही खेल रहे थे। वह पदा रहा था, मैं पद रहा था; मगर कुछ विचित्र बात है कि पदाने में हम दिन भर मस्त रह सकते हैं, पदना एक मिनट का भी अखरता है। मैंने गला छुड़ाने के लिए सब चालें चलीं, जो ऐसे अवसर पर शास्त्र-विहित न होने पर भी क्षम्य हैं, लेकिन गया अपना दाँव लिये बग़ैर मेरा पिण्ड न छोड़ता था।

अनुनय-विनय का कोई असर न हुआ। मैं घर की ओर भागा।

गया ने मुझे दौड़कर पकड़ लिया और डण्डा तानकर बोला—मेरा दाँव देकर जाओ। पदाया तो बड़े बहादुर बनके, पदने की बेर क्यों भागे जाते हो ?

'तुम दिन भर पदाओ तो मैं दिन भर पदता रहूँ ?'

'हाँ, तुम्हें दिन भर पदना पड़ेगा।'

'न खाने जाऊँ न पीने जाऊँ ?'

'हाँ, मेरा दाँव दिये बिना कहीं नहीं जा सकते।'

'मैं तुम्हारा गुलाम हूँ ?'

'हाँ, मेरे गुलाम हो।'

'मैं घर जाता हूँ, देखूँ मेरा क्या कर लेते हो ?'

'घर कैसे जाओगे, कोई दिल्लगी है ? दाँव दिया है, दाँव लेंगे।'

'अच्छा, कल मैंने तुम्हें अमरूद खिलाया था। वह लौटा दो।'

'वह तो पेट में चला गया।'

'निकालो पेट से। तुमने क्यों खाया मेरा अमरूद ?'

'अमरूद तुमने दिया, तब मैंने खाया। तुमसे माँगने न गया था।'

'जब तक मेरा अमरूद न दोगे, मैं दाँव न दूँगा।'

मैं समझता था, न्याय मेरी ओर है। आखिर मैंने किसी स्वार्थ से ही उसे अमरूद खिलाया होगा। कौन निःस्वार्थ किसी के साथ सलूक करता है। भिक्षा तक

तो स्वार्थ के लिए ही देते हैं। जब गया ने अमरूद खाया, तो फिर उसे मुझसे दाँव लेने का क्या अधिकार है ? रिश्वत देकर तो लोग खून पचा जाते हैं। यह मेरा अमरूद यों ही हजम कर जायगा ? अमरूद पैसे के पाँच वाले थे, जो गया के बाप को भी नसीब न होंगे। यह सरासर अन्याय था।

गया ने मुझे अपनी ओर खींचते हुए कहा—मेरा दाँव देकर जाओ, अमरूद-समरूद मैं नहीं जानता।

मुझे न्याय का बल था। वह अन्याय पर डटा हुआ था। मैं हाथ छुड़ाकर भागना चाहता था। वह मुझे जाने न देता था ! मैंने गाली दी; उसने उससे कड़ी गाली दी, और गाली नहीं, दो-एक चाँटा जमा दिया। मैंने उसे दाँत काट लिया। उसने मेरी पीठ पर डण्डा जमा दिया। मैं रोने लगा। गया मेरे इस अस्त्र का मुकाबला न कर सका। भागा। मैंने तुरन्त आँसू पोंछ डाले, डंडे की चोट भूल गया और हँसता हुआ घर में जा पहुँचा ! मैं थानेदार का लड़का एक नीच जात के लौंडे के हाथों पिट गया, यह मुझे उस समय भी अपमानजनक मालूम हुआ; लेकिन घर में किसी से शिकायत न की।

2

उन्हीं दिनों पिताजी का वहाँ से तबादला हो गया। नई दुनिया देखने की खुशी में ऐसा फूला कि अपने हमजोलियों से बिछुड़ जाने का बिलकुल दुःख न हुआ। पिताजी दुःखी थे। यह बड़ी आमदनी की जगह थी। अम्माँजी भी दुःखी थीं, यहाँ सब चीज़ें सस्ती थीं, और मुहल्ले की स्त्रियों से घराव-सा हो गया था, लेकिन मैं मारे खुशी के फूला न समाता था। लड़कों से जीट उड़ा रहा था, वहाँ ऐसे घर थोड़े ही होते हैं। ऐसे-ऐसे ऊँचे घर हैं कि आसमान से बातें करते हैं। वहाँ के अंग्रेज़ी स्कूल में कोई मास्टर लड़कों को पीटे, तो उसे जेहल हो जाय। मेरे मित्रों की फैली हुई आँखें और चकित-मुद्रा बतला रही थीं कि मैं उनकी निगाह में कितना ऊँचा उठ गया हूँ। बच्चों में मिथ्या को सत्य बना लेने की वह शक्ति है, जिसे हम, जो सत्य को मिथ्या बना लेते हैं, क्या समझेंगे। उन बेचारों को मुझसे कितनी स्पर्द्धा हो रही थी। मानो कह रहे थे—तुम भाग्यवान हो भाई, जाओ हमें तो इस ऊजड़ ग्राम में जीना भी है और मरना भी।

बीस साल गुज़र गये। मैंने इंजीनियरी पास की और उसी जिले का दौरा करता हुआ, उसी कस्बे में पहुँचा और डाकबँगले में ठहरा। उस स्थान को देखते ही इतनी मधुर बाल-स्मृतियाँ हृदय में जाग उठीं कि मैंने छड़ी उठाई और कस्बे की सैर करने निकला। आँखें किसी प्यासे पथिक की भाँति बचपन के उन क्रीड़ा-स्थलों

को देखने के लिए व्याकुल हो रही थीं; पर उस परिचित नाम के सिवा वहाँ और कुछ परिचित न था। जहाँ खँडहर था, पक्के मकान खड़े थे। जहाँ बरगद का पुराना पेड़ था; वहाँ अब एक सुन्दर बगीचा था। स्थान का काया-पलट हो गया था। अगर उसके नाम और स्थिति का ज्ञान न होता, तो मैं इसे पहचान भी न सकता। बचपन की संचित और अमर स्मृतियाँ बाँहें खोले अपने उन पुराने मित्रों से गले मिलने को अधीर हो रही थीं; मगर वह दुनिया बदल गयी थी। ऐसा जी होता था कि उस धरती से लिपटकर रोऊँ और कहूँ, तुम मुझे भूल गयीं। मैं तो अब भी तुम्हारा वही रूप देखना चाहता हूँ।

सहसा एक खुली हुई जगह में मैंने दो-तीन लड़कों को गुल्ली-डण्डा खेलते देखा। एक क्षण के लिए मैं अपने को बिलकुल भूल गया। भूल गया कि मैं एक ऊँचा अफसर हूँ, साहबी ठाठ में, रौब और अधिकार के आवरण में।

जाकर एक लड़के से पूछा—क्यों बेटे, यहाँ कोई गया नाम का आदमी रहता है ?

एक लड़के ने गुल्ली-डण्डा समेटकर सहमे हुए स्वर में कहा—कौन गया ? गया चमार ?

मैंने यों ही कहा—हाँ-हाँ, वही। गया नाम का कोई आदमी है तो। शायद वही हो।

'हाँ, है तो।'

'ज़रा उसे बुला ला सकते हो ?'

लड़का दौड़ा हुआ गया और एक क्षण में एक पाँच हाथ के काले देव को साथ लिये आता दिखाई दिया। मैं दूर ही से पहचान गया। उसकी ओर लपकना चाहता था कि उसके गले लिपट जाऊँ; पर कुछ सोचकर रह गया। बोला—कहो गया, मुझे पहचानते हो ?

गया ने झुककर सलाम किया—हाँ मालिक, भला पहचानूँगा क्यों नहीं ? आप मज़े में रहे ?

'बहुत मज़े में। तुम अपनी कहो ?'

'डिप्टी साहब का साईस हूँ।'

'मतई, मोहन, दुर्गा यह सब कहाँ हैं ? कुछ खबर है ?'

'मतई तो मर गया, दुर्गा और मोहन दोनों डाकिये हो गये हैं, आप ?'

'मैं तो ज़िले का इन्जीनियर हूँ ?'

'सरकार तो पहले ही बड़े जहीन थे।'

'अब कभी गुल्ली-डण्डा खेलते हो ?'

गया ने मेरी ओर प्रश्न की आँखों से देखा—अब गुल्ली-डण्डा क्या खेलूँगा सरकार, अब तो पेट के धंधे से छुट्टी नहीं मिलती।

आओ, आज हम तुम खेलें। तुम पदाना, हम पदेंगे। तुम्हारा एक दाँव हमारे ऊपर है। वह आज ले लो।

गया बड़ी मुश्किल से राज़ी हुआ। वह ठहरा टके का मज़दूर, मैं एक बड़ा अफ़सर। हमारा और उसका क्या जोड़ ? बेचारा झेंप रहा था; लेकिन मुझे भी कुछ कम झेंप न थी; इसलिए नहीं कि मैं गया के साथ खेलने जा रहा था; बल्कि इसलिए कि लोग इस खेल को अजूबा समझकर इसका तमाशा बना लेंगे और अच्छी-खासी भीड़ लग जायगी। उस भीड़ में वह आनन्द कहाँ रहेगा; पर खेले बग़ैर तो रहा नहीं जाता था। आखिर निश्चय हुआ कि दोनों जने बस्ती से दूर जाकर एकान्त में खेलें। वहाँ कौन कोई देखनेवाला बैठा होगा। मज़े से खेलेंगे और बचपन की उस मिठाई को खूब रस ले-लेकर खायेंगे। मैं गया को लेकर डाकबँगले पर आया और मोटर में बैठकर दोनों मैदान की ओर चले। साथ में एक कुल्हाड़ी ले ली। मैं गंभीर भाव धारण किये हुए था, लेकिन गया इसे अभी तक मज़ाक ही समझ रहा था। फिर भी उसके मुख पर उत्सुकता या आनन्द का कोई चिह्न न था। शायद वह हम दोनों में जो अन्तर हो गया था, वह सोचने में मगन था।

मैंने पूछा–तुम्हें कभी हमारी याद आयी थी गया ? सच कहना।

गया झेंपता हुआ बोला–मैं आपको क्या याद करता हुजूर, किस लायक हूँ। भाग में आपके साथ कुछ दिन खेलना बदा था, नहीं मेरी क्या गिनती।

मैंने कुछ उदास होकर कहा–लेकिन मुझे तो बराबर तुम्हारी याद आती थी। तुम्हारा वह डण्डा, जो तुमने तानकर जमाया था, याद है न ?

गया ने पछताते हुए कहा–वह लड़कपन था सरकार, उसकी याद न दिलाओ।

'वाह ! वह मेरे बाल-जीवन की सबसे रसीली याद है। तुम्हारे उस डंडे में जो रस था, वह तो अब न आदर-सम्मान में पाता हूँ, न धन में। कुछ ऐसी मिठास थी उसमें कि आज तक उससे मन मीठा होता रहता है।'

इतनी देर में हम बस्ती से कोई तीन मील निकल आये हैं। चारों तरफ सन्नाटा है। पश्चिम की ओर कोसों तक भीमताल फैला हुआ है, जहाँ आकर हम किसी समय कमल के पुष्प तोड़ ले जाते थे और उसके झुमके बनाकर कानों में डाल लेते थे। जेठ की संध्या केसर में डूबी चली आ रही है। मैं लपककर एक पेड़ पर चढ़ गया और एक टहनी काट लाया। चटपट गुल्ली- डण्डा बन गया।

खेल शुरू हो गया। मैंने गुच्ची में गुल्ली रखकर उछाली। गुल्ली गया के सामने से निकल गयी। उसने हाथ लपकाया जैसे मछली पकड़ रहा हो। गुल्ली उसके पीछे जाकर गिरी। यह वही गया है, जिसके हाथों में गुल्ली जैसे आप-ही-आप जाकर बैठ जाती थी। वह दाहिने-बायें कहीं हो, गुल्ली उसकी हथेलियों में ही पहुँचती थी। जैसे गुल्लियों पर वशीकरण डाल देता हो। नई गुल्ली, पुरानी गुल्ली, छोटी गुल्ली,

बड़ी गुल्ली, नोकदार गुल्ली, सपाट गुल्ली, सभी उसे मिल जाती थी। जैसे उसके हाथों में कोई चुंबक हो, जो गुल्लियों को खींच लेता हो, लेकिन आज गुल्ली को उससे प्रेम नहीं रहा। फिर तो मैंने पदाना शुरू किया। मैं तरह-तरह की धाँधलियाँ कर रहा था। अभ्यास की कसर बेईमानी से पूरी कर रहा था। हुच जाने पर भी डण्डा खेले जाता था; हालाँकि शास्त्र के अनुसार गया की बारी आनी चाहिए थी। गुल्ली पर जब ओछी चोट पड़ती और वह ज़रा दूर पर गिर पड़ती, तो मैं झटपट उसे खुद उठा लेता और दोबारा टाँड़ लगाता। गया यह सारी-बे-कायदगियाँ देख रहा था, पर कुछ न बोलता था, जैसे उसे वह सब कायदे-कानून भूल गये। उसका निशाना कितना अचूक था। गुल्ली उसके हाथ से निकलकर टन-से डण्डे में आकर लगती थी। उसके हाथ से छूटकर उसका काम था डण्डे से टकरा जाना; लेकिन आज वह गुल्ली डण्डे में लगती ही नहीं। कभी दाहिने जाती है, कभी बायें, कभी आगे, कभी पीछे।

आध घण्टे पदाने के बाद एक बार गुल्ली डण्डे में आ लगी। मैंने धाँधली की, गुल्ली डण्डे में नहीं लगी, बिलकुल पास से गयी; लेकिन लगी नहीं।

गया ने किसी प्रकार का असन्तोष न प्रकट किया।

'न लगी होगी।'

'डण्डे में लगती तो क्या मैं बेईमानी करता ?'

'नहीं भैया, तुम भला बेईमानी करोगे !'

बचपन में मजाल था, कि मैं ऐसा घपला करके जीता बचता। यही गया गरदन पर चढ़ बैठता; लेकिन आज मैं उसे कितनी आसानी से धोखा दिये चला जाता था। गधा है ! सारी बातें भूल गया।

सहसा गुल्ली फिर डण्डे में लगी और इतने ज़ोर से लगी जैसे बन्दूक छुटी हो। इस प्रमाण के सामने अब किसी तरह की धाँधली करने का साहस मुझे इस वक्त भी न हो सका; लेकिन क्यों न एक बार सच को झूठ बनाने की चेष्टा करूँ ? मेरा हरज ही क्या है। मान गया, तो वाह-वाह नहीं तो दो-चार हाथ पदना ही तो पड़ेगा। अँधेरे का बहाना करके ज़ल्दी से गला छुड़ा लूँगा। फिर कौन दाँव देने आता है।

गया ने विजय के उल्लास में कहा—लग गयी, लग गयी ! टन से बोली। मैंने अनजान बनने की चेष्टा करके कहा—तुमने लगते देखा ? मैंने तो नहीं देखा।

'टन से बोली है सरकार !'

'और जो किसी ईंट में लग गयी हो ?'

मेरे मुख से यह वाक्य उस समय कैसे निकला, इसका मुझे खुद आश्चर्य है। इस सत्य को झुठलाना वैसे ही था जैसे दिन को रात बताना। हम दोनों ने

गुल्ली को डण्डे में ज़ोर से लगते देखा था; लेकिन गया ने मेरा कथन स्वीकार कर लिया।

'हाँ, किसी ईंट में ही लगी होगी। डण्डे में लगती, तो इतनी आवाज़ न आती।'

मैंने फिर पदाना शुरू कर दिया; लेकिन इतनी प्रत्यक्ष धाँधली कर लेने के बाद, गया की सरलता पर मुझे दया आने लगी, इसलिए जब तीसरी बार गुल्ली डण्डे में लगी, तो मैंने बड़ी उदारता से दाँव देना तय कर दिया।

गया ने कहा—अब तो अँधेरा हो गया भैया, कल पर रखो।

मैंने सोचा, कल बहुत-सा समय होगा, यह न जाने कितनी देर पदाए, इसलिए इसी वक्त मुआमला साफ कर लेना अच्छा होगा।

'नहीं, नहीं। अभी बहुत उजाला है। तुम अपना दाँव ले लो।'

'गुल्ली सूझेगी नहीं।'

'कुछ परवाह नहीं।'

गया ने पदाना शुरू किया, पर उसे अब बिलकुल अभ्यास न था। उसने दो बार टाँड़ लगाने का इरादा किया; पर दोनों ही बार हुच गया। एक मिनट से कम में वह दाँव पूरा कर चुका। बेचारा घण्टा भर पदा; पर एक मिनट ही में अपना दाँव खो बैठा। मैंने अपने हृदय की विशालता का परिचय दिया।

'एक दाँव और खेल लो। तुम पहले ही हाथ में हुच गये।'

'नहीं भैया, अब अँधेरा हो गया।'

'तुम्हारा अभ्यास छूट गया। क्या कभी खेलते नहीं ?'

'खेलने का समय कहाँ मिलता है भैया !'

हम दोनों मोटर पर जा बैठे और चिराग जलते-जलते पड़ाव पर पहुँच गये। गया चलते-चलते बोला—कल यहाँ गुल्ली-डण्डा होगा। सभी पुराने खिलाड़ी खेलेंगे। आप भी आओगे ? जब आपको फुरसत हो, तभी खिलाड़ियों को बुलाऊँ।

मैंने शाम का समय दिया और दूसरे दिन मैच देखने आया। कोई दस-दस आदमियों की मण्डली थी। कई मेरे लड़कपन के साथी निकले। अधिकांश युवक थे जिन्हें मैं पहचान न सका। खेल शुरू हुआ। मैं मोटर पर बैठा-बैठा तमाशा देखने लगा। आज गया का खेल, उसका वह नैपुण्य देखकर मैं चकित हो गया। टाँड़ लगाता, तो गुल्ली आसमान से बातें करती। कल की-सी वह झिझक, वह हिचकिचाहट, वह बेदिली आज न थी। लड़कपन में जो बात थी, आज उसने प्रौढ़ता प्राप्त कर ली थी। कहीं कल इसने मुझे इस तरह पदाया होता, तो मैं ज़रूर रोने लगता। उसके डण्डे की चोट खाकर गुल्ली दो सौ गज की खबर लाती थी।

पदनेवालों में एक युवक ने धाँधली की ! उसने अपने विचार में गुल्ली लोक ली थी। गया का कहना था—गुल्ली जमीन में लगकर उछली थी। इस पर दोनों

में ताल ठोंकने की नौबत आयी। युवक दब गया। गया का तमतमाया हुआ चेहरा देखकर डर गया। अगर वह दब न जाता, तो ज़रूर मारपीट हो जाती। मैं खेल में न था; पर दूसरों के इस खेल में मुझे वही लड़कपन का आनन्द आ रहा था, जब हम सब कुछ भूलकर खेल में मस्त हो जाते थे। अब मुझे मालूम हुआ कि कल गया ने मेरे साथ खेला नहीं, केवल खेलने का बहाना किया। उसने मुझे दया का पात्र समझा। मैंने धाँधली की, बेईमानियाँ कीं; पर उसे ज़रा भी क्रोध न आया। इसलिए कि वह खेल न रहा था, मुझे खेला रहा था, मेरा मान रख रहा था। वह मुझे पदाकर मेरा कचूमर नहीं निकालना चाहता था। मैं अब अफसर हूँ। यह अफसरी मेरे और उसके बीच में दीवार बन गयी है। अब मैं उसका लिहाज पा सकता हूँ, अदब पा सकता हूँ, साहचर्य नहीं पा सकता। लड़कपन था, तब मैं उसका समकक्ष था। हममें कोई भेद न था। यह पद पाकर अब मैं केवल उसकी दया के योग्य हूँ। वह मुझे अपना जोड़ नहीं समझता। वह बड़ा हो गया है, मैं छोटा हो गया हूँ।

ज्योति

विधवा हो जाने के बाद बूटी का स्वभाव बहुत कटु हो गया था। जब बहुत जी जलता तो अपने मृत पति को कोसती–आप तो सिधार गये, मेरे लिए यह सारा जंजाल छोड़ गये ! जब इतनी जल्दी जाना था, तो ब्याह न जाने किसलिए किया। घर भूजी भाँग नहीं, चले थे ब्याह करने। वह चाहती तो दूसरी सगाई कर लेती। अहीरों में इसका रिवाज है। देखने-सुनने में भी बुरी न थी। दो आदमी तैयार भी थे; लेकिन बूटी पतिव्रता कहलाने के मोह को न छोड़ सकी। और यह सारा क्रोध उतरता था, बड़े लड़के मोहन पर ! जो अब सोलह साल का था। सोहन अभी छोटा था और मैना लड़की थी। ये दोनों अभी किसी लायक न थे। अगर यह तीनों न होते, तो बूटी को क्यों इतना कष्ट होता। जिसका थोड़ा-सा काम कर देती; वह रोटी-कपड़ा दे देता। जब चाहती किसी के सिर बैठ जाती। अब अगर कहीं बैठ जाय, तो लोग यही कहेंगे तीन-तीन लड़कों के होते इसे यह क्या सूझी। मोहन भरसक उसका भार हल्का करने की चेष्टा करता। गायों, भैंसों की सानी-पानी, दुहना-मथना यह सब कर लेता, लेकिन बूटी का मुँह सीधा न होता था। वह रोज़ एक-न-एक खुचड़ निकालती रहती और मोहन ने भी उसकी घुड़कियों की परवाह करना छोड़ दिया था। पति उसके सिर गृहस्थी का यह भार पटककर क्यों चला गया ? उसे यही गिला थी। बेचारी का सर्वनाश ही कर दिया ! न खाने का सुख मिला, न पहनने-ओढ़ने का, न और किसी बात का। इस घर में क्या आयी, मानो भट्ठी में पड़ गयी ! उसकी वैधव्य साधना और अतृप्त भोग-लालसा में सदैव द्वन्द्व-सा मचा रहता था और उसकी जलन में उसके हृदय की सारी मृदुता जलकर भस्म हो गयी थी। पति के पीछे और कुछ नहीं तो बूटी के पास चार-पाँच सौ के गहने थे, लेकिन एक-एक करके सब उसके हाथ से निकल गये। उसी मुहल्ले में, उसके बिरादरी में, कितनी औरतें थीं जो उससे जेठ होने पर भी गहने झमकाकर, आँखों में काजल लगाकर, माँग में सेंदुर की मोटी-सी रेखा डालकर मानो उसे जलाया करती थीं; इसलिए जब उनमें से कोई विधवा हो जाती, तो बूटी को खुशी होती और यह सारी जलन वह लड़कों पर निकालती, विशेषकर मोहन पर। वह शायद सारे संसार

की स्त्रियों को अपने ही रूप में देखना चाहती थी। कुत्सा में उसे विशेष आनन्द मिलता था। उसकी वंचित लालसा जल न पाकर ओस चाट लेने में ही संतुष्ट होती थी; फिर यह कैसे सम्भव था कि वह मोहन के विषय में कुछ सुने और पेट में डाल ले। ज्यों ही मोहन सन्ध्या समय दूध बेचकर घर आया, बूटी ने कहा—देखती हूँ, तू अब साँड बनने पर उतारू हो गया है।

मोहन ने प्रश्न के भाव से देखा—कैसा साँड ! क्या बात है ?

'तू रुपिया से छिप-छिपकर नहीं हँसता-बोलता ? उस पर कहता है कैसा साँड ? तुझे लाज नहीं आती ! घर में पैसे-पैसे की तंगी है और वहाँ उसके लिए पान लाये जाते हैं, कपड़े रँगाये जाते हैं।'

मोहन ने विद्रोह का भाव धारण किया—अगर उसने मुझसे चार पैसे के पान माँगे तो क्या करता ? कहता कि पैसे दो तो लाऊँगा। अपनी धोती रँगने को दी, तो उससे रँगाई माँगता ?

'टोले में एक तू ही बड़ा धन्ना सेठ है ? और किसी से उसने क्यों न कहा ?'

'यह वह जाने, मैं क्या बताऊँ।'

'तुझे अब छैला बनने की सूझती है ! घर में भी कभी एक पैसे का पान लाया ?'

'यहाँ पान किसके लिए लाता ?'

'क्या तेरे लेखे घर में सब मर गये ?'

'मैं न जानता था, तुम पान खाना चाहती हो ?'

'संसार में एक रुपिया ही पान खाने जोग है ?'

'शौक-सिंगार की भी तो उमिर होती है।'

बूटी जल उठी। उसे बुढ़िया कह देना उसकी सारी साधना पर पानी फेर देना था। बुढ़ापे में उन साधनाओं का महत्त्व ही क्या। जिस त्याग-कल्पना के बल पर वह सब स्त्रियों के सामने सिर उठाकर चलती थी, उस पर इतना कठोराघात ! इन्हीं लड़कों के पीछे उसने अपनी जवानी धूल में मिला दी ! उसके आदमी को मरे आज पाँच साल हुए। तब उसकी चढ़ती जवानी थी। तीन लड़के भगवान ने उसके गले मढ़ दिये, नहीं अभी वह है के दिन की। चाहती तो आज वह भी ओठ लाल किये, पाँव में महावर लगाये, अनवट-बिछुये पहने मटकती फिरती। वह सब कुछ उसने इन लड़कों के कारन त्याग दिया और आज मोहन उसे बुढ़िया कहता है ? रुपिया उसके सामने खड़ी कर दी जाय, तो चुहिया-सी लगे। फिर भी वह जवान है, और बूटी बुढ़िया है।

बोली—हाँ और क्या ! मेरे लिए तो अब फटे-चिथड़े पहनने के दिन हैं। जब तेरा बाप मरा तो मैं रुपिया से दो ही चार साल बड़ी थी। उस वक्त कोई घर कर लेती, तो तुम लोगों का कहीं पता न चलता। गली-गली भीख माँगते फिरते। लेकिन

मैं कहे देती हूँ अगर तू फिर उससे बोला तो या तो तू ही घर में रहेगा या मैं ही रहूँगी।

मोहन ने डरते-डरते कहा—मैं उसे बात दे चुका हूँ अम्माँ।

'कैसी बात ?'

'सगाई की।'

'अगर रुपिया मेरे घर में आयी तो झाड़ू मारकर निकाल दूँगी। यह सब उसकी माँ की माया है। वह कुटनी मेरे लड़के को मुझसे छीने लेती है। राँड से इतना भी नहीं देखा जाता। चाहती है कि उसे सौत बनाकर छाती पर बैठा दे।'

मोहन ने व्यथित कण्ठ से कहा—अम्माँ, ईश्वर के लिए चुप रहो। क्यों अपना पानी आप खो रही हो। मैंने तो समझा था, चार दिन में मैना अपने घर चली जायगी; तुम अकेली पड़ जाओगी, इसलिए उसे लाने की बात सोच रहा था। अगर तुम्हें बुरा लगता है तो जाने दो।

'तू आज से यहीं आँगन में सोया कर।'

'और गायें-भैंसे बाहर पड़ी रहेंगी ?'

'पड़ी रहने दे, कोई डाका नहीं पड़ा जाता।'

'मुझ पर तुझे इतना सन्देह है ?'

'हाँ !'

'तो मैं यहाँ न सोऊँगा।'

'तो निकल जा मेरे घर से।'

'हाँ, तेरी यही इच्छा है तो निकल जाऊँगा।'

मैना ने भोजन पकाया। मोहन ने कहा, मुझे भूख नहीं है। बूटी उसे मनाने न आई। मोहन का युवक-हृदय माता के इस कठोर शासन को किसी तरह स्वीकार नहीं कर सकता। उसका घर है, ले ले। अपने लिए वह कोई दूसरा ठिकाना ढूँढ निकालेगा। रुपिया ने उसके रुखे जीवन में एक स्निग्धता भर दी थी। जब वह एक अव्यक्त कामना से चंचल हो रहा था, जीवन कुछ सूना-सूना लगता था, रुपिया ने नव-वसन्त की भाँति आकर उसे पल्लवित कर दिया। मोहन को जीवन में एक मीठा स्वाद मिलने लगा। कोई काम करता होता; पर ध्यान रुपिया की ओर लगा रहता। सोचता; उसे क्या दे दे कि वह प्रसन्न हो जाय ! अब वह कौन मुँह लेकर उसके पास जाय ? क्या उससे कहे कि अम्माँ ने मुझे तुझसे मिलने को मना किया है ? अभी कल ही तो बरगद के नीचे दोनो में कैसी-कैसी बातें हुई थीं। मोहन ने कहा था, रूपा तुम इतनी सुन्दर हो; तुम्हारे सौ गाहक निकल आयेंगे। मेरे घर में तुम्हारे लिए क्या रक्खा है ? इस पर रुपिया ने जो जवाब दिया था, वह तो संगीत की तरह अब भी उसके प्राणों में बसा हुआ था—मैं तो तुमको चाहती हूँ मोहन, अकेले तुमको। परगने के चौधरी हो जाव, तब भी मोहन हो; मजूरी करने

लगो, तब भी मोहन हो। उसी रुपिया से आज वह जाकर कहे—मुझे अब तुमसे कोई सरोकार नहीं है।

नहीं, यह नहीं हो सकता। उसे घर की परवाह नहीं है। वह रुपिया के साथ माँ से अलग रहेगा। इस जगह न सही, किसी दूसरे मोहल्ले में सही। इस वक्त भी रुपिया उसकी राह देख रही होगी। कैसे अच्छे बीड़े लगाती है। कहीं अम्माँ सुन पावें कि वह रात को रुपिया के द्वार पर गया था तो परान ही दे दें। दे दें परान ! अपने भाग तो नहीं बखानतीं कि ऐसी देवी बहू मिली जाती है। न जाने क्यों रुपिया से इतना चिढ़ती हैं। वह ज़रा पान खा लेती है, ज़रा साड़ी रँगकर पहनती है। बस यही तो।

चूड़ियों की झनकार सुनाई दी। रुपिया आ रही है। हाँ, वही है।

रुपिया उसके सिरहाने आकर बोली—सो गये क्या मोहन ? घड़ी भर से तुम्हारी राह देख रही हूँ। आये क्यों नहीं ?

मोहन नींद का मक्कर किये पड़ा रहा।

रुपिया ने उसका सिर हिलाकर फिर कहा—क्या सो गये मोहन ?

उन कोमल उँगलियों के स्पर्श में क्या सिद्धि थी, कौन जाने। मोहन की सारी आत्मा उन्मत्त हो उठी। उसके प्राण बाहर निकलकर रुपिया के चरणों में समर्पित हो जाने के लिए उछल पड़े। देवी वरदान के लिए सामने खड़ी है। सारा विश्व जैसे नाच रहा है। उसे मालूम हुआ, जैसे उसका शरीर लुप्त हो गया है, केवल वह एक मधुर स्वर की भाँति विश्व की गोद से चिमटा हुआ उसके साथ नृत्य कर रहा है।

रुपिया ने फिर कहा—अभी से सो गये क्या जी ?

मोहन बोला—हाँ, ज़रा नींद आ गयी थी रूपा। तुम इस वक्त क्या करने आईं। कहीं अम्माँ देख लें, तो मुझे मार ही डालें।

'तुम आज आये क्यों नहीं ?'

'आज अम्माँ से लड़ाई हो गई।'

'क्या कहती थीं ?'

'कहती थीं, रुपिया से बोलेगा तो परान दे दूँगी।'

'तुमने पूछा नहीं रुपिया से क्यों चिढ़ती हो ?'

'अब उनकी बात क्या कहूँ रूपा। वह किसी का खाना-पहनना नहीं देख सकतीं। अब मुझे तुमसे दूर रहना पड़ेगा।'

'मेरा जी तो न मानेगा।'

'ऐसी बात करोगी, तो मैं तुम्हें लेकर भाग जाऊँगा।'

'तुम मेरे पास एक बार रोज़ आ जाया करो। बस, और मैं कुछ नहीं चाहती।'

'और अम्माँ जो बिगड़ेंगी।'

'तो मैं समझ गई। तुम मुझे प्यार नहीं करते।'

'मेरा बस होता तो तुमको अपने परान में रख लेता।'

इसी समय घर के किवाड़ खटके। रुपिया भाग गई।

2

मोहन दूसरे दिन सोकर उठा तो उसके हृदय में आनन्द का सागर-सा भरा हुआ था। वह सोहन को बराबर डाँटता रहता था। सोहन आलसी था। घर के काम-धंधे में जी न लगता था। आज भी वह आँगन में बैठा अपनी धोती में साबुन छिपाकर भाग जाने का अवसर खोजने लगा।

मोहन ने मुस्कराकर कहा–क्या धोती बहुत मैली हो गयी है सोहन ? धोबी को क्यों नहीं देते ?

सोहन को इन शब्दों में स्नेह की गंध आई।

'धोबिन पैसे माँगती है।'

'तो पैसे अम्माँ से क्यों नहीं माँग लेते ?'

'अम्माँ कौन पैसे दिये देती है।'

'तो मुझसे ले लो !'

यह कह उसने एक इकन्नी उसकी ओर फेंक दी। सोहन प्रसन्न हो गया। भाई और माता दोनों ही उसे धिक्कारते थे। बहुत दिनों बाद आज उसे स्नेह की मधुरता का स्वाद मिला। इकन्नी उठा ली और धोती को वहीं छोड़कर गाय को खोलकर ले चला।

मोहन ने कहा–तुम रहने दो, मैं इसे लिये जाता हूँ।

सोहन ने पगहिया भाई को देकर फिर पूछा–तुम्हारे लिए चिलम रख लाऊँ ?

जीवन में आज पहली बार सोहन ने भाई के प्रति ऐसा सद्भाव प्रकट किया। इसमें क्या रहस्य है; यह मोहन की समझ में न आया। बोला–आग हो तो रख लाओ।

मैना सिर के बाल खोले आँगन में घरौंदा बना रही थी। मोहन को देखते ही उसने घरौंदा बिगाड़ दिया और अंचल से बाल छिपाकर रसोईघर में बरतन उठाने चली।

मोहन ने पूछा–क्या खेल रही थी मैना ?

मैना डरी हुई बोली–कुछ तो नहीं।

'तू तो बहुत अच्छे घरौंदे बनाती है। ज़रा बना, देखूँ।'

मैना का रुआँसा चेहरा खिल उठा। प्रेम के शब्द में कितना जादू है। मुँह से निकलते ही जैसे सुगन्ध फैल गयी। जिसने सुना उसका हृदय खिल उठा। जहाँ भय था, वहाँ विश्वास चमक उठा। जहाँ कटुता थी, वहाँ अपनापा छलक पड़ा। चारों ओर चेतनता छोड़ गई। कहीं आलस्य नहीं, कहीं खिन्नता नहीं। मोहन का हृदय आज प्रेम से भरा हुआ है। उसमें सुगन्ध का विकर्षण हो रहा है।

मैना घरौंदा बनाने बैठ गई।

मोहन ने उसके उलझे हुए बालों को सुलझाते हुए कहा–तेरी गुड़िया का ब्याह कब होगा मैना, नेवता दे, कुछ मिठाई खाने को मिले।

मैना का मन आकाश में उड़ने लगा। अब भैया पानी माँगे, तो वह लोटे को राख से खूब चमाचम करके पानी ले जायगी।

'अम्माँ पैसे नहीं देती। गुड्डा तो ठीक हो गया है। टीका कैसे भेजूँ।'

'कितने पैसे लेगी ?'

'एक पैसे के बतासे लूँगी और एक पैसे का रंग। जोड़े तो रँग जायेंगे कि नहीं।'

'तो दो पैसे में तेरा काम चल जायगा ?'

'तो दो पैसे दे दो भैया, तो मेरी गुड़िया का ब्याह धूमधाम से हो जाय।'

मोहन ने पैसे हाथ में लेकर मैना को दिखाये। मैना लपकी, मोहन ने हाथ ऊपर उठाया, मैना ने हाथ पकड़कर नीचे खींचना शुरू किया। मोहन ने उसे गोद में उठा लिया। मैना ने पैसे ले लिये और नीचे उतरकर नाचने लगी। फिर अपनी सहेलियों को विवाह का नेवता देने के लिए भागी।

उसी वक्त बूटी गोबर का झौवा लिये आ पहुँची। मोहन को खड़े देखकर कठोर स्वर में बोली–अभी तक मटरगस्ती ही हो रही है। भैंस कब दुही जायगी ?

आज बूटी को मोहन ने विद्रोह-भर जवाब न दिया। जैसे उसके मन में माधुर्य का कोई सोता-सा खुल गया हो। माता को गोबर का बोझ लिये देखकर उसने झौवा उसके सिर से उतार दिया।

बूटी ने कहा–रहने दे, रहने दे, जाकर भैंस दुह, मैं तो गोबर लिये जाती हूँ।

'तुम इतना भारी बोझ क्यों उठा लेती हो, मुझे क्यों नहीं बुला लेतीं ?'

माता का हृदय वात्सल्य से गद्गद हो उठा।

'तू जा अपना काम देख। मेरे पीछे क्यों पड़ता है ?'

'गोबर निकालने का काम मेरा है।'

'और दूध कौन दुहेगा ?'

'वह भी मैं करूँगा।'

'तू इतना बड़ा जोधा है कि सारे काम कर लेगा ?'

'जितना कहता हूँ उतना कर लूँगा।'

'तो मैं क्या करूँगी ?'

'तुम लड़कों से काम लो; जो तुम्हारा धर्म है।'

'मेरी सुनता है कोई ?'

3

आज मोहन बाजार से दूध पहुँचाकर लौटा, तो पान, कत्था सुपारी, एक छोटा-सा पानदान और थोड़ी-सी मिठाई लाया। बूटी बिगड़कर बोली—आज पैसे कहीं फालतू मिल गये थे क्या ? इस तरह उड़ावेगा तो कै दिन निबाह होगा ?

'मैंने तो एक पैसा भी नहीं उड़ाया अम्माँ। पहले मैं समझता था, तुम पान खाती ही नहीं।'

'तो अब मैं पान खाऊँगी !'

'हाँ और क्या। जिसके दो-दो जवान बेटे हों, क्या वह इतना शौक भी न करे।'

बूटी के सूखे कठोर हृदय में कहीं से कुछ हरियाली निकल गयी, एक नन्ही-सी कोपल थी, लेकिन उसके अन्दर कितना जीवन, कितना रस था। उसने मैना और सोहन को एक-एक मिठाई दे दी, फिर मोहन को देने लगी।

'मिठाई तो लड़कों के लिए लाया था अम्माँ।'

'और तू तो बूढ़ा हो गया, क्यों ?'

'इन लड़कों के सामने तो बूढ़ा ही हूँ।'

'लेकिन मेरे सामने तो लड़का ही है।'

मोहन ने मिठाई ले ली। मैना ने मिठाई पाते ही गप से मुँह में डाल ली थी। वह केवल मिठास का स्वाद जीभ पर छोड़कर कब की गायब हो चुकी थी। मोहन की मिठाई को ललचाई आँखों से देखने लगी। मोहन ने आधा लड्डू तोड़कर मैना को दे दिया। एक मिठाई दोने में और बची थी। बूटी ने उसे मोहन की तरफ बढ़ाकर कहा—लाया भी तो इतनी-सी मिठाई। यह ले ले।

मोहन ने आधी मिठाई मुँह में डालकर कहा—यह तुम्हारा हिस्सा है, अम्माँ।

'तुम्हें खाते देखकर मुझे जो आनन्द मिलता है, उसमें मिठास से ज्यादा स्वाद है।'

उसने आधी मिठाई सोहन को और आधी मोहन को दे दी; फिर पानदान खोलकर देखने लगी। आज जीवन में पहली बार उसे यह सौभाग्य प्राप्त हुआ। धन्य भाग कि पति के राज में जिस विभूति के लिए तरसती रही, वह लड़के के राज में मिली। पानदान में कई कुल्हियाँ हैं। और देखो, दो छोटी-छोटी चिमचियाँ

भी हैं, ऊपर कड़ा लगा हुआ है। जहाँ चाहो लटकाकर ले जाव। ऊपर की तश्तरी में पान रखे जायँगे। ज्यों ही मोहन बाहर चला गया, उसने पानदान को माँज-धोकर उसमें चूना-कत्था भरा, सुपारी काटी, पान को भिगो कर तश्तरी में रखा। तब एक बीड़ा लगाकर खाया। उस बीड़े के रस ने जैसे उसके वैधव्य की कटुता को स्निग्ध कर दिया। मन की प्रसन्नता, व्यवहार में उदारता बन जाती है। अब वह घर में नहीं बैठ सकती। उसका मन इतना गहरा नहीं है कि इतनी बड़ी विभूति उसमें जाकर गुम हो जाय। एक पुराना आईना पड़ा हुआ है। उसने उसमें अपना मुँह देखा। ओठों पर लाली तो नहीं है। मुँह लाल करने के लिए उसने थोड़े ही पान खाया है।

धनिया ने आकर कहा—काकी, तनक रस्सी दे दो, मेरी रस्सी टूट गई है।

कल बूटी ने साफ कह दिया होता, मेरी रस्सी गाँव भर के लिए नहीं है। रस्सी टूट गई है तो बनवा लो। आज उसने धनिया को रस्सी निकालकर प्रसन्न मुख से दे दी और सद्भाव से पूछा—लड़के के दस्त बन्द हुए कि नहीं धनिया ?

धनिया ने उदास मन से कहा—नहीं काकी, आज तो दिन भर दस्त आये। जाने दाँत आ रहे हैं।

'पानी भर ले तो चल ज़रा देखूँ, दाँत ही हैं कि और कुछ फसाद है। किसी की नज़र-वज़र तो नहीं लगी ?'

'अब क्या जाने काकी, कौन जाने किसी की आँख फूटी हो।'

'चंचल लड़कों को नज़र का बड़ा डर रहता है।'

'जाते चुमकारकर बुलाया, झट उसकी गोद में चला जाता है। ऐसा हँसता है कि तुमसे क्या कहूँ।'

'कभी-कभी माँ की नज़र भी लग जाया करती है।'

'ऐ नौज काकी, भला कोई अपने लड़के को नज़र लगायेगा।'

'यही तो तू समझती नहीं। नज़र आप-ही-आप लग जाती है।'

धनिया पानी लेकर आई तो बूटी उसके साथ बच्चे को देखने चली।

'तू अकेली है ! आजकल घर के काम-धंधे में बड़ा अंडस होता होगा।'

'नहीं अम्माँ, रुपिया आ जाती है, घर का कुछ काम कर देती है, नहीं अकेले तो मेरी मरन हो जाती।'

बूटी को आश्चर्य हुआ। रुपिया को उसने केवल तितली समझ रखा था।

'रुपिया !'

'हाँ काकी, बेचारी बड़ी सीधी है। झाडू लगा देती है, चौका बरतन कर देती है, लड़के को सँभालती है। गाढ़े समय कौन किसी की बात पूछता है काकी !'

'उसे तो अपने मिस्सी-काजल से छुट्टी नहीं मिलती होगी !'

'यह तो अपनी-अपनी रुचि है काकी। मुझे तो इस मिस्सी-काजल वाली ने

जितना सहारा दिया, उतना किसी भक्तिन ने न दिया। बेचारी रात भर जागती रही। मैंने कुछ दे तो नहीं दिया। हाँ, जब तक जीऊँगी उसका जस गाऊँगी।'

'तू उसके गुन अभी नहीं जानती धनिया। पान के लिए पैसे कहाँ से आते हैं? किनारदार साड़ियाँ कहाँ से आती हैं?'

'मैं इन बातों में नहीं पड़ती काकी। फिर शौक-सिंगार करने को किसका जी नहीं चाहता। खाने-पहनने की यही तो उमिर है।'

धनिया का घर आ गया। आँगन में रुपिया बच्चे को गोद में लिये थपक रही थी। बच्चा सो गया था।

धनिया ने बच्चे को खटोले पर सुला दिया। बूटी ने बच्चे के सिर पर हाथ रखा, पेट में धीरे-धीरे उँगली गड़ाकर देखा। नाभि पर हींग का लेप करने को कहा। रुपिया बेनिया लाकर उसे झलने लगी।

बूटी ने कहा—ला बेनिया मुझे दे दो।

'मैं डूला दूँगी तो क्या छोटी हो जाऊँगी।'

'तू दिन भर यहाँ काम-धंधा करती रही है। थक गई होगी।'

'तुम इतनी भलीमानस हो, और यहाँ लोग कहते थे कि वह बिना गाली के बात नहीं करती। मारे डर के तुम्हारे पास न आयी।'

बूटी मुस्कराई।

'लोग झूठ तो नहीं कहते।'

'मैं आँखों की देखी मानूँ कि कानों की सुनी?'

आज भी रुपिया आँखों में काजल लगाये, पान खाये, रंगीन साड़ी पहने हुए थी; किन्तु आज बूटी को मालूम हुआ, इस फूल में केवल रंग नहीं है, सुगन्ध भी है। उसके मन में रुपिया से जो घृणा हो गई थी, वह किसी दैवी-मन्त्र से धुल-सी गई। कितनी सुशील लड़की है, कितनी लज्जातुर। बोली कितनी मीठी है। आजकल की लड़कियाँ अपने बच्चों की तो परवाह नहीं करतीं, दूसरों के लिए कौन मरता है। सारी रात धनिया के लड़के को लिये जागती रही! मोहन ने कल की बातें इससे कह तो दी होंगी। दूसरी लड़की होती तो मेरी ओर से मुँह फेर लेती, मुझे जलाती, मुझसे ऐंठती! इसे तो जैसे कुछ मालूम ही न हो। हो सकता है कि मोहन ने इससे कुछ कहा ही न हो। हाँ, यही बात है।

आज रुपिया बूटी को बड़ी सुन्दर लगी। ठीक तो है, अभी शौक-सिंगार न करेगी तो कब करेगी। शौक-सिंगार इसलिए बुरा लगता है कि ऐसे आदमी अपने भोग-विलास में मस्त रहते हैं। किसी के घर में आग लग जाय, उनसे मतलब नहीं। उनका काम तो खाली दूसरों को रिझाना है। जैसे अपने रूप की दुकान सजाए, राह-चलतों को बुलाते हों कि ज़रा इस दुकान की सैर भी करते जाइए। ऐसे उपकारी प्राणियों का सिंगार बुरा नहीं लगता। नहीं, बल्कि और अच्छा लगता है। इससे

मालूम होता है कि इसका रूप जितना सुन्दर है, उतना ही मन भी सुन्दर है; फिर कौन नहीं चाहता कि लोग उसके रूप का बखान करें। किसे दूसरों की आँखों में खुब जाने की लालसा नहीं होती ? बूटी का यौवन कब का विदा हो चुका; फिर भी यह लालसा उसे बनी हुई है। कोई उसे रस-भरी आँखों से देख लेता है, तो उसका मन कितना प्रसन्न हो जाता है। जमीन पर पाँव नहीं पड़ते; फिर रूपा तो अभी जवान है।

उस दिन से रूपा प्रायः दो-एक बार नित्य बूटी के घर आती। बूटी ने मोहन से आग्रह करके उसके लिए एक अच्छी-सी साड़ी मँगवा दी। अगर रूपा कभी बिना काजल लगाये या बेरंगी साड़ी पहने आ जाती, तो बूटी कहती—बहू-बेटियों को यह जोगिया भेस अच्छा नहीं लगता है। यह भेस तो हम-जैसी बुढ़ियों के लिए है।

रूपा ने एक दिन कहा—तुम बूढ़ी काहे को हो गयीं अम्माँ। लोगों को इशारा मिल जाय, तो भौंरों की तरह तुम्हारे ऊपर मँडराने लगें। मेरे दादा तो तुम्हारे द्वार पर धरना देने लगें।

बूटी ने मीठे तिरस्कार से कहा—चल, मैं तेरी माँ की सौत बनकर जाऊँगी।

'अम्माँ तो बूढ़ी हो गयीं !'

'तो क्या तेरे दादा अभी जवान बैठे हैं।'

'हाँ ऐया, बड़ी अच्छी मिट्टी है उनकी।'

बूटी ने उसकी ओर रस-भरी आँखों से देखकर पूछा—अच्छा बता, मोहन से तेरा ब्याह कर दूँ ?

रूपा लजा गयी। मुख पर गुलाब की आभा दौड़ गयी !

आज मोहन दूध बेचकर लौटा तो बूटी ने कहा—कुछ रुपये-पैसे जुटा, मैं रूपा से तेरी बातचीत कर रही हूँ।

दिल की रानी

जिन वीर तुर्कों के प्रखर प्रताप से ईसाई दुनिया काँप रही थी, उन्हीं का रक्त आज कुस्तुन्तुनिया की गलियों में बह रहा है। वही कुस्तुन्तुनिया, जो सौ साल पहले तुर्कों के आतंक से आहत हो रहा था, आज उनके गर्म रक्त से अपना कलेजा ठण्डा कर रहा है। सत्तर हज़ार तुर्क योद्धाओं की लाशें बास-फरस की लहरों पर तैर रही हैं और तुर्की सेनापति एक लाख सिपाहियों के साथ तैमूरी तेज़ के सामने अपनी किस्मत का फैसला सुनने के लिए खड़ा है।

तैमूर ने विजय से भरी आँखें उठाईं और सेनापति यज़दानी की ओर देखकर सिंह के समान गरजा—क्या चाहते हो, ज़िन्दगी या मौत ?

यज़दानी ने गर्व से सिर उठाकर कहा—इज़्ज़त की ज़िन्दगी मिले तो ज़िन्दगी, वरना मौत।

तैमूर का क्रोध प्रचण्ड हो उठा। उसने बड़े-बड़े अभिमानियों का सिर नीचा कर दिया था। यह जवाब इस अवसर पर सुनने की उसे ताब न थी। इन एक लाख आदमियों की जान उसकी मुट्ठी में है। उन्हें वह एक क्षण में मसल सकता है। उस पर भी इतना अभिमान ! इज़्ज़त की ज़िन्दगी ! इसका यही तो अर्थ है कि गरीबों का जीवन अमीरों के भोग-विलास पर बलिदान किया जाय, वही शराब की मज़लिसें, वही अरमीनिया और काफ़ की परियाँ...नहीं, तैमूर ने खलीफा बायज़ीद का घमण्ड इसलिए नहीं तोड़ा है कि तुर्कों को फिर उस मदान्ध स्वाधीनता में इस्लाम का नाम डुबाने को छोड़ दे। तब उसे इतना रक्त बहाने की क्या ज़रूरत थी। मानव-रक्त का प्रवाह संगीत का प्रवाह नहीं, रस का प्रवाह नहीं—एक वीभत्स दृश्य है, जिसे देखकर आँखें मुँह फेर लेती हैं, हृदय सिर झुका लेता है। तैमूर कोई हिंसक पशु नहीं है, जो यह दृश्य देखने के लिए अपने जीवन की बाज़ी लगा दे।

वह अपने शब्दों में धिक्कार भरकर बोला—जिसे तुम इज़्ज़त की ज़िन्दगी कहते हो, वह गुनाह और जहन्नुम की ज़िन्दगी है।

यज़दानी को तैमूर से दया या क्षमा की आशा न थी। उसकी या उसके योद्धाओं की जान किसी तरह नहीं बच सकती। फिर क्यों दबे और क्यों न जान पर खेलकर

तैमूर के प्रति उसके मन में जो घृणा है, उसे प्रकट कर दे। उसने एक बार कातर नेत्रों से उस रूपवान युवक की ओर देखा, जो उसके पीछे खड़ा जैसे अपनी जवानी का लगाम खींच रहा था। सान पर चढ़े हुए, इस्पात के समान अंग-अंग से अतुल क्रोध की चिनगारियाँ निकल रही थीं। यज़दानी ने उसकी सूरत देखी और जैसे अपनी खींची हुई तलवार म्यान में कर ली और खून के घूँट पीकर बोला—जहाँपनाह इस वक्त फतहमंद हैं, लेकिन अपराध क्षमा हो तो कह दूँ कि अपने जीवन के विषय में तुर्कों को तातारियों से उपदेश लेने की ज़रूरत नहीं पड़ी। दुनिया से अलग, तातार के ऊसर मैदानों में न त्याग और व्रत की उपासना की जा सकती है और न मयस्सर होने वाले पदार्थों का बहिष्कार किया जा सकता है; पर जहाँ खुदा ने नेमतों की वर्षा की हो, वहाँ उन नेमतों का भोग न करना नाशुक्री है; अगर तलवार ही सभ्यता की सनद होती, तो गाल कौम रोमनों से कहीं ज्यादा सभ्य होती।

तैमूर ज़ोर से हँसा और उसके सिपाहियों ने तलवारों पर हाथ रख लिये। तैमूर का ठहाका मौत का ठहाका था, या गिरने वाले वज्र का तड़ाका।

'तातारवाले पशु हैं, क्यों ?'

'मैं यह नहीं कहता।'

'तुम कहते हो, खुदा ने तुम्हें ऐश करने के लिए पैदा किया है। मैं कहता हूँ, वह कुफ्र है। खुदा ने इन्सान को बन्दगी के लिए पैदा किया है और इसके खिलाफ जो कोई कुछ करता है, वह काफिर है, जहन्नुमी है। रसूलेपाक हमारी ज़िन्दगी को पाक करने के लिए आये थे, हमें सच्चा इंसान बनाने के लिए आये थे; हमें हराम की तालीम देने नहीं। तैमूर दुनिया को इस कुफ्र से पाक कर देने का बीड़ा उठा चुका है। रसूलेपाक के क़दमों की कसम; मैं बेरहम नहीं हूँ, जालिम नहीं, खूँख्वार नहीं हूँ; लेकिन कुफ्र की सज़ा मेरे ईमान में मौत के सिवा कुछ नहीं है।'

उसने तातारी सिपहसालार की तरफ क़ातिल नज़रों से देखा और तत्क्षण एक देव-सा आदमी तलवार सौंतकर यज़दानी के सिर पर आ पहुँचा। तातारी सेना भी तलवारें खींच-खींचकर तुर्की सेना पर टूट पड़ीं और दम-के-दम में कितनी ही लाशें जमीन पर फड़कने लगीं।

2

सहसा वही रूपवान युवक, जो यज़दानी के पीछे खड़ा था, आगे बढ़कर तैमूर के सामने आया और जैसे मौत को अपनी बँधी हुई मुट्ठियों में मसलता हुआ बोला—ऐ अपने को मुसलमान कहने वाले बादशाह ! क्या यही वह इस्लाम है, जिसकी तबलीग़ का तूने बीड़ा उठाया है ? इस्लाम की यही तालीम है कि तू उन बहादुरों का इस

बेदर्दी से खून बहाये, जिन्होंने इसके सिवा कोई गुनाह नहीं किया कि अपने खलीफा और अपने मुल्क की हिमायत की।

चारों तरफ सन्नाटा छा गया। एक युवक, जिसकी अभी मसें न भीगी थीं, तैमूर जैसे तेज़स्वी बादशाह का इतने खुले हुए शब्दों में तिरस्कार करे और उसकी जबान तालू से न खिंचवा ली जाय ! सभी स्तम्भित हो रहे थे और तैमूर सम्मोहित-सा बैठा उस युवक की ओर ताक रहा था।

युवक ने तातारी सिपाहियों की तरफ, जिनके चेहरों पर कुतूहलमय प्रोत्साहन झलक रहा था, देखा और बोला—तू इन मुसलमानों को काफिर कहता है और समझता है कि तू इन्हें कत्ल करके खुदा और इस्लाम की खिदमत कर रहा है। मैं तुझसे पूछता हूँ, अगर वह लोग जो खुदा के सिवा और किसी के सामने सिजदा नहीं करते, जो रसूलेपाक को अपना रहबर समझते हैं, मुसलमान नहीं हैं तो कौन मुसलमान है ? मैं कहता हूँ, हम काफिर सही, लेकिन तेरे कैदी तो हैं ? क्या इस्लाम ज़ंजीर में बँधे हुए कैदियों के क़त्ल की इजाजत देता है ? खुदा ने अगर तुझे ताकत दी है, अख्तियार दिया है, तो क्या इसलिए कि तू खुदा के बन्दों का खून बहाये ? क्या गुनहगारों को कत्ल करके उन्हें सीधे रास्ते पर ले जायगा ? तूने कितनी बेरहमी से सत्तर हज़ार बहादुर तुर्कों को धोखा देकर सुरंग से उड़वा दिया; और उनके मासूम बच्चों और निरपराध स्त्रियों को अनाथ कर दिया, तुझे कुछ अनुमान है ? क्या यही कारनामे हैं, जिन पर तू अपने को मुसलमान होने का गर्व करता है ? क्या इसी क़त्ल, खून और जुल्म की सियाही से तू दुनिया में अपना नाम रोशन करेगा ? तूने तुर्कों के खून बहते दरिया में अपने घोड़ों के सुम नहीं भिगोये हैं, बल्कि इस्लाम को जड़ से खोदकर फेंक दिया है। यह वीर तुर्कों का ही आत्मोत्सर्ग है, जिसने यूरोप में इस्लाम की तौहीद फैलाई। आज सोफिया के गिरजे में तुझे अल्लाहो अकबर की सदा सुनाई दे रही है, सारा यूरोप इस्लाम का स्वागत करने को तैयार है। क्या ये कारनामे इसी लायक हैं कि उनका यह इनाम मिले ? इस खयाल को दिल से निकाल दे कि तू खूँरेज़ी से इस्लाम की खिदमत कर रहा है। एक दिन तुझे भी परवरदिगार के सामने अपने कर्मों का जवाब देना पड़ेगा और तेरा कोई उज्र न सुना जायगा; क्योंकि अगर तुझमें अब भी नेक और बद की तमीज बाकी है, तो अपने दिल से पूछ। तूने यह जिहाद खुदा की राह में किया या अपनी हविस के लिए, और मैं जानता हूँ तुझे जो जवाब मिलेगा, वह तेरी गर्दन शर्म से झुका देगा।

खलीफा अभी सिर झुकाये ही था कि यज़दानी ने काँपते हुए शब्दों में अर्ज़ की— जहाँपनाह, यह गुलाम का लड़का है। इसके दिमाग में कुछ फितूर है। हुजूर इसकी गुस्ताखियों को मुआफ करें। मैं उसकी सजा झेलने को तैयार हूँ।

तैमूर उस युवक के चेहरे की तरफ स्थिर नेत्रों से देख रहा था। आज जीवन में पहली बार उसे ऐसे निर्भीक शब्दों को सुनने का अवसर मिला। उसके सामने

बड़े-बड़े सेनापतियों, मन्त्रियों और बादशाहों की जबान न खुलती थी। वह जो कुछ करता या कहता था, वही कानून था, किसी को उसमें चूँ करने की ताकत न थी। उनकी खुशामदों ने उसकी अहंमन्यता को आसमान पर चढ़ा दिया था। उसे विश्वास हो गया था कि खुदा ने इस्लाम को जगाने और सुधारने के लिए ही उसे दुनिया में भेजा है। उसने पैगम्बरी का दावा तो आज तक नहीं किया था, पर उसके मन में यह भावना दृढ़ हो गयी थी; इसलिए जब युवक ने प्राणों का मोह छोड़ उसकी कीर्ति का पर्दा खोल दिया तो उसकी चेतना जैसे जाग उठी। उसके मन में क्रोध ओर हिंसा की जगह श्रद्धा का उदय हुआ। उसकी आँखों का एक इशारा इस युवक की ज़िन्दगी का चिराग़ गुल कर सकता था। उसकी संसार-विजयिनी शक्ति के सामने यह दुधमुँहा बालक मानो अपने नन्हे-नन्हे हाथों से समुद्र के प्रवाह को रोकने के लिए खड़ा हो। कितना हास्यास्पद साहस था; पर उसके साथ ही कितना आत्मविश्वास से भरा हुआ। तैमूर को ऐसा जान पड़ा कि इस निहत्थे बालक के सामने वह कितना निर्बल है। मनुष्य में ऐसे साहस का एक ही स्रोत हो सकता है और वह सत्य पर अटल विश्वास है। उसकी आत्मा दौड़कर उस युवक के दामन में चिमट जाने के लिए अधीर हो गयी; वह दार्शनिक न था, जो सत्य में शंका करता है। वह सरल सैनिक था जो असत्य को भी अपने विश्वास से सत्य बना देता है।

यज़दानी ने उसी स्वर में कहा—जहाँपनाह, इसकी बदज़बानी का खयाल न फरमावें।...

तैमूर ने तुरन्त तख्त से उठकर यज़दानी को गले लगा लिया और बोला—काश, ऐसी गुस्ताखियों और बदजबानियों के सुनने का पहले इत्तिफ़ाक़ होता, तो आज इतने बेगुनाहों का खून मेरी गर्दन पर न होता। मुझे इस जवान में किसी फ़रिश्ते की रूह का जलवा नज़र आता है, जो मुझ जैसे गुमराहों को सच्चा रास्ता दिखाने के लिए भेजी गयी है। मेरे दोस्त, तुम खुशनसीब हो कि ऐसे फ़रिश्ता-सिफ़त बेटे के बाप हो। क्या मैं उसका नाम पूछ सकता हूँ ?

यज़दानी पहले आतशपरस्त था, पीछे मुसलमान हो गया था; पर अभी तक कभी-कभी उसके मन में शंकाएँ उठती रहती थीं कि उसने क्यों इस्लाम कबूल किया। जो कैदी फाँसी के तख्ते पर खड़ा सूखा जा रहा था कि एक क्षण में रस्सी उसकी गर्दन में पड़ेगी और वह लटकता रह जायेगा; उसे जैसे किसी फ़रिश्ते ने गोद में ले लिया। वह गद्गद कण्ठ से बोला—उसे हबीब कहते हैं।

तैमूर ने युवक के सामने जाकर उसका हाथ पकड़ लिया और उसे आँखों से लगाता हुआ बोला—मेरे जवान दोस्त, तुम सचमुच खुदा के हबीब हो। मैं वह गुनहगार हूँ, जिसने अपनी जहालत में हमेशा अपने गुनाहों को सबाब समझा, इसलिए कि मुझसे कहा जाता था, तेरी जात बेऐब है। आज मुझे मालूम हुआ कि मेरे हाथों

इस्लाम को कितना नुकसान पहुँचा। आज से मैं तुम्हारा ही दामन पकड़ता हूँ। तुम्हीं मेरे खिज्र, तुम्हीं मेरे रहनुमा हो। मुझे यकीन हो गया कि तुम्हारे ही वसीले से मैं खुदा के दरगाह तक पहुँच सकता हूँ।

यह कहते हुए उसने युवक के चेहरे पर नज़र डाली, तो उस पर शर्म की लाली छायी हुयी थी। उस कठोरता की जगह मधुर संकोच झलक रहा था।

युवक ने सिर झुकाकर कहा—यह हुजूर की कदरदानी है, वरना मेरी क्या हस्ती है।

तैमूर ने उसे खींचकर अपनी बगल में तख़्त पर बैठा दिया और अपने सेनापति को हुक्म दिया, सारे तुर्क कैदी छोड़ दिये जाएँ, उनके हथियार वापस कर दिये जायँ और जो माल लूटा गया है, वह सिपाहियों में बराबर बाँट दिया जाय।

वजीर तो इधर इस हुक्म की तामील करने लगा, उधर तैमूर हबीब का हाथ पकड़े हुए अपने खेमे में गया और दोनो मेहमानों की दावत का प्रबन्ध करने लगा। और जब भोजन समाप्त हो गया, तो उसने अपने जीवन की सारी कथा रो-रोकर सुनायी, जो आदि से अन्त तक मिश्रित पशुता और बर्बरता के कृत्यों से भरी हुई थी। और उसने यह सब कुछ इस भ्रम में किया कि वह ईश्वरीय आदेश का पालन कर रहा है। वह खुदा को कौन मुँह दिखायेगा ? रोते-रोते उसकी हिचकियाँ बँध गयीं।

अन्त में उसने हबीब से कहा—मेरे जवान दोस्त, अब मेरा बेड़ा आप ही पार लगा सकते हैं। आपने मुझे राह दिखाई है तो मंजिल पर पहुँचाइए। मेरी बादशाहत को अब आप ही सँभाल सकते हैं। मुझे अब मालूम हो गया कि मैं उसे तबाही के रास्ते पर लिये जाता था। मेरी आप से यही इल्तमास (प्रार्थना) है कि आप उसकी वज़ारत कबूल करें। देखिए, खुदा के लिए इनकार न कीजिएगा, वरना मैं कहीं का न रहूँगा।

यज़दानी ने अर्ज की—हुजूर, इतनी क़दरदानी फरमाते हैं, यह आपकी इनायत है, लेकिन अभी इस लड़के की उम्र ही क्या है। वजारत की खिदमत यह क्या अन्जाम दे सकेगा ? अभी तो इसकी तालीम के दिन हैं।

इधर से इनकार होता रहा और उधर तैमूर आग्रह करता रहा। यज़दानी इनकार तो कर रहे थे; पर छाती फूली जाती थी। मूसा आग लेने गये थे, पैगम्बरी मिल गयी। कहाँ मौत के मुँह में जा रहे थे, वजारत मिल गयी। लेकिन यह शंका भी थी कि ऐसे अस्थिर-चित्त आदमी का क्या ठिकाना ? आज खुश हुए, वजारत देने को तैयार हैं, कल नाराज हो गये, तो जान की खैरियत नहीं। उन्हें हबीब की लियाक़त पर भरोसा तो था, फिर भी जी डरता था कि बिराने देश में न जाने कैसी पड़े, कैसी न पड़े ? दरबार वालों में षड्यन्त्र होते ही रहते हैं। हबीब नेक है, समझदार है, अवसर पहचानता है, लेकिन वह तजरबा कहाँ से लायेगा, जो उम्र ही से आता है।

उन्होंने इस प्रश्न पर विचार करने के लिए एक दिन की मुहलत माँगी और रुख़्सत हुए।

3

हबीब यज़दानी का लड़का नहीं, लड़की थी। उसका नाम उम्मतुल हबीब था। जिस वक़्त यज़दानी और उसकी पत्नी मुसलमान हुए, तो लड़की की उम्र कुल बारह साल की थी; पर प्रकृति ने उसे बुद्धि और प्रतिभा के साथ विचार-स्वातंत्र्य भी प्रदान किया था। वह जब तक सत्यासत्य की परीक्षा न कर लेती, कोई बात स्वीकार न करती। माँ-बाप के धर्म-परिवर्तन से उसे अशान्ति तो हुई; पर जब तक इस्लाम का अच्छी तरह अध्ययन न कर ले, वह केवल माँ-बाप को खुश करने के लिए इस्लाम की दीक्षा नहीं ले सकती थी। माँ-बाप भी उस पर किसी तरह का दबाव न डालना चाहते थे। जैसे उन्हें अपने धर्म को बदल देने का अधिकार है, वैसे ही उसे अपने धर्म पर आरूढ़ रहने का भी अधिकार है। लड़की को संतोष हुआ; लेकिन उसने इस्लाम और जरतुश्त धर्म–दोनों ही का तुलनात्मक अध्ययन आरम्भ किया, और पूरे दो साल के अन्वेषण और परीक्षण के बाद उसने भी इस्लाम की दीक्षा ले ली। माता-पिता फूले न समाये। लड़की उनके दबाव से मुसलमान नहीं हुई है; बल्कि स्वेच्छा से, स्वाध्याय से और ईमान से। दो साल तक उन्हें जो एक शंका घेरे रहती थी, वह मिट गयी।

यज़दानी के कोई पुत्र न था और उस युग में, जबकि आदमी की तलवार ही सबसे बड़ी अदालत थी, पुत्र का न रहना संसार का सबसे बड़ा दुर्भाग्य था। यज़दानी बेटे का अरमान बेटी से पूरा करने लगा। लड़कों की ही भाँति उसकी शिक्षा-दीक्षा होने लगी। बालकों के-से कपड़े पहनती, घोड़े पर सवार होती, शस्त्र-विद्या सीखती और अपने बाप के साथ अक्सर खलीफा बायज़ीद के महलों में जाती और राजकुमारों के साथ शिकार खेलने जाती। इसके साथ ही वह दर्शन, काव्य, विज्ञान और अध्यात्म का भी अभ्यास करती थी। यहाँ तक कि सोलहवें वर्ष में वह फौजी विद्यालय में दाखिल हो गयी और दो साल के अन्दर वहाँ की सबसे ऊँची परीक्षा पास करके फौज में नौकर हो गयी। शस्त्र-विद्या और सेना-संचालन-कला में वह इतनी निपुण थी और खलीफा बायज़ीद उसके चरित्र से इतना प्रसन्न था कि पहले ही पहल उसे एकहज़ारी मनसब मिल गया। ऐसी युवती के चाहने वालों की क्या कमी ? उसके साथ के कितने ही अफसर, राज-परिवार के कितने ही युवक उस पर प्राण देते थे; पर कोई उसकी नज़रों में न जँचता था। नित्य ही निकाह के पैगाम आते रहते थे; पर वह हमेशा इनकार कर देती थी। वैवाहिक जीवन ही से उसे अरुचि थी। उसकी स्वाधीन प्रकृति इस बन्धन में न पड़ना चाहती थी। फिर

नित्य ही वह देखती थी कि युवतियाँ कितने अरमानों से ब्याह कर लायी जाती हैं और फिर कितने निरादर से महलों में बन्द कर दी जाती हैं। उनका भाग्य पुरुषों की दया के अधीन है। अकसर ऊँचे घराने की महिलाओं से उसको मिलने-जुलने का अवसर मिलता था। उनके मुख से उनकी करुण कथा सुन-सुनकर वह वैवाहिक पराधीनता से और भी घृणा करने लगती थी। और यज़दानी उसकी स्वाधीनता में बिलकुल बाधा न देता था। लड़की स्वाधीन है। उसकी इच्छा हो विवाह करे या क्वाँरी रहे, वह अपनी आप मुखतार है। उसके पास पैग़ाम आते, तो वह साफ़ जवाब दे देता—मैं इस बारे में कुछ नहीं जानता, इसका फैसला वही करेगी। यद्यपि एक युवती का पुरुष वेष में रहना, युवकों से मिलना-जुलना समाज में आलोचना का विषय था; पर यज़दानी और उसकी स्त्री दोनों ही को उसके सतीत्व पर विश्वास था। हबीब के व्यवहार और आचार में उन्हें कोई ऐसी बात नज़र न आती थी, जिससे उन्हें किसी तरह की शंका होती। यौवन की आँधी और लालसाओं के तूफान में भी वह चौबीस वर्ष की वीरबाला अपने हृदय की सम्पत्ति लिये अटल और अजेय खड़ी थी, मानो सभी युवक उसके सगे भाई हैं।

4

कुस्तुन्तुनिया में कितनी खुशियाँ मनायी गयीं, हबीब का कितना सम्मान और स्वागत हुआ, तो कितनी बधाइयाँ मिलीं; यह सब लिखने की बात नहीं। शहर तबाह हुआ जाता था। सम्भव था, आज उसके महलों और बाज़ारों से आग की लपटें निकलती होतीं। राज्य और नगर को उस कल्पनातीत विपत्ति से बचाने वाला आदमी कितने आदर, प्रेम, श्रद्धा और उल्लास का पात्र होगा, इसकी तो कल्पना भी नहीं की जा सकती। उस पर कितने फूलों और कितने लाल और जवाहर की वर्षा हुई, इसका अनुमान तो कोई कवि ही कर सकता है। और नगर की महिलाएँ हृदय के अक्षय भण्डार से असीसें निकाल-निकाल कर उस पर लुटाती थीं और गर्व से फूली हुई उसका मुख निहारकर अपने को धन्य मानती थीं। उसने देवियों का मस्तक ऊँचा कर दिया था।

रात को तैमूर के प्रस्ताव पर विचार होने लगा। सामने गद्देदार कुर्सी पर यज़दानी था—सौम्य, विशाल, तेज़स्वी। उसकी दाहिनी तरफ उसकी पत्नी थी, ईरानी लिबास में, आँखों में दया और विश्वास की ज्योति भरे हुए। बायीं तरफ उम्मतुल हबीब थी, जो इस समय रमणी-वेष में मोहिनी बनी हुई थी, ब्रह्मचर्य के तेज़ से दीप्त।

यज़दानी ने प्रस्ताव का विरोध करते हुए कहा—मैं अपनी तरफ से कुछ नहीं कहना चाहता; लेकिन यदि मुझे सलाह देने का अधिकार है, तो मैं स्पष्ट कहता हूँ कि तुम्हें इस प्रस्ताव को कभी स्वीकार न करना चाहिए। तैमूर से यह बात

बहुत दिन तक छिपी नहीं रह सकती कि तुम क्या हो। उस वक्त क्या परिस्थिति होगी, मैं नहीं कह सकता। और यहाँ इस विषय में जो कुछ टीकाएँ होंगी, वह तुम मुझसे ज्यादा जानती हो। यहाँ मैं मौजूद था और कुत्सा को मुँह न खोलने देता था; पर वहाँ पर तुम अकेली रहोगी और कुत्सा को मनमाने आरोप करने का अवसर मिलता रहेगा।

उसकी पत्नी स्वेच्छा को इतना महत्त्व न देना चाहती थी। बोली—मैंने सुना है, तैमूर निगाहों का अच्छा आदमी नहीं है। मैं किसी तरह तुझे न जाने दूँगी। कोई बात हो जाय तो सारी दुनिया हँसे। यों ही हँसनेवाले क्या कम हैं ?

इसी तरह स्त्री-पुरुष बड़ी देर तक ऊँच-नीच सुझाते और तरह-तरह की शंकाएँ करते रहे; लेकिन हबीब मौन साधे बैठी हुई थी। यज़दानी ने समझा, हबीब भी उनसे सहमत है। इनकार की सूचना देने के लिए ही था कि हबीब ने पूछा—आप तैमूर से क्या कहेंगे ?

'यही, जो यहाँ तय हुआ है।'

'मैंने तो अभी कुछ नहीं कहा।'

'मैंने तो समझा, तुम भी हमसे सहमत हो।'

'जी नहीं, आप उनसे जाकर कह दें, मैं स्वीकार करती हूँ।'

माता ने छाती पर हाथ रखकर कहा—यह क्या ग़ज़ब करती है बेटी, सोच तो दुनिया क्या कहेगी ?

यज़दानी भी सिर थामकर बैठ गये, मानो हृदय में गोली लग गयी हो। मुँह से एक शब्द भी न निकला।

हबीब त्योरियों पर बल डालकर बोली—अम्मीजान, मैं आपके हुक्म से जौ-भर भी मुँह नहीं फेरना चाहती। आपको पूरा अख्तियार है, मुझे जाने दें या न जाने दें, लेकिन मुल्क की खिदमत का ऐसा मौका शायद मुझे ज़िन्दगी में फिर न मिले। इस मौके को हाथ से खो देने का अफसोस मुझे उम्र भर रहेगा। मुझे यकीन है कि अमीर तैमूर को मैं अपनी दियानत, बेगरजी और सच्ची वफादारी से इनसान बना सकती हूँ और शायद उसके हाथों खुदा के बन्दों का खून इतनी कसरत से न बहे। वह दिलेर है; मगर बेरहम नहीं। कोई दिलेर आदमी बेरहम नहीं हो सकता। उसने अब तक जो कुछ किया है, मजहब के अंधे जोश में किया है। आज खुदा ने मुझे यह मौका दिया है कि मैं उसे दिखा दूँ कि मजहब खिदमत का नाम है, लूट और कत्ल का नहीं। अपने बारे में मुझे मुतलक अन्देशा नहीं है। मैं अपनी हिफ़ाजत आप कर सकती हूँ। मुझे दावा है कि अपने फ़र्ज़ को नेकनीयती से अदा करके मैं दुश्मनों की ज़बान भी बन्द कर सकती हूँ और मान लीजिए मुझे नाकामी भी हो, तो क्या सच्चाई और हक़ के लिए कुर्बान हो जाना ज़िन्दगी की सबसे शानदार फ़तह नहीं है ? अब तक मैंने जिस उसूल पर ज़िन्दगी बसर की है, उसने

मुझे धोखा नहीं दिया और उसी के फ़ैज़ से आज मुझे यह दर्जा हासिल हुआ है जो बड़ों-बड़ों के लिए ज़िन्दगी का ख्वाब है। ऐसे आजमाये हुए दोस्त मुझे कभी धोखा नहीं दे सकते। तैमूर पर मेरी हकीकत खुल भी जाय, तो क्या खौफ़ ? मेरी तलवार मेरी हिफ़ाजत कर सकती है। शादी पर मेरे खयाल आपको मालूम हैं। अगर मुझे कोई ऐसा आदमी मिलेगा, जिसे मेरी रूह कबूल करती हो, जिसकी ज़ात अपनी हस्ती को खोकर मैं अपनी रूह को ऊँचा उठा सकूँ, तो मैं उसके क़दमों पर गिरकर अपने को उसकी नज़र कर दूँगी।

यज़दानी ने खुश होकर बेटी को गले लगा लिया। उसकी स्त्री इतनी जल्द आश्वस्त न हो सकी। वह किसी तरह बेटी को अकेली न छोड़ेगी। उसके साथ वह भी जायगी।

5

कई महीने गुज़र गये। युवक हबीब तैमूर का वजीर है, लेकिन वास्तव में वही बादशाह है। तैमूर उसी की आँखों से देखता है, उसी के कानों से सुनता है और उसी की अक्ल से सोचता है। वह चाहता है, हबीब आठों पहर उसके पास रहे। उसके सामीप्य में, उसे स्वर्ग का-सा सुख मिलता है। समरकन्द में एक प्राणी भी ऐसा नहीं, जो उससे जलता हो। उसके बरताव ने सभी को मुग्ध कर लिया है, क्योंकि वह इन्साफ से जौ-भर भी क़दम नहीं हटाता। जो लोग उसके हाथों चलती हुई न्याय की चक्की में पिस जाते हैं; वे भी उससे सद्भाव ही रखते हैं, क्योंकि वह न्याय को ज़रूरत से ज्यादा कटु नहीं होने देता।

सन्ध्या हो गयी थी। राज्य कर्मचारी जा चुके थे। शमादान में मोम की बत्तियाँ जल रही थीं। अगर की सुगन्ध से सारा दीवान महक रहा था। हबीब भी उठने ही को था कि चोबदार ने खबर दी—हुजूर, जहाँपनाह तशरीफ ला रहे हैं।

हबीब इस खबर से कुछ प्रसन्न नहीं हुआ। अन्य मंत्रियों की भाँति वह तैमूर की सोहबत का भूखा नहीं है। वह हमेशा तैमूर से दूर रहने की चेष्टा करता है। ऐसा शायद ही कभी हुआ हो उसने शाही दस्तरखान पर भोजन किया हो। तैमूर की मजलिसों में भी वह कभी शरीक नहीं होता। उसे जब शांति मिलती है, तब एकान्त में अपनी माता के पास बैठकर दिन भर का माज़रा उससे कहता है और वह उस पर अपनी पसन्द की मुहर लगा देती है।

उसने द्वार पर जाकर तैमूर का स्वागत किया। तैमूर ने मसनद पर बैठते हुए कहा—मुझे ताज्जुब होता है कि तुम इस जवानी में जाहिदों की-सी ज़िन्दगी कैसे बसर करते हो हबीब ! खुदा ने तुम्हें वह हुस्न दिया है कि हसीन-से-हसीन नाज़नीन भी तुम्हारी माशूक बनकर अपने को खुशनसीब समझेंगी। मालूम नहीं

तुम्हें खबर है या नहीं जब तुम अपने मुश्की घोड़े पर सवार होकर निकलते हो, तो समरकन्द की खिड़कियों पर हज़ारों आँखें तुम्हारी एक झलक देखने के लिए मुन्तज़िर बैठी रहती हैं; पर तुम्हें किसी ने किसी की तरफ आँखें उठाते नहीं देखा। मेरा खुदा गवाह है, मैं जितना चाहता हूँ कि तुम्हारे कदमों के नक्शा पर चलूँ; पर दुनिया मेरी गर्दन नहीं छोड़ती। क्यों अपनी पाक़ ज़िन्दगी का जादू मुझ पर नहीं डालते ? मैं चाहता हूँ जैसे तुम दुनिया में रहकर भी दुनिया से अलग रहते हो, वैसे मैं भी रहूँ; लेकिन मेरे पास न वह दिल है, न वह दिमाग। मैं हमेशा अपने आप पर, सारी दुनिया पर दाँत पीसता रहता हूँ। जैसे मुझे हरदम खून की प्यास लगी रहती है, जिसे तुम बुझने नहीं देते, और यह जानते हुए भी कि तुम जो कुछ करते हो, इससे बेहतर कोई दूसरा नहीं कर सकता। मैं अपने गुस्से को काबू में नहीं कर सकता। तुम जिधर से निकलते हो, मुहब्बत और रोशनी फैला देते हो। जिसको तुम्हारा दुश्मन होना चाहिए, वह भी तुम्हारा दोस्त है। मैं जिधर से निकलता हूँ, नफरत और शुबहा फैलाता हुआ निकलता हूँ। जिसे मेरा दोस्त होना चाहिए, वह भी मेरा दुश्मन है। दुनिया में बस यही एक जगह है, जहाँ मुझे आफ़ियत मिलती है। अगर तुम समझते हो, यह ताज और तख्त मेरे रास्ते के रोड़े हैं तो खुदा की कसम मैं आज इन पर लात मार दूँ। मैं आज तुम्हारे पास यही दरख्वास्त लेकर आया हूँ कि तुम मुझे वह रास्ता दिखाओ, जिससे मैं सच्ची खुशी पा सकूँ। मैं चाहता हूँ तुम इसी महल में रहो ताकि मैं तुमसे सच्ची ज़िन्दगी का सबक सीखूँ।

हबीब का हृदय धक् से हो उठा। कहीं अमीर पर उसके नारीत्व का रहस्य खुल तो नहीं गया ? उसकी समझ में न आया कि उसे क्या जवाब दे। उसका कोमल हृदय तैमूर की इस करुण आत्मग्लानि पर द्रवित हो गया। जिसके नाम से दुनिया काँपती है, वह उसके सामने एक दयनीय प्रार्थी बना हुआ उससे प्रकाश की भिक्षा माँग रहा है। तैमूर की उस कठोर, विकृत, शुष्क, हिंसात्मक मुद्रा में उसे एक स्निग्ध मधुर ज्योति दिखाई दी, मानो उसका जाग्रत विवेक भीतर से झाँक रहा हो। उसे अपना स्थिर जीवन, जिसमें ऊपर उठने की स्मृति ही न रही थी, इस विफल उद्योग के सामने तुच्छ जान पड़ा।

उसने मुग्ध कण्ठ से कहा—हुजूर, इस गुलाम की इतनी क़द्र करते हैं, यह मेरी खुशनसीबी है। लेकिन मेरा शाही महल में रहना मुनासिब नहीं।

तैमूर ने पूछा—क्यों ?

'इसलिए कि जहाँ दौलत ज्यादा होती है, वहाँ डाके पड़ते हैं और जहाँ क़द्र ज्यादा होती है, वहाँ दुश्मन भी ज्यादा होते हैं।'

'तुम्हारा दुश्मन भी कोई हो सकता है ?'

'मैं खुद अपना दुश्मन हो जाऊँगा। आदमी का सबसे बड़ा दुश्मन ग़रूर है।'

तैमूर को जैसे कोई रत्न मिल गया। उसे अपनी मनःतुष्टि का आभास हुआ। 'आदमी का सबसे बड़ा दुश्मन ग़रूर है' इस वाक्य को मन-ही-मन दोहराकर उसने कहा—तुम मेरे काबू में कभी न आओगे हबीब। तुम वह परन्द हो, जो आसमान में ही उड़ सकता है। उसे सोने के पिंजरे में भी रखना चाहो तो फड़फड़ाता रहेगा। खैर, खुदा हाफ़िज !

वह तुरन्त अपने महल की ओर चला, मानो उस रत्न को सुरक्षित स्थान में रख देना चाहता हो। यह वाक्य आज पहली बार उसने न सुना था, पर आज इसमें जो ज्ञान, जो आदेश, जो सद्प्रेरणा उसे मिली, वह कभी न मिली थी।

6

इस्तख़र के इलाके से बग़ावत की खबर आयी है। हबीब को शंका है कि तैमूर वहाँ पहुँचकर कहीं कत्लेआम न कर दे। वह शान्तिमय उपायों से इस विद्रोह को ठण्डा करके तैमूर को दिखाना चाहता है कि सद्भावना में कितनी शक्ति है। तैमूर उसे इस मुहिम पर नहीं भेजना चाहता; लेकिन हबीब के आग्रह के सामने बेबस है। हबीब को जब और कोई युक्ति न सूझी, तो उसने कहा— गुलाम के रहते हुए हुजूर अपनी जान खतरे में डालें, यह नहीं हो सकता।

तैमूर मुस्कराया—मेरी जान की तुम्हारी जान के मुकाबले में कोई हक़ीक़त नहीं है हबीब। फिर मैंने तो कभी जान की परवाह न की। मैंने दुनिया में कत्ल और लूट के सिवा और क्या यादगार छोड़ी ? मेरे मर जाने पर दुनिया मेरे नाम को रोयेगी नहीं, यकीन मानो। मेरे जैसे लुटेरे हमेशा पैदा होंगे; लेकिन खुदा न करे, तुम्हारे दुश्मनों को कुछ हो गया, तो यह सल्तनत खाक में मिल जायगी, और तब मुझे भी सीने में खंजर चुभा लेने के सिवा और कोई रास्ता नहीं रहेगा। मैं नहीं कह सकता हबीब, तुमसे मैंने कितना पाया। काश, दस-पाँच साल पहले तुम मुझे मिल जाते, तो तैमूर तारीख में इतना रूसियाह न होता। आज अगर ज़रूरत पड़े तो अपने जैसे सौ तैमूरों को तुम्हारे ऊपर निसार कर दूँ। यही समझ लो कि तुम मेरी रूह को अपने साथ लिये जा रहे हो। आज मैं तुमसे कहता हूँ हबीब कि मुझे तुमसे इश्क है, वह इश्क जो मुझे आज तक किसी हसीना से नहीं हुआ। इश्क क्या चीज़ है, इसे मैं अब जान पाया हूँ। मगर इसमें क्या बुराई है कि मैं भी तुम्हारे साथ चलूँ ?

हबीब ने धड़कते हुए हृदय से कहा—अगर मैं आपकी ज़रूरत समझूँगा तो इत्तला दूँगा।

तैमूर ने दाढ़ी पर हाथ रखकर कहा—जैसी तुम्हारी मर्जी, लेकिन रोजाना क़ासिद भेजते रहना, वरना शायद मैं बेचैन होकर चला आऊँ।

तैमूर ने कितनी मुहब्बत से हबीब के सफ़र की तैयारियाँ कीं। तरह-तरह के आराम और तकल्लुफ की चीज़ें उसके लिए जमा कीं। उस कोहिस्तान में यह चीज़ें कहाँ मिलेंगी। वह ऐसा संलग्न था, मानो माता अपनी लड़की को ससुराल भेज रही हो।

जिस वक्त हबीब फौज के साथ चला; तो सारा समरकन्द उसके साथ था और तैमूर आँखों पर रूमाल रक्खे, अपने तख्त पर ऐसा सिर झुकाये बैठा था, मानो कोई पक्षी आहत हो गया हो।

7

इस्तख़र अरमनी ईसाइयों का इलाका था। मुसलमानों ने उन्हें परास्त करके वहाँ अपना अधिकार जमा लिया था और ऐसे नियम बना दिये थे, जिनसे ईसाइयों को पग-पग पर अपनी पराधीनता का स्मरण होता रहता था। पहला नियम जजिए का था, जो हरेक को देना पड़ता था, जिससे मुसलमान मुक्त थे। दूसरा नियम था कि गिरजों में घण्टा न बजे। तीसरा नियम मदिरा का था, जिसे मुसलमान हराम समझते थे। ईसाइयों ने इन नियमों का क्रियात्मक विरोध किया और मुसलमान अधिकारियों ने शस्त्र-बल से काम लेना चाहा, तो ईसाइयों ने बग़ावत कर दी, मुसलमान सूबेदार को क़ैद कर लिया और किले पर सलीबी झण्डा उड़ने लगा।

हबीब को यहाँ आज दूसरा दिन है; पर इस समस्या को कैसे हल करे ? उसका उदार हृदय कहता था, ईसाइयों पर इन बन्धनों का कोई अर्थ नहीं, हरेक धर्म का समान रूप से आदर होना चाहिए। लेकिन मुसलमान इन कैदों को उठा देने पर कभी राजी न होंगे। और यह लोग मान भी जाएँ तो तैमूर क्यों मानने लगा ? उसके धार्मिक विचारों में कुछ उदारता आयी है, फिर भी वह इन कैदों को उठाना कभी मंजूर न करेगा। लेकिन क्या वह इसलिए ईसाइयों को सज़ा दे कि वे अपनी धार्मिक स्वाधीनता के लिए लड़ रहे हैं। जिसे वह सत्य समझता है, उसकी हत्या कैसे करे ? नहीं, उसे सत्य का पालन करना होगा, चाहे इसका नतीजा कुछ भी हो। अमीर समझेंगे, मैं ज़रूरत से ज्यादा बढ़ा जा रहा हूँ। कोई मुजायका नहीं।

दूसरे दिन हबीब ने प्रातःकाल डंके की चोट ऐलान कराया—जज़िया माफ़ किया गया, शराब और घण्टों पर कोई भेद नहीं है।

मुसलमानों में तहलका पड़ गया। यह कुफ्र है, हरामपरस्ती है। अमीर तैमूर ने जिस इस्लाम को अपने खून से सींचा, उसकी जड़ उन्हीं के वजीर हबीब पाशा के हाथों खुद रही है। पाँसा पलट गया। शाही फ़ौजें मुसलमानों से जा मिलीं। हबीब ने इस्तख़र के किले में पनाह ली। मुसलमानों की ताकत शाही फौज से मिल जाने से बहुत बढ़ गयी थी। उन्होंने किला घेर लिया और यह समझकर कि हबीब ने

तैमूर से बगावत की है, तैमूर के पास इसकी सूचना देने और परिस्थिति समझाने के लिए क़ासिद भेजा।

8

आधी रात गुज़र चुकी थी। तैमूर को दो दिनों से इस्तख़र की कोई खबर न मिली थी। तरह-तरह की शंकाएँ हो रही थीं। मन में पछतावा हो रहा था कि उसने क्यों हबीब को अकेला जाने दिया। माना कि वह बड़ा नीतिकुशल है; पर बग़ावत कहीं ज़ोर पकड़ गई, तो मुट्ठी भर आदमियों से वह क्या कर सकेगा ? और बग़ावत यकीनन ज़ोर पकड़ेगी। वहाँ के ईसाई बला के सरकश हैं। जब उन्हें मालूम होगा कि तैमूर की तलवार में जंग लग गया और उसे अब महलों की ज़िन्दगी ज्यादा पसन्द है, तो उनकी हिम्मतें दूनी हो जायेंगी। हबीब कहीं दुश्मनों में घिर गया, तो बड़ा ग़ज़ब हो जायगा।

उसने अपने जानू पर हाथ मारा और पहलू बदलकर अपने ऊपर झुँझलाया। वह इतना पस्त-हिम्मत क्यों हो गया? क्या उसका तेज़ और शौर्य उससे विदा हो गया ? जिसका नाम सुनकर दुश्मनों में कम्पन पड़ जाता था, वह आज अपना मुँह छिपाकर महलों में बैठा हुआ है। दुनिया की आँखों में इसका एक ही अर्थ हो सकता है कि तैमूर अब मैदान का शेर नहीं, कालीन का शेर हो गया। हबीब फ़रिश्ता है, इनसान की बुराइयों से वाक़िफ नहीं। जो रहम और साफदिल और बेगरजी का देवता है, वह क्या जाने इनसान कितना शैतान हो सकता है। अमन के दिनों में तो ये बातें कौम और मुल्क को तरक्की के रास्ते पर ले जाती हैं; पर जंग में, जबकि शैतानी जोश का तूफान उठता है, खूबियों की गुंजाइश नहीं। उस वक़्त तो उसी की जीत होती है, जो इनसानी खून का रंग खेले, खेतों-खलियानों की होली जलाये, जंगलों को बसाये और बस्तियों को वीरान करे ! अमन का कानून जंग के कानून से बिलकुल जुदा है।

सहसा चोबदार ने इस्तख़र से एक कासिद के आने की खबर दी। क़ासिद ने जमीन चूमी और एक किनारे अदब से खड़ा हो गया। तैमूर का रौब ऐसा छा गया कि जो कुछ कहने आया था, वह सब भूल गया।

तैमूर ने त्योरियाँ चढ़ाकर पूछा—क्या खबर लाया है ? तीन दिन के बाद आया भी तो इतनी रात गये ?

कासिद ने फिर जमीन चूमी और बोला—खुदाबन्द, वजीर साहब ने जज़िया मुआफ कर दिया।

तैमूर गरज उठा—क्या कहता है; जज़िया माफ़ कर दिया ?

'हाँ खुदावन्द।'

'किसने ?'

'वजीर साहब ने।'

'किसके हुक्म से ?'

'अपने हुक्म से हुजूर।'

'हूँ !'

'और हुजूर, शराब का भी हुक्म दे दिया।'

'हूँ !'

'गिरजों में घण्टे बजाने का भी हुक्म हो गया है।'

'हूँ !'

'और खुदावन्द, ईसाइयों से मिलकर मुसलमानों पर हमला कर दिया !'

'तो मैं क्या करूँ ?'

'हुजूर हमारे मालिक हैं। अगर हमारी कुछ मदद न हुई, तो वहाँ एक मुसलमान भी ज़िन्दा न बचेगा।'

'हबीब पाशा इस वक्त कहाँ है ?'

'इस्तख़र के किले में हुजूर।'

'और मुसलमान क्या कर रहे हैं ?'

'हमने ईसाइयों को किले में घेर लिया है।'

'उन्हीं के साथ हबीब को भी ?'

'हाँ हुजूर, वह हुजूर से बागी हो गये।'

और इसलिए मेरे वफादार इस्लाम के खादिमों ने उन्हें कैद कर रक्खा है। मुमकिन है मेरे पहुँचते-पहुँचते उन्हें क़त्ल भी कर दें। बदजात, दूर हो जा मेरे सामने से। मुसलमान समझते हैं, हबीब मेरा नौकर है और मैं उसका आका हूँ। यह ग़लत है, झूठ है। बस सल्तनत का मालिक हबीब है, तैमूर उसका अदना गुलाम है। उसके फैसले में तैमूर दस्तन्दाजी नहीं कर सकता। बेशक जज़िया मुआफ होना चाहिए। मुझे कोई मजाज़ नहीं कि दूसरे मजहब वालों से उनके ईमान का तावान लूँ। कोई मजाज़ नहीं है; अगर मस्जिद में अजान होती है तो कलीसा में घण्टा क्यों न बजे ? घण्टे की आवाज़ में कुफ्र नहीं है। सुनता है बदजात ! घण्टे की आवाज़ में कुफ्र नहीं है। काफिर वह है, जो दूसरों का हक़ छीन ले, जो गरीबों को सताये, दग़ाबाज हो, खुदगरज हो। काफ़िर वह नहीं, जो मिट्टी या पत्थर के टुकड़े में खुदा का नूर देखता है; जो नदियों और पहाड़ों में, दरख्तों पर, झाड़ियों में, खुदा का जलवा पाता हो। वह हमसे और तुमसे ज्यादा खुदापरस्त है, जो मस्जिद में खुदा को बंद समझते हैं। तू समझता है, मैं कुफ्र बक रहा हूँ ? किसी को काफ़िर समझना ही कुफ्र है। हम सब खुदा के बन्दे हैं, सब। बस जा और उन बाग़ी

मुसलमानों से कह दे, अगर फौरन मुहासरा न उठा लिया गया, तो तैमूर कयामत की तरह आ पहुँचेगा।

क़ासिद हतबुद्धि-सा खड़ा ही था कि बाहर खतरे का बिगुल बज उठा और फौजें किसी समर-यात्रा की तैयारी करने लगीं।

तीसरे दिन तैमूर इस्तख़र पहुँचा, तो किले का मुहासरा उठ चुका था। किले की तोपों ने उसका स्वागत किया। हबीब ने समझा तैमूर ईसाइयों को सज़ा देने आ रहा है। ईसाइयों के हाथ-पाँव फूले हुए थे, मगर हबीब मुकाबले के लिए तैयार था। ईसाइयों के स्वत्व की रक्षा में यदि उसकी जान भी जाय; तो कोई गम नहीं। इस मुआमले पर किसी तरह का समझौता नहीं हो सकता। तैमूर अगर तलवार से काम लेना चाहता है, तो उसका जवाब तलवार से दिया जायगा।

मगर यह क्या बात है ! शाही फौज सुफेद झण्डा दिखा रही है। तैमूर लड़ने नहीं सुलह करने आया है। उसका स्वागत दूसरी तरह का होगा। ईसाई सरदारों को साथ लिये हबीब किले के बाहर निकला। तैमूर अकेला घोड़े पर सवार चला आ रहा था। हबीब घोड़े से उतरकर आदाब बजा लाया। तैमूर भी घोड़े से उतर पड़ा और हबीब का माथा चूम लिया और बोला—मैं सब कुछ सुन चुका हूँ हबीब ! तुमने बहुत अच्छा किया और वही किया जो तुम्हारे सिवा दूसरा नहीं कर सकता था। मुझे जजिया लेने का या ईसाइयों के मजहबी हक़ छीनने का कोई मजाज़ न था। मैं आज दरबार करके इन बातों की तसदीक कर दूँगा और तब मैं एक ऐसी तजबीज करूँगा, जो कई दिन से मेरे जेहन में आ रही है, और मुझे उम्मीद है कि तुम उसे मंजूर कर लोगे। मंजूर करना पड़ेगा।

हबीब के चेहरे का रंग उड़ रहा था। कहीं हकीकत खुल तो नहीं गयी ? वह क्या तजबीज है; उसके मन में खलबली पड़ गयी।

तैमूर ने मुस्कराकर पूछा—तुम मुझसे लड़ने को तैयार थे ?

हबीब ने शरमाते हुए कहा—हक के सामने अमीर तैमूर की भी कोई हक़ीक़त नहीं।

'बेशक, बेशक ! तुममें फ़रिश्तों का दिल है, तो शेरों की हिम्मत भी है, लेकिन अफसोस यही है कि तुमने गुमान ही क्यों किया कि तैमूर तुम्हारे फैसले को मन्सूख कर सकता है ? यह तुम्हारी ज़ात है, जिसने मुझे बतलाया है कि सल्तनत किसी आदमी की जायदाद नहीं बल्कि एक ऐसा दरख़्त है जिसकी हरेक शाख और पत्ती एक-सी खुराक पाती है।'

दोनों किले में दाखिल हुए। सूरज डूब चुका था। आन-की-आन में दरबार लग गया और उसमें तैमूर ने ईसाइयों के धार्मिक अधिकारों को स्वीकार किया।

चारों तरफ से आवाज़ आयी—खुदा हमारे शाहंशाह की उम्र दराज करे।

तैमूर ने उसी सिलसिले में कहा—दोस्तो, मैं इस दुआ का हक़दार नहीं हूँ।

जो चीज़ मैंने आपसे जबरन छीन ली थी, उसे आपको वापस देकर मैं दुआ का काम नहीं कर रहा हूँ। इससे कहीं ज्यादा मुनासिब यह है कि आप मुझे लानत दें कि मैंने इतने दिनों तक आपके हक़ों से आपको महरूम रखा।

चारों तरफ से आवाज़ आयी—मरहबा ! मरहबा !!

'दोस्तो, उन हक़ों के साथ-साथ मैं आपकी सल्तनत भी आपको वापस करता हूँ; क्योंकि खुदा की निगाह में सभी इनसान बराबर हैं और किसी कौम या शख्स को दूसरी कौम पर हुकूमत करने का अख्तियार नहीं है। आज से आप अपने बादशाह हैं। मुझे उम्मीद है कि आप भी मुस्लिम आबादी को उसके जायज हकों से महरूम न करेंगे। अगर कभी ऐसा मौका आये कि कोई जाबिर कौम आपकी आज़ादी छीनने की कोशिश करे, तो तैमूर आपकी मदद करने को हमेशा तैयार रहेगा।'

किले में जश्न खतम हो चुका है। उमरा और हुक्काम रुखसत हो चुके हैं। दीवाने-खास में सिर्फ तैमूर और हबीब रह गये हैं। हबीब के मुख पर आज स्मित हास्य की वह छटा है, जो सदैव गम्भीरता के नीचे दबी रहती थी। आज उसके कपोलों पर जो लाली, आँखों में जो नशा, अंगों में जो चंचलता है, वह तो और कभी नज़र न आयी थी। वह कई बार तैमूर से शोखियाँ कर चुका है, कई बार हँसी कर चुका है, उसकी युवती चेतना, पद और अधिकार को भूलकर चहकती फिरती है।

सहसा तैमूर ने कहा—हबीब, मैंने आज तक तुम्हारी हरेक बात मानी है। अब मैं तुमसे यह तजबीज करता हूँ, जिसका मैंने जिक्र किया, उसे तुम्हें कबूल करना पड़ेगा।

हबीब ने धड़कते हुए हृदय से सिर झुकाकर कहा—फ़रमाइये !

'पहले वादा करो कि तुम कबूल करोगे।'

'मैं तो आपका गुलाम हूँ !'

'नहीं, तुम मेरे मालिक हो, मेरी ज़िन्दगी की रोशनी हो। तुमसे मैंने कितना फ़ैज़ पाया है, उसका अंदाज़ नहीं कर सकता। मैंने अब तक सल्तनत को अपनी ज़िन्दगी की सबसे प्यारी चीज़ समझा था। इसके लिए मैंने सब कुछ किया, जो मुझे न करना चाहिए था। अपनों के खून से भी इन हाथों को दागदार किया, ग़ैरों के खून से भी। मेरा काम अब खत्म हो चुका। मैंने बुनियाद जमा दी, इस पर महल बनाना तुम्हारा काम है। मेरी यही इल्तजा है कि आज से तुम इस बादशाहत के अमीर हो जाओ, मेरी ज़िन्दगी में भी और मेरे मरने के बाद भी।

हबीब ने आकाश में उड़ते हुए कहा—इतना बड़ा बोझ ! मेरे कंधे इतने मजबूत नहीं हैं।

तैमूर ने दीन आग्रह के स्वर में कहा—नहीं, मेरे प्यारे दोस्त, मेरी यह इल्तजा तुम्हें माननी पड़ेगी।

हबीब की आँखों में हँसी थी, अधरों पर संकोच। उसने आहिस्ता से कहा—मंजूर है।

तैमूर ने प्रफुल्लित स्वर में कहा—खुदा तुम्हें सलामत रखे।

'लेकिन अगर आपको मालूम हो जाय कि हबीब एक कच्ची अक्ल की क्वाँरी बालिका है तो ?'

'तो वह मेरी बादशाहत के साथ मेरे दिल की भी रानी हो जायगी।'

'आपको बिलकुल ताज्जुब नहीं हुआ ?'

'मैं जानता था।'

'कब से ?'

'जब तुमने पहली बार अपनी जालिम आँखों से मुझे देखा।'

'मगर आपने छिपाया खूब !!'

'तुम्हीं ने तो सिखाया। शायद मेरे सिवा यहाँ किसी को यह बात मालूम नहीं !'

'आपने कैसे पहचान लिया !'

तैमूर ने मतवाली आँखों से देखकर कहा—यह न बताऊँगा।

यही हबीब तैमूर की 'बेगम हमीदा' के नाम से मशहूर है।

धिक्कार

अनाथ और विधवा मानी के लिए जीवन में अब रोने के सिवा दूसरा अवलंब न था। वह पाँच ही वर्ष की थी जब पिता का देहान्त हो गया। माता ने किसी तरह उसका पालन किया। सोलह वर्ष की अवस्था में मुहल्ले वालों की मदद से उसका विवाह भी हो गया, पर साल के अन्दर ही माता और पति दोनों विदा हो गये। इस विपत्ति में उसे अपने चचा वंशीधर के सिवा और कोई ऐसा नज़र न आया जो उसे आश्रय देता। वंशीधर ने अब तक जो व्यवहार किया था, उससे यह आशा न हो सकती थी कि वहाँ वह शांति के साथ रह सकेगी। पर, वह सब कुछ सहने और सब करने को तैयार थी। वह गाली, झिड़की, मार-पीट सब सह लेगी, कोई उस पर संदेह तो न करेगा, उस पर मिथ्या लांछन तो न लगेगा, शोहदों और लुच्चों से उसकी रक्षा होगी। वंशीधर को कुल-मर्यादा की कुछ चिन्ता हुई। मानी की याचना को अस्वीकार न कर सके।

लेकिन दो-चार महीनों में ही मानी को मालूम हो गया कि इस घर में बहुत दिनों तक उसका निबाह न होगा। वह घर का सारा काम करती, इशारों पर नाचती, सबको खुश रखने की कोशिश करती; पर न जाने क्यों चचा और चची दोनों उससे जलते रहते। उसके आते ही महरी अलग कर दी गयी। नहलाने-धुलाने के लिए एक लौंडा था, उसे भी जवाब दिया गया। पर मानी से इतना उबार होने पर भी चचा और चची न जाने क्यों उससे मुँह फुलाये रहते। चचा घुड़कियाँ जमाते, कभी चची कोसतीं, यहाँ तक कि उसकी चचेरी बहन ललिता भी बात-बात पर उसे गालियाँ देती। घर भर में केवल उसके चचेरे भाई गोकुल को ही उससे सहानुभूति थी। उसी की बातों में कुछ आत्मीयता, कुछ स्नेह का परिचय मिलता था। वह अपनी माता का स्वभाव जानता था। अगर वह उसे समझाने की चेष्टा करता, या खुल्लम-खुल्ला मानी का पक्ष लेता, तो मानी को एक घड़ी घर में रहना कठिन हो जाता। इसलिए उसकी सहानुभूति मानी ही को दिलासा देने तक रह जाती थी। वह कहता—बहन, मुझे कहीं नौकर हो जाने दो, फिर तुम्हारे कष्टों का अन्त हो जायगा। तब देखूँगा कौन तुम्हें तिरछी आँखों से देखता है। जब तक पढ़ता हूँ तभी तक तुम्हारे बुरे

दिन हैं। मानी ये स्नेह में डूबी बातें सुनकर पुलकित हो जाती और उसका रोआँ-रोआँ गोकुल को आशीर्वाद देने लगता।

2

आज ललिता का विवाह है। सबेरे से ही मेहमानों का आना शुरू हो गया है। गहनों की झनकार से घर गूँज रहा है। मानी भी मेहमानों को देख-देख कर खुश हो रही है। उसकी देह पर कोई आभूषण नहीं है और न उसे सुन्दर कपड़े ही दिये गये हैं, फिर भी उसका मुख प्रसन्न है।

आधी रात हो गई थी। विवाह का मुहूर्त्त निकट आ गया। जनवासे से चढ़ावे की चीज़ें आयीं। सभी औरतें उत्सुक हो-होकर उन चीज़ों को देखने लगीं। ललिता को आभूषण पहिनाये जाने लगे। मानी के हृदय में बड़ी इच्छा हुई कि जाकर वधू को देखे। अभी कल जो बालिका थी उसे आज वधू-वेश में देखने की इच्छा न रोक सकी। वह मुस्कराती हुई कमरे में घुसी। सहसा उसकी चाची ने झिड़ककर कहा—तुझे यहाँ किसने बुलाया था, निकल जा यहाँ से !

मानी ने बड़ी-बड़ी यातनाएँ सही थीं; पर आज की वह झिड़की उसके हृदय में बाण की तरह चुभ गयी। उसका मन उसे धिक्कारने लगा। 'तेरे छिछोरेपन का यही पुरस्कार है, यहाँ सुहागियों के बीच में तेरे आने की क्या ज़रूरत थी।' वह खिसियाई हुई कमरे से निकली और एकांत में बैठकर रोने के लिए ऊपर जाने लगी। सहसा जीने पर उसकी इन्द्रनाथ से मुठभेड़ हो गयी। इन्द्रनाथ गोकुल का सहपाठी और परम मित्र था। वह भी न्यौते में आया हुआ था। इस वक्त गोकुल को खोजने के लिए ऊपर आया था। मानी को वह दो-एक बार देख चुका था और यह भी जानता था कि यहाँ उसके साथ बड़ा दुर्व्यवहार किया जाता है। चाची की बातों की भनक उसके कान में भी पड़ गई थी। मानी को ऊपर जाते देखकर वह उसके चित्त का भाव समझ गया और उसे सांत्वना देने के लिए ऊपर आया; मगर दरवाज़ा भीतर से बन्द था। उसने किवाड़ की दरार से भीतर झाँका। मानी मेज के पास खड़ी रो रही थी।

उसने धीरे से कहा—मानी, द्वार खोल दो !

मानी उसकी आवाज़ सुनकर कोने में छिप गयी और गम्भीर स्वर में बोली—क्या है ?

इन्द्रनाथ ने गद्‌गद स्वर में कहा—तुम्हारे पैरों पड़ता हूँ मानी, खोल दो।

यह स्नेह में डूबा हुआ विनय मानी के लिए अभूतपूर्व था। इस निर्दय संसार में कोई उससे ऐसी विनती भी कर सकता है, इसकी उसने स्वप्न में भी कल्पना न की थी। मानी ने काँपते हुए हाथों से द्वार खोल दिया। इन्द्रनाथ झपटकर कमरे

में घुसा, देखा कि छत के पंखे के कड़े से एक रस्सी लटक रही है। उसका हृदय काँप उठा। उसने तुरन्त जेब से चाकू निकालकर रस्सी काट दी और बोला—क्या करने जा रही थी मानी ? जानती हो इस अपराध का क्या दण्ड है ?

मानी ने गर्दन झुकाकर कहा—इस दण्ड से कोई और दण्ड कठोर हो सकता है ? जिसकी सूरत से लोगों को घृणा हो, उसे मरने पर भी अगर कठोर दण्ड दिया जाय, तो मैं यही कहूँगी कि ईश्वर के दरबार में न्याय का नाम भी नहीं है। तुम मेरी दशा का अनुभव नहीं कर सकते।

इन्द्रनाथ की आँखें सजल हो गयीं ! मानी की बातों में कितना कठोर सत्य भरा हुआ था। बोला—सदा ये दिन नहीं रहेंगे मानी। अगर तुम यह समझ रही हो कि संसार में तुम्हारा कोई नहीं है तो यह तुम्हारा भ्रम है। संसार में कम-से-कम एक मनुष्य ऐसा है जिसे तुम्हारे प्राण अपने प्राणों से भी प्यारे हैं !

सहसा गोकुल आता हुआ दिखायी दिया। मानी कमरे से निकल गयी। इन्द्रनाथ के शब्दों ने उसके मन में एक तूफान-सा उठा दिया था। उसका क्या आशय है, यह उसकी समझ में न आया। फिर भी आज उसे अपना जीवन सार्थक मालूम हो रहा था। उसके अंधकारमय जीवन में एक प्रकाश का उदय हो गया। इन्द्रनाथ को वहाँ बैठे और मानी को कमरे से जाते देखकर गोकुल को खटक गया। उसकी त्योरियाँ बदल गयीं। कठोर स्वर में बोला—तुम यहाँ कब आये ?

इन्द्रनाथ ने अविचलित भाव से कहा—तुम्हीं को खोजता हुआ यहाँ आया था। तुम यहाँ न मिले तो नीचे लौटा जा रहा था। अगर मैं चला गया होता तो इस वक्त तुम्हें यह कमरा बन्द मिलता और पंखे के कड़े में एक लाश लटकती हुई नज़र आती।

3

गोकुल ने समझा, यह अपने अपराध को छिपाने के लिए कोई बहाना निकाल रहा है। तीव्र कंठ से बोला—तुम यह विश्वासघात करोगे, मुझे ऐसी आशा न थी।

इन्द्रनाथ का चेहरा लाल हो गया। वह आवेश में खड़ा हो गया और बोला—न मुझे यह आशा थी कि तुम मुझ पर इतना बड़ा लांछन रख दोगे। मुझे न मालूम था कि तुम मुझे इतना नीच और कुटिल समझते हो। मानी तुम्हारे लिए तिरस्कार की वस्तु हो, मेरे लिए वह श्रद्धा की वस्तु है और रहेगी। मुझे तुम्हारे सामने अपनी सफ़ाई देने की ज़रूरत नहीं है; लेकिन मानी मेरे लिए उससे कहीं पवित्र है, जितनी तुम समझते हो। मैं नहीं चाहता था कि इस वक्त तुमसे ये बातें कहूँ। इसके लिए और अनुकूल परिस्थितियों की राह देख रहा था; लेकिन मुआमला आ पड़ने पर कहना ही पड़ रहा है। मैं यह तो जानता था कि मानी का तुम्हारे घर में कोई

आदर नहीं; लेकिन तुम लोग उसे इतना नीच और त्याज्य समझते हो, यह आज तुम्हारी माताजी की बातें सुनकर मालूम हुआ। केवल इतनी-सी बात के लिए कि वह चढ़ावे के गहने देखने चली गयी थी, तुम्हारी माता ने उसे इस बुरी तरह झिड़का, जैसे कोई कुत्ते को भी न झिड़केगा। तुम कहोगे इसमें मैं क्या करूँ, मैं कर ही क्या सकता हूँ, जिस घर में एक अनाथ स्त्री पर इतना अत्याचार हो, उस घर का पानी पीना भी हराम है। अगर तुमने अपनी माता को पहले ही दिन समझा दिया होता, तो आज यह नौबत न आती। तुम इस इल्जाम से नहीं बच सकते। तुम्हारे घर में आज विवाह का उत्सव है, मैं तुम्हारे माता-पिता से कुछ बातचीत नहीं कर सकता; लेकिन तुमसे कहने में कोई संकोच नहीं है कि मैं मानी को अपनी जीवन-सहचरी बनाकर अपने को धन्य समझूँगा। मैंने समझा था अपना कोई ठिकाना करके तब यह प्रस्ताव करूँगा, पर मुझे भय है कि और विलम्ब करने में शायद मानी से हाथ धोना पड़े; इसलिए तुम्हें और तुम्हारे घर वालों को चिन्ता से मुक्त करने के लिए मैं आज ही यह प्रस्ताव किये देता हूँ।

गोकुल के हृदय में इन्द्रनाथ के प्रति ऐसी श्रद्धा कभी न हुई थी। उस पर ऐसा सन्देह करके वह बहुत ही लज्जित हुआ। उसने यह अनुभव भी किया कि माता के भय से मैं मानी के विषय में तटस्थ रहकर कायरता का दोषी हुआ हूँ। यह केवल कायरता थी और कुछ नहीं। कुछ झेंपता हुआ बोला—अगर अम्माँ ने मानी को इस बात पर झिड़का तो यह उनकी मूर्खता है, मैं उनसे अवसर मिलते ही पूछूँगा।

इन्द्रनाथ—अब पूछने-पाछने का समय निकल गया। मैं चाहता हूँ कि तुम मानी से इस विषय में सलाह करके मुझे बतला दो ! मैं नहीं चाहता कि अब वह यहाँ क्षण-भर भी रहे। मुझे आज मालूम हुआ कि वह गर्विणी प्रकृति की स्त्री है और सच पूछो तो मैं उसके स्वभाव पर मुग्ध हो गया हूँ। ऐसी स्त्री अत्याचार नहीं सह सकती !

गोकुल ने डरते-डरते कहा—लेकिन तुम्हें मालूम है—वह विधवा है।

जब हम किसी के हाथों अपना असाधारण हित होते देखते हैं तो हम अपनी बुराइयाँ उसके सामने खोलकर रख देते हैं। हम उसे दिखाना चाहते हैं कि हम आपकी इस कृपा के सर्वथा अयोग्य नहीं हैं।

इन्द्रनाथ ने मुस्कराकर कहा—जानता हूँ, सुन चुका हूँ और इसीलिए तुम्हारे बाबूजी से कुछ कहने का मुझे अब तक साहस नहीं हुआ; लेकिन न जानता तो भी इसका मेरे निश्चय पर कोई असर न पड़ता। मानी विधवा ही नहीं, अछूत हो, उससे भी गई-बीती अगर कुछ हो सकती है, वह भी हो फिर भी मेरे लिए वह रमणी-रत्न है। हम छोटे-मोटे कामों के लिए तजर्बेकार आदमी खोजते हैं; मगर जिसके साथ हमें जीवन-यात्रा करनी है, उसमें तजर्बे का होना ऐब समझते हैं। मैं न्याय

का गला घोटनेवालों में नहीं हूँ। विपत्ति से बढ़कर तजर्बा सिखानेवाला कोई विद्यालय आज तक नहीं खुला। जिसने इस विद्यालय में डिग्री ले ली उसके हाथों में हम निश्चिन्त होकर जीवन की बागडोर दे सकते हैं। किसी रमणी का विधवा होना मेरी आँखों में दोष नहीं, गुण है।

गोकुल ने प्रसन्न होकर कहा–लेकिन तुम्हारे घर के लोग ?

इन्द्रनाथ ने दृढ़ता से कहा–मैं अपने घरवालों को इतना मूर्ख नहीं समझता कि इस विषय में आपत्ति करें; लेकिन वे आपत्ति करें तो मैं अपनी किस्मत अपने हाथ में ही रखना पसन्द करता हूँ। मेरे बड़ों को मुझ पर अनेक अधिकार हैं। बहुत-सी बातों में मैं उनकी इच्छा को कानून समझता हूँ; लेकिन जिस बात को मैं अपनी आत्मा के विकास के लिए शुभ समझता हूँ; उसमें मैं किसी से दबना नहीं चाहता; मैं इस गर्व का आनन्द उठाना चाहता हूँ कि मैं स्वयं अपने जीवन का निर्माता हूँ !

गोकुल ने कुछ शंकित होकर कहा–और अगर मानी न मंजूर करे।

इन्द्रनाथ को यह शंका बिलकुल निर्मूल जान पड़ी। बोले–तुम इस समय बच्चों की-सी बातें कर रहे हो गोकुल। यह मानी हुई बात है कि मानी आसानी से मंजूर न करेगी। वह इस घर में ठोकरें खायेगी, झिड़कियाँ सहेगी, गालियाँ सुनेगी; पर इसी घर में रहेगी। युगों के संस्कारों को मिटा देना आसान नहीं है; लेकिन हमें उसको राज़ी करना पड़ेगा। उसके मन में संचित संस्कारों को निकालना पड़ेगा। मैं विधवाओं के पुनर्विवाह के पक्ष में नहीं हूँ। मेरा खयाल है कि पतिव्रत का अलौकिक आदर्श संसार का अमूल्य रत्न है और हमें बहुत सोच-समझकर उस पर आघात करना चाहिए; लेकिन मानी के विषय में यह बात ही नहीं उठती। प्रेम और भक्ति नाम से नहीं, व्यक्ति से होती है। जिस पुरुष की उसने सूरत भी नहीं देखी, उससे उसे प्रेम नहीं हो सकता। केवल रस्म की बात है। इस आडम्बर की, इस दिखावे की हमें परवाह न करनी चाहिए। देखो, शायद कोई तुम्हें बुला रहा है। मैं भी चलता हूँ। दो-तीन दिन में फिर मिलूँगा; मगर ऐसा न हो कि तुम संकोच में पड़कर सोचते-विचारते रह जाओ और दिन निकलते चले जायँ।

गोकुल ने उसके गले में हाथ डालकर कहा–मैं परसों खुद ही आऊँगा।

4

बारात बिदा हो गयी थी। मेहमान भी रुखसत हो गये थे। रात के नौ बज गये थे। विवाह के बाद की नींद मशहूर है। घर के सभी लोग सरेशाम से सो रहे थे। कोई चारपाई पर, कोई तख़्त पर, कोई ज़मीन पर, जिसे जहाँ जगह मिल गयी, वहीं सो रहा था। केवल मानी घर की देखभाल कर रही थी, और ऊपर गोकुल अपने कमरे में बैठा हुआ समाचारपत्र पढ़ रहा था।

सहसा गोकुल ने पुकारा—मानी, एक ग्लास ठंडा पानी तो लाना, बड़ी प्यास लगी है।

मानी पानी लेकर ऊपर गयी और मेज पर पानी रखकर लौटना ही चाहती थी कि गोकुल ने कहा—ज़रा मानी, तुमसे कुछ कहना है।

मानी ने कहा—अभी फुरसत नहीं है भाई, सारा घर सो रहा है। कहीं कोई घुस आये तो लोटा-थाली भी न बचे !

गोकुल ने कहा—घुस आने दो, मैं तुम्हारी जगह होता तो चोरों से मिलकर चोरी करवा देता। मुझे इसी वक्त इन्द्रनाथ से मिलना है। मैंने उससे आज मिलने का वचन दिया है—देखो संकोच मत करना, मैं जो बात पूछ रहा हूँ उसका जल्द उत्तर देना। देर होगी तो वह घबरायेगा। इन्द्रनाथ को तुमसे प्रेम है, यह तुम जानती हो न ?

मानी ने मुँह फेरकर कहा—यही बात कहने के लिए मुझे बुलाया था। मैं कुछ नहीं जानती।

गोकुल—खैर, यह वह जाने और तुम जानो। वह तुमसे विवाह करना चाहता है। वैदिक रीति से विवाह होगा। तुम्हें स्वीकार है ?

मानी की गर्दन शर्म से झुक गई। वह कुछ जवाब न दे सकी।

गोकुल ने फिर कहा—दादा और अम्माँ से यह बात नहीं कही गयी, इसका कारण तुम जानती ही हो। वह तुम्हें घुड़कियाँ दे-देकर, जला-जलाकर चाहे मार डालें, पर विवाह करने की सम्मति कभी न देंगे। इससे उनकी नाक कट जायेगी। इसलिए अब इसका निर्णय तुम्हारे ही ऊपर है। मैं तो समझता हूँ, तुम्हें स्वीकार कर लेना चाहिए। इन्द्रनाथ तुमसे प्रेम करता है ही; यों भी निष्कलंक चरित्र का आदमी है और बला का दिलेर। भय तो उसे छू भी नहीं गया। मुझे तुम्हें सुखी देखकर सच्चा आनन्द होगा !

मानी के हृदय में एक वेग उठ रहा था, मगर मुँह से आवाज न निकली।

गोकुल ने अबकी खीझकर कहा—देखो मानी, यह चुप रहने का समय नहीं है, सोचती क्या हो ?

मानी ने काँपते हुए स्वर में कहा—हाँ !

गोकुल के हृदय का बोझ हल्का हो गया। मुस्कराने लगा। मानी शर्म के मारे वहाँ से भाग गई।

5

शाम को गोकुल ने अपनी माँ से कहा—अम्माँ, इन्द्रनाथ के घर आज कोई उत्सव है। उसकी माता अकेली घबड़ा रही थीं कि कैसे काम होगा ? मैंने कहा, मानी को भेज दूँगा, तुम्हारी आज्ञा हो तो मानी को पहुँचा दूँ। कल-परसों तक चली आयेगी।

मानी उसी वक्त वहाँ आ गयी। गोकुल ने उसकी ओर कनखियों से ताका। मानी लज्जा से गड़ गयी। भागने का रास्ता न मिला।

माँ ने कहा—मुझसे क्या पूछते हो, वह जाय तो ले जाओ !

गोकुल ने कहा—कपड़े पहनकर तैयार हो जाओ, तुम्हें इन्द्रनाथ के घर चलना है।

मानी ने आपत्ति की—मेरा जी अच्छा नहीं है, मैं न जाऊँगी।

गोकुल की माँ ने कहा—चली क्यों नहीं जाती, क्या वहाँ कोई पहाड़ खोदना है।

मानी एक सफेद साड़ी पहनकर ताँगे पर बैठी, तो उसका हृदय काँप रहा था और बार-बार आँखों में आँसू भर आते थे, उसका हृदय बैठा जाता था, मानो नदी में डूबने जा रही हो।

ताँगा कुछ दूर निकल गया तो उसने गोकुल से कहा—भैया मेरा जी न जाने कैसा हो रहा है, लौट चलो, तुम्हारे पैर पड़ती हूँ।

गोकुल ने कहा—तू पागल है। वहाँ सब लोग तेरी राह देख रहे हैं और तू कहती है लौट चलो।

मानी—मेरा मन कहता है कोई अनिष्ट होने वाला है।

गोकुल—और मेरा मन कहता है तू रानी बनने जा रही है।

मानी—दस-पाँच दिन ठहर क्यों नहीं जाते। कह देना मानी बीमार है।

गोकुल—पागलों की-सी बातें न करो।

मानी—लोग कितना हँसेंगे ?

गोकुल—मैं शुभ कार्य में किसी की परवा नहीं करता।

मानी—अम्माँ तुम्हें घर में घुसने न देंगी। मेरे कारण तुम्हें भी झिड़कियाँ मिलेंगी।

गोकुल—इसकी कोई परवा नहीं है। उनकी तो यह आदत ही है।

ताँगा पहुँच गया। इन्द्रनाथ की माता विचारशील महिला थीं। उन्होंने आकर वधू को उतारा और भीतर ले गयीं।

6

गोकुल यहाँ से घर चला तो ग्यारह बज रहे थे। एक ओर तो शुभ कार्य के पूरा करने का आनन्द था, दूसरी ओर भय था कि कल मानी न जायगी तो लोगों को क्या जवाब दूँगा। उसने निश्चय किया चलकर सब साफ़-साफ़ कह दूँ। छिपाना व्यर्थ है। आज नहीं कल, कल नहीं परसों तो सब कुछ कहना ही पड़ेगा। आज ही क्यों न कह दूँ।

यह निश्चय करके वह घर में दाखिल हुआ।

माता ने किवाड़ खोलते हुए कहा—इतनी रात तक क्या करने लगे ? उसे भी क्यों न लेते आए, कल सबेरे चौका-बरतन कौन करेगा ?

गोकुल ने सिर झुकाकर कहा—वह तो अब शायद लौटकर न आवे अम्माँ। उसके वहीं रहने का प्रबन्ध हो गया है।

माता ने आँख फाड़कर कहा—क्या बकता है, भला वह वहाँ कैसे रहेगी ?

गोकुल—इन्द्रनाथ से उसका विवाह हो गया है।

माता मानो आकाश से गिर पड़ीं। उन्हें कुछ सुध न रही कि मेरे मुँह से क्या निकल रहा है, कुलांगार, भड़वा, हरामज़ादा, और न जाने क्या-क्या कहा। यहाँ तक कि गोकुल का धैर्य चरम सीमा का उल्लंघन कर गया। उसका मुँह लाल हो गया, त्योरियाँ बढ़ गयीं। बोला—अम्माँ बस करो, अब मुझमें इससे ज्यादा सुनने की सामर्थ्य नहीं है। अगर मैंने कोई अनुचित कर्म किया होता तो आपकी जूतियाँ खाकर भी सिर न उठाता मगर मैंने कोई अनुचित कर्म नहीं किया। मैंने वही किया जो ऐसी दशा में मेरा कर्तव्य था। और जो हर एक भले आदमी को करना चाहिए। तुम मूर्ख हो, तुम्हें कुछ नहीं मालूम कि समय की क्या प्रगति है। इसलिए अब तक मैंने धैर्य के साथ तुम्हारी गालियाँ सुनीं। तुमने, और मुझे दुख के साथ कहना पड़ता है कि पिताजी ने भी, मानी के जीवन को नारकीय बना रखा था। तूने उसे ऐसी-ऐसी ताड़नाएँ दीं जो कोई अपने शत्रु को भी न देगा। इसीलिए न कि वह तुम्हारी आश्रिता थी ? इसीलिए न कि वह अनाथिनी थी ? अब वह तुम्हारी गालियाँ खाने न आवेगी। जिस दिन तुम्हारे घर का विवाह उत्सव हो रहा था, तुम्हारे ही एक कठोर वाक्य से आहत होकर वह आत्महत्या करने जा रही थी। इन्द्रनाथ उस समय ऊपर न पहुँच जाते तो आज हम, तुम और सारा घर हवालात में बैठे होते।

माता ने आँखें मटकाकर कहा—आहा ! कितने सपूत बेटे हो तुम कि सारे घर को संकट से बचा लिया। क्यों न हो ! अभी बहन की बारी है। तुम दिन में मुझे ले जाकर किसी के गले बाँध आना। फिर तुम्हारी चाँदी हो जायगी। यह रोजगार सबसे अच्छा है। पढ़-लिखकर क्या करोगे।

गोकुल मर्म-वेदना से तिलमिला उठा। व्यथित कंठ से बोला—ईश्वर न करे कि कोई बालक तुम-जैसी माता के गर्भ से जन्म ले। तुम्हारा मुँह देखना भी पाप है।

यह कहता हुआ वह घर से निकल पड़ा और उन्मत्तों की तरह एक तरफ चल खड़ा हुआ। ज़ोर के झोंके चल रहे थे; पर उसे ऐसा मालूम हो रहा था कि साँस लेने के लिए हवा नहीं है।

7

एक सप्ताह बीत गया; पर गोकुल का कहीं पता नहीं। इन्द्रनाथ को बम्बई में एक जगह मिल गयी। वह वहाँ चला गया था। वहाँ रहने का प्रबन्ध करके वह अपनी माता को तार देगा और तब सास और बहू वहाँ चली जायँगी। वंशीधर को पहले संदेह हुआ कि गोकुल इन्द्रनाथ के घर छिपा होगा; पर जब वहाँ पता न चला तो

उन्होंने सारे शहर में खोज-पूछ शुरू की। जितने मिलने वाले, स्नेही, सम्बन्धी थे, सभी के घर गये; पर सब जगह से साफ जवाब पाया। दिन भर दौड़-धूप कर शाम को घर आते तो स्त्री को आड़े हाथों लेते—और कोसो लड़के को, पानी पी-पीकर कोसो। न जाने तुम्हें कभी बुद्धि आयेगी भी या नहीं। गयी थी चुड़ैल, जाने देती। एक बोझ सिर से टला। एक महरी रख लो काम चल जायगा। जब वह न थी, तो घर क्या भूखों मरता था। विधवाओं के पुनर्विवाह चारों ओर तो हो रहे हैं, यह कोई अनहोनी बात नहीं है। हमारे वश की बात होती तो इस विधवा-विवाह के पक्षपातियों को देश से निकाल देते, शाप देकर जला देते; लेकिन यह हमारे वश की बात नहीं। फिर तुमसे इतना भी न हो सका कि मुझसे तो पूछ लेतीं। मैं जो उचित समझता, करता। क्या तुमने यह समझा था, मैं दफ्तर से लौटकर आऊँगा ही नहीं, वहीं मेरी अन्त्येष्टि हो जायगी। बस लड़के पर टूट पड़ीं। अब रोओ, खूब दिल खोलकर।

सन्ध्या हो गयी थी। वंशीधर स्त्री को फटकारें सुनाकर द्वार पर उद्वेग की दशा में टहल रहे थे। रह-रहकर मानी पर क्रोध आता था। इसी राक्षसी के कारण मेरे घर का सर्वनाश हुआ। न जाने किस बुरी साइत में आयी कि घर को मिटाकर छोड़ा ! वह न आयी होती, तो आज क्यों यह बुरे दिन देखने पड़ते। कितना होनहार, कितना प्रतिभाशाली लड़का था। न जाने कहाँ गया।

एकाएक एक बुढ़िया उनके समीप आयी और बोली—बाबू साहब, यह खत लायी हूँ। ले लीजिए।

वंशीधर ने लपककर बुढ़िया के हाथ से पत्र ले लिया, उनकी छाती आशा से धक्-धक् करने लगी। गोकुल ने शायद यह पत्र लिखा होगा। अँधेरे में कुछ न सूझा, पूछा—कहाँ से लायी है ?

बुढ़िया ने कहा—वही जो बाबू हुसेनगंज में रहते हैं; जो बंबई में नौकर हैं, उन्हीं की बहू ने भेजा है।

वंशीधर ने कमरे में जाकर लैम्प जलाया और पत्र पढ़ने लगे। मानी का खत था। लिखा था—

'पूज्य चाचाजी, अभागिनी मानी का प्रणाम स्वीकार कीजिए।

'मुझे यह सुनकर अत्यन्त दुःख हुआ कि गोकुल भैया कहीं चले गये और अब तक उनका पता नहीं है। मैं ही इसका कारण हूँ। यह कलंक मेरे ही मुख पर लगना था, वह भी लग गया। मेरे कारण आपको इतना शोक हुआ इसका मुझे बहुत दुःख है; मगर भैया आवेंगे अवश्य, इसका मुझे विश्वास है। मैं इसी नौ बजेवाली गाड़ी से बंबई जा रही हूँ। मुझसे जो कुछ अपराध हुए हैं, उन्हें क्षमा कीजिएगा और चाची से मेरा प्रणाम कहिएगा। मेरी ईश्वर से यही प्रार्थना है कि गोकुल भैया

सकुशल घर लौट आवें। ईश्वर की इच्छा हुई तो भैया के विवाह में आपके चरणों के दर्शन करूँगी।'

वंशीधर ने पत्र फाड़कर पुर्जे-पुर्जे कर डाला। घड़ी में देखा तो आठ बज रहे थे। तुरन्त कपड़े पहने, सड़क पर आकर एक्का किया और स्टेशन चले।

8

बंबई मेल प्लेटफार्म पर खड़ी थी। मुसाफिरों में भगदड़ मची हुई थी। खोंचे वालों की चीख-पुकार से कान में पड़ी आवाज़ न सुनाई देती थी। गाड़ी छूटने में थोड़ी ही देर थी। मानी और उसकी सास एक जनाने कमरे में बैठी हुई थीं। मानी सजल नेत्रों से सामने ताक रही थी। अतीत चाहे दुःखद ही क्यों न हो, उसकी स्मृतियाँ मधुर होती हैं। मानी आज उन बुरे दिनों को स्मरण करके सुखी हो रही थी। गोकुल से अब न जाने कब भेंट होगी। चाचाजी आ जाते, उनके दर्शन कर लेती। कभी-कभी बिगड़ते थे तो क्या, उसके भले ही के लिए डाँटते थे। वह आवेंगे नहीं। अब तो गाड़ी छूटने में थोड़ी ही देर है। कैसे आवें, समाज में हलचल न मच जायगी। भगवान की इच्छा होगी तो अबकी जब यहाँ आऊँगी तो ज़रूर उनके दर्शन करूँगी।

एकाएक उसने लाला वंशीधर को आते देखा। वह गाड़ी से निकलकर बाहर खड़ी हो गयी और चाचाजी की ओर बढ़ी। उनके चरणों पर गिरना चाहती थी कि वह पीछे हट गये और आँखें निकाल बोले—मुझे मत छू, दूर रह, अभागिनी कहीं की। मुँह में कालिख लगाकर मुझे पत्र लिखती है। तुझे मौत भी नहीं आती ! तूने मेरे कुल का सर्वनाश कर दिया। आज तक गोकुल का पता नहीं है। तेरे ही कारण वह घर से निकला और तू अभी तक मेरी छाती पर मूँग दलने को बैठी है। तेरे लिए क्या गंगा में पानी नहीं है ? मैं तुझे ऐसी कुलटा, ऐसी हरजाई समझता, तो पहले दिन ही तेरा गला घोंट देता। अब मुझे अपनी भक्ति दिखलाने चली है ! तुझ जैसी पापिष्ठाओं का मरना ही अच्छा है, पृथ्वी का बोझ कम हो जायगा।

प्लेटफार्म पर सैकड़ों आदमियों की भीड़ लग गयी थी, और वंशीधर निर्लज्ज भाव से गालियों की बौछार कर रहे थे। किसी की समझ में न आता था, क्या माज़रा है; पर मन में सब लाला को धिक्कार रहे थे।

मानी पाषाण-मूर्ति के समान खड़ी थी। मानो वहीं जम गयी हो। उसका सारा अभिमान चूर-चूर हो गया। ऐसा जी चाहता था, धरती फट जाय और मैं समा जाऊँ, कोई वज्र गिराकर उसके जीवन—अधम जीवन—का अन्त कर दे। इतने आदमियों के सामने उसका पानी उतर गया ! उसकी आँखों से आँसू की एक बूँद भी न निकली, हृदय में आँसू न थे। उसकी जगह एक दावानल-सा दहक रहा था जो

मानो वेग से मस्तिष्क की ओर बढ़ता जाता था। संसार में कौन जीवन इतना अधम होगा !

सास ने पुकारा—बहू, अन्दर आ जाओ।

9

गाड़ी चली तो माता ने कहा—ऐसा बेशर्म आदमी मैंने नहीं देखा। मुझे तो ऐसा क्रोध आ रहा था कि उसका मुँह नोच लूँ।

मानी ने सिर ऊपर न उठाया।

माता फिर बोली—न जाने इन सड़ियलों को कब बुद्धि आयेगी, अब तो मरने के दिन भी आ गये। पूछो, तेरा लड़का भाग गया तो हम क्या करें; अगर ऐसे पापी न होते यह वज्र ही क्यों गिरता।

मानी ने फिर मुँह न खोला। शायद उसे कुछ सुनाई न देता था। शायद उसे अपने अस्तित्व का ज्ञान भी न था। वह टकटकी लगाये खिड़की की ओर ताक रही थी। उस अंधकार में उसे न जाने क्या सूझ रहा था।

कानपुर आया। माता ने पूछा—बेटी कुछ खायेगी ? थोड़ी सी मिठाई लो; दस कब के बज गये।

मानी ने कहा—अभी तो भूख नहीं है अम्माँ, फिर खा लूँगी।

माता सोई। मानी भी लेटी; पर चचा की वह सूरत आँखों के सामने खड़ी थी और उनकी बातें कानों में गूँज रही थीं—आह ! मैं इतनी नीच हूँ, ऐसी पतित कि मेरे मर जाने से पृथ्वी का भार हल्का हो जाएगा ! क्या कहा था, तू अपने माँ-बाप की बेटी है तो फिर मुँह मत दिखाना। न दिखाऊँगी। जिस मुँह पर कालिमा लगी हुई हो तो उसे किसी को दिखाने की इच्छा भी नहीं है।

गाड़ी अंधकार को चीरती हुई चली जा रही थी। मानी ने अपना ट्रंक खोला, अपने आभूषण निकालकर उसमें रख दिये। फिर इन्द्रनाथ का चित्र निकालकर उसे देर तक देखती रही। उसकी आँखों में गर्व की एक झलक-सी दिखाई दी। उसने तस्वीर रख दी और आप-ही-आप—नहीं-नहीं, मैं तुम्हारे जीवन को कलंकित नहीं कर सकती। तुम देवतुल्य हो, तुमने मुझ पर दया की है ! मैं अपने पूर्व-संस्कारों का प्रायश्चित कर रही थी। तुमने मुझे उठाकर हृदय से लगा लिया; लेकिन मैं तुम्हें कलंकित न करूँगी। तुम्हें मुझसे प्रेम है। तुम मेरे लिए अनादर, अपमान, निन्दा सब सह लोगे; पर मैं तुम्हारे जीवन का भार न बनूँगी।

गाड़ी अंधकार को चीरती चली जा रही थी। मानी आकाश की ओर इतनी देर तक देखती रही कि सारे तारे अदृश्य हो गये और अंधकार में उसे अपनी माता

का स्वरूप दिखायी दिया—ऐसा उज्ज्वल, ऐसा प्रत्यक्ष कि उसने चौंककर आँखें बन्द कर लीं। फिर कमरे के अन्दर देखा तो माताजी सो रही थीं।

10

न जाने कितनी रात गुज़र चुकी थी। दरवाज़ा खुलने की आहट से माताजी की आँख खुल गयी। गाड़ी तेज़ी से चली जा रही थी; मगर बहू का पता न था। वह आँखें मलकर उठ बैठीं और पुकारा—बहू ! बहू; कोई जवाब न मिला।

उनका हृदय धक्-धक् करने लगा। ऊपर के बर्थ पर नज़र डाली, पेशाबखाने में देखा, बेंचों के नीचे देखा, बहू कहीं न थी। तब वह द्वार पर आकर खड़ी हो गयी। शंका हुई, यह द्वार किसने खोला ? कोई गाड़ी में तो नहीं आया ! उनका जी घबड़ाने लगा। उन्होंने किवाड़ बन्द कर दिये और ज़ोर-ज़ोर से रोने लगीं। किससे पूछें ? डाक गाड़ी अब न जाने कितनी देर में रुकेगी। कहती थी, बहू मरदानी गाड़ी में बैठो। पर मेरा कहना न माना। कहने लगी, अम्माँजी, आपको सोने की तकलीफ होगी। यही आराम दे गयी ?

सहसा उसे खतरे की ज़ंजीर याद आयी। उसने ज़ोर-ज़ोर से कई बार ज़ंजीर खींची। कई मिनट के बाद गाड़ी रुकी। गार्ड आया। पड़ोस के कमरे से दो-चार आदमी और भी आये। फिर लोगों ने सारा कमरा तलाश किया। नीचे तख्ते को ध्यान से देखा। रक्त का कोई चिह्न न था। असबाब की जाँच की। बिस्तर, सन्दूक, सन्दूकची, बर्तन सब मौजूद थे। ताले भी सबके बन्द थे। कोई चीज़ गायब न थी। अगर बाहर से कोई आदमी आता तो चलती गाड़ी से जाता कहाँ ? एक स्त्री को लेकर गाड़ी से कूद जाना असम्भव था। सब लोग इन लक्षणों से इस नतीजे पर पहुँचे कि मानी द्वार खोलकर बाहर झाँकने लगी होगी और मुठिया हाथ से छूट जाने के कारण गिर पड़ी होगी। गार्ड भला आदमी था। उसने नीचे उतरकर एक मील तक सड़क के दोनों तरफ तलाश किया। मानी का कोई निशान न मिला। रात को उससे ज्यादा और क्या किया जा सकता था। माताजी को कुछ लोग आग्रहपूर्वक एक मरदाने डिब्बे में ले गये। यह निश्चय हुआ कि माताजी अगले स्टेशन पर उतर पड़ें और सबेरे इधर-उधर दूर तक देख-भाल की जाय। विपत्ति में हम परमुखापेक्षी हो जाते हैं। माताजी उसका मुँह देखतीं, कभी उसका। उनकी याचना से भरी हुई आँखें मानो सबसे कह रही थीं—कोई मेरी बच्ची को खोज क्यों नहीं लाता ? हाय ! अभी तो बेचारी की चूँदरी भी नहीं मैली हुई, कैसे-कैसे साधों और अरमानों से भरी पति के पास जा रही थी ! कोई उस दुष्ट वंशीधर से जाकर कहता क्यों नहीं—ले तेरी मनोभिलाषा पूरी हो गयी—जो तू चाहता था, वह पूरा हो गया। क्या अब भी तेरी छाती नहीं जुड़ाती !

वृद्धा बैठी रो रही थी और गाड़ी अंधकार को चीरती चली गयी।

11

रविवार का दिन था। संध्या समय इन्द्रनाथ दो-तीन मित्रों के साथ अपने घर की छत पर बैठा हुआ था। आपस में हास-परिहास हो रहा था। मानी का आगमन इस परिहास का विषय था।

एक मित्र बोले—क्यों इन्द्र, तुमने तो वैवाहिक जीवन का कुछ अनुभव किया है हमें क्या सलाह देते हो ? बनायें कहीं घोसला, या यों ही डालियों पर बैठे-बैठे दिन काटें। पत्र-पत्रिकाओं को देखकर तो यही मालूम होता है कि वैवाहिक जीवन और नरक में बहुत थोड़ा ही-सा अन्तर है।

इन्द्रनाथ ने मुस्कराकर कहा—यह तो तक़दीर का खेल है भाई, सोलहों आना तक़दीर का। अगर एक दशा में वैवाहिक जीवन नरक-तुल्य है, तो दूसरी दशा में स्वर्ग से कम नहीं।

दूसरे मित्र बोले—इतनी आज़ादी तो भला क्या रहेगी ?

इन्द्रनाथ—इतनी क्या, इसका शतांश भी न रहेगी। अगर तुम रोज़ सिनेमा देखकर बारह बजे घर लौटना चाहते हो, नौ बजे सोकर उठना चाहते हो और दफ्तर से चार बजे लौटकर ताश खेलना चाहते हो, तो तुम्हें विवाह करने से कोई सुख न होगा। और जो हर महीने सूट बनवाते हो, तब शायद साल भर में भी न बनवा सको।

'श्रीमतीजी तो आज रात की गाड़ी से आ रही हैं ?'

'हाँ मेल से। मेरे साथ चलकर उन्हें रिसीव करोगे न ?'

'यह भी पूछने की बात है ! अब घर कौन जाता है; मगर कल दावत खिलानी पड़ेगी।'

सहसा तार के चपरासी ने आकर इन्द्रनाथ के हाथ में तार का लिफाफा रख दिया।

इन्द्रनाथ का चेहरा खिल उठा। झट तार खोलकर पढ़ने लगा। एक बार पढ़ते ही उसका हृदय धक् से हो गया, साँस रुक गयी, सिर घूमने लगा। आँखों की रोशनी लुप्त हो गयी, जैसे विश्व पर काला परदा पड़ गया हो। उसने तार को मित्रों के सामने फेंक दिया और दोनों हाथों से मुँह ढाँपकर फूट-फूटकर रोने लगा। दोनों मित्रों ने घबड़ाकर तार उठा लिया और उसे पढ़ते ही हतबुद्धि से ही दीवार की ओर ताकने लगे। क्या सोच रहे थे और क्या हो गया !

तार में लिखा था—मानी गाड़ी से कूद पड़ी। उसकी लाश लालपुर से तीन मील पर पायी गयी। मैं लालपुर में हूँ। तुरन्त आओ।

एक मित्र ने कहा—किसी शत्रु ने झूठी खबर न भेज दी हो।

दूसरे मित्र ने कहा—हाँ, कभी-कभी लोग ऐसी शरारतें करते हैं।

इन्द्रनाथ ने शून्य नेत्रों से उनकी ओर देखा; पर मुँह से कुछ बोले नहीं !

कई मिनट तीनों आदमी निर्वाक्, निस्पन्द बैठे रहे। एकाएक इन्द्रनाथ खड़े हो गये और बोले—मैं इस गाड़ी से जाऊँगा।

बम्बई से नौ बजे रात को गाड़ी छूटती थी। दोनों मित्रों ने चटपट बिस्तर आदि बाँधकर तैयार कर दिया। एक ने बिस्तर उठाया, दूसरे ने ट्रंक। इन्द्रनाथ ने चटपट कपड़े पहने और स्टेशन चले। निराशा आगे थी; आशा रोती हुई पीछे।

12

एक सप्ताह गुज़र गया था। लाला वंशीधर दफ़्तर से आकर द्वार पर बैठे ही थे कि इन्द्रनाथ ने आकर प्रणाम किया। वंशीधर उसे देखकर चौंक पड़े, उसके अनपेक्षित आगमन पर नहीं, उसकी विकृत दशा पर; मानो वीतराग शोक सामने खड़ा हो, मानो कोई हृदय से निकली हुई आह मूर्तिमान हो गयी हो।

वंशीधर ने पूछा—तुम बम्बई चले गये थे न ?

इन्द्रनाथ ने जवाब दिया—जी हाँ, आज ही आया हूँ।

वंशीधर ने तीखे स्वर में कहा—गोकुल को तो तुम ले बीते !

इन्द्रनाथ ने अपनी अंगूठी की ओर ताकते हुए कहा—वह मेरे घर पर हैं।

वंशीधर के उदास मुख पर हर्ष का प्रकाश दौड़ गया। बोले—तो यहाँ क्यों नहीं आये ? तुमसे कहाँ उसकी भेंट हुई ? क्या बम्बई चला गया था ?

'जी नहीं, कल मैं गाड़ी से उतरा तो स्टेशन पर मिल गये।'

'तो जाकर लिवा लाओ न, जो किया अच्छा किया।'

यह कहते हुए वह घर में दौड़े। एक क्षण में गोकुल की माता ने उसे अन्दर बुलाया।

वह अन्दर गया तो माता ने उसे सिर से पाँव तक देखा—तुम बीमार थे क्या भैया ? चेहरा क्यों इतना उतरा है।

गोकुल की माता ने पानी का लोटा रखकर कहा—हाथ-मुँह धो डालो बेटा, गोकुल है तो अच्छी तरह ? कहाँ रहा इतने दिन ! तब से सैकड़ों मन्नतें मान डालीं। आया क्यों नहीं ?

इन्द्रनाथ ने हाथ-मुँह धोते हुए कहा—मैंने तो कहा था चलो, लेकिन डर के मारे नहीं आते।

'और था कहाँ इतने दिन ?'

'कहते थे, देहातों में घूमता रहा।'

'तो क्या तुम अकेले बम्बई से आये हो ?'

'जी नहीं, अम्माँ भी आयी हैं।'

गोकुल की माता ने कुछ सकुचाकर पूछा—मानी तो अच्छी जगह है ?

इन्द्रनाथ ने हँसकर कहा—जी हाँ, अब वह बड़े सुख से हैं। संसार के बन्धनों से छूट गयीं।

माता ने अविश्वास करके कहा—चल नटखट कहीं का। बेचारी को कोस रहा है, मगर इतनी जल्दी बम्बई से लौट क्यों आये ?

इन्द्रनाथ ने मुस्कराते हुए कहा—क्या करता ! माताजी का तार बम्बई में मिला कि मानी ने गाड़ी से कूदकर प्राण दे दिये ! वह लालपुर में पड़ी हुई थीं, दौड़ा हुआ आया। वहीं दाह-क्रिया की। आज घर चला आया। अब मेरा अपराध क्षमा कीजिए।

वह और कुछ न कह सका। आँसुओं के वेग ने गला बन्द कर दिया। जेब से एक पत्र निकालकर माता के सामने रखता हुआ बोला—उनके संदूक में यही पत्र मिला है।

गोकुल की माता कई मिनट तक मर्माहत-सी बैठी जमीन की ओर ताकती रहीं। शोक और उससे अधिक पश्चाताप ने सिर को दबा रखा था। फिर पत्र उठाकर पढ़ने लगीं।

'स्वामी !

'जब यह पत्र आपके हाथों में पहुँचेगा तब तक मैं इस संसार से विदा हो जाऊँगी ! मैं बड़ी अभागिनी हूँ। मेरे लिए इस संसार में स्थान नहीं है। आपको भी मेरे कारण क्लेश और निन्दा ही निन्दा मिलेगी। मैंने सोचकर देखा और यही निश्चय किया कि मेरा मरना ही अच्छा है। मुझ पर आपने जो दया की थी, उसके लिए आपको क्या प्रतिदान करूँ ? जीवन में मैंने कभी किसी वस्तु की इच्छा नहीं की; परन्तु मुझे दुःख है कि आपके चरणों पर सिर रख कर न मर सकी। मेरी अन्तिम याचना है कि मेरे लिए आप शोक न कीजिएगा। ईश्वर आपको सदा सुखी रखे।'

माताजी ने पत्र रख दिया और आँखों से आँसू बहने लगे। बरामदे में वंशीधर निस्पंद खड़े थे और जैसे मानी लज्जानत उनके सामने खड़ी थी।

कायर

युवक का नाम केशव था, युवती का प्रेमा। दोनों एक ही कॉलेज के और एक ही क्लास के विद्यार्थी थे। केशव नये विचारों का युवक था, जात-पाँत के बन्धनों का विरोधी। प्रेमा पुराने संस्कारों की कायल थी, पुरानी मर्यादाओं और प्रथाओं में पूरा विश्वास रखनेवाली; लेकिन फिर भी दोनों में गाढ़ा प्रेम हो गया था। और यह बात सारे कॉलेज में मशहूर थी। केशव ब्राह्मण होकर भी वैश्य कन्या प्रेमा से विवाह करके अपना जीवन सार्थक करना चाहता था। उसे अपने माता-पिता की परवाह न थी। कुल-मर्यादा का विचार भी उसे स्वाँग-सा लगता था। उसके लिए सत्य कोई वस्तु थी तो प्रेम थी; किन्तु प्रेमा के लिए माता-पिता और कुल-परिवार के आदेश के विरुद्ध एक कदम बढ़ाना भी असम्भव था।

संध्या का समय है। विक्टोरिया-पार्क के एक निर्जन स्थान में दोनों आमने-सामने हरियाली पर बैठे हुए हैं। सैर करनेवाले एक-एक करके विदा हो गये; किन्तु ये दोनों अभी वहीं बैठे हुए हैं। उनमें एक ऐसा प्रसंग छिड़ा हुआ है, जो किसी तरह समाप्त नहीं होता।

केशव ने झुंझलाकर कहा—इसका यह अर्थ है कि तुम्हें मेरी परवाह नहीं है ?

प्रेमा ने उसको शांत करने की चेष्टा करके कहा—तुम मेरे साथ अन्याय कर रहे हो, केशव ! लेकिन मैं इस विषय को माता-पिता के सामने कैसे छेड़ूँ, यह मेरी समझ में नहीं आता। वे लोग पुरानी रूढ़ियों के भक्त हैं। मेरी तरफ से कोई ऐसी बात सुनकर मन में जो-जो शंकाएँ होंगी, उनकी तुम कल्पना कर सकते हो ?

केशव ने उग्र भाव से कहा—तो तुम भी उन्हीं पुरानी रूढ़ियों की गुलाम हो ?

प्रेमा ने अपनी बड़ी-बड़ी आँखों में मृदु-स्नेह भरकर कहा—नहीं, मैं उनकी गुलाम नहीं हूँ, लेकिन माता-पिता की इच्छा मेरे लिए और सब चीज़ों से अधिक मान्य है।

'तुम्हारा व्यक्तित्व कुछ नहीं है ?'

'ऐसा ही समझ लो।'

'मैं तो समझता था कि ये ढकोसले मूर्खों के लिए ही हैं; लेकिन अब मालूम

हुआ कि तुम जैसी विदुषियाँ भी उनकी पूजा करती हैं। जब मैं तुम्हारे लिए संसार को छोड़ने पर तैयार हूँ तो तुमसे भी यही आशा करता हूँ।'

प्रेमा ने मन में सोचा, मेरा अपनी देह पर क्या अधिकार है। जिन माता-पिता ने अपने रक्त से मेरी सृष्टि की है, और अपने स्नेह से उसे पाला है, उनकी मरजी के खिलाफ कोई काम करने का उसे कोई हक़ नहीं।

उसने दीनता के साथ केशव से कहा–क्या प्रेम स्त्री और पुरुष के रूप ही में रह सकता है, मैत्री के रूप में नहीं ? मैं तो आत्मा का बंधन समझती हूँ।

केशव ने कठोर भाव से कहा–इन दार्शनिक विचारों से तुम मुझे पागल कर दोगी, प्रेमा ! बस, इतना समझ लो मैं निराश होकर ज़िन्दा नहीं रह सकता। मैं प्रत्यक्षवादी हूँ, और कल्पनाओं के संसार में प्रत्यक्ष का आनन्द उठाना मेरे लिए असम्भव है।

यह कहकर उसने प्रेमा का हाथ पकड़कर अपनी ओर खींचने की चेष्टा की। प्रेमा ने झटके से हाथ छुड़ा लिया और बोली–नहीं केशव, मैं कह चुकी हूँ कि मैं स्वतन्त्र नहीं हूँ। तुम मुझसे वह चीज़ न माँगो, जिस पर मेरा कोई अधिकार नहीं है।

केशव को अगर प्रेमा ने कठोर शब्द कहे होते तो भी उसे इतना दुःख न हुआ होता। एक क्षण तक वह मन मारे बैठा रहा, फिर उठकर निराशा भरे स्वर में बोला–'जैसी तुम्हारी इच्छा !' आहिस्ता-आहिस्ता कदम उठाता हुआ वह वहाँ से चला गया। प्रेमा अब भी वहीं बैठी आँसू बहाती रही।

2

रात को भोजन करके प्रेमा जब अपनी माँ के साथ लेटी, तो उसकी आँखों में नींद न थी। केशव ने उसे एक ऐसी बात कह दी थी, जो चंचल पानी में पड़ने वाली छाया की तरह उसके दिल पर छायी हुई थी। प्रतिक्षण उसका रूप बदलता था। वह उसे स्थिर न कर सकती थी। माता से इस विषय में कुछ कहे तो कैसे ? लज्जा मुँह बन्द कर देती थी। उसने सोचा, अगर केशव के साथ मेरा विवाह न हुआ तो उस समय मेरा क्या कर्तव्य होगा। अगर केशव ने कुछ उद्दंडता कर डाली तो मेरे लिए संसार में फिर क्या रह जायगा; लेकिन मेरा बस ही क्या है। इन भाँति-भाँति के विचारों में एक बात जो उसके मन में निश्चित हुई, वह यह थी कि केशव के सिवा वह और किसी से विवाह न करेगी।

उसकी माता ने पूछा–क्या तुझे अब तक नींद न आयी ? मैंने तुझसे कितनी बार कहा कि थोड़ा-बहुत घर का काम-काज किया कर; लेकिन तुझे किताबों से

ही फुरसत नहीं मिलती। चार दिन में तू पराये घर जायगी, कौन जाने कैसा घर मिले। अगर कुछ काम करने की आदत न रही, तो कैसे निबाह होगा ?

प्रेमा ने भोलेपन से कहा—मैं पराये घर जाऊँगी ही क्यों ?

माता ने मुस्कराकर कहा—लड़कियों के लिए यही तो सबसे बड़ी विपत्ति है, बेटी ! माँ-बाप की गोद में पलकर ज्यों ही सयानी हुई, दूसरों की हो जाती है। अगर अच्छे प्राणी मिले, तो जीवन आराम से कट गया, नहीं रो-रोकर दिन काटना पड़ा। सब कुछ भाग्य के अधीन है। अपनी बिरादरी में तो मुझे कोई घर नहीं भाता। कहीं लड़कियों का आदर नहीं; लेकिन करना तो बिरादरी में ही पड़ेगा। न जाने यह जात-पाँत का बन्धन कब टूटेगा ?

प्रेमा डरते-डरते बोली—कहीं-कहीं तो बिरादरी के बाहर भी विवाह होने लगे हैं !

उसने कहने को कह दिया; लेकिन उसका हृदय काँप रहा था कि माता जी कुछ भाँप न जायँ।

माता ने विस्मय से पूछा—क्या हिन्दुओं में ऐसा हुआ है !

फिर उसने आप-ही-आप उस प्रश्न का जवाब भी दिया—और दो-चार जगह ऐसा हो भी गया, तो उससे क्या होता है ?

प्रेमा ने इसका कुछ जवाब न दिया, भय हुआ कि माता कहीं उसका आशय समझ न जायँ। उसका भविष्य एक अँधेरी खाई की तरह उसके सामने मुँह खोले खड़ा था, मानो उसे निगल जायगा।

उसे न जाने कब नींद आ गयी।

3

प्रातःकाल प्रेमा सोकर उठी, तो उसके मन में एक विचित्र साहस का उदय हो गया था। सभी महत्त्वपूर्ण फैसले हम आकस्मिक रूप से लिया करते हैं, मानो कोई दैवी शक्ति हमें उनकी ओर खींच ले जाती है; वही हालत प्रेमा की थी। कल तक वह माता-पिता के निर्णय को मान्य समझती थी, पर संकट को सामने देखकर उसमें उस वायु की हिम्मत पैदा हो गयी थी, जिसके सामने कोई पर्वत आ गया हो। वही मन्द वायु प्रबल वेग से पर्वत के मस्तक पर चढ़ जाती है और उसे कुचलती हुई दूसरी तरफ जा पहुँचती है। प्रेमा मन में सोच रही थी—मानो, यह देह माता-पिता की है; किन्तु आत्मा तो मेरी है। मेरी आत्मा को जो कुछ भुगतना पड़ेगा, वह इसी देह से तो भुगतना पड़ेगा। अब वह इस विषय में संकोच करना अनुचित ही नहीं, घातक समझ रही थी। अपने जीवन को क्यों एक झूठे सम्मान पर बलिदान करे ? उसने सोचा विवाह का आधार अगर प्रेम न हो, तो वह देह का विक्रय है। आत्म-समर्पण

तो बिना प्रेम के भी हो सकता है ? इस कल्पना ही से कि न जाने किस अपरिचित युवक से उसका विवाह हो जायगा, उसका हृदय विद्रोह कर उठा।

वह अभी नाश्ता करके कुछ पढ़ने जा रही थी कि उसके पिता ने प्यार से पुकारा—मैं कल तुम्हारे प्रिन्सिपल के पास गया था, वे तुम्हारी बड़ी तारीफ़ कर रहे थे।

प्रेमा ने सरल भाव से कहा—आप तो यों ही कहा करते हैं।

'नहीं, सच।'

यह कहते हुए उन्होंने अपनी मेज़ की दराज खोली, और मखमली चौखटों में जड़ी हुई एक तस्वीर निकालकर उसे दिखाते हुए बोले—यह लड़का आई.सी. एस. के इम्तहान में प्रथम आया है। इसका नाम तो तुमने सुना होगा ?

बूढ़े पिता ने ऐसी भूमिका बाँध दी थी कि माँ उनका आशय न समझ सकी लेकिन प्रेमा भाँप गयी ! उसका मन तीर की भाँति लक्ष्य पर जा पहुँचा। उसने बिना तस्वीर की ओर देखे ही कहा—नहीं, मैंने तो उसका नाम नहीं सुना।

पिता ने बनावटी आश्चर्य से कहा—क्या ! तुमने उसका नाम ही नहीं सुना ? आज के दैनिक पत्र में उसका चित्र और जीवन-वृत्तान्त छपा है।

प्रेमा ने रुखाई से जवाब दिया—होगा, मगर मैं तो उस परीक्षा का कोई महत्त्व नहीं समझती। मैं तो समझती हूँ, जो लोग इस परीक्षा में बैठते हैं वे पल्ले सिरे के स्वार्थी होते हैं। आखिर उनका उद्देश्य इसके सिवा और क्या होता है कि अपने गरीब, निर्धन, दलित भाइयों पर शासन करें और खूब धन संचय करें। यह तो जीवन का कोई ऊँचा उद्देश्य नहीं है।

इस आपत्ति में जलन थी, अन्याय था, निर्दयता थी। पिताजी ने समझा था, प्रेमा यह बखान सुनकर लट्टू हो जायगी। यह जवाब सुनकर तीखे स्वर में बोले—तू तो ऐसी बातें कर रही है जैसे तेरे लिए धन और अधिकार का कोई मूल्य ही नहीं।

प्रेमा ने ढिठाई से कहा—हाँ, मैं तो इसका मूल्य नहीं समझती। मैं तो आदमी में त्याग देखती हूँ। मैं ऐसे युवकों को जानती हूँ, जिन्हें यह पद ज़बरदस्ती भी दिया जाये, तो स्वीकार न करेंगे।

पिता ने उपहास के ढंग से कहा—यह तो आज मैंने नई बात सुनी। मैं तो देखता हूँ कि छोटी-छोटी नौकरियों के लिए लोग मारे-मारे फिरते हैं। मैं ज़रा उस लड़के की सूरत देखना चाहता हूँ, जिसमें इतना त्याग हो। मैं तो उसकी पूजा करूँगा।

शायद किसी दूसरे अवसर पर ये शब्द सुनकर प्रेमा लज्जा से सिर झुका लेती; पर इस समय उसकी दशा उस सिपाही की-सी थी, जिसके नीचे गहरी खाई हो। आगे बढ़ने के सिवा उसके लिए और कोई मार्ग न था। अपने आवेश को संयम से दबाती हुई, आँखों में विद्रोह भरे, वह अपने कमरे में गयी, और केशव के कई चित्रों में से वह एक चित्र चुनकर लायी, जो उसकी निगाह में सबसे खराब

था, और पिता के सामने रख दिया। बूढ़े पिता ने चित्र को उपेक्षा के भाव से देखना चाहा; लेकिन पहली दृष्टि ही में उसने उन्हें आकर्षित कर लिया। ऊँचा कद था और दुर्बल स्वास्थ्य और संयम का परिचय दे रहा था। मुख पर प्रतिभा का तेज़ न था; पर विचारशीलता का कुछ ऐसा प्रतिबिम्ब था, जो उसके मन में विश्वास पैदा करता था।

उन्होंने उस चित्र की ओर देखते हुए पूछा—यह किसका चित्र है ?

प्रेमा ने संकोच से सिर झुकाकर कहा—यह मेरी ही क्लास में पढ़ते हैं।

'अपनी ही बिरादरी का है ?'

प्रेमा की मुखमुद्रा धूमिल हो गयी। इसी प्रश्न के उत्तर पर उसकी किस्मत का फैसला हो जायगा। उसके मन में पछतावा हुआ कि व्यर्थ मैं इस चित्र को यहाँ लायी। उसमें एक क्षण के लिए जो दृढ़ता आयी थी, वह इस पैने प्रश्न के सामने कातर हो उठी। दबी हुई आवाज़ में बोली—'जी नहीं, वह ब्राह्मण हैं।' और यह कहने के साथ ही क्षुब्ध होकर कमरे से निकल गयी मानो यहाँ की वायु में उसका गला घुटा जा रहा हो और दीवार की आड़ में होकर रोने लगी।

लालाजी को तो पहले ऐसा क्रोध आया कि प्रेमा को बुलाकर साफ़-साफ़ कह दें कि यह असम्भव है। वे उसी गुस्से में दरवाजे पर आये, लेकिन प्रेमा को रोते देखकर नम्र हो गये। इस युवक के प्रति प्रेमा के मन में क्या भाव थे, यह उनसे छिपा न रहा। वे स्त्री-शिक्षा के पूरे समर्थक थे; लेकिन इसके साथ ही कुल-मर्यादा की रक्षा भी करना चाहते थे। अपनी ही जाति के सुयोग्य वर के लिए अपना सर्वस्व अर्पण कर सकते थे; लेकिन उस क्षेत्र के बाहर कुलीन से कुलीन और योग्य से योग्य वर की कल्पना भी उनके लिए असह्य थी। इससे बड़ा अपमान वे सोच ही न सकते थे।

उन्होंने कठोर स्वर में कहा—आज से कालेज जाना बन्द कर दो, अगर शिक्षा कुल-मर्यादा को डुबोना ही सिखाती है, तो कु-शिक्षा है।

प्रेमा ने कातर कंठ से कहा—परीक्षा तो समीप आ गयी है।

लालाजी ने दृढ़ता से कहा—आने दो।

और फिर अपने कमरे में जाकर विचारों में डूब गये।

4

छः महीने गुज़र गये।

लालाजी ने घर में आकर पत्नी को एकांत में बुलाया और बोले—जहाँ तक मुझे मालूम हुआ है, केशव बहुत ही सुशील और प्रतिभाशाली युवक है। मैं तो समझता हूँ प्रेमा इस शोक में घुल-घुलकर प्राण दे देगी। तुमने भी समझाया, मैंने

भी समझाया, दूसरों ने भी समझाया; पर उस पर कोई असर ही नहीं होता। ऐसी दशा में हमारे लिए क्या उपाय है ?

उनकी पत्नी ने चिन्तित भाव से कहा—कर तो दोगे; लेकिन रहोगे कहाँ ? न जाने कहाँ से यह कुलच्छनी मेरी कोख में आयी ?

लालाजी ने भवें सिकोड़कर तिरस्कार के साथ कहा—यह तो हज़ार दफा सुन चुका; लेकिन कुल-मर्यादा के नाम को कहाँ तक रोयें। चिड़िया का पर खोलकर यह आशा करना कि वह तुम्हारे आँगन में ही फुदकती रहेगी भ्रम है। मैंने इस प्रश्न पर ठण्डे दिल से विचार किया है और इस नतीजे पर पहुँचा हूँ कि हमें इस आपद्धर्म को स्वीकार कर लेना ही चाहिए। कुल-मर्यादा के नाम पर मैं प्रेमा की हत्या नहीं कर सकता। दुनिया हँसती हो, हँसे; मगर वह ज़माना बहुत जल्द आनेवाला है, जब ये सभी बन्धन टूट जायँगे। आज भी सैकड़ों विवाह जात-पाँत के बन्धनों को तोड़कर हो चुके हैं। अगर विवाह का उद्देश्य स्त्री और पुरुष का सुखमय जीवन है, तो हम प्रेमा की उपेक्षा नहीं कर सकते हैं।

वृद्धा ने क्षुब्ध होकर कहा—जब तुम्हारी यही इच्छा है, तो मुझसे क्या पूछते हैं ? लेकिन मैं कहे देती हूँ, कि मैं इस विवाह के नज़दीक न जाऊँगी, न कभी इस छोकरी का मुँह देखूँगी, समझ लूँगी, जैसे और सब लड़के मर गये वैसे यह भी मर गयी।

'तो फिर आखिर तुम क्या करने को कहती हो ?'

'क्यों नहीं उस लड़के से विवाह कर देते, उसमें क्या बुराई है ? वह दो साल में सिविल सरविस पास करके आ जायगा। केशव के पास क्या रखा है, बहुत होगा किसी दफ्तर में क्लर्क हो जायगा।'

'और अगर प्रेमा प्राण-हत्या कर ले, तो ?'

'तो कर ले, तुम तो उसे और शह देते हो ? जब उसे हमारी परवाह नहीं है, तो हम उसके लिए अपने नाम को क्यों कलंकित करें ? प्राण-हत्या करना कोई खेल नहीं है। यह सब धमकी है। मन घोड़ा है, जब तक उसे लगाम न दो, पुट्ठे पर हाथ भी न रखने देगा। जब उसके मन का यह हाल है, तो कौन कहे, केशव के साथ ही ज़िन्दगी भर निबाह करेगी। जिस तरह आज उससे प्रेम है, उसी तरह कल दूसरे से हो सकता है। तो क्या पत्ते पर अपना माँस बिकवाना चाहते हो ?'

लालाजी ने स्त्री को प्रश्नसूचक दृष्टि से देखकर कहा—और अगर वह कल खुद जाकर केशव से विवाह कर ले, तो तुम क्या कर लोगी ? फिर तुम्हारी कितनी इज्जत रह जायगी। वह चाहे संकोचवश, या हम दोनों के लिहाज से यों ही बैठी रहे; पर यदि ज़िद पर कमर बाँध ले, हम-तुम कुछ नहीं कर सकते।

इस समस्या का ऐसा भीषण अन्त भी हो सकता है, यह इस वृद्धा के ध्यान में भी न आया था। यह प्रश्न बम के गोले की तरह उसके मस्तक पर गिरा।

एक क्षण तक वह अवाक् बैठी रह गयी, मानो इस आघात ने उसकी बुद्धि की धज्जियाँ उड़ा दी हों। फिर पराभूत होकर बोली—तुम्हें अनोखी कल्पनाएँ सूझती हैं। मैंने तो आज तक कभी भी नहीं सुना कि किसी कुलीन कन्या ने अपनी इच्छा से विवाह किया है।

'तुमने न सुना हो; लेकिन मैंने सुना है, और देखा है और ऐसा होना बहुत सम्भव है।'

'जिस दिन ऐसा होगा; उस दिन तुम मुझे जीती न देखोगे।'

'मैं यह नहीं कहता कि ऐसा होगा ही; लेकिन होना सम्भव है।'

'तो जब ऐसा होना है, तो इससे तो यही अच्छा है कि हमीं इसका प्रबन्ध करें। जब नाक ही कट रही है, तो तेज़ छुरी से क्यों न कटे। कल केशव को बुलाकर देखो, क्या कहता है।'

5

केशव के पिता सरकारी पेन्शनर थे, मिज़ाज के चिड़चिड़े और कृपण। धर्म के आडम्बरों में ही उनके चित्त को शान्ति मिलती थी। कल्पना-शक्ति का अभाव था। किसी के मनोभावों का सम्मान न कर सकते थे। वे अब भी उस संसार में रहते थे, जिसमें उन्होंने अपने बचपन और जवानी के दिन काटे थे। नवयुग की बढ़ती हुई लहर को वे सर्वनाश कहते थे, और कम-से-कम अपने घर को दोनों हाथों और दोनों पैरों का ज़ोर लगाकर उसे बचाये रखना चाहते थे; इसलिए जब एक दिन प्रेमा के पिता उनके पास पहुँचे और केशव से प्रेमा के विवाह का प्रस्ताव किया, तो बूढ़े पण्डितजी अपने आपे में न रह सके। धुँधली आँखें फाड़कर बोले—आप भंग तो नहीं खा गये हैं ? इस तरह का सम्बन्ध और चाहे जो कुछ हो, विवाह नहीं है। मालूम होता है, आपको भी नये जमाने की हवा लग गयी।

बूढ़े बाबूजी ने नम्रता से कहा—मैं खुद ऐसा सम्बन्ध नहीं पसन्द करता। इस विषय में मेरे भी वही विचार हैं, जो आपके; पर बात ऐसी आ पड़ी है कि मुझे विवश होकर आपकी सेवा में आना पड़ा। आजकल के लड़के और लड़कियाँ कितने स्वेच्छाचारी हो गये हैं, यह तो आप जानते ही हैं। हम बूढ़े लोगों के लिए अब अपने सिद्धान्तों की रक्षा करना कठिन हो गया है। मुझे भय है कि कहीं ये दोनों निराश होकर अपनी जान पर न खेल जायँ।

बूढ़े पण्डितजी जमीन पर पाँव पटकते हुए गरज उठे—आप क्या कहते हैं, साहब ! आपको शरम नहीं आती ? हम ब्राह्मण हैं और ब्राह्मणों में भी कुलीन। ब्राह्मण कितने ही पतित हो गये हों, इतने मर्यादा-शून्य नहीं हुए हैं कि बनिये-बक्कालों

की लड़की से विवाह करते फिरें ! जिस दिन कुलीन ब्राह्मणों में लड़कियाँ न रहेंगी, उस दिन यह समस्या उपस्थित हो सकती है। मैं कहता हूँ, आपको मुझसे यह बात कहने का साहस कैसे हुआ ?

बूढ़े बाबूजी जितना ही दबते थे, उतना ही पण्डितजी बिगड़ते थे। यहाँ तक कि लालाजी अपना अपमान ज्यादा न सह सके, और अपनी तक़दीर को कोसते हुए चले गये।

उसी वक्त केशव कालेज से आया। पण्डितजी ने तुरन्त उसे बुलाकर कठोर कंठ से कहा—मैंने सुना है, तुमने किसी बनिये की लड़की से अपना विवाह कर लिया है। यह खबर कहाँ तक सही है ?

केशव ने अनजान बनकर पूछा—आपसे किसने कहा ?

'किसी ने कहा। मैं पूछता हूँ, यह बात ठीक है, या नहीं ? अगर ठीक है, और तुमने अपनी मर्यादा को डुबाने का निश्चय कर लिया है, तो तुम्हारे लिए हमारे घर में कोई स्थान नहीं। तुम्हें मेरी कमाई पर एक धेला भी नहीं मिलता। मेरे पास जो कुछ है, वह मेरी अपनी कमाई है, मुझे अख्तियार है कि मैं उसे जिसे चाहूँ, दे दूँ। तुम यह अनीति करके मेरे घर में क़दम नहीं रख सकते।'

केशव पिता के स्वभाव से परिचित था। प्रेमा से उसे प्रेम था। वह गुप्त रूप से प्रेमा से विवाह कर लेना चाहता था ! बाप हमेशा तो बैठे न रहेंगे। माता के स्नेह पर उसे विश्वास था। उस प्रेम की तरंग में वह सारे कष्टों को झेलने के लिए तैयार मालूम होता था; लेकिन जैसे कोई कायर सिपाही बन्दूक के सामने जाकर हिम्मत खो बैठता है और कदम पीछे हटा लेता है, यही दशा केशव की हुई । वह साधारण युवकों की तरह सिद्धान्तों के लिए बड़े-बड़े तर्क कर सकता था, जबान से उनमें अपनी भक्ति की दोहाई दे सकता था; लेकिन उसके लिए यातनाएँ झेलने की सामर्थ्य उसमें न थी। अगर वह अपनी ज़िद पर अड़ा और पिता ने भी अपनी टेक रखी, तो उसका कहाँ ठिकाना लगेगा ? उसका जीवन ही नष्ट हो जायगा।

उसने दबी जबान से कहा—जिसने आपसे यह कहा है, बिलकुल झूठ कहा है।

पंडितजी ने तीव्र नेत्रों से देखकर कहा—तो यह खबर बिलकुल ग़लत है ?

'जी हाँ, बिलकुल गलत।'

'तो तुम आज ही इसी वक्त उस बनिये को खत लिख दो और याद रखो कि अगर इस तरह की चर्चा फिर कभी उठी, तो तुम्हारा सबसे बड़ा शत्रु मैं होऊँगा। बस, जाओ।'

केशव और कुछ न कह सका। वह यहाँ से चला, तो ऐसा मालूम होता था कि पैरों में दम नहीं है।

6

दूसरे दिन प्रेमा ने केशव के नाम यह पत्र लिखा–

'प्रिय केशव !

'तुम्हारे पूज्य पिताजी ने लालाजी के साथ जो अशिष्ट और अपमानजनक व्यवहार किया है, उसका हाल सुनकर मेरे मन में बड़ी शंका उत्पन्न हो रही है। शायद उन्होंने तुम्हें भी डाँट-फटकार बताई होगी, ऐसी दशा में मैं तुम्हारा निश्चय सुनने के लिए विकल हो रही हूँ। तुम्हारे साथ हर तरह का कष्ट झेलने को तैयार हूँ। मुझे तुम्हारे पिताजी की सम्पत्ति का मोह नहीं है, मैं तो केवल तुम्हारा प्रेम चाहती हूँ और उसी में प्रसन्न हूँ। आज शाम को यहीं आकर भोजन करो। दादा और माँ दोनों तुमसे मिलने के लिए बहुत इच्छुक हैं। मैं वह स्वप्न देखने में मग्न हूँ जब हम दोनों उस सूत्र में बँध जायँगे, जो टूटना नहीं जानता। जो बड़ी-से-बड़ी आपत्ति में भी अटूट रहता है।

तुम्हारी–

प्रेमा'

संध्या हो गयी और इस पत्र का कोई जवाब न आया। उसकी माता बार-बार पूछती थी–केशव आये नहीं ? बूढ़े लालाजी द्वार की ओर आँख लगाये बैठे थे। यहाँ तक कि रात के नौ बज गये, पर न तो केशव ही आये, न उनका पत्र।

प्रेमा के मन में भाँति-भाँति के संकल्प-विकल्प उठ रहे थे, कदाचित् उन्हें पत्र लिखने का अवकाश न मिला होगा, या आज आने की फुरसत न मिली होगी, कल अवश्य आ जायँगे। केशव ने पहले उसके पास जो प्रेम-पत्र लिखे थे, उन सबको उसने फिर पढ़ा। उनके एक-एक शब्द से कितना अनुराग टपक रहा था, उनमें कितना कम्पन था, कितनी विकलता, कितनी तीव्र आकांक्षा ! फिर उसे केशव के वे वाक्य याद आये, जो उसने सैकड़ों ही बार कहे थे। कितनी बार वह उसके सामने रोया था। इतने प्रमाणों के होते हुए निराशा के लिए कहाँ स्थान था, मगर फिर भी सारी रात उसका मन जैसे सूली पर टँगा रहा।

प्रातःकाल केशव का जवाब आया। प्रेमा ने काँपते हुए हाथों से पत्र लेकर पढ़ा। पत्र हाथ से गिर गया। ऐसा जान पड़ा, मानो उसकी देह का रक्त स्थिर हो गया हो। लिखा था–

'मैं बड़े संकट में हूँ, कि तुम्हें क्या जवाब दूँ ! मैंने इधर इस समस्या पर खूब ठण्डे दिल से विचार किया है और इस नतीजे पर पहुँचा हूँ कि वर्तमान दशाओं में मेरे लिए पिता की आज्ञा की उपेक्षा करना दुःसह है। मुझे कायर न समझना। मैं स्वार्थी भी नहीं हूँ, लेकिन मेरे सामने जो बाधाएँ हैं उन पर विजय पाने की

शक्ति मुझमें नहीं है। पुरानी बातों को भूल जाओ। उस समय मैंने इन बाधाओं की कल्पना न की थी !'

प्रेमा ने एक लम्बी, गहरी, जलती हुई साँस खींची और उस खत को फाड़कर फेंक दिया। उसकी आँखों से अश्रुधारा बहने लगी। जिस केशव को उसने अपने अन्तःकरण से वर लिया था, वह इतना निष्ठुर हो जायगा, इसकी उसको रत्ती भर भी आशा न थी। ऐसा मालूम पड़ा मानो अब तक वह कोई सुनहला स्वप्न देख रही थी; पर आँख खुलने पर वह सब कुछ अदृश्य हो गया। जीवन में जब आशा ही लुप्त हो गयी, तो अब अंधकार के सिवा और क्या रहा ! अपने हृदय की सारी सम्पत्ति लगाकर उसने एक नाव लदवाई थी, वह नाव जलमग्न हो गयी। अब दूसरी नाव कौन कहाँ से लदवाये; अगर वह नाव टूटी है तो उसके साथ वह भी डूब जायगी।

माता ने पूछा—क्या केशव का पत्र है ?

प्रेमा ने भूमि की ओर ताकते हुए कहा—हाँ, उनकी तबियत अच्छी नहीं है—इसके सिवा वह और क्या कहे ? केशव की निष्ठुरता और बेवफाई का समाचार कहकर लज्जित होने का साहस उसमें न था।

दिन भर वह घर के काम-धंधों में लगी रही, मानो उसे कोई चिन्ता ही नहीं है। रात को उसने सबको भोजन कराया, खुद भी भोजन किया और बड़ी देर तक हारमोनियम पर गाती रही।

मगर सबेरा हुआ, तो उसके कमरे में उसकी लाश पड़ी हुई थी। प्रभात की सुनहरी किरणें उसके पीले मुख को जीवन की आभा प्रदान कर रही थीं।

शिकार

फटे वस्त्रों वाली मुनिया ने रानी वसुधा के चाँद से मुखड़े की ओर सम्मान भरी आँखों से देखकर राजकुमार को गोद में उठाते हुए कहा—हम गरीबों का इस तरह कैसे निबाह हो सकता है महारानी ! मेरी तो अपने आदमी से एक दिन न पटे, मैं उसे घर में पैठने न दूँ। ऐसी-ऐसी गालियाँ सुनाऊँ कि छठी का दूध याद आ जाय।

रानी वसुधा ने गम्भीर विनोद के भाव से कहा—क्यों, वह कहेगा नहीं, तू मेरे बीच में बोलनेवाली कौन है ? मेरी जो इच्छा होगी वह करूँगा। तू अपना रोटी-कपड़ा मुझसे लिया कर। तुझे मेरी दूसरी बातों से क्या मतलब ? मैं तेरा गुलाम नहीं हूँ।

मुनिया तीन ही दिन से यहाँ लड़कों को खेलाने के लिए नौकर हुई थी। पहले दो-चार घरों में चौका-बरतन कर चुकी थी; पर रानियों से अदब के साथ बातें करना अभी न सीख पाई थी। उसका सूखा हुआ साँवला चेहरा उत्तेजित हो उठा। कर्कश स्वर में बोली—जिस दिन ऐसी बातें मुँह से निकालेगा, मूँछें उखाड़ लूँगी सरकार ! वह मेरा गुलाम नहीं है, तो क्या मैं उसकी लौंडी हूँ ? अगर वह मेरा गुलाम है, तो मैं उसकी लौंडी हूँ। मैं आप नहीं खाती, उसे खिला देती हूँ; क्योंकि वह मर्द-बच्चा है। पल्लेदारी में उसे बहुत कसाला करना पड़ता है। आप चाहे फटे पहनूँ; पर उसे फटे-पुराने नहीं पहनने देती। जब मैं उसके लिए इतना करती हूँ, तो मजाल है, कि वह मुझे आँख दिखाये। अपने घर को आदमी इसलिए तो छाता-छोपता है, कि उससे बर्खा-बूँदी में बचाव हो। अगर यह डर लगा रहे, कि घर न जाने कब गिर पड़ेगा, तो ऐसे घर में कौन रहेगा। उससे तो ऊख की छाँह ही कहीं अच्छी। कल न जाने कहाँ बैठा गाता-बजाता रहा। दस बजे रात को घर आया। मैं रात-भर उससे बोली ही नहीं। लगा पैरों पड़ने, घिघियाने, तब मुझे दया आ गयी ! यही मुझमें एक बुराई है। मुझसे उसकी रोनी सूरत नहीं देखी जाती। इसी से वह कभी-कभी बहक जाता है; पर अब मैं पक्की हो गई हूँ। फिर किसी दिन झगड़ा किया, तो या वही रहेगा, या मैं ही रहूँगी। क्यों किसी की धौंस सहूँ सरकार ? जो बैठकर खाय, वह धौंस सहे ! यहाँ तो बराबर की कमाई करती हूँ।

वसुधा ने उसी गम्भीर भाव से फिर पूछा—अगर वह तुझे बैठाकर खिलाता तब उसकी धौंस सहती ?

मुनिया जैसे लड़ने पर उतारू हो गयी। बोली—बैठाकर कोई क्या खिलायेगा सरकार ? मर्द बाहर काम करता है, तो हम भी घर में काम करती हैं कि घर के काम में कुछ लगता ही नहीं ? बाहर के काम से तो रात को छुट्टी मिल जाती है। घर के काम से तो रात को भी छुट्टी नहीं मिलती। पुरुष यह चाहे कि मुझे घर में बिठाकर आप सैर-सपाटा करे, तो मुझसे तो न सहा जाय—यह कहती हुई मुनिया राजकुमार को लिये हुए बाहर चली गयी।

वसुधा ने थकी हुई, रुआँसी आँखों से खिड़की की ओर देखा। बाहर हरा-भरा बाग था, जिसके रंग-बिरंगे फूल यहाँ से साफ नज़र आ रहे थे। और पीछे एक विशाल मंदिर आकाश में अपना सुनहला मस्तक उठाये, सूर्य से आँखें मिला रहा था। स्त्रियाँ रंग-बिरंगे वस्त्राभूषण पहने पूजन करने आ रही थीं। मन्दिर की दाहिनी तरफ तालाब में कमल प्रभात के सुनहले आनन्द से मुस्करा रहे थे और कार्तिक की शीत रवि-छवि-जीवन-ज्योति लुटाती फिरती थी; पर प्रकृति की यह सुरम्य शोभा वसुधा को कोई हर्ष न प्रदान कर सकी। उसे जान पड़ा—प्रकृति उसकी दशा पर व्यंग्य से मुसकिरा रही है। उसी सरोवर के तट पर केवट का एक टूटा-फूटा झोपड़ा किसी अभागिनी वृद्धा की भाँति रो रहा था। वसुधा की आँखें सजल हो गयीं। पुष्प और उद्यान के मध्य में खड़ा वह सूना झोपड़ा उसके विलास और ऐश्वर्य से घिरे हुए मन का सजीव मित्र था। उसके जी में आया, जाकर झोपड़े के गले लिपट जाऊँ ! और खूब रोऊँ !

वसुधा को इस घर में आये पाँच वर्ष हो गये। पहले उसने अपने भाग्य को सराहा था। माता-पिता के छोटे-से कच्चे आनन्दहीन घर को छोड़कर, वह एक विशाल भवन में आयी थी, जहाँ सम्पत्ति उसके पैरों को चूमती हुई जान पड़ती थी। उस समय सम्पत्ति ही उसकी आँखों में सब कुछ थी। पति-प्रेम गौण-सी वस्तु थी; पर उसका लोभी मन सम्पत्ति पर सन्तुष्ट न रह सका, पति-प्रेम के लिए हाथ फैलाने लगा। कुछ दिनों में उसे मालूम हुआ, मुझे परम-रत्न भी मिल गया; पर थोड़े ही दिनों में वह भ्रम जाता रहा। कुँवर गज़राजसिंह रूपवान थे, उदार थे, बलवान् थे, शिक्षित थे, विनोदप्रिय थे और प्रेम का अभिनय भी करना जानते थे; उनके जीवन में प्रेम से कंपित होने वाला तार न था। वसुधा का खिला हुआ यौवन और देवताओं को भी लुभाने वाला रूप-रंग केवल विनोद का सामान था। घुड़दौड़ और शिकार, सट्टे और मकार जैसे सनसनी पैदा करने वाले मनोरंजन में प्रेम दबकर पीला और निर्जीव हो गया था। और प्रेम से वंचित होकर वुसधा की प्रेम-तृष्णा अब अपने भाग्य को रोया करती थी। दो पुत्र-रत्न पाकर भी वह सुखी न थी। कुंवर साहब एक महीने से ज्यादा हुआ, शिकार खेलने गये और अभी तक लौटकर नहीं आये।

और यह ऐसा, पहला ही अवसर न था। हाँ, अब उनकी अवधि बढ़ गयी थी। पहले वह एक सप्ताह में लौट आते थे; फिर दो सप्ताह का नम्बर चला और अब कई बार से एक-एक महीने की खबर लेने लगे। साल में तीन-तीन महीने शिकार की भेंट हो जाते थे। शिकार से लौटते, तो घुड़दौड़ का राग छिड़ता। कभी मेरठ, कभी पूना, कभी बम्बई, कभी कलकत्ता। घर पर ही रहते, तो अधिकतर लम्पट रईसजादों के साथ गप्पें उड़ाया करते। पति के यह रंग-ढंग देखकर वसुधा मन-ही-मन कुढ़ती और घुलती जाती थी। कुछ दिनों से हल्का-हल्का ज्वर भी रहने लगा था।

वसुधा बड़ी देर तक बैठी उदास आँखों से यह दृश्य देखती रही। फिर टेलीफोन पर आकर उसने रियासत के मैनेजर से पूछा—कुँवर साहब का कोई पत्र आया ?

फोन ने जवाब दिया—जी हाँ, अभी खत आया है। कुँवर साहब ने एक बहुत बड़े शेर को मारा है।

वसुधा ने जलकर कहा—मैं यह नहीं पूछती ! आने को कब लिखा है ?

'आने के बारे में तो कुछ नहीं लिखा।'

'यहाँ से उनका पड़ाव कितनी दूर है ?'

'यहाँ से ! दो सौ मील से कम न होगा। पीलीभीत के जंगलों में शिकार हो रहा है।'

'मेरे लिए दो मोटरों का इन्तज़ाम कर दीजिए। मैं आज वहाँ जाना चाहती हूँ।'

फोन ने कई मिनट बाद जवाब दिया—एक मोटर तो वह साथ ले गये हैं। एक हाकिम जिला के बँगले पर भेज दी गयी, तीसरी बैंक के मैनेजर की सवारी में, चौथी की मरम्मत हो रही है।

वसुधा का चेहरा क्रोध से तमतमा उठा। बोली—किसके हुक्म से बैंक के मैनेजर और हाकिम जिला को मोटरें भेजी गयीं ? आप दोनों मँगवा लीजिए। मैं आज ज़रूर जाऊँगी।

'उन दोनों साहबों के पास हमेशा मोटरें भेजी जाती रही हैं; इसलिए मैंने भेज दीं। अब आप हुक्म दे रही हैं, तो मँगवा लूँगा !'

वसुधा ने फोन से आकर सफर का सामान ठीक करना शुरू किया। उसने उसी आवेश में आकर अपना भाग्य-निर्णय करने का निश्चय कर लिया था। परित्यक्ता की भाँति पड़ी रहकर जीवन को समाप्त न करना चाहती थी। वह जाकर कुँवर साहब से कहेगी—अगर आप समझते हैं कि मैं आपकी सम्पत्ति की लौंडी बनकर रहूँ, तो यह मुझसे न होगा। आपकी सम्पत्ति आपको मुबारक हो। मेरा अधिकार आपकी सम्पत्ति पर नहीं, आपके ऊपर है। अगर आप मुझसे जौ-भर हटना चाहते हैं, तो मैं आपसे हाथ-भर हट जाऊँगी ! इस तरह की और कितनी ही विराग-भरी बातें उसके मन में बगूलों की भाँति उठ रही थीं।

डाक्टर साहब ने द्वार पर आकर पुकारा–मैं अन्दर आऊँ ?

वसुधा ने नम्रता से कहा–आज क्षमा कीजिए, मैं ज़रा पीलीभीत जा रही हूँ।

डाक्टर ने आश्चर्य से कहा–आप पीलीभीत जा रही हैं ! आपका ज्वर चढ़ जायगा। इस दशा में मैं आपको जाने की सलाह न दूँगा।

वसुधा ने विरक्त स्वर में कहा–बढ़ जायगा, बढ़ जाय; मुझे इसकी चिन्ता नहीं है !

वृद्ध डाक्टर परदा उठाकर आ गया और वसुधा के चेहरे की ओर ताकता हुआ बोला–लाइए मैं टेम्परेचर ले लूँ। अगर टेम्परेचर बढ़ा होगा, तो मैं आपको हरगिज़ न जाने दूँगा।

'टेम्परेचर लेने की ज़रूरत नहीं। मेरा इरादा पक्का हो गया है।'

'स्वास्थ्य पर ध्यान रखना आपका पहला कर्तव्य है।'

वसुधा ने मुस्कराकर कहा–आप निश्चिन्त रहिए, मैं इतनी जल्द मरी नहीं जा रही हूँ ! फिर अगर किसी बीमारी की दवा मौत ही हो, तो आप क्या करेंगे ?

डाक्टर ने दो-एक बार आग्रह किया। फिर विस्मय से सिर हिलाता चला गया !

2

रेलगाड़ी से जाने में आखिरी स्टेशन से दस कोस तक जंगली सुनसान रास्ता तय करना पड़ता था, इसलिए कुँवर साहब बराबर मोटर ही पर जाते थे। वसुधा ने उसी से जाने का निश्चय किया। दस बजते-बजते दोनों मोटरें आयीं। वसुधा ने ड्राइवरों पर गुस्सा उतारा–अब मेरे हुक्म के बग़ैर कहीं मोटर ले गये, तो मोटर का किराया तुम्हारी तलब से काट लूँगी। अच्छी दिल्लगी है ! घर को रोयें, बन की गायें ! हमने अपने आराम के लिए मोटरें रखी हैं, किसी की खुशामद करने के लिए नहीं। जिसे मोटर पर सवार होने का शौक हो, मोटर खरीदे। यह नहीं कि हलवाई की दुकान देखी और दादे का फ़ातिहा पढ़ने बैठ गये !

वह चली, तो दोनों बच्चे कुनमुनाये, मगर जब मालूम हुआ, कि अम्माँ बड़ी दूर हौआ को मारने जा रही हैं तो उनका यात्रा-प्रेम ठण्डा पड़ा। वसुधा ने आज सुबह से उन्हें प्यार न किया था। उसने जलन में सोचा–मैं ही क्यों इन्हें प्यार करूँ, मैंने ही इनका ठेका लिया है ! वह तो वहाँ जाकर चैन करें और मैं यहाँ इन्हें छाती से लगाये बैठी रहूँ। लेकिन चलते समय माता का हृदय पुलक उठा। दोनों को बारी-बारी से गोद में लिया, चूमा, प्यार किया और घण्टे भर में लौट आने का वचन देकर वह सजल नेत्रों के साथ घर से निकली। मार्ग में भी उसे बच्चों की याद बार-बार आती रही। रास्ते में कोई गाँव आ जाता और छोटे-छोटे बालक

मोटर की दौड़ देखने के लिए घरों से निकल आते, और सड़क पर खड़े होकर तालियाँ बजाते हुए मोटर का स्वागत करते, तो वसुधा का जी चाहता, इन्हें गोद में उठाकर प्यार कर लूँ। मोटर जितने वेग से आगे जा रही थी, उतने ही वेग से उसका मन सामने के वृक्ष-समूहों के पीछे की ओर उड़ा जा रहा था। कई बार इच्छा हुई, घर लौट चलूँ। जब उन्हें मेरी रत्ती भर परवाह नहीं है, तो मैं ही क्यों उनकी फिक्र में प्राण दूँ ? जी चाहे आवें या न आवें; लेकिन एक बार पति से मिलकर उनसे खरी-खरी बात करने के प्रलोभन को वह न रोक सकी। सारी देह थककर चूर-चूर हो रही थी, ज्वर भी हो आया था, सिर पीड़ा से फटा पड़ता था; पर वह संकल्प से सारी बाधाओं को दबाये आगे बढ़ती जाती थी। यहाँ तक कि जब वह दस बजे रात को जंगल के उस डाक-बँगले में पहुँची, तो उसे तन-बदन की सुधि न थी। ज़ोर का ज्वर चढ़ा हुआ था।

3

शोर की आवाज सुनते ही कुँवर साहब निकल आये और पूछा—तुम यहाँ कैसे आये जी ? कुशल तो है ?

शोफर ने समीप आकर कहा—रानी साहब आयी हैं हुजूर ! रास्ते में बुखार हो आया। बेहोश पड़ी हुई हैं।

कुँवर साहब ने वहीं खड़े कठोर स्वर में पूछा—तो तुम उन्हें वापस क्यों न ले गये ? क्या तुम्हें मालूम नहीं था, यहाँ कोई वैद्य-हकीम नहीं है।

शोफर ने सिटपिटाकर जवाब दिया—हुजूर, वह किसी तरह मानती ही न थीं, तो मैं क्या करता ?

कुँवर साहब ने डाँटा—चुप रहो जी, बातें न बनाओ। तुमने समझा होगा, शिकार की बहार देखेंगे और पड़े-पड़े सोयेंगे। तुमने वापस चलने को कहा ही न होगा।

शोफर—वह मुझे डाँटती थीं हुजूर !

'तुमने कहा था ?'

'मैंने कहा तो नहीं हुजूर !'

'बस तो चुप रहो ! मैं तुमको भी पहचानता हूँ। तुम्हें मोटर लेकर इसी वक्त लौटना पड़ेगा। और कौन-कौन साथ हैं ?'

शोफर ने दबी हुई आवाज़ में कहा—एक मोटर पर बिस्तर और कपड़े हैं एक पर खुद रानी साहब हैं।

'यानी और कोई साथ नहीं है ?'

'हुजूर ! मैं तो हुक्म का ताबेदार हूँ।'

'बस, चुप रहो !'

यों झल्लाते हुए कुँवर साहब वसुधा के पास गये और आहिस्ता से पुकारा। जब कोई जवाब न मिला तो उन्होंने धीरे से उसके माथे पर हाथ रखा। सिर गर्म तवा हो रहा था। उस ताप ने मानो उनकी सारी क्रोध-ज्वाला को खींच लिया। लपककर बँगले में आये, सोये हुए आदमियों को जगाया, पलँग बिछवाया, अचेत वसुधा को गोद में उठाकर कमरे में लाये और पलँग पर लिटा दिया। फिर उसके सिरहाने खड़े होकर उसे व्यथित नेत्रों से देखने लगे। उस धूल से भरे मुखमंडल और बिखरे हुए रज-रंजित केशों में आज उन्होंने आग्रहमय प्रेम की झलक देखी। अब तक उन्होंने वसुधा को विलासिनी के रूप में देखा था, जिसे उनके प्रेम की परवाह न थी, जो अपने बनाव-सिंगार ही में मगन थी, आज धूल के पौडर और पोमेड में वह उसके नारीत्व का दर्शन कर रहे थे। उसमें कितना आग्रह था, कितनी लालसा थी ! अपनी उड़ान के आनन्द में डूबी हुई; अब वह पिंजरे के द्वार पर आकर पंख फड़फड़ा रही थी। पिंजरे का द्वार खुलकर क्या उसका स्वागत न करेगा ?

रसोइये ने पूछा—क्या सरकार अकेले आयी हैं ?

कुँवर साहब ने कोमल कण्ठ से कहा—हाँ जी, और क्या। इतने आदमी हैं, किसी को साथ न लिया। आराम से रेलगाड़ी से आ सकती थीं। यहाँ से मोटर भेज दी जाती। मन ही तो है। कितने ज़ोर का बुखार है कि हाथ नहीं रखा जाता। ज़रा-सा पानी गर्म करो और देखो, कुछ खाने को बना लो।

रसोइये ने ठकुर-सोहाती की—सौ कोस की दौड़ बहुत होती है सरकार ! सारा दिन बैठे-बैठे बीत गया।

कुँवर साहब ने वसुधा के सिर के नीचे तकिया सीधा करके कहा— 'कचूमर तो हम लोगों का निकल जाता है। दो दिन तक कमर नहीं सीधी होती फिर इनकी क्या बात है। ऐसी बेहूदा सड़क दुनिया में न होगी।' यह कहते हुए उन्होंने एक शीशी से तेल निकाला और वसुधा के सिर में मलने लगे।

4

वसुधा का ज्वर इक्कीस दिन तक न उतरा। घर के डाक्टर आये। दोनों बालक, मुनिया, नौकर-चाकर, सभी आ गये। जंगल में मंगल हो गया।

वसुधा खाट पर पड़ी-पड़ी कुँवर साहब की शुश्रुषाओं में अलौकिक आनन्द और सन्तोष का अनुभव किया करती। वह दोपहर दिन चढ़े तक सोने के आदी थे, कितने सबेरे उठते, उसके पथ्य और आराम की ज़रा-ज़रा सी बातों का कितना खयाल रखते। ज़रा देर के लिए स्नान और भोजन करते जाते, फिर आकर बैठ जाते। एक तपस्या-सी कर रहे थे। उसका स्वास्थ्य बिगड़ता जाता था, चेहरे पर स्वास्थ्य की लाली न थी। कुछ व्यस्त से रहते थे।

एक दिन वसुधा ने कहा—तुम आजकल शिकार खेलने क्यों नहीं जाते ? मैं तो शिकार खेलने ही आयी थी, मगर न जाने किस बुरी साइत से चली कि तुम्हें इतनी तपस्या करनी पड़ गयी। अब मैं बिलकुल अच्छी हूँ। ज़रा आईने में अपनी सूरत तो देखो।

कुँवर साहब को इतने दिनों शिकार का कभी ध्यान ही न आया था। इसकी चर्चा ही न होती थी। शिकारियों का आना-जाना, मिलना-जुलना बन्द था। एक बार साथ के एक शिकारी ने किसी शेर का जिक्र किया था। कुँवर साहब ने उसकी ओर कुछ ऐसी कड़वी आँखों से देखा कि वह सूख-सा गया। वसुधा के पास बैठने, उससे कुछ बातें करके उसका मन बहलाने, दवा और पथ्य बनाने में ही उन्हें आनन्द मिलता था। उनका भोग-विलास जीवन के इस कठोर व्रत में जैसे बुझ गया। वसुधा की एक हथेली पर अँगुलियों से रेखा खींचने में मग्न थे। शिकार की बात किसी और के मुँह से सुनी होती, तो फिर उसी आग्नेय नेत्रों से देखते। वसुधा के मुँह से यह चर्चा सुनकर उन्हें दुःख हुआ। वह उन्हें इतना शिकार का आसक्त समझती है ! अमर्ष भरे स्वर में बोले—हाँ, शिकार खेलने का इससे अच्छा और कौन अवसर मिलेगा !

वसुधा ने आग्रह किया—मैं तो अब अच्छी हूँ, सच ! देखो (आईने की ओर दिखाकर) मेरे चेहरे पर वह पीलापन नहीं रहा। तुम अलबत्ता बीमार से हो जाते हो। ज़रा मन बहल जायगा। बीमार के पास बैठने से आदमी सचमुच बीमार हो जाता है।

वसुधा ने साधारण-सी बात कही थी; पर कुँवर साहब के हृदय पर वह चिनगारी के समान लगी। इधर वह अपने शिकार के खब्त पर कई बार पछता चुके थे। अगर वह शिकार के पीछे यों न पड़ते, तो वसुधा यहाँ क्यों आती और क्यों बीमार पड़ती। उन्हें मन-ही-मन इसका बड़ा दुःख था। इस वक्त कुछ न बोले। शायद कुछ बोला ही न गया। फिर वसुधा की हथेली पर रेखाएँ बनाने लगे।

वसुधा ने उसी सरल भाव से कहा—अबकी तुमने क्या-क्या तोहफे जमा किये, ज़रा मँगाओ, देखूँ। उनमें से जो सबसे अच्छा होगा, उसे मैं ले लूँगी। अबकी मैं भी तुम्हारे साथ शिकार खेलने चलूँगी। बोलो, मुझे ले चलोगे न ? मैं मानूँगी नहीं। बहाने मत करने लगना।

अपने शिकारी तोहफे दिखाने का कुँवर साहब को मरज था। सैकड़ों ही खालें जमा कर रखी थीं। उनके कई कमरों में फर्श-गद्दे, कोच, कुर्सियाँ, मोढ़े सब खालों ही के थे। ओढ़ना और बिछौना भी खालों ही का था ! बाघम्बरों के कई सूट बनवा रखे थे। शिकार में वही सूट पहनते थे। अबकी भी बहुत से सींग, सिर, पंजे, खालें जमा कर रखी थीं। वसुधा का इन चीज़ों से अवश्य मनोरंजन होगा। यह न समझे कि वसुधा ने सिंह-द्वार से प्रवेश न पाकर चोर दरवाजे से घुसने का प्रयत्न किया

है। जाकर वह चीज़ें उठवा लाये; लेकिन आदमियों को परदे की आड़ में खड़ा करके पहले अकेले ही उसके पास गये ! डरते थे; कहीं मेरी उत्सकुता वसुधा को बुरी न लगे।

वसुधा ने उत्सुक होकर पूछा—चीज़ें नहीं लाये ?

'लाया हूँ, मगर कहीं डाक्टर साहब न हों।'

'डाक्टर ने पढ़ने-लिखने को मना किया था।'

तोहफे लाये गये। कुँवर साहब एक-एक चीज़ निकालकर दिखाने लगे। वसुधा के चेहरे पर हर्ष की ऐसी लाली हफ्तों से न दिखी थी, जैसे कोई बालक तमाशा देखकर मगन हो रहा हो। बीमारी के बाद हम बच्चों की तरह ज़िद्दी, उतने ही आतुर, उतने ही सरल हो जाते हैं। जिन किताबों में भी मन न लगा हो, वह बीमारी के बाद पढ़ी जाती हैं। वुसधा जैसे उल्लास की गोद में खेलने लगी। चीतों की खालें थीं, बाघों की, मृगों की, शेरों की। वसुधा हरेक खाल नयी उमंग से देखती, जैसे बायस्कोप के एक चित्र के बाद दूसरा चित्र आ रहा हो। कुँवर साहब एक-एक तोहफे का इतिहास सुनाने लगे। यह जानवर कैसे मारा गया, उसके मारने में क्या-क्या बाधाएँ पड़ीं, क्या-क्या उपाय करने पड़े, पहले कहाँ गोली लगी आदि। वसुधा हरेक की कथा आँखें फाड़-फाड़कर सुन रही थी। इतना सजीव, स्फूर्तिमय आनन्द उसे आज तक किसी कविता, संगीत या आमोद में भी न मिला था। सबसे सुन्दर एक सिंह की खाल थी। वही उसने छाँटी।

कुँवर साहब की यह सबसे बहुमूल्य वस्तु थी। उसे अपने कमरे में लटकाने को रखे हुए थे। बोले—तुम बाघम्बरों में से कोई ले लो। यह तो कोई अच्छी चीज़ नहीं।

वसुधा ने खाल को अपनी ओर खींचकर कहा—रहने दीजिए अपनी सलाह। मैं खराब ही लूँगी।

कुँवर साहब ने जैसे अपनी आँखों से आँसू पोंछकर कहा—तुम वही ले लो, मैं तो तुम्हारे खयाल से कह रहा था। मैं फिर वैसा ही मार लूँगा।

'तो तुम मुझे चकमा क्यों देते थे ?'

'चकमा कौन देता था ?'

'अच्छा, खाओ मेरे सिर की कसम, कि यह सबसे सुन्दर खाल नहीं है ?'

कुँवर साहब ने हार की हँसी हँस कर कहा—कसम क्यों खायँ, इस एक खाल के लिए ? ऐसी-ऐसी एक लाख खालें हों, तो तुम्हारे ऊपर न्योछावर कर दूँ।

जब शिकारी सब खालें लेकर चला गया, तो कुँवर साहब ने कहा—मैं इस खाल पर काले ऊन से अपना समर्पण लिखूँगा।

वसुधा ने थकान से पलँग पर लेटते हुए कहा—अब मैं भी शिकार खेलने चलूँगी।

फिर वह सोचने लगी, वह भी कोई शेर मारेगी और उसकी खाल पतिदेव को भेंट करेगी। उस पर लाल ऊन से लिखा जायगा—प्रियतम!

जिस ज्योति के मन्द पड़ जाने से हरेक व्यापार, हरेक व्यंजन पर अंधकार छा गया था, वह ज्योति अब प्रदीप्त होने लगी थी।

5

शिकारों का वृत्तान्त सुनने की वसुधा को चाट-सी पड़ गयी। कुँवर साहब को कई-कई बार अपने अनुभव सुनाने पड़े। उसका सुनने से जी ही न भरता था। अब तक कुँवर साहब का संसार अलग था, जिसके दुःख-सुख, हानि-लाभ, आशा-निराशा से वसुधा को कोई सरोकार न था। वसुधा को इस संसार के व्यापार से कोई रुचि न थी, बल्कि अरुचि थी। कुँवर साहब इस पृथक् संसार की बातें उससे छिपाते थे; पर अब वसुधा उनके इस संसार में एक उज्ज्वल प्रकाश, एक वरदानों वाली देवी के समान अवतरित हो गयी थी।

एक दिन वसुधा ने आग्रह किया—मुझे बन्दूक चलाना सिखा दो।

डाक्टर साहब की अनुमति मिलने में विलम्ब न हुआ। वसुधा स्वस्थ हो गयी थी। कुँवर साहब ने शुभ मुहूर्त में उसे दीक्षा दी। उस दिन से जब देखो, वृक्षों की छाँह में खड़ी निशाने का अभ्यास कर रही है, और कुँवर साहब खड़े उसकी परीक्षा ले रहे हैं।

जिस दिन उसने पहली चिड़िया मारी, कुँवर साहब हर्ष से उछल पड़े। नौकरों को इनाम दिये; ब्राह्मणों को दान दिया गया। इस आनन्द की शुभ-स्मृति में उस पक्षी की ममी बनाकर रखी गयी।

वसुधा के जीवन में अब एक नया उत्साह, एक नया उल्लास, एक नयी आशा थी। पहले की भाँति उसका वंचित हृदय अशुभ कल्पनाओं से त्रस्त न था। अब उसमें विश्वास था, बल था, अनुराग था।

6

कई दिनों के बाद वसुधा की साध पूरी हुई। कुँवर साहब उसे साथ लेकर शिकार खेलने पर राजी हुए और शिकार था शेर का और शेर भी वह जिसने इधर एक महीने से आसपास के गाँवों में तहलका मचा दिया था।

चारों तरफ अन्धकार था, ऐसा सघन कि पृथ्वी उसके भार से कराहती हुई जान पड़ती। कुँवर साहब और वसुधा एक ऊँचे मचान पर बन्दूक लिये दम साधे बैठे हुए थे। बहुत भयंकर जन्तु था। अभी पिछली रात को वह एक सोते हुए

आदमी को खेत में मचान पर से खींचकर ले भागा था। उसकी चालाकी पर लोग दाँतों तले अँगुली दबाये थे। मचान इतना ऊँचा था कि चीता उछलकर न पहुँच सकता था। हाँ, उसने यह देख लिया कि वह आदमी मचान पर बाहर की तरफ सिर किये सो रहा था। दुष्ट को एक चाल सूझी। वह पास के गाँव में गया और वहाँ से एक लम्बा बाँस उठा लाया। बाँस के एक सिरे को उसने दाँतों से कुचला और जब उसकी कूँची-सी बन गयी, तो उसे न जाने अगले पंजों या दाँतों से उठाकर सोने वाले आदमी के बालों में फिराने लगा। वह जानता था, बाल बाँस के रेशों में फँस जायँगे। एक झटके में वह अभागा आदमी नीचे आ रहा। इसी मानस-भक्षी चीते की घात में दोनों शिकारी बैठे हुए थे। नीचे कुछ दूर पर भैंसा बाँध दिया गया था और शेर के आने की राह देखी जा रही थी। कुँवर साहब शान्त थे; पर वसुधा की छाती धड़क रही थी। ज़रा-सा भी पत्ता खड़कता, तो वह चौंक पड़ती और बन्दूक सीधी करने के बदले में चौंककर कुँवर साहब से चिपक जाती। कुँवर साहब बीच-बीच में उसकी हिम्मत बँधाते जाते थे।

'ज्यों ही भैसे पर आया, मैं उसका काम तमाम कर दूँगा। तुम्हारी गोली की नौबत ही न आने पावेगी।'

वसुधा ने सिहरकर कहा—और जो कहीं निशाना चूक गया तो उछलेगा ?

'तो फिर दूसरी गोली चलेगी। तीनों बन्दूकें तो भरी तैयार रखी हैं। तुम्हारा जी घबड़ाता तो नहीं ?'

'बिलकुल नहीं। मैं तो चाहती हूँ, पहला मेरा निशाना होता।'

पत्ते खड़खड़ा उठे। वसुधा चौंककर पति के कन्धों से लिपट गयी। कुँवर साहब ने उसकी गर्दन में हाथ डालकर कहा—दिल मजबूत करो प्रिये।

वसुधा ने लज्जित होकर कहा—नहीं-नहीं, मैं डरती नहीं, ज़रा चौंक पड़ी थी।

सहसा भैंसे के पास दो चिनगारियाँ-सी चमक उठी। कुँवर साहब ने धीरे से वसुधा का हाथ दबाकर शेर के आने की सूचना दी और सतर्क हो गये। जब शेर भैंसे पर आ गया, तो उन्होंने निशाना मारा। खाली गया। दूसरा फैर किया। चीता जख्मी तो हुआ; पर गिरा नहीं। क्रोध से पागल होकर इतनी ज़ोर से गरजा कि वसुधा का कलेजा दहल उठा। कुँवर साहब तीसरा फैर करने जा रहे थे कि चीते ने मचान पर जस्त मारी। उसके अगले पंजों के धक्के से मचान ऐसा हिला कि कुँवर साहब हाथ में बन्दूक लिये झोंके से नीचे गिर पड़े। कितना भीषण अवसर था ! अगर एक पल का भी विलम्ब होता, तो कुँवर साहब की खैरियत न थी। शेर की जलती हुई आँखें वसुधा के सामने चमक रही थीं। उसकी दुर्गन्धमय साँस देह में लग रही थी। हाथ-पाँव फूले हुए थे। आँखें भीतर को सिकुड़ी जा रही थीं; पर इस खतरे ने जैसे उसकी नाड़ियों में बिजली भर दी। उसने अपनी बन्दूक सँभाली। शेर के और उसके बीच में दो हाथ से ज्यादा अन्तर न था। वह उचककर आना

ही चाहता था कि वसुधा ने बन्दूक की नली उसकी आँखों में डालकर बन्दूक छोड़ी। धायँ ! शेर के पंजे ढीले पड़े। नीचे गिर पड़ा। अब समस्या भीषण थी। शेर से तीन-चार कदम पर ही कुँवर साहब गिरे पड़े थे। शायद चोट ज्यादा आयी हो। शेर में अगर अभी दम है, तो वह उन पर ज़रूर वार करेगा। वसुधा के प्राण आँखों में थे और बल कलाइयों में। इस वक्त कोई उसकी देह में भाला भी चुभा देता, तो उसे खबर न होती ! वह अपने होश में न थी। उसकी मूर्च्छा ही चेतना का काम कर रही थी। उसने बिजली की बत्ती जलाई। देखा शेर उठने की चेष्टा कर रहा है। दूसरी गोली सिर पर मारी और उसके साथ ही रिवाल्वर लिये नीचे कूदी। शेर ज़ोर से गुर्राया। वसुधा ने उसके मुँह के सामने रिवाल्वर खाली कर दिया। कुँवर साहब सँभलकर खड़े हो गये। दौड़कर उसे छाती से चिपटा लिया। अरे ! यह क्या। वसुधा बेहोश थी। भय उसके प्राणों को मुट्ठी में लिये उसकी आत्म-रक्षा कर रहा था। भय के शांत होते ही मूर्च्छा आ गयी।

7

तीन घंटों के बाद वसुधा की मूर्च्छा टूटी। उसकी चेतना अब भी उन्हीं भयप्रद परिस्थितियों में विचर रही थी। उसने धीरे से डरते-डरते आँखें खोलीं। कुँवर साहब ने पूछा—कैसा जी है प्रिये ?

वसुधा ने उनकी रक्षा के लिए दोनों हाथों का घेरा बनाते हुए कहा—वहाँ से हट जाओ ! ऐसा न हो, झपट पड़े।

कुँवर साहब ने हँसकर कहा—शेर कब का ठंडा हो गया। वह बरामदे में पड़ा है। ऐसे डील-डौल का और इतना भयंकर सिंह मैंने नहीं देखा।

वसुधा—तुम्हें चोट तो नहीं आयी ?

कुँवर—बिलकुल नहीं। तुम कूद क्यों पड़ीं ? पैरों में बड़ी चोट आयी होगी। तुम जीती कैसे बचीं, यह आश्चर्य है। मैं तो इतनी ऊँचाई से कभी न कूद सकता।

वसुधा ने चकित होकर कहा—मैं ! मैं कहाँ कूदी ? शेर मचान पर आया, इतना याद है। उसके बाद क्या हुआ, मुझे कुछ याद नहीं।

कुँवर को भी विस्मय हुआ—वाह ! तुमने उस पर दो गोलियाँ चलाईं। जब वह नीचे गिरा, तो तुम भी कूद पड़ीं और उसके मुँह में रिवाल्वर की नली ठूँस दी। बस वहीं ठंडा हो गया। बड़ा बेहया जानवर था। अगर तुम चूक जातीं, तो वह नीचे आते ही मुझ पर ज़रूर चोट करता। मेरे पास तो छुरी भी न थी। बन्दूक हाथ से छूटकर दूसरी तरफ गिर गयी थी। अँधेरे में कुछ सुझाई न देता था। तुम्हारे ही प्रभाव से इस वक्त मैं यहाँ खड़ा हूँ, तुमने मुझे प्राण-दान दिया।

दूसरे दिन प्रातःकाल यहाँ से कूच हुआ।

जो घर वसुधा को फाड़े खाता था, उसमें आज जाकर ऐसा आनन्द आया, जैसे किसी बिछुड़े मित्र से मिली हो। हरेक वस्तु उसका स्वागत करती हुई मालूम होती थी ! जिन नौकरों और लौंडियों से वह महीनों से सीधे मुँह न बोली थी, उनसे वह आज हँस-हँसकर कुशल पूछती और गले मिलती थी, जैसे अपनी पिछली रुखाइयों की पटौती कर रही हो।

संध्या का सूर्य, आकाश के स्वर्ण सागर में अपनी नौका खेता हुआ चला जा रहा था ! वसुधा खिड़की के सामने कुरसी पर बैठकर सामने का दृश्य देखने लगी। उस दृश्य में आज जीवन था, विकास था, उन्माद था। केवट का वह सूना झोपड़ा भी आज कितना सुहावना लग रहा था। प्रकृति में मोहिनी भरी हुई थी।

मन्दिर के सामने मुनिया राजकुमारों को खिला रही थी। वसुधा के मन में आज कुलदेव के प्रति श्रद्धा जागृत हुई, जो बरसों से पड़ी सो रही थी। उसने पूजा के सामान मँगवाये और पूजा करने चली। आनन्द से भरे भण्डार से अब वह कुछ दान भी कर सकती थी। जलते हुए हृदय से ज्वाला के सिवा और क्या निकलती।

उसी वक्त कुँवर साहब आकर बोले—अच्छा, पूजा करने जा रही हो। मैं भी वहीं जा रहा था। मैंने एक मनौती मान रक्खी है।

वसुधा ने मुस्कराती हुई आँखों से पूछा—कैसी मनौती है ?

कुँवर साहब ने हँसकर कहा—यह न बताऊँगा।

सुभागी

और लोगों के यहाँ चाहे जो होता हो, तुलसी महतो अपनी लड़की सुभागी को लड़के रामू से जौ-भर भी कम प्यार न करते थे। रामू जवान होकर भी काठ का उल्लू था। सुभागी ग्यारह साल की बालिका होकर भी घर के काम में इतनी चतुर, और खेती-बारी के काम में इतनी निपुण थी कि उसकी माँ लक्ष्मी दिल में डरती रहती कि कहीं लड़की पर देवताओं की आँख न पड़ जाय। अच्छे बालकों से भगवान को भी तो प्रेम है। कोई सुभागी का बखान न करे, इसलिए वह अनायास ही उसे डाँटती रहती थी। बखान से लड़के बिगड़ जाते हैं, यह भय तो न था, भय था—नज़र का ! वही सुभागी आज ग्यारह साल की उम्र में विधवा हो गयी।

घर में कुहराम मचा हुआ था। लक्ष्मी पछाड़ें खाती थी। तुलसी सिर पीटते थे। उन्हें रोते देखकर सुभागी भी रोती थी। बार-बार माँ से पूछती—क्यों रोती हो अम्माँ, मैं तुम्हें छोड़कर कहीं न जाऊँगी, तुम क्यों रोती हो ? उसकी भोली बातें सुनकर माता का दिल और भी फटा जाता था।

वह सोचती थी—ईश्वर तुम्हारी यही लीला है ! जो खेल खेलते हो, वह दूसरों को दुःख देकर। ऐसा तो पागल करते हैं। आदमी पागलपन करे तो उसे पागलखाने भेजते हैं; मगर तुम जो पागलपन करते हो, उसका कोई दंड नहीं। ऐसा खेल किस काम का कि दूसरे रोयें और तुम हँसो। तुम्हें तो लोग दयालु कहते हैं।

यही तुम्हारी दया है !

और सुभागी क्या सोच रही थी ?

उसके पास कोठरी भर रुपये होते, तो वह उन्हें छिपाकर रख देती। फिर एक दिन चुपके से बाज़ार चली जाती और अम्माँ के लिए अच्छे-अच्छे कपड़े लाती, दादा जब बाकी माँगने आते, तो चट रुपये निकालकर दे देती, अम्माँ-दादा कितने खुश होते।

2

जब सुभागी जवान हुई तो लोग तुलसी महतो पर दबाव डालने लगे कि लड़की का घर कहीं कर दो। जवान लड़की का यों फिरना ठीक नहीं। जब हमारी बिरादरी में इसकी कोई निन्दा नहीं है, तो क्यों सोच-विचार करते हो ?

तुलसी ने कहा–भाई मैं तो तैयार हूँ; लेकिन जब सुभागी भी माने। वह किसी तरह राज़ी नहीं होती।

हरिहर ने सुभागी को समझाकर कहा–बेटी, हम तेरे ही भले को कहते हैं। माँ-बाप अब बूढ़े हुए, उनका क्या भरोसा। तुम इस तरह कब तक बैठी रहोगी ?

सुभागी ने सिर झुकाकर कहा–चाचा, मैं तुम्हारी बात समझ रही हूँ; लेकिन मेरा मन घर करने को नहीं कहता। मुझे आराम की चिंता नहीं है। मैं सब कुछ झेलने को तैयार हूँ। और जो काम तुम कहो, वह सिर-आँखों के बल करूँगी; मगर घर बसाने को मुझसे न कहो। जब मेरा चाल-कुचाल देखना तो मेरा सिर काट लेना। अगर मैं सच्चे बाप की बेटी हूँगी, तो बात की भी पक्की हूँगी। फिर लज्जा रखनेवाले तो भगवान हैं, मेरी क्या हस्ती है कि अभी कुछ कहूँ।

उजड्ड रामू बोला–तुम अगर सोचती हो कि भैया कमावेंगे और मैं बैठी मौज करूँगी, तो इस भरोसे न रहना। यहाँ किसी ने जनम भर का ठीका नहीं लिया है।

रामू की दुल्हन रामू से भी दो अंगुल ऊँची थी। मटककर बोली–हमने किसी का करज थोड़े ही खाया कि जनम भर बैठे भरा करें। यहाँ तो खाने को भी महीन चाहिए, पहनने को भी महीन चाहिए, यह हमारे बूते की बात नहीं। सुभागी ने गर्व से भरे हुए स्वर में कहा–भाभी, मैंने तुम्हारा आसरा कभी नहीं किया और भगवान ने चाहा तो कभी करूँगी भी नहीं। तुम अपनी देखो, मेरी चिंता न करो।

रामू की दुल्हन को जब मालूम हो गया कि सुभागी घर न करेगी, तो और भी उसके सिर हो गयी। हमेशा एक-न-एक खुचड़ लगाये रहती। उसे रुलाने में जैसे उसको मज़ा आता था। वह बेचारी पहर रात से उठकर कूटने-पीसने में लग जाती, चौका-बरतन करती, गोबर पाथती। फिर खेत में काम करने चली जाती। दोपहर को आकर जल्दी-जल्दी खाना पकाकर सबको खिलाती। रात को कभी माँ के सिर में तेल डालती, कभी उसकी देह दबाती। तुलसी चिलम के भक्त थे। उन्हें बार-बार चिलम पिलाती। जहाँ तक अपना बस चलता, माँ-बाप को कोई काम न करने देती। हाँ, भाई को न रोकती। सोचती, यह तो जवान आदमी हैं, यह काम न करेंगे तो गृहस्थी कैसे चलेगी।

मगर रामू को यह बुरा लगता। अम्मा और दादा को तिनका तक नहीं उठाने देती और मुझे पीसना चाहती है। यहाँ तक कि एक दिन वह जामे से बाहर हो गया। सुभागी से बोला–अगर उन लोगों का बड़ा मोह है, तो क्यों नहीं अलग

लेकर रहती हो। तब सेवा करो तो मालूम हो कि सेवा कड़वी लगती है कि मीठी। दूसरों के बल पर वाहवाही लेना आसान है। बहादुर वह है, जो अपने बल पर काम करे।

सुभागी ने तो कुछ जवाब न दिया। बात बढ़ जाने का भय था। मगर उसके माँ-बाप बैठे सुन रहे थे। महतो से न रहा गया। बोले—क्या है रामू, उस गरीबिन से क्यों लड़ते हो ?

रामू पास आकर बोला—तुम क्यों बीच में कूद पड़े, मैं तो उसको कहता था।

तुलसी—जब तक मैं जीता हूँ, तुम उसे कुछ नहीं कह सकते। मेरे पीछे जो चाहे करना। बेचारी का घर में रहना मुश्किल कर दिया।

रामू—आपको बेटी बहुत प्यारी है, तो उसे गले बाँध कर रखिए। मुझसे तो नहीं सहा जाता।

तुलसी—अच्छी बात है। अगर तुम्हारी यह मरजी है, तो यही होगा। मैं कल गाँव के आदमियों को बुलाकर बँटवारा कर दूँगा। तुम चाहे छूट जाव, सुभागी नहीं छूट सकती।

रात को तुलसी लेटे तो वह पुरानी बात याद आयी, जब रामू के जन्मोत्सव में उन्होंने रुपये कर्ज़ लेकर जलसा किया था, और सुभागी पैदा हुई, तो घर में रुपये रहते हुए भी उन्होंने एक कौड़ी न खर्च की। पुत्र को रत्न समझा था, पुत्री को पूर्व-जन्म के पापों का दण्ड। वह रत्न कितना कठोर निकला और यह दण्ड कितना मंगलमय।

3

दूसरे दिन महतो ने गाँव के आदमियों को जमा करके कहा—पंचो, अब रामू का और मेरा एक में निबाह नहीं होता। मैं चाहता हूँ कि तुम लोग इंसाफ से जो कुछ मुझे दे दो, वह लेकर अलग हो जाऊँ। रात-दिन की किच-किच अच्छी नहीं।

गाँव के मुख्तार बाबू सजनसिंह बड़े सज्जन पुरुष थे। उन्होंने रामू को बुलाकर पूछा—क्यों जी, तुम अपने बाप से अलग रहना चाहते हो ? तुम्हें शर्म नहीं आती कि औरत के कहने से माँ-बाप को अलग किये देते हो ? राम ! राम !

रामू ने ढिठाई के साथ कहा—जब एक में गुज़र न हो, तो अलग हो जाना ही अच्छा है।

सजनसिंह—तुमको एक में क्या कष्ट होता है ?

रामू—एक बात हो तो बताऊँ।

सजनसिंह—कुछ तो बतलाओ।

रामू—साहब, एक में मेरा इनके साथ निबाह न होगा। बस मैं और कुछ नहीं जानता।

यह कहता हुआ रामू वहाँ से चलता बना।

तुलसी—देख लिया आप लोगों ने इसका मिज़ाज ! आप चाहे चार हिस्सों में तीन हिस्से उसे दे दें, पर अब मैं इस दुष्ट के साथ न रहूँगा। भगवान ने बेटी को दुःख दे दिया, नहीं मुझे खेती-बारी लेकर क्या करना था। जहाँ रहता वहीं कमाता खाता ! भगवान ऐसा बेटा सातवें बैरी को भी न दें। 'लड़के से लड़की भली, जो कुलवंती होय।'

सहसा सुभागी आकर बोली—दादा, यह सब बाँट-बखरा मेरे ही कारन तो हो रहा है, मुझे क्यों नहीं अलग कर देते। मैं मेहनत-मजूरी करके अपना पेट पाल लूँगी। अपने से जो कुछ बन पड़ेगा, तुम्हारी सेवा करती रहूँगी; पर रहूँगी अलग। यों घर का बारा-बाँट होते मुझसे नहीं देखा जाता। मैं अपने माथे यह कलंक नहीं लेना चाहती।

तुलसी ने कहा—बेटी, हम तुझे न छोड़ेंगे चाहे संसार छूट जाय ! रामू का मैं मुँह नहीं देखना चाहता, उसके साथ रहना तो दूर रहा।

रामू की दुल्हन बोली—तुम किसी का मुँह नहीं देखना चाहते, तो हम भी तुम्हारी पूजा करने को व्याकुल नहीं हैं।

महतो दाँत पीसते हुए उठे कि बहू को मारें, मगर लोगों ने पकड़ लिया।

4

बँटवारा होते ही महतो और लक्ष्मी को मानों पेंशन मिल गयी। पहले तो दोनों सारे दिन, सुभागी के मना करने पर भी कुछ-न-कुछ करते ही रहते थे; पर अब उन्हें पूरा विश्राम था। पहले दोनों दूध-घी को तरसते थे। सुभागी ने कुछ रुपये बचाकर एक भैंस ले ली। बूढ़े आदमियों की जान तो उनका भोजन है। अच्छा भोजन न मिले तो वे किस आधार पर रहें। चौधरी ने बहुत विरोध किया। कहने लगे, घर का काम यों ही क्या कम है कि तू यह नया झंझट पाल रही है। सुभागी उन्हें बहलाने के लिए कहती—दादा, दूध के बिना मुझे खाना नहीं अच्छा लगता।

लक्ष्मी ने हँसकर कहा—बेटी, तू झूठ कब से बोलने लगी। कभी दूध हाथ से तो छूती नहीं, खाने की कौन कहे। सारा दूध हम लोगों के पेट में ठूँस देती है।

गाँव में जहाँ देखो सबके मुँह से सुभागी की तारीफ़। लड़की नहीं देवी है। दो मरदों का काम भी करती है, उस पर माँ-बाप की सेवा भी किये जाती है। सजनसिंह तो कहते, यह उस जन्म की देवी है।

मगर शायद महतो को यह सुख बहुत दिन तक भोगना न लिखा था।

सात-आठ दिन से महतो को ज़ोर का ज्वर चढ़ा हुआ था। देह पर कपड़े का तार भी नहीं रहने देते। लक्ष्मी पास बैठी रो रही थी। सुभागी पानी लिये खड़ी

है। अभी एक क्षण पहले महतो ने पानी माँगा था; पर जब तक वह पानी लावे, उनका जी डूब गया और हाथ-पाँव ठंडे हो गये। सुभागी उनकी यह दशा देखते ही रामू के घर गयी और बोली—भैया, चलो, देखो आज दादा न जाने कैसे हुए जाते हैं। सात दिन से ज्वर नहीं उतरा।

रामू ने चारपाई पर लेटे-लेटे कहा—तो क्या मैं डाक्टर-हकीम हूँ कि देखने चलूँ ? जब तक अच्छे थे, तब तक तो तुम उनके गले का हार बनी हुई थीं। अब जब मरने लगे तो मुझे बुलाने आयी हो !

उसी वक्त उसकी दुल्हन अन्दर से निकल आयी और सुभागी से पूछा—दादा को क्या हुआ है दीदी ?

सुभागी के पहले रामू बोल उठा—हुआ क्या है, अभी कोई मरे थोड़े ही जाते हैं।

सुभागी ने फिर उससे कुछ न कहा, सीधे सजनसिंह के पास गयी। उसके जाने के बाद रामू हँसकर स्त्री से बोला—त्रियाचरित्र इसी को कहते हैं।

स्त्री—इसमें त्रियाचरित्र की कौन बात है ? चले क्यों नहीं जाते ?

रामू—मैं नहीं जाने का। जैसे उसे लेकर अलग हुए थे, वैसे उसे लेकर रहें। मर भी जायँ तो न जाऊँ।

स्त्री—(हँसकर) मर जायँगे तो आग देने तो जाओगे, तब कहाँ भागोगे ?

रामू—कभी नहीं ? सब कुछ उनकी प्यारी सुभागी कर लेगी।

स्त्री—तुम्हारे रहते वह क्यों करने लगी !

रामू—जैसे मेरे रहते उसे लेकर अलग हुए और कैसे !

स्त्री—नहीं जी, यह अच्छी बात नहीं है। चलो देख आवें। कुछ भी हो, बाप ही तो हैं। फिर गाँव में कौन मुँह दिखाओगे ?

रामू—चुप रहो, मुझे उपदेश मत दो।

उधर बाबू साहब ने ज्यों ही महतो की हालत सुनी, तुरन्त सुभागी के साथ भागे चले आये। यहाँ पहुँचे तो महतो की दशा और खराब हो चुकी थी। नाड़ी देखी तो बहुत धीमी थी। समझ गये कि ज़िन्दगी के दिन पूरे हो गये। मौत का आतंक छाया हुआ था। सजल नेत्र होकर बोले—महतो भाई, कैसा जी है ?

महतो जैसे नींद से जागकर बोले—बहुत अच्छा है भैया ! अब तो चलने की बेला है। सुभागी के पिता अब तुम्हीं हो। उसे तुम्हीं को सौंपे जाता हूँ।

सजनसिंह ने रोते हुए कहा—भैया महतो, घबड़ाओ मत, भगवान ने चाहा तो तुम अच्छे हो जाओगे। सुभागी को तो मैंने हमेशा अपनी बेटी समझा है और जब तक जिऊँगा ऐसा ही समझता रहूँगा। तुम निश्चिंत रहो। मेरे रहते सुभागी या लक्ष्मी को कोई तिरछी आँख से न देख सकेगा। और कुछ इच्छा हो तो वह भी कह दो।

महतो ने विनीत नेत्रों से देखकर कहा—और कुछ नहीं कहूँगा भैया। भगवान तुम्हें सदा सुखी रखे।

सजनसिंह—रामू को बुलाकर लाता हूँ। उससे जो भूल-चूक हो क्षमा कर दो।

महतो—नहीं भैया। उस पापी हत्यारे का मुँह मैं नहीं देखना चाहता।

इसके बाद गोदान की तैयारी होने लगी।

5

रामू को गाँव भर ने समझाया; पर वह अन्त्येष्टि करने पर राजी न हुआ। कहा, जिस पिता ने मरते समय मेरा मुँह देखना स्वीकार न किया, वह मेरा न पिता है, न मैं उसका पुत्र हूँ।

लक्ष्मी ने दाह-क्रिया की। इन थोड़े से दिनों में सुभागी ने न जाने कैसे रुपये जमा कर लिये थे कि जब तेरही का सामान आने लगा तो गाँववालों की आँखें खुल गयीं। बरतन, कपड़े, घी, शक्कर, सभी सामान इफ़रात से जमा हो गये। रामू देख-देख जलता था। और सुभागी उसे जलाने के लिए सबको यह सामान दिखाती थी।

लक्ष्मी ने कहा—बेटी, घर देखकर खर्च करो। अब कोई कमानेवाला नहीं बैठा है, आप ही कुआँ खोदना और पानी पीना है।

सुभागी बोली—बाबूजी का काम तो धूम-धाम से ही होगा अम्माँ, चाहे घर रहे या जाय। बाबूजी फिर थोड़े ही आवेंगे। मैं भैया को दिखा देना चाहती हूँ कि अबला क्या कर सकती है। वह समझते होंगे इन दोनों के किये कुछ न होगा। उनका यह घमंड तोड़ दूँगी।

लक्ष्मी चुप हो रही। तेरही के दिन आठ गाँव के ब्राह्मणों का भोज हुआ। चारों तरफ वाह-वाही मच गयी।

पिछले पहर का समय था; लोग भोजन करके चले गये थे। लक्ष्मी थक कर सो गयी थी। केवल सुभागी बची हुई चीज़ें उठा-उठाकर रख रही थी कि ठाकुर सजनसिंह ने आकर कहा—अब तुम भी आराम करो बेटी ! सबेरे यह सब काम कर लेना।

सुभागी ने कहा—अभी थकी नहीं हूँ दादा। आपने जोड़ लिया कुल कितने रुपये उठे ?

सजनसिंह—वह पूछकर क्या करोगी बेटी ?

'कुछ नहीं यों ही पूछती थी।'

'कोई तीन सौ रुपये उठे होंगे।'

सुभागी ने सकुचाते हुए कहा—'मैं इन रुपयों की देनदार हूँ।'

'तुमसे तो मैं माँगता नहीं। महतो मेरे मित्र और भाई थे। उनके साथ कुछ मेरा भी तो धर्म है।'

'आपकी यही दया क्या कम है कि मेरे ऊपर इतना विश्वास किया, मुझे कौन 300 रुपये देता ?'

सजनसिंह सोचने लगे। इस अबला की धर्म-बुद्धि का कहीं वारपार भी है या नहीं।

6

लक्ष्मी उन स्त्रियों में थी जिनके लिए पति-वियोग जीवन-स्रोत का बन्द हो जाना है। पचास वर्ष के चिर-सहवास के बाद अब यह एकांत जीवन उसके लिए पहाड़ हो गया। उसे अब ज्ञात हुआ कि मेरी बुद्धि, मेरा बल, मेरी सुमति मानो सबसे मैं वंचित हो गयी।

उसने कितनी बार ईश्वर से विनती की थी, मुझे स्वामी के सामने उठा लेना; मगर उसने यह विनती स्वीकार न की। मौत पर अपना काबू नहीं, तो क्या जीवन पर भी काबू नहीं है ?

वह लक्ष्मी जो गाँव में अपनी बुद्धि के लिए मशहूर थी, जो दूसरे को सीख दिया करती थी, अब बौरही हो गयी है। सीधी-सी बात करते नहीं बनती।

लक्ष्मी का दाना-पानी उसी दिन से छूट गया। सुभागी के आग्रह पर चौके में जाती; मगर कौर कंठ के नीचे न उतरता। पचास वर्ष हुए एक दिन भी ऐसा न हुआ कि पति के बिना खाये खुद खाया हो। अब उस नियम को कैसे तोड़े ?

आखिर उसे खाँसी आने लगी। दुर्बलता ने जल्द ही खाट पर डाल दिया। सुभागी अब क्या करे ! ठाकुर साहब के रुपये चुकाने के लिए दिलोजान से काम करने की ज़रूरत थी। यहाँ माँ बीमार पड़ गयी। अगर बाहर जाय तो माँ अकेली रहती है। उनके पास बैठे तो बाहर का काम कौन करे। माँ की दशा देखकर सुभागी समझ गयी कि इनका परवाना भी आ पहुँचा। महतो को भी तो यही ज्वर था।

गाँव में और किसे फुरसत थी कि दौड़-धूप करता। सजनसिंह दोनों वक्त आते, लक्ष्मी को देखते, दवा पिलाते, सुभागी को समझाते, और चले जाते; मगर लक्ष्मी की दशा बिगड़ती जाती थी। यहाँ तक कि पन्द्रहवें दिन वह भी संसार से सिधार गयी। अन्तिम समय रामू आया और उसके पैर छूना चाहता था, पर लक्ष्मी ने उसे ऐसी झिड़की दी कि वह उसके समीप न जा सका। सुभागी को उसने आशीर्वाद दिया—तुम्हारी-जैसी बेटी पाकर तर गयी। मेरा क्रिया-कर्म तुम्हीं करना। मेरी भगवान से यही अरजी है कि उस जन्म में भी तुम मेरी कोख पवित्र करो।

माता के देहान्त के बाद सुभागी के जीवन का केवल एक लक्ष्य रह गया—सजनसिंह के रुपये चुकाना। 300 रुपये पिता के क्रिया-कर्म में लगे थे। लगभग 200 रुपये माता के काम में लगे। 500 रुपये का ऋण था और उसकी अकेली जान ! मगर वह हिम्मत न हारती थी। तीन साल तक सुभागी ने रात को रात और दिन को दिन न समझा। उसकी कार्य-शक्ति और पौरुष देखकर लोग

दाँतों तले उँगली दबाते थे। दिन भर खेती-बारी का काम करने के बाद वह रात को चार-चार पसेरी आटा पीस डालती। तीसवें दिन 15 रुपये लेकर वह सजनसिंह के पास पहुँच जाती। इसमें कभी नागा न पड़ता। यह मानो प्रकृति का अटल नियम था।

अब चारों ओर से उसकी सगाई के पैगाम आने लगे। सभी उसके लिए मुँह फैलाये हुए थे। जिसके घर सुभागी जायगी, उसके भाग्य फिर जायँगे। सुभागी यही जवाब देती—अभी वह दिन नहीं आया।

जिस दिन सुभागी ने आखिरी किस्त चुकाई, उस दिन उसकी खुशी का ठिकाना न था। आज उसके जीवन का कठोर व्रत पूरा हो गया।

वह चलने लगी तो सजनसिंह ने कहा—बेटी, तुमसे मेरी एक प्रार्थना है। कहो कहूँ, कहो न कहूँ, मगर वचन दो कि मानोगी।

सुभागी ने कृतज्ञ भाव से देखकर कहा—दादा, आपकी बात न मानूँगी तो किसकी बात मानूँगी। मेरा तो रोयाँ-रोयाँ आपका गुलाम है।

सजनसिंह—अगर तुम्हारे मन में यह भाव है, तो मैं न कहूँगा। मैंने अब तक तुमसे इसलिए नहीं कहा कि तुम अपने को मेरा देनदार समझ रही थीं। अब रुपये चुक गये। मेरा तुम्हारे ऊपर कोई एहसान नहीं है, रत्ती भर भी नहीं। बोलो कहूँ ?

सुभागी—आपकी जो आज्ञा हो।

सजनसिंह—देखो इनकार न करना, नहीं मैं फिर तुम्हें अपना मुँह न दिखाऊँगा।

सुभागी—क्या आज्ञा है ?

सजनसिंह—मेरी इच्छा है कि तुम मेरी बहू बनकर मेरे घर को पवित्र करो। मैं जात-पाँत का कायल हूँ, मगर तुमने मेरे सारे बन्धन तोड़ दिये। मेरा लड़का तुम्हारे नाम का पुजारी है। तुमने उसे बारहा देखा है। बोलो, मंजूर करती हो ?

सुभागी—दादा, इतना सम्मान पाकर पागल हो जाऊँगी।

सजनसिंह—तुम्हारा सम्मान भगवान कर रहे हैं बेटी ! तुम साक्षात् भगवती का अवतार हो।

सुभागी—मैं तो आपको अपना पिता समझती हूँ। आप जो कुछ करेंगे, मेरे भले ही के लिए करेंगे। आपके हुक्म को कैसे इनकार कर सकती हूँ।

सजनसिंह ने उसके माथे पर हाथ रखकर कहा—बेटी, तुम्हारा सोहाग अमर हो। तुमने मेरी बात रख ली। मुझ-सा भाग्यशाली संसार में और कौन होगा ?

अनुभव

प्रियतम को एक वर्ष की सजा हो गयी। और अपराध केवल इतना था, कि तीन दिन पहले जेठ की तपती दोपहरी में उन्होंने राष्ट्र के कई सेवकों का शर्बत-पान से सत्कार किया था। मैं उस वक्त अदालत में खड़ी थी। कमरे के बाहर सारे नगर की राजनैतिक चेतना किसी बंदी पशु की भाँति खड़ी चीत्कार कर रही थी। मेरे प्राणधन हथकड़ियों से जकड़े हुए लाये गए। चारों ओर सन्नाटा छा गया। मेरे भीतर हाहाकार मचा हुआ था, मानो प्राण पिघला जा रहा हो। आवेश की लहरें-सी उठ-उठकर समस्त शरीर को रोमांचित किये देती थीं। ओह इतना गर्व मुझे कभी नहीं हुआ था। वह अदालत, कुरसी पर बैठा हुआ अंग्रेज़ अफसर, लाल जरीदार पगड़ियाँ बाँधे हुए पुलिस के कर्मचारी सब मेरी आँखों में तुच्छ जान पड़ते थे। बार-बार जी में आता था, दौड़कर जीवन-धन के चरणों में लिपट जाऊँ और उसी दशा में प्राण त्याग दूँ। कितनी शान्त, अविचलित, तेज़ और स्वाभिमान से प्रदीप्त मूर्ति थी। ग्लानि, विषाद या शोक की छाया भी न थी। नहीं, उन ओठों पर एक स्फूर्ति से भरी हुई मनोहारिणी, ओजस्वी मुस्कान थी। इस अपराध के लिए एक वर्ष का कठिन कारावास ! वाह रे न्याय ! तेरी बलिहारी है ! मैं ऐसे हज़ार अपराध करने को तैयार थी। प्राणनाथ ने चलते समय एक बार मेरी ओर देखा, कुछ मुस्कराये, फिर उनकी मुद्रा कठोर हो गई। अदालत से लौटकर मैंने पाँच रुपये की मिठाई मँगवाई और स्वयंसेवकों को बुलाकर खिलाया। और संध्या समय मैं पहली बार कांग्रेस के जलसे में शरीक हुई–शरीक ही नहीं हुई, मंच पर जाकर बोली और सत्याग्रह की प्रतिज्ञा ले ली। मेरी आत्मा में इतनी शक्ति कहाँ से आ गई, नहीं कह सकती। सर्वस्व लुट जाने के बाद फिर किसकी शंका और किसका डर। विधाता का कठोर-से-कठोर आघात भी अब मेरा क्या अहित कर सकता था ?

2

दूसरे दिन मैंने दो तार दिए। एक पिताजी को, दूसरा ससुरजी को। ससुरजी पेंशन पाते थे। पिताजी जंगल के महकमे में अच्छे पद पर थे; पर सारा दिन गुज़र गया,

तार का जवाब नदारद ! दूसरे दिन भी कोई जवाब नहीं। तीसरे दिन दोनों महाशयों के पत्र आये। दोनों जामे से बाहर थे। ससुरजी ने लिखा–आशा थी, तुम लोग बुढ़ापे में मेरा पालन करोगे। तुमने उस आशा पर पानी फेर दिया। क्या अब चाहती हो, मैं भिक्षा माँगूँ। मैं सरकार से पेंशन पाता हूँ। तुम्हें आश्रय देकर मैं अपनी पेंशन से हाथ नहीं धो सकता। पिताजी के शब्द इतने कठोर न थे, पर भाव लगभग ऐसा ही था। इसी साल उन्हें ग्रेड मिलने वाला था। वह मुझे बुलायेंगे, तो सम्भव है, ग्रेड से वंचित होना पड़े। हाँ, वह मेरी सहायता मौखिक रूप से करने को तैयार थे। मैंने दोनों पत्र फाड़कर फेंक दिये और उन्हें कोई पत्र न लिखा। हा स्वार्थ ! तेरी माया कितनी प्रबल है ! अपना ही पिता, केवल स्वार्थ में बाधा पड़ने के भय से, लड़की की तरफ से इतना निर्दय हो जाय। अपना ससुर अपनी बहू की ओर से इतना उदासीन हो जाय ! मगर अभी मेरी उम्र ही क्या है ! अभी तो सारी दुनिया देखने को पड़ी है।

अब तक मैं अपने विषय में निश्चिन्त थी; लेकिन अब यह नई चिन्ता सवार हुई। इस निर्जन घर में, निराधार, निराश्रय कैसे रहूँगी। मगर जाऊँगी कहाँ ? अगर कोई मर्द होती, तो कांग्रेस के आश्रम में चली जाती, या कोई मजूरी कर लेती। मेरे पैरों में नारीत्व की बेड़ियाँ पड़ी हुई थीं। अपनी रक्षा की इतनी चिन्ता न थी, जितनी अपने नारीत्व की रक्षा की। अपनी जान की फ़िक्र न थी; पर नारीत्व की ओर किसी की आँख भी न उठनी चाहिए।

किसी की आहट पाकर मैंने नीचे देखा। दो आदमी खड़े थे। जी में आया, पूछूँ तुम कौन हो। यहाँ क्यों खड़े हो ? मगर फिर खयाल आया, मुझे यह पूछने का क्या हक़ ? आम रास्ता है। जिसका जी चाहे खड़ा हो।

पर मुझे खटका हो गया। उस शंका को किसी तरह दिल से न निकाल सकती थी। वह एक चिनगारी की भाँति हृदय के अन्दर समा गई थी।

गरमी से देह फुँकी जाती थी; पर मैंने कमरे का द्वार भीतर से बन्द कर लिया। घर में एक बड़ा-सा चाकू था। उसे निकालकर सिरहाने रख लिया। वह शंका सामने बैठी घूरती हुई मालूम होती थी।

किसी ने पुकारा। मेरे रोयें खड़े हो गए। मैंने द्वार से कान लगाया। कोई मेरी कुण्डी खटखटा रहा था। कलेजा धक्-धक् करने लगा। वही दोनों बदमाश होंगे। क्यों कुण्डी खटखटा रहे हैं ? मुझसे क्या काम है ? मुझे झुंझलाहट आ गई। मैंने द्वार खोला और छज्जे पर खड़ी होकर ज़ोर से बोली–कौन कुण्डी खड़खड़ा रहा है ?

आवाज़ सुनकर मेरी शंका शांत हो गई। कितना ढाढ़स हो गया ! यह बाबू ज्ञानचंद थे। मेरे पति के मित्रों में इनसे ज्यादा सज्जन दूसरा नहीं है। मैंने नीचे

जाकर द्वार खोल दिया। देखा तो एक स्त्री भी थी। वह मिसेज़ ज्ञानचन्द थीं। यह मुझसे बड़ी थीं। पहले-पहल मेरे घर आई थीं। मैंने उनके चरण स्पर्श किए। हमारे वहाँ मित्रता मर्दों ही तक रहती है। औरतों तक नहीं जाने पाती।

दोनों जने ऊपर आये ! ज्ञान बाबू एक स्कूल में मास्टर हैं। बड़े ही उदार, विद्वान, निष्कपट, पर आज मुझे मालूम हुआ कि उनकी पथ-प्रदर्शिका उनकी स्त्री हैं। वह दोहरे बदन की, प्रतिभाशाली महिला थीं। चेहरे पर ऐसा रोब था, मानो कोई रानी हों। सिर से पाँव तक गहनों से लदी हुई। मुख सुन्दर न होने पर भी आकर्षक था। शायद मैं उन्हें कहीं और देखती; तो मुँह फेर लेती। गर्व की सजीव प्रतिमा थीं; वह बाहर जितनी कठोर, भीतर उतनी ही दयालु।

'घर कोई पत्र लिखा ?'—यह प्रश्न उन्होंने कुछ हिचकते हुए किया।

मैंने कहा—हाँ, लिखा था।

'कोई लेने आ रहा है ?'

'जी नहीं। न पिताजी अपने पास रखना चाहते हैं, न ससुरजी।'

'तो फिर ?'

'फिर क्या, अभी तो यहीं पड़ी हूँ।'

'तो मेरे घर क्यों नहीं चलतीं ? अकेले तो इस घर में मैं न रहने दूँगी।'

'खुफिया के दो आदमी इस वक्त भी डटे हुए हैं।'

'मैं पहले ही समझ गई थी, दोनों खुफिया के आदमी होंगे।'

ज्ञान बाबू ने पत्नी की ओर देखकर, मानो उसकी आज्ञा से कहा—'तो मैं जाकर ताँगा लाऊँ ?'

देवीजी ने इस तरह देखा, मानो कह रही हों, क्या अभी तुम यहीं खड़े हो ?

मास्टर साहब चुपके से द्वार की ओर चले।

'ठहरो'—देवीजी बोलीं—'कै ताँगे लाओगे ?'

'कै !' मास्टर साहब घबड़ा गये।

'हाँ कै ! एक ताँगे पर तीन सवारियाँ ही बैठेंगी। सन्दूक, बिछावन, बरतन-भाँडे क्या मेरे सिर पर जायँगे ?'

'तो दो लेता आऊँगा।'—मास्टर साहब डरते-डरते बोले।

'एक ताँगे में कितना सामान भर दोगे ?'

'तो तीन लेता आऊँ ?'

'अरे तो जाओगे भी। ज़रा-सी बात के लिए घंटा भर लगा दिया।'

मैं कुछ कहने न पाई थी, कि ज्ञान बाबू चल दिये। मैंने सकुचाते हुए कहा—बहन, तुम्हें मेरे जाने से कष्ट होगा और...

देवीजी ने तीक्ष्ण स्वर में कहा—हाँ, होगा तो अवश्य। तुम दोनों जून में दो-तीन पाव भर आटा खाओगी, कमरे के एक कोने में अड्डा जमा लोगी, सिर में आने का तेल डालोगी। यह क्या थोड़ा कष्ट है !

मैंने झेंपते हुए कहा—आप तो बना रही हैं।

देवीजी ने सहृदय भाव से मेरा कंधा पकड़कर कहा—जब तुम्हारे बाबूजी, लौट आवें; तो मुझे भी अपने घर मेहमान रख लेना। मेरा घाटा पूरा हो जायगा। अब तो राजी हुई। चलो असबाब बाँधो। खाट-वाट कल मँगवा लेंगे।

3

मैंने ऐसी सहृदय, उदार, मीठी बातें करनेवाली स्त्री नहीं देखी। मैं उनकी छोटी बहन होती, तो भी शायद इससे अच्छी तरह न रखतीं। चिन्ता या क्रोध को तो जैसे उन्होंने जीत लिया हो। सदैव उनके मुख पर मधुर विनोद खेला करता था। कोई लड़का-बाला न था, पर मैंने उन्हें कभी दुखी नहीं देखा। ऊपर के काम के लिए लौंडा रख लिया था। भीतर का सारा काम खुद करतीं। इतना कम खाकर और इतनी मेहनत करके वह कैसे इतनी हृष्ट-पुष्ट थीं, मैं नहीं कह सकती। विश्राम तो जैसे उनके भाग्य में ही नहीं लिखा था। जेठ की दुपहरी में भी न लेटती थीं ! हाँ, मुझे कुछ न करने देतीं, उस पर जब देखो कुछ खिलाने को सिर पर सवार। मुझे यहाँ बस यही एक तकलीफ़ थी।

मगर आठ ही दिन गुज़रे थे कि एक दिन मैंने उन्हीं दोनों खुफियों को नीचे बैठा देखा। मेरा माथा ठनका। यह अभागे यहाँ भी मेरे पीछे पड़े हैं। मैंने तुरन्त बहनजी से कहा—वे दोनों बदमाश यहाँ भी मँडरा रहे हैं।

उन्होंने हिकारत से कहा—कुत्ते हैं। फिरने दो।

मैं चिन्तित होकर बोली—कोई स्वाँग न खड़ा करें।

उसी बेपरवाही से बोलीं—भूँकने के सिवा और क्या कर सकते हैं ?

मैंने कहा—काट भी तो सकते हैं।

हँसकर बोलीं—इसके डर से कोई भाग तो नहीं जाता न !

मगर मेरी दाल में मक्खी पड़ गयी। बार-बार छज्जे पर जाकर उन्हें टहलते देख आती। यह सब मेरे पीछे पड़े हुए हैं ! आखिर मैं नौकरशाही का क्या बिगाड़ सकती हूँ। मेरी सामर्थ्य ही क्या है ? क्या यह सब इस तरह से मुझे यहाँ से भगाने पर तुले हैं। इससे उन्हें क्या मिलेगा ? यही तो कि मैं मारी-मारी फिरूँ ! कितनी नीची तबियत है ?

एक हफ़्ता और गुज़र गया। खुफिया ने पिंड न छोड़ा। मेरे प्राण सूखते जाते थे। ऐसी दशा में यहाँ रहना मुझे अनुचित मालूम होता था; पर देवीजी से कुछ कह न सकती थी।

एक दिन शाम को ज्ञान बाबू आये, तो घबड़ाये हुए थे। मैं बरामदे में थी। परवल छील रही थी। ज्ञान बाबू ने कमरे में जाकर देवीजी को इशारे से बुलाया।

देवीजी ने बैठे-बैठे कहा—पहले कपड़े-वपड़े उतारो, मुँह-हाथ धोओ, कुछ खाओ, फिर जो कहना हो, कह देना।

ज्ञान बाबू को धैर्य कहाँ ? पेट में बात की गन्ध तक न पचती थी। आग्रह से बुलाया—तुमसे उठा नहीं जाता। मेरी जान आफ़त में है।

देवी ने बैठे-बैठे कहा—तो कहते क्यों नहीं, क्या कहना है ?

'यहाँ आओ।'

'क्या यहाँ कोई और बैठा हुआ है ?'

मैं वहाँ से चली। बहन ने मेरा हाथ पकड़ लिया। मैं ज़ोर करने पर भी न छुड़ा सकी। ज्ञान बाबू मेरे सामने न कहना चाहते थे; पर इतना सब्र भी न था कि ज़रा देर रुक जाते। बोले—प्रिन्सिपल से मेरी लड़ाई हो गयी।

देवी ने बनावटी गम्भीरता से कहा—सच ! तुमने उसे खूब पीटा न ?

'तुम्हें दिल्लगी सूझती है ! यहाँ नौकरी जा रही है।'

'जब यह डर था, तो लड़े क्यों ?'

'मैं थोड़े ही लड़ा। उसी ने मुझे बुलाकर डाँटा।'

'बेकसूर ?'

'अब तुमसे क्या कहूँ।'

'फिर वही पर्दा। मैं कह चुकी, यह मेरी बहन है। मैं इससे कोई पर्दा नहीं रखना चाहती।'

'और जो इन्हीं के बारे में कोई बात हो, तो ?'

देवीजी ने जैसे पहेली बूझकर कहा—अच्छा समझ गयी। कुछ खुफियों का झगड़ा होगा। पुलिस ने तुम्हारे प्रिन्सिपल से शिकायत की होगी।

ज्ञान बाबू ने इतनी आसानी से अपनी पहेली का बूझा जाना स्वीकार न किया।

बोले—पुलिस ने प्रिन्सिपल से नहीं, हाकिम जिला से कहा। उसने प्रिन्सिपल को बुलाकर मुझसे जवाब-तलब करने का हुक्म दिया।

देवी ने अन्दाज से कहा—समझ गयी। प्रिन्सिपल ने तुमसे कहा होगा, कि उस स्त्री को घर से निकाल दो।

'हाँ, यही, समझ लो !'

'तो तुमने क्या जवाब दिया ?'

'अभी कोई जवाब नहीं दिया। वहाँ खड़े-खड़े क्या कहता !'

देवीजी ने उन्हें आड़े हाथों लिया—'जिस प्रश्न का एक ही जवाब हो, उसमें सोच-विचार कैसा ?'

ज्ञान बाबू सिटपिटाकर बोले—लेकिन कुछ सोचना तो ज़रूरी था।

देवीजी की त्योरियाँ बदल गयीं। आज मैंने पहली बार उनका यह रूप देखा ! बोलीं—तुम उस प्रिन्सिपल से जाकर कह दो, मैं उसे किसी तरह नहीं छोड़ सकता और न माने, तो इस्तीफा दे दो। अभी जाओ। लौटकर हाथ-मुँह धोना।

मैंने रोकर कहा—बहन मेरे लिए...

देवी ने डाँट बतायी—तू चुप रह, नहीं कान पकड़ लूँगी। तू क्यों बीच में कूदती है ! रहेंगे, तो साथ रहेंगे। मरेंगे तो साथ मरेंगे। इस मर्दुए को मैं क्या कहूँ ? आधी उम्र बीत गयी और बात करना न आया। (पति से) खड़े सोच क्या रहे हो, तुम्हें डर लगता हो; तो मैं जाकर कह आऊँ ?

ज्ञान बाबू ने खिसियाकर कहा—तो कल कह दूँगा, इस वक्त कहाँ होगा, कौन जाने।

4

रात-भर मुझे नींद नहीं आयी। बाप और ससुर जिसका मुँह नहीं देखना चाहते, उसका यह आदर ! राह की भिखारिन का यह सम्मान। देवी, तू सचमुच देवी है।

दूसरे दिन ज्ञान बाबू चले तो देवी ने फिर कहा—फैसला करके घर आना। यह न हो कि फिर सोचकर जवाब देने की ज़रूरत पड़े।

ज्ञान बाबू के चले जाने के बाद मैंने कहा—तुम मेरे साथ बड़ा अन्याय कर रही हो बहनजी। मैं यह कभी नहीं देख सकती कि मेरे कारण तुम्हें यह विपत्ति झेलनी पड़े।

देवी ने हास्य-भाव से कहा—कह चुकी या कुछ और कहना है।

'कह चुकी; मगर अभी बहुत कुछ कहूँगी !'

'अच्छा बता तेरे प्रियतम क्यों जेल गये ? इसीलिए तो कि स्वयंसेवकों का सत्कार किया था। स्वयंसेवक कौन हैं ? यह हमारी सेना के वीर हैं, जो हमारी लड़ाइयाँ लड़ रहे हैं। स्वयंसेवकों के भी तो बाल-बच्चे होंगे, माँ-बाप होंगे, वह भी तो कोई कारोबार करते होंगे; पर देश की लड़ाई लड़ने के लिए उन्होंने सब कुछ त्याग दिया है। ऐसे वीरों का सत्कार करने के लिए जो आदमी जेल में डाल दिया जाय, उसकी स्त्री के दर्शनों से भी आत्मा पवित्र होती है। मैं तुझ पर एहसान नहीं कर रही हूँ, तू मुझ पर एहसान कर रही है।

मैं इस दया-सागर में डुबकियाँ खाने लगी। बोलती क्या।

शाम को जब ज्ञान बाबू लौटे, तो उनके मुख पर विजय का आनन्द था।

देवी ने पूछा—हार कि जीत ?

ज्ञान बाबू ने अकड़कर कहा—जीत ! मैंने इस्तीफा दे दिया तो चक्कर में आ गया। उसी वक्त हाकिम जिला के पास गया। वहाँ न जाने मोटर पर बैठकर दोनों में क्या बातें हुईं। लौटकर मुझसे बोला—आप पोलिटिकल जलसों में तो नहीं जाते।

मैंने कहा—कभी भूलकर भी नहीं।

'कांग्रेस के मेम्बर तो नहीं हैं ?'

मैंने कहा—मेम्बर क्या, मेम्बर का दोस्त भी नहीं।

'कांग्रेस-फंड में चन्दा तो नहीं देते ?'

मैंने कहा—'कानी कौड़ी भी कभी नहीं देता।'

'तो हमें आपसे कुछ नहीं कहना है। मैं आपका इस्तीफा वापस करता हूँ।'

देवीजी ने मुझे गले लगा लिया।

लांछन

अगर संसार में ऐसा प्राणी होता, जिसकी आँखें लोगों के हृदयों के भीतर घुस सकतीं, तो ऐसे बहुत कम स्त्री-पुरुष होंगे, जो उसके सामने सीधी आँखें करके ताक सकते ! महिला-आश्रम की जुगनूबाई के विषय में लोगों की धारणा कुछ ऐसी ही हो गयी थी। वह बेपढ़ी-लिखी, गरीब, बूढ़ी औरत थी, देखने में बड़ी सरल, बड़ी हँसमुख; लेकिन जैसे किसी चतुर प्रूफरीडर की निगाह गलतियों ही पर जा पड़ती है; उसी तरह उसकी आँखें भी बुराइयों ही पर पहुँच जाती थीं। शहर में ऐसी कोई महिला न थी; जिसके विषय में दो-चार लुकी-छिपी बातें उसे न मालूम हों। उसका ठिगना स्थूल शरीर, सिर के खिचड़ी बाल, गोल मुँह, फूले-फूले गाल, छोटी-छोटी आँखें उसके स्वभाव की प्रखरता और तेज़ी पर परदा-सा डाले रहती थीं; लेकिन जब वह किसी की कुत्सा करने लगती, तो उसकी आकृति कठोर हो जाती, आँखें फैल जातीं और कंठ-स्वर कर्कश हो जाता। उसकी चाल में बिल्लियों का-सा संयम था; दबे पाँव धीरे-धीरे चलती, पर शिकार की आहट पाते ही, जस्त मारने को तैयार हो जाती थी। उसका काम था, महिला-आश्रम में महिलाओं की सेवा-टहल करना; पर महिलाएँ उसकी सूरत से काँपती थीं। उसका आतंक था, कि ज्यों ही वह कमरे में कदम रखती, ओठों पर खेलती हुई हँसी जैसे रो पड़ती थी। चहकने वाली आवाज़ें जैसे बुझ जाती थीं, मानो उनके मुख पर लोगों को अपने पिछले रहस्य अंकित नज़र आते हों। पिछले रहस्य ! कौन है, जो अपने अतीत को किसी भयंकर जन्तु के समान कटघरों में बन्द करके न रखना चाहता हो। धनियों को चोरों के भय से निद्रा नहीं आती, मानियों को उसी भाँति मान की रक्षा करनी पड़ती है। वह जन्तु, जो पहले कीट के समान अल्पाकार रहा होगा, दिनों के साथ दीर्घ और सबल होता जाता है, यहाँ तक हम उसकी याद ही से काँप उठते हैं; और अपने ही कारनामों की बात होती, तो अधिकांश देवियाँ जुगनू को दुत्कारतीं; पर यहाँ तो मैके और ससुराल, ननियाल, ददियाल, फुफियाल और मौसियाल, चारों ओर की रक्षा करनी थी और जिस क़िले में इतने द्वार हों, उसकी रक्षा कौन कर सकता है। वहाँ तो हमला करने वाले के सामने मस्तक झुकाने में ही कुशल है। जुगनू के दिल में

हज़ारों मुरदे गड़े पड़े थे और वह ज़रूरत पड़ने पर उन्हें उखाड़ दिया करती थी। जहाँ किसी महिला ने दून की ली, या शान दिखायी, वहाँ जुगनू की त्योरियाँ बदलीं। उसकी एक कड़ी निगाह अच्छे- अच्छे को दहला देती थी; मगर यह बात न थी कि स्त्रियाँ उससे घृणा करती हों। नहीं, सभी बड़े चाव से उससे मिलतीं और उसका आदर-सत्कार करतीं। अपने पड़ोसियों की निन्दा सनातन से मनुष्य के लिए मनोरंजन का विषय रही है और जुगनू के पास इसका काफी सामान था।

2

नगर में इंदुमती-महिला-पाठशाला नाम का एक लड़कियों का हाईस्कूल था। हाल में मिस खुरशेद उसकी हेड मिस्ट्रेस होकर आयी थीं। शहर में महिलाओं का दूसरा क्लब न था। मिस खुरशेद एक दिन आश्रम में आयीं। ऐसी ऊँचे दर्जे की शिक्षा पायी हुई आश्रम में कोई देवी न थी। उनकी बड़ी आवभगत हुई। पहले ही दिन मालूम हो गया, मिस खुरशेद के आने से आश्रम में एक नये जीवन का संचार होगा। कुछ इस तरह दिल खोलकर हरेक से मिलीं, कुछ ऐसी दिलचस्प बातें कीं, कि सभी देवियाँ मुग्ध हो गयीं। गाने में चतुर थीं। व्याख्यान भी खूब देती थीं और अभिनय-कला में तो उन्होंने लंदन में नाम कमा लिया था। ऐसी सर्वगुण-सम्पन्न देवी का आना आश्रम का सौभाग्य था। गुलाबी गोरा रंग, कोमल गाल, मदभरी आँखें, नये फैशन के कटे हुए केश, एक-एक अंग साँचे में ढला हुआ; मादकता की इससे अच्छी प्रतिमा न बन सकती थी।

चलते समय मिस खुरशेद ने मिसेज़ टंडन को, जो आश्रम की प्रधान थीं, एकान्त में बुलाकर पूछा—वह बुढ़िया कौन है?

जुगनू कई बार कमरे में आकर मिस खुरशेद को अन्वेषण की आँखों से देख चुकी थी, मानो कोई शहसवार किसी नयी घोड़ी को देख रहा हो।

मिसेज़ टंडन ने मुस्कराकर कहा—यहाँ ऊपर का काम करने के लिए नौकर है। कोई काम हो, तो बुलाऊँ? मिस खुरशेद ने धन्यवाद देकर कहा—जी नहीं, कोई विशेष काम नहीं है। मुझे चालबाज़ मालूम होती है। यह भी देख रही हूँ, कि वह सेविका नहीं स्वामिनी है। मिसेज़ टंडन तो जुगनू से जली बैठी ही थीं, इनके वैधव्य को लांछित करने के लिए, वह उन्हें सदा-सोहागिन कहा करती थी। मिस खुरशेद से उसकी जितनी बुराई हो सकी, वह की और उससे सचेत रहने का आदेश दिया।

मिस खुरशेद ने गम्भीर होकर कहा—तब तो भयंकर स्त्री है। तभी सब देवियाँ इससे काँपती हैं। आप इसे निकाल क्यों नहीं देतीं? ऐसी चुड़ैल को एक दिन न रखना चाहिए।

मिसेज़ टंडन ने अपनी मज़बूरी बताई—निकाल कैसे दूँ; जिन्दा रहना मुश्किल हो जाय। हमारा भाग्य उसकी मुट्ठी में है। आपको दो-चार दिन में उसके जौहर खुलेंगे। मैं तो डरती हूँ, कहीं आप भी उसके पंजे में न फँस जायँ ! उसके सामने भूलकर भी किसी पुरुष से बातें न कीजिएगा। इसके गोयन्दे न जाने कहाँ-कहाँ लगे हुए हैं। नौकर से मिलकर भेद यह ले, डाकिये से मिलकर चिट्ठियाँ यह देखे, लड़कों को फुसलाकर घर का हाल यह पूछे। इस राँड को खुफिया पुलिस में जाना चाहिए था। यहाँ न जाने क्यों आ मरी।

मिस खुरशेद चिन्तित हो गयीं, मानो इस समस्या को हल करने की फिक्र में हों। एक क्षण बाद बोलीं—अच्छा मैं इसे ठीक करूँगी; अगर न निकाल दूँ, तो कहना।

मिसेज़ टंडन—निकाल देने ही से क्या होगा। उसकी जबान तो न बन्द होगी। तब तो वह और भी निडर होकर कीचड़ फेंकेगी।

मिस खुरशेद ने निश्चिन्त स्वर में कहा—मैं उसकी जबान भी बन्द कर दूँगी बहन। आप देख लीजिएगा। टके की औरत, यहाँ बादशाहत कर रही है। मैं यह बर्दाश्त नहीं कर सकती।

वह चली गयी, तो मिसेज़ टंडन ने जुगनू को बुलाकर कहा—इस नयी मिस साहब को देख। यहाँ प्रिन्सिपल हैं।

जुगनू ने द्वेष भरे हुए स्वर में कहा—आप देखें। मैं ऐसी सैकड़ों छोकरियाँ देख चुकी हूँ। आँखों का पानी जैसे मर गया हो।

मिसेज़ टंडन धीरे से बोलीं—तुम्हें कच्चा ही खा जायँगी। उनसे डरती रहना। कह गयी हैं, मैं इसे ठीक करके छोड़ूँगी। मैंने सोचा, तुम्हें चेता दूँ। ऐसा न हो, उसके सामने कुछ ऐसी-वैसी बातें कह बैठो।

जुगनू ने मानो तलवार खींचकर कहा—मुझे चेताने का काम नहीं, उन्हें चेता दीजिएगा। यहाँ का आना न बन्द कर दूँ, तो अपने बाप की नहीं। वह घूमकर दुनिया देख आयी हैं, तो यहाँ घर बैठे दुनिया देख चुकी हूँ।

मिसेज़ टंडन ने पीठ ठोंकी—मैंने समझा दिया भाई, आगे तुम जानो तुम्हारा काम जाने।

जुगनू—आप चुपचाप देखती जाइए। कैसा तिगनी का नाच नचाती हूँ। इसने अब तक ब्याह क्यों नहीं किया ? उमिर तो तीस के लगभग होगी ?

मिसेज़ टंडन ने रद्दा जमाया—कहती है, मैं शादी करना ही नहीं चाहती। किसी पुरुष के हाथ क्यों अपनी आजादी बेचूँ ?

जुगनू ने आँखें नचाकर कहा—कोई पूछता ही न होगा। ऐसी बहुत-सी क्वाँरियाँ देख चुकी हूँ। सत्तर चूहे खाकर, बिल्ली चली हज्ज को !

और कई लौंडियाँ आ गयीं और बात का सिलसिला बन्द हो गया।

3

दूसरे दिन सबेरे जुगनू मिस खुरशेद के बँगले पर पहुँची। मिस खुरशेद हवा खाने गयी हुई थीं। खानसामा ने पूछा—कहाँ से आती हो ?

जुगनू—यहीं रहती हूँ बेटा। मेम साहब कहाँ से आयी हैं, तुम तो इनके पुराने नौकर होगे ?

खानसामा—नागपुर से आयी हैं ! मेरा घर भी वहीं है। दस साल से इनके साथ हूँ।

जुगनू—किसी ऊँचे खानदान की होंगी ? वह तो रंग-ढंग से ही मालूम होता है।

खानसामा—खानदान तो कुछ ऐसा ऊँचा नहीं, हाँ तकदीर की अच्छी हैं। इनकी माँ अभी तक मिशन में 30 रुपये पाती हैं। यह पढ़ने में तेज़ थीं वजीफा मिल गया, विलायत चली गयीं, बस तकदीर खुल गयी। अब तो अपनी माँ को बुलानेवाली हैं, लेकिन वह बुढ़िया शायद ही आये। यह गिरजे-विरजे नहीं जातीं, इससे दोनों में पटती नहीं।

जुगनू—मिज़ाज की तेज़ मालूम होती हैं।

खानसामा—नहीं; यों तो बहुत नेक हैं, गिरजे नहीं जातीं। तुम क्या नौकरी की तलाश में हो ? करना चाहो, तो कर लो, एक आया रखना चाहती हैं।

जुगनू—नहीं बेटा, मैं अब क्या नौकरी करूँगी। इस बँगले में पहले जो मेम साहब रहती थीं, वह मुझ पर बड़ी निगाह रखती थीं। मैंने समझा, चलूँ नयी मेम साहब को आसीरबाद दे आऊँ।

खानसामा—यह आसीरबाद लेनेवाली मेम साहब नहीं हैं। ऐसों से बहुत चिढ़ती हैं। कोई मँगता आया और उसे डाँट बताई। कहती हैं, बिना काम किये किसी को ज़िन्दा रहने का हक़ नहीं है। भला चाहती हो, तो चुपके से राह लो।

जुगनू—तो यह कहो, इनका कोई धरम-करम नहीं। फिर भला गरीबों पर क्यों दया करने लगीं।

जुगनू को अपनी दीवार खड़ी करने के लिए काफी सामान मिल गया—नीच खानदान की है, माँ से नहीं पटती; धर्म से विमुख है। पहले धावे में इतनी सफलता कुछ कम न थी। चलते-चलते खानसामा से इतना और पूछा—इनके साहब क्या करते हैं ? खानसामा ने मुस्कराकर कहा—इनकी तो अभी शादी ही नहीं हुई। साहब कहाँ से होंगे।

जुगनू ने बनावटी आश्चर्य से कहा—अरे, अब तक ब्याह ही नहीं हुआ। हमारे यहाँ तो दुनिया हँसने लगे।

खानसामा–अपना-अपना रिवाज है। इनके यहाँ तो कितनी ही औरतें उम्र भर ब्याह नहीं करतीं !

जुगनू ने मार्मिक भाव से कहा–ऐसी क्वाँरियों को मैं बहुत देख चुकी। हमारी बिरादरी में कोई इस तनो रहे, तो थुड़ी-थुड़ी हो जाय। मुदा इनके यहाँ जो जी में आवे करो, कोई नहीं पूछता।

इतने में मिस खुरशेद आ पहुँचीं। गुलाबी जाड़ा पड़ने लगा था। मिस साहब साड़ी के ऊपर ओवरकोट पहने हुए थीं। एक हाथ में छतरी थी, दूसरे में छोटे कुत्ते की ज़ंजीर। प्रभात की शीतल वायु में व्यायाम ने कपोलों को ताज़ा और सुर्ख कर दिया था। जुगनू ने झुककर सलाम किया, पर उन्होंने उसे देखकर भी न देखा। अन्दर जाते ही खानसामा को बुलाकर पूछा–यह औरत क्या करने आयी है।

खानसामा ने जूते का फीता खोलते हुए कहा–भिखारिन है हुजूर ! पर औरत समझदार है। मैंने कहा, यहाँ नौकरी करेगी, तो राजी नहीं हुई। पूछने लगी, इनके साहब क्या करते हैं। जब मैंने बता दिया, तो इसे बड़ा ताज्जुब हुआ और होना ही चाहे। हिन्दुओं में तो दुधमुँहे बालकों तक का विवाह हो जाता है।

खुरशेद ने जाँच की–और क्या कहती थी ?

'और तो कोई बात नहीं हुजूर !'

'अच्छा, उसे मेरे पास भेज दो !'

4

जुगनू ने ज्यों ही कमरे में क़दम रक्खा, मिस खुरशेद ने कुरसी से उठकर स्वागत किया–आइए माँजी ! मैं ज़रा सैर करने चली गई थी। आपके आश्रम में तो सब कुशल है ?

जुगनू एक कुरसी का तकिया पकड़कर खड़ी-खड़ी बोली–कुशल है मिस साहब ! मैंने कहा, आपको आसीरबाद दे आऊँ। मैं आपकी चेरी हूँ। जब कोई काम पड़े मुझे याद कीजिएगा। यहाँ अकेले तो हुजूर को अच्छा न लगता होगा।

मिस खुरशेद–मुझे अपने स्कूल की लड़कियों के साथ बड़ा आनन्द मिलता है, वह सब मेरी ही लड़कियाँ हैं।

जुगनू ने मातृ-भाव से सिर हिलाकर कहा–यह ठीक है मिस साहब, पर अपना, अपना ही है। दूसरा अपना हो जाय, तो अपनों के लिए कोई क्यों रोये !

सहसा एक सुंदर सजीला युवक रेशमी सूट धारण किये जूते चरमर करता हुआ अन्दर आया। मिस खुरशेद ने इस तरह दौड़कर प्रेम से उसका अभिवादन किया, मानो जामे में फूली न समाती हों। जुगनू उसे देखकर कोने में दुबक गयी !

खुरशेद ने युवक से गले मिलकर कहा—प्यारे ! मैं कब से तुम्हारी राह देख रही हूँ। (जुगनू से) माँजी, आप जायें फिर कभी आना। यह हमारे परम मित्र विलियम किंग हैं। हम और यह बहुत दिनों तक साथ-साथ पढ़े हैं।

जुगनू चुपके से निकलकर बाहर आई। खानसामा खड़ा था। पूछा—यह लौंडा कौन है ?

खानसामा ने सिर हिलाया—मैंने इसे आज ही देखा है। शायद अब क्वाँरपन से जी ऊबा ! अच्छा तरहदार जवान है।

जुगनू—दोनों इस तरह टूटकर गले मिले हैं कि मैं तो लाज के मारे गड़ गयी। ऐसा चूमा-चाटी तो ज़ोरू-खसम में नहीं होती। दोनों लिपट गये। लौंडा तो मुझे देखकर कुछ झिझकता था; पर तुम्हारी मिस साहब तो जैसे मतवाली हो गई थीं।

खानसामा ने मानो अमंगल के आभास से कहा—मुझे तो कुछ बेढब मुआमला नज़र आता है।

जुगनू तो यहाँ से सीधे मिसेज़ टंडन के घर पहुँची। इधर मिस खुरशेद और युवक में बातें होने लगीं।

मिस खुरशेद ने कहकहा मारकर कहा—तुमने अपना पार्ट खूब खेला लीला, बुढ़िया सचमुच चौंधिया गयी !

लीला—मैं तो डर रही थी, कि कहीं बुढ़िया भाँप न जाय।

मिस खुरशेद—मुझे विश्वास था, वह आज़ ज़रूर आयेगी। मैंने दूर ही से उसे बरामदे में देखा और तुम्हें सूचना दी। आज आश्रम में बड़े मजे रहेंगे। जी चाहता है, महिलाओं की कनफुसकियाँ सुनती ! देख लेना, सभी उसकी बातों पर विश्वास करेंगी।

लीला—तुम भी तो जान-बूझकर दलदल में पाँव रख रही हो।

मिस खुरशेद—मुझे अभिनय में मज़ा आता है। दिल्लगी रहेगी। बुढ़िया ने बड़ा जुल्म कर रखा है। ज़रा उसे सबक देना चाहती हूँ। कल तुम इसी वक्त इसी ठाट से फिर आ जाना। बुढ़िया कल फिर आयेगी। उसके पेट में पानी न हजम होगा। नहीं, ऐसा क्यों ? जिस वक्त वह आयेगी, मैं तुम्हें खबर दूँगी। बस, तुम छैला बनी हुई पहुँच जाना।

5

आश्रम में उस दिन जुगनू को दम मारने की फुर्सत न मिली। उसने सारा वृत्तान्त मिसेज़ टंडन से कहा। मिसेज़ टंडन दौड़ी हुई आश्रम पहुँचीं और अन्य महिलाओं को खबर सुनायी। जुगनू उसकी तसदीक करने के लिए बुलायी गयी। जो महिला आती, वह जुगनू के मुँह से यह कथा सुनती। हर एक रिहर्सल में कुछ-कुछ रंग

और चढ़ जाता। यहाँ तक कि दोपहर होते-होते सारे शहर के सभ्य समाज में वह खबर गूँज उठी।

एक देवी ने पूछा—यह युवक है कौन !

मिसेज़ टंडन—सुना तो, उनके साथ का पढ़ा हुआ है। दोनों में पहले से कुछ बातचीत रही होगी। वही तो मैं कहती थी कि इतनी उम्र हो गयी, यह क्वाँरी कैसे बैठी है ? अब कलई खुली।

जुगनू—और कुछ हो या न हो, जवान तो बाँका है।

टंडन—यह हमारी विद्वान बहनों का हाल है।

जुगनू—मैं तो उसकी सूरत देखते ही ताड़ गयी थी। धूप में बाल नहीं सुफेद किये हैं।

टंडन—कल फिर जाना।

जुगनू—कल नहीं, मैं आज रात ही को जाऊँगी। लेकिन रात को जाने के लिए कोई बहाना ज़रूरी था। मिसेज़ टंडन ने आश्रम के लिए एक किताब मँगवा भेजी। रात को नौ बजे जुगनू मिस खुरशेद के बँगले पर जा पहुँची। संयोग से लीलावती उस वक्त मौजूद थी; बोली—बुढ़िया तो बेहतर पीछे पड़ गयी।

मिस खुरशेद—मैंने तुमसे कहा था, उसके पेट में पानी न पचेगा। तुम जाकर रूप भर जाओ। तब तक मैं बातों में लगाती हूँ। शराबियों की तरह अंट-संट बकना शुरू करना। मुझे भगा ले जाने के प्रस्ताव भी करना, बस यों बन जाना जैसे अपने होश में नहीं हो।

लीला मिशन में डाक्टर थी। उसका बँगला भी पास ही था। वह चली गयी, तो मिस खुरशेद ने जुगनू को बुलाया।

जुगनू ने एक पुरजा उसको देकर कहा—मिसेज़ टंडन ने यह किताब माँगी है। मुझे आने में देर हो गयी। मैं इस वक्त आपको कष्ट न देती; पर सबेरे ही वह मुझसे माँगेंगी। हज़ारों रुपये महीने की आमदनी है मिस साहब, मगर एक-एक कौड़ी दाँत से पकड़ती हैं। इनके द्वारे पर भिखारी को भीख तक नहीं मिलती।

मिस खुरशेद ने पुरजा देखकर कहा—इस वक्त तो यह किताब नहीं मिल सकती, सुबह ले जाना। तुमसे कुछ बातें करनी हैं। बैठो, मैं अभी आती हूँ।

वह परदा उठाकर पीछे के कमरे में चली गयी और वहाँ से कोई पन्द्रह मिनट में एक सुन्दर रेशमी साड़ी पहने, इत्र में बसी हुई, मुँह पर पाउडर लगाये निकली। जुगनू ने उसे आँखें फाड़कर देखा। ओ हो ! यह शृंगार ! शायद इस समय वह लौंडा आनेवाला होगा। तभी यह तैयारियाँ हैं। नहीं, सोने के समय क्वाँरियों को बनाव-सँवार की क्या ज़रूरत ? जुगनू की नीति में स्त्रियों के शृंगार का केवल एक उद्देश्य था, पति को लुभाना। इसलिए सोहागिनों के सिवा शृंगार और सभी के लिए वर्जित था ! अभी खुरशेद कुरसी पर बैठने भी न पायी थी कि जूतों का चरमर

सुनाई दिया और एक क्षण में विलियम किंग ने कमरे में क़दम रक्खा। उसकी आँखें चढ़ी हुई मालूम होती थीं, और कपड़ों से शराब की गन्ध आ रही थी। उसने बेधड़क मिस खुरशेद को छाती से लगा लिया और बार-बार उसके कपोलों के चुम्बन लेने लगा।

मिस खुरशेद ने अपने को उसके कर-पाश से छुड़ाने की चेष्टा करके कहा—चलो हटो, शराब पीकर आये हो।

किंग ने उसे और चिमटाकर कहा—आज तुम्हें भी पिलाऊँगा प्रिये ! तुमको पीना होगा। फिर हम दोनों लिपटकर सोवेंगे। नशे में प्रेम कितना सजीव हो जाता है, इसकी परीक्षा कर लो।

मिस खुरशेद ने इस तरह जुगनू की उपस्थिति का उसे संकेत किया कि जुगनू पर नज़र पड़ जाय। पर किंग नशे में मस्त था, जुगनू की तरफ देखा ही नहीं।

मिस खुरशेद ने रोष के साथ अपने को अलग करके कहा—तुम इस वक्त आपे में नहीं हो। इतने उतावले क्यों हुए जाते हो ? क्या मैं कहीं भागी जा रही हूँ ?

किंग—इतने दिनों से चोरों की तरह आया हूँ, आज से मैं खुले खजाने आऊँगा।

खुरशेद—तुम तो पागल हो रहे हो। देखते नहीं हो, कमरे में कौन बैठा हुआ है ?

किंग ने हकबकाकर जुगनू की तरफ देखा और झिझककर बोला—यह बुढ़िया यहाँ कब आयी ? तू यहाँ क्यों आयी बुड्ढी ! शैतान की बच्ची ! यहाँ भेद लेने आती है ? हमको बदनाम करना चाहती है ? मैं तेरा गला घोंट दूँगा। ठहर भागती कहाँ है ? मैं तुझे ज़िन्दा न छोड़ूँगा !

जुगनू बिल्ली की तरह कमरे से निकली और सिर पर पाँव रखकर भागी। उधर कमरे से कहकहे उठ-उठकर छत को हिलाने लगे।

जुगनू उसी वक्त मिसेज़ टंडन के घर पहुँची, उसके पेट में बुलबुले उठ रहे थे; पर मिसेज़ टंडन सो गयी थीं। वहाँ से निराश होकर उसने कई दूसरे घरों की कुण्डी खटखटाई; पर कोई द्वार न खुला और दुखिया को सारी रात इसी तरह काटनी पड़ी, मानो कोई रोता हुआ बच्चा गोद में हो। प्रातःकाल वह आश्रम में जा कूदी।

कोई आध घण्टे में मिसेज़ टंडन भी आयीं। उन्हें देखकर उसने मुँह फेर लिया।

मिसेज़ टंडन ने पूछा—रात क्या तुम मेरे घर आयी थीं ? इस वक्त मुझसे महाराज ने कहा।

जुगनू ने विरक्त भाव से कहा—प्यासा ही तो कुएँ के पास जाता है। कुआँ थोड़े ही प्यासे के पास आता है। मुझे आग में झोंककर आप दूर हट गयीं। भगवान ने मेरी रक्षा की, नहीं कल जान ही गयी थी।

मिसेज़ टंडन ने उत्सुकता से कहा—क्या, हुआ क्या, कुछ कहो तो ? मुझे तुमने जगा क्यों न लिया ? तुम तो जानती हो, मेरी आदत सबेरे सो जाने की है।

'महाराज ने घर में घुसने ही न दिया। जगा कैसे लेती ? आपको इतना तो सोचना चाहिए था, कि वह वहाँ गयी है, तो आती होगी ? घड़ी भर बाद ही सोतीं, तो क्या बिगड़ जाता; पर आपको किसी की क्या परवाह !'

'तो क्या हुआ, मिस खुरशेद मारने दौड़ीं ?'

'वह नहीं मारने दौड़ीं, उनका वह खसम है, वह मारने दौड़ा। लाल आँखें निकाले आया और मुझसे कहा—निकल जा। जब तक मैं निकलूँ, तब तक हंटर खींचकर दौड़ ही तो पड़ा। मैं सिर पर पाँव रखकर न भागती तो चमड़ा उधेड़ डालता। और वह राँड बैठी तमाशा देखती रही। दोनों में पहले से सधी-बदी थी। ऐसी कुलटाओं का मुँह देखना पाप है। बेसवा भी इतनी निर्लज्ज न होगी।'

ज़रा देर में और देवियाँ आ पहुँचीं। यह वृत्तांत सुनने के लिए सभी उत्सुक हो रही थीं। जुगनू की कैंची अविश्रांत रूप से चलती रही। महिलाओं को इस वृत्तांत में इतना आनन्द आ रहा था कि कुछ न पूछो। एक-एक बात को खोद-खोदकर पूछती थीं। घर के काम-धंधे भूल गये, खाने-पीने की सुधि भी न रही; और एक बार सुनकर उनकी तृप्ति न होती थी, बार-बार वही कथा नये आनन्द से सुनती थीं।

मिसेज़ टंडन ने अन्त में कहा—हमें आश्रम में ऐसी महिलाओं को लाना अनुचित है। आप लोग इस प्रश्न पर विचार करें।

मिसेज़ पाण्ड्या ने समर्थन किया—हम आश्रम को आदर्श से गिराना नहीं चाहते। मैं तो कहती हूँ, ऐसी औरत किसी संस्था की प्रिन्सिपल बनने के योग्य नहीं।

मिसेज़ बाँगड़ा ने फरमाया—जुगनूबाई ने ठीक कहा था, ऐसी औरत का मुँह देखना भी पाप है। उससे साफ़ कह देना चाहिए, आप यहाँ तशरीफ़ न लावें।

अभी यह खिचड़ी पक रही थी कि आश्रम के सामने एक मोटर आकर रुकी। महिलाओं ने सिर उठा-उठाकर देखा, गाड़ी में मिस खुरशेद और विलियम किंग बैठे हुए थे।

जुगनू ने मुँह फैलाकर हाथ से इशारा किया, वही लौंडा है। महिलाओं का सम्पूर्ण समूह चिक के सामने आने के लिए विकल हो गया।

मिस खुरशेद ने मोटर से उतरकर हुड बन्द कर दिया और आश्रम के द्वार की ओर चलीं। महिलाएँ भाग-भागकर अपनी-अपनी जगह आ बैठीं।

मिस खुरशेद ने कमरे में क़दम रक्खा। किसी ने स्वागत न किया। मिस खुरशेद ने जुगनू की ओर निःसंकोच आँखों से देखकर मुस्कराते हुए कहा—कहिए बाईजी, रात आपको चोट तो नहीं आयी ?

जुगनू ने बहुतेरी दीदा-दिलेर स्त्रियाँ देखी थीं; पर इस ढिठाई ने उसे चकित कर दिया। चोर हाथ में चोरी का माल लिये, साह को ललकार रहा था।

जुगनू ने ऐंठकर कहा—जी न भरा हो, तो अब पिटवा दो। सामने ही तो है।

खुरशेद—वह इस वक्त तुमसे अपना अपराध क्षमा कराने आये हैं। रात वह नशे में थे।

जुगनू ने मिसेज़ टंडन की ओर देखकर कहा—और आप भी तो कुछ कम नशे में नहीं थीं।

खुरशेद ने व्यंग्य समझकर कहा—मैंने आज तक कभी नहीं पी, मुझ पर झूठा इलजाम मत लगाओ।

जुगनू ने लाठी मारी—शराब से भी बड़ी नशे की चीज़ है कोई; वह उसी का नशा होगा। उन महाशय को परदे में क्यों ढक दिया। देवियाँ भी तो उनकी सूरत देखतीं।

मिस खुरशेद ने शरारत की—सूरत तो उनकी लाख-दो-लाख में एक है।

मिसेज़ टंडन ने आशंकित होकर कहा—नहीं, उन्हें यहाँ लाने की ज़रूरत नहीं ! आश्रम को हम बदनाम नहीं करना चाहते।

मिस खुरशेद ने आग्रह किया—मुआमले को साफ करने के लिए उनका आप लोगों के सामने आना ज़रूरी है। एकतरफा फैसला आप क्यों करती हैं ?

मिसेज़ टंडन ने टालने के लिए कहा—यहाँ कोई मुक़दमा थोड़े ही पेश है !

मिस खुरशेद—वाह ! मेरी इज्जत में बट्टा लगा जा रहा है, और आप कहती हैं, कोई मुक़दमा नहीं है ? मिस्टर किंग आयेंगे और आपको उनका बयान सुनना होगा।

मिसेज़ टंडन को छोड़कर और सभी महिलाएँ किंग को देखने के लिए उत्सुक थीं। किसी ने विरोध न किया।

खुरशेद ने द्वार पर आकर ऊँची आवाज़ से कहा—तुम ज़रा यहाँ चले आओ !

हुड खुला और मिस लीलावती रेशमी साड़ी पहने मुस्कराती हुई निकल आईं।

आश्रम में सन्नाटा छा गया। देवियाँ विस्मित आँखों से लीलावती को देखने लगीं।

जुगनू ने आँखें चमकाकर कहा—उन्हें कहाँ छिपा दिया आपने ?

खुरशेद—छूमन्तर से उड़ गये। जाकर गाड़ी देख लो।

जुगनू लपककर गाड़ी के पास गयी और खूब देख-भालकर मुँह लटकाये हुए लौटी।

मिस खुरशेद ने पूछा—क्या हुआ, मिला कोई ?

जुगनू—मैं यह तिरिया-चरित्तर क्या जानूँ। (लीलावती को ग़ौर से देखकर)

और मरदों को साड़ी पहनाकर आँखों में धूल झोंक रही हो। यही तो हैं, वह रात वाले साहब !

खुरशेद—खूब पहचानती हो ?

जुगनू—हाँ-हाँ, क्या अन्धी हूँ ?

मिसेज़ टंडन—क्या पागलों-सी बातें करती हो जुगनू, यह तो डाक्टर लीलावती हैं।

जुगनू—(उँगली चमकाकर) चलिए-चलिए, लीलावती हैं। साड़ी पहनकर औरत बनते लाज भी नहीं आती ! तुम रात को इनके घर नहीं थे ?

लीलावती ने विनोद-भाव से कहा—मैं कब इनकार कर रही हूँ। इस वक्त लीलावती हूँ। रात को विलियम किंग बन जाती हूँ। इसमें बात ही क्या है !

देवियों को अब यथार्थ की लालिमा दिखाई दी। चारों तरफ कहकहे पड़ने लगे। कोई तालियाँ बजाती थीं, कोई डाक्टर लीलावती की गरदन से लिपट जाती थीं; कोई मिस खुरशेद की पीठ पर थपकियाँ देती थीं। कई मिनट तक हू-हक मचता रहा। जुगनू का मुँह उस लालिमा में बिलकुल ज़रा-सा निकल आया। ज़बान बन्द हो गयी। ऐसा चरका उसने कभी न खाया था। इतनी जलील कभी न हुई थी।

मिसेज़ मेहरा ने डाँट बताई—अब बोलो दाई, लगी मुँह में कालिख कि नहीं ?

मिसेज़ बाँगड़ा—इसी तरह सबको बदनाम करती है।

लीलावती—आप लोग भी तो जो यह कहती है, उस पर विश्वास कर लेती हैं।

इस हरबोंग में जुगनू को किसी ने जाते न देखा। अपने सिर पर यह तूफान उठते देखकर उसे चुपके से सरक जाने में ही अपनी कुशल मालूम हुई। पीछे के द्वार से निकली और गलियों-गलियों भागी।

मिस खुरशेद ने कहा—ज़रा उससे पूछो; मेरे पीछे क्यों पड़ गयी थी ?

मिसेज़ टंडन ने पुकारा, पर जुगनू कहाँ ! तलाश होने लगी। जुगनू गायब !

उस दिन से शहर में फिर किसी ने जुगनू की सूरत नहीं देखी। आश्रम के इतिहास में यह मुआमला आज भी उल्लेख और मनोरंजन का विषय बना हुआ है।

आखिरी हीला

यद्यपि मेरी स्मरण-शक्ति पृथ्वी के इतिहास की सारी स्मरणीय तारीखें भूल गयीं, वह तारीखें जिन्हें रातों को जागकर और मस्तिष्क को खपाकर याद किया था; मगर विवाह की तिथि समतल भूमि में एक स्तम्भ की भाँति अटल है। न भूलता हूँ, न भूल सकता हूँ। उससे पहले और पीछे की सारी घटनाएँ दिल में मिट गयीं, उनका निशान तक बाकी नहीं। वह सारी अनेकता एक एकता में मिश्रित हो गयी है और वह मेरे विवाह की तिथि है। चाहता हूँ, उसे भूल जाऊँ; मगर जिस तिथि का नित्य-प्रति सुमिरन किया जाता हो, वह कैसे भूल जाय; नित्य- प्रति सुमिरन क्यों करता हूँ, यह उस विपत्ति-मारे से पूछिए जिसे भगवद्-भजन के सिवा जीवन के उद्धार का कोई आधार न रहा हो।

लेकिन क्या मैं वैवाहिक जीवन से इसलिए भागता हूँ कि मुझमें रसिकता का अभाव है और मैं कोमल वर्ग की मोहनी शक्ति से निर्लिप्त हूँ और अनासक्ति का पद प्राप्त कर चुका हूँ। क्या मैं नहीं चाहता हूँ कि जब मैं सैर करने निकलूँ, तो हृदयेश्वरी भी मेरे साथ विराजमान हों। विलास-वस्तुओं की दुकानों पर उनके साथ जाकर थोड़ी देर के लिए रसमय आग्रह का आनन्द उठाऊँ। मैं उस गर्व और आनन्द और महत्त्व का अनुभव कर सकता हूँ, जो मेरे अन्य भाइयों की भाँति मेरे हृदय में भी आन्दोलित होगा, लेकिन मेरे भाग्य में वह खुशियाँ—वह रंगरेलियाँ नहीं हैं।

क्योंकि चित्र का दूसरा पक्ष भी तो देखता हूँ। एक पक्ष जितना ही मोहक और आकर्षक है, दूसरा उतना ही हृदय विदारक और भयंकर। शाम हुई और आप बदनसीब बच्चे को गोद में लिये तेल या ईंधन की दुकान पर खड़े हैं। अँधेरा हुआ और आप आटे की पोटली बगल में दबाये गलियों में यों कदम बढ़ाये हुए निकल जाते हैं, मानो चोरी की है। सूर्य निकला और बालकों को गोद में लिये होमियोपैथ डाक्टर की दुकान में टूटी कुर्सी पर आरूढ़ हैं। किसी खोंचेवाले की रसीली आवाज़ सुनकर बालक ने गगनभेदी विलाप आरम्भ किया और आपके प्राण सूखे। ऐसे बापों को भी देखा है, जो दफ्तर से लौटते हुए पैसे-दो पैसे की मूँगफली या रेवड़ियाँ

लेकर लज्जास्पद शीघ्रता के साथ मुँह में रखते चले जाते हैं कि घर पहुँचते-पहुँचते बालकों के आक्रमण से पहले ही यह पदार्थ समाप्त हो जाय। कितना निराशाजनक होता है यह दृश्य, जब देखता हूँ कि मेले में बच्चा किसी खिलौने की दुकान के सामने मचल रहा है और पिता महोदय ऋषियों की-सी विद्वत्ता के साथ उनकी क्षणभंगुरता का राग अलाप रहे हैं।

चित्र का पहला रुख तो मेरे लिए एक मदन-स्वप्न है, दूसरा रुख एक भयंकर सत्य। इस सत्य के सामने मेरी सारी रसिकता अन्तर्धान हो जाती है। मेरी सारी मौलिकता, सारी रचनाशीलता इसी दाम्पत्य के फन्दों से बचने में प्रयुक्त हुई है। जानता हूँ कि जाल के नीचे जाना है, मगर जाल जितना ही रंगीन और ग्राहक है, दाना उतना ही घातक और विषैला। इस जाल में पक्षियों को तड़पते और फड़फड़ाते देखता हूँ और फिर भी जाल पर जा बैठता हूँ।

लेकिन इधर कुछ दिनों से श्रीमतीजी ने अविश्रान्त रूप से आग्रह करना शुरू किया है कि मुझे बुला लो। पहले जब छुट्टियों में जाता था, तो मेरा केवल 'कहाँ चलोगी' कह देना उनकी चित्त-शान्ति के लिए काफ़ी होता था, फिर मैंने 'झंझट है' कहकर उन्हें तसल्ली देनी शुरू की। इसके बाद गृहस्थ-जीवन की असुविधाओं से डराया; किन्तु अब कुछ दिनों से उनका अविश्वास बढ़ता जाता है। अब मैंने छुट्टियों में भी उनके आग्रह के भय से घर जाना बन्द कर दिया है कि कहीं वह मेरे साथ न चल खड़ी हों और नाना प्रकार के बहानों से उन्हें आशंकित करता रहता हूँ।

मेरा पहला बहाना पत्र-सम्पादकों के जीवन की कहानियों के विषय में था। कभी बारह बजे रात को सोना नसीब होता है, कभी रतजगा करना पड़ जाता है। सारे दिन गली-गली ठोकरें खानी पड़ती हैं। इस पर तुर्रा यह है कि हमेशा सिर पर नंगी तलवार लटकती रहती है। न जाने कब गिरफ्तार हो जाऊँ, कब जमानत तलब हो जाय। खुफिया पुलिस की एक फौज हमेशा पीछे पड़ी रहती है। कभी बाजार में निकल जाता हूँ, तो लोग उँगलियाँ उठाकर कहते हैं—वह जा रहा है अखबारवाला। मानो संसार में जितनी दैविक, आधिदैविक, भौतिक, आधिभौतिक बाधाएँ हैं, उनका उत्तरदायी मैं हूँ। मानो मेरा मस्तिष्क झूठी खबरें गढ़ने का कार्यालय है। सारा दिन अफसरों की सलामी और पुलिस की खुशामद में गुज़र जाता है। कान्सटेबिलों को देखा और प्राण-पीड़ा होने लगी। मेरी तो यह हालत है और हुक्काम हैं कि मेरी सूरत से काँपते हैं। एक दिन दुर्भाग्यवश एक अंग्रेज़ के बँगले की तरफ जा निकला। साहब ने पूछा—क्या काम करता है ? मैंने गर्व के साथ कहा—पत्र का सम्पादक हूँ। साहब तुरन्त अन्दर घुस गये और कपाट मुंद्रित कर लिये। फिर मैंने मेम साहब और बाबा लोगों को खिड़कियों से झाँकते देखा; मानो कोई भयंकर जन्तु हूँ। एकबार रेलगाड़ी में सफर कर रहा था, साथ और भी कई मित्र थे, इसलिए

अपने पद का सम्मान निभाने के लिए सेकेण्ड क्लास का टिकट लेना पड़ा। गाड़ी में बैठा तो एक साहब ने मेरे सूटकेस पर मेरा नाम और पेशा देखते ही तुरन्त अपना सन्दूक खोला और रिवाल्वर निकालकर मेरे सामने गोलियाँ भरीं, जिससे मुझे मालूम हो जाय कि वह मुझसे सचेत है। मैंने देवीजी से अपनी आर्थिक कठिनाइयों की कभी चर्चा नहीं की, क्योंकि मैं रमणियों के सामने यह ज़िक्र करना अपनी मर्यादा के विरुद्ध समझता हूँ। हालाँकि मैं वह चर्चा करता, तो देवीजी की दया का अवश्य पात्र बन जाता।

मुझे विश्वास था कि श्रीमतीजी फिर यहाँ आने का नाम न लेंगी। मगर यह मेरा भ्रम था। उनके आग्रह पूर्ववत् होते रहे।

तब मैंने दूसरा बहाना सोचा। शहर बीमारियों के अड्डे हैं। हर एक खाने-पीने की चीज़ में विष की शंका। दूध में विष, घी में विष, फलों में विष, शाक-भाजी में विष, हवा में विष, पानी में विष। यह मनुष्य का जीवन पानी की लकीर है ! जिसे आज देखो वह कल गायब। अच्छे-खासे बैठे हैं, हृदय की गति बन्द हो गयी। घर से सैर को निकले, मोटर से टकराकर सुरपुर की राह ली। अगर कोई शाम को सांगोपांग घर आ जाय, तो उसे भाग्यवान समझो। मच्छर की आवाज़ कान में आई, दिल बैठा, मक्खी नज़र आई और हाथ-पाँव फूले। चूहा बिल से निकला और जान निकल गयी। जिधर देखिए यमराज की अमलदारी है। अगर मोटर और ट्राम से बचकर आ गये, तब मच्छर और मक्खी के शिकार हुए। बस यही समझ लो कि मौत हरदम सिर पर खेलती रहती है। रात-भर मच्छरों से लड़ता हूँ, दिन-भर मक्खियों से। नन्ही-सी जान को किन-किन दुश्मनों से बचाऊँ। साँस भी मुश्किल से लेता हूँ कि कहीं क्षय के कीटाणु फेफड़े में न पहुँच जायँ।

देवीजी को फिर भी मुझ पर विश्वास न आया। दूसरे पत्र में भी वही आरजू थी। लिखा था, तुम्हारे पत्र ने एक और चिन्ता बढ़ा दी अब। अब प्रतिदिन पत्र लिखा करना, मैं एक न सुनूँगी और सीधे चली आऊँगी। मैंने दिल में कहा—चलो, सस्ते छूटे।

मगर यह खटका लगा हुआ था कि न जाने कब उन्हें शहर आने की सनक सवार हो जाय। इसलिए मैंने तीसरा बहाना सोच निकाला। यहाँ मित्रों के मारे नाकोदम रहता है, आकर बैठ जाते हैं तो उठने का नाम भी नहीं लेते मानो अपना घर बेच आये हैं। अगर घर से टल जाओ, तो आकर बेधड़क कमरे में बैठ जाते हैं और नौकर से जो चीज़ चाहते हैं, उधार मँगवा लेते हैं। देना मुझे पड़ता है। कुछ लोग तो हफ्तों पड़े रहते हैं, टलने का नाम ही नहीं लेते। रोज उनकी सेवा-सत्कार करो, रात को थिएटर या सिनेमा दिखाओ। फिर सबेरे तक ताश या शतरंज खेलो। अधिकांश तो ऐसे हैं, जो शराब के बग़ैर ज़िन्दा ही नहीं रह सकते। अक्सर तो बीमार होकर आते हैं। बल्कि अधिकतर बीमार ही आते हैं। अब रोज़ डाक्टर को

बुलाओ, सेवा-शुश्रूषा करो, रातभर सिरहाने बैठे पंखा झलते रहो, उस पर यह शिकायत भी सुनते रहो कि यहाँ कोई हमारी बात भी नहीं पूछता ! मेरी घड़ी महीनों से मेरी कलाई पर नहीं आई। दोस्तों के साथ जलसों में शरीक हो रही है। अचकन है, वह एक साहब के पास है, कोट और दूसरे साहब ले गये। जूते और एक बाबू ले उड़े। मैं वही रद्दी कोट और वही चमरौधा जूता पहनकर दफ्तर जाता हूँ। मित्रवृन्द ताड़ते रहते हैं कि कौन-सी नई वस्तु लाया। कोई चीज़ लाता हूँ, तो मारे डर के सन्दूक में बन्द कर देता हूँ। किसी की निगाह पड़ जाय, तो कहीं-न-कहीं न्योता खाने की धुन सवार हो जाय। पहली तारीख को वेतन मिलता है, तो चोरों की तरह दबे पाँव घर आता हूँ कि कहीं कोई महाशय रुपयों की प्रतीक्षा में द्वार पर धरना जमाये न बैठे हों ! मालूम नहीं, उनकी सारी आवश्यकताएँ पहली ही तारीख की बाट क्यों जोहती रहती हैं। एक दिन वेतन लेकर बारह बजे रात को लौटा; मगर देखा तो आधे दर्जन मित्र उस वक्त भी डटे हुए थे। माथा ठोंक लिया। कितने ही बहाने करूँ, उनके सामने एक नहीं चलती। मैं कहता हूँ, घर से पत्र आया है, माताजी बहुत बीमार हैं। जवाब देते हैं, अजी बूढ़े इतनी जल्द नहीं मरते। मरना ही होता, तो इतने दिन जीवित क्यों रहतीं। देख लेना दो-चार दिन में अच्छी हो जायँगी, और अगर मर भी जायँ, तो वृद्धजनों की मृत्यु का शोक ही क्या, वह तो और खुशी की बात है। कहता हूँ, लगान का बड़ा तकाजा हो रहा है ! जवाब मिलता है, आजकल लगान तो बन्द हो ही रहा है। लगान देने की ज़रूरत ही नहीं रही। अगर किसी संस्कार का बहाना करता हूँ, तो फरमाते हैं, तुम भी विचित्र जीव हो। इन कुप्रथाओं की लकीर पीटना तुम्हारी शान के खिलाफ है। अगर तुम उनका मूलोच्छेदन करोगे, तो वह लोग क्या आकाश से आवेंगे ? गरज यह कि किसी तरह प्राण नहीं बचते।

मैंने समझा था कि हमारा यह बहाना निशाने पर बैठेगा। ऐसे घर में कौन रमणी रहना पसन्द करेगी, जो मित्रों पर ही अर्पित हो गया हो ! किन्तु मुझे फिर भ्रम हुआ। उत्तर में फिर वही आग्रह था।

तब मैंने चौथा हीला सोचा। यहाँ के मकान हैं कि चिड़ियों के पिंजरे, न हवा, न रोशनी। वह दुर्गन्ध उड़ती है कि खोपड़ी भन्ना जाती है। कितने ही के तो इसी दुर्गन्ध के कारण विसूचिका, टाइफाइड, यक्ष्मा आदि रोग हो जाते हैं। वर्षा हुई और मकान टपकने लगा। पानी चाहे घण्टे भर बरसे, मकान रात भर बरसता रहता है। ऐसे बहुत कम घर होंगे, जिनमें प्रेत-बाधाएँ न हों, लोगों को डरावने स्वप्न दिखाई देते हैं। कितनों ही को उन्माद रोग हो जाता है। आज नये घर में आये, कल ही उसे बदलने की चिन्ता सवार हो गई। कोई ठेला असबाब से लदा हुआ जा रहा है, कोई आ रहा है। जिधर देखिये ठेले-ही-ठेले नज़र आते हैं। चोरियाँ तो इस कसरत से होती हैं कि अगर कोई रात कुशल से बीत जाय, तो देवताओं

की मनौती की जाती है। आधी रात हुई और 'चोर-चोर ! लेना-लेना !' की आवाजें आने लगीं। लोग दरवाज़ों पर मोटे-मोटे लकड़ी के फट्टे या जूते या चिमटे लिये खड़े रहते हैं; फिर भी चोर इतने कुशल हैं कि आँख बचाकर अन्दर पहुँच ही जाते हैं। एक मेरे बेतकल्लुफ दोस्त हैं, स्नेहवश मेरे पास बहुत देर तक बैठे रहते हैं। रात अँधेरे में बर्तन खड़के, तो मैंने बिजली की बत्ती जलाई ! देखा, तो वही महाशय बर्तन समेट रहे हैं। मेरी आवाज़ सुनकर ज़ोर से कहकहा मारा और बोले, मैं तुम्हें चकमा देना चाहता था। मैंने दिल में समझ लिया, अगर निकल जाते, तो बर्तन आपके थे, जब जाग पड़ा तो चकमा हो गया। घर में आये कैसे थे, यह रहस्य है। कदाचित् रात को ताश खेलकर चले, तो बाहर जाने के बदले नीचे अँधेरी कोठरी में छिप गये। एक दिन एक महाशय मुझसे पत्र लिखाने आये, कमरे में क़लम-दवात न थी। ऊपर के कमरे से लाने गया। लौटकर आया तो देखा आप गायब हैं और उनके साथ फाउन्टेनपेन भी गायब है। सारांश यह कि नगर-जीवन नरक-जीवन से कम दुःखदायी नहीं है।

मगर पत्नीजी पर नागरिक जीवन का ऐसा जादू चढ़ा हुआ है कि मेरा कोई बहाना उन पर असर नहीं करता। इस पत्र के जवाब में उन्होंने लिखा—मुझसे बहाना करते हो, मैं हर्गिज़ न मानूँगी, तुम आकर मुझे ले जाओ।

आखिर मुझे पाँचवाँ बहाना करना पड़ा। यह खोंचेवालों के विषय में था।

अभी बिस्तर से उठने की नौबत नहीं आई कि कानों में विचित्र आवाजें आने लगीं। बाबुल के मीनार के निर्माण के साथ ऐसी निरर्थक आवाजें न आयी होंगी। वह खोंचेवालों की शब्द-क्रीड़ा है। उचित तो यह था, यह खोंचेवाले ढोल-मँजीरे के साथ लोगों को अपनी चीज़ों की ओर आकर्षित करते; मगर इन औंधी अक्लवालों को यह कहाँ सूझती है। ऐसे पैशाचिक स्वर निकालते हैं कि सुननेवालों के रोएँ खड़े हो जाते हैं। बच्चे माँ की गोद में चिमट जाते हैं। मैं भी रात को अक्सर चौंक पड़ता हूँ। एक दिन तो मेरे पड़ोस में एक दुर्घटना हो गई। ग्यारह बजे थे। कोई महिला बच्चे को दूध पिलाने उठी थी। एकाएक जो किसी खोंचेवाले की भयंकर ध्वनि कानों में आई, तो चीख मारकर चिल्ला उठी और फिर बेहोश हो गई। महीनों की दवा-दारू के बाद अच्छी हुई। और अब रात को कानों में रुई डालकर सोती है। ऐसे कृत्य नगरों में नित्य होते रहते हैं। मेरे ही मित्रों में कई ऐसे हैं जो अपनी स्त्रियों को घर से लाये; मगर बेचारियाँ दूसरे ही दिन इन आवाज़ों से भयभीत होकर लौट गयीं।

श्रीमतीजी ने इसके जवाब में लिखा—तुम समझते हो, मैं खोंचेवालों की आवाज़ों से डर जाऊँगी। यहाँ गीदड़ों का हौवाना और उल्लुओं का चीखना सुनकर तो डरती नहीं खोंचेवालों से क्या डरूँगी !

अन्त में मुझे एक ऐसा बहाना सूझा, जिसकी सफलता का मुझे पूरा विश्वास था। यद्यपि इसमें कुछ बदनामी थी; लेकिन बदनामी से मैं इतना नहीं डरता, जितना उस विपत्ति से।

फिर मैंने लिखा—शहर शरीफ़जादियों के रहने की जगह नहीं। यहाँ की महरियाँ इतनी कटुभाषिणी हैं कि बातों का जवाब गालियों से देती हैं, और उनके बनाव-सँवार का क्या पूछना। भले घर की स्त्रियाँ तो उनके ठाट देखकर ही शर्म से पानी-पानी हो जाती हैं। सिर से पाँव तक सोने से लदी हुई, सामने से निकल जाती हैं, तो ऐसा मालूम होता है कि सुगंधि की लपट निकल गयी। गृहिणियाँ ये ठाट कहाँ से लायें ? उन्हें तो और भी सैकड़ों चिन्ताएँ हैं। इन महरियों को तो बनाव-सिंगार के सिवा दूसरा काम ही नहीं। नित्य नयी सज-धज, नित्य नयी अदा और चंचल तो इस ग़जब की हैं; मानो अंगों में रक्त की जगह पारा भर दिया हो। उनका चमकना और मटकना और मुस्कराना देखकर गृहिणियाँ लज्जित हो जाती हैं और ऐसी दीदा-दिलेर हैं कि ज़बरदस्ती घरों में घुस पड़ती हैं। जिधर देखो इनका मेला-सा लगा हुआ है। इनके मारे भले आदमियों का घर में बैठना मुश्किल है ! कोई ख़त लिखाने के बहाने से आ जाती है; कोई ख़त पढ़ाने के बहाने से। असली बात तो यह है कि गृहदेवियों का रंग फीका करने में इन्हें आनन्द आता है। इसलिए शरीफ़जादियाँ बहुत कम शहरों में आती हैं।

मालूम नहीं इस पत्र में मुझसे क्या गलती हुई कि तीसरे दिन पत्नीजी एक बूढ़े कहार के साथ मेरा पता पूछती हुई अपने तीनों बच्चों को लिये एक असाध्य रोग की भाँति आ डटीं।

मैंने बदहवास होकर पूछा—क्यों कुशल तो है ?

पत्नीजी ने चादर उतारते हुए कहा—घर में कोई चुड़ैल बैठी तो नहीं है ? यहाँ किसी ने क़दम रखा तो नाक काट लूँगी। हाँ, जो तुम्हारी शह न हो !

अच्छा, तो अब रहस्य खुला। मैंने सिर पीट लिया। क्या जानता था, अपना तमाचा अपने ही मुँह पर पड़ेगा।

तावान

छकौड़ीलाल ने दुकान खोली और कपड़े के थानों को निकाल-निकाल रखने लगा कि एक महिला, दो स्वयंसेवकों के साथ उसकी दुकान छेकने आ पहुँची। छकौड़ी के प्राण निकल गये।

महिला ने तिरस्कार करके कहा—क्यों लाला तुमने सील तोड़ डाली न ? अच्छी बात है, देखें तुम कैसे एक गिरह कपड़ा भी बेच लेते हो ! भले आदमी, तुम्हें शर्म नहीं आती कि देश में यह संग्राम छिड़ा हुआ है और तुम विलायती कपड़ा बेच रहे हो, डूब मरना चाहिए। औरतें तक घरों से निकल पड़ी हैं, फिर भी तुम्हें लज्जा नहीं आती ! तुम जैसे कायर देश में न होते तो उसकी यह अधोगति न होती !

छकौड़ी ने वास्तव में कल कांग्रेस की सील तोड़ डाली थी। यह तिरस्कार सुनकर उसने सिर नीचा कर लिया। उसके पास कोई सफाई न थी; कोई जवाब न था। उसकी दुकान बहुत छोटी थी। लेहने पर कपड़े लाकर बेचा करता था। यही जीविका थी, इसी पर वृद्धा माता, रोगिणी स्त्री और पाँच बेटे-बेटियों का निर्वाह होता था। जब स्वराज्य-संग्राम छिड़ा और सभी बजाज विलायती कपड़ों पर मुहरें लगवाने लगे, तो उसने भी मुहर लगवा ली। दस-पाँच थान स्वदेशी कपड़ों के उधार लाकर दुकान पर रख लिये; पर कपड़ों का मेल न था; इसलिए बिक्री कम होती थी। कोई भूला-भटका गाहक आ जाता, तो रुपया-आठ आने की बिक्री हो जाती। दिन भर दुकान में तपस्या-सी करके पहर रात को घर लौट जाता था। गृहस्थी का खर्च इस बिक्री में क्या चलता। कुछ दिन कर्ज़-वर्ज़ लेकर काम चलाया, फिर गहने बेचने की नौबत आयी। यहाँ तक कि अब घरों में कोई ऐसी चीज़ न बची, जिससे दो-चार महीने पेट का भूत सिर से टल जाता। उधर स्त्री का रोग असाध्य होता जाता था। बिना किसी कुशल डाक्टर को दिखाये काम न चल सकता था। इसी चिन्ता में डूब-उतरा रहा था कि विलायती कपड़े का एक गाहक मिल गया, जो एकमुश्त दस रुपये का माल लेना चाहता था। इस प्रलोभन को वह न रोक सका।

स्त्री ने सुना, तो कानों पर हाथ रखकर बोली—मैं मुहर तोड़ने को कभी न कहूँगी। डाक्टर तो कुछ अमृत पिला न देगा। तुम नक्कू क्यों बनो। बचना होगा

बच जाऊँगी, मरना होगा मर जाऊँगी, बेआबरुई तो न होगी। मैं जीकर ही घर का क्या उपकार कर रही हूँ। और सबको दिक कर रही हूँ। देश को स्वराज्य मिले लोग सुखी हों, बला से मैं मर जाऊँगी ! हज़ारों आदमी जेल जा रहे हैं, कितने घर तबाह हो गये, तो क्या सबसे ज्यादा प्यारी मेरी ही जान है ?

पर छकौड़ी इतना पक्का न था। अपना बस चलते वह स्त्री को भाग्य के भरोसे न छोड़ सकता था। उसने चुपके से मुहर तोड़ डाली और लागत के दामों दस रुपये के कपड़े बेच लिये।

अब डाक्टर को कैसे ले जाय। स्त्री से क्या परदा रखता। उसने जाकर साफ-साफ सारा वृत्तांत कह सुनाया और डाक्टर को बुलाने चला।

स्त्री ने उसका हाथ पकड़कर कहा—मुझे डाक्टर की ज़रूरत नहीं। अगर तुमने ज़िद की, तो मैं दवा की तरफ आँख भी न उठाऊँगी।

छकौड़ी और उसकी माँ ने रोगिणी को बहुत समझाया, पर वह डाक्टर को बुलाने पर राज़ी न हुई। छकौड़ी ने दसों रुपये उठाकर घर-कुइयाँ में फेंक दिये और बिना कुछ खाये-पीये, किस्मत को रोता-झींकता दुकान पर चला आया। उसी वक्त पिकेट करने वाले आ पहुँचे और उसे फटकारना शुरू कर दिया। पड़ोस के दुकानदार ने कांग्रेस कमेटी में जाकर चुगली खाई थी।

2

छकौड़ी ने महिला के लिए अन्दर से लोहे की एक टूटी, बेरंग कुरसी निकाली और लपककर उनके लिए पान लाया। जब वह पान खाकर कुरसी पर बैठीं, तो उसने अपने अपराध के लिए क्षमा माँगी ! बोला—बहनजी, बेशक मुझसे यह अपराध हुआ है; लेकिन मैंने मजबूर होकर मुहर तोड़ी। अबकी मुझे मुआफी दीजिए। फिर ऐसी खता न होगी।

देशसेविका ने थानेदारों के रोब के साथ कहा—यों अपराध क्षमा नहीं हो सकता। तुम्हें इसका तावान देना पड़ेगा। तुमने कांग्रेस के साथ विश्वासघात किया है और इसका तुम्हें दण्ड मिलेगा। आज ही बायकाट-कमेटी में यह मामला पेश होगा।

छकौड़ी बहुत ही विनीत, बहुत ही सहिष्णु था; लेकिन चिन्ताग्नि में तपकर उसका हृदय उस दशा को पहुँच गया था, जब एक चोट भी चिनगारियाँ पैदा करती है। तिनककर बोला— तावान तो मैं न दे सकता हूँ, न दूँगा। हाँ, दुकान भले ही बन्द कर दूँ। और दुकान भी क्यों बन्द करूँ, अपना माल है, जिस जगह चाहूँ, बेच सकता हूँ। अभी जाकर थाने में लिखा दूँ, तो बायकाट कमेटी को भागने की राह न मिले। जितना ही दबता हूँ; उतना ही आप लोग दबाती हैं।

महिला ने सत्याग्रह-शक्ति के प्रदर्शन का अवसर पाकर कहा—हाँ, ज़रूर पुलिस

में रपट करो। मैं तो चाहती हूँ, तुम रपट करो। तुम उन लोगों को यह धमकी दे रहे हो, जो तुम्हारे ही लिए अपने प्राणों का बलिदान कर रहे हैं। तुम इतने स्वार्थान्ध हो कि अपने स्वार्थ के लिए देश का अनहित करते तुम्हें लज्जा नहीं आती ? उस पर मुझे पुलिस की धमकी देते हो ! बायकाट-कमेटी जाय या रहे; पर तुम्हें तावान देना पड़ेगा; अन्यथा दुकान बन्द करनी पड़ेगी।

यह कहते-कहते महिला का चेहरा गर्व से तेज़वान हो गया। कई आदमी जमा हो गये और सब-के-सब छकौड़ी को बुरा-भला कहने लगे। छकौड़ी को भी मालूम हो गया कि पुलिस की धमकी देकर उसने बहुत बड़ा अविवेक किया है। लज्जा और अपमान से उसकी गरदन झुक गयी और मुँह ज़रा-सा निकल आया। फिर उसने गरदन नहीं उठाई।

सारा दिन गुज़र गया और धेले की बिक्री न हुई। आखिर हारकर उसने दुकान बन्द कर दी और घर चला आया।

दूसरे दिन प्रातःकाल बायकाट-कमेटी ने एक स्वयंसेवक द्वारा उसे सूचना दे दी कि कमेटी ने उसे 101 रुपये का दण्ड दिया है।

3

छकौड़ी इतना जानता था कि कांग्रेस की शक्ति के सामने वह सर्वथा अशक्त है। उसकी ज़बान से जो धमकी निकल गयी, उस पर उसे घोर पश्चात्ताप हुआ; लेकिन तीर कमान से निकल चुका था। दुकान खोलना व्यर्थ था। वह जानता था, उसकी धेले की भी बिक्री न होगी। 101 रुपये देना उसके बूते से बाहर की बात थी ! दो-तीन दिन चुपचाप बैठा रहा। एक दिन रात को दुकान खोलकर सारी गाँठें घर उठा लाया और चुपके-चुपके बेचने लगा। पैसे की चीज़ धेले में लुटा रहा था और वह भी उधार ! जीने के लिए कुछ आधार तो चाहिए !

मगर उसकी यह चाल भी कांग्रेस से छिपी न रही। चौथे ही दिन गोइन्दों ने कांग्रेस को ख़बर पहुँचा दी। उसी दिन तीसरे पहर छकौड़ी के घर की पिकेटिंग शुरू हो गई। अबकी सिर्फ पिकेटिंग शुरू न थी, स्यापा भी था। पाँच-छः स्वयंसेविकाएँ और इतने ही स्वयंसेवक द्वार पर स्यापा करने लगे।

छकौड़ी आँगन में सिर झुकाये खड़ा था। कुछ अक्ल काम न करती थी, इस विपत्ति को कैसे टाले। रोगिणी स्त्री सायबान में लेटी हुई थी, वृद्धा माता उसके सिरहाने बैठी पंखा झल रही थी और बच्चे बाहर स्यापे का आनन्द उठा रहे थे।

स्त्री ने कहा—इन सबसे पूछते नहीं, खायें क्या ?

छकौड़ी बोला—किससे पूछूँ, जब कोई सुने भी !

'जाकर कांग्रेसवालों से कहो, हमारे लिए कुछ इन्तज़ाम कर दें, हम अभी कपड़े को जला देंगे। ज्यादा नहीं, 25 रुपये महीना दे दें।'

'वहाँ भी कोई न सुनेगा।'

'तुम जाओगे भी, या यहीं से कानून बघारने लगे ?'

'क्या जाऊँ, उलटे और लोग हँसी उड़ायेंगे। यहाँ तो जिसने दुकान खोली, उसे दुनिया लखपती ही समझने लगती है।'

'तो खड़े-खड़े ये गालियाँ सुनते रहोगे ?'

'तुम्हारे कहने से चला जाऊँ; मगर वहाँ ठिठोली के सिवा और कुछ न होगा।'

'हाँ, मेरे कहने से जाओ। जब कोई न सुनेगा, तो हम भी कोई और राह निकालेंगे।'

छकौड़ी ने मुँह लटकाये कुरता पहना और इस तरह कांग्रेस-दफ्तर चला, जैसे कोई मरणासन्न रोगी को देखने के लिए वैद्य को बुलाने जाता है।

4

कांग्रेस-कमेटी के प्रधान ने परिचय के बाद पूछा—'तुम्हारे ही ऊपर तो बायकाट-कमेटी ने 101 रुपये का तावान लगाया है ?'

'जी हाँ !'

'तो रुपया कब दोगे ?'

'मुझमें तावान देने की सामर्थ्य नहीं है। आपसे मैं सत्य कहता हूँ, मेरे घर में दो दिन से चूल्हा नहीं जला। घर की जो जमा-जथा थी, वह सब बेचकर खा गया। अब आपने तावान लगा दिया, दुकान बन्द करनी पड़ी। घर पर कुछ माल बेचने लगा। वहाँ स्यापा बैठ गया। अगर आपकी यही इच्छा हो कि हम सब दाने बग़ैर मर जायँ, तो मार डालिए, और मुझे कुछ नहीं कहना है।'

छकौड़ी जो बात कहने घर से चला था, वह उसके मुँह से न निकली। उसने देख लिया कि यहाँ कोई उस पर विचार करनेवाला नहीं है।

प्रधानजी ने गम्भीर भाव से कहा—तावान तो देना ही पड़ेगा। अगर तुम्हें छोड़ दूँ, तो इसी तरह और लोग भी करेंगे। फिर विलायती कपड़े की रोकथाम कैसे होगी ?

'मैं आपसे जो कह रहा हूँ, उस पर आपको विश्वास नहीं आता ?'

'मैं जानता हूँ, तुम मालदार आदमी हो।'

'मेरे घर की तलाशी ले लीजिए।'

'मैं इन चकमों में नहीं आता।'

छकौड़ी ने उद्दण्ड होकर कहा—तो यह कहिए कि आप देश-सेवा नहीं कर रहे हैं, गरीबों का खून चूस रहे हैं ! पुलिसवाले कानूनी पहलू से लेते हैं, आप ग़ैरकानूनी पहलू से लेते हैं। नतीजा एक है। आप भी अपमान करते हैं, वह भी अपमान करते हैं। मैं कसम खा रहा हूँ कि मेरे घर में खाने के लिए दाना नहीं है, मेरी स्त्री खाट पर पड़ी-पड़ी मर रही है। फिर भी आपको विश्वास नहीं आता। आप

मुझे कांग्रेस का काम करने के लिए नौकर रख लीजिए। 25 रुपये महीने दीजिएगा। इससे ज्यादा अपनी गरीबी का और क्या प्रमाण दूँ। अगर मेरा काम संतोष के लायक न हो, तो एक महीने के बाद मुझे निकाल दीजिएगा। यह समझ लीजिए कि जब मैं आपकी गुलामी करने को तैयार हुआ हूँ, तो इसीलिए कि मुझे दूसरा कोई आधार नहीं है। हम व्यापारी लोग; अपना बस चलते, किसी की चाकरी नहीं करते। ज़माना बिगड़ा हुआ है, नहीं 101 रुपये के लिए इतना हाथ-पाँव न जोड़ता।

प्रधानजी हँसकर बोले—यह तो तुमने नयी चाल चली !

'चाल नहीं चल रहा हूँ, अपनी विपत्ति-कथा कह रहा हूँ।'

'कांग्रेस के पास इतने रुपये नहीं हैं कि वह मोटों को खिलाती फिरे।'

'अब भी आप मुझे मोटा कहे जायँगे ?'

'तुम मोटे हो ही !'

'मुझ पर ज़रा भी दया न कीजिएगा ?'

प्रधान ज्यादा गहराई से बोले—छकौड़ीलालजी, मुझे पहले तो इसका विश्वास नहीं आता कि आपकी हालत इतनी खराब है और अगर विश्वास आ भी जाय, तो भी मैं कुछ कर नहीं सकता। इतने महान् आन्दोलन में कितने ही घर तबाह हुए और होंगे। हम लोग सभी तबाह हो रहे हैं। आप समझते हैं; हमारे सिर कितनी बड़ी ज़िम्मेदारी है। आपका तावान मुआफ कर दिया जाय, तो कल ही आपके बीसियों भाई अपनी मुहरें तोड़ डालेंगे और हम उन्हें किसी तरह कायल न कर सकेंगे। आप गरीब हैं, लेकिन आपके सभी भाई तो गरीब नहीं हैं। तब तो सभी अपनी गरीबी के प्रमाण देने लगेंगे। मैं किस-किस की तलाशी लेता फिरूँगा। इसलिए जाइए, किसी तरह रुपये का प्रबन्ध कीजिए और दुकान खोलकर कारबार कीजिए। ईश्वर चाहेगा, तो वह दिन भी आयेगा जब आपका नुकसान पूरा होगा।

5

छकौड़ी घर पहुँचा तो अँधेरा हो गया था। अभी तक उसके द्वार पर स्यापा हो रहा था। घर में जाकर स्त्री से बोला—आखिर वही हुआ, जो मैं कहता था। प्रधानजी को मेरी बातों पर विश्वास ही नहीं आया।

स्त्री का मुरझाया हुआ बदन उत्तेजित हो उठा। उठ खड़ी हुई और बोली—अच्छी बात है, हम उन्हें विश्वास दिला देंगे। मैं अब कांग्रेस दफ्तर के सामने ही मरूँगी। मेरे बच्चे उसी दफ्तर के सामने विकल हो-होकर तड़पेंगे। कांग्रेस हमारे साथ सत्याग्रह करती है, तो हम भी उसके साथ सत्याग्रह करके दिखा दें। मैं इसी मरी हुई दशा में भी कांग्रेस को तोड़ डालूँगी। जो अभी इतने निर्दयी हैं, वह कुछ अधिकार हो जाने पर न्याय करेंगे ? एक इक्का बुला लो, खाट की ज़रूरत नहीं। वहीं सड़क

किनारे मेरी जान निकलेगी। जनता ही के बल पर तो वह कूद रहे हैं। मैं दिखा दूँगी, जनता तुम्हारे साथ नहीं, मेरे साथ है।

इस अग्निकुण्ड के सामने छकौड़ी की गर्मी शांत हो गई। कांग्रेस के साथ इस रूप में सत्याग्रह करने की कल्पना ही से वह काँप उठा। सारे शहर में हलचल पड़ जायेगी। हज़ारों आदमी आकर यह दशा देखेंगे। सम्भव है, कोई हंगामा ही हो जाय। यह सभी बातें इतनी भयंकर थीं कि छकौड़ी का मन कातर हो गया। उसने स्त्री को शान्त करने की चेष्टा करते हुए कहा—इस तरह चलना उचित नहीं है अम्बे ! मैं एक बार प्रधानजी से फिर मिलूँगा। अब रात हुई, स्यापा भी बन्द हो जायगा। कल देखी जायेगी। अभी तो तुमने पथ्य भी नहीं लिया। प्रधानजी बेचारे बड़े असमंजस में पड़े हुए हैं। कहते हैं, अगर आपके साथ रियायत करूँ, तो फिर कोई शासन ही न रह जायगा। मोटे-मोटे आदमी भी मुहरें तोड़ डालेंगे और जब कुछ कहा जायगा, तो आपकी नज़ीर पेश कर देंगे।

अम्बा एक क्षण अनिश्चित दशा में खड़ी छकौड़ी का मुँह देखती रही, फिर धीरे से खाट पर बैठ गयी। उसकी उत्तेजना गहरे विचार में लीन हो गयी। कांग्रेस की और अपनी ज़िम्मेदारी का ख़याल आ गया। प्रधानजी के कथन में कितना सत्य था; यह उससे छिपा न रहा।

उसने छकौड़ी से कहा—तुमने आकर यह बात न कही थी।

छकौड़ी बोला—उस वक्त मुझे इसकी याद न थी।

'यह प्रधानजी ने कहा है, या तुम अपनी तरफ से मिला रहे हो ?'

'नहीं, उन्होंने खुद कहा, मैं अपनी तरफ से क्यों मिलाता ?'

'बात तो उन्होंने ठीक ही कही !'

'हम तो मिट जायेंगे !'

'हम तो यों ही मिटे हुए हैं !'

'रुपये कहाँ से आवेंगे। भोजन के लिए तो ठिकाना ही नहीं, दंड कहाँ से दें ?'

'और कुछ नहीं है; घर तो है। इसे रेहन रख दो। और अब विलायती कपड़े भूलकर भी न बेचना। सड़ जायँ, कोई परवाह नहीं। तुमने सील तोड़कर यह आफ़त सिर ली। मेरी दवा-दारू की चिन्ता न करो। ईश्वर की जो इच्छा होगी, वह होगा। बाल-बच्चे भूखों मरते हैं, मरने दो। देश में करोड़ों आदमी ऐसे हैं, जिनकी दशा हमारी दशा से भी खराब है। हम न रहेंगे, देश तो सुखी होगा।'

छकौड़ी जानता था, अम्बा जो कहती है, वह करके रहती है, कोई उज्र नहीं सुनती। वह सिर झुकाये, अम्बा पर झुँझलाता हुआ घर से निकलकर महाजन के घर की ओर चला।

घासवाली

मुलिया हरी-हरी घास का गट्ठा लेकर आयी, तो उसका गेहुआँ रंग कुछ तमतमाया हुआ था और बड़ी-बड़ी मद-भरी आँखों में शंका समाई हुई थी। महावीर ने उसका तमतमाया हुआ चेहरा देखकर पूछा—क्या है मुलिया, आज कैसा जी है।

मुलिया ने कुछ जवाब न दिया—उसकी आँखें डबडबा गयीं !

महावीर ने समीप आकर पूछा—क्या हुआ है, बताती क्यों नहीं ? किसी ने कुछ कहा है, अम्माँ ने डाँटा है, क्यों इतनी उदास है ?

मुलिया ने सिसककर कहा—कुछ नहीं, हुआ क्या है, अच्छी तो हूँ ?

महावीर ने मुलिया को सिर से पाँव तक देखकर कहा—चुपचाप रोयेगी, बतायेगी नहीं ?

मुलिया ने बात टालकर कहा—कोई बात भी हो, क्या बताऊँ।

मुलिया इस ऊसर में गुलाब का फूल थी। गेहुआँ रंग था, हिरन की-सी आँखें, नीचे खिंचा हुआ चिबुक, कपोलों पर हलकी लालिमा, बड़ी-बड़ी नुकीली पलकें, आँखों में एक विचित्र आर्द्रता, जिसमें एक स्पष्ट वेदना, एक मूक व्यथा झलकती रहती थी। मालूम नहीं, चमारों के इस घर में वह अप्सरा कहाँ से आ गयी थी। क्या उसका कोमल फूल-सा गात इस योग्य था कि सर पर घास की टोकरी रखकर बेचने जाती ? उस गाँव में भी ऐसे लोग मौजूद थे, जो उसके तलवे के नीचे आँखें बिछाते थे, उसकी एक चितवन के लिए तरसते थे, जिनसे अगर वह एक शब्द भी बोलती, तो निहाल हो जाते; लेकिन उसे आये साल-भर से अधिक हो गया, किसी ने उसे युवकों की तरफ ताकते या बातें करते नहीं देखा। वह घास लिये निकलती, तो ऐसा मालूम होता, मानो उषा का प्रकाश, सुनहरे आवरण में रंजित, अपनी छटा बिखेरता जाता हो। कोई गज़लें गाता, कोई छाती पर हाथ रखता; पर मुलिया नीची आँख किये अपनी राह चली जाती। लोग हैरान होकर कहते—इतना अभिमान ! महावीर में ऐसे क्या सुरखाब के पर लगे हैं, ऐसा अच्छा जवान भी तो नहीं, न जाने यह कैसे उसके साथ रहती है !

मगर आज ऐसी बात हो गयी, जो इस जाति की और युवतियों के लिए चाहे गुप्त संदेश होती, मुलिया के लिए हृदय का शूल थी। प्रभात का समय था, पवन आम की बौर की सुगन्धि से मतवाला हो रहा था, आकाश पृथ्वी पर सोने की वर्षा कर रहा था। मुलिया सिर पर झौआ रक्खे घास छीलने चली, तो उसका गेहुआँ रंग प्रभात की सुनहरी किरणों से कुन्दन की तरह दमक उठा। एकाएक युवक चैनसिंह सामने से आता हुआ दिखाई दिया। मुलिया ने चाहा कि कतराकर निकल जाय; मगर चैनसिंह ने उसका हाथ पकड़ लिया और बोला—मुलिया, तुझे क्या मुझ पर ज़रा भी दया नहीं आती ?

मुलिया का वह फूल-सा खिला हुआ चेहरा ज्वाला की तरह दहक उठा। वह ज़रा भी नहीं डरी, ज़रा भी न झिझकी, झौआ जमीन पर गिरा दिया, और बोली—मुझे छोड़ दो, नहीं मैं चिल्लाती हूँ।

चैनसिंह को आज जीवन में एक नया अनुभव हुआ। नीची जातों में रूप-माधुर्य का इसके सिवा और काम ही क्या है कि वह ऊँची जातवालों का खिलौना बने। ऐसे कितने ही मार्क उसने जीते थे; पर आज मुलिया के चेहरे का वह रंग, उसका वह क्रोध, वह अभिमान देखकर उसके छक्के छूट गये। उसने लज्जित होकर उसका हाथ छोड़ दिया। मुलिया वेग से आगे बढ़ गयी। संघर्ष की गरमी में चोट की व्यथा नहीं होती, पीछे से टीस होने लगती है। मुलिया जब कुछ दूर निकल गई, तो क्रोध और भय तथा अपनी बेकसी को अनुभव करके उसकी आँखों में आँसू भर आये। उसने कुछ देर जब्त किया, फिर सिसक-सिसक कर रोने लगी। अगर वह इतनी गरीब न होती, तो किसी की मजाल थी कि इस तरह उसका अपमान करता ! वह रोती जाती थी और घास छीलती जाती थी। महावीर का क्रोध वह जानती थी। अगर उससे कह दे, तो वह इस ठाकुर के खून का प्यासा हो जायगा। फिर न जाने क्या हो ! इस खयाल से उसके रोएँ खड़े हो गए। इसीलिए उसने महावीर के प्रश्नों का कोई उत्तर न दिया।

2

दूसरे दिन मुलिया घास के लिए न गई। सास ने पूछा—तू क्यों नहीं जाती ? और सब तो चली गयीं ?

मुलिया ने सिर झुकाकर कहा—मैं अकेली न जाऊँगी।

सास ने बिगड़कर कहा—अकेले क्या तुझे बाघ उठा ले जायगा ?

मुलिया ने और भी सिर झुका लिया और दबी हुई आवाज़ से बोली—सब मुझे छेड़ते हैं।

सास ने डाँटा—न तू औरों के साथ जायगी, न अकेली जायगी, तो फिर जायगी कैसे ! वह साफ़-साफ़ क्यों नहीं कहती कि मैं न जाऊँगी। तो यहाँ मेरे घर में रानी बन के निबाह न होगा। किसी को चाम नहीं प्यारा होता, काम प्यारा होता है। तू बड़ी सुन्दर है, तो तेरी सुन्दरता लेकर चाटूँ ? उठा झाबा और घास ला !

द्वार पर नीम के दरख्त के साये में महावीर खड़ा घोड़े को मल रहा था। उसने मुलिया को रोनी सूरत बनाये जाते देखा; पर कुछ बोल न सका। उसका बस चलता तो मुलिया को कलेजे में बिठा लेता, आँखों में छिपा लेता; लेकिन घोड़े का पेट भरना तो ज़रूरी था। घास मोल लेकर खिलाये, तो बारह आने रोज से कम न पड़े। ऐसी मजदूरी ही कौन होती है। मुश्किल से डेढ़-दो रुपये मिलते हैं, वह भी कभी मिले, कभी न मिले। जब से यह सत्यानाशी लारियाँ चलने लगी हैं; एक्केवालों की बधिया बैठ गई है। कोई सेंत भी नहीं पूछता। महाजन से डेढ़-सौ रुपये उधार लेकर एक्का और घोड़ा खरीदा था; मगर लारियों के आगे एक्के को कौन पूछता है। महाजन का सूद भी तो न पहुँच सकता था, मूल का कहना ही क्या ! ऊपरी मन से बोला—न मन हो, तो रहने दो, देखी जायगी।

इस दिलजोई से मुलिया निहाल हो गई। बोली—घोड़ा खायेगा क्या ?

आज उसने कल का रास्ता छोड़ दिया और खेतों की मेड़ों से होती हुई चली। बार-बार सतर्क आँखों से इधर-उधर ताकती जाती थी। दोनों तरफ ऊख के खेत खड़े थे। ज़रा भी खड़खड़ाहट होती, उसका जी सन्न हो जाता—कहीं कोई ऊख में छिपा न बैठा हो। मगर कोई नई बात न हुई। ऊख के खेत निकल गये, आमों का बाग निकल गया; सिंचे हुए खेत नज़र आने लगे। दूर के कुएँ पर पुर चल रहा था। खेतों की मेड़ों पर हरी-हरी घास जमी हुई थी। मुलिया का जी ललचाया। यहाँ आध घण्टे में जितनी घास छिल सकती है, सूखे मैदान में दोपहर तक न छिल सकेगी ! यहाँ देखता ही कौन है। कोई चिल्लायेगा, तो चली जाऊँगी। वह बैठकर घास छीलने लगी और एक घण्टे में उसका झाबा आधे से ज्यादा भर गया। वह अपने काम में इतनी तन्मय थी कि उसे चैनसिंह के आने की खबर ही न हुई। एकाएक उसने आहट पाकर सिर उठाया, तो चैनसिंह को खड़ा देखा।

मुलिया की छाती धक् से हो गयी। जी में आया भाग जाय, झाबा उलट दे और खाली झाबा लेकर चली जाय; पर चैनसिंह ने कई गज के फासले से ही रुककर कहा—डर मत, डर मत, भगवान जानता है ! मैं तुझसे कुछ न बोलूँगा। जितनी घास चाहे छील ले, मेरा ही खेत है।

मुलिया के हाथ सुन्न हो गये, खुरपी हाथ में जम-सी गयी, घास नज़र ही न आती थी। जी चाहता था; जमीन फट जाय और मैं समा जाऊँ। जमीन आँखों के सामने तैरने लगी।

चैनसिंह ने आश्वासन दिया–छीलती क्यों नहीं ? मैं तुमसे कुछ कहता थोड़े ही हूँ। यहीं रोज़ चली आया कर, मैं छील दिया करूँगा।

मुलिया चित्रलिखित-सी बैठी रही।

चैनसिंह ने एक कदम आगे बढ़ाया और बोला–तू मुझसे इतना डरती क्यों है ! क्या तू समझती है, मैं आज भी तुझे सताने आया हूँ ? ईश्वर जानता है, कल भी तुझे सताने के लिए मैंने तेरा हाथ नहीं पकड़ा था। तुझे देखकर आप-ही-आप हाथ बढ़ गये। मुझे कुछ सुध ही न रही। तू चली गयी, तो मैं वहीं बैठकर घण्टों रोता रहा। जी में आता था, हाथ काट डालूँ। कभी जी चाहता था, जहर खा लूँ। तभी से तुझे ढूँढ़ रहा हूँ आज तू इस रास्ते से चली आयी। मैं सारा हार छानता हुआ यहाँ आया हूँ। अब जो सज़ा तेरे जी में आवे, दे दे। अगर तू मेरा सिर भी काट ले, तो गर्दन न हिलाऊँगा। मैं शोहदा था, लुच्चा था, लेकिन जब से तुझे देखा है, मेरे मन से सारी खोट मिट गयी है। अब तो यही जी में आता है कि तेरा कुत्ता होता और तेरे पीछे-पीछे चलता, तेरा घोड़ा होता, तब तो तू अपने हाथों से मेरे सामने घास डालती। किसी तरह यह चोला तेरे काम आवे, मेरे मन की यह सबसे बड़ी लालसा है। मेरी जवानी काम न आवे, अगर मैं किसी खोट से ये बातें कर रहा हूँ। बड़ा भागवान था महावीर, जो ऐसी देवी उसे मिली।

मुलिया चुपचाप सुनती रही, फिर नीचा सिर करके भोलेपन से बोली–तो तुम मुझे क्या करने को कहते हो ?

चैनसिंह और समीप आकर बोला–बस, तेरी दया चाहता हूँ।

मुलिया ने सिर उठाकर उसकी ओर देखा। उसकी लज्जा न जाने कहाँ गायब हो गयी। चुभते हुए शब्दों में बोली। तुमसे एक बात कहूँ, बुरा तो न मानोगे ? तुम्हारा ब्याह हो गया है या नहीं ?

चैनसिंह ने दबी जबान से कहा–ब्याह तो हो गया, लेकिन ब्याह क्या है, खिलवाड़ है।

मुलिया के होठों पर अवहेलना की मुस्कराहट झलक पड़ी, बोली–फिर भी अगर मेरा आदमी तुम्हारी औरत से इसी तरह बातें करता, तो तुम्हें कैसा लगता ? तुम उसकी गर्दन काटने पर तैयार हो जाते कि नहीं ? बोलो ! क्या समझते हो कि महावीर चमार है तो उसकी देह में लहू नहीं है, उसे लज्जा नहीं है, अपने मर्यादा का विचार नहीं है ? मेरा रूप-रंग तुम्हें भाता है। क्या घाट के किनारे मुझसे कहीं सुन्दर औरतें नहीं घूमा करतीं ? मैं उनके तलवों की बराबरी भी नहीं कर सकती। तुम उसमें से किसी से क्यों नहीं दया माँगते ! क्या उनके पास दया नहीं है ? मगर वहाँ तुम न जाओगे; क्योंकि वहाँ जाते तुम्हारी छाती दहलती है। मुझसे दया माँगते हो, इसलिए न कि मैं चमारिन हूँ, नीच जाति हूँ और नीच जाति की

औरत ज़रा-सी घुड़की-धमकी वा ज़रा-सी लालच से तुम्हारी मुट्ठी में आ जायगी। कितना सस्ता सौदा है। ठाकुर हो न, ऐसा सस्ता सौदा क्यों छोड़ने लगे ?

चैनसिंह लज्जित होकर बोला—मूला, यह बात नहीं। मैं सच कहता हूँ, इसमें ऊँच-नीच की बात नहीं है। सब आदमी बराबर हैं। मैं तो तेरे चरणों पर सिर रखने को तैयार हूँ।

मुलिया—इसीलिए न कि जानते हो, मैं कुछ कर नहीं सकती। जाकर किसी खतरानी के चरणों पर सिर रक्खो, तो मालूम हो कि चरणों पर सिर रखने का क्या फल मिलता है। फिर यह सिर तुम्हारी गर्दन पर न रहेगा।

चैनसिंह मारे शर्म के जमीन में गड़ा जाता था। उसका मुँह ऐसा सूख गया था, मानो महीनों की बीमारी से उठा हो। मुँह से बात न निकलती थी। मुलिया इतनी वाक्-पटु है, इसका उसे गुमान भी न था।

मुलिया फिर बोली—मैं भी रोज़ बाजार जाती हूँ। बड़े-बड़े घरों का हाल जानती हूँ। मुझे किसी बड़े घर का नाम बता दो, जिसमें कोई साईस, कोई कोचवान, कोई कहार, कोई पण्डा, कोई महाराज न घुसा बैठा हो ? यह सब बड़े घरों की लीला है। और वह औरतें जो कुछ करती हैं, ठीक करती हैं ! उनके घरवाले भी तो चमारिनों और कहारिनों पर जान देते फिरते हैं। लेना-देना बराबर हो जाता है। बेचारे गरीब आदमियों के लिए यह बातें कहाँ ? मेरे आदमी के लिए संसार में जो कुछ हूँ, मैं हूँ। वह किसी दूसरी मिहरिया की ओर आँख उठाकर भी नहीं देखता। संयोग की बात है कि मैं तनिक सुन्दर हूँ, लेकिन मैं काली-कलूटी भी होती, तब भी वह मुझे इसी तरह रखता। इसका मुझे विश्वास है। मैं चमारिन होकर भी इतनी नीच नहीं हूँ कि विश्वास का बदला खोट से दूँ। हाँ, वह अपने मन की करने लगे, मेरी छाती पर मूँग दलने लगे, तो मैं भी उसकी छाती पर मूँग दलूँगी। तुम मेरे रूप ही के दीवाने हो न ! आज मुझे माता निकल आयें, कानी हो जाऊँ, तो मेरी ओर ताकोगे भी नहीं। बोलो, झूठ कहती हूँ ?

चैनसिंह इनकार न कर सका।

मुलिया ने उसी गर्व से भरे हुए स्वर में कहा—लेकिन मेरी एक नहीं, दोनों आँखें फूट जायँ, तब भी वह मुझे इसी तरह रक्खेगा। मुझे उठावेगा, बैठावेगा, खिलावेगा। तुम चाहते हो, मैं ऐसे आदमी के साथ कपट करूँ ? जाओ, अब मुझे कभी न छेड़ना, नहीं अच्छा न होगा।

3

जवानी जोश है, बल है, दया है, साहस है, आत्म-विश्वास है, गौरव है और सब कुछ जो जीवन को पवित्र, उज्ज्वल और पूर्ण बना देता है। जवानी का नशा घमंड

है, निर्दयता है, स्वार्थ है, शेखी है, विषय-वासना है, कटुता है और वह सब कुछ जो जीवन को पशुता, विकार और पतन की ओर ले जाता है। चैनसिंह पर जवानी का नशा था। मुलिया के शीतल छींटों ने नशा उतार दिया। जैसे उबलती हुई चाशनी में पानी के छींटे पड़ जाने से फेन मिट जाता है, मैल निकल जाता है और निर्मल, शुद्ध रस निकल आता है। जवानी का नशा जाता रहा, केवल जवानी रह गयी। कामिनी के शब्द जितनी आसानी से दीन और ईमान को गारत कर सकते हैं, उतनी ही आसानी से उनका उद्धार भी कर सकते हैं।

चैनसिंह उस दिन से दूसरा ही आदमी हो गया। गुस्सा उसकी नाक पर रहता था, बात-बात पर मजदूरों को गालियाँ देना, डाँटना और पीटना उसकी आदत थी। असामी उससे थर-थर काँपते थे। मजदूर उसे आते देखकर अपने काम में चुस्त हो जाते थे; पर ज्यों ही उसने इधर पीठ फेरी और उन्होंने चिलम पीना शुरू किया। सब दिल में उससे जलते थे, उसे गालियाँ देते थे। मगर उस दिन से चैनसिंह इतना दयालु, इतना गंभीर, इतना सहनशील हो गया कि लोगों को आश्चर्य होता था।

कई दिन गुज़र गये थे। एक दिन सन्ध्या समय चैनसिंह खेत देखने गया। पुर चल रहा था। उसने देखा कि एक जगह नाली टूट गयी है, और सारा पानी बहा चला जाता है। क्यारियों में पानी बिलकुल नहीं पहुँचता, मगर क्यारी बनाने वाली बुढ़िया चुपचाप बैठी है। उसे इसकी ज़रा भी फिक्र नहीं है कि पानी क्यों नहीं आता। पहले यह दशा देखकर चैनसिंह आपे से बाहर हो जाता। उस औरत की उस दिन मजूरी काट लेता और पुर चलानेवालों को घुड़कियाँ जमाता, पर आज उसे क्रोध नहीं आया। उसने मिट्टी लेकर नाली बाँध दी और खेत में जाकर बुढ़िया से बोला–तू यहाँ बैठी है और पानी सब बहा जा रहा है।

बुढ़िया घबड़ाकर बोली–अभी खुल गयी होगी। राजा ! मैं अभी जाकर बन्द किये देती हूँ।

यह कहती हुई वह थरथर काँपने लगी। चैनसिंह ने उसकी दिलजोई करते हुए कहा–भाग मत, भाग मत। मैंने नाली बन्द कर दी। बुढ़ऊ कई दिन से नहीं दिखाई दिये, कहीं काम पर जाते हैं कि नहीं ?

बुढ़िया गद्गद होकर बोली–आजकल तो खाली ही बैठे हैं भैया, कहीं काम नहीं लगता।

चैनसिंह ने नम्र भाव से कहा–तो हमारे यहाँ लगा दे। थोड़ा-सा सन रखा है, उसे कात दें।

यह कहता हुआ वह कुएँ की ओर चला गया। यहाँ चार पुर चल रहे थे; पर इस वक्त दो हँकवे बेर खाने गये थे। चैनसिंह को देखते ही मजूरों के होश उड़ गये। ठाकुर ने पूछा, दो आदमी कहाँ गये, तो क्या जवाब देंगे ? सब-के-सब

डाँटे जायँगे। बेचारे दिल में सहमे जा रहे थे। चैनसिंह ने पूछा—वह दोनों कहाँ चले गये ?

किसी के मुँह से आवाज़ न निकली। सहसा सामने से दोनों मजूर धोती के एक कोने में बेर भरे आते दिखाई दिए। खुश-खुश बात करते चले आ रहे थे। चैनसिंह पर निगाह पड़ी, तो दोनों के प्राण सूख गए। पाँव मन-मन भर के हो गए। अब न आते बनता है, न जाते। दोनों समझ गए कि आज डाँट पड़ी, शायद मजूरी भी कट जाय। चाल धीमी पड़ गई। इतने में चैनसिंह ने पुकारा—बढ़ आओ, बढ़ आओ, कैसे बेर हैं, लाओ ज़रा मुझे भी दो, मेरे ही पेड़ के हैं न ?

दोनों और भी सहम उठे। आज ठाकुर जीता न छोड़ेगा। कैसा मिठा-मिठाकर बोल रहा है। उतनी ही भिगो-भिगोकर लगायेगा। बेचारे और भी सिकुड़ गए।

चैनसिंह ने फिर कहा—जल्दी से आओ जी, पक्की-पक्की सब मैं ले लूँगा। ज़रा एक आदमी लपककर घर से थोड़ा-सा नमक तो ले लो ! (बाकी दोनों मजूरों से) तुम भी दोनों आ जाओ, उस पेड़ के बेर मीठे होते हैं। बेर खा ले, काम तो करना ही है।

अब दोनों भगोड़ों को कुछ ढारस हुआ। सभी ने जाकर सब बेर चैनसिंह के आगे डाल दिए और पक्के-पक्के छाँटकर उसे देने लगे। एक आदमी नमक लाने दौड़ा। आध घण्टे तक चारों पुर बन्द रहे। जब सब बेर उड़ गए और ठाकुर चलने लगे, तो दोनों अपराधियों ने हाथ जोड़कर कहा—भैयाजी, आज जान बकसी हो जाय, बड़ी भूख लगी थी, नहीं तो कभी न जाते।

चैनसिंह ने नम्रता से कहा—तो इसमें बुराई क्या हुई ? मैंने भी तो बेर खाए। एक-आध घण्टे का हरज हुआ यही न ? तुम चाहोगे, तो घण्टे भर का काम आध घण्टे में कर दोगे। न चाहोगे, दिन-भर में भी घण्टे-भर का काम न होगा।

चैनसिंह चला गया, तो चारों बातें करने लगे।

एक ने कहा—मालिक इस तरह रहे, तो काम करने में जी लगता है। यह नहीं कि हरदम छाती पर सवार।

दूसरा—मैंने तो समझा, आज कच्चा ही खा जायँगे।

तीसरा—कई दिन से देखता हूँ, मिजाज नरम हो गया है।

चौथा—साँझ को पूरी मजूरी मिले तो कहना।

पहला—तुम तो हो गोबर-गनेस। आदमी का रुख नहीं पहचानते।

दूसरा—अब खूब दिल लगाकर काम करेंगे।

तीसरा—और क्या ! जब उन्होंने हमारे ऊपर छोड़ दिया, तो हमारा भी धरम है कि कोई कसर न छोड़ें।

चौथा—मुझे तो भैया, ठाकुर पर अब भी विश्वास नहीं आता।

4

एक दिन चैनसिंह को किसी काम से कचहरी जाना था। पाँच मील का सफर था। यों तो वह बराबर अपने घोड़े पर जाया करता था; पर आज धूप बड़ी तेज़ हो रही थी, सोचा एक्के पर चला चलूँ। महावीर को कहला भेजा मुझे लेते जाना। कोई नौ बजे महावीर ने पुकारा। चैनसिंह तैयार बैठा था। चटपट एक्के पर बैठ गया। मगर घोड़ा इतना दुबला हो रहा था, एक्के की गद्दी इतनी मैली और फटी हुई, सारा सामान इतना रद्दी कि चैनसिंह को उस पर बैठते शर्म आई। पूछा—यह सामान क्यों बिगड़ा हुआ है महावीर ? तुम्हारा घोड़ा तो इतना दुबला कभी न था; क्या आजकल सवारियाँ कम हैं क्या ? महावीर ने कहा—नहीं मालिक, सवारियाँ काहे नहीं है; मगर लारियों के सामने एक्के को कौन पूछता है। कहाँ दो-ढाई-तीन की मजूरी करके घर लौटता था, कहाँ अब बीस आने पैसे भी नहीं मिलते ? क्या जानवर को खिलाऊँ क्या आप खाऊँ ? बड़ी विपत्ति में पड़ा हूँ। सोचता हूँ एक्का-घोड़ा बेच-बाचकर आप लोगों की मजूरी कर लूँ, पर कोई गाहक नहीं लगता। ज्यादा नहीं तो बारह आने तो घोड़े ही को चाहिए, घास ऊपर से। जब अपना ही पेट नहीं चलता, तो जानवर को कौन पूछे।

चैनसिंह ने उसके फटे हुए कुरते की ओर देखकर कहा—दो-चार बीघे खेती क्यों नहीं कर लेते ?

महावीर सिर झुकाकर बोला—खेती के लिए बड़ा पौरुख चाहिए मालिक ! मैंने तो यही सोचा है कि कोई गाहक लग जाय, तो एक्के को औने-पौने निकाल दूँ, फिर घास छीलकर बाजार ले जाया करूँ। आजकल सास-पतोहू दोनों छीलती हैं। तब जाकर दस-बारह आने पैसे नसीब होते हैं।

चैनसिंह ने पूछा—तो बुढ़िया बाज़ार जाती होगी ?

महावीर लजाता हुआ बोला—नहीं भैया, वह इतनी दूर कहाँ चल सकती है। घरवाली चली जाती है। दोपहर तक घास छीलती है, तीसरे पहर बाज़ार जाती है। वहाँ से घड़ी रात गये लौटती है। हलकान हो जाती है भैया, मगर क्या करूँ, तकदीर से क्या ज़ोर।

चैनसिंह कचहरी पहुँच गये और महावीर सवारियों की टोह में इधर-उधर इक्के को घुमाता हुआ शहर की तरफ चला गया। चैनसिंह ने उसे पाँच बजे आने को कह दिया।

कोई चार बजे चैनसिंह कचहरी से फुरसत पाकर बाहर निकले। हाते में पान की दुकान थी, ज़रा और आगे बढ़कर एक घना बरगद का पेड़ था, उसकी छाँह में बीसों ही ताँगे; एक्के, फिटनें खड़ी थीं। घोड़े खोल दिए गए थे। वकीलों, मुख्तारों और अफसरों की सवारियाँ यहीं खड़ी रहती थीं। चैनसिंह ने पानी पिया,

पान खाया और सोचने लगा कोई लारी मिल जाय, तो ज़रा शहर चला जाऊँ कि उसकी निगाह एक घासवाली पर पड़ गई। सिर पर घास का झाबा रक्खे साईसों से मोल-भाव कर रही थी। चैनसिंह का हृदय उछल पड़ा—यह तो मुलिया है ! बनी-ठनी, एक गुलाबी साड़ी पहने कोचवानों से मोल-तोल कर रही थी। कई कोचवान जमा हो गये थे। कोई उससे दिल्लगी करता था, कोई घूरता था, कोई हँसता था।

एक काले-कलूटे कोचवान ने कहा—मूला, घास तो उड़के अधिक से अधिक छः आने की है।

मुलिया ने उन्माद पैदा करने वाली आँखों से देखकर कहा—छः आने पर लेना है, तो सामने घसियारिनें बैठी हैं, चले जाओ, दो-चार पैसे कम में पा जाओगे, मेरी घास तो बारह आने में ही जायगी।

एक अधेड़ कोचवान ने फिटन के ऊपर से कहा—तेरा ज़माना है, बारह आने नहीं एक रुपया माँग। लेनेवाले झख मारेंगे और लेंगे। निकलने दे वकीलों को, अब देर नहीं है।

एक ताँगेवाले ने, जो गुलाबी पगड़ी बाँधे हुए था, बोला—बुढ़ऊ के मुँह में पानी भर आया, अब मुलिया काहे को किसी की ओर देखेगी !

चैनसिंह को ऐसा क्रोध आ रहा था कि इन दुष्टों को जूते से पीटे। सब-के-सब कैसे उसकी ओर टकटकी लगाये ताक रहे हैं, आँखों से पी जायेंगे। और मुलिया भी यहाँ कितनी खुश है। न लजाती है, न झिझकती है, न दबती है। कैसा मुसकिरा-मुसकिराकर, रसीली आँखों से देख-देखकर, सिर का अंचल खिसका-खिसकाकर, मुँह मोड़-मोड़कर बातें कर रही है। वही मुलिया, जो शेरनी की तरह तड़प उठी थी।

इतने में चार बजे। अमले और वकील-मुख़्तारों का एक मेला-सा निकल पड़ा। अमले लारियों पर दौड़े। वकील-मुख़्तार इन सवारियों की ओर चले। कोचवानों ने भी चटपट घोड़े जोते। कई महाशयों ने मुलिया को रसिक नेत्रों से देखा और अपनी-अपनी गाड़ियों पर जा बैठे।

एकाएक मुलिया घास का झाबा लिये उस फिटन के पीछे दौड़ी। फिटन में एक अंग्रेज़ी फैशन के जवान वकील साहब बैठे थे। उन्होंने पावदान पर घास रखवा ली, जेब से कुछ निकालकर मुलिया को दिया। मुलिया मुस्कराई, दोनों में कुछ बातें भी हुईं, जो चैनसिंह न सुन सके।

एक क्षण में मुलिया प्रसन्न-मुख घर की ओर चली। चैनसिंह पानवाले की दुकान पर विस्मृति की दशा में खड़ा रहा। पानवाले ने दुकान बढ़ाई, कपड़े पहिने और केबिन का द्वार बन्द करके नीचे उतरा तो चैनसिंह की समाधि टूटी। पूछा—क्या दुकान बन्द कर दी ?

पानवाले ने सहानुभूति दिखाकर कहा—इसकी दवा करो ठाकुर साहब, यह बीमारी अच्छी नहीं है !

चैनसिंह ने चकित होकर पूछा—कैसी बीमारी ?

पानवाला बोला—कैसी बीमारी ! आध घण्टे से यहाँ खड़े हो जैसे कोई मुरदा खड़ा हो। सारी कचहरी खाली हो गयी, सब दुकानें बन्द हो गयीं, मेहतर तक झाड़ू लगाकर चल दिये; तुम्हें कुछ खबर हुई ? यह बुरी बीमारी है, जल्दी दवा कर डालो।

चैनसिंह ने छड़ी सँभाली और फाटक की ओर चला कि महावीर का एक्का सामने से आता दिखाई दिया।

5

कुछ दूर एक्का निकल गया, तो चैनसिंह ने पूछा—आज कितने पैसे कमाये महावीर ?

महावीर ने हँसकर कहा—आज तो मालिक, दिन भर खड़ा ही रह गया। किसी ने बेगार में भी न पकड़ा। ऊपर से चार पैसे की बीड़ियाँ पी गया।

चैनसिंह ने ज़रा देर के बाद कहा—मेरी एक सलाह है। तुम मुझसे एक रुपया रोज लिया करो। बस, जब मैं बुलाऊँ तो एक्का लेकर चले आया करो। तब तो तुम्हारी घरवाली को घास लेकर बाजार न जाना पड़ेगा। बोलो मंजूर है ?

महावीर ने सजल आँखों से देखकर कहा—मालिक, आप ही का तो खाता हूँ। आपकी परजा हूँ। जब मरजी हो, पकड़ मँगवाइए। आपसे रुपये...

चैनसिंह ने बात काटकर कहा—नहीं, मैं तुमसे बेगार नहीं लेना चाहता। तुम मुझसे एक रुपया रोज़ ले जाया करो। घास लेकर घरवाली को बाज़ार मत भेजा करो। तुम्हारी आबरू मेरी आबरू है। और भी रुपये-पैसे का जब काम लगे, बेखटके चले आया करो। हाँ, देखो, मुलिया से इस बात की भूलकर भी चर्चा न करना। क्या फायदा !

कई दिनों के बाद संध्या समय मुलिया चैनसिंह से मिली। चैनसिंह असामियों से मालगुजारी वसूल करके घर की ओर लपका जा रहा था कि उसी जगह जहाँ उसने मुलिया की बाँह पकड़ी थी, मुलिया की आवाज़ कानों में आयी। उसने ठिठककर पीछे देखा, तो मुलिया दौड़ी आ रही थी। बोला—क्या है मूला ! क्यों दौड़ती हो, मैं तो खड़ा हूँ ?

मुलिया ने हाँफते हुए कहा—कई दिन से तुमसे मिलना चाहती थी। आज तुम्हें आते देखा, तो दौड़ी। अब मैं घास बेचने नहीं जाती।

चैनसिंह ने कहा—बहुत अच्छी बात है।

'क्या तुमने कभी मुझे घास बेचते देखा है ?

'हाँ, एक दिन देखा था। क्या महावीर ने तुझसे सब कह डाला ? मैंने तो मना कर दिया था।'

'वह मुझसे कोई बात नहीं छिपाता।'

दोनों एक क्षण चुप खड़े रहे। किसी को कोई बात न सूझती थी। एकाएक मुलिया ने मुस्कराकर कहा–यहाँ तुमने मेरी बाँह पकड़ी थी।

चैनसिंह ने लज्जित होकर कहा–उसको भूल जाओ मूला। मुझ पर जाने कौन भूत सवार था।

मुलिया गद्गद कण्ठ से बोली–उसे क्यों भूल जाऊँ। उसी बाँह गहे की लाज तो निभा रहे हो। गरीबी आदमी से जो चाहे करावे। तुमने मुझे बचा लिया। फिर दोनों चुप हो गये।

ज़रा देर के बाद मुलिया ने फिर कहा–तुमने समझा होगा, मैं हँसने-बोलने में मगन हो रही थी ?

चैनसिंह ने बलपूर्वक कहा–नहीं मुलिया, मैंने एक क्षण के लिए भी नहीं समझा।

मुलिया मुस्कराकर बोली–मुझे तुमसे यही आशा थी, और है।

पवन सिंचे हुए खेतों में विश्राम करने जा रहा था, सूर्य निशा की गोद में विश्राम करने जा रहा था, और उस मलिन प्रकाश में चैनसिंह मुलिया की विलीन होती हुई रेखा को खड़ा देख रहा था !

गिला

जीवन का बड़ा भाग इसी घर में गुज़र गया, पर कभी आराम न नसीब हुआ। मेरे पति संसार की दृष्टि में बड़े सज्जन, बड़े शिष्ट, बड़े उदार, बड़े सौम्य होंगे; लेकिन जिस पर गुज़रती है वही जानता है। संसार को उन लोगों की प्रशंसा करने में आनन्द आता है, जो अपने घर को भाड़ में झोंक रहे हों, ग़ैरों के पीछे अपना सर्वनाश किये डालते हों। जो प्राणी घरवालों के लिए मरता है, उसकी प्रशंसा संसारवाले नहीं करते। वह तो उनकी दृष्टि में स्वार्थी है, कृपण है, संकीर्ण हृदय है, आचार-भ्रष्ट है। इसी तरह जो लोग बाहरवालों के लिए मरते हैं, उनकी प्रशंसा घरवाले क्यों करने लगे ? अब इन्हीं को देखो, सारे दिन मुझे जलाया करते हैं। मैं परदा तो नहीं करती; लेकिन सौदे-सुलफ़ के लिए बाज़ार जाना बुरा मालूम होता है। और, इनका यह हाल है, कि चीज़ मँगवाओ, तो ऐसी दुकान से लायेंगे, जहाँ कोई ग्राहक भूलकर भी न जाता हो। ऐसी दुकान पर न तो चीज़ अच्छी मिलती है, न तौल ठीक होती है, न दाम ही उचित होते हैं। यह दोष न होते, तो वह दुकान बदनाम ही क्यों होती; पर इन्हें ऐसी ही गयी-बीती दुकानों की चीज़ें लाने का मरज है। बार-बार कह दिया, साहब कि चलती हुई दुकान से सौदे लाया करो। वहाँ माल अधिक खपता है, इसलिए ताज़ा माल आता रहता है; पर इनकी तो टुटपुँजिया से बनती है, और वे इन्हें उल्टे छुरे से मूँडते हैं। गेहूँ लायेंगे, तो सारे बाजार से खराब, घुना हुआ चावल, ऐसा मोटा कि बैल भी न पूछे, दाल में कराई और कंकड़ भरे हुए। मनों लकड़ी जला डालो, क्या मज़ाल कि गले ! घी लायेंगे तो आधाआध तेल, या सोलहों आने काटोजेम और दरअसल घी से एक छटाँक कम ! तेल लायेंगे तो मिलावट, बालों में डालो, तो चिमट जायँ; पर दाम दे आयेंगे शुद्ध आँवले के तेल का ! किसी चलती हुई नामी दुकान पर जाते तो इन्हें जैसे डर लगता है। शायद ऊँची दुकान और फीके पकवान के कायल हैं। मेरा अनुभव तो यह है, कि नीची दुकान पर ही सड़े पकवान मिलते हैं।

एक दिन की बात हो, तो बरदाश्त कर ली जाय। रोज़-रोज़ का टंटा नहीं सहा जाता। मैं पूछती हूँ; आखिर आप टुटपुँजियों की दुकान पर जाते ही क्यों हैं ?

क्या उनके पालन-पोषण का ठीका तुम्हीं ने लिया है ? आप फ़रमाते हैं, मुझे देखकर सब-के-सब बुलाने लगते हैं। वाह क्या कहना है ! कितनी दूर की बात कही है। ज़रा इन्हें बुला लिया और खुशामद के दो शब्द सुना दिये, थोड़ी-सी स्तुति कर दी, बस आपका मिज़ाज आसमान पर जा पहुँचा। फिर इन्हें सुधि नहीं रहती कि यह कूड़ा-करकट बाँध रहा है या क्या। पूछती हूँ, तुम उस रास्ते से जाते ही क्यों हो ? क्यों किसी दूसरे रास्ते से नहीं जाते। ऐसे उठाईगीरों को मुँह ही क्यों लगाते हो ? इसका कोई जवाब नहीं ? एक चुप सौ बाधाओं को हराती है ?

एक बार एक गहना बनवाने को दिया। मैं तो महाशय को जानती थी। इनसे कुछ पूछना व्यर्थ समझा। अपने पहचान के एक सुनार को बुला रही थी। संयोग से आप भी विराजमान थे। बोले—यह सम्प्रदाय विश्वास के योग्य नहीं, धोखा खाओगी। मैं एक सुनार को जानता हूँ, मेरे साथ का पढ़ा हुआ है, बरसों साथ-साथ खेले हैं, वह मेरे साथ चालबाजी नहीं कर सकता। मैंने भी समझा, जब इनका मित्र है और वह भी बचपन का, तो कहाँ तक दोस्ती का हक़ न निभायेगा। सोने का एक आभूषण और सौ रुपये इनके हवाले किये। इस भलेमानस ने वह आभूषण और रुपये न जाने किस बेईमान को दे दिये कि बरसों के झंझट के बाद जब चीज़ बनकर आयी, तो आठ आने ताँबा और इतनी भद्दी कि देखकर घिन लगती थी। बरसों की अभिलाषा धूल में मिल गयी। रो-पीटकर बैठ रही। ऐसे-ऐसे वफ़ादार तो इनके मित्र हैं; जिन्हें मित्र की गरदन पर छुरी फेरने पर भी संकोच नहीं। इनकी दोस्ती भी उन्हीं लोगों से है, जो जमाने भर के जट्टू, गिरहकट, लँगोटी में फाग खेलनेवाले, फाकेमस्त हैं, जिनका उद्यम ही इन जैसे आँख के अन्धों से दोस्ती गाँठना है। नित्य ही एक-न-एक महाशय उधार माँगने के लिए सिर पर सवार रहते हैं और बिना लिये गला नहीं छोड़ते। मगर ऐसा कभी न हुआ कि किसी ने रुपये चुकाये हों। आदमी एकबार खोकर सीखता है, दो बार खोकर सीखता है, किन्तु यह भलेमानस हज़ार बार खोकर भी नहीं सीखते ! जब कहती हूँ, रुपये तो दे आये। अब माँग क्यों नहीं लाते ! क्या मर गये तुम्हारे वह दोस्त ? तो बस बगलें झाँककर रह जाते हैं। आपसे मित्रों को सूखा जवाब नहीं दिया जाता। खैर, सूखा जवाब न दो। मैं भी नहीं कहती कि दोस्तों से बेमुरौवती करो; मगर चिकनी-चुपड़ी बातें तो बना सकते हो, बहाने तो कर सकते हो। किसी मित्र ने रुपये माँगे और आपके सिर पर बोझ पड़ा। बेचारे कैसे इनकार करें। आखिर लोग जान जायेंगे कि नहीं कि यह महाशय भी खुक्खल ही हैं ! इनकी हविस यह है कि दुनिया इन्हें सम्पन्न समझती रहे, चाहे मेरे गहने ही क्यों न गिरों रखने पड़ें। सच कहती हूँ, कभी-कभी तो एक-एक पैसे की तंगी हो जाती है और इन भले आदमी को रुपये जैसे घर में काटते हैं। जब तक रुपये के वारे-न्यारे न कर लें, इन्हें चैन नहीं। इनके करतूत कहाँ तक गाऊँ। मेरी तो नाक में दम आ गया। एक-न-एक मेहमान रोज़ यमराज

की भाँति सिर पर सवार रहते हैं। न जाने कहाँ के बेफिक्रे इनके मित्र हैं। कोई कहीं से आकर मरता है, कोई कहीं से। घर क्या है, अपाहिजों का अड्डा है। ज़रा-सा तो घर, मुश्किल से दो पलंग, ओढ़ना-बिछौना भी फालतू नहीं, मगर आप हैं कि मित्रों को निमन्त्रण देने को तैयार ! आप तो अतिथि के साथ लेटेंगे, इसलिए इन्हें चारपाई भी चाहिए, ओढ़ना-बिछौना भी चाहिए, नहीं तो घर का परदा खुल जाय। जाता है मेरे बच्चों के सिर, गर्मियों में तो खैर कोई मुजायका नहीं; लेकिन जाड़ों में तो ईश्वर ही याद आते हैं। गर्मियों में भी खुली छत पर तो मेहमानों का अधिकार हो जाता है, अब मैं बच्चों को लिये पिंजड़े में पड़ी फड़फड़ाया करूँ। इन्हें इतनी समझ भी नहीं, कि जब घर की यह दशा है; तो क्यों ऐसों को मेहमान बनायें, जिनके पास कपड़े-लत्ते तक नहीं। ईश्वर की दया से इनके सभी मित्र इसी श्रेणी के हैं। एक भी ऐसा माई का लाल नहीं, जो समय पड़ने पर धेले से भी इनकी मदद कर सके। दो-एक बार महाशय को इसका अनुभव—अत्यन्त कटु अनुभव—हो चुका है; मगर इस जड़ भरत ने जैसे आँखें न खोलने की कसम खा ली है। ऐसे ही दरिद्र भट्टाचार्यों से इनकी पटती है। शहर में इतने लक्ष्मी के पुत्र हैं, पर आपका किसी से परिचय नहीं। उनके पास जाते इनकी आत्मा दुखती है। दोस्ती गाँठेंगे ऐसों से, जिनके घर में खाने का ठिकाना नहीं।

एक बार हमारा कहार छोड़कर चला गया और कई दिन कोई दूसरा कहार न मिला। किसी चतुर और कुशल कहार की तलाश में थी; किंतु आपको जल्द-से-जल्द कोई आदमी रख लेने की धुन सवार हो गई। घर के सारे काम पूर्ववत् चल रहे थे, पर आपको मालूम हो रहा था कि गाड़ी रुकी हुई है। मेरा जूठे बरतन माँजना और अपना साग-भाजी के लिए बाजार जाना इनके लिए असह्य हो उठा। एक दिन जाने कहाँ से एक बाँगडू को पकड़ लाये। उसकी सूरत कहे देती थी कि कोई जाँगलू है; मगर आपने उसका ऐसा बखान किया, कि क्या कहूँ। बड़ा होशियार है, बड़ा आज्ञाकारी, परले सिरे का मेहनती, ग़ज़ब का सलीकेदार और बहुत ही ईमानदार। खैर, मैंने उसे रख लिया। मैं बार-बार क्यों इनकी बातों में आ जाती हूँ, इसका मुझे स्वयं आश्चर्य है। यह आदमी केवल रूप से आदमी था। आदमियत के और कोई लक्षण उसमें न थे। किसी काम की तमीज़ नहीं। बेईमान न था; पर गधा अव्वल दरजे का। बेईमान होता, तो कम-से-कम इतनी तस्कीन तो होती कि खुद खा जाता है। अभागा दुकानदारों के हाथों लुट जाता था। दस तक की गिनती उसे न आती थी। एक रुपया देकर बाज़ार भेजूँ तो सन्ध्या तक हिसाब न समझा सके। क्रोध पी-पीकर रह जाती थी। रक्त खौलने लगता था कि दुष्ट के कान उखाड़ लूँ, मगर इन महाशय को उसे कभी कुछ कहते नहीं देखा, डाँटना तो दूर की बात है। आप नहा-धोकर धोती छाँट रहे हैं और वह दूर बैठा तमाशा देख रहा है। मैं तो बचा का खून पी जाती; लेकिन इन्हें ज़रा भी ग़म नहीं। जब

मेरे डाँटने पर धोती छाँटने जाता भी, तो आप उसे समीप न आने देते। बस, उसके दोषों को गुण बनाकर दिखाया करते थे; और इस प्रयास में सफल न होते, तो दोषों पर परदा डाल देते थे। मूर्ख को झाडू लगाने की तमीज़ न थी। मरदाना कमरा ही तो सारे घर में ढंग का एक कमरा है। उसमें झाडू लगाता, तो इधर की चीज़ उधर, ऊपर की नीचे; मानो कमरे में भूकम्प आ गया हो। और गर्द का यह हाल, कि साँस लेना कठिन; पर आप शांतिपूर्वक कमरे में बैठे हैं, जैसे कोई बात ही नहीं। एक दिन मैंने उसे खूब डाँटा—कल से ठीक-ठीक झाडू न लगाई तो कान पकड़ कर निकाल दूँगी। सबेरे सोकर उठी, तो देखती हूँ कमरे में झाडू लगी हुई है और हरेक चीज़ करीने से रखी हुई है। गर्दगुबार का नाम नहीं। मैं चकित होकर देखने लगी, तो आप हँसकर बोले—देखती क्या हो; आज घूरे ने बड़े सबेरे उठकर झाडू लगाई है। मैंने समझा दिया। तुम ढंग तो बताती नहीं, उलटे डाँटने लगती हो।

मैंने समझा। खैर, दुष्ट ने कम-से-कम एक काम तो सलीक़े से किया। अब रोज़ कमरा साफ-सुथरा मिलता। घूरे मेरी दृष्टि में विश्वासी बनने लगा। संयोग की बात एक दिन मैं ज़रा मामूल से सबेरे उठ बैठी और कमरे में आयी, तो क्या देखती हूँ कि घूरे द्वार पर खड़ा है, और आप तन-मन से कमरे में झाडू लगा रहे हैं। मेरी आँखों में खून उतर आया। उनके हाथ से झाडू छीन कर घूरे के सिर जमा दी। हरामखोर को उसी दम निकाल बाहर किया। आप फरमाने लगे—उसका महीना तो चुका दो। वाह री समझ। एक तो काम न करे, उस पर आँखें दिखाये। उस पर पूरी मजूरी भी चुका दूँ। मैंने एक कौड़ी भी न दी। एक कुरता दिया था, वह भी छीन लिया। इस पर जड़ भरत महाशय मुझसे कई दिन रूठे रहे। घर छोड़कर भागे जाते थे। बड़ी मुश्किलों से रुके। ऐसे-ऐसे भोंदू भी संसार में पड़े हुए हैं। मैं न होती, तो शायद अब तक इन्हें किसी ने बाज़ार में बेच दिया होता।

एक दिन मेहतर ने उतारे कपड़ों का सवाल किया। इस बेकारी के ज़माने में फालतू कपड़े तो शायद पुलिसवालों या रईसों के घर में हों, मेरे घर में तो ज़रूरी कपड़े भी काफी नहीं। आपका वस्त्रालय एक बकची में आ जायगा, जो डाक के पारसल से कहीं भेजा जा सकता है। फिर इस साल जाड़ों के कपड़े बनवाने की नौबत न आई। पैसे नज़र नहीं आते, कपड़े कहाँ से बनें। मैंने मेहतर को साफ जवाब दे दिया। कड़ाके का जाड़ा पड़ रहा था; इसका अनुभव मुझे कम न था। गरीबों पर क्या बीत रही है, इसका भी मुझे ज्ञान था। लेकिन मेरे या आपके पास खेद के सिवा इसका और क्या इलाज है। जब तक समाज का यह संगठन रहेगा, ऐसी शिकायतें पैदा होती रहेंगी। जब एक-एक अमीर और रईस के पास एक-एक मालगाड़ी कपड़ों से भरी हुई है, तब फिर निर्धनों को क्यों न नग्नता का कष्ट उठाना पड़े ? खैर मैंने तो मेहतर को जवाब दे दिया, आपने क्या किया कि आपका कोट

उठाकर उसको भेंट कर दिया। मेरी देह में आग लग गयी। इतनी दानशील नहीं हूँ कि दूसरों को खिलाकर आप सो रहूँ, देवता के पास यही एक कोट था। आपको इसकी ज़रा भी चिन्ता न हुई कि पहनेंगे क्या ? यश के लोभ ने जैसे बुद्धि ही हर ली। मेहतर ने सलाम किया, दुआएँ दीं, और अपनी राह ली। आप कई दिन सर्दी से ठिठुरते रहे। प्रातःकाल घूमने जाया करते थे। वह बन्द हो गया। ईश्वर ने उन्हें हृदय भी एक विचित्र प्रकार का दिया है। फटे-पुराने कपड़े पहनते आपको ज़रा भी संकोच नहीं होता; मैं तो मारे लाज के गड़ जाती हूँ, पर आपको ज़रा फ़िक्र नहीं। कोई हँसता है, तो हँसे, आपकी बला से। अन्त में जब मुझसे न देखा गया, तो एक कोट बनवा दिया। जी तो जलता था कि खूब सर्दी खाने दूँ; पर डरी कि कहीं बीमार पड़ जायँ, तो और बुरा हो। आखिर काम तो उन्हीं को करना है।

महाशय अपने दिल में समझते होंगे, मैं कितना विनीत, कितना परोपकारी हूँ। शायद इन्हें इन बातों का गर्व हो। मैं इन्हें परोपकारी नहीं समझती, न विनीत ही समझती हूँ, यह जड़ता है, सीधी-सादी निरीहता। जिस मेहतर को आपने अपना कोट दिया, उसे मैंने कई बार रात को शराब के नशे में मस्त झूमता देखा है और आपको दिखा भी दिया है। फिर दूसरों की विवेकहीनता की पुरौती हम क्यों करें ? अगर आप विनीत और परोपकारी होते, तो घरवालों के प्रति भी तो आपके मन में कुछ उदारता होती। या सारी उदारता बाहरवालों ही के लिए सुरक्षित है ? घरवालों को उसका अल्पांश भी न मिलना चाहिए ? मेरी इतनी अवस्था बीत गयी; पर इस भले आदमी ने कभी अपने हाथों से मुझे एक उपहार भी न दिया। बेशक मैं जो चीज़ बाज़ार से मँगवाऊँ; उसे लाने में इन्हें ज़रा भी आपत्ति नहीं, बिलकुल उज्र नहीं, मगर रुपये मैं दे दूँ, यह शर्त है। इन्हें खुद कभी यह उमंग नहीं होती। यह मैं मानती हूँ कि बेचारे अपने लिए भी कुछ नहीं लाते। मैं जो कुछ मँगवा दूँ उसी पर सन्तुष्ट हो जाते हैं; मगर आखिर आदमी कभी-कभी शौक की चीज़ें चाहता ही है। अन्य पुरुषों को देखती हूँ, स्त्री के लिए तरह-तरह के गहने, भाँति-भाँति के कपड़े, शौक-सिंगार की वस्तुएँ लाते रहते हैं। यहाँ इस व्यवहार का निषेध है। बच्चों के लिए भी मिठाइयाँ, खिलौने, बाजे शायद जीवन में एक बार भी न लाये हों। शपथ भी खा ली है; इसलिए मैं तो इन्हें कृपण कहूँगी, अरसिक कहूँगी, हृदय-शून्य कहूँगी, उदार नहीं कह सकती। दूसरों के साथ इनका जो सेवा-भाव है, उसका कारण है, इनका यश-लोभ और व्यावहारिक अज्ञानता। आपके विनय का यह हाल है कि जिस दफ़्तर में आप नौकर हैं, उसके किसी अधिकारी से आपका मेल-जोल नहीं। अफसरों को सलाम करना तो आपकी नीति के विरुद्ध है, नज़र या डाली तो दूर की बात है। और तो और, कभी किसी अफसर के घर नहीं जाते। इसका खामियाजा आप न उठायें, तो कौन उठाये। औरों को रिआयती छुट्टियाँ मिलती हैं, आपका वेतन कटता है; औरों की तरक्कियाँ होती हैं, आपको कोई पूछता भी नहीं; हाजिरी में

पाँच मिनट की भी देर हो जाय, तो जवाब पूछा जाता है। बेचारे जी तोड़कर काम करते हैं, कोई बड़ा कठिन काम आ जाता है, तो इन्हीं के सिर मढ़ा जाता है, इन्हें ज़रा भी आपत्ति नहीं। दफ्तर में इन्हें 'घिस्सू', 'पिस्सू' आदि उपाधियाँ मिली हुई हैं, मगर पड़ाव कितना ही बड़ा मारें इनके भाग्य में वही सूखी घास लिखी है। यह विनय नहीं है, स्वाधीन मनोवृत्ति भी नहीं है, मैं तो इसे समय-चातुरी का अभाव कहती हूँ, व्यावहारिक ज्ञान की क्षति कहती हूँ। आखिर कोई अफसर आपसे क्यों प्रसन्न हो। इसलिए कि आप बड़े मेहनती हैं ? दुनिया का काम मुरौवत और रवादारी से चलता है ! अगर हम किसी से खिंचे रहें, तो कोई कारण नहीं कि वह भी हमसे न खिंचा रहे। फिर जब मन में क्षोभ होता है, तो वह दफ्तरी व्यवहारों में भी प्रकट हो ही जाता है। जो मातहत अफसर को प्रसन्न रखने की चेष्टा करता है, जिसकी जात से अफसर का कोई व्यक्तिगत उपकार होता है, जिस पर वह विश्वास कर सकता है, उसका लिहाज वह स्वभावतः करता है। ऐसे सिराग़ियों से क्यों किसी को सहानुभूति होने लगी। अफसर भी तो मनुष्य है। उसके हृदय में जो सम्मान और विशिष्टता की कामना है, वह कहाँ पूरी हो। जब अधीनस्थ कर्मचारी ही उससे फिरन्ट रहें, तो क्या उसके अफसर उसे सलाम करने आयेंगे ? आपने जहाँ नौकरी की, वहाँ से निकाले गये। कभी किसी दफ्तर में दो-तीन साल से ज्यादा न टिके। या तो अफसर से लड़ गये, या कार्याधिक्य के कारण छोड़ बैठे।

आपको कुटुम्ब-सेवा का दावा है। आपके कई भाई-भतीजे होते हैं, वह कभी इनकी बात भी नहीं पूछते; आप बराबर उनका मुँह ताकते रहते हैं।

इनके एक भाई साहब आजकल तहसीलदार हैं। घर की मिल्कियत उन्हीं की निगरानी में है। वह ठाट से रहते हैं। मोटर रख ली है; कई नौकर-चाकर हैं मगर यहाँ भूले से भी पत्र नहीं लिखते। एक बार हमें रुपये की बड़ी तंगी हुई। मैंने कहा—अपने भ्राताजी से क्यों नहीं माँग लेते ? कहने लगे—उन्हें क्यों चिन्ता में डालूँ। उन्हें भी तो अपना खर्च है। कौन-सी ऐसी बचत हो जाती होगी। जब मैंने बहुत मजबूर किया; तो आपने पत्र लिखा। मालूम नहीं पत्र में क्या लिखा, पत्र लिखा या मुझे चकमा दे दिया; रुपये न आने थे, न आये। कई दिनों के बाद मैंने पूछा—कुछ जवाब आया श्रीमान् के भाई साहब के दरबार से ? आपने रुष्ट होकर कहा—अभी केवल एक सप्ताह तो खत पहुँचे हुए, अभी क्या जवाब आ सकता है। एक सप्ताह और गुज़रा, मगर जवाब नदारद। अब आपका यह हाल है कि मुझे कुछ बातचीत करने का अवसर ही नहीं देते। इतने प्रसन्न-चित्त नज़र आते हैं कि क्या कहूँ। बाहर से आते हैं तो खुश-खुश ! कोई-न-कोई शिगूफा लिये हुए। मेरी खुशामद भी खूब हो रही है, मेरे मैके वालों की प्रशंसा भी हो रही है, मेरे गृह-प्रबन्ध का बखान भी असाधारण रीति से किया जा रहा है। मैं इस महाशय की चाल समझ रही थी। यह सारी दिलजोई केवल इसलिए थी कि श्रीमान् के

भाईसाहब के विषय में कुछ पूछ न बैठूँ। सारे राजनैतिक, आर्थिक, सामाजिक, आचारिक प्रश्नों की मुझसे व्याख्या की जाती थी, इतने विस्तार और गवेषणा के साथ, कि विशेषज्ञ भी लोहा मान जायँ। केवल इसलिए कि मुझे वह प्रसंग उठाने का अवसर न मिले; लेकिन मैं भला कब चूकनेवाली थी। जब पूरे दो सप्ताह गुज़र गये और बीमे के रुपये भेजने की मिती, मौत की तरह सिर पर सवार हो गयी तो मैंने पूछा—क्या हुआ, तुम्हारे भाई साहब ने श्रीमुख से कुछ फरमाया या अभी तक पत्र नहीं पहुँचा ? आखिर घर की जायदाद में हमारा भी कुछ हिस्सा है या नहीं ? या हम किसी लौंडी-दासी की सन्तान हैं ? पाँच सौ रुपये साल का नफा तो दस साल पहले था। अब तो एक हज़ार से कम न होगा, पर हमें कभी एक कानी कौड़ी भी नहीं मिली। मोटे हिसाब से हमें दो हज़ार मिलना चाहिए। दो हज़ार न हों, एक हज़ार हों, पाँच सौ हों, ढाई सौ हों, कुछ न हों, तो बीमा के प्रीमियम भर के तो हों। तहसीलदार साहब की आमदनी हमारी आमदनी की चौगुनी है, रिश्वतें भी लेते हैं; तो फिर हमारे रुपये क्यों नहीं देते ? आप हें-हें, हाँ-हाँ, करने लगे। कहने लगे, वह बेचारे घर की मरम्मत करवाते हैं। बन्धु-बान्धवों का स्वागत-सत्कार करते हैं, नातेदारियों में भेंट-भाँट भेजते हैं। और कहाँ से लावें जो हमारे पास भेजें ? वाह री बुद्धि ! मानो जायदाद इसीलिए होती है कि उसकी कमाई उसी में खर्च हो जाय। इस भले आदमी को बहाने गढ़ने भी नहीं आते। मुझसे पूछते मैं एक नहीं, हज़ार बता देती, एक-से-एक बढ़कर—कह देते घर में आग लग गई, सब कुछ स्वाहा हो गया था, या चोरी हो गई, तिनका तक न बचा या दस हज़ार का अनाज भरा था, उसमें घाटा रहा, या किसी से फौजदारी हो गई, उसमें दिवाला पिट गया। आपको सूझी भी तो लचर-सी बात। तकदीर ठोंककर बैठ रही। पड़ोस की एक महिला से रुपये कर्ज लिए, तब जाकर काम चला। फिर भी आप भाई-भतीजों की तारीफ के पुल बाँधते हैं, तो मेरे शरीर में आग लग जाती है। ऐसे कौरवों से ईश्वर बचाये।

ईश्वर की दया से आपके दो बच्चे हैं, दो बच्चिया भी हैं। ईश्वर की दया कहूँ; या कोप कहूँ। सब-के-सब उधमी हो गये हैं कि खुदा की पनाह ! मगर क्या मजाल है कि यह भोंदू किसी को कड़ी आँखों से देखें ! रात के आठ बजे गये हैं, युवराज अभी घूमकर नहीं आये। मैं घबरा रही हूँ, आप निश्चिन्त बैठे अखबार पढ़ रहे हैं। झल्लाई हुई जाती हूँ और अखबार छीनकर कहती हूँ, जाकर ज़रा देखते क्यों नहीं, लौंडा कहाँ रह गया ? न जाने तुम्हारा हृदय कितना कठोर है। ईश्वर ने तुम्हें सन्तान ही न जाने क्यों दे दी। पिता का पुत्र के साथ कुछ तो धर्म है। तब आप भी गर्म हो जाते हैं। अभी तक नहीं आया ? बड़ा शैतान है। आज बचा आते हैं, तो कान उखाड़ लेता हूँ। मारे हंटरों के खाल उधेड़कर रख दूँगा। यों बिगड़कर तैश के साथ आप उसे खोजने निकलते हैं। संयोग की बात, आप उधर जाते हैं,

इधर लड़का आ जाता है। मैं पूछती हूँ—तू किधर से आ गया ? तुझे वह ढूँढ़ने गये हुए हैं। देखना, आज कैसी मरम्मत होती है। यह आदत ही छूट जायगी। दाँत पीस रहे थे। आते ही होंगे ! छड़ी भी उनके हाथ में है। तुम इतने मन के हो गये हो कि बात नहीं सुनते ! आज आटे-दाल का भाव मालूम होगा। लड़का सहम जाता है और लैम्प जलाकर पढ़ने बैठ जाता है। महाशयजी दो-ढाई घण्टे के बाद लौटते हैं; हैरान, परेशान और बदहवास। घर में पाँव रखते ही पूछते हैं—आया कि नहीं ? मैं उनका क्रोध उत्तेजित करने के विचार से कहती हूँ—आकर बैठा तो है, जाकर पूछते क्यों नहीं ? पूछकर हार गई, कहाँ गया था, कुछ बोलता ही नहीं। आप गरजकर कहते हैं—मन्नू, यहाँ आओ।

लड़का थरथर काँपता हुआ आकर आँगन में खड़ा हो जाता है। दोनों बच्चियाँ घर में छिप जाती हैं कि कोई बड़ा भयंकर काण्ड होनेवाला है। छोटा बच्चा खिड़की से चूहे की तरह झाँक रहा है। आप क्रोध से बौखलाये हुए हैं। हाथ में छड़ी है ही, मैं भी वह क्रोधोन्मत्त आकृति देखकर पछताने लगती हूँ, कि कहाँ से इनसे शिकायत की ? आप लड़के के पास जाते हैं, मगर छड़ी जमाने के बदले आहिस्ते से उसके कन्धे पर हाथ रखकर बनावटी क्रोध से कहते हैं—तुम कहाँ गये थे जी ? मना किया जाता है, मानते नहीं हो। खबरदार, जो अब कभी इतनी देर होगी। आदमी शाम को घर चला आता है, या मटरगश्ती करता है ?

मैं समझ रही हूँ कि यह भूमिका है। विषय अब आयेगा। भूमिका तो बुरी नहीं; लेकिन यहाँ तो भूमिका पर इति हो जाती है। बस, आपका क्रोध शान्त हो गया। बिलकुल जैसे क्वार की घटा—घेर-घार हुआ, काले बादल आये, गड़गड़ाहट हुई और गिरी क्या चार बूँदें ! लड़का अपने कमरे में चला जाता है और शायद खुशी से नाचने लगता है।

मैं पराभूत होकर कहती हूँ—तुम तो जैसे डर गये। भला दो-चार तमाचे तो लगाये होते ! इसी तरह तो लड़के शेर हो जाते हैं।

आप फरमाते हैं—तुमने सुना नहीं, मैंने कितने ज़ोर से डाँटा ! बचा की जान ही निकल गई होगी। देख लेना, जो फिर कभी देर में आए।

'तुमने डाँटा तो नहीं, हाँ, आँसू पोंछ दिये।'

'तुमने मेरी डाँट सुनी नहीं ?'

'क्या कहना है, आपकी डाँट का ! लोगों के कान बहरे हो गये। लाओ, तुम्हारा गला सहला दूँ।'

आपने एक नया सिद्धान्त निकाला है कि दण्ड देने से लड़के खराब हो जाते हैं। आपके विचार से लड़कों को आज़ाद रहना चाहिए। उन पर किसी तरह का बन्धन, शासन या दबाव न होना चाहिए। आपके मत से शासन बालकों के मानसिक विकास में बाधक होता है। इसी का यह फल है कि लड़के बे-नकेल के ऊँट बने

हुए हैं। कोई एक मिनट भी किताब खोलकर नहीं बैठता। कभी गुल्ली-डंडा है, कभी गोलियाँ, कभी कनकौवे। श्रीमान् भी लड़कों के साथ खेलते हैं, चालीस साल की उम्र और लड़कपन इतना। मेरे पिताजी के सामने मजाल थी कि कोई लड़का कनकौवा उड़ा ले, या गुल्ली-डंडा खेल सके। खून पी जाते। प्रातःकाल से लड़कों को लेकर बैठ जाते थे। स्कूल से ज्यों ही लड़के आते, फिर ले बैठते थे। बस, सन्ध्या समय आध घण्टे की छुट्टी देते थे। रात को फिर जोत देते। यह नहीं कि आप तो अखबार पढ़ा करें और लड़के गली-गली भटकते फिरें। कभी-कभी आप सींग कटाकर बछड़े बन जाते हैं। लड़कों के साथ ताश खेलने बैठा करते हैं। ऐसे बाप का भला लड़कों पर क्या रोब हो सकता है ? पिताजी के सामने मेरे भाई सीधे ताक नहीं सकते थे। उनकी आवाज़ सुनते ही तहलका मच जाता था। उन्होंने घर में क़दम रखा और शान्ति का साम्राज्य हुआ। उसके सम्मुख जाते लड़कों के प्राण सूखते थे। उसी शासन की यह बरकत है कि सभी लड़के अच्छे-अच्छे पदों पर पहुँच गये। हाँ, स्वास्थ्य किसी का अच्छा नहीं है। तो पिताजी ही का स्वास्थ्य कौन बड़ा अच्छा था ! बेचारे हमेशा किसी-न-किसी औषधि का सेवन करते रहते थे। और क्या कहूँ; एक दिन तो हद ही हो गयी। श्रीमानूजी लड़कों को कनकौवा उड़ाने की शिक्षा दे रहे थे—यों घुमाओ, यों गोता दो, यों खींचो, यों ढील दो। ऐसा तन-मन से सिखा रहे थे मानो गुरु-मन्त्र दे रहे हों। उस दिन मैंने इनकी ऐसी खबर ली कि याद करते होंगे—तुम कौन होते हो, मेरे बच्चों को बिगाड़ने वाले ! तुम्हें घर से कोई मतलब नहीं है, न हो; लेकिन आप मेरे बच्चों को खराब न कीजिए। बुरी-बुरी आदतें न सिखाइए। आप उन्हें सुधार नहीं सकते, तो कम-से-कम बिगाड़िए मत। लगे बगलें झाँकने। मैं चाहती हूँ, एक बार यह भी गरम पड़ें, तो अपना चण्डी रूप दिखाऊँ, पर यह इतना जल्द दब जाते हैं कि मैं हार जाती हूँ। पिताजी किसी लड़के को मेले-तमाशे न ले जाते थे। लड़का सिर पटककर मर जाय, मगर ज़रा भी न पसीजते थे और इन महात्माजी का यह हाल है कि एक-एक से पूछकर मेले ले जाते हैं—चलो, चलो, वहाँ बड़ी बहार है, खूब आतिशबाजियाँ छूटेंगी, गुब्बारे उड़ेंगे, विलायती चर्खियाँ भी हैं। उन पर मज़े से बैठना। और तो और, आप लड़कों को हाकी खेलने से भी नहीं रोकते। यह अंग्रेज़ी खेल भी कितने जानलेवा होते हैं, क्रिकेट, फुटबाल, हाकी एक-से-एक घातक। गेंद लग जाय तो जान लेकर ही छोड़े; पर आपको इन सभी खेलों से प्रेम है। कोई लड़का मैच में जीतकर आ जाता है, तो ऐसे फूल उठते हैं, मानो किला जीतकर आया हो। आपको इसकी ज़रा भी परवाह नहीं कि चोट-चपेट आ गयी, तो क्या होगा। हाथ-पाँव टूट गये, तो बेचारों की ज़िन्दगी कैसे पार लगेगी !

पिछले साल कन्या का विवाह था। आपको ज़िद थी कि दहेज के नाम कानी कौड़ी भी न देंगे, चाहे कन्या आजीवन क्वाँरी बैठी रहे। यहाँ भी आपका आदर्शवाद

आ कूदा। समाज के नेताओं का छल-प्रपंच आये दिन देखते रहते हैं, फिर भी आपकी आँखें नहीं खुलतीं। जब तक समाज की यह व्यवस्था कायम है और युवती कन्या का अविवाहित रहना निन्दास्पद है, तब तक यह प्रथा मिटने की नहीं। दो-चार ऐसे व्यक्ति भले ही निकल आवें जो दहेज के लिए हाथ न फैलावें; लेकिन इसका परिस्थिति पर कोई असर नहीं पड़ता और कुप्रथा ज्यों-की-त्यों बनी हुई है। पैसों की तो कमी नहीं है, दहेज की बुराइयों पर लेक्चर दे सकते हैं; लेकिन मिलते हुए दहेज को छोड़ देनेवाला मैंने आज तक न देखा। जब लड़कों की तरह लड़कियों की शिक्षा और जीविका की सुविधाएँ निकल आयेंगी, तो यह प्रथा भी विदा हो जायगी। उसके पहले सम्भव नहीं। मैंने जहाँ-जहाँ सन्देश भेजा दहेज का प्रश्न उठ खड़ा हुआ और आपने प्रत्येक अवसर पर टाँग अड़ाई। अब इस तरह पूरा साल गुज़र गया और कन्या को सत्रहवाँ लग गया, तो मैंने एक जगह बात पक्की कर ली। आपने भी स्वीकार कर लिया, क्योंकि वरपक्ष ने लेन-देन का प्रश्न उठाया ही नहीं, हालाँकि अंतःकरण में उन लोगों को पूरा विश्वास था कि अच्छी रकम मिलेगी और मैंने भी तय कर लिया था कि यथाशक्ति कोई बात उठा न रखूँगी। विवाह के सकुशल होने में कोई सन्देह न था; लेकिन इन महाशय के आगे मेरी एक न चली—यह प्रथा निन्द्य है, यह रस्म निरर्थक है, यहाँ रुपये की क्या ज़रूरत ? यहाँ गीतों का क्या काम ? नाक में दम था। यह क्यों, वह क्यों, यह तो साफ दहेज है, तुमने मेरे मुँह में कालिख लगा दी, मेरी आबरू मिटा दी। ज़रा सोचिए इस परिस्थिति को कि बारात द्वार पर पड़ी हुई है और यहाँ बात-बात पर शास्त्रार्थ हो रहा है। विवाह का मुहूर्त आधी रात के बाद था। प्रथानुसार मैंने व्रत रखा; किन्तु आपकी टेक थी कि व्रत की कोई ज़रूरत नहीं। जब लड़के के माता-पिता व्रत नहीं रखते, जब लड़का तक व्रत नहीं रखता, तो कन्या पक्षवाले ही व्रत क्यों रखें ! मैं और सारा खानदान मना करता रहा; लेकिन आपने नाश्ता किया, भोजन किया। खैर ! कन्या-दान का मुहूर्त आया। आप सदैव से इस प्रथा के विरोधी हैं। आप इसे निषिद्ध समझते हैं। कन्या क्या दान की वस्तु है ? दान रुपये-पैसे, जगह-ज़मीन का हो सकता है। पशु-दान भी होता है लेकिन लड़की का दान ! एक लचर सी बात है। कितना समझाती हूँ; पुरानी प्रथा है, वेद-काल से होती चली आई है, शास्त्रों में इसकी व्यवस्था है; सम्बन्धी समझा रहे हैं, पण्डित समझा रहे हैं, पर आप हैं, कि कान पर जूँ नहीं रेंगती। हाथ जोड़ती हूँ, पैरों पड़ती हूँ, गिड़गिड़ाती हूँ, लेकिन मंडप के नीचे न गये। और मजा यह है कि आपने ही तो यह अनर्थ किया और आप ही मुझसे रूठ गये। विवाह के पश्चात् महीनों बोलचाल न रही। झक मारकर मुझी को मानना पड़ा।

किन्तु सबसे बड़ी विडम्बना यह है कि इन सारे दुर्गुणों के होते हुए भी मैं इनसे एक दिन भी पृथक नहीं रह सकती—एक क्षण का वियोग नहीं सह सकती।

इन सारे दोषों पर भी मुझे इनसे प्रगाढ़ प्रेम है। इनमें यह कौन-सा गुण है, जिस पर मैं मुग्ध हूँ, मैं खुद नहीं जानती; पर इनमें कोई बात ऐसी है, जो मुझे इनकी चेरी बनाये हुए है। वह ज़रा मामूली सी देर में घर आते हैं, तो प्राण नहों में समा जाते हैं। आज यदि विधाता इनके बदले मुझे कोई विद्या और बुद्धि का पुतला, रूप और धन का देवता भी दे, तो मैं उसकी ओर आँखें उठाकर न देखूँ। यह धर्म की बेड़ी नहीं है, कदापि नहीं। प्रथागत पतिव्रत भी नहीं; बल्कि हम दोनों की प्रकृति में कुछ ऐसी क्षमताएँ, कुछ व्यवस्थाएँ उत्पन्न हो गयी हैं, मानो किसी मशीन के कल-पुरजे घिस-घिसाकर फिट हो गये हों, और एक पुरजे की जगह दूसरा पुरजा काम न दे सके, चाहे वह पहले से कितना ही सुडौल, नया और सुदृढ़ क्यों न हो। जाने हुए रास्ते से हम निःशंक आँखें बन्द किये जाते हैं, उसके ऊँच-नीच, मोड़ और घुमाव सब हमारी आँखों में समाये हुए हैं। अनजान रास्ते पर चलना कितना कष्टप्रद होगा। शायद आज मैं इनके दोषों को गुणों से बदलने पर भी तैयार न हूँगी।

रसिक सम्पादक

'नवरस' के सम्पादक पं. चोखेलाल शर्मा की धर्मपत्नी का जब से देहान्त हुआ है, आपको स्त्रियों से विशेष अनुराग हो गया है और रसिकता की मात्रा भी कुछ बढ़ गयी है। पुरुषों के अच्छे-अच्छे लेख रद्दी में डाल दिये जाते हैं; पर देवियों के लेख कैसे भी हों, तुरन्त स्वीकार कर लिये जाते हैं और बहुधा लेख की रसीद के साथ लेख की प्रशंसा कुछ इन शब्दों में की जाती है—आपका लेख पढ़कर दिल थामकर रह गया, अतीत जीवन आँखों के सामने मूर्तिमान हो गया, अथवा आपके भाव साहित्य-सागर के उज्ज्वल रत्न हैं, जिनकी चमक कभी कम न होगी। और कविताएँ तो हृदय की हिलोरें, विश्व-वीणा की अमर तान, अनन्त की मधुर वेदना, निशा का नीरव गान होती थीं। प्रशंसा के साथ दर्शन की उत्कट अभिलाषा भी प्रकट की जाती थी। यदि आप कभी इधर से गुज़रें तो मुझे न भूलिएगा। जिसने ऐसी कविता की सृष्टि की है, उसके दर्शन का सौभाग्य मुझे मिला, तो अपने को धन्य मानूँगा।

लेखिकाएँ अनुरागमय प्रोत्साहन से भरे हुए पत्र पाकर फूली न समातीं। जो लेख अभागे भिक्षुक की भाँति कितने ही पत्र-पत्रिकाओं के द्वार से निराश लौट आये थे, उनका यहाँ इतना आदर ! पहली बार ही ऐसा सम्पादक जन्मा है, जो गुणों का पारखी है। और सभी सम्पादक अहम्मन्य हैं, अपने आगे किसी को समझते ही नहीं हैं। ज़रा-सी सम्पादकी क्या मिल गयी मानो कोई राज्य मिल गया। सम्पादकों को कहीं सरकारी पद मिल जाय तो अंधेर मचा दें। वह तो कहो कि सरकार इन्हें पूछती नहीं। उसने बहुत अच्छा किया जो आर्डिनेन्स पास कर दिये। और स्त्रियों से द्वेष करो। यह उसी का दंड है। यह भी सम्पादक ही हैं, कोई घास नहीं छीलते और सम्पादक भी एक जगत्-विख्यात पत्र के। 'नवरस' सब पत्रों में राजा है।

चोखेलालजी के पत्र की ग्राहक-संख्या बड़े वेग से बढ़ने लगी। हर डाक से धन्यवादों की एक बाढ़-सी आ जाती, और लेखिकाओं में उनकी पूजा होने लगी। ब्याह, गौना, मुंडन, छेदन, जन्म, मरण के समाचार आने लगे। कोई आशीर्वाद माँगती, कोई उनके मुख से सांत्वना के दो शब्द सुनने की अभिलाषा करती, कोई उनसे

घरेलू संकटों में परामर्श पूछती। और महीने में दस-पाँच महिलाएँ उन्हें दर्शन भी दे जातीं। शर्माजी उनकी अवाई का तार या पत्र पाते ही स्टेशन पर जाकर उनका स्वागत करते, बड़े आग्रह से उन्हें एकाध दिन ठहराते, उनकी खूब खातिर करते। सिनेमा के फ्री पास मिले हुए थे ही, खूब सिनेमा दिखाते। महिलाएँ उनके सद्‌भाव से मुग्ध होकर विदा होतीं। मशहूर तो यहाँ तक कि शर्माजी का कई लेखिकाओं से बहुत ही घनिष्ठ सम्बन्ध हो गया है; लेकिन इस विषय में हम निश्चयपूर्वक कुछ नहीं कह सकते। हम तो इतना ही जानते हैं कि जो देवियाँ एकबार यहाँ आ जातीं, वह शर्माजी की अनन्य भक्त हो जातीं। बेचारा साहित्य की कुटिया का तपस्वी है। अपने विधुर जीवन की निराशाओं को अपने अन्तस्तल में संचित रखकर मूक वेदना में प्रेम-माधुर्य का रसपान कर रहा है। सम्पादकजी के जीवन में जो कमी आ गई थी, उसकी कुछ पूर्ति करना महिलाओं ने अपना धर्म-सा मान लिया। उनके भरे हुए भंडार में से अगर एक क्षुधित प्राणी को थोड़ी-सी मिठाई दी जा सके, तो उससे भंडार की शोभा ही है। कोई देवी पारसल से अचार भेज देती, कोई लड्डू; एक ने पूजा का ऊनी आसन अपने हाथों बनाकर भेज दिया। एक देवी महीने में एक बार आकर उनके कपड़ों की मरम्मत कर देती थीं। दूसरी देवी महीने में दो-तीन बार आकर उन्हें अच्छी-अच्छी चीज़ें बनाकर खिला जाती थीं। अब वह किसी एक के न होकर सबके हो गये थे। स्त्रियों के अधिकारों का उनसे बड़ा रक्षक शायद ही कोई मिले। पुरुषों से तो शर्माजी को हमेशा तीव्र आलोचना ही मिलती थी। श्रद्धामय सहानुभूति का आनन्द तो उन्होंने स्त्रियों ही में पाया।

एक दिन सम्पादकजी को एक ऐसी कविता मिली, जिसमें लेखिका ने अपने उग्र प्रेम का रूप दिखाया था। अन्य सम्पादक उसे अश्लील कहते, लेकिन चोखेलाल इधर बहुत उदार हो गये थे। कविता इतने सुन्दर अक्षरों में लिखी थी, लेखिका का नाम इतना मोहक था कि सम्पादकजी के सामने उसका एक कल्पना-चित्र सा आकर खड़ा हो गया। भावुक प्रकृति, कोमल गात, याचना-भरे नेत्र, बिम्ब-अधर, चंपई रंग, अंग-अंग में चपलता भरी हुई, पहले गोंद की तरह शुष्क और कठोर, आर्द्र होते ही चिपक जाने वाली। उन्होंने कविता को दो-तीन बार पढ़ा और हर बार उनके मन में सनसनी दौड़ी—

क्या तुम समझते हो मुझे छोड़कर भाग जाओगे ?
भाग सकोगे ?
मैं तुम्हारे गले में हाथ डाल दूँगी;
मैं तुम्हारी कमर में कर-पाश कस दूँगी;
मैं तुम्हारा पाँव पकड़कर रोक लूँगी;
तब उस पर सिर रख दूँगी।
क्या तुम समझते हो, मुझे छोड़कर भाग जाओगे ? छोड़ सकोगे ?

मैं तुम्हारे अधरों पर अपने कपोल चिपका दूँगी;
उस प्याले में जो मादक सुधा है—
उसे पीकर तुम मस्त हो जाओगे।
और मेरे पैरों पर सिर रख दोगे।
क्या तुम समझते हो मुझे छोड़कर भाग जाओगे।

—'कामाक्षी'

शर्माजी को हर बार इस कविता में एक नया रस मिलता था। उन्होंने उसी क्षण कामाक्षी देवी के नाम यह पत्र लिखा—

'आपकी कविता पढ़कर मैं नहीं कह सकता, मेरे चित्त की क्या दशा हुई। हृदय में एक ऐसी तृष्णा जाग उठी है, जो मुझे भस्म किये डालती है। नहीं जानता, इसे कैसे शान्त करूँ ? बस, यही आशा है कि इसको शीतल करने वाली सुधा भी वहीं मिलेगी, जहाँ से यह तृष्णा मिली है। मन मतंग की भाँति जंजीर तुड़ाकर भाग जाना चाहता है। जिस हृदय से यह भाव निकले हैं, उसमें प्रेम का कितना अक्षय भंडार है, उस प्रेम का, जो अपने को समर्पित कर देने में ही आनन्द पाता है। मैं आपसे सत्य कहता हूँ, ऐसी कविता मैंने आज तक नहीं पढ़ी थी और इसने मेरे अन्दर जो तूफान उठा दिया है, वह मेरी विधुर शान्ति को छिन्न-भिन्न किये डालता है। आपने एक गरीब की फूस की झोपड़ी में आग लगा दी है; लेकिन मन यह स्वीकार नहीं करता कि यह केवल विनोद-क्रीड़ा है। इन शब्दों में मुझे एक ऐसा हृदय छिपा हुआ ज्ञात होता है, जिसने प्रेम की वेदना सही है, जो लालसा की आग में तपा है। मैं इसे अपना परम सौभाग्य समझूँगा, यदि आपके दर्शनों का सौभाग्य पा सका। यह कुटिया अनुराग की भेंट लिये आपका स्वागत करने को तड़प रही है।

सप्रेम'

तीसरे ही दिन उत्तर आ गया। कामाक्षी ने बड़े भावुकतापूर्ण शब्दों में कृतज्ञता प्रकट की थी और अपने आने की तिथि बताई थी।

2

आज कामाक्षी का शुभागमन है।

शर्माजी ने प्रातःकाल हजामत बनवाई, साबुन और बेसन से स्नान किया, महीन खद्दर की धोती, कोकटी का ढीला चुन्नटदार कुरता, मलाई के रंग की रेशमी चादर। इस ठाठ से आकर कार्यालय में बैठे, तो सारा दफ्तर गमक उठा। दफ्तर की भी खूब सफाई करा दी गई थी। बरामदे में गमले रखवा दिये गये थे। मेज पर गुलदस्ते सजा दिये गये थे। गाड़ी नौ बजे आती है, अभी साढ़े आठ हैं, साढ़े

नौ बजे तक यहाँ आ जायेगी। इस परेशानी में कोई काम नहीं हो रहा है। बार-बार घड़ी की ओर ताकते हैं, फिर आईने में अपनी सूरत देखकर कमरे में टहलने लगते हैं। मूँछों में दो-चार बाल पके हुए नज़र आ रहे हैं, उन्हें उखाड़ फेंकने का इस समय कोई साधन नहीं है। कोई हरज नहीं। इससे रंग कुछ और ज्यादा जमेगा। प्रेम जब श्रद्धा के साथ आता है तब वह ऐसा मेहमान हो जाता है, जो उपहार लेकर आता हो। युवकों का प्रेम खर्चीली वस्तु है, लेकिन महात्माओं या महात्मापन के समीप पहुँचे हुए लोगों का प्रेम—उलटे और कुछ ले आता है। युवक, जो रंग बहुमूल्य उपहारों से जमाता है, यह महात्मा या अर्द्ध-महात्मा लोग केवल आशीर्वाद से जमा लेते हैं।

ठीक साढ़े नौ बजे चपरासी ने आकर एक कार्ड दिया। लिखा था—'कामाक्षी।'

शर्माजी ने उसे देवीजी को लाने की अनुमति देकर एक बार फिर आईने में अपनी सूरत देखी और एक मोटी-सी पुस्तक पढ़ने लगे, मानो स्वाध्याय में तन्मय हो गये हैं। एक क्षण में देवीजी ने कमरे में कदम रखा। शर्माजी को उनके आने की खबर न हुई।

देवीजी डरते-डरते समीप आ गयीं, तब शर्माजी ने चौंककर सिर उठाया, मानो समाधि से जाग पड़े हों, और खड़े होकर देवीजी का स्वागत किया; मगर यह वह मूर्ति न थी, जिसकी उन्होंने कल्पना कर रखी थी।

एक काली, मोटी, अधेड़, चंचल औरत थी, जो शर्माजी को इस तरह घूर रही थी, मानो उन्हें पी जायगी, शर्माजी का सारा उत्साह, सारा अनुराग ठंडा पड़ गया। वह सारी मन की मिठाइयाँ, जो वह महीनों से खा रहे थे, पेट में शूल की भाँति चुभने लगीं। कुछ कहते-सुनते न बना। केवल इतना बोले—सम्पादकों का जीवन बिलकुल पशुओं का जीवन है। सिर उठाने का समय नहीं मिलता। उस पर कार्याधिक्य से इधर मेरा स्वास्थ्य भी बिगड़ रहा है। रात ही से सिर-दर्द से बेचैन हूँ। आपकी क्या खातिर करूँ ?

कामाक्षी देवी के हाथ में एक बड़ा-सा पुलिंदा था। उसे मेज पर पटककर, रूमाल से मुँह पोंछकर मृदु-स्वर में बोलीं—यह आपने तो बड़ी बुरी खबर सुनाई। मैं तो एक सहेली से मिलने जा रही थी। सोचा, रास्ते में आपके दर्शन करती चलूँ; लेकिन जब आपका स्वास्थ्य ठीक नहीं है, तो मुझे यहाँ कुछ दिन रहकर आपका स्वास्थ्य सुधारना पड़ेगा। मैं आपके सम्पादन-कार्य में भी आपकी मदद करूँगी। आपका स्वास्थ्य स्त्री जाति के लिए बड़े महत्त्व की वस्तु है। आपको इस दशा में छोड़कर मैं अब जा नहीं सकती।

शर्माजी को ऐसा जान पड़ा, जैसे उनका रक्त-प्रवाह रुक गया है; नाड़ी छूटी जा रही है। उस चुड़ैल के साथ रहकर तो जीवन ही नरक हो जायेगा। चली हैं कविता करने, और कविता भी कैसी ? अश्लीलता में डूबी हुई। अश्लील तो है

ही। बिलकुल सड़ी हुई, गन्दी। एक सुन्दरी युवती की कलम से वह कविता काम-बाण थी। इस डाइन की कलम से तो वह परनाले का कीचड़ है। मैं कहता हूँ, इसे ऐसी कविता लिखने का अधिकार ही क्या है ? यह क्यों ऐसी कविता लिखती है ? क्यों नहीं किसी कोने में बैठकर राम-भजन करती ? आप पूछती हैं—मुझे छोड़कर भाग सकोगे ? मैं कहता हूँ, आपके पास कोई आयेगा ही क्यों ? दूर से ही देखकर न लम्बा हो जायेगा। कविता क्या है, जिसका न सिर न पैर, मात्राओं तक का इसे ज्ञान नहीं है ! और कविता करती है ! कविता अगर इस काया में निवास कर सकती है, तो फिर गधा भी गा सकता है। ऊँट भी नाच सकता है ! इस राँड को इतना भी नहीं मालूम कि कविता करने के लिए रूप और यौवन चाहिए, नज़ाकत चाहिए, नफ़ासत चाहिए। भूतनी-सी तो आपकी सूरत है, रात को कोई देख ले, तो डर जाय और आप उत्तेजक कविता लिखती हैं। कोई कितना ही क्षुधातुर हो तो क्या गोबर खा लेगा ? और चुड़ैल इतना बड़ा पोथा लेती आई है। इसमें भी वही परनाले का गन्दा कीचड़ होगा !

उस मोटी पुस्तक की ओर देखते हुए बोले—नहीं-नहीं, मैं आपको कष्ट नहीं देना चाहता। वह ऐसी कोई बात नहीं है। दो-चार दिन के विश्राम से ठीक हो जायेगा ? आपकी सहेली आपकी प्रतीक्षा करती होगी।

'आप तो महाशयजी संकोच कर रहे हैं। मैं दस-पाँच दिन के बाद भी चली जाऊँगी, तो कोई हानि न होगी।'

'इसकी कोई आवश्यकता नहीं है देवीजी।'

'आपके मुँह पर तो आपकी प्रशंसा करना खुशामद होगी, पर जो सज्जनता मैंने आप में देखी, वह कहीं नहीं पाई। आप पहले महानुभाव हैं, जिन्होंने मेरी रचना का आदर किया, नहीं तो मैं निराश ही हो चुकी थी। आपके प्रोत्साहन का यह शुभ फल है कि मैंने इतनी कविताएँ रच डालीं। आप इनमें से जो चाहें रख लें। मैंने एक ड्रामा भी लिखना शुरू कर दिया है। उसे भी शीघ्र ही आपकी सेवा में भेजूँगी। कहिए तो दो-चार कविताएँ सुनाऊँ ? ऐसा अवसर मुझे फिर कब मिलेगा ! यह तो नहीं जानती कि कविताएँ कैसी हैं, पर आप सुनकर प्रसन्न होंगे। बिलकुल उसी रंग की हैं।'

उसने अनुमति की प्रतीक्षा न की। तुरन्त पोथा खोलकर एक कविता सुनाने लगी। शर्माजी को ऐसा मालूम होने लगा, जैसे कोई भिगो-भिगोकर जूते मार रहा है। कई बार उन्हें मतली आ गयी, जैसे एक हज़ार गधे कानों के पास खड़े अपना स्वर अलाप रहे हों। कामाक्षी के स्वर में कोयल का माधुर्य था; पर शर्माजी को इस समय वह भी अप्रिय लग रहा था। सिर में सचमुच दर्द होने लगा। वह गधी टलेगी भी, या यों ही बैठी सिर खाती रहेगी ? इसे मेरे चेहरे से भी मेरे मनोभावों का ज्ञान नहीं हो रहा है। उस पर आप कविता करने वाली हैं ! इस मुँह से तो महादेवी

या सुभद्राकुमारी की कविताएँ भी घृणा ही उत्पन्न करेंगी।

आखिर न रहा गया। बोले–आपकी रचनाओं का क्या कहना, आप यह संग्रह यहीं छोड़ जायँ। मैं अवकाश में पढ़ूँगा। इस समय तो बहुत-सा काम है।

कामाक्षी ने दयार्द्र होकर कहा–आप इतना दुर्बल स्वास्थ्य होने पर भी इतने व्यस्त रहते हैं ? मुझे आप पर दया आती है।

'आपकी कृपा है।'

'आपको कल अवकाश रहेगा ? ज़रा मैं अपना ड्रामा सुनाना चाहती थी ?'

'खेद है, कल मुझे ज़रा प्रयाग जाना है।'

'तो मैं भी आपके साथ चलूँ ? गाड़ी में सुनाती चलूँगी।'

'कुछ निश्चय नहीं, किस गाड़ी से जाऊँ।'

'आप लौटेंगे कब तक ?'

'यह भी निश्चय नहीं।'

और टेलीफोन पर जाकर बोले–हल्लो, नं. 77।

कामाक्षी ने आध घन्टे तक उनका इन्तज़ार किया; मगर शर्माजी एक सज्जन से ऐसी महत्त्व की बातें कर रहे थे, जिसका अन्त ही होने न पाता था।

निराश होकर कामाक्षी देवी विदा हुईं और शीघ्र ही फिर आने का वादा कर गयीं। शर्माजी ने आराम की साँस ली और उस पोथे को उठाकर रद्दी में डाल दिया, और जले हुए दिल से आप-ही-आप कहा–ईश्वर न करे कि फिर तुम्हारे दर्शन हों। कितनी बेशर्म है, कुलटा कहीं की। आज इसने सारा मज़ा किरकिरा कर दिया।

फिर मैनेजर को बुलाकर कहा–कामाक्षी की कविता नहीं जायगी।

मैनेजर ने स्तम्भित होकर कहा–फार्म तो मशीन पर है।

'कोई हरज नहीं। फार्म उतार लीजिए।'

'बड़ी देर होगी।'

'होने दीजिए। वह कविता नहीं जायगी।'

मनोवृत्ति

एक सुन्दर युवती, प्रातःकाल, गाँधी-पार्क में बिल्लौर के बेंच पर गहरी नींद में सोई पाई जाय, यह चौंका देनेवाली बात है। सुन्दरियाँ पार्कों में हवा खाने आती हैं, हँसती हैं, दौड़ती हैं, फूल-पौधों से खेलती हैं, किसी का इधर ध्यान नहीं जाता; लेकिन कोई युवती रविश के किनारे वाले बेंच पर बेखबर सोये, यह बिलकुल ग़ैर मामूली बात है, अपनी ओर बल-पूर्वक आकर्षित करने वाली। रविश पर कितने आदमी चहलकदमी कर रहे हैं, बूढ़े भी, जवान भी, सभी एक क्षण के लिए वहाँ ठिठक जाते हैं, एक नज़र वह दृश्य देखते हैं और तब चले जाते हैं। युवकवृन्द रहस्यभाव से मुस्कराते हुए, वृद्धजन चिन्ता-भाव से सिर हिलाते हुए और युवतियाँ लज्जा से आँखें नीचे किये हुए।

2

बसंत और हाशिम निकर और बनियान पहने नंगे पाँव दौड़ रहे हैं। बड़े दिन की छुट्टियों में ओलिम्पियन रेस होनेवाला है, दोनों उसी की तैयारी कर रहे हैं। दोनों इस स्थल पर पहुँचकर रुक जाते हैं और दबी आँखों से युवती को देखकर आपस में ख़याल दौड़ाने लगते हैं।

बसंत ने कहा—इसे और कहीं सोने की जगह ही नहीं मिली।

हाशिम ने जवाब दिया—कोई वेश्या है।

'लेकिन वेश्याएँ भी तो इस तरह बेशर्मी नहीं करतीं।'

'वेश्या अगर बेशर्म न हो तो वेश्या नहीं।'

'बहुत-सी ऐसी बातें हैं, जिनमें कुलवधू और वेश्या दोनों एक व्यवहार करती हैं। कोई वेश्या मामूली तौर पर सड़क पर सोना नहीं चाहती।'

'रूप-छवि दिखाने का नया आर्ट है।'

'आर्ट का सबसे सुन्दर रूप छिपाव है, दिखाव नहीं। वेश्या इस रहस्य को खूब समझती है।'

'उसका छिपाव केवल आकर्षण बढ़ाने के लिए है।'

'हो सकता है; मगर केवल यहाँ सो जाना यह प्रमाणित नहीं करता कि यह वेश्या है। इसकी माँग में सेंदुर है।'

'वेश्याएँ अवसर पड़ने पर सौभाग्यशाली बन जाती हैं। रात-भर प्याले के दौर चले होंगे। काम-क्रीड़ाएँ हुई होंगी। अवसाद के कारण, ठंडक पाकर सो गई होगी।'

'मुझे तो कुलवधू-सी लगती है ?'

'कुलवधू पार्क में सोने आयेगी ?'

'हो सकता है, घर से रूठकर आई हो ?'

'चलकर पूछ ही क्यों न लें।'

'निरे अहमक हो ! बग़ैर परिचय के आप किसी को जगा कैसे सकते हैं ?'

'अजी चलकर परिचय कर लेंगे। उलटे और एहसान जतायेंगे।'

'और जो कहीं झिड़क दे ?'

'झिड़कने की कोई बात भी हो। उससे सौजन्य और सहृदयता में डूबी हुई बातें करेंगे। कोई युवती ऐसी बातें सुनकर चिढ़ नहीं सकती। अजी, गत-यौवनाएँ तक तो रस-भरी बातें सुनकर फूल ही उठती हैं। यह तो नवयौवना है। मैंने रूप और यौवन का ऐसा सुन्दर संयोग नहीं देखा था।'

'मेरे हृदय पर तो यह रूप अब जीवन-पर्यन्त के लिए अंकित हो गया ! शायद कभी न भूल सकूँ।'

'मैं तो फिर यही कहता हूँ कि कोई वेश्या है।'

'रूप की देवी वेश्या भी हो, उपास्य है।'

'यहीं खड़े-खड़े कवियों की-सी बातें करोगे, ज़रा वहाँ चलते क्यों नहीं। तुम केवल खड़े रहना, पाश तो मैं डालूँगा।'

'कोई कुलवधू है।'

'कुलवधू पार्क में आकर सोये, तो इसका इसके सिवा कोई अर्थ नहीं कि वह आकर्षित करना चाहती है, और यह वेश्या मनोवृत्ति है।'

'आजकल की युवतियाँ भी तो फार्वर्ड होने लगी हैं।'

'फार्वर्ड युवतियाँ युवकों से आँखें नहीं चुरातीं।'

'हाँ, लेकिन है कुलवधू, कुलवधू से किसी तरह की बातचीत करना मैं बेहूदगी समझता हूँ।'

'तो चलो फिर दौड़ लगावें।'

'लेकिन दिल में तो वह मूर्ति दौड़ रही है।'

'तो आओ बैठें। जब वह उठकर जाने लगे; तो उसके पीछे चलें। मैं कहता हूँ वेश्या है।'

'और मैं कहता हूँ, कुलवधू है।'

'तो दस-दस की बाजी रही।'

3

दो वृद्ध पुरुष धीरे-धीरे ज़मीन की ओर ताकते आ रहे हैं, मानो खोई जवानी ढूँढ रहे हों। एक की कमर झुकी, बाल काले, शरीर स्थूल; दूसरे के बाल पके हुए, पर कमर सीधी, इकहरा शरीर। दोनों के दाँत टूटे; पर नकली दाँत लगाये, दोनों की आँखों पर ऐनक। मोटे महाशय वकील हैं, छरहरे महोदय डाक्टर।

वकील–देखा, यह बीसवीं सदी की करामात!

डाक्टर–जी हाँ देखा, हिन्दुस्तान दुनिया से अलग तो नहीं है।

'लेकिन आप इसे शिष्टता तो नहीं कह सकते?'

'शिष्टता की दुहाई देने का अब समय नहीं।'

'है किसी भले घर की लड़की।'

'वेश्या है साहब, आप इतना भी नहीं समझते।'

'वेश्या इतनी फूहड़ नहीं होती।'

'और भले घर की लड़कियाँ फूहड़ होती हैं?'

'नई आज़ादी है, नया नशा है।'

'हम लोगों की तो बुरी-भली कट गई। जिनके सिर आयेगी, वह झेलेंगे।'

'अफ़सोस, जवानी रुख़सत हो गई।'

'ज़िन्दगी ज़हन्नुम से बदतर हो जायेगी।'

'मगर आँख तो नहीं रुख़सत हो गई; वह दिल तो नहीं रुख़सत हो गया।'

'बस आँख से देखा करो, दिल जलाया करो।'

'मेरा तो फिर जवान होने को जी चाहता है। सच पूछो तो आजकल के जीवन में ही ज़िन्दगी की बहार है। हमारे वक्तों में तो कहीं कोई सूरत ही नज़र न आती थी। आज तो जिधर जाओ, हुस्न-ही-हुस्न के जलवे।'

'सुना, युवतियों को दुनिया में जिस चीज़ से सबसे ज्यादा नफ़रत है, वह बूढ़े मर्द हैं।'

'मैं इसका कायल नहीं। पुरुष का जौहर उसकी जवानी नहीं, उसका शक्तिसम्पन्न होना है। कितने ही बूढ़े जवानों से ज्यादा कड़ियल होते हैं। मुझे तो आये दिन इसके तज़रबे होते हैं। मैं ही अपने को किसी जवान से कम नहीं समझता।'

'यही सब सही है; पर बूढ़ों का दिल कमज़ोर हो जाता है। अगर यह बात न होती तो इस रमणी को इस तरह देखकर हम लोग यों न चले जाते। मैं तो

आँखों भर देख भी न सका। डर लग रहा था कि कहीं उसकी आँखें खुल जायँ और वह मुझे ताकते देख ले तो दिल में क्या समझे।'

'खुश होती कि बूढ़े पर भी उसका जादू चल गया।'

'अजी रहने भी दो।'

'आप कुछ दिनों 'ओकासा' का सेवन कीजिए।'

'चन्द्रोदय खाकर देख चुका। सब लूटने की बाते हैं।'

'मंकी ग्लैंड लगवा लीजिए न ?'

'आप इस युवती से मेरी बातें पक्की करा दें। मैं तैयार हूँ।'

'हाँ, यह मेरा जिम्मा, मगर भाई हमारा हिस्सा भी रहेगा।'

'अर्थात् ?'

'अर्थात् यह कि कभी-कभी मैं आपके घर आकर अपनी आँखें ठंडी कर लिया करूँगा।'

'अगर आप इस इरादे से आयें तो मैं आपका दुश्मन हो जाऊँ।'

'ओ हो, आप तो मंकी ग्लैंड का नाम सुनते ही जवान हो गये।'

'मैं तो समझता हूँ, यह भी डाक्टरों ने लूटने का एक लटका निकाला है। सच !'

'अरे साहब, इस रमणी के स्पर्श में जवानी है, आप हैं किस फेर में ! उसके एक-एक अंग में, एक-एक चितवन में, एक-एक मुसकान में, एक-एक विलास में जवानी भरी हुई है। न सौ मंकी ग्लैंड न एक रमणी का बाहु-पाश।'

'अच्छा कदम बढ़ाइये, मुवक्किल आकर बैठे होंगे।'

'यह सूरत याद रहेगी।'

'फिर आपने याद दिला दी।'

'वह इस तरह सोई है, इसलिए कि लोग उसके रूप को, उसके अंग-विन्यास को, उसके बिखरे हुए केशों को, उसकी खुली हुई गर्दन को देखें और अपनी छाती पीटें। इस तरह चले जाना, उसके साथ अन्याय है। वह बुला रही है, और आप भागे जा रहे हैं।'

'हम जिस तरह दिल से प्रेम कर सकते हैं, जवान कभी कर सकता है ?'

'बिलकुल ठीक ! मुझे तो ऐसी औरतों से साबिका पड़ चुका है, जो रसिक बूढ़ों को खोजा करती हैं। जवान तो छिछोरे, उच्छृंखल, अस्थिर और गर्वीले होते हैं। वे प्रेम के बदले में कुछ चाहते हैं। यहाँ निःस्वार्थ भाव से आत्म-समर्पण करते हैं।'

'आपकी बातों से दिल में गुदगुदी हो गयी।'

'मगर एक बात याद रखिए, कहीं उसका जवान प्रेमी मिल गया तो ?'

'तो मिला करे, यहाँ ऐसों से नहीं डरते।'

'आपकी शादी की कुछ बातचीत थी तो ?'

'हाँ थी, मगर अपने ही लड़के जब दुश्मनी पर कमर बाँधें, तो क्या हो ! मेरा बड़ा लड़का यशवंत तो मुझे बन्दूक दिखाने लगा। यह जमाने की खूबी है।'

अक्टूबर की धूप तेज़ हो चली थी। दोनों मित्र निकल गये।

4

दो देवियाँ—एक वृद्धा, दूसरी नवयौवना पार्क के फाटक पर मोटर से उतरीं और पार्क में हवा खाने आयीं। उनकी निगाह भी उस नींद की माती युवती पर पड़ी।

वृद्धा ने कहा—बड़ी बेशर्म है !

नवयौवना ने तिरस्कार-भाव से उसकी ओर देखकर कहा—ठाट तो भले घर की देवियों के हैं !

'बस ठाट ही देख लो। इसी से मर्द कहते हैं—स्त्रियों को आज़ादी न मिलनी चाहिए।'

'मुझे तो कोई वेश्या मालूम होती है।'

'वेश्या ही सही, पर उसे इतनी बेशर्मी करके स्त्री-समाज को लज्जित करने का क्या अधिकार है ?'

'कैसे मज़े से सो रही है, मानो अपने घर में है।'

'बेहयाई है। मैं परदा नहीं चाहती, पुरुषों की गुलामी नहीं चाहती; लेकिन औरतों में जो गौरवशीलता और सलज्जता है, उसे नहीं छोड़ना चाहती। मैं किसी युवती को सड़क पर सिगरेट पीते देखती हूँ, तो मेरे बदन में आग लग जाती है, उसी तरह आधी छाती का जम्फर भी मुझे नहीं सोहाता। क्या अपने धर्म की लाज छोड़ देने से ही साबित होगा कि हम बहुत फार्वर्ड हैं ? पुरुष अपनी छाती या पीठ खोले तो नहीं घूमते ?'

'इसी बात पर बाईजी, जब मैं आपको आड़े हाथों लेती हूँ, तो आप बिगड़ने लगती हैं। पुरुष स्वाधीन है, वह दिल में समझता है कि मैं स्वाधीन हूँ। वह स्वाधीनता का स्वाँग नहीं भरता। स्त्री अपने दिल में समझती है कि वह स्वाधीन नहीं है, इसलिए वह अपनी स्वाधीनता का ढोंग करती है। जो बलवान् हैं, वे अकड़ते नहीं। जो दुर्बल हैं, वही अकड़ दिखाते हैं। क्या आप उन्हें अपने आँसू पोंछने के लिए इतना अधिकार भी नहीं देना चाहतीं ?'

'मैं तो कहती हूँ, स्त्री अपने को छिपाकर पुरुष को जितना नचा सकती है, अपने को खोलकर नहीं नचा सकती।'

'स्त्री ही पुरुष के आकर्षण की फिक्र क्यों करे ? पुरुष क्यों स्त्री से पर्दा नहीं करता?'

'अब मुँह न खुलवाओ मीनू ! इस छोकरी को जगाकर कह दो—जाकर घर

पर सोये। इतने आदमी आ-जा रहे हैं और निर्लज्ज टाँग फैलाये पड़ी है। यहाँ इसे नींद कैसे आ गई ?'

'रात कितनी गर्मी थी बाईजी ! ठण्डक पाकर बेचारी की आँख लग गयी है।'

'रात-भर यहीं रही है, कुछ-कुछ बदती हूँ ?'

मीनू युवती के पास जाकर उसका हाथ पकड़कर हिलाती है—यहाँ क्यों सो रही हो देवीजी, इतना दिन चढ़ आया, उठकर घर जाओ।

युवती आँखें खोल देती है—ओ हो, इतना दिन चढ़ आया ? क्या मैं सो गयी थी ? मेरे सिर में चक्कर आ जाया करता है। मैंने समझा शायद हवा से कुछ लाभ हो। यहाँ आयी; पर ऐसा चक्कर आया कि मैं इस बेंच पर बैठ गयी, फिर मुझे कुछ होश न रहा। अब भी मैं खड़ी नहीं हो सकती। मालूम होता है, मैं गिर पड़ूँगी। बहुत दवा की; पर कोई फायदा नहीं होता। आप डाक्टर श्यामनाथ को जानती होंगी, वह मेरे ससुर हैं।

युवती ने आश्चर्य से कहा—अच्छा ! वह तो अभी इधर ही से गये हैं।

'सच ! लेकिन मुझे पहचान कैसे सकते हैं ? अभी मेरा गौना नहीं हुआ है।'

'तो क्या आप उनके लड़के वसन्तलाल की धर्मपत्नी हैं ?'

युवती ने शर्म से सिर झुकाकर स्वीकार किया। मीनू ने हँसकर कहा—वसन्तलाल तो अभी इधर से गये हैं ? मेरा उनसे युनिवर्सिटी का परिचय है।

'अच्छा ! लेकिन मुझे उन्होंने देखा कहाँ है ?'

'तो मैं दौड़कर डाक्टर को खबर दे दूँ।'

'जी नहीं, मैं थोड़ी देर में बिलकुल अच्छी हो जाऊँगी।'

'वसन्तलाल भी वह खड़ा है, उसे बुला दूँ।'

'जी नहीं, किसी को न बुलाइए।'

'तो चलो, अपने मोटर पर तुम्हें तुम्हारे घर पहुँचा दूँ।'

'आपकी बड़ी कृपा होगी।'

'किस मुहल्ले में ?'

'बेगमगंज, मि. जयरामदास के घर।'

'मैं आज ही मि. वसन्तलाल से कहूँगी।'

'मैं क्या जानती थी कि वह इस पार्क में आते हैं।'

'मगर कोई आदमी तो साथ ले लिया होता ?'

'किसलिए ? कोई ज़रूरत न थी।'

कुसुम

1

साल-भर की बात है, एक दिन शाम को हवा खाने जा रहा था कि महाशय नवीन से मुलाक़ात हो गयी। मेरे पुराने दोस्त हैं, बड़े बेतकल्लुफ़ और मनचले। आगरे में मकान है, अच्छे कवि हैं। उनके कवि-समाज में कई बार शरीक हो चुका हूँ। ऐसा कविता का उपासक मैंने नहीं देखा। पेशा तो वकालत; पर डूबे रहते हैं काव्य-चिंतन में। आदमी ज़हीन हैं, मुक़दमा सामने आया और उसकी तह तक पहुँच गये; इसलिए कभी-कभी मुक़दमे मिल जाते हैं, लेकिन कचहरी के बाहर अदालत या मुक़दमे की चर्चा उनके लिए निषिद्ध है। अदालत की चारदीवारी के अन्दर चार-पाँच घंटे वह वकील होते हैं। चारदीवारी के बाहर निकलते ही कवि हैं—सिर से पाँव तक। जब देखिये, कवि-मण्डल जमा है, कवि-चर्चा हो रही है, रचनाएँ सुन रहे हैं। मस्त हो-होकर झूम रहे हैं, और अपनी रचना सुनाते समय तो उन पर एक तल्लीनता-सी छा जाती है। कण्ठ स्वर भी इतना मधुर है कि उनके पद बाण की तरह सीधे कलेजे में उतर जाते हैं। अध्यात्म में माधुर्य की सृष्टि करना, निर्गुण में सगुण की बहार दिखाना उनकी रचनाओं की विशेषता है। वह जब लखनऊ आते हैं, मुझे पहले सूचना दे दिया करते हैं। आज उन्हें अनायास लखनऊ में देखकर मुझे आश्चर्य हुआ—आप यहाँ कैसे ? कुशल तो है ? मुझे आने की सूचना तक न दी।

बोले—भाईजान, एक जंजाल में फँस गया हूँ। आपको सूचित करने का समय न था। फिर आपके घर को मैं अपना घर समझता हूँ। इस तकल्लुफ़ की क्या ज़रूरत है कि आप मेरे लिए कोई विशेष प्रबन्ध करें। मैं एक ज़रूरी मुआमले में आपको कष्ट देने आया हूँ। इस वक़्त की सैर को स्थगित कीजिए और चलकर मेरी विपत्ति-कथा सुनिए।

मैंने घबड़ाकर कहा—आपने तो मुझे चिन्ता में डाल दिया। आप और विपत्ति-कथा ! मेरे तो प्राण सूखे जाते हैं।

'घर चलिए, चित्त शान्त हो तो सुनाऊँ !'

'बाल-बच्चे तो अच्छी तरह हैं ?'

'हाँ, सब अच्छी तरह हैं। वैसी कोई बात नहीं है !'

'तो चलिए, रेस्ट्राँ में कुछ जलपान तो कर लीजिए।'

'नहीं भाई, इस वक़्त मुझे जलपान नहीं सूझता।'

हम दोनों घर की ओर चले।

घर पहुँचकर उनका हाथ-मुँह धुलाया, शरबत पिलाया। इलायची-पान खाकर उन्होंने अपनी विपत्ति-कथा सुनानी शुरू की—

'कुसुम के विवाह में आप गये ही थे। उसके पहले भी आपने उसे देखा था। मेरा विचार है कि किसी सरल प्रकृति के युवक को आकर्षित करने के लिए जिन गुणों की ज़रूरत है, वह सब उसमें मौजूद हैं। आपका क्या ख़याल है ?'

मैंने तत्परता से कहा—मैं आपसे कहीं ज़्यादा कुसुम का प्रशंसक हूँ। ऐसी लज्जाशील, सुघड़, सलीक़ेदार और विनोदिनी बालिका मैंने दूसरी नहीं देखी।

महाशय नवीन ने करुण स्वर में कहा—वही कुसुम आज अपने पति के निर्दय व्यवहार के कारण रो-रोकर प्राण दे रही है। उसका गौना हुए एक साल हो रहा है। इस बीच में वह तीन बार ससुराल गयी, पर उसका पति उससे बोलता ही नहीं। उसकी सूरत से बेज़ार है। मैंने बहुत चाहा कि उसे बुलाकर दोनों में सफ़ाई करा दूँ, मगर न आता है, न मेरे पत्रों का उत्तर देता है। न जाने क्या गाँठ पड़ गयी है कि उसने इस बेदर्दी से आँखें फेर लीं। अब सुनता हूँ, उसका दूसरा विवाह होने वाला है। कुसुम का बुरा हाल हो रहा है। आप शायद उसे देखकर पहचान भी न सकें। रात-दिन रोने के सिवा दूसरा काम नहीं है। इससे आप हमारी परेशानी का अनुमान कर सकते हैं। ज़िन्दगी की सारी अभिलाषाएँ मिटी जाती हैं। हमें ईश्वर ने पुत्र न दिया; पर हम अपनी कुसुम को पाकर सन्तुष्ट थे और अपने भाग्य को धन्य मानते थे। उसे कितने लाड़-प्यार से पाला, कभी उसे फूल की छड़ी से भी न छुआ। उसकी शिक्षा-दीक्षा में कोई बात उठा न रखी। उसने बी. ए. नहीं पास किया, लेकिन विचारों की प्रौढ़ता और ज्ञान-विस्तार में किसी ऊँचे दर्जे की शिक्षित महिला से कम नहीं। आपने उसके लेख देखे हैं। मेरा ख़याल है, बहुत कम देवियाँ वैसे लेख लिख सकती हैं ! समाज, धर्म, नीति सभी विषयों में उसके विचार बड़े परिष्कृत हैं। बहस करने में तो वह इतनी पटु है कि मुझे आश्चर्य होता है। गृह-प्रबन्ध में इतनी कुशल कि मेरे घर का प्रायः सारा प्रबन्ध उसी के हाथ में था; किन्तु पति की दृष्टि में वह पाँव की धूल के बराबर भी नहीं। बार-बार पूछता हूँ, तूने उसे कुछ कह दिया है, या क्या बात है ? आख़िर, वह क्यों तुझसे इतना उदासीन है ? इसके जवाब में रोकर यही कहती है—'मुझसे तो उन्होंने कभी कोई बातचीत ही नहीं की।' मेरा विचार है कि पहले ही दिन दोनों में कुछ मनमुटाव

हो गया। वह कुसम के पास आया होगा और उससे कुछ पूछा होगा। उसने मारे शर्म के जवाब न दिया होगा। संभव है, उससे दो-चार बातें और भी की हों। कुसुम ने सिर न उठाया होगा। आप जानते ही हैं, कि कितनी शर्मीली है। बस, पतिदेव रूठ गये होंगे। मैं तो कल्पना ही नहीं कर सकता कि कुसम-जैसी बालिका से कोई पुरुष उदासीन रह सकता है, लेकिन दुर्भाग्य को कोई क्या करे ? दुखिया ने पति के नाम कई पत्र लिखे, पर उस निर्दयी ने एक का भी जवाब न दिया ! सारी चिट्ठियाँ लौटा दीं। मेरी समझ में नहीं आता कि उस पाषाण-हृदय को कैसे पिघलाऊँ। मैं अब खुद तो उसे कुछ लिख नहीं सकता। आप ही कुसुम की प्राण रक्षा करें, नहीं तो शीघ्र ही उसके जीवन का अन्त हो जायेगा और उसके साथ हम दोनों प्राणी भी सिधार जायेंगे। उसकी व्यथा अब नहीं देखी जाती।

नवीनजी की आँखें सजल हो गयीं। मुझे भी अत्यन्त क्षोभ हुआ। उन्हें तसल्ली देता हुआ बोला—आप इतने दिनों इस चिन्ता में पड़े रहे, मुझसे पहले ही क्यों न कहा ? मैं आज ही मुरादाबाद जाऊँगा और उस लौंडे की इस बुरी तरह खबर लूँगा कि वह भी याद करेगा। बचा को ज़बरदस्ती घसीट कर लाऊँगा और कुसुम के पैरों पर गिरा दूँगा।

नवीनजी मेरे आत्मविश्वास पर मुसकराकर बोले—आप उससे क्या कहेंगे ?

'यह न पूछिये ! वशीकरण के जितने मन्त्र हैं, उन सभी की परीक्षा करूँगा।'

'तो आप कदापि सफल न होंगे। वह इतना शीलवान, इतना विनम्र, इतना प्रसन्नमुख है, इतना मधुर-भाषी कि आप वहाँ से उसके भक्त होकर लौटेंगे ! वह नित्य आपके सामने हाथ बाँधे खड़ा रहेगा। आपकी सारी कठोरता शान्त हो जायगी। आपके लिए तो एक ही साधन है। आपके कलम में जादू है ! आपने कितने ही युवकों को सन्मार्ग पर लगाया है। हृदय में सोयी हुई मानवता को जगाना आपका कर्तव्य है। मैं चाहता हूँ, आप कुसुम की ओर से ऐसा करुणाजनक, ऐसा दिल हिला देनेवाला पत्र लिखें कि वह लज्जित हो जाय और उसकी प्रेम-भावना सचेत हो उठे। मैं जीवन-पर्यन्त आपका आभारी रहूँगा।'

नवीनजी कवि ही तो ठहरे। इस तजबीज में वास्तविकता की अपेक्षा कवित्व ही की प्रधानता थी। आप मेरे कई गल्पों को पढ़कर रो पड़े हैं, इससे आपको विश्वास हो गया है कि मैं चतुर सँपेरे की भाँति जिस दिल को चाहूँ, नचा सकता हूँ। आपको यह मालूम नहीं कि सभी मनुष्य कवि नहीं होते, और न एक-से भावुक। जिन गल्पों को पढ़कर आप रोये हैं, उन्हीं गल्पों को पढ़कर कितने ही सज्जनों ने विरक्त होकर पुस्तक फेंक दी है। पर इन बातों का वह अवसर न था। वह समझते कि मैं अपना गला छुड़ाना चाहता हूँ, इसलिए मैंने सहृदयता से कहा—आपको बहुत दूर की सूझी। और मैं इस प्रस्ताव से सहमत हूँ और यद्यपि आपने मेरी करुणोत्पादक शक्ति का अनुमान करने में अत्युक्ति से काम लिया है; लेकिन मैं आपको निराश

न करूँगा। मैं पत्र लिखूँगा और यथाशक्ति उस युवक की न्याय-बुद्धि को जगाने की चेष्टा भी करूँगा, लेकिन आप अनुचित न समझें तो पहले मुझे वह पत्र दिखा दें, जो कुसुम ने अपने पति के नाम लिखे थे, उसने पत्र तो लौटा ही दिये हैं और यदि कुसुम ने उन्हें फाड़ नहीं डाला है, तो उसके पास होंगे। उन पत्रों को देखने से मुझे ज्ञात हो जायगा कि किन पहलुओं पर लिखने की गुंजाइश बाक़ी है।

नवीनजी ने जेब से पत्रों का एक पुलिन्दा निकालकर मेरे सामने रख दिया और बोले—मैं जानता था आप इन पत्रों को देखना चाहेंगे, इसलिए इन्हें साथ लेता आया। आप इन्हें शौक से पढ़ें। कुसुम जैसी मेरी लड़की है, वैसी ही आपकी भी लड़की है। आपसे क्या परदा !

सुगन्धित, गुलाबी, चिकने कागज़ पर बहुत ही सुन्दर अक्षरों में लिखे उन पत्रों को मैंने पढ़ना शुरू किया—

मेरे स्वामी, मुझे यहाँ आये एक सप्ताह हो गया; लेकिन आँखें पल-भर के लिए भी नहीं झपकीं। सारी रात करवटें बदलते बीत जाती है। बार-बार सोचती हूँ, मुझसे ऐसा क्या अपराध हुआ कि उसकी आप मुझे यह सजा दे रहे हैं। आप मुझे झिड़कें, घुड़कें, कोसें; इच्छा हो तो मेरे कान भी पकड़ें। मैं इन सभी सजाओं को सहर्ष सह लूँगी; लेकिन यह निष्ठुरता नहीं सही जाती। मैं आपके घर एक सप्ताह रही। परमात्मा जानता है कि मेरे दिल में क्या-क्या अरमान थे। मैंने कितनी बार चाहा कि आपसे कुछ पूछँ; आपसे अपने अपराधों को क्षमा कराऊँ; लेकिन आप मेरी परछाईं से भी दूर भागते थे। मुझे कोई अवसर न मिला। आपको याद होगा कि जब दोपहर को सारा घर सो जाता था; तो मैं आपके कमरे में जाती थी और घण्टों सिर झुकाये खड़ी रहती थी; पर आपने कभी आँख उठाकर न देखा। उस वक्त मेरे मन की क्या दशा होती थी, इसका कदाचित् आप अनुमान न कर सकेंगे। मेरी जैसी अभागिनी स्त्रियाँ इसका कुछ अन्दाज कर सकती हैं। मैंने अपनी सहेलियों से उनकी सोहागरात की कथाएँ सुन-सुनकर अपनी कल्पना में सुखों का जो स्वर्ग बनाया था उसे आपने कितनी निर्दयता से नष्ट कर दिया !

मैं आपसे पूछती हूँ, क्या आपके ऊपर मेरा कोई अधिकार नहीं है ? अदालत भी किसी अपराधी को दंड देती है, तो उस पर कोई-न-कोई अभियोग लगाती है, गवाहियाँ लेती है, उनका बयान सुनती है। आपने तो कुछ पूछा ही नहीं। मुझे अपनी ख़ता मालूम हो जाती, तो आगे के लिए सचेत हो जाती। आपके चरणों पर गिरकर कहती, मुझे क्षमा-दान दो। मैं शपथपूर्वक कहती हूँ, मुझे कुछ नहीं मालूम, आप क्यों रुष्ट हो गये। सम्भव है, आपने अपनी पत्नी में जिन गुणों को देखने की कामना की हो, वे मुझमें न हों। बेशक मैं अँगरेजी नहीं पढ़ी, अँगरेज़ी-समाज की रीति-नीति से परिचित नहीं, न अँगरेज़ी खेल ही खेलना जानती हूँ। और भी कितनी ही त्रुटियाँ मुझमें होंगी। मैं जानती हूँ कि मैं आपके योग्य न थी। आपको

मुझसे कहीं अधिक रूपवती, गुणवती, बुद्धिमती स्त्री मिलनी चाहिए थी; लेकिन मेरे देवता, दंड अपराधों का मिलना चाहिए, त्रुटियों का नहीं। फिर मैं तो आपके इशारे पर चलने को तैयार हूँ। आप मेरी दिलजोई करें, फिर देखिए, मैं अपनी त्रुटियों को कितनी जल्द पूरा कर लेती हूँ। आपका प्रेम-कटाक्ष मेरे रूप को प्रदीप्त, मेरी बुद्धि को तीव्र और मेरे भाग्य को बलवान कर देगा। वह विभूति पाकर मेरी कायाकल्प हो जायेगी।

स्वामी ! क्या आपने सोचा है ? आप यह क्रोध किस पर कर रहे हैं ? वह अबला, जो आपके चरणों पर पड़ी हुई आपसे क्षमा-दान माँग रही है, जो जन्म-जन्मान्तर के लिए आपकी चेरी है, क्या इस क्रोध को सहन कर सकती है ? मेरा दिल बहुत कमजोर है। मुझे रुलाकर आपको पश्चात्ताप के सिवा और क्या हाथ आयेगा। इस क्रोधाग्नि की एक चिनगारी मुझे भस्म कर देने के लिए काफी है, अगर आपकी यह इच्छा है कि मैं मर जाऊँ, तो मैं मरने के लिए तैयार हूँ; केवल आपका इशारा चाहती हूँ। अगर मरने से आपका चित्त प्रसन्न हो, तो मैं बड़े हर्ष से अपने को आपके चरणों पर समर्पित कर दूँगी; मगर इतना कहे बिना नहीं रहा जाता कि मुझमें सौ ऐब हों, पर एक गुण भी है—मुझे दावा है कि आपकी जितनी सेवा मैं कर सकती हूँ, उतनी कोई दूसरी स्त्री नहीं कर सकती। आप विद्वान् हैं, उदार हैं, मनोविज्ञान के पंडित हैं, आपकी लौंडी आपके सामने खड़ी दया की भीख माँग रही है। क्या उसे द्वार से ठुकरा दीजिएगा ?

आपकी अपराधिनी,

—कुसुम

यह पत्र पढ़कर मुझे रोमांच हो आया। यह बात मेरे लिए असह्य थी कि कोई स्त्री अपने पति की इतनी खुशामद करने पर मजबूर हो जाय। पुरुष अगर स्त्री से उदासीन रह सकता है, तो स्त्री उसे क्यों नहीं ठुकरा सकती ? वह दुष्ट समझता है कि विवाह ने एक स्त्री को उसका गुलाम बना दिया। वह उस अबला पर जितना अत्याचार चाहे करे, कोई उसका हाथ नहीं पकड़ सकता, कोई चूँ भी नहीं कर सकता। पुरुष अपनी दूसरी, तीसरी, चौथी शादी कर सकता है, स्त्री से कोई सम्बन्ध न रखकर भी उस पर उसी कठोरता से शासन कर सकता है। वह जानता है कि स्त्री कुल-मर्यादा के बन्धनों में जकड़ी हुई है, उसे रो-रोकर मर जाने के सिवा और कोई उपाय नहीं है। अगर उसे भय होता कि औरत भी उसकी ईंट का जवाब पत्थर से नहीं, ईंट से भी नहीं; केवल थप्पड़ से दे सकती है, तो उसे कभी इस बदमिज़ाजी का साहस न होता। बेचारी स्त्री कितनी विवश है। शायद मैं कुसुम की जगह होता, तो इस निष्ठुरता का जवाब इसकी दसगुनी कठोरता से देता। उसकी छाती पर मूँग दलता ? संसार के हँसने की ज़रा भी चिन्ता न करता। समाज अबलाओं पर इतना

जुल्म देख सकता है और चूँ तक नहीं करता, उसके रोने या हँसने की मुझे ज़रा भी परवाह न होती। अरे अभागे युवक ! तुझे खबर नहीं, तू अपने भविष्य की गर्दन पर कितनी बेदर्दी से छुरी फेर रहा है ? यह वह समय है, जब पुरुष को अपने प्रणय-भण्डार से स्त्री के माता-पिता, भाई-बहन, सखियाँ-सहेलियाँ, सभी के प्रेम की पूर्ति करनी पड़ती है। अगर पुरुष में यह सामर्थ्य नहीं है तो स्त्री की क्षुधित आत्मा को कैसे सन्तुष्ट रख सकेगा। परिणाम वही होगा, जो बहुधा होता है। अबला कुढ़-कुढ़कर मर जाती है। यही वह समय है, जिसकी स्मृति जीवन में सदैव के लिए मिठास पैदा कर देती है। स्त्री की प्रेमसुधा इतनी तीव्र होती है कि वह पति का स्नेह पाकर अपना जीवन सफल समझती है और इस प्रेम के आधार पर जीवन के सारे कष्टों को हँस-खेलकर सह लेती है। यही वह समय है, जब हृदय में प्रेम का बसन्त आता है और उसमें नयी-नयी आशा-कोंपलें निकलने लगती हैं। ऐसा कौन निर्दयी है, जो इस ऋतु में उस वृक्ष पर कुल्हाड़ी चलायेगा। यही वह समय है, जब शिकारी किसी पक्षी को उसके बसेरे से लाकर पिंजरे में बन्द कर देता है। क्या वह उसकी गर्दन पर छुरी चलाकर उसका मधुर गान सुनने की आशा रखता है ?

मैंने दूसरा पत्र पढ़ना शुरू किया–

मेरे जीवन-धन ! दो सप्ताह जवाब की प्रतीक्षा करने के बाद आज फिर यही उलाहना देने बैठी हूँ। जब मैंने वह पत्र लिखा था, तो मेरा मन गवाही दे रहा था कि उसका उत्तर जरूर आयेगा। आशा के विरुद्ध आशा लगाये हुए थी। मेरा मन अब भी इसे स्वीकार नहीं करता कि जान-बूझकर उसका उत्तर नहीं दिया। कदाचित् आपको अवकाश नहीं मिला, या ईश्वर न करे, कहीं आप अस्वस्थ तो नहीं हो गये ? किससे पूछूँ ? इस विचार से ही मेरा हृदय काँप रहा है। मेरी ईश्वर से यही प्रार्थना है कि आप प्रसन्न और स्वस्थ हों। पत्र मुझे न लिखें, न सही, रोकर चुप ही तो हो जाऊँगी। आपको ईश्वर का वास्ता है; अगर आपको किसी प्रकार का कष्ट हो, तो मुझे तुरन्त पत्र लिखिए, मैं किसी को साथ लेकर आ जाऊँगी। मर्यादा और परिपाटी के बन्धनों से मेरा जी घबराता है, ऐसी दशा में भी यदि आप मुझे अपनी सेवा से वंचित रखते हैं, तो आप मुझसे मेरा वह अधिकार छीन रहे हैं, जो मेरे जीवन की सबसे मूल्यवान् वस्तु है। मैं आपसे और कुछ नहीं माँगती, आप मुझे मोटे-से-मोटा खिलाइए, मोटे-से-मोटा पहनाइए, मुझे ज़रा भी शिकायत न होगी। मैं आपके साथ घोर-से-घोर विपत्ति में भी प्रसन्न रहूँगी। मुझे आभूषणों की लालसा नहीं, महल में रहने की लालसा नहीं, सैर-तमाशे की लालसा नहीं, धन बटोरने की लालसा नहीं। मेरे जीवन का उद्देश्य केवल आपकी सेवा करना है। यही उसका ध्येय है। मेरे लिए दुनिया में कोई देवता नहीं, कोई गुरु नहीं, कोई हाकिम नहीं। मेरे देवता आप हैं, मेरे राजा आप हैं, मुझे अपने चरणों से न हटाइए, मुझे ठुकराइए

नहीं। मैं सेवा और प्रेम के फूल लिये, कर्तव्य और व्रत की भेंट अंचल में सजाये आपकी सेवा में आयी हूँ। मुझे इस भेंट को, इन फूलों को अपने चरणों पर रखने दीजिए। उपासक का काम तो पूजा करना है। देवता उसकी पूजा स्वीकार करता है या नहीं, यह सोचना उसका धर्म नहीं।

मेरे सिरताज ! शायद आपको पता नहीं, आजकल मेरी क्या दशा है। यदि मालूम होता, तो आप इस निष्ठुरता का व्यवहार न करते। आप पुरुष हैं, आपके हृदय में दया है, सहानुभूति है, उदारता है, मैं विश्वास नहीं कर सकती कि आप मुझ जैसी नाचीज़ पर क्रोध कर सकते हैं। मैं आपकी दया के योग्य हूँ—कितनी दुर्बल, कितनी अपंग, कितनी बेज़बान ! आप सूर्य हैं, मैं अणु हूँ; आप अग्नि हैं, मैं तृण हूँ; आप राजा हैं, मैं भिखारिन हूँ। क्रोध तो बराबर वालों पर करना चाहिए, मैं भला आपके क्रोध का आघात कैसे सह सकती हूँ ? अगर आप समझते हैं कि मैं आपकी सेवा के योग्य नहीं हूँ, तो मुझे अपने हाथों से विष का प्याला दे दीजिए। मैं उसे सुधा समझकर सिर और आँखों से लगाऊँगी और आँखें बन्द करके पी जाऊँगी। जब जीवन आपकी भेंट हो गया, तो आप मारें या जिलायें, यह आपकी इच्छा है। मुझे यही सन्तोष काफ़ी है कि मेरी मृत्यु से आप निश्चिन्त हो गये। मैं तो इतना ही जानती हूँ कि मैं आपकी हूँ और सदैव आपकी रहूँगी; इस जीवन में ही नहीं, बल्कि अनन्त तक।

अभागिनी
कुसुम

यह पत्र पढ़कर मुझे कुसुम पर भी झुँझलाहट आने लगी और उस लौंडे से तो घृणा हो गयी। माना, तुम स्त्री हो, आजकल की प्रथानुसार पुरुष को तुम्हारे ऊपर हर तरह का अधिकार है, लेकिन नम्रता की भी तो कोई सीमा होती है ? तो उसे भी चाहिए कि उसकी बात न पूछे। स्त्रियों को धर्म और त्याग का पाठ पढ़ा-पढ़ाकर हमने उनके आत्म-सम्मान और आत्म-विश्वास दोनों ही का अन्त कर दिया। अगर पुरुष स्त्री का मुहताज नहीं, तो स्त्री भी पुरुष की मुहताज क्यों है ? ईश्वर ने पुरुष को हाथ दिये हैं, तो क्या स्त्री को उससे वंचित रखा है ? पुरुष के पास बुद्धि है, तो क्या स्त्री अबोध है ? इसी नम्रता ने तो मरदों का मिजाज आसमान पर पहुँचा दिया। पुरुष रूठ गया, तो स्त्री के लिए मानो प्रलय आ गया। मैं तो समझता हूँ, कुसुम नहीं, उसका अभागा पति ही दया के योग्य है, जो कुसुम-जैसी स्त्री की कद्र नहीं कर सकता। मुझे ऐसा सन्देह होने लगा कि इस लौंडे ने कोई दूसरा रोग पाल रखा है। किसी शिकारी के रंगीन जाल में फँसा हुआ है।

खैर, मैंने तीसरा पत्र खोला—

प्रियतम ! अब मुझे मालूम हो गया कि मेरी जिन्दगी निरुद्देश्य है। जिस

फूल को देखनेवाला, चुननेवाला कोई नहीं, वह खिले तो क्यों ? क्या इसीलिए कि मुरझाकर जमीन पर गिर पड़े और पैरों से कुचल दिया जाय ? मैं आपके घर में एक महीना रहकर दोबारा आयी हूँ। ससुरजी ही ने मुझे बुलाया, ससुरजी ही ने मुझे बिदा कर दिया। इतने दिनों में आपने एक बार भी मुझे दर्शन न दिये। आप दिन में बीसों ही बार घर में आते थे, अपने भाई-बहनों से हँसते-बोलते थे, या मित्रों के साथ सैर-तमाशे देखते थे; लेकिन मेरे पास आने की आपने कसम खा ली थी। मैंने कितनी बार आपके पास संदेश भेजे, कितना अनुनय-विनय किया, कितनी बार बेशर्मी करके आपके कमरे में गयी; लेकिन आपने कभी मुझे आँख उठाकर भी न देखा। मैं तो कल्पना ही नहीं कर सकती कि कोई प्राणी इतना हृदयहीन हो सकता है। प्रेम के योग्य नहीं, विश्वास के योग्य नहीं, सेवा करने के भी योग्य नहीं, तो क्या दया के भी योग्य नहीं ? मैंने उस दिन कितनी मेहनत और प्रेम से आपके लिए रसगुल्ले बनाये थे। आपने उन्हें हाथ से छुआ भी नहीं। जब आप मुझसे इतने विरक्त हैं, तो मेरी समझ में नहीं आता कि जीकर क्या करूँ ? न-जाने यह कौन-सी आशा है, जो मुझे जीवित रखे हुए है। क्या अन्धेर है कि आप सजा तो देते हैं; पर अपराध नहीं बतलाते। यह कौन-सी नीति है ? आपको ज्ञात है, इस एक मास में मैंने मुश्किल से दस दिन आपके घर में भोजन किया होगा। मैं इतनी कमजोर हो गयी हूँ कि चलती हूँ तो आँखों के सामने अँधेरा छा जाता है। आँखों में जैसे ज्योति ही नहीं रही ! हृदय में मानो रक्त का संचालन ही नहीं रहा। खैर, सता लीजिए, जितना जी चाहे। इस अनीति का अन्त भी एक दिन हो ही जायगा। अब तो मृत्यु ही पर सारी आशाएँ टिकी हुई हैं। अब मुझे प्रतीत हो रहा है कि मेरे मरने की खबर पाकर आप उछलेंगे और हल्की साँस लेंगे, आपकी आँखों से आँसू की एक बूँद भी न गिरेगी; पर यह आपका दोष नहीं, मेरा दुर्भाग्य है। उस जन्म में मैंने कोई बहुत बड़ा पाप किया था। मैं चाहती हूँ मैं भी आपकी परवाह न करूँ, आप ही की भाँति आपसे आँखें फेर लूँ, मुँह फेर लूँ, दिल फेर लूँ; लेकिन न-जाने क्यों मुझमें वह शक्ति नहीं है। क्या लता वृक्ष की भाँति खड़ी रह सकती है ? वृक्ष के लिए किसी सहारे की जरूरत नहीं। लता वह शक्ति कहाँ से लाये ? वह तो वृक्ष से लिपटने के लिए पैदा की गयी है। उसे वृक्ष से अलग कर दो और वह सूख जायगी। मैं आपसे पृथक् अपने अस्तित्व की कल्पना ही नहीं कर सकती। मेरे जीवन की हर एक गति, प्रत्येक विचार, प्रत्येक कामना में आप मौजूद होते हैं। मेरा जीवन वह वृत्त है, जिसके केन्द्र आप हैं। मैं वह हार हूँ, जिसके प्रत्येक फूल में आप धागे की भाँति घुसे हैं। उस धागे के बगैर हार के फूल बिखर जायँगे और धूल में मिल जायँगे।

मेरी एक सहेली है, शन्नो! उसका इस साल पाणिग्रहण हो गया है। उसका पति जब ससुराल आता है, शन्नो के पाँव जमीन पर नहीं पड़ते। दिन-भर में न

जाने कितने रूप बदलती है। मुख-कमल खिल जाता है। उल्लास सँभाले नहीं सँभलता। उसे बिखेरती, लुटाती चलती है—हम जैसे अभागों के लिए। जब आकर मेरे गले से लिपट जाती है, तो हर्ष और उन्माद की वर्षा से जैसे मैं लथपथ हो जाती हूँ। दोनों अनुराग से मतवाले हो रहे हैं। उनके पास धन नहीं है, जायदाद नहीं है। मगर अपनी दरिद्रता में ही मगन हैं। इस अखण्ड प्रेम का एक क्षण ! उसकी तुलना में संसार की कौन-सी वस्तु रखी जा सकती है ? मैं जानती हूँ, यह रँगरेलियाँ और बेफिक्रियाँ बहुत दिन न रहेंगी। जीवन की चिन्ताएँ और दुराशाएँ उन्हें भी परास्त कर देंगी, लेकिन ये मधुर स्मृतियाँ संचित धन की भाँति अन्त तक उन्हें सहारा देती रहेंगी। प्रेम में भीगी हुई सूखी रोटियाँ, प्रेम में रँगे हुए मोटे कपड़े और प्रेम के प्रकाश से आलोकित छोटी-सी कोठरी, अपनी इस विपन्नता में भी वह स्वाद, वह शोभा और वह विश्राम रखती है, जो शायद देवताओं को स्वर्ग में भी नसीब नहीं। जब शन्नो का पति अपने घर चला जाता है, तो वह दुखिया किस तरह फूट-फूटकर रोती है कि मेरा हृदय गद्गद हो जाता है। उसके पत्र आ जाते हैं, तो मानो उसे कोई विभूति मिल जाती है। उसके रोने में भी, उसकी विफलताओं में भी, उसके उपालम्भों में भी एक स्वाद है, एक रस है। उसके आँसू व्यग्रता और विह्वलता के हैं, मेरे आँसू निराशा और दुःख के। उसकी व्याकुलता में प्रतीक्षा और उल्लास है, मेरी व्याकुलता में दैन्य और परवशता। उसके उपालम्भ में अधिकार और ममता है, मेरे उपालम्भ में भग्नता और रुदन !

पत्र लम्बा हुआ जाता है और दिल का बोझ हलका नहीं होता। भयंकर गरमी पड़ रही है। दादा मुझे मसूरी ले जाने का विचार कर रहे हैं। मेरी दुर्बलता से उन्हें 'टी.बी.' का सन्देह हो रहा है। वह नहीं जानते कि मेरे लिए मसूरी नहीं, स्वर्ग भी काल-कोठरी है।

अभागिन,
—कुसुम

मैंने चौथा पत्र खोला :

मेरे पत्थर के देवता ! कल मसूरी से लौट आयी। लोग कहते हैं, बड़ा स्वास्थ्यवर्द्धक और रमणीक स्थान है, होगा। मैं तो एक दिन भी कमरे से नहीं निकली। भग्न-हृदयों के लिए संसार सूना है।

मैंने रात एक बड़े मजे का सपना देखा। बतलाऊँ; पर क्या फायदा ? न जाने क्यों मैं अब भी मौत से डरती हूँ। आशा का कच्चा धागा मुझे अब भी जीवन से बाँधे हुए है। जीवन-उद्यान के द्वार पर जाकर बिना सैर किये लौट आना कितना हसरतनाक है। अन्दर क्या सुषमा है, क्या आनन्द है। मेरे लिए वह द्वार ही बन्द

है। कितनी अभिलाषाओं से विहार का आनन्द उठाने चली थी—कितनी तैयारियों से—पर मेरे पहुँचते ही द्वार बन्द हो गया है।

अच्छा बतलाओ, मैं मर जाऊँगी तो मेरी लाश पर आँसू की दो बूँदें गिराओगे ? जिसकी ज़िन्दगी-भर की जिम्मेदारी ली थी, जिसकी सदैव के लिए बाँह पकड़ी थी, क्या उसके साथ इतनी भी उदारता न करोगे ? मरनेवालों के अपराध सभी क्षमा कर दिया करते हैं। तुम भी क्षमा कर देना। आकर मेरे शव को अपने हाथों से नहलाना, अपने हाथ से सोहाग के सिन्दूर लगाना, अपने हाथ से सोहाग की चूड़ियाँ पहनाना, अपने हाथ से मेरे मुँह में गंगाजल डालना, दो-चार पग कन्धा दे देना, बस, मेरी आत्मा सन्तुष्ट हो जायगी और तुम्हें आशीर्वाद देगी। मैं वचन देती हूँ कि मालिक के दरबार में तुम्हारा यश गाऊँगी। क्या यह भी महँगा सौदा है ? इतने-से शिष्टाचार से तुम अपनी सारी जिम्मेदारियों से मुक्त हुए जाते हो। आह ! मुझे विश्वास होता कि तुम इतना शिष्टाचार करोगे, तो मैं कितनी खुशी से मौत का स्वागत करती। लेकिन मैं तुम्हारे साथ अन्याय न करूँगी। तुम कितने ही निष्ठुर हो, इतने निर्दयी नहीं हो सकते। मैं जानती हूँ; तुम यह समाचार पाते ही आओगे और शायद एक क्षण के लिए मेरी शोक-मृत्यु पर तुम्हारी आँखें रो पड़ें। कहीं मैं अपने जीवन में वह शुभ अवसर देख सकती !

अच्छा, क्या मैं एक प्रश्न पूछ सकती हूँ ? नाराज न होना। क्या मेरी जगह किसी और सौभाग्यवती ने ले ली है ? अगर ऐसा है, तो बधाई ! जरा उसका चित्र मेरे पास भेज देना। मैं उसकी पूजा करूँगी, उसके चरणों पर शीश नवाऊँगी। मैं जिस देवता को प्रसन्न न कर सकी, उसी देवता से उसने वरदान प्राप्त कर लिया। ऐसी सौभागिनी के तो चरण धो-धो पीना चाहिए। मेरी हार्दिक इच्छा है कि तुम उसके साथ सुखी रहो। यदि मैं उस देवी की कुछ सेवा कर सकती, अपरोक्ष न सही, परोक्ष रूप से ही तुम्हारे कुछ काम आ सकती। अब मुझे केवल उसका शुभ नाम और स्थान बता दो, मैं सिर के बल दौड़ी हुई उसके पास जाऊँगी और कहूँगी—देवी, तुम्हारी लौंडी हूँ, इसलिए कि तुम मेरे स्वामी की प्रेमिका हो। मुझे अपने चरणों में शरण दो। मैं तुम्हारे लिए फूलों की सेज बिछाऊँगी, तुम्हारी माँग मोतियों से भरूँगी, तुम्हारी एड़ियों में महावर रचाऊँगी—यह मेरी जीवन की साधना होगी ! यह न समझना कि मैं जलूँगी या कुढ़ूँगी। जलन तब होती है, जब कोई मुझसे मेरी वस्तु छीन रहा हो। जिस वस्तु को अपना समझने का मुझे कभी सौभाग्य न हुआ, उसके लिए मुझे जलन क्यों हो?

अभी बहुत कुछ लिखना था; लेकिन डाक्टर साहब आ गये हैं। बेचारा हृदयदाह को टी.बी. समझ रहा है।

दुःख की सतायी हुई,
—कुसुम

इन दोनों पत्रों ने धैर्य का प्याला भर दिया ! मैं बहुत ही आवेशहीन आदमी हूँ। भावुकता मुझे छू भी नहीं गयी। अधिकांश कलाविदों की भाँति मैं भी शब्दों से आन्दोलित नहीं होता। क्या वस्तु दिल से निकलती है, क्या वस्तु केवल मर्म को स्पर्श करने के लिए लिखी गई है, यह भेद बहुधा मेरे साहित्यिक आनन्द में बाधक हो जाता है, लेकिन इन पत्रों ने मुझे आपे से बाहर कर दिया। एक स्थान पर तो सचमुच मेरी आँखें भर आयीं। यह भावना कितनी वेदनापूर्ण थी कि वही बालिका, जिस पर माता-पिता प्राण छिड़कते रहते थे, विवाह होते ही इतनी विपदग्रस्त हो जाय ! विवाह क्या हुआ, मानो उसकी चिता बनी, या उसकी मौत का परवाना लिखा गया। इसमें सन्देह नहीं कि ऐसी वैवाहिक दुर्घटनाएँ कम होती हैं; लेकिन समाज की वर्तमान दशा में उनकी सम्भावना बनी रहती है। जब तक स्त्री-पुरुष के अधिकार समान न होंगे, ऐसे आघात नित्य होते रहेंगे। दुर्बल को सताना कदाचित् प्राणियों का स्वभाव है। काटनेवाले कुत्तों से लोग दूर भागते हैं, सीधे कुत्ते पर बालवृन्द विनोद के लिए पत्थर फेंकते हैं। तुम्हारे दो नौकर एक ही श्रेणी के हों, उनमें कभी झगड़ा न होगा; लेकिन आज उनमें से एक को अफसर और दूसरे को उसका मातहत बना दो, फिर देखो, अफसर साहब अपने मातहत पर कितना रोब जमाते हैं। सुखमय दाम्पत्य की नींव अधिकार-साम्य ही पर रखी जा सकती है। इस वैषम्य में प्रेम का निवास हो सकता है, मुझे तो इसमें सन्देह है। हम आज जिसे स्त्री-पुरुषों में प्रेम कहते हैं, वह वही प्रेम है, जो स्वामी को अपने पशु से होता है। पशु सिर झुकाये काम किये चला जाय, स्वामी उसे भूसा और खली भी देगा, और उसकी देह भी सहलायेगा, उसे आभूषण भी पहनायेगा; लेकिन जानवर ने जरा चाल धीमी की, जरा गर्दन टेढ़ी की कि मालिक का चाबुक पीठ पर पड़ा। इसे प्रेम नहीं कहते।

खैर, मैंने पाँचवाँ पत्र खोला–

जैसा मुझे विश्वास था, आपने मेरे पिछले पत्र का भी उत्तर न दिया। इसका खुला हुआ अर्थ है कि आपने मुझे परित्याग करने का संकल्प कर लिया है। जैसी आपकी इच्छा ! पुरुष के लिए स्त्री पाँव की जूती है, स्त्री के लिए तो पुरुष देव तुल्य है, बल्कि देवता से भी बढ़कर। विवेक का उदय होते ही वह पति की कल्पना करने लगती है। मैंने भी वही किया। जिस समय मैं गुड़िया खेलती थी, उसी समय आपने गुड्डे के रूप में मेरे मनोदेश में प्रवेश किया। मैंने आपके चरणों को पखारा, माला-फूल और नैवेद्य से आपका सत्कार किया। कुछ दिनों के बाद कहानियाँ सुनने और पढ़ने की चाट पड़ी, तब आप कथाओं के नायक के रूप में मेरे घर आये। मैंने आपको हृदय में स्थान दिया। बाल्यकाल ही से आप किसी-न-किसी रूप में मेरे जीवन में घुसे हुए थे। वे भावनाएँ मेरे अन्तस्तल की गहराइयों तक पहुँच गयी हैं। मेरे अस्तित्व का एक-एक अणु उन भावनाओं से गुँथा हुआ है। उन्हें दिल से निकाल डालना सहज नहीं है। उसके साथ मेरे जीवन के परमाणु भी बिखर

जायेंगे, लेकिन आपकी यही इच्छा है तो यही सही। मैं आपकी सेवा में सबकुछ करने को तैयार थी। अभाव और विपन्नता का तो कहना ही क्या मैं तो अपने को मिटा देने को भी राजी थी। आपकी सेवा में मिट जाना ही मेरे जीवन का उद्देश्य था। मैंने लज्जा और संकोच का परित्याग किया, आत्म-सम्मान को पैरों से कुचला, लेकिन आप मुझे स्वीकार नहीं करना चाहते। मजबूर हूँ। आपका कोई दोष नहीं। अवश्य मुझसे कोई ऐसी बात हो गयी है, जिसने आपको इतना कठोर बना दिया है। आप उसे जबान पर लाना भी उचित नहीं समझते। मैं इस निष्ठुरता के सिवा और हर एक सजा झेलने को तैयार थी। आपके हाथ से जहर का प्याला लेकर पी जाने में मुझे विलम्ब न होता, किन्तु विधि की गति निराली है ! मुझे पहले इस सत्य के स्वीकार करने में बाधा थी कि स्त्री पुरुष की दासी है। मैं उसे पुरुष की सहचरी, अर्द्धांगिनी समझती थी, पर अब मेरी आँखें खुल गयीं। मैंने कई दिन हुए एक पुस्तक में पढ़ा था कि आदिकाल में स्त्री पुरुष की उसी तरह सम्पत्ति थी, जैसा गाय-बैल या खेतबारी। पुरुष को अधिकार था स्त्री को बेचे, गिरो रखे या मार डाले। विवाह की प्रथा उस समय केवल यह थी कि वर-पक्ष अपने सूर सामन्तों को लेकर सशस्त्र आता था कन्या को उड़ा ले जाता था। कन्या के साथ कन्या के घर में रुपया-पैसा, अनाज या पशु जो कुछ उसके हाथ लग जाता था, उसे भी उठा ले जाता था। वह स्त्री को अपने घर ले जाकर, उसके पैरों में बेड़ियाँ डालकर घर के अन्दर बन्द कर देता था। उसके आत्म-सम्मान के भावों को मिटाने के लिए यह उपदेश दिया जाता था कि पुरुष ही उसका देवता है, सोहाग स्त्री की सबसे बड़ी विभूति है। आज कई हज़ार वर्षों के बीतने पर पुरुष के उस मनोभाव में कोई परिवर्तन नहीं हुआ। पुरानी सभी प्रथाएँ कुछ विकृत या संस्कृत रूप में मौजूद हैं। आज मुझे मालूम हुआ कि उस लेखक ने स्त्री-समाज की दशा का कितना सुन्दर निरूपण किया था।

अब आपसे मेरा सविनय अनुरोध है और यही अन्तिम अनुरोध है कि आप मेरे पत्रों को लौटा दें। आपके दिये हुए गहने और कपड़े अब मेरे किसी काम के नहीं। इन्हें अपने पास रखने का मुझे कोई अधिकार नहीं। आप जिस समय चाहें, वापस मँगवा लें। मैंने उन्हें एक पेटारी में बन्द करके अलग रख दिया है। उसकी सूची भी वहीं रखी हुई है, मिला लीजिएगा। आज से आप मेरी जबान या कलम से कोई शिकायत न सुनेंगे। इस भ्रम को भूलकर भी दिल में स्थान न दीजिएगा कि मैं आपसे बेवफाई या विश्वासघात करूँगी। मैं इसी घर में कुढ़-कुढ़कर मर जाऊँगी, पर आपकी ओर से मेरा मन कभी मैला न होगा। मैं जिस जलवायु में पली हूँ, उसका मूल तत्त्व है पति में श्रद्धा। ईर्ष्या या जलन भी उस भावना को मेरे दिल से नहीं निकाल सकती। मैं आपकी कुल-मर्यादा की रक्षिका हूँ। उस अमानत में जीते-जी खनायत न करूँगी। अगर मेरे बस में होता, तो मैं उसे भी वापस कर

देती, लेकिन यहाँ मैं भी मजबूर हूँ और आप भी मजबूर हैं। मेरी ईश्वर से यही विनती है कि आप जहाँ रहें, कुशल से रहें। जीवन में मुझे सबसे कटु अनुभव जो हुआ, वह यही है कि नारी-जीवन अधम है—अपने लिए, अपने माता-पिता के लिए, अपने पति के लिए। उसकी कदर न माता के घर में है, न पति के घर में। मेरा घर शोकागार बना हुआ है। अम्माँ रो रही हैं, दादा रो रहे हैं। कुटुम्ब के लोग रो रहे हैं, एक मेरी ज़ात से लोगों को कितनी मानसिक वेदना हो रही है, कदाचित् वे सोचते होंगे, यह कन्या कुल में न आती तो अच्छा होता। मगर सारी दुनिया एक तरफ हो जाय, आपके ऊपर विजय नहीं पा सकती। आप मेरे प्रभु हैं। आपका फैसला अटल है। उसकी कहीं अपील नहीं, कहीं फरियाद नहीं। खैर, आज से यह काण्ड समाप्त हुआ। अब मैं हूँ और मेरा दलित, भग्न हृदय। हसरत यही है कि आपकी कुछ सेवा न कर सकी !

अभागिनी,

—कुसुम

2

मालूम नहीं, मैं कितनी देर तक मूक वेदना की दशा में बैठा रहा कि महाशय नवीन बोले—आपने इन पत्रों को पढ़कर क्या निश्चय किया ?

मैंने रोते हुए हृदय से कहा—अगर इन पत्रों ने उस नर-पिशाच के दिल पर कोई असर न किया, तो मेरा पत्र भला क्या असर करेगा। इससे अधिक करुणा और वेदना मेरी शक्ति के बाहर है। ऐसा कौन-सा धार्मिक भाव है, जिसे इन पत्रों में स्पर्श न किया गया हो। दया, लज्जा, तिरस्कार, न्याय, मेरे विचार में तो कुसुम ने कोई पहलू नहीं छोड़ा। मेरे लिए अब यही अन्तिम उपाय है कि उस शैतान के सिर पर सवार हो जाऊँ और उससे मुँह-दर-मुँह बातें करके इस समस्या की तह तक पहुँचने की चेष्टा करूँ। अगर उसने मुझे कोई सन्तोषप्रद उत्तर न दिया, तो मैं उसका और अपना खून एक कर दूँगा। या तो मुझी को फाँसी होगी, या वही कालेपानी जायेगा। कुसुम ने जिस धैर्य और साहस से काम लिया है, वह सराहनीय है। आप उसे सान्त्वना दीजिएगा। मैं आज रात की गाड़ी से मुरादाबाद जाऊँगा और परसों तक जैसी कुछ परिस्थिति होगी; उसकी आपको सूचना दूँगा ! मुझे तो यह कोई चरित्रहीन और बुद्धिहीन युवक मालूम होता है।

मैं उस बहक में जाने क्या-क्या बकता रहा। इसके बाद हम दोनों भोजन करके स्टेशन चले। वह आगरे गये, मैंने मुरादाबाद का रास्ता लिया। उनके प्राण अब भी सूखे जाते थे कि क्रोध के आवेश में कोई पागलपन न कर बैठूँ। मेरे बहुत समझाने पर उनका चित्त शान्त हुआ।

मैं प्रातःकाल मुरादाबाद पहुँचा और जाँच शुरू कर दी। इस युवक के चरित्र के विषय में मुझे जो सन्देह था, वह गलत निकला। मुहल्ले में, कालेज में, उसके इष्ट-मित्रों में, सभी उसके प्रशंसक थे। अँधेरा और गहरा होता हुआ जान पड़ा। सन्ध्या-समय मैं उसके घर जा पहुँचा। जिस निष्कपट भाव से वह दौड़कर मेरे पैरों पर झुका, वह मैं नहीं भूल सकता। ऐसा वाक्चतुर, ऐसा सुशील और विनीत युवक मैंने नहीं देखा। बाहर और भीतर में इतना आकाश-पाताल का अन्तर मैंने कभी न देखा था। मैंने कुशल-क्षेम और शिष्टाचार के दो-चार वाक्यों के बाद पूछा—तुमसे मिलकर चित्त प्रसन्न हुआ; लेकिन आखिर कुसुम ने क्या अपराध किया है, जिसका तुम उसे इतना कठोर दण्ड दे रहे हो ? उसने तुम्हारे पास कई पत्र लिखे, तुमने एक का भी उत्तर न दिया। वह दो-तीन बार यहाँ भी आयी, पर तुम उससे बोले तक नहीं। क्या उस निर्दोष बालिका के साथ तुम्हारा यह अन्याय नहीं है ?

युवक ने लज्जित भाव से कहा—बहुत अच्छा होता कि आपने इस प्रश्न को न उठाया होता। उसका जवाब देना मेरे लिए बहुत मुश्किल है। मैंने तो इसे आप लोगों के अनुमान पर छोड़ दिया था; लेकिन इस गलतफ़हमी को दूर करने के लिए मुझे विवश होकर कहना पड़ेगा।

यह कहते-कहते वह चुप हो गया। बिजली की बत्ती पर भाँति-भाँति के कीट-पतंगे जमा हो गये। कई झींगुर उछल-उछलकर मुँह पर आ जाते थे; और जैसे मनुष्य पर अपनी विजय का परिचय देकर उड़ जाते थे। एक बड़ा-सा अँखफोड़ भी मेज पर बैठा था और शायद जस्त मारने के लिए अपनी देह तौल रहा था। युवक ने एक पंखा लाकर मेज पर रख दिया, जिसने विजयी कीट-पतंगों को दिखा दिया कि मनुष्य इतना निर्बल नहीं है, जितना वे समझ रहे थे। एक क्षण में मैदान साफ हो गया और हमारी बातों में दखल देनेवाला कोई न रहा।

युवक ने सकुचाते हुए कहा—सम्भव है, आप मुझे अत्यन्त लोभी, कमीना और स्वार्थी समझें; लेकिन यथार्थ यह है कि इस विवाह से मेरी वह अभिलाषा न पूरी हुई, जो मुझे प्राणों से भी प्रिय थी। मैं विवाह पर रजामन्द न था, अपने पैरों में बेड़ियाँ न डालना चाहता था; किन्तु जब महाशय नवीन बहुत पीछे पड़ गये और उनकी बातों से मुझे यह आशा हुई कि वह सब प्रकार से मेरी सहायता करने को तैयार हैं, तब मैं राजी हो गया; पर विवाह होने के बाद उन्होंने मेरी बात भी न पूछी। मुझे एक पत्र भी न लिखा कि कब तक वह मुझे विलायत भेजने का प्रबन्ध कर सकेंगे। हालाँकि मैंने अपनी इच्छा उन पर पहले ही प्रकट कर दी थी; पर उन्होंने मुझे निराश करना ही उचित समझा। उनकी इस अकृपा ने मेरे सारे मनसूबे धूल में मिला दिये। मेरे लिए अब इसके सिवा और क्या रह गया है कि एल-एल.बी. पास कर लूँ और कचहरी में जूती फटफटाता फिरूँ।

मैंने पूछा—तो आखिर तुम नवीनजी से क्या चाहते हो ? लेन-देन में तो उन्होंने शिकायत का कोई अवसर नहीं दिया। तुम्हें विलायत भेजने का खर्च तो शायद उनके काबू से बाहर हो।

युवक ने सिर झुकाकर कहा—तो यह उन्हें पहले ही मुझसे कह देना चाहिए था। फिर मैं विवाह ही क्यों करता। उन्होंने चाहे कितना ही खर्च कर डाला हो; पर इससे मेरा क्या उपकार हुआ ? दोनों तरफ से दस-बारह हजार रुपये खाक में मिल गये और उनके साथ मेरी अभिलाषाएँ खाक में मिल गयीं। पिताजी पर तो कई हजार का ऋण हो गया है। वह अब मुझे इंग्लैंड नहीं भेज सकते। क्या पूज्य नवीनजी चाहते तो मुझे इंग्लैंड न भेज देते ? उनके लिए दस-पाँच हजार की कोई हक़ीकत नहीं।

मैं सन्नाटे में आ गया। मेरे मुँह से अनायास निकल गया—छिः ! वाह री दुनिया ! और वाह रे हिन्दू-समाज ! तेरे यहाँ ऐसे-ऐसे स्वार्थ के दास पड़े हुए हैं, जो एक अबला का जीवन संकट में डालकर उसके पिता पर ऐसे अत्याचारपूर्ण दबाव डालकर ऊँचा पद प्राप्त करना चाहते हैं। विद्यार्जन के लिए विदेश जाना बुरा नहीं। ईश्वर सामर्थ्य दे तो शौक से जाओ; किन्तु पत्नी का परित्याग करके ससुर पर इसका भार रखना निर्लज्जता की पराकाष्ठा है। तारीफ की बात तो तब थी कि तुम अपने पुरुषार्थ से जाते। इस तरह किसी की गर्दन पर सवार होकर, अपना आत्म-सम्मान बेचकर गये तो क्या गये। इस पामर की दृष्टि में कुसुम का कोई मूल्य ही नहीं। वह केवल उसकी स्वार्थ-सिद्धि का साधनमात्र है। ऐसे नीच प्रकृति के आदमी से कुछ तर्क करना व्यर्थ था। परिस्थिति ने हमारी चुटिया उसके हाथ में रखी थी और हमें उसके चरणों पर सिर झुकाने के सिवाय और कोई उपाय न था।

दूसरी गाड़ी से मैं आगरे जा पहुँचा और नवीनजी से यह वृत्तांत कहा। उन बेचारे को क्या मालूम था कि यहाँ सारी जिम्मेदारी उन्हीं के सिर डाल दी गयी है। यद्यपि इस मन्दी ने उनकी वकालत भी ठण्डी कर रखी है और वह दस-पाँच हजार का खर्च सुगमता से नहीं उठा सकते लेकिन इस युवक ने उनसे इसका संकेत भी किया होता, तो वह अवश्य कोई-न-कोई उपाय करते। कुसुम के सिवा दूसरा उनका कौन बैठा हुआ है ? उन बेचारे को तो इस बात का ज्ञान ही न था। अतएव मैंने योंही उनसे यह समाचार कहा, तो वह बोल उठे—छिः ! इस जरा-सी बात को इस भले आदमी ने इतना तूल दे दिया। आप आज ही उसे लिख दें कि वह जिस वक्त जहाँ पढ़ने के लिए जाना चाहे, शौक से जा सकता है। मैं उसका सारा भार स्वीकार करता हूँ। साल-भर तक निर्दयी ने कुसुम को रुला-रुलाकर मार डाला।

घर में इसकी चर्चा हुई। कुसुम ने भी माँ से सुना। मालूम हुआ, एक हजार का चेक उसके पति के नाम भेजा जा रहा है; पर इस तरह, जैसे किसी संकट का मोचन करने के लिए अनुष्ठान किया जा रहा हो।

कुसुम ने भृकुटी सिकोड़कर कहा—अम्माँ, दादा से कह दो, कहीं रुपये भेजने की जरूरत नहीं।

माता ने विस्मित होकर बालिका की ओर देखा—कैसे रुपये ? अच्छा ! वह ! क्यों इसमें क्या हर्ज है ? लड़के का मन है, तो विलायत जाकर पढ़े। हम क्यों रोकने लगे ? यों भी उसी का है, वो भी उसी का नाम है। हमें कौन छाती पर लादकर ले जाना है ?

'नहीं आप दादा से कह दीजिए, एक पाई न भेजें।'

'आखिर इसमें क्या बुराई है ?'

'इसीलिए कि यह उसी तरह की डाकाजनी है, जैसी बदमाश लोग किया करते हैं। किसी आदमी को पकड़कर ले गये और उसके घरवालों से उसके मुक्तिधन के तौर पर अच्छी रकम ऐंठ ली।'

माता ने तिरस्कार की आँखों से देखा।

'कैसी बातें करती हो बेटी ? इतने दिनों के बाद तो जाके देवता सीधे हुए हैं और तुम उन्हें फिर चिढ़ाये देती हो।'

कुसुम ने झल्लाकर कहा—ऐसे देवता का रूठे रहना ही अच्छा। जो आदमी इतना स्वार्थी, इतना दम्भी, इतना नीच है, उसके साथ मेरा निर्वाह न होगा। मैं कहे देती हूँ, वहाँ रुपये गये, तो मैं जहर खा लूँगी। इसे दिल्लगी न समझना। मैं ऐसे आदमी का मुँह भी नहीं देखना चाहती। दादा से कह देना और अगर तुम्हें डर लगता हो तो मैं खुद कह दूँ ! मैंने स्वतन्त्र रहने का निश्चय कर लिया है।

माँ ने देखा, लड़की का मुखमण्डल आरक्त हो उठा है। मानो इस प्रश्न पर वह न कुछ कहना चाहती है, न सुनना।

दूसरे दिन नवीनजी ने यह हाल मुझसे कहा, तो मैं एक आत्म-विस्मृत की दशा में दौड़ा हुआ गया और कुसुम को गले लगा लिया। मैं नारियों में ऐसा ही आत्माभिमान देखना चाहता हूँ। कुसुम ने वह कर दिखाया, जो मेरे मन में था और जिसे प्रकट करने का साहस मुझमें न था।

साल-भर हो गया है, कुसुम ने पति के पास एक पत्र भी नहीं लिखा और न उसका जिक्र ही करती है। नवीनजी ने कई बार जमाई को मना लाने की इच्छा प्रकट की; पर कुसुम उसका नाम भी सुनना नहीं चाहती। उसमें स्वावलम्बन की ऐसी दृढ़ता आ गयी है कि आश्चर्य होता है। उसके मुख पर निराशा और वेदना के पीलेपन और तेजहीनता की जगह स्वाभिमान और स्वतन्त्रता की लाली और तेजस्विता भासित हो गयी है।

खुदाई फौज़दार

सेठ नानकचन्द को आज फिर वही लिफाफा मिला और वही लिखावट सामने आयी तो उनका चेहरा पीला पड़ गया। लिफाफा खोलते हुए हाथ और हृदय दोनों काँपने लगे। खत में क्या है, यह उन्हें खूब मालूम था। इसी तरह के दो खत पहले पा चुके थे। इस तीसरे खत में भी वही धमकियाँ हैं, इसमें उन्हें सन्देह न था। पत्र हाथ में लिये हुए आकाश की ओर ताकने लगे। वह दिल के मजबूत आदमी थे, धमकियों से डरना उन्होंने न सीखा था, मुर्दों से भी अपनी रकम वसूल कर लेते थे। दया या उपकार जैसी मानवीय दुर्बलताएँ उन्हें छू भी न गयी थीं, नहीं तो महाजन ही कैसे बनते ! उस पर धर्मनिष्ठ भी थे। हर पूर्णमासी को सत्यनारायण की कथा सुनते थे। हर मंगल को महाबीरजी को लड्डू चढ़ाते थे, नित्य-प्रति जमुना में स्नान करते थे और हर एकादशी को व्रत रखते और ब्राह्मणों को भोजन कराते थे और इधर जब से घी में करारा नफा होने लगा था, एक धर्मशाला बनवाने की फिक्र में थे। जमीन ठीक कर ली थी। उनके असामियों में सैकड़ों ही थवई और बेलदार थे, जो केवल सूद में काम को तैयार थे। इन्तजार यही था कि कोई ईंट और चूने वाला फँस जाय और दस-बीस हजार का दस्तावेज लिखा ले, तो सूद में ईंट और चूना भी मिल जाय। इस धर्मनिष्ठा ने उनकी आत्मा को और भी शक्ति प्रदान कर दी थी। देवताओं के आशीर्वाद और प्रताप से उन्हें कभी किसी सौदे में घाटा नहीं हुआ और भीषण परिस्थितियों में भी वह स्थिरचित्त रहने के आदी थे; किन्तु जब से यह धमकियों से भरे हुए पत्र मिलने लगे थे, उन्हें बरबस तरह-तरह की शंकाएँ व्यथित करने लगी थीं। कहीं सचमुच डाकुओं ने छापा मारा, तो कौन उनकी सहायता करेगा ? दैवी बाधाओं में तो देवताओं की सहायता पर वह तकिया कर सकते थे, पर सिर पर लटकती हुई इस तलवार के सामने वह श्रद्धा कुछ काम न देती थी। रात को उनके द्वार पर केवल एक चौकीदार रहता है। अगर दस-बीस हथियारबन्द आदमी आ जायँ, तो वह अकेला क्या कर सकता है ? शायद उनकी आहट पाते ही भाग खड़ा हो। पड़ोसियों में ऐसा कोई नज़र न आता था, जो इस संकट में काम आवे। यद्यपि सभी उनके असामी थे या रह चुके थे। लेकिन यह

एहसान-फरामोशों का सम्प्रदाय है, जिस पत्तल में खाता है, उसी में छेद करता है; जिसके द्वार पर अवसर पड़ने पर नाक रगड़ता है, उसी का दुश्मन हो जाता है। इनसे कोई आशा नहीं। हाँ, किवाड़ें सुदृढ़ हैं; उन्हें तोड़ना आसान नहीं, फिर अन्दर का दरवाजा भी तो है। सौ आदमी लग जायँ तो हिलाये न हिले। और किसी ओर से हमले का खटका नहीं। इतनी ऊँची सपाट दीवार पर कोई क्या खा के चढ़ेगा ? फिर उनके पास रायफलें भी तो हैं। एक रायफल से वह दर्जनों आदमियों को भूनकर रख देंगे। मगर इतने प्रतिबन्धों के होते हुए भी उनके मन में एक हूक-सी समायी रहती थी। कौन जाने चौकीदार भी उन्हीं में मिल गया हो, खिदमतगार भी आस्तीन के साँप हो गये हों ! इसलिए वह अब बहुधा अन्दर ही रहते थे। और जब तक मिलनेवालों का पता-ठिकाना न पूछ लें, उनसे मिलते न थे। फिर भी दो-चार घंटे तो चौपाल में बैठने ही पड़ते थे; नहीं तो सारा कारोबार मिट्टी में न मिल जाता ! जितनी देर बाहर रहते थे, उनके प्राण जैसे सूली पर टँगे रहते थे। उधर उनके मिजाज में बड़ी तब्दीली हो गयी थी। इतने विनम्र और मिष्टभाषी वह कभी न थे। गालियाँ तो क्या, किसी से तू-तकार भी न करते। सूद की दर भी कुछ घटा दी थी; लेकिन फिर भी चित्त को शान्ति न मिलती थी। आखिर कई मिनट तक दिल को मजबूत करने के बाद उन्होंने पत्र खोला, और जैसे गोली लग गयी। सिर में चक्कर आ गया और सारी चीजें नाचती हुई मालूम हुईं। साँस फूलने लगी, आँखें फ़ैल गयीं। लिखा था, तुमने हमारे दोनों पत्रों पर कुछ भी ध्यान न दिया। शायद तुम समझते होगे कि पुलिस तुम्हारी रक्षा करेगी; लेकिन यह तुम्हारा भ्रम है। पुलिस उस वक्त आयेगी, जब हम अपना काम करके सौ कोस निकल गये होंगे। तुम्हारी अक्ल पर पत्थर पड़ गया है, इसमें हमारा कोई दोष नहीं। हम तुमसे सिर्फ़ 25 हजार रुपये माँगते हैं। इतने रुपये दे देना तुम्हारे लिए कुछ भी मुश्किल नहीं। हमें पता है कि तुम्हारे पास एक लाख की मोहरें रखी हुई हैं; लेकिन विनाशकाले विपरीत बुद्धि; अब हम तुम्हें और ज्यादा न समझायेंगे। तुमको समझाने की चेष्टा करना ही व्यर्थ है। आज शाम तक अगर रुपये न आ गये, तो रात को तुम्हारे ऊपर धावा होगा। अपनी हिफाजत के लिए जिसे बुलाना चाहो, बुला लो, जितने आदमी और हथियार जमा करना चाहो, जमा कर लो। हम ललकार कर आयेंगे और दिनदहाड़े आयेंगे। हम चोर नहीं हैं, हम वीर हैं और हमारा विश्वास बाहुबल में है। हम जानते हैं कि लक्ष्मी उसी के गले में जयमाल डालती है, जो धनुष तोड़ सकता है, मछली को वेध सकता है। यदि···

सेठ ने तुरन्त बही-खाते बन्द कर दिये और रोकड़ सँभालकर तिजोरी में रख दिया और सामने का द्वार भीतर से बन्द करके मरे हुए से केसर के पास आकर बोले—आज फिर वही खत आया, केसर ! अब आज ही आ रहे हैं।

केसर दोहरे बदन की स्त्री थी, यौवन बीत जाने पर भी युवती, शौक-सिंगार

में लिप्त रहने वाली, उस फलहीन वृक्ष की तरह, जो पतझड़ में भी हरी-भरी पत्तियों से लदा रहता है। सन्तान की विफल कामना में जीवन का बड़ा भाग बिता चुकने के बाद, अब उसे अपनी संचित माया को भोगने की धुन सवार रहती थी। मालूम नहीं, कब आँखें बन्द हो जायँ, फिर यह थाती किसके हाथ लगेगी, कौन जाने ? इसलिए उसे सबसे अधिक भय बीमारी का था, जिसे वह मौत का पैगाम समझती थी और नित्य ही कोई-न-कोई दवा खाती रहती थी। काया के इस वस्त्र को उस समय तक उतारना न चाहती थी, जब तक उसमें एक तार भी बाकी रहे। बाल-बच्चे होते तो वह मृत्यु का स्वागत करती, लेकिन अब तो उसके जीवन ही के साथ अन्त था, फिर क्यों न वह अधिक-से-अधिक समय तक जिये। हाँ, वह जीवन निरानन्द अवश्य था, उस मधुर ग्रास की भाँति, जिसे हम इसलिए खा जाते हैं कि रखे-रखे सड़ जायेगा।

उसने घबड़ाकर कहा—मैं तुमसे कब से कह रही हूँ कि दो-चार महीनों के लिए यहाँ से कहीं भाग चलो, लेकिन तुम सुनते ही नहीं। आखिर क्या करने पर तुले हुए हो ?

सेठजी सशंक तो थे और यह स्वाभाविक था—ऐसी दशा में कौन शान्त रह सकता था—लेकिन वह कायर नहीं थे। उन्हें अब भी विश्वास था कि अगर कोई संकट आ पड़े तो वह पीछे कदम न हटायेंगे। जो कुछ कमजोरी आ गयी थी, वह संकट को सिर पर मँडराते देखकर भाग गयी थी। हिरन भी तो भागने की राह न पाकर शिकारी पर चोट कर बैठता है। कभी-कभी नहीं, अक्सर संकट पड़ने पर ही आदमी के जौहर खुलते हैं। इतनी देर में सेठजी ने एक तरह से भावी विपत्ति का सामना करने का पक्का इरादा कर लिया था। डर क्यों, जो कुछ होना है, वह होकर रहेगा। अपनी रक्षा करना हमारा कर्तव्य है, मरना-जीना विधि के हाथ में है। सेठानीजी को दिलासा देते हुए बोले—तुम नाहक इतना डरती हो केसर, आखिर वे सब भी तो आदमी हैं, अपनी जान का मोह उन्हें भी है, नहीं तो यह कुकर्म ही क्यों करते ? मैं खिड़की की आड़ से दस-बीस आदमियों को गिरा सकता हूँ। पुलिस को इत्तला देने भी जा रहा हूँ। पुलिस का कर्तव्य है कि हमारी रक्षा करे। हम दस हजार सालाना टैक्स देते हैं, किसलिए ? मैं अभी दरोगाजी के पास जाता हूँ। जब सरकार हमसे टैक्स लेती है, तो हमारी मदद करना उसका धर्म हो जाता है।

राजनीति का यह तत्त्व उसकी समझ में नहीं आया। वह तो किसी तरह उस भय से मुक्त होना चाहती थी, जो उसके दिल में साँप की भाँति बैठा फुफकार रहा था। पुलिस का उसे जो अनुभव था, उससे चित्त को सन्तोष न होता था। बोली—पुलिसवालों को बहुत देख चुकी। वारदात के समय तो उनकी सूरत नहीं दिखाई देती। जब वारदात हो चुकती है, तब अलबत्ता शान के साथ आकर रोब जमाने लगते हैं।

'पुलिस तो सरकार का राज चला रही है। तुम क्या जानो ?'

'मैं तो कहती हूँ, यों अगर कल वारदात होने वाली होगी, तो पुलिस को खबर देने से आज ही हो जायेगी। लूट के माल में इनका भी साझा होता है।'

'जानता हूँ, देख चुका हूँ, और रोज देखता हूँ; लेकिन मैं सरकार को दस हजार का सालाना टैक्स देता हूँ। पुलिसवालों का आदर-सत्कार भी करता रहता हूँ। अभी जाड़ों में सुपरिंटेंडेंट साहब आये थे, तो मैंने कितनी रसद पहुँचायी थी। एक पूरा कनस्तर घी और एक शक्कर की पूरी बोरी भेज दी थी। यह सब खिलाना-पिलाना किस दिन काम आयेगा। हाँ, आदमी को सोलहो आने दूसरों के भरोसे न बैठना चाहिए; इसलिए मैंने सोचा है, तुम्हें भी बन्दूक चलाना सिखा दूँ ? हम दोनों बन्दूकें छोड़ना शुरू करेंगे, तो डाकुओं की क्या मजाल है कि अन्दर कदम रख सकें ?'

प्रस्ताव हास्यजनक था। केसर ने मुसकराकर कहा—हाँ और क्या, अब आज मैं बन्दूक चलाना सीखूँगी ! तुमको जब देखो, हँसी ही सूझती है।

'इसमें हँसी की क्या बात है ? आजकल तो औरतों की फौजें बन रही हैं। सिपाहियों की तरह औरतें भी कवायद करती हैं, बन्दूक चलाती हैं, मैदानों में खेलती हैं। औरतों के घर में बैठने का जमाना अब नहीं है।'

'विलायत की औरतें बन्दूक चलाती होंगी, यहाँ की औरतें क्या चलायेंगी। हाँ, हाथ भर की जबान चाहे चला लें।'

'यहाँ की औरतों ने बहादुरी के जो-जो काम किये हैं, उनसे इतिहास के पन्ने भरे पड़े हैं। आज दुनिया उन वृत्तान्तों को पढ़कर चकित हो जाती है।'

'पुराने जमाने की बातें छोड़ो। तब औरतें बहादुर रही होंगी। आज कौन बहादुरी कर रही हैं ?'

'वाह ! अभी हजारों औरतें घर-बार छोड़कर हँसते-हँसते जेल चली गयीं। यह बहादुरी नहीं थी ? अभी पंजाब में हरनाद कुँवर ने अकेले चार सशस्त्र डाकुओं को गिरफ्तार किया और लाट साहब तक ने उसकी प्रशंसा की।'

'क्या जाने वे कैसी औरतें हैं! मैं तो डाकुओं को देखते ही चक्कर खाकर गिर पड़ूँगी।'

उसी वक्त नौकर ने आकर कहा—सरकार, थाने से चार कानिस्टिबिल आये हैं। आपको बुला रहे हैं।

सेठजी प्रसन्न होकर बोले—थानेदार भी हैं ?

'नहीं सरकार, अकेले कानिस्टिबिल हैं।'

'थानेदार क्यों नहीं आया ?'—यह कहते हुए सेठजी ने पान खाया और बाहर निकले।

2

सेठजी को देखते ही चारों कानिस्टिबिलों ने झुककर सलाम किया, बिलकुल अँगरेजी कायदे से, मानो अपने किसी अफ़सर को सैल्यूट कर रहे हों। सेठजी ने उन्हें बेंचों पर बैठाया और बोले—दरोगाजी का मिजाज तो अच्छा है ? मैं तो उनके पास आनेवाला था।

चारों में जो सबसे प्रौढ़ था, जिसकी आस्तीन पर कई बिल्ले लगे हुए थे, बोला—आप क्यों तकलीफ करते हैं, वह तो खुद ही आ रहे थे; पर एक बड़ी जरूरी तहकीकात आ गयी, इससे रुक गये। कल आपसे मिलेंगे। जबसे यहाँ डाकुओं की खबरें आयी हैं, बेचारे बहुत घबराये हुए हैं। आपकी तरफ हमेशा उनका ध्यान रहता है। कई बार कह चुके हैं कि मुझे सबसे ज्यादा फिकर सेठजी की है। गुमनाम खत तो आपके पास भी आये होंगे ?

सेठजी ने लापरवाही दिखाकर कहा—अजी, ऐसी चिट्ठियाँ आती ही रहती हैं, इनकी कौन परवाह करता है। मेरे पास तो तीन खत आ चुके हैं, मैंने किसी से जिक्र भी नहीं किया।

कानिस्टिबिल हँसा—दरोगाजी को खबर मिली थी।

'सच !'

'हाँ, साहब ? रत्ती-रत्ती खबर मिलती रहती है। यहाँ तक मालूम हुआ है कि कल आपके मकान पर उनका धावा होनेवाला है। जभी तो आज दरोगा जी ने मुझे आपकी खिदमत में भेजा।'

'मगर वहाँ कैसे खबर पहुँची ? मैंने तो किसी से कहा ही नहीं।'

कानिस्टिबिल ने रहस्यमय भाव से कहा—हुजूर, यह न पूछें। इलाके के सबसे बड़े सेठ के पास ऐसे खत आयें और पुलिस को खबर न हो ! भला, कोई बात है। फिर ऊपर से बराबर ताकीद आती रहती है कि सेठजी को शिकायत का कोई मौका न दिया जाय। सुपरिंटेंडेंट साहब की खास ताकीद है आपके लिए। और हुजूर, सरकार भी तो आप ही के बूते पर चलती है। सेठ-साहूकारों के जान-माल की हिफाजत न करे, तो रहे कहाँ ? हमारे होते मजाल है कि कोई आपकी तरफ तिरछी आँखों से देख सके; मगर यह कम्बख्त डाकू इतने दिलेर और तादाद में इतने ज्यादा हैं कि थाने के बाहर उनसे मुकाबिला करना मुश्किल है। दरोगाजी गारद मँगाने की बात सोच रहे थे; मगर ये हत्यारे कहीं एक जगह तो रहते नहीं, आज यहाँ हैं, तो कल यहाँ से दो सौ कोस पर। गारद मँगाकर ही क्या किया जाय ? इलाके की रिआया की तो हमें ज्यादा फिक्र नहीं, हुजूर मालिक हैं, आपसे क्या छिपायें, किसके पास रखा है इतना माल-असबाब ! और अगर किसी के पास दो-चार सौ की पूँजी निकल ही आयी तो उसके लिए पुलिस डाकुओं के पीछे अपनी

जान हथेली पर लिये न फिरेगी। उन्हें क्या, वह तो छूटते ही गोली चलाते हैं और अक्सर छिपकर। हमारे लिए तो हजार बन्दिशें हैं। कोई बात बिगड़ जाय तो उलटे अपनी ही जान आफत में फँस जाय। हमें तो ऐसे रास्ते चलना है कि साँप मरे और लाठी न टूटे, इसलिए दरोगाजी ने आपसे यह अर्ज करने को कहा है कि आपके पास जोखिम की जो चीज़ें हों, उन्हें लाकर सरकारी खजाने में जमा कर दीजिए। आपको उसकी रसीद दे दी जायेगी। ताला और मुहर आप ही की रहेगी। जब यह हंगामा ठण्डा हो जाय तो मँगवा लीजिएगा। इससे आपको भी बेफिक्री हो जायेगी और हम भी जिम्मेदारी से बच जायेंगे। नहीं खुदा न करे, कोई वारदात हो जाय, तो हुजूर को तो जो नुकसान हो वह तो हो ही हमारे ऊपर भी जवाबदेही आ जाय। और यह जालिम सिर्फ माल-असबाब लेकर ही तो जान नहीं छोड़ते—खून करते हैं, घर में आग लगा देते हैं, यहाँ तक कि औरतों की बेइज्जती भी करते हैं। हुजूर तो जानते हैं, होता है वही जो तकदीर में लिखा है। आप इकबालवाले आदमी हैं, डाकू आपका कुछ नहीं बिगाड़ सकते। सारा कस्बा आपके लिए जान देने को तैयार है। आपका पूजा-पाठ, धर्म-कर्म खुदा खुद देख रहा है। यह उसी की बरकत है कि आप मिट्टी भी छू लें, तो सोना हो जाय; लेकिन आदमी भरसक अपनी हिफाजत करता है। हुजूर के पास मोटर है ही, जो कुछ रखना हो, उस पर रख दीजिए। हम चार आदमी आपके साथ हैं, कोई खटका नहीं। वहाँ एक मिनट में आपको फुरसत हो जायगी। पता चला है कि इस गोल में बीस जवान हैं। दो तो बैरागी बने हुए हैं, दो पंजाबियों के भेस में धुस्से और अलवान बेचते फिरते हैं। इन दोनों के साथ दो बहँगीवाले भी हैं। दो आदमी बलूचियों के भेस में छूरियाँ और ताले बेचते हैं। कहाँ तक गिनाऊँ, हुजूर ! हमारे थाने में तो हर एक का हुलिया रखा हुआ है।

खतरे में आदमी का दिल कमजोर हो जाता है और वह ऐसी बातों पर विश्वास कर लेता है, जिन पर शायद होश-हवास में न करता। जब किसी दवा से रोगी को लाभ नहीं होता, तो हम दुआ, ताबीज, ओझों और सयानों की शरण लेते हैं और वहाँ तो सन्देह करने का कोई कारण ही न था। सम्भव है, दरोगाजी का कुछ स्वार्थ हो, मगर सेठजी इसके लिए तैयार थे। अगर दो-चार सौ बल खाने पड़ें, तो कोई बड़ी बात नहीं। ऐसे अवसर तो जीवन में आते ही रहते हैं और इस परिस्थिति में इससे अच्छा दूसरा क्या इन्तजाम हो सकता था; बल्कि इसे तो ईश्वरीय प्रेरणा समझना चाहिए। माना, उनके पास दो-दो बन्दूकें हैं, कुछ लोग मदद करने के लिए निकल ही आयेंगे, लेकिन है जान जोखिम। उन्होंने निश्चय किया, दरोगाजी की इस कृपा से लाभ उठाना चाहिए। इन्हीं आदमियों को कुछ दे-दिलाकर सारी चीजें निकलवा लेंगे। दूसरों का क्या भरोसा ? कहीं कोई चीज़ उड़ा दें तो बस ?

उन्होंने इस भाव से कहा, मानो दरोगाजी ने उन पर कोई विशेष कृपा नहीं की है; वह तो उनका कर्तव्य ही था—मैंने यहाँ ऐसा प्रबन्ध किया था कि यहाँ वह सब आते तो उनके दाँत खट्टे कर दिये जाते। सारा कस्बा मदद के लिए तैयार था। सभी से तो अपना मित्र-भाव है, लेकिन दरोगाजी की तजवीज मुझे पसन्द है। इससे वह भी अपनी जिम्मेदारी से बरी हो जाते हैं और मेरे सिर से भी फिक्र का बोझ उतर जाता है, लेकिन भीतर से चीजें बाहर निकाल-निकालकर लाना मेरे बूते की बात नहीं। आप लोगों की दुआ से नौकर-चाकरों की तो कमी नहीं है, मगर किसकी नीयत कैसी है, कौन जान सकता है ? आप लोग कुछ मदद करें तो काम आसान हो जाय।

हेड कानिस्टिबिल ने बड़ी खुशी से यह सेवा स्वीकार कर ली और बोला—हम सब हुजूर के ताबेदार हैं, इसमें मदद की कौन-सी बात है ? तलब सरकार से पाते हैं, यह ठीक है; मगर देनेवाले तो आप ही हैं। आप केवल सामान हमें दिखाये जायँ, हम बात-की-बात में सारी चीज़ें निकाल लायेंगे। हुजूर की खिदमत करेंगे तो कुछ इनाम-इकराम मिलेगा ही। तनख्वाह में गुजर नहीं होता सेठजी, आप लोगों की रहम की निगाह न हो, तो एक दिन भी निबाह न हो। बाल-बच्चे भूखों मर जायँ पन्द्रह-बीस रुपये में क्या होता है हुजूर, इतना तो हमारे लिए ही पूरा नहीं पड़ता।

सेठजी ने अन्दर जाकर केसर से यह समाचार कहा तो उसे जैसे आँखें मिल गयीं। बोली—भगवान् ने सहायता की, नहीं मेरे प्राण संकट में पड़े हुए थे।

सेठजी ने सर्वज्ञता के भाव से फरमाया—इसी को कहते हैं सरकार का इंतजाम ! इसी मुस्तैदी के बल पर सरकार का राज थमा हुआ है। कैसी सुव्यवस्था है कि जरा-सी कोई बात हो, वहाँ तक खबर पहुँच जाती है और तुरन्त उसकी रोकथाम का हुक्म हो जाता है। और यहाँ वाले ऐसे बुद्धू हैं कि स्वराज्य-स्वराज्य चिल्ला रहे हैं। इनके हाथ में अख्तियार आ जाय तो दिन-दोपहर लूट मच जाय, कोई किसी की न सुने। ऊपर से ताकीद आयी है। हाकिमों का आदर-सत्कार कभी निष्फल नहीं जाता। मैं तो सोचता हूँ, कोई बहुमूल्य वस्तु घर में न छोड़ूँ। साले आयें तो अपना-सा मुँह लेकर रह जायँ।

केसर ने मन-ही-मन प्रसन्न होकर कहा—कुंजी उनके सामने फेंक देना कि जो चीज चाहो निकाल ले जाओ।

'साले झेंप जायेंगे।'

'मुँह में कालिख लग जायेगी।'

'घमण्ड तो देखो कि तिथि तक बता दी। यह नहीं समझे कि अंग्रेजी सरकार का राज है। तुम डाल-डाल चलो, तो वह पात-पात चलते हैं।'

'समझे होंगे कि धमकी में आ जायेंगे।'

तीन कानिस्टिबिलों ने आकर सन्दूकचे और सेफ निकालने शुरू किये। एक बाहर सामान को मोटर पर लाद रहा था और एक हरेक चीज को नोटबुक पर टाँकता जाता था। आभूषण, मुहरें, नोट, रुपये, कीमती कपड़े, साड़ियाँ; लहँगे, शाल-दुशाले, सब कार में रख दिये। मामूली बरतन, लोहे-लकड़ी के सामान, फर्श आदि के सिवा घर में और कुछ न बचा। और डाकुओं के लिए ये चीज़ें कौड़ी की भी नहीं। केसर का सिंगारदान खुद सेठजी लाये और हेड के हाथ में देकर बोले—इसे बड़ी हिफाजत से रखना भाई !

हेड ने सिंगारदान लेकर कहा—मेरे लिए एक-एक तिनका इतना ही कीमती है।

सेठजी के मन में एक सन्देह उठा। पूछा—खजाने की कुंजी तो मेरे ही पास रहेगी ?

'और क्या, यह तो मैं पहले ही अर्ज कर चुका; मगर यह सवाल आपके दिल से क्यों पैदा हुआ ?'

'योंही, पूछा था'—सेठजी लज्जित हो गये।

'नहीं, अगर आपके दिल में कुछ शुबहा हो, तो हम लोग यहाँ भी आप की खिदमत के लिए हाजिर हैं। हाँ, हम जिम्मेदार न होंगे।'

'अजी नहीं हेड साहब, मैंने योंही पूछ लिया था। यह फिहरिस्त तो मुझे दे दोगे न ?'

'फिहरिस्त आपको थाने में दरोगाजी के दस्तखत से मिलेगी। इसका क्या एतबार ?'

कार पर सारा सामान रख दिया गया। कस्बे के सैकड़ों आदमी तमाशा देख रहे थे। कार बड़ी थी, पर ठसाठस भरी हुई थी। बड़ी मुश्किल से सेठजी के लिए जगह निकली। चारों कानिस्टिबिल आगे की सीट पर सिमटकर बैठे।

कार चली। केसर द्वार पर इस तरह खड़ी थी, मानो उसकी बेटी बिदा हो रही हो। बेटी ससुराल जा रही है, जहाँ वह मालकिन बनेगी; लेकिन उसका घर सूना किये जा रही है।

3

थाना यहाँ से पाँच मील पर था। कस्बे से बाहर निकलते ही पहाड़ों का पथरीला सन्नाटा था, जिसके दामन में हरा-भरा मैदान था और इसी मैदान के बीच में लाल मोरम की सड़क चक्कर खाती हुई लाल साँप-जैसी निकल गयी थी।

हेड ने सेठजी से पूछा—यह कहाँ तक सही है सेठजी, कि आज से पच्चीस साल पहले आपके बाप केवल लोटा-डोर लेकर यहाँ खाली हाथ आये थे ?

सेठजी ने गर्व करते हुए कहा—'बिलकुल सही है। मेरे पास कुल तीन रुपये थे। उसी से आटे-दाल की दूकान खोली थी। तकदीर का खेल है, भगवान् की दया चाहिए, आदमी के बनते-बिगड़ते देर नहीं लगती। लेकिन मैंने कभी पैसे को दाँतों से नहीं पकड़ा। यथाशक्ति धर्म का पालन करता गया। धन की शोभा धर्म ही से है, नहीं तो धन से कोई फायदा नहीं।'

'आप बिलकुल ठीक कहते हैं सेठजी। आपको मूरत बनाकर पूजना चाहिए। तीन रुपये से लाख कमा लेना मामूली काम नहीं है !'

'आधी रात तक सिर उठाने की फुरसत नहीं मिलती, खाँ साहब !'

'आपको तो यह सब कारोबार जंजाल-सा लगता होगा।'

'जंजाल तो है ही, मगर भगवान् की ऐसी माया है कि आदमी सबकुछ समझकर भी इसमें फँस जाता है और सारी उम्र फँसा रहता है। मौत आ जाती है, तभी छुट्टी मिलती है। बस, यही अभिलाषा है कि कुछ यादगार छोड़ जाऊँ।'

'आपके कोई औलाद हुई ही नहीं ?'

'भाग्य में न थी खाँ साहब, और क्या कहूँ ! जिनके घर में भूनी भाँग नहीं है, उनके यहाँ घास-फूस की तरह बच्चे-ही-बच्चे देख लो, जिन्हें भगवान् ने खाने को दिया है, वे सन्तान का मुँह देखने को तरसते हैं।'

'आप बिलकुल ठीक कहते हैं, सेठजी ! जिन्दगी का मजा सन्तान से है। जिसके आगे अँधेरा है, उसके लिए धन-दौलत किस काम की ?'

'ईश्वर की यही इच्छा है तो आदमी क्या करे। मेरा बस चलता, तो मायाजाल से निकल भागता खाँ साहब, एक क्षण भी यहाँ न रहता, कहीं तीर्थस्थान में बैठकर भगवान् का भजन करता। मगर करूँ क्या ? मायाजाल तोड़े नहीं टूटता।'

'एक बार दिल मजबूत करके तोड़ क्यों नहीं देते ? सब उठाकर गरीबों को बाँट दीजिए। साधु-सन्तों को नहीं, न मोटे ब्राह्मणों को बल्कि उनको, जिनके लिए यह जिन्दगी बोझ हो रही है, जिसकी यही एक आरजू है कि मौत आकर उनकी विपत्ति का अन्त कर दे।'

'इस मायाजाल को तोड़ना आदमी का काम नहीं है, खाँ साहब ! भगवान् की इच्छा होती है, तभी मन में वैराग्य आता है।'

'आज भगवान् ने आपके ऊपर दया की है। हम इस मायाजाल को मकड़ी के जाले की तरह तोड़कर आपको आजाद करने के लिए भेजे गये हैं। भगवान् आपकी भक्ति से प्रसन्न हो गये हैं और आपको इस बन्धन में नहीं रखना चाहते, जीवन-मुक्त कर देना चाहते हैं।'

'ऐसी भगवान् की दया हो जाती, तो क्या पूछना खाँ साहब !'

'भगवान् की ऐसी ही दया है सेठजी, विश्वास मानिए। हमें इसीलिए उन्होंने मृत्युलोक में तैनात किया है। हम कितने ही मायाजाल के कैदियों की बेड़ियाँ काट चुके हैं। आज आपकी बारी है।'

सेठजी की नाड़ियों में जैसे रक्त का प्रवाह बन्द हो गया। सहमी हुई आँखों से सिपाहियों को देखा। फिर बोले—आप बड़े हँसोड़ हो, खाँ साहब ?

'हमारे जीवन का सिद्धान्त है कि किसी को कष्ट मत दो; लेकिन ये रुपये वाले कुछ ऐसी औंधी खोपड़ी के लोग हैं कि जो उनका उद्धार करने आता है, उसी के दुश्मन हो जाते हैं। हम आपकी बेड़ियाँ काटने आये हैं; लेकिन अगर आपसे कहें कि यह सब जमा-जथा और लता-पता छोड़कर घर की राह लीजिए, तो आप चीखना-चिल्लाना शुरू कर देंगे। हम लोग वही खुदाई फौजदार हैं, जिनके इत्तलाई खत आपके पास पहुँच चुके हैं।'

सेठजी मानो आकाश से पाताल में गिर पड़े। सारी ज्ञानेन्द्रियों ने जवाब दे दिया और इसी मूर्च्छा की दशा में वह मोटरकार से नीचे ढकेल दिये गये और गाड़ी चल पड़ी।

सेठजी की चेष्टा जाग पड़ी। बदहवास गाड़ी के पीछे दौड़े—हुजूर, सरकार, तबाह हो जायेंगे, दया कीजिए, घर में एक कौड़ी भी नहीं है···

हेड साहब ने खिड़की से बाहर हाथ निकाला और तीन रुपये जमीन पर फेंक दिये। मोटर की चाल तेज हो गयी।

सेठजी सिर पकड़कर बैठ गये और विक्षिप्त नेत्रों से मोटरकार को देखा, जैसे कोई शव स्वर्गारोही प्राण को देखे। उनके जीवन का स्वप्न उड़ा चला जा रहा था।

वेश्या

छः महीने बाद कलकत्ते से घर आने पर दयाकृष्ण ने पहला काम जो किया, वह अपने प्रिय मित्र सिंगारसिंह से मातमपुरसी करने जाना था। सिंगार के पिता का आज तीन महीने हुए देहान्त हो गया था। दयाकृष्ण बहुत व्यस्त रहने के कारण उस समय न आ सका था। मातमपुरसी की रस्म पत्र लिखकर अदा कर दी थी; लेकिन ऐसा एक दिन भी नहीं बीता कि सिंगार की याद उसे न आयी हो। अभी वह दो-चार महीने और कलकत्ते रहना चाहता था; क्योंकि वहाँ उसने जो कारोबार जारी किया था, उसे संगठित रूप में लाने के लिए उसका वहाँ मौजूद रहना जरूरी था और उसकी थोड़े दिन की गैरहाजिरी से भी हानि की शंका थी। किन्तु जब सिंगार की स्त्री लीला का परवाना आ पहुँचा तो वह अपने को न रोक सका। लीला ने साफ-साफ तो कुछ न लिखा था, केवल उसे तुरन्त बुलाया था; लेकिन दयाकृष्ण को पत्र के शब्दों से कुछ ऐसा अनुमान हुआ कि वहाँ की परिस्थिति चिन्ताजनक है और इस अवसर पर उसका वहाँ पहुँचना जरूरी है। सिंगार सम्पन्न बाप का बेटा था, बड़ा ही अल्हड़, बड़ा ही जिद्दी, बड़ा ही आरामपसन्द। दृढ़ता या लगन उसे छू भी नहीं गयी थी। उसकी माँ उसके बचपन ही में मर चुकी थी और बाप ने उसके पालने में नियंत्रण की अपेक्षा स्नेह से ज्यादा काम लिया था। उसे कभी दुनिया की हवा नहीं लगने दी। उद्योग भी कोई वस्तु है, यह वह जानता ही न था। उसके महज इशारे पर हर एक चीज सामने आ जाती थी। वह जवान बालक था, जिसमें न अपने विचार थे न सिद्धान्त। कोई भी आदमी उसे बड़ी आसानी से अपने कपट-बाणों का निशाना बना सकता था। मुख्तारों और मुनीमों के दाँव-पेंच समझना उसके लिए लोहे के चने चबाना था। उसे किसी ऐसे समझदार और हितैषी मित्र की जरूरत थी, जो स्वार्थियों के हथकण्डों से उसकी रक्षा करता रहे। दयाकृष्ण पर इस घर के बड़े-बड़े एहसान थे। उस दोस्ती का हक अदा करने के लिए उसका आना आवश्यक था।

मुँह-हाथ धोकर सिंगारसिंह के घर पर ही भोजन का इरादा करके दयाकृष्ण उससे मिलने चला। नौ बज गये थे, हवा और धूप में गर्मी आने लगी थी।

सिंगारसिंह उसकी खबर पाते ही बाहर निकल आया। दयाकृष्ण उसे देखकर चौंक पड़ा। लम्बे-लम्बे केशों की जगह उसके सिर पर घुँघराले बाल थे (वह सिक्ख था), आड़ी माँग निकली हुई। आँखों में न आँसू थे, न शोक का कोई दूसरा चिह्न, चेहरा कुछ जर्द अवश्य था पर उस पर विलासिता की मुसकराहट थी। वह एक महीन रेशमी कमीज और मखमली जूते पहने हुए था; मानो किसी महफिल से उठा आ रहा हो। संवेदना के शब्द दयाकृष्ण के ओंठों तक आकर निराश लौट गये। वहाँ बधाई के शब्द ज्यादा अनुकूल प्रतीत हो रहे थे।

सिंगारसिंह लपककर उसके गले से लिपट गया और बोला—तुम खूब आये यार, इधर तुम्हारी बहुत याद आ रही थी; मगर पहले यह बतला दो, वहाँ का कारोबार बन्द कर आये या नहीं ? अगर वह झंझट छोड़ आये हो, तो पहले उसे तिलांजलि दे आओ। अब आप यहाँ से जाने न पायेंगे। मैंने तो भाई, अपना कैंड़ा बदल दिया। बताओ, कब तक तपस्या करता। अब तो आये दिन जलसे होते हैं। मैंने सोचा—यार, दुनिया में आये, तो कुछ दिन सैर-सपाटे का आनन्द भी उठा लो। नहीं तो एक दिन यों ही हाथ मलते चले जायेंगे। कुछ भी साथ न जायगा।

दयाकृष्ण विस्मय से उसके मुँह की ओर ताकने लगा। यह वही सिंगार है या कोई और ! बाप के मरते ही इतनी तब्दीली !

दोनों मित्र कमरे में गये और सोफे पर बैठे। सरदार साहब के सामने इस कमरे में फर्श और मसनद थी, आलमारी थी। अब दर्जनों गद्देदार सोफे और कुर्सियाँ हैं, कालीन का फर्श है, रेशमी परदे हैं, बड़े-बड़े आईने हैं। सरदार साहब को संचय की धुन थी, सिंगार को उड़ाने की धुन है।

सिंगार ने एक सिगार जलाकर कहा—तेरी बहुत याद आती थी यार, तेरी जान की कसम।

दयाकृष्ण ने शिकवा किया—क्यों झूठ बोलते हो भाई, महीनों गुजर जाते थे, एक खत लिखने की तो आपको फुर्सत न मिलती थी, मेरी याद आती थी।

सिंगार ने अल्हड़पन से कहा—बस, इसी बात पर मेरी सेहत का एक जाम पियो। अरे यार, इस जिन्दगी में और क्या रखा है ? हँसी-खेल में जो वक्त कट जाय, उसे गनीमत समझो। मैंने तो यह तपस्या त्याग दी। अब तो आये दिन जलसे होते हैं, कभी दोस्तों की दावत है, कभी दरिया की सैर, कभी गाना-बजाना, कभी शराब के दौर। मैंने कहा, लाओ कुछ दिन वह बहार भी देख लूँ। हसरत क्यों दिल में रह जाय। आदमी संसार में कुछ भोगने के लिए आता है, यही जिन्दगी के मजे हैं। जिसने ये मजे नहीं चक्खे, उसका जीना वृथा है। बस, दोस्तों की मजलिस हो, बगल में माशूक हो और हाथ में प्याला हो, इसके सिवा मुझे और कुछ न चाहिए !

उसने आलमारी खोलकर एक बोतल निकाली और दो गिलासों में शराब डालकर बोला—यह मेरी सेहत का जाम है। इन्कार न करना। मैं तुम्हारे सेहत का जाम पीता हूँ।

दयाकृष्ण को कभी शराब पीने का अवसर न मिला था। वह इतना धर्मात्मा तो न था कि शराब पीना पाप समझता, हाँ, उसे दुर्व्यसन समझता था। गन्ध ही से उसका जी मितलाने लगा। उसे भय हुआ कि वह शराब का घूँट चाहे मुँह में ले ले, उसे कण्ठ के नीचे नहीं उतार सकता। उसने प्याले को शिष्टाचार के तौर पर हाथ में ले लिया, फिर उसे ज्यों-का-त्यों मेज पर रखकर बोला—तुम जानते हो, मैंने कभी नहीं पी। इस समय मुझे क्षमा करो। दस-पाँच दिन में यह फन भी सीख जाऊँगा, मगर यह तो बताओ, अपना कारोबार भी कुछ देखते हो, या इसी में पड़े रहते हो।

सिंगार ने अरुचि से मुँह बनाकर कहा—ओह, क्या जिक्र तुमने छेड़ दिया, यार ? कारोबार के पीछे इस छोटी-सी जिन्दगी को तबाह नहीं कर सकता। न कोई साथ लाया है, न साथ ले जायेगा। पापा ने मर-मरकर धन संचय किया। क्या हाथ लगा ? पचास तक पहुँचते-पहुँचते चल बसे। उनकी आत्मा अब भी संसार के सुखों के लिए तरस रही होगी। धन छोड़कर मरने से फाकेमस्त रहना कहीं अच्छा है। धन की चिन्ता तो नहीं सताती, पर यह हाय-हाय तो नहीं होती कि मेरे बाद क्या होगा ! तुमने गिलास मेज पर रख दिया। जरा पियो, आँखें खुल जायेंगी, दिल हरा हो जायगा। और लोग सोड़ा और बरफ़ मिलाते हैं, मैं तो खालिस पीता हूँ। इच्छा हो, तो तुम्हारे लिए बरफ़ मँगाऊँ ?

दयाकृष्ण ने फिर क्षमा माँगी; मगर सिंगार गिलास-पर-गिलास पीता गया। उसकी आँखें लाल-लाल निकल आयीं, ऊल-जलूल बकने लगा, खूब डींगें मारीं, फिर बेसुरे राग में एक बाजारू गीत गाने लगा। अन्त में उसी कुर्सी पर पड़ा-पड़ा बेसुध हो गया।

2

सहसा पीछे का परदा हटा और लीला ने उसे इशारे से बुलाया। दयाकृष्ण की धमनियों में शतगुण वेग से रक्त दौड़ने लगा। उसकी संकोचमय, भीरु प्रकृति भीतर से जितनी ही रूपासक्त थी, बाहर से उतनी ही विरक्त। सुंदरियों के सम्मुख आकर वह स्वयं अवाक् हो जाता था, उसके कपोलों पर लज्जा की लाली दौड़ जाती थी और आँखें झुक जाती थीं; लेकिन मन उनके चरणों पर लोटकर अपने-आपको समर्पित कर देने के लिए विकल हो जाता था। मित्रगण उसे बूढ़े बाबा कहा करते थे। स्त्रियाँ उसे अरसिक समझकर उससे उदासीन रहती थीं। किसी युवती के साथ लंका तक रेल में एकान्त-यात्रा करके भी वह उससे एक शब्द भी बोलने का साहस न करता। हाँ, यदि युवती स्वयं उसे छेड़ती, तो वह अपने प्राण तक उसकी भेंट कर देता। उसके इस संकोचमय, अवरुद्ध जीवन में लीला ही एक युवती थी, जिसने उसके

मन को समझा था और उससे सवाक् सहृदयता का व्यवहार किया था। तभी से दयाकृष्ण मन से उसका उपासक हो गया था। उसके अनुभवशून्य हृदय में लीला नारी-जाति का सबसे सुन्दर आदर्श थी। उसकी प्यासी आत्मा को शर्बत या लेमनेड की उतनी इच्छा न थी, जितना ठण्डे, मीठे पानी की। लीला में रूप है, लावण्य है, सुकुमारता है, इन बातों की ओर उसका ध्यान न था। उससे ज्यादा रूपवती, लावण्यमयी और सुकुमार युवतियाँ उसने पार्कों में देखी थीं। लीला में सहृदयता है, विचार है, दया है, इन्हीं तत्त्वों की ओर उसका आकर्षण था। उसकी रसिकता में आत्म-समर्पण के सिवा और कोई भाव न था। लीला के किसी आदेश का पालन करना उसकी सबसे बड़ी कामना थी, उसकी आत्मा की तृप्ति के लिए इतना काफ़ी था। उसने काँपते हाथों से परदा उठाया और अन्दर आकर खड़ा हो गया। और विस्मय भरी आँखों से उसे देखने लगा। उसने लीला को यहाँ न देखा होता, तो पहचान भी न सकता। वह रूप, यौवन और विकास की देवी इस तरह मुरझा गयी थी, जैसे किसी ने उसके प्राणों को चूसकर निकाल लिया हो। करुण-स्वर में बोला—यह तुम्हारा क्या हाल है, लीला ? बीमार हो क्या ? मुझे सूचना तक न दी।

लीला मुस्कराकर बोली—तुमसे मतलब ? मैं बीमार हूँ या अच्छी हूँ, तुम्हारी बला से ! तुम तो अपने सैर-सपाटे करते रहे। छः महीने के बाद जब आपको याद आयी है, तो पूछते हो बीमार हो ? मैं उस रोग से ग्रस्त हूँ, जो प्राण लेकर ही छोड़ता है। तुमने इन महाशय की हालत देखी ? उनका यह रंग देखकर मेरे दिल पर क्या गुजरती है, यह क्या मैं अपने मुँह से कहूँ तभी समझोगे ? मैं अब इस घर में जबरदस्ती पड़ी हूँ और बेहयाई से जीती हूँ। किसी को मेरी चाह या चिन्ता नहीं है। पापा क्या मरे, मेरा सोहाग ही उठ गया। कुछ समझती हूँ, तो बेवकूफ बनायी जाती हूँ। रात-रात भर न जाने कहाँ गायब रहते हैं। जब देखो, नशे में मस्त, हफ्तों घर में नहीं आते कि दो बातें कर लूँ; अगर इनके यही ढंग रहे, तो साल-दो-साल में रोटियों के मुहताज हो जायेंगे।

दया ने पूछा—यह लत इन्हें कैसे पड़ गयी ? ये बातें तो इनमें न थीं।

लीला ने व्यथित स्वर में कहा—रुपये की बलिहारी है और क्या ! इसीलिए तो बूढ़े मर-मरके कमाते हैं और मरने के बाद लड़कों के लिए छोड़ जाते हैं। अपने मन में समझते होंगे, हम लड़कों के लिए बैठने का ठिकाना किये जाते हैं। मैं कहती हूँ, तुम उनके सर्वनाश का सामान किये जाते हो, उनके लिए जहर बोये जाते हो। पापा ने लाखों रुपये की सम्पत्ति न छोड़ी होती, तो आज यह महाशय किसी काम में लगे होते, कुछ घर की चिन्ता होती; कुछ जिम्मेदारी होती; नहीं तो बैंक से रुपये निकाले और उड़ाये। अगर मुझे विश्वास होता कि सम्पत्ति समाप्त करके वह सीधे मार्ग पर आ जायेंगे, तो मुझे जरा भी दुःख न होता; पर मुझे तो यह भय है कि ऐसे लोग फिर किसी काम के नहीं रहते। या तो जेलखाने में मरते

हैं या अनाथालय में। आपकी एक वेश्या से आशनाई है। माधुरी नाम है और वह इन्हें उल्टे छुरे से मूँड़ रही है, जैसा उसका धर्म है। आपको यह खब्त हो गया कि वह मुझ पर जान देती है। उससे विवाह का प्रस्ताव भी किया जा चुका है। मालूम नहीं, उसने क्या जवाब दिया। कई बार जी में आया कि जब यहाँ किसी से कोई नाता ही नहीं है तो अपने घर चली जाऊँ; लेकिन डरती हूँ कि तब तो यह और भी स्वतंत्र हो जायेंगे। मुझे किसी पर विश्वास है, तो वह तुम हो। इसीलिए तुम्हें बुलाया था कि शायद तुम्हारे समझाने-बुझाने का कुछ असर हो। अगर तुम भी असफल हुए, तो मैं एक क्षण यहाँ न रहूँगी। भोजन तैयार है, चलो कुछ खा लो।

दयाकृष्ण ने सिंगारसिंह की ओर संकेत करके कहा—और यह ?

'यह तो अब कहीं दो-तीन बजे चेतेंगे।'

'बुरा न मानेंगे।'

'मैं अब इन बातों की परवाह नहीं करती। मैंने तो निश्चय कर लिया है कि अगर मुझे कभी आँखें दिखायीं, तो मैं इन्हें मजा चखा दूँगी। मेरे पिताजी फौज में सूबेदार मेजर हैं। मेरी देह में उनका रक्त है।'

लीला की मुद्रा उत्तेजित हो गयी। विद्रोह की वह आग, जो महीनों से पड़ी सुलग रही थी, प्रचण्ड हो उठी।

उसने उसी लहजे में कहा—मेरी इस घर में इतनी साँसत हुई है, इतना अपमान हुआ है और हो रहा है कि मैं उसका किसी तरह भी प्रतिकार करके आत्मग्लानि का अनुभव न करूँगी। मैंने पापा से अपना हाल छिपा रखा है। आज लिख दूँ, तो इनकी सारी मशीखत उतर जाय। नारी होने का दंड भोग रही हूँ, लेकिन नारी के धैर्य की भी सीमा है।

दयाकृष्ण उस सुकुमारी का वह तमतमाया हुआ चेहरा, वे जलती हुई आँखें, वह काँपते हुए होंठ देखकर काँप उठा। उसकी दशा उस आदमी की- सी हो गयी, जो किसी को दर्द से तड़पते देखकर वैद्य को बुलाने दौड़े। आर्द्र कण्ठ से बोला—इस समय मुझे क्षमा करो लीला, फिर कभी तुम्हारा निमंत्रण स्वीकार करूँगा। तुम्हें अपनी ओर से इतना ही विश्वास दिलाता हूँ कि मुझे अपना सेवक समझती रहना। मुझे न मालूम था कि तुम्हें इतना कष्ट है, नहीं तो शायद अब तक मैंने कुछ युक्ति सोची होती। मेरा यह शरीर तुम्हारे किसी काम आये, इससे बढ़कर सौभाग्य की बात मेरे लिए और क्या होगी !

दयाकृष्ण वहाँ से चला, तो उसके मन में इतना उल्लास भरा हुआ था, मानो विमान पर बैठा हुआ स्वर्ग की ओर जा रहा है। आज उसे जीवन में एक ऐसा लक्ष्य मिल गया था, जिसके लिए वह जी भी सकता है और मर भी सकता है। वह एक महिला का विश्वासपात्र हो गया था। इस रत्न को वह अपने हाथ से कभी न जाने देगा, चाहे उसकी जान ही क्यों न चली जाय।

3

एक महीना गुजर गया। दयाकृष्ण सिंगारसिंह के घर नहीं आया। न सिंगारसिंह ने उसकी परवाह की। इस एक ही मुलाकात में उसने समझ लिया था कि दया इस नये रंग में आनेवाला आदमी नहीं है। ऐसे सात्विक जनों के लिए उसके यहाँ स्थान न था। वहाँ तो रंगीले, रसिया, अय्याश और बिगड़े-दिलों ही की चाह थी। हाँ, लीला को हमेशा उसकी याद आती रहती थी।

मगर दयाकृष्ण के स्वभाव में अब वह संयम नहीं है। विलासिता का जादू उस पर भी चलता हुआ मालूम होता है। माधुरी के घर उसका भी आना-जाना शुरू हो गया है। वह सिंगारसिंह का मित्र नहीं रहा, प्रतिद्वन्द्वी हो गया है। दोनों एक ही प्रतिमा के उपासक हैं; मगर उनकी उपासना में अन्तर है। सिंगार की दृष्टि से माधुरी केवल विलास की एक वस्तु है, केवल विनोद का एक यन्त्र। दयाकृष्ण विनय की मूर्ति है जो माधुरी की सेवा में ही प्रसन्न है। सिंगार माधुरी के हास-विलास को अपना जरखरीद हक समझता है, दयाकृष्ण इसी में संतुष्ट है कि माधुरी उसकी सेवाओं को स्वीकार करती है। माधुरी की ओर से जरा भी अरुचि देखकर वह उसी तरह बिगड़ जायेगा जैसे अपनी प्यारी घोड़ी की मुँहजोरी पर। दयाकृष्ण अपने को उसकी कृपादृष्टि के योग्य ही नहीं समझता। सिंगार जो कुछ माधुरी को देता है, गर्व-भरे आत्म-प्रदर्शन के साथ; मानो उस पर कोई एहसान कर रहा हो। दयाकृष्ण के पास देने को है ही क्या; पर वह जो कुछ भेंट करता है, वह ऐसी श्रद्धा से, मानो देवता को फूल चढ़ाता हो। सिंगार का आसक्त मन माधुरी को अपने पिंजरे में बंद रखना चाहता है, जिसमें उस पर किसी की निगाह न पड़े। दयाकृष्ण निर्लिप्त भाव से उसकी स्वच्छंद क्रीड़ा का आनंद उठाता है। माधुरी को अब तक जितने आदमियों से साबिका पड़ा था, वे सब सिंगारसिंह की ही भाँति कामुकी, ईर्ष्यालु, दंभी और कोमल भावों से शून्य थे, रूप को भोगने की वस्तु समझनेवाले। दयाकृष्ण उन सबों से अलग था—सहृदयी, भद्र और सेवाशील, मानो उस पर अपनी आत्मा को समर्पण कर देना चाहता हो। माधुरी को अब अपने जीवन में कोई ऐसा पदार्थ मिल गया है, जिसे वह बड़ी एहतियात से सँभालकर रखना चाहती है। जड़ाऊ गहने अब उसकी आँखों में उतने मूल्यवान नहीं रहे, जितनी यह फकीर की दी हुई तावीज। जड़ाऊ गहने हमेशा मिलेंगे, यह तावीज खो गयी, तो फिर शायद ही कभी हाथ आये। जड़ाऊ गहने केवल उसकी विलास-प्रवृत्ति को उत्तेजित करते हैं। पर इस तावीज में कोई दैवी शक्ति है, जो न जाने कैसे उसमें सद्नुराग और परिष्कार-भावना को जगाती है। दयाकृष्ण कभी प्रेम-प्रदर्शन नहीं करता, अपनी विरह-व्यथा के राग नहीं अलापता, पर माधुरी को उस पर पूरा विश्वास है। सिंगारसिंह के प्रलाप में उसे बनावट और दिखावे का आभास होता है। वह चाहती है, यह

जल्द यहाँ से टले; लेकिन दयाकृष्ण के संयत भाषण में उसे गहराई तथा गाम्भीर्य और गुरुत्व का आभास होता है। औरों की वह प्रेमिका है; लेकिन दयाकृष्ण की आशिक, जिसके कदमों की आहट पाकर उसके अन्दर एक तूफान उठने लगता है। उसके जीवन में यह नयी अनुभूति है। अब तक वह दूसरों के भोग की वस्तु थी, अब कम-से-कम एक प्राणी की दृष्टि में वह आदर और प्रेम की वस्तु है।

सिंगारसिंह को जब से दयाकृष्ण के इस प्रेमाभिनय की सूचना मिली है, वह उसके खून का प्यासा हो गया है। ईर्ष्याग्नि से फुँका जा रहा है। उसने दयाकृष्ण के पीछे कई शोहदे लगा रखे हैं कि वे उसे जहाँ पायें, उसका काम तमाम कर दें। वह खुद पिस्तौल लिये उसकी टोह में रहता है। दयाकृष्ण इस खतरे को समझता है, जानता है; अपने नियत समय पर माधुरी के पास बिला नागा आ जाता है। मालूम होता है, उसे अपनी जान का कुछ भी मोह नहीं है। शोहदे उसे देखकर क्यों कतरा जाते हैं, मौका पाकर भी क्यों उस पर वार नहीं करते, इसका रहस्य वह नहीं समझता।

एक दिन माधुरी ने उससे कहा–कृष्णजी, तुम यहाँ न आया करो। तुम्हें तो पता नहीं है, पर यहाँ तुम्हारे बीसों दुश्मन हैं। मैं डरती हूँ कि किसी दिन कोई बात न हो जाय।

शिशिर की तुषार-मण्डित सन्ध्या थी। माधुरी एक काश्मीरी शाल ओढ़े अँगीठी के सामने बैठी हुई थी। कमरे में बिजली का रजत प्रकाश फैला हुआ था। दयाकृष्ण ने देखा, माधुरी की आँखें सजल हो गई हैं और वह मुँह फेरकर उन्हें दयाकृष्ण से छिपाने की चेष्टा कर रही है। प्रदर्शन और सुखभोग करनेवाली रमणी क्यों इतना संकोच कर रही है, यह उसका अनाड़ी मन न समझ सका। हाँ, माधुरी के गोरे, प्रसन्न, संकोचहीन मुख पर लज्जामिश्रित मधुरिमा की ऐसी छटा उसने कभी न देखी थी। आज उसने उस मुख पर कुलवधू की भीरु आकांक्षा और दृढ़ वात्सल्य देखा और उसके अभिनय में सत्य का उदय हो गया।

उसने स्थिर भाव से जवाब दिया–मैं तो किसी की बुराई नहीं करता, मुझसे किसी को क्यों वैर होने लगा। मैं यहाँ किसी का बाधक नहीं, किसी का विरोधी नहीं। दाता के द्वार पर सभी भिक्षुक जाते हैं। अपना-अपना भाग्य है, किसी को एक चुटकी मिलती है, किसी को पूरा थाल। कोई क्यों किसी से जले ? अगर किसी पर तुम्हारी विशेष कृपा है, तो मैं उसे भाग्यशाली समझकर उसका आदर करूँगा। जलूँ क्यों ?

माधुरी ने स्नेह-कातर स्वर में कहा–जी नहीं, आप कल से न आया कीजिए।

दयाकृष्ण मुस्कराकर बोला–तुम मुझे यहाँ आने से नहीं रोक सकतीं। भिक्षुक को तुम दुत्कार सकती हो, द्वार पर आने से नहीं रोक सकतीं।

माधुरी स्नेह की आँखों से उसे देखने लगी, फिर बोली–क्या सभी आदमी तुम्हीं जैसे निष्कपट हैं ?

'तो फिर मैं क्या करूँ ?'

'यहाँ न आया करो।'

'यह मेरे बस की बात नहीं।'

माधुरी एक क्षण तक विचार करके बोली—एक बात कहूँ, मानोगे ? चलो, हम-तुम किसी दूसरे नगर की राह लें।

'केवल इसीलिए कि कुछ लोग मुझसे खार खाते हैं ?'

'खार नहीं खाते, तुम्हारी जान के ग्राहक हैं।'

दयाकृष्ण उसी अविचलित भाव से बोला—जिस दिन प्रेम का यह पुरस्कार मिलेगा, वह मेरे जीवन का नया दिन होगा, माधुरी ! इससे अच्छी मृत्यु और क्या हो सकती है ? तब मैं तुमसे पृथक् न रहकर तुम्हारे मन में, तुम्हारी स्मृति में रहूँगा।

माधुरी ने कोमल हाथ से उसके गाल पर थपकी दी। उसकी आँखें भर आयी थीं। इन शब्दों में जो प्यार भरा हुआ था, वह जैसे पिचकारी की धार की तरह उसके हृदय में समा गया। ऐसी विकल वेदना ! ऐसा नशा ! इसे वह क्या कहे ?

उसने करुण स्वर में कहा—ऐसी बातें न किया करो कृष्ण, नहीं तो मैं सच कहती हूँ, एक दिन जहर खाकर तुम्हारे चरणों पर सो जाऊँगी। तुम्हारे इन शब्दों में न-जाने क्या जादू था कि मैं जैसे फुँक उठी। अब आप खुदा के लिए यहाँ न आया कीजिए, नहीं तो देख लेना, मैं एक दिन प्राण दे दूँगी। तुम क्या जानो, हत्यारा सिंगार किस बुरी तरह तुम्हारे पीछे पड़ा हुआ है। मैं उसके शोहदों की खुशामद करते-करते हार गयी। कितना कहती हूँ, दयाकृष्ण से मेरा कोई सम्बन्ध नहीं, उसके सामने तुम्हारी निन्दा करती हूँ, कितना कोसती हूँ, लेकिन उस निर्दयी को मुझ पर विश्वास नहीं आता। तुम्हारे लिए मैंने इन गुण्डों की कितनी मिन्नतें की हैं, उनके हाथ कितना अपमान सहा है, वह तुमसे न कहना ही अच्छा है। ज़िनका मुँह देखना भी मैं अपनी शान के खिलाफ समझती हूँ, उनके पैरों पड़ी हूँ, लेकिन ये कुत्ते हड्डियों के टुकड़े पाकर और भी शेर हो जाते हैं। मैं अब उनसे तंग आ गयी हूँ और तुमसे हाथ जोड़कर कहती हूँ कि यहाँ से किसी ऐसी जगह चले चलो, जहाँ हमें कोई न जानता हो। वहाँ शान्ति के साथ पड़े रहें। मैं तुम्हारे साथ सबकुछ झेलने को तैयार हूँ। आज इसका निश्चय कराये बिना मैं तुम्हें न जाने दूँगी। मैं जानती हूँ, तुम्हें मुझ पर अब भी विश्वास नहीं है। तुम्हें सन्देह है कि तुम्हारे साथ कपट करूँगी।

दयाकृष्ण ने टोका—नहीं माधुरी, तुम मेरे साथ अन्याय कर रही हो। मेरे मन में कभी ऐसा सन्देह नहीं आया। पहले ही दिन मुझे न-जाने क्यों कुछ ऐसा प्रतीत हुआ कि तुम अपनी और बहनों से पृथक् हो। मैंने तुममें वह शील और संकोच देखा, जो मैंने कुलवधुओं में देखा है।

माधुरी ने उसकी आँखों में आँखें गड़ाकर कहा—तुम झूठ बोलने की कला में इतने निपुण नहीं हो कृष्ण, कि वेश्या को भुलावा दे सको ! मैं न शीलवती हूँ, न संकोचवती हूँ और न अपनी दूसरी बहनों से भिन्न हूँ, मैं वेश्या हूँ; उतनी ही कलुषित, उतनी ही विलासांध, उतनी ही मायाविनी, जितनी मेरी दूसरी बहनें; बल्कि उनसे कुछ ज्यादा। न तुम अन्य पुरुषों की तरह मेरे पास विनोद और वासना-तृप्ति के लिए आये थे। नहीं, महीनों आते रहने पर भी तुम यों अलिप्त न रहते। तुमने कभी डींग नहीं मारी, मुझे धन का प्रलोभन नहीं दिया। मैंने भी कभी तुमसे धन की आशा नहीं की। तुमने अपनी वास्तविक स्थिति मुझसे कह दी। फिर भी मैंने तुम्हें एक नहीं, अनेक ऐसे अवसर दिये कि कोई दूसरा आदमी उन्हें न छोड़ता; लेकिन तुम्हें मैं अपने पंजे में न ला सकी। तुम चाहे और जिस इरादे से आये हो, भोग की इच्छा से नहीं आये। अगर मैं तुम्हें इतना नीच, इतना हृदयहीन, इतना विलासांध समझती, तो इस तरह तुम्हारे नाज न उठाती। फिर मैं भी तुम्हारे साथ मित्र-भाव रखने लगी। समझ लिया, मेरी परीक्षा हो रही है। जब तक इस परीक्षा में सफल न हो जाऊँ, तुम्हें नहीं पा सकती। तुम जितने सज्जन हो, उतने ही कठोर हो।

यह कहते हुए माधुरी ने दयाकृष्ण का हाथ पकड़ लिया और अनुराग और समर्पण-भरी चितवनों से उसे देखकर बोली—सच बताओ कृष्ण, तुम मुझमें क्या देखकर आकर्षित हुए थे ? देखो, बहानेबाजी न करना। तुम रूप पर मुग्ध होने वाले आदमी नहीं हो, मैं कसम खा सकती हूँ।

दयाकृष्ण ने संकट में पड़कर कहा—रूप इतनी तुच्छ वस्तु नहीं है, माधुरी ! वह मन का आईना है।

'यहाँ मुझसे रूपवान् स्त्रियों की कमी नहीं है।'

'यह तो अपनी-अपनी निगाह है। मेरे पूर्व संस्कार रहे होंगे।'

माधुरी ने भँवें सिकोड़कर कहा—तुम फिर झूठ बोल रहे हो, चेहरा कहे देता है।

दयाकृष्ण ने परास्त होकर पूछा—पूछकर क्या करोगी, माधुरी ? मैं डरता हूँ, कहीं तुम मुझसे घृणा न करने लगो। सम्भव है, तुम मेरा जो रूप देख रही हो, वह मेरा असली रूप न हो ?

माधुरी का मुँह लटक गया। विरक्त-सी होकर बोली—इसका खुले शब्दों में यह अर्थ है कि तुम्हें मुझ पर विश्वास नहीं। ठीक है, वेश्याओं पर विश्वास करना भी नहीं चाहिए। विद्वानों और महात्माओं का उपदेश कैसे न मानोगे ?

नारी-हृदय इस समस्या पर विजय पाने के लिए अपने अस्त्रों से काम लेने लगा।

दयाकृष्ण पहले ही पहले हमले में हिम्मत छोड़ बैठा। बोला—तुम तो नाराज हुई जाती हो, माधुरी ! मैंने तो केवल इस विचार से कहा था कि तुम मुझे धोखेबाज समझने लगोगी। तुम्हें शायद मालूम नहीं है, सिंगारसिंह ने मुझ पर कितने एहसान

किये हैं। मैं उन्हीं के टुकड़ों पर पला हूँ। इसमें रत्ती भर भी मुबालगा नहीं। वहाँ जाकर जब मैंने उनके रंग-ढंग देखे और उनकी साध्वी स्त्री लीला को बहुत दुखी पाया, तो सोचते-सोचते मुझे यही उपाय सूझा कि किसी तरह सिंगारसिंह को तुम्हारे पंजे से छुड़ाऊँ। मेरे इस अभिमान का यही रहस्य है, लेकिन उन्हें छुड़ा तो न सका, खुद फँस गया। मेरे इस फरेब की जो सजा चाहो दो, सिर झुकाये हुए हूँ।

माधुरी का अभिमान टूट गया। जलकर बोली—तो यह कहिये कि आप लीला देवी के आशिक हैं। मुझे पहले से मालूम होता, तो तुम्हें इस घर में घुसने न देती। तुम तो एक छिपे रुस्तम निकले।

वह तोते के पिंजरे के पास जाकर उसे पुचकारने का बहाना करने लगी। मन में जो एक दाह उठ रही थी, उसे कैसे शान्त करे ?

दयाकृष्ण ने तिरस्कार-भरे स्वर में कहा—मैं लीला का आशिक नहीं हूँ, माधुरी ! उस देवी को कलंकित न करो। मैं आज तुमसे शपथ खाकर कहता हूँ कि मैंने कभी उसे इस निगाह से नहीं देखा। उसके प्रति मेरा वही भाव था, जो अपने किसी आत्मीय को दुःख में देखकर हर एक मनुष्य के मन में आता है।

'किसी से प्रेम करना तो पाप नहीं है, तुम व्यर्थ में अपनी और लीला की सफाई दे रहे हो।'

'मैं नहीं चाहता कि लीला पर किसी तरह का आक्षेप किया जाय।'

'अच्छा साहब, लीजिए; लीला का नाम न लूँगी। मैंने मान लिया, वह सती है, साध्वी है और केवल उसकी आज्ञा से…'

दयाकृष्ण ने बात काटी—उनकी कोई आज्ञा नहीं थी।

'ओ हो, तुम तो जबान पकड़ते हो, कृष्ण ! क्षमा करो, उनकी आज्ञा से नहीं तुम अपनी इच्छा से आये। अब तो राजी हुए। अब यह बताओ, आगे तुम्हारे क्या इरादे हैं ? मैं वचन तो दे दूँगी; मगर अपने संस्कारों को नहीं बदल सकती। मेरा मन दुर्बल है। मेरा सतीत्व कब का नष्ट हो चुका है। अन्य मूल्यवान् पदार्थों की तरह रूप और यौवन की रक्षा भी बलवान् हाथों से हो सकती है। मैं तुमसे पूछती हूँ, तुम मुझे अपनी शरण में लेने पर तैयार हो ? तुम्हारा आश्रय पाकर तुम्हारे प्रेम की शक्ति से, मुझे विश्वास है, मैं जीवन के सारे प्रलोभनों का सामना कर सकती हूँ। मैं इस सोने के महल को ठुकरा दूँगी; लेकिन इसके बदले मुझे किसी हरे वृक्ष की छाँह तो मिलनी चाहिए। वह छाँह तुम मुझे दोगे ? अगर नहीं दे सकते, तो मुझे छोड़ दो। मैं अपने हाल में मगन हूँ। मैं वादा करती हूँ, सिंगारसिंह से मैं कोई सम्बन्ध न रखूँगी। वह मुझे घेरेगा, रोयेगा। सम्भव है, गुण्डों से मेरा अपमान कराये, आतंक दिखाये। लेकिन मैं सबकुछ झेल लूँगी, तुम्हारी खातिर से…'

आगे और कुछ न कहकर वह तृष्णा-भरे लेकिन उसके साथ ही निरपेक्ष नेत्रों से दयाकृष्ण की ओर देखने लगी, जैसे दूकानदार गाहक को बुलाता तो है पर साथ

ही यह भी दिखाना चाहता है कि उसे उसकी परवाह नहीं है। दयाकृष्ण क्या जवाब दे ? संघर्षमय संसार में वह अभी केवल एक कदम टिका पाया है। इधर वह अंगुल-भर जगह भी उससे छिन गयी है। शायद जोर मारकर वह फिर वह स्थान पा जाय; लेकिन वहाँ बैठने की जगह नहीं। और एक दूसरे प्राणी को लेकर तो वह खड़ा भी नहीं रह सकता। अगर मान लिया जाय कि अदम्य उद्योग से दोनों के लिए स्थान निकाल लेगा, तो आत्म-सम्मान को कहाँ ले जाय ? संसार क्या कहेगा ? लीला क्या फिर उसका मुँह देखना चाहेगी ? सिंगार से वह फिर आँखें मिला सकेगी ? यह भी छोड़ो। लीला अगर उसे पति समझती है, समझे। सिंगार अगर उससे जलता है तो जले, उसे इसकी परवाह नहीं। लेकिन अपने मन को क्या करे ? विश्वास उसके अन्दर आकर जाल में फँसे पक्षी की भाँति फड़फड़ा कर निकल भागता है। कुलीना अपने साथ विश्वास का वरदान लिये आती है। उसके साहचर्य में हमें कभी सन्देह नहीं होता। वहाँ सन्देह के लिए प्रत्यक्ष प्रमाण चाहिए। कुत्सिता सन्देह का संस्कार लिये आती है। वहाँ विश्वास के लिए प्रत्यक्ष—अत्यन्त प्रत्यक्ष—प्रमाण की जरूरत है। उसने नम्रता से कहा—तुम जानती हो, मेरी क्या हालत है ?

'हाँ, खूब जानती हूँ।'

'और उस हालत में तुम प्रसन्न रह सकोगी ?'

'तुम ऐसा प्रश्न क्यों करते हो कृष्ण ? मुझे दुःख होता है। तुम्हारे मन में जो सन्देह है, वह मैं जानती हूँ, समझती हूँ। मुझे भ्रम हुआ था कि तुमने भी मुझे जान लिया है, समझ लिया है। अब मालूम हुआ, मैं धोखे में थी !'

वह उठकर वहाँ से जाने लगी। दयाकृष्ण ने उसका हाथ पकड़ लिया और प्रार्थी-भाव से बोला—तुम मेरे साथ अन्याय कर रही हो, माधुरी ! मैं सत्य कहता हूँ, ऐसी कोई बात नहीं है···

माधुरी ने खड़े-खड़े विरक्त मन से कहा—तुम झूठ बोल रहे हो, बिलकुल झूठ। तुम अब भी मन से यह स्वीकार नहीं कर रहे हो कि कोई स्त्री स्वेच्छा से रूप का व्यवसाय नहीं करती। पैसे के लिए अपनी लज्जा को उघाड़ना, तुम्हारी समझ में कुछ ऐसे आनन्द की बात है, जिसे वेश्या शौक से करती है। तुम वेश्या में स्त्रीत्व का होना सम्भव से बहुत दूर समझते हो। तुम इसकी कल्पना ही नहीं कर सकते कि वह क्यों अपने प्रेम में स्थिर नहीं होती। तुम नहीं जानते, कि प्रेम के लिए उसके मन में कितनी व्याकुलता होती है और जब वह सौभाग्य से उसे पा जाती है, तो किस तरह प्राणों की भाँति उसे संचित रखती है। खारे पानी के समुद्र में मीठे पानी का छोटा-सा पात्र कितना प्रिय होता है इसे वह क्या जाने, जो मीठे पानी के मटके उँडेलता रहता हो।

दयाकृष्ण कुछ ऐसे असमंजस में पड़ा हुआ था कि उसके मुँह से एक भी शब्द न निकला। उसके मन में जो शंका चिनगारी की भाँति छिपी हुई है, वह बाहर निकलकर कितनी भयंकर ज्वाला उत्पन्न कर देगी। उसने कपट का जो अभिनय

किया था, प्रेम का जो स्वाँग रचा था, उसकी ग्लानि उसे और भी व्यथित कर रही थी।

सहसा माधुरी ने निष्ठुरता से पूछा—तुम यहाँ क्यों बैठे हो ?

दयाकृष्ण ने अपमान को पीकर कहा—मुझे सोचने के लिए कुछ समय दो माधुरी !

'क्या सोचने के लिए ?'

'अपना कर्तव्य ?'

'मैंने अपना कर्तव्य सोचने के लिए तो तुमसे समय नहीं माँगा ! तुम अगर मेरे उद्धार की बात सोच रहे हो, तो उसे दिल से निकाल डालो। मैं भ्रष्टा हूँ और तुम साधुता के पुतले हो—जब तक यह भाव तुम्हारे अन्दर रहेगा, मैं तुमसे उसी तरह बात करूँगी जैसे औरों के साथ करती हूँ। अगर भ्रष्ट हूँ, तो जो लोग यहाँ अपना मुँह काला करने आते हैं, वे कुछ कम भ्रष्ट नहीं हैं। तुम जो एक मित्र की स्त्री पर दाँत लगाये हुए हो, तुम जो एक सरला अबला के साथ झूठे प्रेम का स्वाँग करते हो, तुम्हारे हाथों अगर मुझे स्वर्ग भी मिलता हो, तो उसे ठुकरा दूँ।'

दयाकृष्ण ने लाल आँखें करके कहा—तुमने फिर वही आक्षेप किया ?

माधुरी तिलमिला उठी। उसकी रही-सही मृदुता भी ईर्ष्या के उमड़ते हुए प्रवाह में समा गयी। लीला पर आक्षेप भी असह्य है, इसलिए कि वह कुलवधू है। मैं वेश्या हूँ, इसलिए मेरे प्रेम का उपकार भी स्वीकार नहीं किया जा सकता !

उसने अविचलित भाव से कहा—आक्षेप नहीं कर रही हूँ, सच्ची बात कह रही हूँ। तुम्हारे डर से बिल खोदने जा रही हूँ। तुम स्वीकार करो या न करो, तुम लीला पर मरते हो। तुम्हारी लीला तुम्हें मुबारक रहे। मैं अपने सिंगारसिंह ही में प्रसन्न हूँ, उद्धार की लालसा अब नहीं रही। पहले जाकर अपना उद्धार करो। अब से खबरदार कभी भूलकर भी यहाँ न आना, नहीं तो पछताओगे। तुम जैसे रँगे हुए पतितों का उद्धार नहीं करते। उद्धार वही कर सकते हैं, जो उद्धार के अभिमान को हृदय में आने ही नहीं देते। जहाँ प्रेम है, वहाँ किसी तरह का भेद नहीं रह सकता।

यह कहने के साथ ही वह उठकर बराबर वाले दूसरे कमरे में चली गयी, और अन्दर से द्वार बन्द कर लिया। दयाकृष्ण कुछ देर वहाँ मर्माहत-सा रहा, फिर धीरे-धीरे नीचे उतर गया, मानो देह में प्राण न हो।

4

दो दिन दयाकृष्ण घर से न निकला। माधुरी ने उसके साथ जो व्यवहार किया, इसकी उसे आशा न थी ! माधुरी को उससे प्रेम था, इसका उसे विश्वास था, लेकिन

जो प्रेम इतना असहिष्णु हो, जो दूसरे के मनोभावों का जरा भी विचार न करे, जो मिथ्या कलंक आरोपण करने से भी संकोच न करे, वह उन्माद हो सकता है, प्रेम नहीं। उसने बहुत अच्छा किया कि माधुरी के कपट-जाल में न फँसा, नहीं तो उसकी न जाने क्या दुर्गति होती?

पर दूसरे क्षण उसके भाव बदल जाते और माधुरी के प्रति उसका मन कोमलता से भर जाता। अब वह अपनी अनुदारता पर, अपनी संकीर्णता पर पछताता ! उसे माधुरी पर सन्देह करने का कोई कारण न था। ऐसी दशा में ईर्ष्या स्वाभाविक है और वह ईर्ष्या ही क्या, जिसमें डंक न हो, विष न हो। माना, समाज उसकी निन्दा करता। यह भी मान लिया कि माधुरी सती भार्या न होती। कम-से-कम सिंगारसिंह तो उसके पंजे से निकल जाता। दयाकृष्ण के सिर से ऋण का भार तो कुछ हल्का हो जाता, लीला का जीवन तो सुखी हो जाता।

सहसा किसी ने द्वार खटखटाया। उसने द्वार खोला, तो सिंगारसिंह सामने खड़ा था। बाल बिखरे हुए, कुछ अस्त-व्यस्त।

दयाकृष्ण ने हाथ मिलाते हुए पूछा—क्या पाँव-पाँव ही आ रहे हो, मुझे क्यों न बुला लिया ?

सिंगार ने उसे चुभती हुई आँखों से देखकर कहा—मैं तुमसे यह पूछने आया हूँ कि माधुरी कहाँ है ? अवश्य तुम्हारे घर में होगी।

'क्यों अपने घर पर होगी, मुझे क्या खबर ? मेरे घर क्यों आने लगी ?'

'इन बहानों से काम न चलेगा, समझ गये ? मैं कहता हूँ, मैं तुम्हारा खून पी जाऊँगा वरना ठीक-ठीक बता दो, वह कहाँ गयी ?'

'मैं बिलकुल कुछ नहीं जानता, तुम्हें विश्वास दिलाता हूँ। मैं तो दो दिन से घर से निकला ही नहीं।'

'रात को मैं उसके पास था। सवेरे मुझे उसका यह पत्र मिला। मैं उसी वक्त दौड़ा हुआ उसके घर गया। वहाँ उसका पता न था। नौकरों से इतना मालूम हुआ, ताँगे पर बैठकर कहीं गयी है। कहाँ गयी है, यह कोई न बता सका। मुझे शक हुआ, यहाँ आयी होगी। जब तक तुम्हारे घर की तलाशी न ले लूँगा, मुझे चैन न आयेगी।'

उसने मकान का एक-एक कोना देखा, तख्त के नीचे, आलमारी के पीछे। तब निराश होकर बोला—बड़ी बेवफा और मक्कार औरत है। जरा इस खत को पढ़ो।

दोनों फर्श पर बैठ गये। दयाकृष्ण ने पत्र लेकर पढ़ना शुरू किया—

सरदार साहब ! मैं आज कुछ दिनों के लिए यहाँ से जा रही हूँ, कब लौटूँगी, कुछ नहीं जानती। कहाँ जा रही हूँ, यह भी नहीं जानती। जा इसलिए रही हूँ कि इस बेशर्मी और बेहयाई की जिन्दगी से मुझे घृणा हो रही है। और घृणा हो रही है उन लम्पटों से, जिनके कुत्सित विलास का मैं खिलौना थी और जिनमें तुम

मुख्य हो। तुम महीनों से मुझ पर सोने और रेशम की वर्षा कर रहे हो; मगर मैं तुमसे पूछती हूँ, उससे लाख गुने सोने और दस लाख गुने रेशम पर भी तुम अपनी बहन या स्त्री को इस रूप के बाजार में बैठने दोगे ? कभी नहीं। उन देवियों में कोई ऐसी वस्तु है, जिसे तुम संसार भर की दौलत से भी मूल्यवान समझते हो। लेकिन जब तुम शराब के नशे में चूर, अपने एक-एक अंग में काम का उन्माद भरे आते थे, तो तुम्हें कभी ध्यान आता था कि तुम उसी अमूल्य वस्तु को किस निर्दयता के साथ पैरों से कुचल रहे हो ? कभी ध्यान आता था कि अपनी कुल-देवियों को इस अवस्था में देखकर तुम्हें कितना दुःख होता ? कभी नहीं। यह उन गीदड़ों और गिद्धों की मनोवृत्ति है, जो किसी लाश को देखकर चारों ओर से जमा हो जाते हैं, और उसे नोच-नोचकर खाते हैं। यह समझ रक्खो, नारी अपना बस रहते हुए कभी पैसों के लिए अपने को समर्पित नहीं करती। यदि वह ऐसा कर रही है, तो समझ लो कि उसके लिए और कोई आश्रय और कोई आधार नहीं है और पुरुष इतना निर्लज्ज है कि उसकी दुरवस्था से अपनी वासना तृप्त करता है और इसके साथ ही इतना निर्दय कि उसके माथे पर पतिता का कलंक लगाकर उसे उसी दुरवस्था में मरते देखना चाहता है ! क्या वह नारी है ? क्या नारीत्व के पवित्र मन्दिर में उसका स्थान नहीं है ? लेकिन तुम उसे उस मन्दिर में घुसने नहीं देते। उसके स्पर्श से मन्दिर की प्रतिमा भ्रष्ट हो जायगी। खैर, पुरुष-समाज जितना अत्याचार चाहे कर ले। हम असहाय हैं, आत्माभिमान को भूल बैठी हैं लेकिन···

सहसा सिंगारसिंह ने उसके हाथ से वह पत्र छीन लिया और जेब में रखता हुआ बोला–क्या बड़े गौर से पढ़ रहे हो, कोई नयी बात नहीं। सबकुछ वही है, जो तुमने सिखाया है। यही करने तो तुम उसके यहाँ जाते थे। मैं कहता हूँ, तुम्हें मुझसे इतनी जलन क्यों हो गयी ? मैंने तो तुम्हारे साथ कोई बुराई न की थी। इस साल-भर में मैंने माधुरी पर दस हजार से कम न फूँके होंगे। घर में जो कुछ मूल्यवान् था, वह मैंने उसके चरणों पर चढ़ा दिया और आज उसे साहस हो रहा है कि वह हमारी कुल-देवियों की बराबरी करे ! यह सब तुम्हारा प्रसाद है। सत्तर चूहे खाके बिल्ली हज को चली ! कितनी बेवफा जात है। ऐसों को तो गोली मार दे। जिस पर सारा घर लुटा दिया, जिसके पीछे सारे शहर में बदनाम हुआ, वह आज मुझे उपदेश करने चली है ! जरूर इसमें कोई-न-कोई रहस्य है। कोई नया शिकार फँसा होगा; मगर मुझसे भागकर जायेगी कहाँ, ढूँढ़ न निकालूँ तो नाम नहीं। कम्बख्त कैसी प्रेम-भरी बातें करती थी कि मुझ पर घड़ों नशा चढ़ जाता था। बस, कोई नया शिकार फँस गया। यह बात न हो, मूँछ मुड़ा लूँ।

दयाकृष्ण उसके सफाचट चेहरे की ओर देखकर मुस्कराया–तुम्हारी मूँछें तो पहले ही मुड़ चुकी हैं।

इस हलके-से विनोद ने जैसे सिंगारसिंह के घाव पर मरहम रख दिया। वह बे-सरो-सामान घर, वह फटा फर्श, वे टूटी-फूटी चीज़ें देखकर उसे दयाकृष्ण पर दया आ गयी। चोट की तिलमिलाहट में वह जवाब देने के लिए ईंट-पत्थर ढूँढ़ रहा था; पर अब चोट ठण्डी पड़ गयी थी और दर्द घनीभूत हो रहा था। दर्द के साथ-साथ सौहार्द भी जाग रहा था। जब आग ही ठंडी हो गयी तो धुआँ कहाँ से आता ?

उसने पूछा—सच कहना, तुमसे भी कभी प्रेम की बातें करती थी ?

दयाकृष्ण ने मुस्कराते हुए कहा—मुझसे ? मैं तो खाली उसकी सूरत देखने जाता था।

'सूरत देखकर दिल पर काबू तो नहीं रहता।'

'यह तो अपनी-अपनी रुचि है।'

'है मोहनी, देखते ही कलेजे पर छुरी चल जाती है।'

'मेरे कलेजे पर तो कभी छुरी नहीं चली। यही इच्छा होती थी कि इसके पैरों पर गिर पड़ूँ।'

'इसी शायरी ने तो यह अनर्थ किया। तुम-जैसे बुद्धुओं को किसी देहातिन से शादी करके रहना चाहिए। चले थे वेश्या से प्रेम करने !'

एक क्षण के बाद उसने फिर कहा—मगर है बेवफा, मक्कार !

'तुमने उससे वफा की आशा की, मुझे तो यही अफसोस है।'

'तुमने वह दिल ही नहीं पाया, तुमसे क्या कहूँ।'

एक मिनट के बाद उसने सहृदय-भाव से कहा—अपने पत्र में उसने बातें तो सच्ची लिखी हैं, चाहे कोई माने या न माने ? सौन्दर्य को बाजारू चीज समझना कुछ बहुत अच्छी बात तो नहीं है।

दयाकृष्ण ने पुचारा दिया—जब स्त्री अपना रूप बेचती है, तो उसके खरीदार भी निकल आते हैं। फिर यहाँ तो कितनी ही जातियाँ हैं, जिनका यही पेशा है।

'यह पेशा चला कैसे ?'

'स्त्रियों की दुर्बलता से।'

'नहीं, मैं समझता हूँ, बिस्मिल्लाह पुरुषों ने की होगी।'

इसके बाद एकाएक जेब से घड़ी निकालकर देखता हुआ बोला—ओहो ! दो बज गये और अभी मैं यहीं बैठा हूँ। आज शाम को मेरे यहाँ खाना खाना। जरा इस विषय पर बातें होंगी। अभी तो उसे ढूँढ़ निकालना है। वह है कहीं इसी शहर में। घरवालों से भी कुछ नहीं कहा। बुढ़िया सिर पीट रही थी। उस्तादजी अपनी तकदीर को रो रहे थे। न-जाने कहाँ जाकर छिप रही।

उसने उठकर दयाकृष्ण से हाथ मिलाया और चला।

दयाकृष्ण ने पूछा—मेरी तरफ से तो तुम्हारा दिल साफ हो गया ?

सिंगार ने पीछे फिरकर कहा—हुआ भी और नहीं भी हुआ। और बाहर निकल गया।

5

सात-आठ दिन तक सिंगारसिंह ने सारा शहर छाना, पुलिस में रिपोर्ट की, समाचारपत्रों में नोटिस छपायी, अपने आदमी दौड़ाये; लेकिन माधुरी का कुछ भी सुराग न मिला कि फिर महफिल गर्म होती। मित्रवृन्द सुबह-शाम हाजिरी देने आते और अपना-सा मुँह लेकर लौट जाते। सिंगार के पास उनके साथ गप-शप करने का समय न था।

गरमी के दिन, सजा हुआ कमरा भट्ठी बना हुआ था। खस की टट्टियाँ भी थीं, पंखा भी; लेकिन गरमी जैसे किसी के समझाने-बुझाने की परवाह नहीं करना चाहती, अपने दिल का बुखार निकालकर ही रहेगी।

सिंगारसिंह अपने भीतरवाले कमरे में बैठा हुआ पेग-पर-पेग चढ़ा रहा था; पर अन्दर की आग न शान्त होती थी। इस आग ने ऊपर की घास-फूस को जलाकर भस्म कर दिया था और अब अन्तस्तल की जड़ विरक्ति और अचल विचार को द्रवित करके बड़े वेग से ऊपर फेंक रही थी। माधुरी की बेवफाई ने उसके आमोदी हृदय को इतना आहत कर दिया था कि अब अपना जीवन ही बेकार-सा मालूम होता था। माधुरी उसके जीवन में सबसे सत्य वस्तु थी, सत्य भी और सुन्दर भी। उसके जीवन की सारी रेखाएँ इसी बिन्दु पर आकर जमा हो जाती थीं। वह बिन्दु एकाएक पानी के बुलबुले की भाँति मिट गया और अब वे सारी रेखाएँ, वे सारी भावनाएँ, वे सारी मृदु स्मृतियाँ उन झल्लायी हुई मधुमक्खियों की तरह भनभनाती फिरती थीं, जिनका छत्ता जला दिया गया हो। जब माधुरी ने कपट व्यवहार किया तो और किससे कोई आशा की जाय ? इस जीवन ही में क्या है ? आम में रस ही न रहा, तो गुठली किस काम की ?

लीला कई दिनों से महफिल में सन्नाटा देखकर चकित हो रही थी। उसने कई महीनों से घर के किसी विषय में बोलना छोड़ दिया था। बाहर से जो आदेश मिलता था, उसे बिना कुछ कहे-सुने पूरा करना ही उसके जीवन का क्रम था। वीतराग-सी हो गयी थी। न किसी शौक से वास्ता था, न सिंगार से।

मगर इस कई दिन के सन्नाटे ने उसके उदास मन को भी चिन्तित कर दिया। चाहती थी कि कुछ पूछे; लेकिन पूछे कैसे ? मान जो टूट जाता। मान ही किस बात का ? मान तब करे, जब कोई उसकी बात पूछता हो। मान-अपमान से प्रयोजन नहीं। नारी ही क्यों हुई ?

उसने धीरे-धीरे कमरे का पर्दा हटाकर अन्दर झाँका। देखा, सिंगारसिंह सोफा पर चुपचाप लेटा हुआ है, जैसे कोई पक्षी साँझ के सन्नाटे में परों में मुँह छिपाये बैठा हो।

समीप आकर बोली—मेरे मुँह पर ताला डाल दिया गया है; लेकिन क्या करूँ, बिना बोले रहा नहीं जाता। कई दिन से सरकार की महफिल में सन्नाटा क्यों है ? तबीयत तो अच्छी है ?

सिंगार ने उसकी ओर आँखें उठायीं। उनमें व्यथा भरी हुई थी। कहा—तुम अपने मैके क्यों नहीं चली जातीं लीला ?

'आपकी जो आज्ञा; पर यह तो मेरे प्रश्न का उत्तर न हुआ।'

'वह कोई बात नहीं। मैं बिलकुल अच्छा हूँ। ऐसे बेहयाओं को मौत भी नहीं आती। अब इस जीवन से जी भर गया। कुछ दिनों के लिए बाहर जाना चाहता हूँ। तुम अपने घर चली जाओ, तो मैं निश्चिन्त हो जाऊँ।'

'भला आपको मेरी इतनी चिन्ता तो है।'

'अपने साथ जो कुछ ले जाना चाहती हो, ले जाओ।'

'मैंने इस घर की चीजों को अपना समझना छोड़ दिया है।'

'मैं नाराज होकर नहीं कह रहा हूँ, लीला न-जाने कब लौटूँ, तुम यहाँ अकेले कैसे रहोगी ?'

कई महीने के बाद लीला ने पति की आँखों में स्नेह की झलक देखी।

'मेरा विवाह तो इस घर की सम्पत्ति से नहीं हुआ है, तुमसे हुआ है। जहाँ तुम रहोगे वहीं मैं भी रहूँगी।'

'मेरे साथ तो अब तक तुम्हें रोना ही पड़ा।'

लीला ने देखा, सिंगार की आँखों में आँसू की एक बूँद नीले आकाश में चन्द्रमा की तरह गिरने-गिरने को हो रही थी। उसका मन भी पुलकित हो उठा। महीनों की क्षुधाग्नि में जलने के बाद अन्न का एक दाना पाकर वह उसे कैसे ठुकरा दे ? पेट नहीं भरेगा, कुछ भी नहीं होगा, लेकिन उस दाने को ठुकराना क्या उसके बस की बात थी ?

उसने बिलकुल पास आकर, अपने अञ्चल को उसके समीप ले जाकर कहा—मैं तो तुम्हारी हो गयी। हँसाओगे, हँसूँगी, रुलाओगे, रोऊँगी, रखोगे तो रहूँगी, निकालोगे तो भी रहूँगी, मेरा घर तुम हो, धर्म तुम हो, अच्छी हूँ तो तुम्हारी हूँ, बुरी हूँ तो तुम्हारी हूँ।

और दूसरे क्षण सिंगार के विशाल सीने पर उसका सिर रखा हुआ था और उसके हाथ थे लीला की कमर में। दोनों के मुख पर हर्ष की लाली थी, आँखों में हर्ष के आँसू और मन में एक ऐसा तूफान, जो उन्हें न जाने कहाँ उड़ा ले जाएगा।

एक क्षण के बाद सिंगार ने कहा—तुमने कुछ सुना, माधुरी भाग गयी और पगला दयाकृष्ण उसकी खोज में निकला !

लीला को विश्वास न आया—दयाकृष्ण !

'हाँ जी, जिस दिन वह भागी है, उसके दूसरे ही दिन वह भी चल दिया।'

'वह तो ऐसा नहीं है। और माधुरी क्यों भागी ?'

'दोनों में प्रेम हो गया था। माधुरी उसके साथ रहना चाहती थी। वह राजी न हुआ।'

लीला ने एक लम्बी साँस ली। दयाकृष्ण के वे शब्द याद आये, जो उसने कई महीने पहले कहे थे। दयाकृष्ण की वे याचना-भरी आँखें उसके मन को मसोसने लगीं।

सहसा किसी ने बड़े जोर से द्वार खोला और धड़धड़ाता हुआ भीतर वाले कमरे के द्वार पर आ गया।

सिंगार ने चकित होकर कहा–'अरे ! तुम्हारी यह क्या हालत है, कृष्णा ? किधर से आ रहे हो ?'

दयाकृष्ण की आँखें लाल थीं, सिर और मुँह पर गर्द जमी हुई, चेहरे पर घबराहट, जैसे कोई दीवाना हो।

उसने चिल्लाकर कहा–तुमने सुना; माधुरी इस संसार में नहीं रही !

और दोनों हाथों से सिर पीट-पीटकर रोने लगा, मानो हृदय और प्राणों को आँखों से बहा देगा।

चमत्कार

बी.ए. पास करने के बाद चन्द्रप्रकाश को एक ट्यूशन करने के सिवा और कुछ न सूझा। उसकी माता पहले ही मर चुकी थी, इसी साल पिता का भी देहान्त हो गया और प्रकाश जीवन के जो मधुर स्वप्न देखा करता था, वे सब धूल में मिल गये। पिता ऊँचे ओहदे पर थे, उनकी कोशिश से चन्द्रप्रकाश को कोई अच्छी जगह मिलने की पूरी आशा थी; पर वे सब मनसूबे धरे रह गये और अब गुजर-बसर के लिए वही 30) रु॰ महीने की ट्यूशन रह गई। पिता ने कुछ सम्पत्ति भी न छोड़ी, उलटे वधू का बोझ और सिर पर लाद दिया और स्त्री भी मिली, तो पढ़ी-लिखी, शौकीन, जबान की तेज जिसे मोटा खाने और मोटा पहनने से मर जाना कबूल था। चन्द्रप्रकाश को 30) रु॰ की नौकरी करते शर्म तो आयी; लेकिन ठाकुर साहब ने रहने का स्थान देकर उसके आँसू पोंछ दिये। यह मकान ठाकुर साहब के मकान से बिलकुल मिला हुआ था—पक्का, हवादार, साफ-सुथरा और जरूरी सामान से लैस। ऐसा मकान 20) रु॰ से कम पर न मिलता, काम केवल दो घंटे का। लड़का था तो लगभग उन्हीं की उम्र का; पर बड़ा कुन्दजेहन, कामचोर। अभी नवें दरजे में पढ़ता था। सबसे बड़ी बात यह कि ठाकुर और ठाकुराइन दोनों प्रकाश का बहुत आदर करते थे, बल्कि उसे लड़का ही समझते थे। वह नौकर नहीं, घर का आदमी था और घर के हर एक मामले में उसकी सलाह ली जाती थी। ठाकुर साहब अँगरेजी नहीं जानते थे। उनकी समझ में अँगरेजीदाँ लौंडा भी उनसे ज्यादा बुद्धिमान, चतुर और तजरबेकार था।

2

सन्ध्या का समय था। प्रकाश ने अपने शिष्य वीरेन्द्र को पढ़ाकर छड़ी उठायी, तो ठाकुराइन ने आकर कहा—अभी न जाओ बेटा, जरा मेरे साथ आओ, तुमसे कुछ सलाह करनी है।

प्रकाश ने मन में सोचा—आज कैसी सलाह है, वीरेन्द्र के सामने क्यों नहीं कहा ? उसे भीतर ले जाकर रमा देवी ने कहा—तुम्हारी क्या सलाह है, बीरू को ब्याह दूँ ? एक बहुत अच्छे घर से सन्देशा आया है।

प्रकाश ने मुस्कराकर कहा—यह तो बीरू बाबू ही से पूछिए।

'नहीं, मैं तुमसे पूछती हूँ।'

प्रकाश ने असमंजस में पड़कर कहा—मैं इस विषय में क्या सलाह दे सकता हूँ ? उनका बीसवाँ साल तो है; लेकिन यह समझ लीजिए कि पढ़ना हो चुका।

'तो अभी न करूँ, यही सलाह है ?'

'जैसा आप उचित समझें। मैंने तो दोनों बातें कह दीं।'

'तो कर डालूँ ? मुझे यही डर लगता है कि लड़का कहीं बहक न जाय।'

'मेरे रहते इसकी तो आप चिन्ता न करें। हाँ, इच्छा हो, तो कर डालिए। कोई हरज भी नहीं है।'

'सब तैयारियाँ तुम्हीं को करनी पड़ेंगी, यह समझ लो।'

'तो मैं इनकार कब करता हूँ।'

रोटी की खैर मनानेवाले शिक्षित युवकों में एक प्रकार की दुविधा होती है, जो उन्हें अप्रिय सत्य कहने से रोकती है। प्रकाश में भी यही कमजोरी थी।

बात पक्की हो गयी और विवाह का सामान आने लगा। ठाकुर साहब उन मनुष्यों में थे, जिन्हें अपने ऊपर विश्वास नहीं होता। उनकी निगाह में प्रकाश की डिग्री, उनके साठ साल के अनुभव से कहीं मूल्यवान् थी। विवाह का सारा आयोजन प्रकाश के हाथों में था। दस-बारह हजार रुपये खर्च करने का अधिकार कुछ कम गौरव की बात न थी। देखते-देखते ही फटेहाल युवक जिम्मेदार मैनेजर बन बैठा। कहीं कपड़ेवाला उसे सलाम करने आया है; कहीं मुहल्ले का बनिया घेरे हुए है; कहीं गैस और शामियानेवाला खुशामद कर रहा है। वह चाहता, तो दो-चार सौ रुपये बड़ी आसानी से बना लेता, लेकिन इतना नीच न था। फिर उसके साथ क्या दगा करता, जिसने सबकुछ उसी पर छोड़ दिया था। पर जिस दिन उसने पाँच हजार के जेवर खरीदे, उस दिन उसका मन चंचल हो उठा।

घर आकर चम्पा से बोला—हम तो यहाँ रोटियों के मुहताज हैं और दुनिया में ऐसे आदमी पड़े हुए हैं जो हजारों-लाखों रुपये के जेवर बनवा डालते हैं। ठाकुर साहब ने आज बहू के चढ़ावे के लिए पाँच हजार के जेवर खरीदे। ऐसी-ऐसी चीजें कि देखकर आँखें ठण्डी हो जायँ। सच कहता हूँ, बाज चीजों पर तो आँख नहीं ठहरती थी।

चम्पा ईर्ष्या-जनित विराग से बोली—ऊँह, हमें क्या करना है ? जिन्हें ईश्वर ने दिया है, वे पहनें। यहाँ तो रोकर मरने ही के लिए पैदा हुए हैं।

चन्द्रप्रकाश—इन्हीं लोगों की मौज़ है। न कमाना, न धमाना। बाप-दादा छोड़ गये हैं, मजे से खाते और चैन करते हैं। इसी से कहता हूँ, ईश्वर बड़ा अन्यायी है।

चम्पा—अपना-अपना पुरुषार्थ है, ईश्वर का क्या दोष ? तुम्हारे बाप-दादा छोड़ गये होते, तो तुम भी मौज करते। यहाँ तो रोटियाँ चलना मुश्किल हैं, गहने-कपड़े को कौन रोये? और न इस जिन्दगी में कोई ऐसी आशा ही है। कोई गत की साड़ी भी नहीं रही कि किसी भले आदमी के घर जाऊँ, तो पहन लूँ। मैं तो इसी सोच में हूँ कि ठकुराइन के यहाँ ब्याह में कैसे जाऊँगी! सोचती हूँ, बीमार पड़ जाती तो जान बचती।

यह कहते-कहते उसकी आँखें भर आयीं।

प्रकाश ने तसल्ली दी—साड़ी तुम्हारे लिए लाऊँ। अब क्या इतना भी न कर सकूँगा ? मुसीबत के ये दिन क्या सदा बने रहेंगे ? जिन्दा रहा, तो एक दिन तुम सिर से पाँव तक जेवरों से लदी रहोगी।

चम्पा मुस्कराकर बोली—चलो, ऐसी मन की मिठाई मैं नहीं खाती। निबाह होता जाय, यही बहुत है। गहनों की साध नहीं है।

प्रकाश ने चम्पा की बातें सुनकर लज्जा और दुःख से सिर झुका लिया। चम्पा उसे इतना पुरुषार्थहीन समझती है।

3

रात को दोनों भोजन करके लेटे, तो प्रकाश ने फिर गहनों की बात छेड़ी। गहने उसकी आँखों में बसे हुए थे—इस शहर में ऐसे बढ़िया गहने बनते हैं, मुझे इसकी आशा न थी।

चम्पा ने कहा—कोई और बात करो। गहनों की बात सुनकर जी जलता है।

'वैसी चीजें तुम पहनो, तो रानी मालूम होने लगो।'

'गहनों से क्या सुन्दरता बढ़ जाती है ? तो ऐसी बहुत-सी औरतें देखी हैं, जो गहने पहनकर भद्दी दीखने लगती हैं।'

'ठाकुर साहब भी मतलब के यार हैं। यह न हुआ कि कहते, इसमें से कोई चीज चम्पा के लिए भी लेते जाओ।'

'तुम भी कैसी बच्चों की-सी बातें करते हो ?'

'इसमें बचपने की क्या बात है ? कोई उदार आदमी कभी इतनी कृपणता न करता।'

'मैंने तो कोई ऐसा उदार आदमी नहीं देखा, जो अपनी बहू के गहने किसी गैर को दे दे।'

'मैं गैर नहीं हूँ। हम दोनों एक ही मकान में रहते हैं। मैं उनके लड़के को पढ़ाता हूँ और शादी का सारा इन्तजाम कर रहा हूँ। अगर सौ-दो सौ की कोई चीज दे देते, तो वह निष्फल न जाती। मगर धनवानों का हृदय धन के भार से दबकर सिकुड़ जाता है। उनमें उदारता के लिए स्थान ही नहीं रहता।'

रात के बारह बज गये हैं, फिर भी प्रकाश को नींद नहीं आती। बार-बार वही चमकीले गहने आँखों के सामने आ जाते हैं। कुछ बादल हो आये हैं और बार-बार बिजली चमक उठती है।

सहसा प्रकाश चारपाई से उठ खड़ा हुआ। उसे चम्पा का आभूषणहीन अंग देखकर दया आयी। यही तो खाने-पहनने की उम्र है और इसी उम्र में इस बेचारी को हर एक चीज के लिए तरसना पड़ रहा है। वह दबे पाँव कमरे से बाहर निकलकर छत पर आया। ठाकुर साहब की छत इस छत से मिली हुई थी। बीच में एक पाँच फीट ऊँची दीवार थी। वह दीवार पर चढ़कर ठाकुर साहब की छत पर आहिस्ता से उतर गया। घर में बिलकुल सन्नाटा था।

उसने सोचा—पहले जीने से उतरकर ठाकुर साहब के कमरे में चलूँ। अगर वह जाग गये, तो जोर से हँसूँगा और कहूँगा—कैसा चरका दिया, या कह दूँगा, मेरे घर की छत से कोई आदमी इधर आता दिखायी दिया, इसलिए मैं भी उसके पीछे-पीछे आया कि देखूँ, यह क्या करता है। अगर सन्दूक की कुंजी मिल गयी तो फिर फतह है। किसी को मुझ पर सन्देह ही न होगा। सब लोग नौकरों पर सन्देह करेंगे, मैं भी कहूँगा—साहब ! नौकरों की हरकत है, इन्हें छोड़कर और कौन ले जा सकता है ? मैं बेदाग बच जाऊँगा ! शादी के बाद कोई दूसरा घर लूँगा। फिर धीरे-धीरे एक-एक चीज चम्पा को दूँगा, जिसमें उसे कोई सन्देह न हो।

फिर भी वह जीने से उतरने लगा तो उसकी छाती धड़क रही थी।

4

धूप निकल आयी थी। प्रकाश अभी सो रहा था कि चम्पा ने उसे जगाकर कहा—बड़ा गजब हो गया। रात को ठाकुर साहब के घर में चोरी हो गयी। चोर गहने की सन्दूकची उठा ले गया।

प्रकाश ने पड़े-पड़े पूछा—किसी ने पकड़ा नहीं चोर को ?

'किसी को खबर भी हो ! वह सन्दूकची ले गया, जिसमें ब्याह के गहने रखे थे। न-जाने कैसे कुंजी उड़ा ली और न-जाने कैसे उसे मालूम हुआ कि इस सन्दूक में सन्दूकची रखी है !'

'नौकरों की कार्रवाई होगी। बाहरी चोर का यह काम नहीं है।'

'नौकर तो उनके तीनों पुराने हैं।'

'नीयत बदलते क्या देर लगती है ! आज मौका देखा, उठा ले गये !'

'तुम जाकर जरा उन लोगों को तसल्ली तो दो। ठाकुराइन बेचारी रो रही थीं। तुम्हारा नाम ले-लेकर कहती थीं कि बेचारा महीनों इन गहनों के लिए दौड़ा, एक-एक चीज अपने सामने जँचवायी और चोर दाढ़ीजारों ने उसकी सारी मेहनत पर पानी फेर दिया।'

प्रकाश चटपट उठ बैठा और घबड़ाता हुआ-सा जाकर ठाकुराइन से बोला–यह तो बड़ा अनर्थ हो गया माताजी, मुझसे तो अभी-अभी चम्पा ने कहा।

ठाकुर साहब सिर पर हाथ रखे बैठे हुए थे। बोले–कहीं सेंध नहीं, कोई ताला नहीं टूटा, किसी दरवाजे की चूल नहीं उतरी। समझ में नहीं आता, चोर आया किधर से !

ठाकुराइन ने रोकर कहा–मैं तो लुट गयी भैया, ब्याह सिर पर खड़ा है, कैसे क्या होगा, भगवान् ! तुमने दौड़-धूप की थी, तब कहीं जाके चीजें आयी थीं। न-जाने किस मनहूस सायत से लग्न आयी थी।

प्रकाश ने ठाकुर साहब के कान में कहा–मुझे तो किसी नौकर की शरारत मालूम होती है।

ठाकुराइन ने विरोध किया–अरे नहीं भैया, नौकरों में ऐसा कोई नहीं। दस-दस हजार रुपये यों ही ऊपर रखे रहते थे, कभी एक पाई भी नहीं गयी।

ठाकुर साहब ने नाक सिकोड़कर कहा–तुम क्या जानो, आदमी का मन कितना जल्द बदल जाया करता है। जिसने अब तक चोरी नहीं की, वह कभी चोरी न करेगा, यह कोई नहीं कह सकता। मैं पुलिस में रिपोर्ट करूँगा और एक-एक नौकर की तलाशी कराऊँगा। कहीं माल उड़ा दिया होगा। जब पुलिस के जूते पड़ेंगे, तो आप ही कबूलेंगे।

प्रकाश ने पुलिस का घर में आना खतरनाक समझा। कहीं उन्हीं के घर में तलाशी ले, तो अनर्थ ही हो जाय। बोले–पुलिस में रिपोर्ट करना और तहकीकात कराना व्यर्थ है। पुलिस माल तो न बरामद कर सकेगी। हाँ, नौकरों को मार-पीट भले ही लेगी। कुछ नजर भी उसे चाहिए, नहीं तो कोई दूसरा ही स्वाँग खड़ा कर देगी। मेरी तो सलाह है कि एक-एक नौकर को एकान्त में बुलाकर पूछा जाय।

ठाकुर साहब ने मुँह बनाकर कहा–तुम भी क्या बच्चों की-सी बात करते हो, प्रकाश बाबू ! भला, चोरी करने वाला अपने आप कबूलेगा। तुम मारपीट भी तो नहीं करते। हाँ, पुलिस में रिपोर्ट करना मुझे भी फजूल मालूम होता है। माल बरामद होने से रहा, उलटे महीनों की परेशानी हो जायेगी।

प्रकाश–लेकिन कुछ-न-कुछ तो करना ही पड़ेगा।

ठाकुर–कोई लाभ नहीं। हाँ, अगर कोई खुफिया पुलिस हो, जो चुपके-चुपके पता लगावे, तो अलबत्ता माल निकल आये; लेकिन यहाँ ऐसी पुलिस कहाँ ? तकदीर ठोंककर बैठ रहो और क्या।

प्रकाश—आप बैठ रहिए; लेकिन मैं बैठने वाला नहीं। मैं इन्हीं नौकरों के सामने चोर का नाम निकलवाऊँगा ?

ठाकुराइन—नौकरों पर मुझे पूरा विश्वास है। किसी का नाम निकल भी आये, तो मुझे सन्देह ही रहेगा। किसी बाहर के आदमी का काम है। चाहे जिधर से आया हो; पर चोर आया बाहर से। तुम्हारे कोठे से भी तो आ सकता है।

ठाकुर—हाँ, जरा अपने कोठे पर तो देखो, शायद कुछ निशान मिले। कल दरवाजा तो खुला नहीं रह गया ?

प्रकाश का दिल धड़कने लगा। बोला—मैं तो दस बजे द्वार बन्द कर लेता हूँ। हाँ, कोई पहले से मौका पाकर कोठे पर चला गया हो और वहाँ छिपा बैठा रहा हो, तो बात दूसरी है।

तीनों आदमी छत पर गये, तो बीच की मुँड़ेर पर किसी के पाँव की रगड़ के निशान दिखाई दिये। जहाँ पर प्रकाश का पाँव पड़ा था, वहाँ का चूना लग जाने के कारण छत पर पाँव का निशान पड़ गया था। प्रकाश की छत पर जाकर मुँड़ेर की दूसरी तरफ देखा, तो वैसे ही निशान वहाँ भी दिखाई दिये। ठाकुर साहब सिर झुकाये खड़े थे, संकोच के मारे कुछ कह न सकते थे। प्रकाश ने उनके मन की बात खोल दी—इससे तो स्पष्ट होता है कि चोर मेरे ही घर में से आया। अब तो कोई सन्देह ही नहीं रहा।

ठाकुर साहब ने कहा—हाँ, मैं भी यही समझता हूँ; लेकिन इतना पता लग जाने से ही क्या हुआ। माल तो जाना था, सो गया। अब चलो, आराम से बैठें ! आज रुपये की कोई फिक्र करनी होगी।

प्रकाश—मैं आज ही वह घर छोड़ दूँगा।

ठाकुर—क्यों, इसमें तुम्हारा कोई दोष नहीं।

प्रकाश—आप कहें; लेकिन मैं समझता हूँ मेरे सिर बड़ा भारी अपराध लग गया। मेरा दरवाजा नौ-दस बजे तक खुला ही रहता है। चोर ने रास्ता देख लिया। संभव है, दो-चार दिन में फिर आ घुसे। घर में अकेली एक औरत सारे घर की निगरानी नहीं कर सकती। इधर वह तो रसोई में बैठी है, उधर कोई आदमी चुपके से ऊपर चढ़ जाय, तो जरा भी आहट नहीं मिल सकती। मैं घूम-घामकर कभी नौ बजे आया, कभी दस बजे। और शादी के दिनों में तो देर होती ही रहेगी। उधर का रास्ता बन्द हो जाना चाहिए। मैं तो समझता हूँ, इस चोरी की सारी जिम्मेदारी मेरे सिर है।

ठाकुराइन डरीं—तुम चले जाओगे भैया, तब तो घर और फाड़ खायेगा।

प्रकाश—कुछ भी हो माताजी, मुझे बहुत जल्द घर छोड़ना ही पड़ेगा। मेरी गफलत से चोरी हुई, उसका मुझे प्रायश्चित्त करना ही पड़ेगा।

प्रकाश चला गया, तो ठाकुर ने स्त्री से कहा—बड़ा लायक आदमी है।

ठाकुराइन—क्या बात है? चोर उधर से आया, यही बात उसे लग गयी।

'कहीं यह चोर को पकड़ पावे, तो कच्चा खा जाय।'

'मार ही डाले !'

'देख लेना, कभी-न-कभी माल बरामद करेगा।'

'अब इस घर में कदापि न रहेगा, कितना ही समझाओ।'

'किराये के 20) और दे दूँगा।'

'हम किराया क्यों दें ? वह आप ही घर छोड़ रहे हैं। हम तो कुछ कहते नहीं।'

'किराया तो देना ही पड़ेगा। ऐसे आदमी के साथ कुछ बल भी खाना पड़े, तो बुरा नहीं लगता।'

'मैं तो समझती हूँ, वह किराया लेंगे ही नहीं।'

'तीस रुपये में गुजर भी तो न होता होगा।'

5

प्रकाश ने उसी दिन वह घर छोड़ दिया। उस घर में रहने से जोखिम था। लेकिन जब तक शादी की धूमधाम रही, प्रायः सारे दिन यहीं रहते थे। चम्पा से कहा—एक सेठजी के यहाँ 50) रु० महीने का काम और मिल गया है; मगर वह रुपये मैं उन्हीं के पास जमा करता जाऊँगा। वह आमदनी केवल जेवरों में खर्च होगी। उसमें से एक पाई भी घर के खर्च में न आने दूँगा। चम्पा फड़क उठी। पति-प्रेम का यह परिचय पाकर उसने अपने भाग्य को सराहा, देवताओं में उसकी श्रद्धा और भी बढ़ गयी।

अब तक प्रकाश और चम्पा के बीच में कोई परदा न था। प्रकाश के पास जो कुछ था, वह चम्पा का था। चम्पा ही के पास उसके बक्से, संदूक, आलमारी की कुंजियाँ रहती थीं; मगर अब प्रकाश का एक संदूक हमेशा बन्द रहता। उसकी कुंजी कहाँ है, इसका चम्पा को पता नहीं। वह पूछती है, इस सन्दूक में क्या है, तो वह कह देते हैं—कुछ नहीं, पुरानी किताबें मारी-मारी फिरती थीं, उठा के सन्दूक में बन्द कर दी हैं। चम्पा को सन्देह का कोई कारण न था।

एक दिन चम्पा पति को पान देने गयी तो देखा, वह उस सन्दूक को खोले हुए देख रहे हैं। उसे देखते ही उन्होंने सन्दूक जल्दी से बन्द कर दिया। उनका चेहरा जैसे फक हो गया। सन्देह का अंकुर जमा; मगर पानी न पाकर सूख गया। चम्पा किसी ऐसे कारण की कल्पना ही न कर सकी, जिससे सन्देह को आश्रय मिलता।

लेकिन पाँच हजार की सम्पत्ति को इस तरह छोड़ देना कि उसका ध्यान ही न आवे, प्रकाश के लिए असम्भव था। वह कहीं बाहर से आता तो एक बार सन्दूक अवश्य खोलता।

एक दिन पड़ोस में चोरी हो गयी। उस दिन से प्रकाश अपने कमरे ही में सोने लगा। अषाढ़ के दिन थे। उमस के मारे दम घुटता था। ऊपर एक साफ-सुथरा बरामदा था, जो बरसात में सोने के लिए ही शायद बनाया गया था। चम्पा ने कई बार ऊपर सोने के लिए कहा, पर प्रकाश ने न माना। अकेला घर कैसे छोड़ दे ?

चम्पा ने कहा—चोरी ऐसों के यहाँ नहीं होती। चोर घर में कुछ देखकर ही जान खतरे में डालता है। यहाँ क्या रखा है ?

प्रकाश ने क्रुद्ध होकर कहा—कुछ नहीं है, बरतन-भाँड़े तो हैं ही। गरीब के लिए अपनी हाँड़ी ही बहुत है।

एक दिन चम्पा ने कमरे में झाड़ू लगायी, तो सन्दूक को खिसकाकर दूसरी तरफ रख दिया। प्रकाश ने सन्दूक का स्थान बदला हुआ पाया, तो सशंक होकर बोला—सन्दूक तुमने हटाया ?

यह पूछने की कोई बात न थी। झाडू लगाते वक्त प्रायः चीजें इधर-उधर खिसक ही जाती हैं। बोली—मैं क्यों हटाने लगी ?

'फिर किसने हटाया ?'

'मैं नहीं जानती।'

'घर में तुम रहती हो, जानेगा कौन ?'

'अच्छा, अगर मैंने ही हटा दिया, तो इसमें पूछने की क्या बात है ?'

'कुछ नहीं, यों ही पूछता था।'

मगर जब तक सन्दूक खोलकर सब चीजें देख न ले, प्रकाश को चैन कहाँ ? चम्पा ज्यों ही भोजन पकाने लगी, उसने सन्दूक खोला और आभूषणों को देखने लगा। आज चम्पा ने पकौड़ियाँ बनायी थीं। पकौड़ियाँ गरम-गरम ही मजा देती हैं। प्रकाश को पकौड़ियाँ पसन्द भी थीं। उसने थोड़ी-सी पकौड़ियाँ एक तश्तरी में रखीं और प्रकाश को देने गयी। प्रकाश ने उसको देखते ही सन्दूक धमाके से बन्द कर दिया और ताला लगाकर उसे बहलाने के इरादे से बोला—तश्तरी में क्या लायीं ? अच्छा, पकौड़ियाँ हैं !

आज चम्पा को सन्देह हो गया। सन्दूक में क्या है, यह देखने की उत्सुकता हुई। प्रकाश उसकी कुंजी कहीं छिपाकर रखता था। चम्पा किसी तरह वह कुंजी उड़ा देने की चाल सोचने लगी। एक दिन एक बिसाती कुंजियों का गुच्छा बेचने आ निकला। चम्पा ने उस ताले की कुंजी ले ली और सन्दूक खोल डाली। अरे ! ये तो आभूषण हैं। उसने एक-एक आभूषण को निकालकर देखा। ये गहने कहाँ

से आये ! मुझसे कभी इनकी चर्चा नहीं की। सहसा उसके मन में भाव उठा—कहीं ये ठाकुर साहब के गहने तो नहीं हैं। चीजें वही थीं, जिनका वह बखान करते रहते थे। उसे अब कोई सन्देह न रहा; लेकिन इतना घोर पतन ! लज्जा और खेद से उसका सिर झुक गया।

उसने तुरन्त सन्दूक बन्द कर दिया और चारपाई पर लेटकर सोचने लगी। इनकी इतनी हिम्मत पड़ी कैसे ? यह दुर्भावना इनके मन में आयी ही क्यों ? मैंने तो कभी आभूषणों के लिए आग्रह नहीं किया। अगर आग्रह भी करती, तो क्या उसका आशय यह होता कि वह चोरी करके लावें ? चोरी—आभूषणों के लिए ! इनका मन क्यों इतना दुर्बल हो गया ?

उसके जी में आया, इन गहनों को उठा ले और ठाकुराइन के चरणों पर डाल दे। उनसे कहे—यह मत पूछिए, ये गहने मेरे पास कैसे आये। आपकी चीज आपके पास आ गयी, इसी से सन्तोष कर लीजिए।

लेकिन परिणाम कितना भयंकर होगा !

6

उस दिन से चम्पा कुछ उदास रहने लगी। प्रकाश से उसे वह प्रेम न रहा, न वह सम्मान-भाव। बात-बात पर तकरार होती। अभाव में जो परस्पर सद्‌भाव था, वह गायब हो गया। तब एक दूसरे से दिल की बात कहता था, भविष्य के मनसूबे बाँधे जाते थे, आपस में सहानुभूति थी। अब दोनों ही दिलगीर रहते। कई-कई दिनों तक आपस में एक बात भी न होती।

कई महीने गुजर गये। शहर के एक बैंक में असिस्टेण्ट मैनेजर की जगह खाली हुई। प्रकाश ने अर्थशास्त्र पढ़ा था; लेकिन शर्त यह थी कि नकद दस हजार की जमानत दाखिल की जाय। इतनी बड़ी रकम कहाँ से आवे। प्रकाश तड़प-तड़पकर रह जाता था।

एक दिन ठाकुर साहब से इस विषय में बात चल पड़ी।

ठाकुर साहब ने कहा—तुम क्यों नहीं दरख्वास्त भेजते ?

प्रकाश ने सिर झुकाकर कहा—दस हजार की नकद जमानत माँगते हैं। मेरे पास रुपये कहाँ रखे हैं !

‘अजी, तुम दरख्वास्त तो दो। अगर सारी बातें तय हो जायँ, तो जमानत भी दे दी जायेगी। इसकी चिन्ता न करो।’

प्रकाश ने स्तम्भित होकर कहा—आप जमानत दे देंगे ?

‘हाँ-हाँ, यह कौन-सी बड़ी बात है।’

प्रकाश घर चला तो बहुत रंजीदा था ! उसको यह जगह अब अवश्य मिलेगी;

लेकिन फिर भी वह प्रसन्न नहीं है। ठाकुर साहब की सरलता, उनका उस पर इतना अटल विश्वास, उसे आहत कर रहा है। उनकी शराफत उसके कमीनेपन को कुचले डालती है।

उसने घर आकर चम्पा को यह खुशखबरी सुनायी। चम्पा ने सुनकर मुँह फेर लिया। एक क्षण के बाद बोली—ठाकुर साहब से तुमने क्यों जमानत दिलवायी ? प्रकाश ने चिढ़कर कहा—फिर और किससे दिलवाता ?

'यही न होता कि जगह न मिलती। रोटियाँ तो मिल ही जातीं। रुपये-पैसे की बात है। कहीं भूल-चूक हो जाय, तो तुम्हारे साथ उनके रुपये भी जायँ ?'

'यह तुम कैसे समझती हो कि भूल-चूक होगी ? क्या मैं अनाड़ी हूँ ?'

चम्पा ने विरक्त मन से कहा—आदमी की नीयत भी तो हमेशा एक-सी नहीं रहती !

प्रकाश ठक-से रह गया। उसने चम्पा को चुभती हुई आँखों से देखा; पर चम्पा ने मुँह फेर लिया था। वह उसके भावों के विषय में कुछ निश्चय न कर सका, लेकिन ऐसी खुशखबरी सुनकर भी चम्पा का उदासीन रहना उसे विकल करने लगा। उसके मन में प्रश्न उठा—इस वाक्य में कहीं आक्षेप तो नहीं छिपा हुआ है। चम्पा ने सन्दूक खोलकर देख तो नहीं लिया ? इस प्रश्न का उत्तर पाने के लिए इस समय वह अपनी एक आँख भी भेंट कर सकता था।

भोजन करते समय प्रकाश ने चम्पा से पूछा—तुमने क्या सोचकर कहा था कि आदमी की नीयत तो हमेशा एक-सी नहीं रहती ? जैसे यह उसके जीवन या मृत्यु का प्रश्न हो।

चम्पा ने संकट में पड़कर कहा—कुछ नहीं, मैंने दुनिया की बात कही थी। प्रकाश को संतोष न हुआ।

'क्या जितने आदमी बैंकों में नौकर हैं, उनकी नीयत बदलती रहती है ?' वह बोला।

चम्पा ने गला छुड़ाना चाहा—तुम जबान पकड़ते हो। ठाकुर साहब के यहाँ इस शादी ही में तुम अपनी नीयत ठीक नहीं रख सके। सौ-दो सौ रुपये की चीजें घर रख ही लीं।

प्रकाश के दिल से बोझ उतर गया। मुस्कराकर बोला—अच्छा, तुम्हारा संकेत उस तरफ था, लेकिन मैंने कमीशन के सिवा उनकी एक पाई भी नहीं छुई। और कमीशन लेना तो कोई पाप नहीं ! बड़े-बड़े हुक्काम खुले-खजाने कमीशन लिया करते हैं।

चम्पा ने तिरस्कार के भाव से कहा—जो आदमी अपने ऊपर इतना विश्वास रखे, उसकी आँख बचाकर एक पाई भी लेना मैं पाप समझती हूँ। तुम्हारी सज्जनता तो मैं जब जानती कि तुम कमीशन के रुपये ले जाकर उनके हवाले कर देते।

इन छः महीनों में उन्होंने तुम्हारे साथ क्या-क्या सलूक किये, कुछ याद है ? मकान तुमने खुद छोड़ा; लेकिन वह 20) रु॰ महीने देते जाते हैं। इलाके से कोई सौगात आती है, तो तुम्हारे यहाँ जरूर भेजते हैं। तुम्हारे पास घड़ी न थी, अपनी घड़ी तुम्हें दे दी। तुम्हारी महरी जब नागा करती है, खबर पाते ही अपना नौकर भेज देते हैं। मेरी बीमारी ही में डाक्टर साहब की फीस उन्होंने दी, और दिन में दो बार हाल-चाल भी पूछने आया करते थे। यह जमानत ही क्या छोटी बात है ? अपने सम्बन्धियों तक की जमानत तो जल्दी कोई करता ही नहीं, तुम्हारी जमानत के लिए दस हजार रुपये नकद निकाल कर दे दिये। इसे तुम छोटी बात समझते हो ? आज तुमसे कोई भूल-चूक हो जाय, तो उनके रुपये तो जब्त हो ही जायेंगे ! जो आदमी अपने ऊपर इतनी दया रखे, उसके लिए हमें भी प्राण देने को तैयार रहना चाहिए।

प्रकाश भोजन करके लेटा; तो उसकी आत्मा उसे धिक्कार रही थी। दुखते हुए फोड़े में कितना मवाद भरा हुआ है, यह उस वक्त मालूम होता है, जब नश्तर लगाया जाता है। मन का विकार उस वक्त मालूम होता है, जब कोई उसे हमारे सामने खोलकर रख देता है। किसी सामाजिक या राजनीतिक अन्याय का व्यंग्य-चित्र देखकर क्यों हमारे मन को चोट लगती है ? इसीलिए कि वह चित्र हमारी पशुता को खोलकर हमारे सामने रख देता है। वह, जो मनो-सागर में बिखरा हुआ पड़ा था, जैसे केन्द्रीभूत होकर वृहदाकार हो जाता है। तब हमारे मुँह से निकल पड़ता है—उफ्फोह ! चम्पा के इन तिरस्कार-भरे शब्दों ने प्रकाश के मन में ग्लानि उत्पन्न कर दी। वह सन्दूक कई गुना भारी होकर शिला की भाँति उसे दबाने लगा। मन में फैला हुआ विकार एक बिन्दु पर एकत्र होकर टीसने लगा।

7

कई दिन बीत गये। प्रकाश को बैंक में जगह मिल गयी। इसी उत्सव में उसके यहाँ मेहमानों की दावत है। ठाकुर साहब, उनकी स्त्री, बीरू और उसकी नवेली बहू—सभी आये हुए हैं। चम्पा सेवा-सत्कार में लगी हुई है। बाहर दो-चार मित्र गा-बजा रहे हैं। भोजन करने के बाद ठाकुर साहब चलने को तैयार हुए।

प्रकाश ने कहा—आज आपको यहीं रहना होगा, दादा ! मैं इस वक्त न जाने दूँगा।

चम्पा को उसका यह आग्रह बुरा लगा। चारपाइयाँ नहीं हैं, बिछावन नहीं है और न काफी जगह ही है। रात-भर उन्हें तकलीफ देने और आप तकलीफ उठाने की कोई जरूरत उसकी समझ में न आयी; लेकिन प्रकाश आग्रह करता ही रहा, यहाँ तक कि ठाकुर साहब राजी हो गये।

बारह बज गये थे। ठाकुर साहब ऊपर सो रहे थे। बीरू और प्रकाश बाहर बरामदे में थे। तीन स्त्रियाँ अन्दर कमरे में थीं, प्रकाश जाग रहा था। बीरू के सिरहाने उसकी कुंजियों का गुच्छा पड़ा हुआ था। प्रकाश ने गुच्छा उठा लिया। फिर कमरा खोलकर उसमें से गहनों की सन्दूकची निकाली और ठाकुर साहब के घर की तरफ चला। कई महीने पहले वह इसी भाँति कंपित हृदय के साथ ठाकुर साहब के घर में घुसा था। उसके पाँव तब भी इसी तरह थरथरा रहे थे; लेकिन तब काँटा चुभने की वेदना थी, आज काँटा निकलने की। तब ज्वर का चढ़ाव था—उन्माद, ताप और विकलता से भरा हुआ; अब ज्वर का उतार था—शान्त और शीतल। तब कदम पीछे हटता था, आज आगे बढ़ रहा था।

ठाकुर साहब के घर पहुँचकर उसने धीरे से बीरू का कमरा खोला और अन्दर जाकर ठाकुर साहब की खाट के नीचे संदूकची रख दी, फिर तुरन्त बाहर आकर धीरे से द्वार बन्द किया और घर को लौट पड़ा। हनुमान संजीवनी बूटीवाला धवलागिर उठाये जिस गर्वीले आनन्द का अनुभव कर रहे थे, कुछ वैसा ही आनन्द प्रकाश को भी हो रहा था। गहनों को अपने घर ले जाते समय उसके प्राण सूखे हुए थे, मानो किसी गहरी अथाह खाई में गिरा जा रहा हो। आज सन्दूकची को लौटाकर उसे मालूम हो रहा था, जैसे वह किसी विमान पर बैठा हुआ आकाश की ओर उड़ा जा रहा है—ऊपर, ऊपर और ऊपर !

वह घर पहुँचा, तो बीरू सोया हुआ था। कुंजी उसने सिरहाने रख दी।

8

ठाकुर साहब प्रातःकाल चले गये।

प्रकाश सन्ध्या-समय पढ़ाने जाया करता था। आज वह अधीर होकर तीसरे ही पहर जा पहुँचा। देखना चाहता था, वहाँ आज क्या गुल खिल रहे हैं।

वीरेन्द्र ने उसे देखते ही खुश होकर कहा—बापूजी, कल आपके यहाँ की दावत बड़ी मुबारक थी। जो गहने चोरी गये थे, सब मिल गये।

ठाकुर साहब भी आ गये और बोले—बड़ी मुबारक दावत थी तुम्हारी ! पूरा सन्दूक-का-सन्दूक मिल गया। एक चीज भी नहीं छुई। जैसे केवल रखने ही के लिए ले गया हो।

प्रकाश को इन बातों पर कैसे विश्वास आये, जब तक वह अपनी आँखों से सन्दूक न देख ले। कहीं ऐसा भी हो सकता है कि चोरी गया हुआ माल छः महीने के बाद मिल जाय और ज्यों-का-त्यों !

सन्दूक को देखकर उसने गम्भीर भाव से कहा—बड़े आश्चर्य की बात है। मेरी बुद्धि तो कुछ काम नहीं करती।

ठाकुर–किसी की बुद्धि काम नहीं करती भई, तुम्हारी ही क्यों। बीरू की माँ कहती है, कोई दैवी घटना है। आज मुझे भी देवताओं में श्रद्धा हो गयी।

प्रकाश–अगर आँखों-देखी बात न होती, तो मुझे तो कभी विश्वास ही न आता।

ठाकुर–आज इसी खुशी में हमारे यहाँ दावत होगी।

प्रकाश–आपने कोई अनुष्ठान तो नहीं कराया था ?

ठाकुर–अनुष्ठान तो बीसों ही कराये।

प्रकाश–बस, तो यह अनुष्ठान ही की करामात है।

घर लौटकर प्रकाश ने चम्पा को यह खबर सुनायी; तो वह दौड़कर उसके गले से चिपट गई और न-जाने क्यों रोने लगी, जैसे उसका बिछुड़ा हुआ पति बहुत दिनों के बाद घर आ गया हो।

प्रकाश ने कहा–आज उनके यहाँ हमारी दावत है।

'मैं कल एक हजार कँगलों को भोजन कराऊँगी।'

'तुम तो सैकड़ों का खर्च बतला रही हो।'

'मुझे इतना आनन्द हो रहा है कि लाखों खर्च करने पर भी अरमान पूरा न होगा।'

प्रकाश की आँखों से भी आँसू निकल आये।

मोटर के छींटे

क्या नाम कि प्रातःकाल स्नान-पूजा से निपट, तिलक लगा, पीताम्बर पहन, खड़ाऊँ पाँव में डाल, बगल में पत्रा दबा, हाथ में मोटा-सा शत्रु-मस्तक-भंजन ले एक जजमान के घर चला। विवाह की साइत विचारनी थी। कम-से-कम एक कलदार का डौल था। जलपान ऊपर से। और मेरा जलपान मामूली जलपान नहीं है। बाबुओं को तो मुझे निमन्त्रित करने की हिम्मत ही नहीं पड़ती। उनका महीने-भर का नाश्ता मेरा एक दिन का जलपान है। इस विषय में तो हम अपने सेठों-साहूकारों के कायल हैं—ऐसा खिलाते हैं, ऐसा खिलाते हैं, और इतने खुले मन से कि चोला आनन्दित हो उठता है। जजमान का दिल देखकर ही मैं उनका निमन्त्रण स्वीकार करता हूँ। खिलाते समय किसी ने रोनी सूरत बनायी और मेरी क्षुधा गायब हुई। रोकर किसी ने खिलाया तो क्या ? ऐसा भोजन कम-से-कम मुझे नहीं पचता। जजमान ऐसा चाहिए कि ललकारता जाय—लो शास्त्रीजी, एक बालूशाही और, मैं कहता जाऊँ ·· नहीं जजमान अब नहीं !

रात खूब वर्षा हुई थी, सड़क पर जगह-जगह पानी जमा था। मैं अपने विचारों में मगन चला जाता था कि एक मोटर छप-छप करती हुई निकल गयी। मुँह पर छींटे पड़े। जो देखता हूँ, तो धोती पर मानो किसी ने कीचड़ घोलकर डाल दिया हो। कपड़े भ्रष्ट हुए, वह अलग, देह भ्रष्ट हुई, वह अलग, आर्थिक क्षति जो हुई, वह अलग। अगर मोटरवालों को पकड़ पाता, तो ऐसी मरम्मत करता कि वे भी याद करते। मन मसोसकर रह गया। इस वेश में जजमान के घर तो जा नहीं सकता था, अपना घर भी मील-भर से कम न था। फिर आने-जाने वाले सब मेरी ओर देख-देखकर तालियाँ बजा रहे थे। ऐसी दुर्गति मेरी कभी नहीं हुई थी। अब क्या करोगे मन ? घर जाओगे, तो पण्डिताइन क्या कहेंगी ?

मैंने चटपट अपने कर्तव्य का निश्चय कर लिया। इधर-उधर से दस-बारह पत्थर के टुकड़े बटोर लिये और दूसरी मोटर की राह देखने लगा। ब्रह्मतेज सिर पर चढ़ बैठा ! अभी दस मिनट भी न गुजरे होंगे कि एक मोटर आती हुई दिखायी दी ! ओहो वही मोटर थी। शायद स्वामी को स्टेशन से लेकर लौट रही थी। ज्यों

ही समीप आयी, मैंने एक पत्थर चलाया, भरपूर जोर लगाकर चलाया। साहब की टोपी उड़कर सड़क के उस बाजू पर गिरी। मोटर की चाल धीमी हुई। मैंने दूसरा फैर किया। खिड़की के शीशे चूर-चूर हो गये और एक टुकड़ा साहब बहादुर के गाल में भी लगा। खून बहने लगा। मोटर रुकी और साहब उतरकर मेरी तरफ आये और घूँसा तानकर बोले—सूअर, हम तुमको पुलिस में देगा। इतना सुनना था कि मैंने पोथी-पत्रा जमीन पर फेंका और साहब की कमर पकड़कर अड़ंगी लगायी, तो कीचड़ में भद-से गिरे। मैंने चट सवारी गाँठी और गरदन पर एक पचीस रद्दे ताबड़तोड़ जमाये कि साहब चौंधिया गये। इतने में उनकी पत्नीजी उतर आयीं। ऊँची एड़ी का जूता, रेशमी साड़ी, गालों पर पाउडर, ओठों पर रंग, भँवों पर स्याही, मुझे छाते से गोदने लगीं। मैंने साहब को छोड़ दिया और डंडा सम्भालता हुआ बोला—देवीजी, आप मरदों के बीच में न पड़ें, कहीं चोट-चपेट आ जाय, तो मुझे दुःख होगा।

साहब ने अवसर पाया, तो सम्हलकर उठे और अपने बूटदार पैरों से मुझे एक ठोकर जमायी। मेरे घुटने में बड़ी चोट लगी। मैंने बौखलाकर डंडा उठा लिया। और साहब के पाँव में जमा दिया। वह कटे पेड़ की तरह गिरे। मेम साहब छतरी तानकर दौड़ीं। मैंने धीरे से उनकी छतरी छीनकर फेंक दी। ड्राइवर अभी तक बैठा था। अब वह भी उतरा और छड़ी लेकर मुझ पर पिल पड़ा। मैंने एक डंडा उसके भी जमाया, लोट गया। पचासों आदमी तमाशा देखने जमा हो गए। साहब भूमि पर पड़े-पड़े बोले—रैस्केल, हम तुमको पुलिस में देगा।

मैंने फिर डंडा सँभाला और चाहता था कि खोपड़ी पर जमाऊँ कि साहब ने हाथ जोड़कर कहा—नहीं-नहीं, बाबा, हम पुलिस में नहीं जायेगा, माफी दो।

मैंने कहा—हाँ, पुलिस का नाम न लेना, नहीं तो यहीं खोपड़ी रँग दूँगा। बहुत होगा छः महीने की सजा हो जायेगी, मगर तुम्हारी आदत छुड़ा दूँगा। मोटर चलाते हो, तो छींटे उड़ाते चलते हो, मारे घमण्ड के अन्धे हो जाते हो। सामने या बगल में कौन जा रहा है, इसका कुछ ध्यान ही नहीं रखते।

एक दर्शक ने आलोचना की—अरे महाराज, मोटरवाले जान-बूझकर छींटे उड़ाते हैं और जब आदमी लथपथ हो जाता है, तो सब उसका तमाशा देखते हैं। और खूब हँसते हैं। आपने बड़ा अच्छा किया, कि एक को ठीक कर दिया।

मैंने साहब को ललकारकर कहा—सुनता है कुछ, जनता क्या कहती है? साहब ने उस आदमी की ओर लाल-लाल आँखों से देखकर कहा—तुम झूठ बोलता है, बिलकुल झूठ बोलता है।

मैंने डाँटा—अभी तुम्हारी हेकड़ी कम नहीं हुई, आऊँ फिर और दूँ एक सोंटा कसके ?

साहब ने घिघियाकर कहा—अरे नहीं बाबा, सच बोलता है, सच बोलता है। अब तो खुश हुआ।

दूसरा दर्शक बोला—अभी जो चाहें कह दें, लेकिन ज्यों ही गाड़ी पर बैठे, फिर वही हरकत शुरू कर देंगे। गाड़ी पर बैठते ही सब अपने को नवाब का नाती समझने लगते हैं।

दूसरे महाशय बोले—इससे कहिए थूककर चाटे।

तीसरे सज्जन ने कहा—नहीं, कान पकड़कर उठाइए-बैठाइए।

चौथा बोला—अरे ड्राइवर को भी। ये सब और बदमाश होते हैं। मालदार आदमी घमण्ड करे, तो एक बात है, तुम किस बात पर अकड़ते हो। चक्कर हाथ में लिया और आँखों पर परदा पड़ा।

मैंने यह प्रस्ताव स्वीकार किया। ड्राइवर और मालिक दोनों ही को कान पकड़कर उठाना-बैठाना चाहिए और मेम साहब गिनें। सुनो मेम साहब, तुमको गिनना होगा। पूरी सौ बैठकें। एक भी कम नहीं, ज्यादा जितनी चाहें, हो जायँ।

दो आदमियों ने साहब का हाथ पकड़कर उठाया, दो ने ड्राइवर महोदय का। ड्राइवर बेचारे की टाँग में चोट थी, फिर भी वह बैठकें लगाने लगा। साहब की अकड़ अभी काफी थी। आप लेट गये और ऊल-जलूल बकने लगे। मैं उस समय रुद्र बना हुआ था। दिल में ठान लिया था कि इससे बिना सौ बैठकें लगवाये न छोड़ूँगा। चार आदमियों को हुक्म दिया कि गाड़ी को ढकेलकर सड़क के नीचे गिरा दो।

हुक्म की देर थी। चार की जगह पचास आदमी लिपट गये और गाड़ी को ढकेलने लगे। वह सड़क बहुत ऊँची थी। दोनों तरफ की जमीन नीची। गाड़ी नीचे गिरती और टूट-टाटकर ढेर हो जाती। गाड़ी सड़क के किनारे तक पहुँच चुकी थी, कि साहब काँखकर उठ खड़े हुए और बोले—बाबा, गाड़ी को मत तोड़ो, हम उठे-बैठेगा।

मैंने आदमियों को अलग हट जाने का हुक्म दिया; मगर सबों को एक दिल्लगी मिल गयी थी। किसी ने मेरी ओर ध्यान न दिया। लेकिन जब मैं डंडा लेकर उनकी ओर दौड़ा तब सब गाड़ी छोड़कर भागे और साहब ने आँखें बन्द करके बैठकें लगानी शुरू कीं।

मैंने दस बैठकों के बाद मेम साहब से पूछा—कितनी बैठकें हुईं ?

मेम साहब ने रोब से जवाब दिया—हम नहीं गिनता।

'तो इस तरह साहब दिन-भर काँखते रहेंगे और मैं न छोड़ूँगा। अगर उनको कुशल से घर ले जाना चाहती हो, तो बैठकें गिन दो। मैं उनको रिहा कर दूँगा।'

साहब ने देखा कि बिना दंड भोगे जान न बचेगी, तो बैठकें लगाने लगे। एक, दो, तीन, चार, पाँच।

सहसा एक दूसरी मोटर आती दिखायी दी। साहब ने देखा और नाक रगड़कर बोले—पंडितजी, आप मेरा बाप है ! मुझ पर दया करो, अब हम कभी मोटर पर न बैठेगा। मुझे भी दया आ गया। बोला—नहीं, मोटर पर बैठने से मैं नहीं रोकता, इतना ही कहता हूँ कि मोटर पर बैठकर भी आदमियों को आदमी समझो।

दूसरी गाड़ी तेज चली आती थी। मैंने इशारा किया। सब आदमियों ने दो-दो पत्थर उठा लिये। उस गाड़ी का मालिक स्वयं ड्राइव कर रहा था। गाड़ी धीमी करके धीरे से सरक जाना चाहता था कि मैंने बढ़कर उसके दोनों कान पकड़े और खूब जोर से हिलाकर और दोनों गालों पर एक-एक पड़ाका देकर बोला—गाड़ी से छींटा न उड़ाया करो, समझे। चुपके से चले जाओ।

यह महोदय बक-झक तो करते रहे; मगर एक सौ आदमियों को पत्थर लिये खड़ा देखा, तो बिना कान-पूँछ डुलाये चलते हुए।

उनके जाने के एक ही मिनट बाद दूसरी गाड़ी आयी। मैंने 50 आदमियों को राह रोक लेने का हुक्म दिया। गाड़ी रुक गयी। मैंने उन्हें भी चार पड़ाके देकर विदा किया; मगर यह बेचारे भले आदमी थे। मजे से चाँटें खाकर चलते हुए।

सहसा एक आदमी ने कहा—पुलिस आ रही है।

और सब-के-सब हुर हो गये ! मैं भी सड़क के नीचे उतर गया और एक गली में घुसकर गायब हो गया !

कैदी

चौदह साल तक निरन्तर मानसिक वेदना और शारीरिक यातना भोगने के बाद आइवन ओखोटस्क जेल से निकला; पर उस पक्षी की भाँति नहीं, जो शिकारी के पिंजरे से पंखहीन होकर निकला हो बल्कि उस सिंह की भाँति, जिसे कठघरे की दीवारों ने और भी भयंकर तथा और भी रक्त-लोलुप बना दिया हो। उसके अन्तस्तल में एक द्रव ज्वाला उमड़ रही थी, जिसने अपने ताप से उसके बलिष्ठ शरीर, सुडौल अंग-प्रत्यंग और लहराती हुई अभिलाषाओं को झुलस डाला था और आज उसके अस्तित्व का एक-एक अणु एक-एक चिनगारी बना हुआ था—क्षुधित, चंचल और विद्रोहमय।

जेलर ने उसे तौला। प्रवेश के समय दो मन तीस सेर था, आज केवल एक मन पाँच सेर।

जेलर ने सहानुभूति दिखाकर कहा—तुम बहुत दुर्बल हो गये हो, आइवन। अगर जरा भी कुपथ्य हुआ, तो बुरा होगा।

आइवन ने अपने हड्डियों के ढाँचे को विजय-भाव से देखा और अपने अन्दर एक अग्निमय प्रवाह का अनुभव करता हुआ बोला—कौन कहता है कि मैं दुर्बल हो गया हूँ ?

'तुम खुद देख रहे होगे।'

'दिल की आग जब तक नहीं बुझेगी, आइवन नहीं मरेगा, मि. जेलर, सौ वर्ष तक नहीं, विश्वास रखिए।'

आइवन इसी प्रकार बहकी-बहकी बातें किया करता था, इसलिए जेलर ने ज्यादा परवाह न की। सब उसे अर्द्ध-विक्षिप्त समझते थे। कुछ लिखा-पढ़ी हो जाने के बाद उसके कपड़े और पुस्तकें मँगवायी गयीं; पर वे सारे सूट अब उसे उतारे हुए-से लगते थे। कोटों की जेबों में कई नोट निकले, कई नगद रूबेल। उसने सबकुछ वहीं जेल के वार्डरों और निम्न कर्मचारियों को दे दिया मानो उसे कोई राज्य मिल गया हो।

जेलर ने कहा—यह नहीं हो सकता, आइवन ! तुम सरकारी आदमियों को रिश्वत नहीं दे सकते।

आइवन साधु-भाव से हँसा—यह रिश्वत नहीं है, मि. जेलर ! इन्हें रिश्वत देकर अब मुझे इनसे क्या लेना-देना है ? अब ये अप्रसन्न होकर मेरा क्या बिगाड़ लेंगे और प्रसन्न होकर मुझे क्या देंगे ? यह उन कृपाओं का धन्यवाद है जिनके बिना चौदह साल तो क्या, मेरा यहाँ चौदह घंटे रहना असह्य हो जाता। जब वह जेल के फाटक से निकला, तो जेलर और सारे अन्य कर्मचारी उसके पीछे उसे मोटर तक पहुँचाने चले।

2

पन्द्रह साल पहले आइवन मास्को के सम्पन्न और सम्भ्रान्त कुल का दीपक था।

उसने विद्यालय में ऊँची शिक्षा पायी थी, खेल में अभ्यस्त था, निर्भीक था। उदार और सहृदय था। दिल आईने की भाँति निर्मल, शील का पुतला, दुर्बलों की रक्षा के लिए जान पर खेलनेवाला, जिसकी हिम्मत संकट के सामने नंगी तलवार हो जाती थी। उसके साथ हेलेन नाम की एक युवती पढ़ती थी, जिस पर विद्यालय के सारे युवक प्राण देते थे। वह जितनी ही रूपवती थी, उतनी ही तेज थी, बड़ी कल्पनाशील; पर अपने मनोभावों को ताले में बन्द रखनेवाली। आइवन में क्या देखकर वह उसकी ओर आकर्षित हो गयी, यह कहना कठिन है। दोनों में लेशमात्र भी सामंजस्य न था। आइवन सैर और शराब का प्रेमी था, हेलेन कविता एवं संगीत और नृत्य पर जान देती थी। आइवन की निगाह में रुपये केवल इसलिए थे कि दोनों हाथों से उड़ाये जायँ, हेलेन अत्यन्त कृपण। आइवन को लेक्चर-हॉल कारागार-सा लगता था; हेलेन इस सागर की मछली थी। पर कदाचित् वह विभिन्नता ही उनमें स्वाभाविक आकर्षण बन गयी, जिसने अन्त में विकल प्रेम का रूप लिया। आइवन ने उससे विवाह का प्रस्ताव किया और उसने स्वीकार कर लिया। और दोनों किसी शुभ मुहूर्त में पाणिग्रहण करके सोहागरात बिताने के लिए किसी पहाड़ी जगह में जाने के मनसूबे बाँध रहे थे कि सहसा राजनैतिक संग्राम ने उन्हें अपनी ओर खींच लिया। हेलेन पहले से ही राष्ट्रवादियों की ओर झुकी हुई थी। आइवन भी उसी रंग में रँग उठा। खानदान का रईस था, उसके लिए प्रजा-पक्ष लेना एक महान् तपस्या थी; इसलिए जब कभी वह इस संग्राम में हताश हो जाता, तो हेलेन उसकी हिम्मत बँधाती और आइवन उसके स्नेह और अनुराग से प्रभावित होकर अपनी दुर्बलता पर लज्जित हो जाता।

इन्हीं दिनों उक्रायेन प्रान्त की सूबेदारी पर रोमनाफ नाम का एक गवर्नर नियुक्त होकर आया—बड़ा ही कट्टर, राष्ट्रवादियों का जानी दुश्मन, दिन में दो-चार

विद्रोहियों को जब तक जेल न भेज लेता, उसे चैन न आता। आते-ही-आते उसने कई सम्पादकों पर राजद्रोह का अभियोग चलाकर उन्हें साइबेरिया भेजवा दिया, कृषकों की सभाएँ तोड़ दीं, नगर की म्युनिसिपैलिटी तोड़ दी और जब जनता ने अपना रोष प्रकट करने के लिए जलसे किये, तो पुलिस से भीड़ पर गोलियाँ चलवायीं, जिससे कई बेगुनाहों की जानें गयीं। मार्शल लॉ जारी कर दिया। सारे नगर में हाहाकार मच गया। लोग मारे डर के घरों से न निकलते थे; क्योंकि पुलिस हर एक की तलाशी लेती थी और उसे पीटती थी।

हेलेन ने कठोर मुद्रा से कहा—यह अन्धेर तो अब नहीं देखा जाता, आइवन। इसका कुछ उपाय होना चाहिए।

आइवन ने प्रश्न भरी आँखों से देखा—उपाय ! हम क्या कर सकते हैं ?

हेलेन ने उसकी जड़ता पर खिन्न होकर कहा—तुम कहते हो, हम क्या कर सकते हैं ? मैं कहती हूँ, हम सबकुछ कर सकते हैं। मैं इन्हीं हाथों से उसका अन्त कर दूँगी।

आइवन ने विस्मय से उसकी ओर देखा—तुम समझती हो, उसे कत्ल करना आसान है ? वह कभी खुली गाड़ी में नहीं निकलता। उसके आगे-पीछे सशस्त्र सवारों का एक दल हमेशा रहता है। रेलगाड़ी में भी वह रिजर्व डब्बों में सफर करता है ! मुझे तो असम्भव-सा लगता है, हेलेन—बिल्कुल असंभव।

हेलेन कई मिनट तक चाय बनाती रही। फिर दो प्याले मेज पर रखकर उसने प्याला मुँह से लगाया और धीरे-धीरे पीने लगी। किसी विचार में तन्मय हो रही थी। सहसा उसने प्याला मेज पर रख दिया और बड़ी-बड़ी आँखों में तेज भरकर बोली—यह सबकुछ होते हुए भी मैं उसे कत्ल कर सकती हूँ, आइवन ! आदमी एक बार अपनी जान पर खेलकर सबकुछ कर सकता है। जानते हो, मैं क्या करूँगी ? मैं उससे राहो-रस्म पैदा करूँगी; उसका विश्वास प्राप्त करूँगी, उसे इस भ्रांति में डालूँगी कि मुझे उससे प्रेम है। मनुष्य कितना ही हृदयहीन हो, उसके हृदय के किसी-न-किसी कोने में पराग की भाँति रस छिपा ही रहता है। मैं तो समझती हूँ कि रोमनाफ की यह दमन-नीति उसकी अवरुद्ध अभिलाषा की गाँठ है और कुछ नहीं। किसी मायाविनी के प्रेम में असफल होकर उसके हृदय का रस-स्रोत सूख गया है। वहाँ रस का संचार करना होगा और किसी युवती का एक मधुर शब्द, एक सरल मुस्कान भी जादू का काम करेगी ! ऐसों को तो वह चुटकियों में अपने पैरों पर गिरा सकती है। तुम-जैसे सैलानियों को रिझाना इससे कहीं कठिन है। अगर तुम यह स्वीकार करते हो कि मैं रूपहीन नहीं हूँ, तो मैं तुम्हें विश्वास दिलाती हूँ कि मेरा कार्य सफल होगा। बतलाओ मैं रूपवती हूँ या नहीं ?

उसने तिरछी आँखों से आइवन को देखा। आइवन इस भाव-विलास पर मुग्ध होकर बोला—तुम यह मुझसे पूछती हो, हेलेन ? मैं तो तुम्हें संसार की ···

हेलेन ने उसकी बात काटकर कहा–अगर तुम ऐसा समझते हो, तो तुम मूर्ख हो, आइवन ! इस नगर में नहीं, हमारे विद्यालय में ही, मुझसे कहीं रूपवती बालिकाएँ मौजूद हैं। हाँ, तुम इतना ही कह सकते हो कि तुम कुरूपा नहीं हो। क्या तुम समझते हो, मैं तुम्हें संसार का सबसे रूपवान युवक समझती हूँ ? कभी नहीं। मैं ऐसे एक नहीं सौ नाम गिना सकती हूँ, जो चेहरे-मोहरे में तुमसे कहीं बढ़कर हैं, मगर तुममें कोई ऐसी वस्तु है, जो तुम्हीं में है और वह मुझे और कहीं नजर नहीं आती। तो मेरा कार्यक्रम सुनो। एक महीने तो मुझे उससे मेल करते लगेगा। फिर वह मेरे साथ सैर करने निकलेगा। और तब एक दिन हम और वह दोनों रात को पार्क में जायेंगे और तालाब के किनारे बेंच पर बैठेंगे। तुम उसी वक्त रिवाल्वर लिये आ जाओगे और वहीं पृथ्वी उसके बोझ से हलकी हो जायगी।

जैसा हम पहले कह चुके हैं, आइवन एक रईस का लड़का था और क्रांतिमय राजनीति से उसका हार्दिक प्रेम न था। हेलेन के प्रभाव से कुछ मानसिक सहानुभूति अवश्य पैदा हो गयी थी और मानसिक सहानुभूति प्राणी को संकट में नहीं डालती। उसने प्रकट रूप से तो कोई आपत्ति नहीं की लेकिन कुछ संदिग्ध भाव से बोला–यह तो सोचो हेलेन, इस तरह की हत्या कोई मानुषीय कृति है ?

हेलेन ने तीखेपन से कहा–जो दूसरों के साथ मानुषीय व्यवहार नहीं करता, उसके साथ हम क्यों मानुषीय व्यवहार करें ? क्या यह सूर्य की भाँति प्रकट नहीं है कि आज सैकड़ों परिवार इस राक्षस के हाथों तबाह हो रहे हैं ? कौन जानता है, इसके हाथ कितने बेगुनाहों के खून से रँगे हुए हैं ? ऐसे व्यक्ति के साथ किसी तरह की रिआयत करना असंगत है। तुम न-जाने क्यों इतने ठण्डे हो। मैं तो उसके दुष्टाचरण को देखती हूँ तो मेरा रक्त खौलने लगता है। मैं सच कहती हूँ, जिस वक्त उसकी सवारी निकलती है, मेरी बोटी-बोटी हिंसा के आवेग से काँपने लगती है। अगर मेरे सामने कोई उसकी खाल भी खींच ले, तो मुझे दया न आये। अगर तुममें इसका साहस नहीं है, तो कोई हरज नहीं। मैं खुद सबकुछ कर लूँगी। हाँ, देख लेना, मैं कैसे उस कुत्ते को जहन्नुम पहुँचाती हूँ।

हेलेन का मुखमंडल हिंसा के आवेग से लाल हो गया। आइवन ने लज्जित होकर कहा–नहीं-नहीं, यह बात नहीं है, हेलेन ! मेरा यह आशय न था कि मैं इस काम में तुम्हें सहयोग न दूँगा। मुझे आज मालूम हुआ कि तुम्हारी आत्मा देश की दुर्दशा से कितनी विकल है; लेकिन मैं फिर यही कहूँगा कि यह काम इतना आसान नहीं है और हमें बड़ी सावधानी से काम लेना पड़ेगा।

हेलेन ने उसके कंधे पर हाथ रखकर कहा–तुम इसकी कुछ चिन्ता न करो, आइवन ! संसार में मेरे लिए जो वस्तु सबसे प्यारी है, उसे दाँव पर रखते हुए क्या मैं सावधानी से काम न लूँगी ? लेकिन तुमसे एक याचना करती हूँ। अगर इस बीच में कोई ऐसा काम करूँ, जो तुम्हें बुरा मालूम हो तो तुम मुझे क्षमा करोगे न ?

आइवन ने विस्मयभरी आँखों से हेलेन के मुख की ओर देखा। उसका आशय उसकी समझ में न आया।

हेलेन डरी, आइवन कोई नयी आपत्ति तो नहीं खड़ी करना चाहता। आश्वासन के लिए अपने मुख को उसके आतुर अधरों के समीप ले जाकर बोली—प्रेम का अभिनय करने में मुझे वह सबकुछ करना पड़ेगा, जिस पर एकमात्र तुम्हारा ही अधिकार है। मैं डरती हूँ, कहीं तुम मुझ पर सन्देह न करने लगो।

आइवन ने उसे कर-पाश में लेकर कहा—यह असम्भव है हेलेन, विश्वास प्रेम की पहली सीढ़ी है।

अंतिम शब्द कहते-कहते उसकी आँखें झुक गयीं। इन शब्दों में उदारता का जो आदर्श था, वह उस पर पूरा उतरेगा या नहीं, वह यही सोचने लगा।

इसके तीन दिन पीछे नाटक का सूत्रपात हुआ। हेलेन अपने ऊपर पुलिस के निराधार संदेह की फरियाद लेकर रोमनाफ से मिली और उसे विश्वास दिलाया कि पुलिस के अधिकारी उससे केवल इसलिए असंतुष्ट हैं कि वह उनके कलुषित प्रस्तावों को ठुकरा रही है। यह सत्य है कि विद्यालय में उसकी संगति कुछ उग्र युवकों से हो गयी थी; पर विद्यालय से निकलने के बाद उसका उनसे कोई सम्बन्ध नहीं है। रोमनाफ जितना चतुर था, उससे कहीं चतुर अपने को समझता था। अपने दस साल के अधिकारी जीवन में उसे किसी ऐसी रमणी से साबिका न पड़ा था, जिसने उसके ऊपर इतना विश्वास करके अपने को उसकी दया पर छोड़ दिया हो। किसी धन-लोलुप की भाँति सहसा यह धन-राशि देखकर उसकी आँखों पर परदा पड़ गया। अपनी समझ में तो वह हेलेन से उग्र युवकों के विषय में ऐसी बहुत-सी बातों का पता लगाकर फूला न समाया, जो खुफिया पुलिसवालों को बहुत सिर मारने पर भी ज्ञात न हो सकी थीं; पर इन बातों में मिथ्या का कितना मिश्रण है, वह न भाँप सका। इस आध घंटे में एक युवती ने एक अनुभवी अफसर को अपने रूप की मदिरा से उन्मत्त कर दिया था।

जब हेलेन चलने लगी, तो रोमनाफ ने कुर्सी से खड़े होकर कहा—मुझे आशा है, यह हमारी आखिरी मुलाकात न होगी।

हेलेन ने हाथ बढ़ाकर कहा—हुजूर ने जिस सौजन्य से मेरी विपत्ति-कथा सुनी है, उसके लिए मैं आपको धन्यवाद देती हूँ।

'कल आप तीसरे पहर यहीं चाय पियें।'

रब्त-जब्त बढ़ने लगा। हेलेन आकर रोज की बातें आइवन से कह सुनाती। रोमनाफ वास्तव में जितना बदनाम है, उतना बुरा नहीं। नहीं, वह बड़ा रसिक, संगीत और कला का प्रेमी और शील तथा विनय की मूर्ति है। इन थोड़े ही दिनों में हेलेन से उसकी घनिष्ठता हो गयी है और किसी अज्ञात रीति से नगर में पुलिस का अत्याचार कम होने लगा है।

अन्त में वह निश्चित तिथि आयी। आइवन और हेलेन दिन-भर बैठे-बैठे इसी प्रश्न पर विचार करते रहे। आइवन का मन आज बहुत चंचल हो रहा था। कभी अकारण ही हँसने लगता, कभी अनायास ही रो पड़ता। शंका, प्रतीक्षा और किसी अज्ञात चिंता ने उसके मनो-सागर को इतना अशान्त कर दिया था कि उसमें भावों की नौकाएँ डगमगा रही थीं—न मार्ग का पता था न दिशा का। हेलेन भी आज बहुत चिन्तित और गम्भीर थी। आज के लिए उसने पहले ही से सजीले वस्त्र बनवा रखे थे। रूप को अलंकृत करने के न-जाने किन-किन विधानों का प्रयोग कर रही थी; पर इसमें किसी योद्धा का उत्साह नहीं, कायर का कम्पन था।

सहसा आइवन ने आँखों में आँसू भरकर कहा—तुम आज इतनी मायाविनी हो गयी हो हेलेन, कि मुझे न-जाने क्यों तुमसे भय हो रहा है !

हेलेन मुस्कायी। उस मुस्कान में करुणा भरी हुई थी—मनुष्य को कभी-कभी कितने ही अप्रिय कर्तव्यों का पालन करना पड़ता है आइवन, आज मैं सुधा से विष का काम लेने जा रही हूँ। अलंकार का ऐसा दुरुपयोग तुमने कहीं और देखा है ?

आइवन उड़े हुए मन से बोला—इसी को राष्ट्र-जीवन कहते हैं।

'यह राष्ट्र-जीवन है—यह नरक है।'

'मगर संसार में अभी कुछ दिन और इसकी जरूरत रहेगी।'

'यह अवस्था जितनी जल्द बदल जाय, उतना ही अच्छा।'

पाँसा पलट चुका था, आइवन ने गर्म होकर कहा—अत्याचारियों को संसार में फलने-फूलने दिया जाय, जिससे एक दिन इनके काँटों के मारे पृथ्वी पर कहीं पाँव रखने की जगह न रहे।

हेलेन ने कोई जवाब न दिया; पर उसके मन में जो अवसाद उत्पन्न हो गया था, वह उसके मुख पर झलक रहा था। राष्ट्र उसकी दृष्टि में सर्वोपरि था, उसके सामने व्यक्ति का कोई मूल्य न था। अगर इस समय उसका मन किसी कारण से दुर्बल भी हो रहा था, तो उसे खोल देने का उसमें साहस न था।

दोनों गले मिलकर विदा हुए। कौन जाने, यह अन्तिम दर्शन हो ?

दोनों के दिल भारी थे और आँखें सजल।

आइवन ने उत्साह के साथ कहा—मैं ठीक समय पर आऊँगा।

हेलेन ने कोई जवाब न दिया।

आइवन ने फिर सानुरोध कहा—खुदा से मेरे लिए दुआ करना, हेलेन !

हेलेन ने जैसे रोते हुए गले से कहा—मुझे खुदा पर भरोसा नहीं है।

'मुझे तो है !'

'कब से ?'

'जब से मौत मेरी आँखों के सामने खड़ी हो गयी।'

वह वेग के साथ चला गया। सन्ध्या हो गयी थी और दो घंटे के बाद ही उस कठिन परीक्षा का समय आ जायगा, जिससे उसके प्राण काँप रहे थे। वह कहीं एकान्त में बैठकर सोचना चाहता था। आज उसे ज्ञात हो रहा था कि वह स्वाधीन नहीं है। बड़ी मोटी जंजीर उसके एक-एक अंग को जकड़े हुए थी। इन्हें वह कैसे तोड़े ?

दस बज गये थे। हेलेन और रोमनाफ पार्क के एक कुंज में बेंच पर बैठे हुए थे। तेज बर्फीली हवा चल रही थी। चाँद किसी क्षीण आशा की भाँति बादलों में छिपा हुआ था।

हेलेन ने इधर-उधर सशंक नेत्रों से देखकर कहा—अब तो देर हो गयी, यहाँ से चलना चाहिए।

रोमनाफ ने बेंच पर पाँव फैलाते हुए कहा—अभी तो ऐसी देर नहीं हुई है, हेलेन ! कह नहीं सकता, जीवन के यह क्षण स्वप्न हैं या सत्य; लेकिन सत्य भी हैं तो स्वप्न से अधिक मधुर और स्वप्न भी हैं तो सत्य से अधिक उज्ज्वल।

हेलेन बेचैन होकर उठी और रोमनाफ का हाथ पकड़कर बोली—मेरा जी आज कुछ चंचल हो रहा है। सिर में चक्कर-सा आ रहा है। चलो मुझे मेरे घर पहुँचा दो।

रोमनाफ ने उसका हाथ पकड़कर अपनी बगल में बैठाते हुए कहा—लेकिन मैंने मोटर तो ग्यारह बजे बुलायी है !

हेलेन के मुँह से चीख निकल गयी—ग्यारह बजे !

'हाँ, अब ग्यारह बजना चाहते हैं। आओ तब तक और कुछ बातें हों। रात तो काली बला-सी मालूम होती है। जितनी ही देर उसे दूर रख सकूँ उतना ही अच्छा। मैं तो समझता हूँ, उस दिन तुम मेरे सौभाग्य की देवी बनकर आयी थीं हेलेन, नहीं तो अब तक मैंने न जाने क्या-क्या अत्याचार किये होते। उस उदार नीति ने वातावरण में जो शुभ परिवर्तन कर दिया, उस पर मुझे स्वयं आश्चर्य हो रहा है। महीनों के दमन ने जो कुछ न कर पाया था, वह दिनों के आश्वासन ने पूरा कर दिखाया। और इसके लिए मैं तुम्हारा ऋणी हूँ, हेलेन, केवल तुम्हारा। पर खेद यही है कि हमारी सरकार दवा करना नहीं जानती, केवल मारना जानती है। जार के मंत्रियों में अभी से मेरे विषय में सन्देह होने लगा है, और मुझे यहाँ से हटाने का प्रस्ताव हो रहा है।

सहसा टार्च का चकाचौंध पैदा करनेवाला प्रकाश बिजली की भाँति चमक उठा और रिवाल्वर छूटने की आवाज आयी। उसी वक्त रोमनाफ ने उछलकर आइवन को पकड़ लिया और चिल्लाया—पकड़ो, पकड़ो ! खून ! हेलेन, तुम यहाँ से भागो।

पार्क में कई संतरी थे। चारों ओर से दौड़ पड़े। आइवन घिर गया। एक क्षण में न-जाने कहाँ से टाउन-पुलिस, सशस्त्र पुलिस, गुप्त पुलिस और सवार पुलिस के जत्थे-के-जत्थे आ पहुँचे। आइवन गिरफ्तार हो गया।

रोमनाफ ने हेलेन से हाथ मिलाकर सन्देह के स्वर में कहा–यह आइवन तो वही युवक है, जो तुम्हारे साथ विद्यालय में था।

हेलेन ने क्षुब्ध होकर कहा–हाँ, है। लेकिन मुझे इसका जरा भी अनुमान न था कि वह क्रान्तिकारी हो गया है।

'गोली मेरे सिर पर से सन्-सन् करती हुई निकल गयी।'

'या ईश्वर !'

'मैंने दूसरा फ़ायर करने का अवसर ही न दिया। मुझे इस युवक की दशा पर दुःख हो रहा है, हेलेन ! ये अभागे समझते हैं कि इन हत्याओं से वे देश का उद्धार कर लेंगे। अगर मैं मर ही जाता तो क्या मेरी जगह कोई मुझसे भी ज्यादा कठोर मनुष्य न आ जाता ? लेकिन मुझे जरा भी क्रोध, दुःख या भय नहीं है हेलेन, तुम बिलकुल चिन्ता न करना। चलो, मैं तुम्हें पहुँचा दूँ।'

रास्ते-भर रोमनाफ इस आघात से बच जाने पर अपने को बधाई और ईश्वर को धन्यवाद देता रहा और हेलेन विचारों में मग्न बैठी रही।

दूसरे दिन मजिस्ट्रेट के इजलास में अभियोग चला और हेलेन सरकारी गवाह थी। आइवन को मालूम हुआ कि दुनिया अँधेरी हो गयी है और वह उसकी अथाह गहराई में धँसता चला जा रहा है।

3

चौदह साल के बाद।

आइवन रेलगाड़ी से उतरकर हेलेन के पास जा रहा है। उसे घरवालों की सुध नहीं है। माता और पिता उसके वियोग में मरणासन्न हो रहे हैं, इसकी उसे परवाह नहीं है। वह अपने चौदह साल के पाले हुए हिंसा-भाव से उन्मत्त, हेलेन के पास जा रहा है; पर उसकी हिंसा में रक्त की प्यास नहीं है, केवल गहरी दाहक दुर्भावना है। इन चौदह सालों में उसने जो यातनाएँ झेली हैं, उनके दो-चार वाक्यों में मानो सत्त निकालकर, विष के समान हेलेन की धमनियों में भरकर, उसे तड़पते हुए देखकर, वह अपनी आँखों को तृप्त करना चाहता है। और वह वाक्य क्या है ?–'हेलेन, तुमने मेरे साथ जो दगा की है, वह शायद त्रिया-चरित्र के इतिहास में भी अद्वितीय है। मैंने अपना सर्वस्व तुम्हारे चरणों पर अर्पण कर दिया। मैं केवल तुम्हारे इशारों का गुलाम था। तुमने ही मुझे रोमनाफ की हत्या के लिए प्रेरित किया और तुमने ही मेरे विरुद्ध साक्षी दी; केवल अपनी कुटिल काम-लिप्सा को पूरा करने के लिए ! मेरे विरुद्ध कोई दूसरा प्रमाण न था। रोमनाफ और उसकी सादी पुलिस भी झूठी शहादतों से मुझे परास्त न कर सकती थी; मगर तुमने केवल अपनी वासना को तृप्त करने के लिए, केवल रोमनाफ के विषाक्त आलिंगन का आनन्द उठाने

के लिए मेरे साथ यह विश्वासघात किया। पर आँखें खोलकर देखो कि वही आइवन, जिसे तुमने पैर के नीचे कुचला था, आज तुम्हारी उन सारी मक्कारियों का पर्दा खोलने के लिए तुम्हारे सामने खड़ा है। तुमने राष्ट्र की सेवा का बीड़ा उठाया था। तुम अपने को राष्ट्र की वेदी पर होम कर देना चाहती थीं; किन्तु कुत्सित कामनाओं के पहले ही प्रलोभन में तुम अपने सारे बहुरूप को तिलांजलि देकर भोग-लालसा की गुलामी करने पर उतर गयीं। अधिकार और समृद्धि के पहले ही टुकड़े पर तुम दुम हिलाती हुई टूट पड़ीं, धिक्कार है तुम्हारी इस भोग-लिप्सा को, तुम्हारे इस कुत्सित जीवन को ?'

4

सन्ध्या-काल था। पश्चिम के क्षितिज पर दिन की चिता जलकर ठंडी हो रही थी और रोमनाफ के विशाल भवन में हेलेन की अर्थी को ले चलने की तैयारियाँ हो रही थीं। नगर के नेता जमा थे और रोमनाफ अपने शोक-कंपित हाथों से अर्थी को पुष्पहारों से सजा रहा था एवं उन्हें अपने आत्म-जल से शीतल कर रहा था। उसी वक्त आइवन उन्मत्त वेश में, दुर्बल, झुका हुआ, सिर के बाल बढ़ाये, कंकाल-सा आकर खड़ा हो गया। किसी ने उसकी ओर ध्यान न दिया। समझे, कोई भिक्षुक होगा, जो ऐसे अवसरों पर दान के लोभ से आ जाया करते हैं !

जब नगर के बिशप ने अन्तिम संस्कार समाप्त किया और मरियम की बेटियाँ नये जीवन के स्वागत पर गीत गा चुकीं, तो आइवन ने अर्थी के पास जाकर आवेश से काँपते हुए स्वर में कहा—यह वह दुष्टा है, जिसे सारी दुनिया की पवित्र आत्माओं की शुभ कामनाएँ भी नरक की यातना से नहीं बचा सकतीं। वह इस योग्य थी कि उसकी लाश ···

कई आदमियों ने दौड़कर उसे पकड़ लिया और धक्के देते हुए फाटक की ओर ले चले। उसी वक्त रोमनाफ ने आकर उसके कन्धे पर हाथ रख दिया और उसे अलग ले जाकर पूछा—दोस्त, क्या तुम्हारा नाम क्लॉडियस आइवनाफ है ? हाँ, तुम वही हो, मुझे तुम्हारी सूरत याद आ गयी। मुझे सब कुछ मालूम है, रत्ती-रत्ती मालूम है। हेलेन ने मुझसे कोई बात नहीं छिपायी। अब वह इस संसार में नहीं है, मैं झूठ बोलकर उसकी कोई सेवा नहीं कर सकता। तुम उस पर कठोर शब्दों का प्रहार करो या कठोर आघातों का, वह समान रूप से शान्त रहेगी; लेकिन अन्त समय तक वह तुम्हारी याद करती रही। उस प्रसंग की स्मृति उसे सदैव रुलाती रहती थी। उसके जीवन की यह सबसे बड़ी कामना थी कि तुम्हारे सामने घुटने टेककर क्षमा की याचना करे, मरते-मरते उसने यह वसीयत की, कि जिस तरह भी हो सके उसकी यह विनय तुम तक पहुँचाऊँ कि वह तुम्हारी अपराधिनी है

और तुमसे क्षमा चाहती है। क्य तुम समझते हो, जब वह तुम्हारे सामने आँखों में आँसू भरे आती, तो तुम्हारा हृदय पत्थर होने पर भी न पिघल जाता ? क्या इस समय भी तुम्हें दीन याचना की प्रतिमा-सी खड़ी नहीं दीखती ? चलकर उसका मुस्कराता हुआ चेहरा देखो। मोशियो आइवन, तुम्हारा मन अब भी उसका चुम्बन लेने के लिए विकल हो जायेगा। मुझे जरा भी ईर्ष्या न होगी। उस फूलों की सेज पर लेटी हुई वह ऐसी लग रही है, मानो फूलों की रानी हो। जीवन में उसकी एक ही अभिलाषा अपूर्ण रह गयी आइवन, वह तुम्हारी क्षमा है। प्रेमी हृदय बड़ा उदार होता है आइवन, वह क्षमा और दया का सागर होता है। ईर्ष्या और दम्भ के गन्दे नाले उसमें मिलकर उतने ही विशाल और पवित्र हो जाते हैं। जिसे एक बार तुमने प्यार किया, उसकी अन्तिम अभिलाषा की तुम उपेक्षा नहीं कर सकते।

उसने आइवन का हाथ पकड़ा और सैकड़ों कुतूहलपूर्ण नेत्रों के सामने उसे लिये हुए अर्थी के पास आया और ताबूत का ऊपरी तख्ता हटाकर हेलेन का शान्त मुखमण्डल उसे दिखा दिया। उस निस्पन्द, निश्चेष्ट, निर्विकार छवि को मृत्यु ने एक दैवी गरिमा-सी प्रदान कर दी थी, मानो स्वर्ग की सारी विभूतियाँ उसका स्वागत कर रही हैं। आइवन की कुटिल आँखों में एक दिव्य ज्योति-सी चमक उठी और वह दृश्य सामने खिंच गया, जब उसने हेलेन को प्रेम से आलिंगित किया था और अपने हृदय के सारे अनुराग और उल्लास को पुष्पों में गूँथकर उसके गले में डाला था। उसे जान पड़ा, यह सबकुछ जो उसके सामने हो रहा है, स्वप्न है और एकाएक उसकी आँखें खुल गयी हैं और वह उसी भाँति हेलेन को अपनी छाती से लगाये हुए है। उस आत्मानन्द के एक क्षण के लिए क्या वह फिर चौदह साल का कारावास झेलने के लिए न तैयार हो जायगा ? क्या अब भी उसके जीवन की सबसे सुखद घड़ियाँ वही न थीं, जो हेलेन के साथ गुजरी थीं और क्या उन घड़ियों के अनुपम आनन्द को वह इन चौदह सालों में भी भूल सका था ? उसने ताबूत के पास बैठकर श्रद्धा के काँपते हुए कंठ से प्रार्थना की–'ईश्वर, तू मेरे प्राणों से प्रिय हेलेन को अपनी क्षमा के दामन में ले !' और जब वह ताबूत को कन्धे पर लिये चला, तो उसकी आत्मा लज्जित थी अपनी संकीर्णता पर, अपनी उद्विग्नता पर, अपनी नीचता पर और जब ताबूत कब्र में रख दिया गया, तो वह वहाँ बैठकर न-जाने कब तक रोता रहा। दूसरे दिन रोमनाफ जब फातिहा पढ़ने आया तो देखा, आइवन सिजदे में सिर झुकाये हुए है और उसकी आत्मा स्वर्ग को प्रयाण कर चुकी है।

मिस पद्मा

कानून में अच्छी सफलता प्राप्त कर लेने के बाद मिस पद्मा को एक नया अनुभव हुआ, वह था जीवन का सूनापन। विवाह को उसने एक अप्राकृतिक बंधन समझा था और निश्चय कर लिया था कि स्वतन्त्र रहकर जीवन का उपभोग करूँगी। एम. ए. की डिग्री ली, फिर कानून पास किया और प्रैक्टिस शुरू कर दी। रूपवती थी, युवती थी, मृदुभाषिणी थी और प्रतिभाशालिनी भी थी। मार्ग में कोई बाधा न थी। देखते-देखते वह अपने साथी नौजवान मर्द वकीलों को पीछे छोड़कर आगे निकल गयी और अब उसकी आमदनी कभी-कभी एक हज़ार से भी ऊपर बढ़ जाती। अब उतने परिश्रम और सिर-मगजन की आवश्यकता न रही। मुकदमे अधिकतर वही होते थे, जिनका उसे पूरा अनुभव हो चुका था, उनके विषय में किसी तरह की तैयारी की उसे जरूरत न मालूम होती। अपनी शक्तियों पर कुछ विश्वास भी हो गया था। कानून में कैसे विजय मिला करती है, इसके कुछ लटके भी उसे मालूम हो गये थे। इसलिए उसे अब बहुत अवकाश मिलता था और इसे वह किस्से-कहानियाँ पढ़ने, सैर करने, सिनेमा देखने, मिलने-मिलाने में खर्च करती थी। जीवन को सुखी बनाने के लिए किसी व्यसन की जरूरत को वह खूब समझती थी। उसने फूल और पौधे लगाने का व्यसन पाल लिया था। तरह-तरह के बीज और पौधे मँगाती और उन्हें उगते-बढ़ते, फूलते-फलते देखकर खुश होती; मगर फिर भी जीवन में सूनेपन का अनुभव होता रहता था। यह बात न थी कि उसे पुरुषों से विरक्ति हो। नहीं, उसके प्रेमियों की कमी न थी। अगर उसके पास केवल रूप और यौवन होता, तो भी उपासकों का अभाव न रहता; मगर यहाँ तो रूप और यौवन के साथ धन भी था। फिर रसिक-वृन्द क्यों चूक जाते ? पद्मा को विलास से घृणा थी नहीं, घृणा थी पराधीनता से, विवाह को जीवन का व्यवसाय बनाने से। जब स्वतन्त्र रहकर भोग-विलास का आनन्द उड़ाया जा सकता है, तो फिर क्यों न उड़ाया जाय ? भोग में उसे कोई नैतिक बाधा न थी, इसे वह केवल देह की एक भूख समझती थी। इस भूख को किसी साफ-सुथरी दूकान से भी शान्त किया जा सकता है। और पद्मा को साफ-सुथरी दूकान की हमेशा तलाश रहती थी। ग्राहक दूकान में वही

चीज लेता है, जो उसे पसन्द आती है। पद्मा भी वही चीज चाहती थी। यों उसके दर्जनों आशिक थे—कई वकील, कई प्रोफेसर, कई डाक्टर, कई रईस। मगर ये सब-के-सब ऐय्याश थे—बेफिक्र, केवल भौंरे की तरह रस लेकर उड़ जाने वाले। ऐसा एक भी न था, जिस पर वह विश्वास कर सकती। अब उसे मालूम हुआ कि उसका मन केवल भोग नहीं चाहता, कुछ और भी चाहता है। वह चीज क्या थी ? पूरा आत्म-समर्पण और यह उसे न मिलती थी।

उसके प्रेमियों में एक मि. प्रसाद था—बड़ा ही रूपवान और धुरन्धर विद्वान्। एक कालेज में प्रोफेसर था। वह भी मुक्त-भोग के आदर्श का उपासक था और पद्मा उस पर फिदा थी। चाहती थी उसे बाँधकर रखे, सम्पूर्णतः अपना बना ले; लेकिन प्रसाद चंगुल में न आता था।

सन्ध्या हो गयी थी। पद्मा सैर करने जा रही थी कि प्रसाद आ गया। सैर करना मुल्तवी हो गया। बातचीत में सैर से कहीं ज्यादा आनन्द था और पद्मा आज प्रसाद से कुछ दिल की बात कहने वाली थी। कई दिन के सोच-विचार के बाद उसने कह डालने ही का निश्चय किया था।

उसने प्रसाद की नशीली आँखों से आँखें मिलाकर कहा—तुम यहीं मेरे बँगले में आकर क्यों नहीं रहते ?

प्रसाद ने कुटिल-विनोद के साथ कहा—नतीजा यह होगा कि दो-चार महीने में यह मुलाकात भी बन्द हो जायेगी।

'मेरी समझ में नहीं आया, तुम्हारा क्या आशय है।'

'आशय वही है, जो मैं कह रहा हूँ।'

'आखिर क्यों ?'

'मैं अपनी स्वतन्त्रता न खोना चाहूँगा, तुम अपनी स्वतन्त्रता न खोना चाहोगी। तुम्हारे पास तुम्हारे आशिक आयेंगे, मुझे जलन होगी। मेरे पास मेरी प्रेमिकाएँ आयेंगी, तुम्हें जलन होगी। मनमुटाव होगा, फिर वैमनस्य होगा और तुम मुझे घर से निकाल दोगी। घर तुम्हारा है ही ! मुझे बुरा लगेगा ही, फिर यह मैत्री कैसे निभेगी ?'

दोनों कई मिनट तक मौन रहे। प्रसाद ने परिस्थिति को इतने स्पष्ट बेलाग, लट्ठमार शब्दों में खोलकर रख दिया था कि कुछ कहने की जगह न मिलती थी !

आखिर प्रसाद ही को नुकता सूझा। बोला—जब तक हम दोनों यह प्रतिज्ञा न कर लें कि आज से मैं तुम्हारा हूँ और तुम मेरी हो, तब तक एक साथ निर्वाह नहीं हो सकता।

'तुम यह प्रतिज्ञा करोगे ?'

'पहले तुम बतलाओ।'

'मैं करूँगी।'

'तो मैं भी करूँगा।'

'मगर इस एक बात के सिवा मैं और सभी बातों में स्वतंत्र रहूँगी !'

'और मैं भी इस एक बात के सिवा हर बात में स्वतंत्र रहूँगा।'

'मंजूर।'

'मंजूर !'

'तो कब से ?'

'जब से तुम कहो।'

'मैं तो कहती हूँ, कल ही से।'

'तय। लेकिन अगर तुमने इसके विरुद्ध आचरण किया तो ?'

'और तुमने किया तो ?'

'तुम मुझे घर से निकाल सकती हो; लेकिन मैं तुम्हें क्या सजा दूँगा ?'

'तुम मुझे त्याग देना, और क्या करोगे ?'

'जी नहीं, तब इतने से चित्त को शान्ति न मिलेगी। तब मैं चाहूँगा तुम्हें जलील करना; बल्कि तुम्हारी हत्या करना।'

'तुम बड़े निर्दयी हो, प्रसाद ?'

'जब तक हम दोनों स्वाधीन हैं, हमें किसी को कुछ कहने का हक नहीं, लेकिन एक बार प्रतिज्ञा में बँध जाने के बाद फिर न मैं उसकी अवज्ञा सह सकूँगा, न तुम सह सकोगी। तुम्हारे पास दण्ड का साधन है, मेरे पास नहीं है। कानून मुझे कोई भी अधिकार नहीं देगा। मैं तो केवल अपने पशुबल से प्रतिज्ञा का पालन कराऊँगा और तुम्हारे इतने नौकरों के सामने मैं अकेला क्या कर सकूँगा ?'

'तुम तो चित्र का श्याम पक्ष ही देखते हो ! जब मैं तुम्हारी हो रही हूँ, तो यह मकान, नौकर-चाकर और जायदाद सबकुछ तुम्हारा है। हम-तुम दोनों जानते हैं कि ईर्ष्या से ज्यादा घृणित कोई सामाजिक पाप नहीं है। तुम्हें मुझसे प्रेम है या नहीं, मैं नहीं कह सकती; लेकिन तुम्हारे लिए मैं सबकुछ सहने, सबकुछ करने को तैयार हूँ।'

'दिल से कहती हो पद्मा ?'

'सच्चे दिल से।'

'मगर न-जाने क्यों तुम्हारे ऊपर विश्वास नहीं आ रहा है ?'

'मैं तो तुम्हारे ऊपर विश्वास कर रही हूँ।'

'यह समझ लो, मैं मेहमान बनकर तुम्हारे घर में न रहूँगा, स्वामी बनकर रहूँगा।'

'तुम घर के स्वामी ही नहीं, मेरे स्वामी बनकर रहोगे। मैं तुम्हारी स्वामिनी बनकर रहूँगी।'

2

प्रो. प्रसाद और मिस पद्मा दोनों साथ रहते हैं और प्रसन्न हैं। दोनों ही ने जीवन का जो आदर्श मन में स्थिर कर लिया था, वह सत्य बन गया है। प्रसाद को केवल दो सौ रुपये वेतन मिलता है; मगर अब वह अपनी आमदनी का दुगुना भी खर्च कर दे तो परवाह नहीं। पहले वह कभी-कभी शराब पीता था, अब रात-दिन शराब में मस्त रहता है। अब उसके लिए अलग अपनी कार है, अलग अपने नौकर हैं, तरह-तरह की बहुमूल्य चीजें मँगवाता रहता है और पद्मा बड़े हर्ष से उसकी सारी फिजूलखर्चियाँ बर्दाश्त करती है। नहीं, बर्दाश्त करने का प्रश्न नहीं। वह खुद उसे अच्छे-से-अच्छे सूट पहनाकर अच्छे-से-अच्छे ठाठ में रखकर, प्रसन्न होती है। जैसी घड़ी इस वक्त प्रो. प्रसाद के पास है, शहर के बड़े-से-बड़े रईस के पास न होगी और पद्मा जितना ही उससे दबती है प्रसाद उतना ही उसे दबाता है। कभी-कभी उसे नागवार भी लगता है, पर किसी अज्ञात कारण से अपने को उसके वश में पाती है। प्रसाद को जरा भी उदास या चिन्तित देखकर उसका मन चंचल हो जाता है। उस पर आवाजें कसी जाती हैं; फबतियाँ चुस्त की जाती हैं। जो उसके पुराने प्रेमी थे, वे उसे जलाने और कुढ़ाने का प्रयास भी करते हैं; पर वह प्रसाद के पास आते ही सब कुछ भूल जाती है। प्रसाद ने उस पर पूरा आधिपत्य पा लिया है और उसने इसका ज्ञान पद्मा की बारीक आँखों से पढ़ा है और उसका आसन अच्छी तरह पा गया है।

मगर जैसे राजनीति के क्षेत्र में अधिकार दुरुपयोग की ओर जाता है, उसी तरह प्रेम के क्षेत्र में भी वह दुरुपयोग की ओर ही जाता है और जो कमजोर है, उसे तावान देना पड़ता है। आत्माभिमानी पद्मा अब प्रसाद की लौंडी थी और प्रसाद उसकी दुर्बलता का फायदा उठाने से क्यों चूकता ? उसने कील की पतली नोक चुभा दी थी और बड़ी कुशलता से उत्तरोत्तर उसे अन्दर ठोंकता जाता था। यहाँ तक कि उसने रात को देर में घर आना शुरू किया। पद्मा को अपने साथ न ले जाता, उससे बहाना करता कि मेरे सिर में दर्द है और जब पद्मा घूमने जाती तो अपनी कार निकाल लेता और उड़ जाता। दो साल गुजर गये थे और पद्मा को गर्भ था। वह स्थूल भी हो चली थी। उसके रूप में पहले की-सी नवीनता और मादकता न रह गई थी। वह घर की मुर्गी थी, साग बराबर।

एक दिन इसी तरह पद्मा लौटकर आयी, तो प्रसाद गायब थे। वह झुँझला उठी। इधर कई दिन से वह प्रसाद का रंग बदला हुआ देख रही थी। आज उसने कुछ स्पष्ट बातें कहने का साहस बटोरा। दस बज गये, ग्यारह बज गये, बारह बज गये, पद्मा उसके इन्तजार में बैठी थी। भोजन ठण्डा हो गया, नौकर-चाकर सो गये। वह बार-बार उठती, फाटक पर जाकर नजर दौड़ाती। एक बजे के करीब प्रसाद घर आया।

पद्मा ने साहस तो बहुत बटोरा था; पर प्रसाद के सामने जाते ही उसे इतनी कमजोरी मालूम हुई। फिर भी उसने जरा कड़े स्वर में पूछा—आज इतनी रात तक कहाँ थे ? कुछ खबर है, कितनी रात गयी ?

प्रसाद को वह इस वक्त असुन्दरता की मूर्ति-सी लगी। वह एक विद्यालय की छात्रा के साथ सिनेमा देखने गया था। बोला—तुमको आराम से सो जाना चाहिए था। तुम जिस दशा में हो, उसमें तुम्हें, जहाँ तक हो सके, आराम से रहना चाहिए।

पद्मा का साहस कुछ प्रबल हुआ—तुमसे मैं जो पूछती हूँ, उसका जवाब दो। मुझे जहन्नुम में भेजो !

'तो तुम भी मुझे जहन्नुम में जाने दो।'

'तुम मेरे साथ दगा कर रहे हो, यह मैं साफ देख रही हूँ।'

'तुम्हारी आँखों की ज्योति कुछ बढ़ गयी होगी !'

'मैं इधर कई दिन से तुम्हारा मिजाज कुछ बदला हुआ देख रही हूँ।'

'मैंने तुम्हारे साथ अपने को बेचा नहीं है। अगर तुम्हारा जी मुझसे भर गया हो, तो मैं आज जाने को तैयार हूँ।'

'तुम जाने की धमकी क्यों देते हो ! यहाँ तुमने आकर कोई बड़ा त्याग नहीं किया है।'

'मैंने त्याग नहीं किया है ? तुम यह कहने का साहस कर रही हो ? मैं देखता हूँ, तुम्हारा मिजाज बिगड़ रहा है। तुम समझती हो, मैंने इसे अपंग कर दिया। मगर मैं इसी वक्त तुम्हें ठोकर मारने को तैयार हूँ, इसी वक्त, इसी वक्त !'

पद्मा का साहस जैसे बुझ गया था। प्रसाद अपना ट्रंक सँभाल रहा था। पद्मा ने दीन-भाव से कहा—मैंने तो ऐसी कोई बात नहीं कही, जो तुम इतना बिगड़ उठे। मैं तो केवल तुमसे पूछ रही थी, कहाँ थे। क्या मुझे इतना भी अधिकार नहीं देना चाहते ? मैं कभी तुम्हारी इच्छा के विरुद्ध कोई काम नहीं करती और तुम मुझे बात-बात पर डाँटते रहते हो। तुम्हें मुझ पर जरा भी दया नहीं आती ! मुझे तुमसे कुछ भी तो सहानुभूति मिलनी चाहिए। मैं तुम्हारे लिए क्या कुछ करने को तैयार नहीं हूँ ? और आज जो मेरी दशा हो गयी है, तो तुम मुझसे आँखें फेर लेते हो ···

उसका कण्ठ रुँध गया और मेज पर सिर रखकर फूट-फूटकर रोने लगी। प्रसाद ने पूरी विजय पायी।

3

पद्मा के लिए मातृत्व अब बड़ा ही अप्रिय प्रसंग था। उस पर एक चिंता मँडराती रहती। कभी-कभी वह भय से काँप उठती और पछताती। प्रसाद की निरंकुशता

दिन-दिन बढ़ती जाती थी। क्या करे, क्या न करे। गर्भ पूरा हो गया था, वह कोर्ट न जाती थी। दिन-भर अकेली बैठी रहती। प्रसाद सन्ध्या समय आता, चाय-वाय पीकर फिर उड़ जाता, तो ग्यारह-बारह बजे के पहले न लौटता। वह कहाँ जाता है, यह भी उससे छिपा न था। प्रसाद को जैसे उसकी सूरत से नफरत थी। पूर्ण गर्भ, पीला मुख, चिन्तित, सशंक, उदास। फिर भी वह प्रसाद को शृंगार और आभूषणों से बाँधने की चेष्टा से बाज न आती थी। मगर वह जितना ही प्रयास करती, उतना ही प्रसाद का मन उसकी ओर से फिरता था। इस अवस्था में शृंगार उसे और भद्दा लगता।

प्रसव-वेदना हो रही थी। प्रसाद का पता नहीं। नर्स मौजूद थी, लेडी डाक्टर मौजूद थी; मगर प्रसाद का न रहना पद्मा की प्रसव-वेदना को और भी दारुण बना रहा था।

बालक को गोद में देखकर उसका कलेजा फूल उठा, मगर फिर प्रसाद को सामने न पाकर उसने बालक की ओर से मुँह फेर लिया। मीठे फल में जैसे कीड़े पड़ गये हों।

पाँच दिन सौर-गृह में काटने के बाद जैसे पद्मा जेलखाने से निकली ·· · नंगी तलवार बनी हुई। माता बनकर वह अपने में एक अद्भुत शक्ति का अनुभव कर रही थी।

उसने चपरासी को चेक देकर बैंक भेजा। प्रसव-सम्बन्धी कई बिल अदा करने थे। चपरासी खाली हाथ लौट आया।

पद्मा ने पूछा—रुपये ?

'बैंक के बाबू ने कहा, रुपये सब प्रसाद बाबू निकाल ले गये।'

पद्मा को गोली लग गयी। बीस हजार रुपये प्राणों की तरह संचित कर रखे थे, इसी शिशु के लिए। हाय ! सौर से निकलने पर मालूम हुआ, प्रसाद विद्यालय की एक बालिका को लेकर इंगलैण्ड की सैर करने चला गया। झल्लायी हुई घर में आयी, प्रसाद की तसवीर उठाकर जमीन पर पटक दी और उसे पैरों से कुचला। उसका जितना सामान था, उसे जमा करके दियासलाई लगा दी और उसके नाम पर थूक दिया।

एक महीना बीत गया था। पद्मा अपने बँगले के फाटक पर शिशु को गोद में लिए खड़ी थी। उसका क्रोध अब शोकमय निराशा बन चुका था। बालक पर कभी दया आती, कभी प्यार आता, कभी घृणा आती। उसने सड़क पर देखा, एक यूरोपियन लेडी अपने पति के साथ अपने बालक को बच्चों की गाड़ी में बिठाये लिये चली जा रही थी। उसने हसरत-भरी आँखों से उस खुशनसीब जोड़े को देखा और उसकी आँखें सजल हो गयीं।

विद्रोही

आज दस साल से जब्त कर रहा हूँ। अपने इस नन्हें-से हृदय में अग्नि का दहकता हुआ कुण्ड छिपाये बैठा हूँ। संसार में कहीं शान्ति होगी, कहीं सैर-तमाशे होंगे, कहीं मनोरंजन की वस्तुएँ होंगी; मेरे लिए तो अब यही अग्निराशि है और कुछ नहीं। जीवन की सारी अभिलाषाएँ इसी में जलकर राख हो गयीं। किससे अपनी मनोव्यथा कहूँ ? फायदा ही क्या ? जिसके भाग्य में रुदन, अनंत रुदन हो, उसका मर जाना ही अच्छा।

मैंने पहली बार तारा को उस वक्त देखा, जब मेरी उम्र दस साल की थी। मेरे पिता आगरे के एक अच्छे डाक्टर थे। लखनऊ में मेरे एक चचा रहते थे। उन्होंने वकालत में काफी धन कमाया था। मैं उन दिनों चचा ही के साथ रहता था। चचा के कोई सन्तान न थी; इसलिए मैं ही उनका वारिस था। चचा और चची दोनों मुझे अपना पुत्र समझते थे। मेरी माता बचपन ही में सिधार चुकी थीं। मातृ-स्नेह का जो कुछ प्रसाद मुझे मिला, वह चचीजी ही की भिक्षा थी। वही भिक्षा मेरे उस मातृ-प्रेम से वंचित बालपन की सारी विभूति थी।

चचा साहब के पड़ोस में हमारी बिरादरी के एक बाबू साहब और रहते थे। वह रेलवे-विभाग में किसी अच्छे ओहदे पर थे। दो-ढाई सौ रुपये पाते थे। नाम था विमलचन्द्र। तारा उन्हीं की पुत्री थी। उस वक्त उसकी उम्र पाँच साल की होगी। बचपन का वह दिन आज भी आँखों के सामने है, जब तारा एक फ्राक पहने, बालों में एक गुलाब का फूल गूँथे हुए मेरे सामने आकर खड़ी हो गयी। कह नहीं सकता, क्यों मैं उसे देखकर झेंप-सा गया। मुझे वह देव-कन्या सी मालूम हुई, जो उषा-काल के सौरभ और प्रकाश से रंजित आकाश से उतर आयी हो।

उस दिन से तारा अक्सर मेरे घर आती। उसके घर में खेलने की जगह न थी। चचा साहब के घर के सामने लम्बा-चौड़ा मैदान था। वहीं वह खेला करती। धीरे-धीरे मैं भी उससे मानूस हो गया। मैं जब स्कूल से लौटता तो तारा दौड़कर मेरे हाथों से किताबों का बस्ता ले लेती। जब मैं स्कूल जाने के लिए गाड़ी पर

बैठता, तो वह भी आकर मेरे साथ बैठ जाती। एक दिन उसके सामने चची ने चचाजी से कहा—तारा को मैं अपनी बहू बनाऊँगी। क्यों कृष्णा, तू तारा से ब्याह करेगा ? मैं मारे शर्म के बाहर भाग गया; लेकिन तारा वहीं खड़ी रही, मानो चची ने उसे मिठाई देने को बुलाया हो। उस दिन से चचा और चची में अक्सर यही चर्चा होती ··· कभी सलाह के ढंग से, कभी मजाक के ढंग से। उस अवसर पर मैं तो शर्माकर बाहर भाग जाता था; पर तारा खुश होती थी। दोनों परिवारों में इतना घराव था कि इस सम्बन्ध का हो जाना कोई असाधारण बात न थी। तारा के माता-पिता को तो इसका पूरा विश्वास था कि तारा से मेरा विवाह होगा। मैं जब उनके घर जाता, तो मेरी बड़ी आवभगत होती। तारा की माँ उसे मेरे साथ छोड़कर किसी बहाने से टल जाती थीं। किसी को अब इसमें शक न था कि तारा ही मेरी हृदयेश्वरी होगी।

एक दिन उस सरला ने मिट्टी का एक घरौंदा बनाया। मेरे मकान के सामने नीम का पेड़ था। उसी की छाँह में वह घरौंदा तैयार हुआ। उसमें कई जरा-जरा से कमरे थे, कई मिट्टी के बरतन, एक नन्हीं-सी चारपाई थी। मैंने जाकर देखा, तो तारा घरौंदा बनाने में तन्मय हो रही थी। मुझे देखते ही दौड़कर मेरे पास आयी और बोली—कृष्णा, चलो हमारा घर देखो, मैंने अभी बनाया है। घरौंदा देखा, तो हँसकर बोला—इसमें कौन रहेगा, तारा ?

तारा ने ऐसा मुँह बनाया, मानो यह व्यर्थ का प्रश्न था ! बोली—क्यों, हम और तुम कहाँ रहेंगे ? जब हमारा-तुम्हारा विवाह हो जायेगा, तो हम लोग इसी घर में आकर रहेंगे। वह देखो, तुम्हारी बैठक है, तुम यहीं बैठकर पढ़ोगे। दूसरा कमरा मेरा है, इसमें बैठकर मैं गुड़िया खेलूँगी।

मैंने हँसी करके कहा—क्यों, क्या मैं सारी उम्र पढ़ता ही रहूँगा और तुम हमेशा गुड़िया ही खेलती रहोगी ?

तारा ने मेरी तरफ इस ढंग से देखा, जैसे मेरी बात नहीं समझी। पगली जानती थी कि जिन्दगी खेलने और हँसने ही के लिए है। यह न जानती थी कि एक दिन हवा का एक झोंका आयेगा और इस घरौंदे को उड़ा ले जायेगा और इसी के साथ हम दोनों भी कहीं-से-कहीं जा उड़ेंगे।

2

इसके बाद मैं पिताजी के पास चला आया और कई साल पढ़ता रहा। लखनऊ की जलवायु मेरे अनुकूल न थी, या पिताजी ने मुझे अपने पास रखने के लिए यह बहाना किया था, मैं निश्चय नहीं कह सकता। इण्टरमीडिएट तक मैं आगरे

ही में पढ़ा, लेकिन चचा साहब के दर्शनों के लिए बराबर जाता रहता था। हर एक तातील में लखनऊ अवश्य जाता और गर्मियों की छुट्टी तो पूरी लखनऊ ही में कटती थी। एक छुट्टी गुजरते ही दूसरी छुट्टी आने के दिन गिने जाने लगते थे। अगर मुझे एक दिन की भी देर हो जाती, तो तारा का पत्र आ पहुँचता। बचपन के उस सरल प्रेम में अब जवानी का उत्साह और उन्माद था। वे प्यारे दिन क्या भूल सकते हैं ! वही मधुर स्मृतियाँ अब इस जीवन का सर्वस्व हैं। हम दोनों रात को सब की नजरें बचाकर मिलते और हवाई किले बनाते। इससे कोई यह न समझे कि हमारे मन में पाप था, कदापि नहीं। हमारे बीच में एक भी ऐसा शब्द, एक भी ऐसा संकेत न आने पाता, जो हम दूसरों के सामने न कर सकते, जो उचित सीमा के बाहर होते। यह केवल वह संकोच था, जो इस अवस्था में हुआ करता है। शादी हो जाने के बाद भी तो कुछ दिनों तक स्त्री और पुरुष बड़ों के सामने बातें करते लजाते हैं। हाँ, जो अंग्रेजी सभ्यता के उपासक हैं, उनकी बात मैं नहीं चलाता। वे तो बड़ों के सामने आलिंगन और चुम्बन तक करते हैं। हमारी मुलाकातें दोस्तों की मुलाकातें होती थीं—कभी ताश की बाजी होती, कभी साहित्य की चर्चा, कभी स्वदेश सेवा के मनसूबे बँधते, कभी संसार यात्रा के। क्या कहूँ, तारा का हृदय कितना पवित्र था ! अब मुझे ज्ञात हुआ कि स्त्री कैसे पुरुष पर नियन्त्रण कर सकती है, कुत्सित को कैसे पवित्र बना सकती है। एक-दूसरे से बातें करने में, एक-दूसरे के सामने बैठे रहने में हमें असीम आनन्द होता था। फिर, प्रेम की बातों की जरूरत वहाँ होती हैं, जहाँ अपने अखण्ड अनुराग, अपनी अतुल निष्ठा, अपने पूर्ण आत्म-समर्पण का विश्वास दिलाना होता है। हमारा संबंध तो स्थिर हो चुका था। केवल रस्में बाकी थीं। वह मुझे अपना पति समझती थी, मैं उसे अपनी पत्नी समझता था। ठाकुरजी का भोग लगाने के पहले थाल के पदार्थों में कौन हाथ लगा सकता है ? हम दोनों में कभी-कभी लड़ाई भी होती थी और कई-कई दिनों तक बातचीत की नौबत न आती; लेकिन ज्यादती कोई करे, मनाना उसी को पड़ता था। मैं जरा-सी बात पर तिनक जाता था। वह हँसमुख थी, बहुत ही सहनशील, लेकिन उसके साथ ही मानिनी भी परले सिरे की। मुझे खिलाकर भी खुद न खाती, मुझे हँसाकर भी खुद न हँसती।

इंटरमीडिएट पास होते ही मुझे फौज में एक जगह मिल गयी। उस विभाग के अफसरों में पिताजी का बड़ा मान था। मैं सार्जेन्ट हो गया और सौभाग्य से लखनऊ ही में मेरी नियुक्ति हुई। मुँहमाँगी मुराद पूरी हुई।

मगर विधि-वाम कुछ और ही षड्यन्त्र रच रहा था। मैं तो इस खयाल में मगन था कि कुछ दिनों में तारा मेरी होगी। उधर एक दूसरा ही गुल खिल गया। शहर के एक नामी रईस ने चचाजी से मेरे विवाह की बात छेड़ दी और आठ हजार

रुपये दहेज का वचन दिया। चचाजी के मुँह से लार टपक पड़ी। सोचा, यह आशातीत रकम मिलती है, इसे क्यों छोड़ूँ। विमल बाबू की कन्या का विवाह कहीं-न-कहीं हो ही जायगा। उन्हें सोचकर जवाब देने का वादा करके विदा किया और विमल बाबू को बुलाकर बोले—आज चौधरी साहब कृष्णा की शादी की बातचीत करने आये थे। आप तो उन्हें जानते होंगे ? अच्छे रईस हैं। आठ हजार रुपये दे रहे हैं। मैंने कह दिया है, सोचकर जवाब दूँगा। आपकी क्या राय है ? यह शादी मंजूर कर लूँ ?

विमल बाबू ने चकित होकर कहा—यह आप क्या फरमाते हैं ? कृष्णा की शादी तो तारा से ठीक हो चुकी है न ?

चचा साहब ने अनजान बनकर कहा—यह तो मुझे आज मालूम हो रहा है। किसने ठीक की है यह शादी ? आपसे तो मुझसे इस विषय में कोई भी बातचीत नहीं हुई।

विमल बाबू जरा गर्म होकर बोले—जो बात आज दस-बारह साल से सुनता हूँ, क्या उसकी तसदीक भी करनी चाहिए थी ? मैं तो इसे तय समझे बैठा हूँ। मैं ही क्या, सारा मुहल्ला तय समझ रहा है।

चचा साहब ने बदनामी के भय से जरा दबकर कहा—भाई साहब, हक तो यह है कि मैं जब कभी इस सम्बन्ध की चर्चा करता था, दिल्लगी के तौर पर लेकिन खैर, मैं आपको निराश नहीं करना चाहता। आप मेरे पुराने मित्र हैं। मैं आपके साथ सब तरह की रिआयत करने को तैयार हूँ। मुझे आठ हजार मिल रहे हैं। आप मुझे सात ही हजार दीजिए—छः हजार ही दीजिए।

विमल बाबू ने उदासीन भाव से कहा—आप मुझसे मजाक कर रहे हैं या सचमुच दहेज माँग रहे हैं, मुझे यकीन नहीं आता।

चचा साहब ने माथा सिकोड़कर कहा—इसमें मजाक की तो कोई बात नहीं। मैं आपके सामने चौधरी से बातें कर सकता हूँ।

विमल बाबू—आपने तो यह नया प्रश्न छेड़ दिया। मुझे तो स्वप्न में भी गुमान न था कि हमारे और आपके बीच में यह प्रश्न खड़ा होगा। ईश्वर ने आपको बहुत कुछ दिया है। दस-पाँच हजार में आपका कुछ न बनेगा। हाँ, यह रकम मेरी सामर्थ्य से बाहर है। मैं तो आपसे दया ही की भिक्षा माँग सकता हूँ। आज दस-बारह साल से हम कृष्णा को अपना दामाद समझते आ रहे हैं। आपकी बातों से भी कई बार इसकी तसदीक हो चुकी है। कृष्णा और तारा में जो प्रेम है, वह आपसे छिपा नहीं है। ईश्वर के लिए थोड़े-से रुपयों के वास्ते कई जनों का खून न कीजिए।

चचा साहब ने धृष्टता से कहा—विमल बाबू, मुझे खेद है कि मैं इस विषय में और नहीं दब सकता।

विमल बाबू जरा तेज होकर बोले—आप मेरा गला घोंट रहे हैं !

चचा—आपको मेरा एहसान मानना चाहिए कि कितनी रिआयत कर रहा हूँ।

विमल—क्यों न हो, आप मेरा गला घोंटें और मैं आपका एहसान मानूँ ? मैं इतना उदार नहीं हूँ। अगर मुझे मालूम होता कि आप इतने लोभी हैं, तो आपसे दूर ही रहता। मैं आपको सज्जन समझता था। अब मालूम हुआ कि आप भी कौड़ियों के गुलाम हैं। जिसकी निगाह में मुरौवत नहीं, जिसकी बातों का कोई विश्वास नहीं, उसे मैं शरीफ नहीं कह सकता। आपको अख्तियार है, कृष्णा बाबू की शादी जहाँ चाहें करें; लेकिन आपको हाथ न मलना पड़े, तो कहिएगा। तारा का विवाह तो कहीं-न-कहीं हो ही जायेगा और ईश्वर ने चाहा तो किसी अच्छे ही घर में होगा। संसार में सज्जनों का अभाव नहीं है; मगर आपके हाथ अपयश के सिवा और कुछ न लगेगा।

चचा साहब ने त्यौरियाँ चढ़ाकर कहा—अगर आप मेरे घर में न होते, तो इस अपमान का कुछ जवाब देता !

विमल बाबू ने छड़ी उठा ली और कमरे से बाहर जाते हुए कहा—आप मुझे क्या जवाब देंगे ? आप जवाब देने के योग्य ही नहीं हैं।

उसी दिन शाम को जब मैं बैरक से आया और जलपान करके विमल बाबू के घर जाने लगा, तो चची ने कहा—कहाँ जाते हो ? विमल बाबू से और तुम्हारे चचाजी से आज एक झड़प हो गयी।

मैंने ठिठककर ताज्जुब के साथ कहा—झड़प हो गयी ! किस बात पर ?

चची ने सारा-का-सारा वृत्तान्त कह सुनाया और विमल को जितने काले रंगों में रँग सकीं, रँगा—तुमसे क्या कहूँ बेटा, ऐसा मुँहफट तो आदमी ही नहीं देखा। हजारों ही गालियाँ दीं, लड़ने पर आमादा हो गया।

मैंने एक मिनट तक सन्नाटे में खड़े रहकर कहा—अच्छी बात है, वहाँ न जाऊँगा। बैरक जा रहा हूँ। चची बहुत रोयीं-चिल्लायीं; पर मैं एक क्षण-भर भी न ठहरा। ऐसा जान पड़ता था, जैसे कोई मेरे हृदय में भाले भोंक रहा है। घर से बैरक तक पैदल जाने में शायद मुझे दस मिनट से ज्यादा न लगे होंगे। बार-बार जी झुँझलाता था; चचा साहब पर नहीं, विमल बाबू पर भी नहीं, केवल अपने ऊपर। क्यों मुझमें इतनी हिम्मत नहीं है कि जाकर चचा साहब से कह दूँ—कोई मुझे लाख रुपये भी दे, तो शादी न करूँगा। मैं क्यों इतना डरपोक, इतना तेजहीन, इतना दब्बू हो गया ?

इसी क्रोध में मैंने पिताजी को एक पत्र लिखा और वह सारा वृत्तांत सुनाने के बाद अन्त में लिखा—मैंने निश्चय कर लिया है कि और कहीं शादी न करूँगा,

चाहे मुझे आपकी अवज्ञा ही क्यों न करनी पड़े। उस आवेश में न जाने क्या-क्या लिख गया, अब याद भी नहीं। इतना ही याद है कि दस-बारह पन्ने दस मिनट में लिख डाले थे। सम्भव होता तो मैं यही सारी बातें तार से भेजता।

तीन दिन मैंने बड़ी व्यग्रता के साथ काटे। उसका केवल अनुमान किया जा सकता है। सोचता, तारा हमें अपने मन में कितना नीच समझ रही होगी। कई बार जी में आया कि चलकर उसके पैरों पर गिर पड़ूँ और कहूँ—देवी, मेरा अपराध क्षमा करो—चचा साहब के कठोर व्यवहार की परवा न करो मैं तुम्हारा था और तुम्हारा हूँ। चचा साहब मुझसे बिगड़ जायँ, पिताजी घर से निकाल दें, मुझे किसी की परवा नहीं है; लेकिन तुम्हें खोकर मेरा जीवन ही खो जायेगा।

तीसरे दिन पत्र का जवाब आया। रही-सही आशा भी टूट गयी। वही जवाब था जिसकी मुझे शंका थी। लिखा था—भाई साहब मेरे पूज्य हैं। उन्होंने जो निश्चय किया है, उसके विरुद्ध मैं एक शब्द भी मुँह से नहीं निकाल सकता और तुम्हारे लिए भी यही उचित है कि उन्हें नाराज न करो।

मैंने उस पत्र को फाड़कर पैरों से कुचल दिया और उसी वक्त विमल बाबू के घर की तरफ चला। आह ! उस वक्त अगर कोई मेरा रास्ता रोक लेता, मुझे धमकाता कि उधर मत जाओ, तो मैं विमल बाबू के पास जाकर ही दम लेता और आज मेरा जीवन कुछ और ही होता; पर वहाँ मना करने वाला कौन बैठा था। कुछ दूर चलकर हिम्मत हार बैठा। लौट पड़ा। कह नहीं सकता, क्या सोचकर लौटा। चचा साहब की अप्रसन्नता का मुझे रत्ती-भर भी भय न था। उनकी अब मेरे दिल में जरा भी इज्जत न थी। मैं उनकी सारी सम्पत्ति को ठुकरा देने को तैयार था। पिताजी के नाराज हो जाने का भी डर न था। संकोच केवल यह था—कौन मुँह लेकर जाऊँ ! आखिर मैं उन्हीं चचा का भतीजा तो हूँ। विमल बाबू मुझसे मुखातिब न हुए या जाते-ही-जाते दुत्कार दिया, तो मेरे लिए डूब मरने के सिवा और क्या रह जायगा ? सबसे बड़ी शंका यह थी कि कहीं तारा ही मेरा तिरस्कार कर बैठे तो मेरी क्या गति होगी। हाय ! अहृदय तारा ! निष्ठुर तारा ! अबोध तारा ! अगर तूने उस वक्त दो शब्द लिखकर मुझे तसल्ली दे दी होती, तो आज मेरा जीवन कितना सुखमय होता। तेरे मौन ने मुझे मटियामेट कर दिया—सदा के लिए ! आह, सदा के लिए।

3

तीन दिन फिर मैंने अंगारों पर लोट-लोटकर काटे। ठान लिया था कि अब किसी से न मिलूँगा। सारा संसार मुझे अपना शत्रु-सा दीखता था। तारा पर भी क्रोध आता

था। चचा साहब की तो सूरत से मुझे घृणा हो गयी थी; मगर तीसरे दिन शाम को चचाजी का रुक्का पहुँचा, मुझसे आकर मिल जाओ। जी में तो आया, लिख दूँ, मेरा आपसे कोई सम्बन्ध नहीं, आप समझ लीजिए, मैं मर गया। मगर फिर उनके स्नेह और उपकारों की याद आ गयी। खरी-खरी सुनाने का भी अच्छा अवसर मिल रहा था। हृदय में युद्ध का नशा और जोश भरे हुए मैं चचाजी की सेवा में पहुँच गया।

चचाजी ने मुझे सिर से पैर तक देखकर कहा—क्या आजकल तुम्हारी तबियत अच्छी नहीं है ? आज रायसाहब सीताराम तशरीफ लाये थे। तुमसे कुछ बातें करना चाहते हैं। कल सबेरे मौका मिले, तो चले आना या तुम्हें लौटने की जल्दी न हो, तो मैं इसी वक्त बुला भेजूँ।

मैं समझ तो गया कि यह रायसाहब कौन हैं; लेकिन अनजान बनकर बोला—यह रायसाहब कौन हैं ? मेरा तो उनसे परिचय नहीं है।

चचाजी ने लापरवाही से कहा—अजी, यह वही महाशय हैं, जो तुम्हारे ब्याह के लिए घेरे हुए हैं। शहर के रईस और कुलीन आदमी हैं। लड़की भी बहुत अच्छी है। कम-से-कम तारा से कई गुनी अच्छी। मैंने हाँ कर लिया है। तुम्हें भी जो बातें पूछनी हों, उनसे पूछ लो।

मैंने आवेश के उमड़ते हुए तूफान को रोककर कहा—आपने नाहक हाँ की। मैं अपना विवाह नहीं करना चाहता।

चचाजी ने मेरी तरफ आँखें फाड़कर कहा—क्यों ?

मैंने उसी निर्भीकता से जवाब दिया—इसीलिए कि मैं इस विषय में स्वाधीन रहना चाहता हूँ।

चचा साहब ने जरा नर्म होकर कहा—मैं अपनी बात दे चुका हूँ, क्या तुम्हें इसका कुछ खयाल नहीं है ?

मैंने उद्दण्डता से जवाब दिया—जो बात पैसों पर बिकती है, उसके लिए मैं अपनी जिन्दगी नहीं खराब कर सकता।

चचा साहब ने गम्भीर भाव से कहा—यह तुम्हारा आखिरी फैसला है ?

'जी हाँ, आखिरी।'

'पछताना पड़ेगा।'

'आप इसकी चिन्ता न करें। आपको कष्ट देने न आऊँगा।'

'अच्छी बात है।'

यह कहकर वह उठे और अन्दर चले गये। मैं कमरे से निकला और बैरक की तरफ चला। सारी पृथ्वी चक्कर खा रही थी, आसमान नाच रहा था और मेरी देह हवा में उड़ी जाती थी। मालूम होता था, पैरों के नीचे की जमीन है ही नहीं।

बैरक में पहुँचकर मैं पलंग पर लेट गया और फूट-फूटकर रोने लगा। माँ-बाप, चाचा-चाची, धन-दौलत, सबकुछ होते हुए भी मैं अनाथ था। उफ ! कितना निर्दय आघात था !

4

सबेरे हमारे रेजिमेंट को देहरादून जाने का हुक्म हुआ। मुझे आँखें-सी मिल गयीं। अब लखनऊ काटे खाता था। उसके गली-कूचों तक से घृणा हो गयी थी। एक बार जी में आया, चलकर तारा से मिल लूँ; मगर फिर वही शंका हुई—कहीं वह मुखातिब न हुई तो ? विमल बाबू इस दशा में भी मुझसे उतना ही स्नेह दिखायेंगे, जितना अब तक दिखाते आये हैं, इसका मैं निश्चय न कर सका। पहले मैं एक धनी परिवार का दीपक था, अब एक अनाथ युवक, जिसे मजूरी के सिवा और कोई अवलम्ब नहीं था।

देहरादून में अगर कुछ दिन मैं शान्ति से रहता, तो सम्भव था, मेरा आहत हृदय सँभल जाता और मैं विमल बाबू को मना लेता; लेकिन वहाँ पहुँचे एक सप्ताह भी न हुआ था कि मुझे तारा का पत्र मिल गया। पते को देखकर मेरे हाथ काँपने लगे। समस्त देह में कंपन-सा होने लगा। शायद शेर को सामने देखकर मैं इतना भयभीत न होता। हिम्मत ही न पड़ती थी कि उसे खोलूँ। वही लिखावट थी, वही मोतियों की लड़ी, जिसे देखकर मेरे लोचन तृप्त-से हो जाते थे, जिसे चूमता था और हृदय से लगाता था, वही काले अक्षर आज नागिनों से भी ज्यादा डरावने मालूम होते थे। अनुमान कर रहा था कि उसने क्या लिखा होगा; पर अनुमान की दूर तक दौड़ भी पत्र के विषय तक न पहुँच सकी। आखिर, एक बार कलेजा मजबूत करके मैंने पत्र खोल डाला। देखते ही आँखों में अँधेरा छा गया। मालूम हुआ, किसी ने शीशा पिघलाकर पिला दिया। तारा का विवाह तय हो गया था। शादी होने में कुल चौबीस घंटे बाकी थे। उसने मुझसे अपनी भूलों के लिए क्षमा माँगी थी और विनती की थी कि मुझे भुला मत देना। पत्र का अंतिम वाक्य पढ़कर मेरी आँखों से आँसुओं की झड़ी लग गयी। लिखा था—यह अंतिम प्यार लो। अब आज से मेरे और तुम्हारे बीच में केवल मैत्री का नाता है। मगर कुछ और समझूँ तो वह अपने पति के साथ अन्याय होगा, जिसे शायद तुम सबसे ज्यादा नापसंद करोगे। बस इससे अधिक और न लिखूँगी। बहुत अच्छा हुआ कि तुम यहाँ से चले गये। तुम यहाँ रहते, तो तुम्हें भी दुःख होता और मुझे भी। मगर प्यारे ! अपनी इस अभागिनी तारा को भूल न जाना। तुमसे यही अन्तिम निवेदन है।

मैं पत्र को हाथ में लिये-लिये लेट गया। मालूम होता था, छाती फट जायेगी ! भगवान्, अब क्या करूँ ? जब तक मैं लखनऊ पहुँचूँगा, बारात द्वार पर आ चुकी

होगी, यह निश्चय था। लेकिन तारा के अंतिम दर्शन करने की प्रबल इच्छा को मैं किसी तरह न रोक सकता था। वही अब जीवन की अंतिम लालसा थी।

मैंने जाकर कमांडिंग आफिसर से कहा—मुझे एक बड़े जरूरी काम से लखनऊ जाना है। तीन दिन की छुट्टी चाहता हूँ।

साहब ने कहा—अभी छुट्टी नहीं मिल सकती।

'मेरा जाना जरूरी है।'

'तुम नहीं जा सकते।'

'मैं किसी तरह नहीं रुक सकता।'

'तुम किसी तरह नहीं जा सकते।'

मैंने और अधिक आग्रह न किया। वहाँ से चला आया। रात की गाड़ी से लखनऊ जाने का निश्चय कर लिया। कोर्ट-मार्शल का अब मुझे जरा भी डर न था।

5

जब मैं लखनऊ पहुँचा, तो शाम हो गयी थी। कुछ देर तक मैं प्लेटफार्म से दूर खड़ा खूब अँधेरा हो जाने का इन्तजार करता रहा। तब अपनी किस्मत के नाटक का सबसे भीषण कांड देखने चला। बारात द्वार पर आ गयी थी। गैस की रोशनी हो रही थी। बाराती लोग जमा थे। हमारे मकान की छत तारा की छत से मिली हुई थी। रास्ता मरदाने कमरे की बगल से था। चचा साहब शायद कहीं सैर करने गये हुए थे। नौकर-चाकर सब बारात की बहार देख रहे थे। मैं चुपके से जीने पर चढ़ा और छत पर जा पहुँचा। वहाँ उस वक्त बिलकुल सन्नाटा था। उसे देखकर मेरा दिल भर आया। हाय ! यही वह स्थान है, जहाँ हमने प्रेम के आनन्द उठाये थे। यहीं मैं तारा के साथ बैठकर जिन्दगी के मनसूबे बाँधता था ! यही स्थान मेरी आशाओं का स्वर्ग और मेरे जीवन का तीर्थ था। इस जमीन का एक-एक अणु मेरे लिए मधुर-स्मृतियों से पवित्र था। पर हाय ! मेरे हृदय की भाँति आज वह भी ऊजड़, सुनसान, अँधेरा था। मैं उसी जमीन से लिपटकर खूब रोया, यहाँ तक कि हिचकियाँ बँध गयीं। काश ! उस वक्त तारा वहाँ आ जाती, तो मैं उसके चरणों पर सिर रखकर हमेशा के लिए सो जाता ! मुझे ऐसा भासित होता था कि तारा की पवित्र आत्मा मेरी दशा पर रो रही है। आज भी तारा यहाँ जरूर आयी होगी। शायद इसी जमीन पर लिपटकर वह भी रोयी होगी। उस भूमि से उसके सुगन्धित केशों की महक आ रही थी। मैंने जेब से रूमाल निकाला और वहाँ की धूल जमा करने लगा। एक क्षण में मैंने सारी छत साफ कर डाली और अपनी अभिलाषाओं

की इस राख को हाथ में लिये घण्टों रोया। यही मेरे प्रेम का पुरस्कार है, यही मेरी उपासना का वरदान है, यही मेरे जीवन की विभूति है। हाय री दुराशा !

नीचे विवाह के संस्कार हो रहे थे। ठीक आधी रात के समय वधू मण्डप के नीचे आयी, अब भाँवरें होंगी। मैं छत के किनारे चला आया और वह मर्मान्तक दृश्य देखने लगा। बस, यही मालूम हो रहा था कि कोई हृदय के टुकड़े किये डालता है। आश्चर्य है, मेरी छाती क्यों न फट गयी, मेरी आँखें क्यों न निकल पड़ीं। वह मण्डप मेरे लिए एक चिता थी, जिसमें वह सबकुछ, जिस पर मेरे जीवन का आधार था, जला जा रहा था।

भाँवरें समाप्त हो गयीं तो मैं कोठे से उतरा। अब क्या बाकी था ? चिता की राख भी जलमग्न हो चुकी थी। दिल को थामे, वेदना से तड़पता हुआ, जीने के द्वार तक आया; मगर द्वार बाहर से बन्द था। अब क्या हो ? उल्टे पाँव लौटा। अब तारा के आँगन से होकर जाने के सिवा दूसरा रास्ता न था। मैंने सोचा, इस जमघट में मुझे कौन पहचानता है, निकल जाऊँगा। लेकिन ज्योंही आँगन में पहुँचा, तारा की माताजी की निगाह पड़ गयी। चौंककर बोलीं—कौन, कृष्णा बाबू ? तुम कब आये ? आओ, मेरे कमरे में आओ। तुम्हारे चचा साहब के भय से हमने तुम्हें न्यौता नहीं भेजा। तारा प्रातःकाल विदा हो जायेगी। आओ, उससे मिल लो। दिन-भर से तुम्हारी रट लगा रही है।

यह कहते हुए उन्होंने मेरा बाजू पकड़ लिया और मुझे खींचते हुए अपने कमरे में ले गयीं। फिर पूछा—अपने घर से होते हुए आये हो न ?

मैंने कहा—मेरा घर यहाँ कहाँ है ?

'क्यों, तुम्हारे चचा साहब नहीं हैं ?'

'हाँ, चचा साहब का घर है, मेरा घर अब कहीं नहीं है। बनने की कभी आशा थी, पर आप लोगों ने वह भी तोड़ दी।'

'हमारा इसमें क्या दोष था भैया ? लड़की का ब्याह तो कहीं-न-कहीं करना था। तुम्हारे चचाजी ने तो हमें मँझधार में छोड़ दिया था। भगवान् ही ने उबारा। क्या अभी स्टेशन से चले आ रहे हो ? तब तो अभी कुछ खाया भी न होगा।'

'हाँ, थोड़ा-सा जहर लाकर दीजिए, यही मेरे लिए सबसे अच्छी दवा है।'

वृद्धा विस्मित होकर मुँह ताकने लगी। मुझे तारा से कितना प्रेम था, वह बेचारी क्या जानती थी ?

मैंने उसी विरक्ति के साथ फिर कहा—जब आप लोगों ने मुझे मार डालने ही का निश्चय कर लिया, तो अब देर क्यों करती हैं ? आप मेरे साथ यह दगा करेंगी यह मैं न समझता था। खैर, जो हुआ, अच्छा ही हुआ। चचा और बाप की आँखों से गिरकर मैं शायद आपकी आँखों में भी न जँचता।

बुढ़िया ने मेरी तरफ शिकायत की नजरों से देखकर कहा—तुम हमको इतना स्वार्थी समझते हो, बेटा।

मैंने जले हुए हृदय से कहा—अब तक तो न समझता था लेकिन परिस्थिति ने ऐसा समझने को मजबूर किया। मेरे खून का प्यासा दुश्मन भी मेरे ऊपर इससे घातक वार न कर सकता। मेरा खून आप ही की गरदन पर होगा।

'तुम्हारे चचाजी ने ही तो इन्कार कर दिया ?'

'आप लोगों ने मुझसे भी कुछ पूछा, मुझसे भी कुछ कहा, मुझे भी कुछ कहने का अवसर दिया ? आपने तो ऐसी निगाहें फेरीं जैसे आप दिल से यही चाहती थीं। मगर अब आपसे शिकायत क्यों करूँ ? तारा खुश रहे, मेरे लिए यही बहुत है।'

'तो बेटा, तुमने भी तो कुछ नहीं लिखा; अगर तुम एक पुरजा भी लिख देते, तो हमें तस्कीन हो जाती। हमें क्या मालूम था कि तुम तारा को इतना प्यार करते हो। हमसे जरूर भूल हुई; मगर उससे बड़ी भूल तुमसे हुई। अब मुझे मालूम हुआ कि तारा क्यों बराबर डाकिये को पूछती रहती थी। अभी कल वह दिन-भर डाकिये की राह देखती रही। जब तुम्हारा कोई खत नहीं आया, तब वह निराश हो गयी। बुला दूँ उसे ? मिलना चाहते हो ?'

मैंने चारपाई से उठकर कहा—नहीं-नहीं, उसे मत बुलाइए। मैं अब उसे नहीं देख सकता। उसे देखकर मैं न-जाने क्या कर बैठूँ।

यह कहता हुआ मैं चल पड़ा। तारा की माँ ने कई बार पुकारा पर मैंने पीछे फिर कर भी न देखा।

यह है मुझ निराश की कहानी। इसे आज दस साल गुजर गये। इन दस सालों में मेरे ऊपर जो कुछ बीती, उसे मैं ही जानता हूँ। कई-कई दिन मुझे निराहार रहना पड़ा है। फौज से तो उसके तीसरे ही दिन निकाल दिया गया था। अब मारे-मारे फिरने के सिवा मुझे कोई काम नहीं। पहले तो काम मिलता ही नहीं और अगर मिल भी गया, तो मैं टिकता नहीं। जिन्दगी पहाड़ हो गयी है। किसी बात की रुचि नहीं रही। आदमी की सूरत से दूर भागता हूँ।

तारा प्रसन्न है। तीन-चार साल हुए, एक बार मैं उसके घर गया था। उसके स्वामी ने बहुत आग्रह करके बुलाया था। बहुत कसमें दिलायीं। मजबूर होकर गया। वह कली अब खिलकर फूल हो गयी है। तारा मेरे सामने आयी। उसका पति भी बैठा हुआ था। मैं उसकी तरफ ताक न सका। उसने मेरे पैर खींच लिये। मेरे मुँह से एक शब्द भी न निकला। अगर तारा दुखी होती, कष्ट में होती, फटेहालों में होती, तो मैं उस पर बलि हो जाता; पर सम्पन्न, सरस, विकसित तारा मेरी संवेदना के योग्य न थी। मैं इस कुटिल विचार को न रोक सका—कितनी निष्ठुरता ! कितनी बेवफाई !

शाम को मैं उदास बैठा वहाँ जाने पर पछता रहा था कि तारा का पति आकर मेरे पास बैठ गया और मुस्कराकर बोला—बाबूजी, मुझे यह सुनकर खेद हुआ कि तारा से मेरे विवाह हो जाने का आपको बड़ा सदमा हुआ। तारा-जैसी रमणी शायद देवताओं को भी स्वार्थी बना देती; लेकिन मैं आपसे सच कहता हूँ, अगर मैं जानता कि आपको उससे इतना प्रेम है, तो मैं हरगिज आपकी राह का काँटा न बनता। शोक यही है कि मुझे बहुत पीछे मालूम हुआ। तारा मुझसे आपकी प्रेम-कथा कह चुकी है।

मैंने मुस्कराकर कहा—तब तो आपको मेरी सूरत से घृणा होगी।

उसने जोश से कहा—इसके प्रतिकूल मैं आपका आभारी हूँ। प्रेम का ऐसा पवित्र, ऐसा उज्ज्वल आदर्श आपने उसके सामने रखा। वह आपको अब भी उसी मुहब्बत से याद करती है। शायद कोई दिन ऐसा नहीं जाता कि आपका जिक्र न करती हो। आपके प्रेम को वह अपनी जिन्दगी की सबसे प्यारी चीज समझती है। आप शायद समझते हों कि उन दिनों को याद करके उसे दुःख होता होगा। बिल्कुल नहीं, वही उसके जीवन की सबसे मधुर स्मृतियाँ हैं। वह कहती है, मैंने अपने कृष्णा को तुममें पाया है।

मेरे लिए इतना ही काफी है।

उन्माद

मनहर ने अनुरक्त होकर कहा—वह सब तुम्हारी कुर्बानियों का फल है वागी। नहीं तो आज मैं किसी अँधेरी गली में, किसी अँधेरे मकान के अन्दर अँधेरी जिन्दगी के दिन काटता होता। तुम्हारी सेवा और उपकार हमेशा याद रहेंगे, तुमने मेरा जीवन सुधार दिया—मुझे आदमी बना दिया।

वागेश्वरी ने सिर झुकाए हुए नम्रता से उत्तर दिया—यह तुम्हारी सज्जनता, ही मानूँ, मैं बेचारी भला तुम्हारी जिन्दगी क्या सुधारूँगी? हाँ, तुम्हारे साथ मैं एक दिन आदमी बन जाऊँगी। तुमने परिश्रम किया, उसका पुरस्कार पाया। जो अपनी मदद आप करते हैं, उनकी मदद परमात्मा भी करते हैं, अगर मुझ-जैसी गँवारिन किसी और के पाले पड़ती, तो अब तक न जाने क्या गत बनी होती।

मनहर मानो इस बहस में अपना पक्ष-समर्थ करने के लिए कमर बाँधता हुआ बोला—तुम जैसी गँवारिन पर मैं एक लाख सजी हुई गुड़ियों और रंगीन तितलियों को न्योछावर कर सकता हूँ। तुमने करने का वह अवसर और अवकाश दिया, जिसके बिना कोई सफल हो ही नहीं सकता। अगर तुमने अपनी अन्य विलास-प्रिय, रंगीन-मिजाज बहनों की तरह मुझे अपने तकाजों से दबा रखा होता, तो मुझे उन्नति करने का अवसर कहाँ मिलता? तुमने मुझे वह निश्चिन्तता प्रदान की, जो स्कूल के दिनों में भी न मिली थीं। अपने और सहकारियों को देखता हूँ, तो मुझे उन पर दया आती है। किसी का खर्च पूरा नहीं पड़ता। आधा महीना भी नहीं जाने पाता और हाथ खाली हो जाता है। कोई दोस्तों से उधार माँगता है, कोई घरवालों को खत लिखता है कोई गहनों की फिक्र मे मरा जाता है, कोई कपड़ों की। कभी नौकरी की टोह में हैरान, कभी वैद्य की टोह में परेशान। किसी को शान्ति नहीं। आए दिन स्त्री-पुरुष में जूते चलते हैं। अपना-जैसा भाग्यवान् तो मुझे कोई दीख नहीं पड़ता। मुझे घर के सारे आनन्द प्राप्त हैं और जिम्मेदारी एक भी नहीं। तुमने ही मेरे हौसलों को उभारा, मुझे उत्तेजना दी। जब कभी मेरा उत्साह टूटने लगता था, तो तुम मुझे तसल्ली देती थीं। मुझे मालूम ही नहीं हुआ कि तुम घर का प्रबन्ध कैसे करती हो। तुमने मोटे-से-मोटे काम अपने हाथों से किया, जिससे मुझे पुस्तकों

के लिए रुपए की कमी न हो। तुम्हीं मेरी देवी हो और तुम्हारी बदौलत ही आज मुझे यह सौभाग्य प्राप्त हुआ है। मैं तुम्हारी इन सेवाओं की स्मृति को हृदय में सुरक्षित रखूँगा वागी, और एक दिन वह आयेगा जब तुम अपने त्याग और तप का आनन्द उठाओगी।

वागेश्वरी ने गद्‌गद होकर कहा—तुम्हारे ये शब्द मेरे लिए सबसे बड़े पुरस्कार हैं, मानू! मैं और किसी पुरस्कार की भूखी नहीं। मैंने जो कुछ तुम्हारी थोड़ी-बहुत सेवा की, उसका इतना यश मुझे मिलेगा; मुझे तो आशा भी न थी।

मनहरनाथ का हृदय इस समय उदार भावों से उमड़ा हुआ था। वह यों बहुत ही अल्पभाषी, कुछ रूखा आदमी था और शायद वागेश्वरी के मन में उसकी शुष्कता पर दुख भी हुआ हो; पर इस समय सफलता के नशे ने उसकी वाणी में पर-से लगा दिए थे। बोला—जिस समय मेरे विवाह की बातचीत हो रही थी, मैं बहुत शंकित था। समझ गया कि मुझे जो कुछ होना था, हो चुका। अब सारी उम्र देवीजी की नाजबरदारी में गुजरेगी। बड़े-बड़े अँगरेज विद्वानों की पुस्तकें पढ़ने से मुझे भी विवाह से घृणा हो गई थी। मैं इसे उम्र कैद समझने लगा था, जो आत्मा और बुद्धि की उन्नति का द्वार बन्द कर देती है, जो मनुष्य को स्वार्थ का भक्त बना देती है, जो जीवन के क्षेत्र को संकीर्ण कर देती है। मगर दो ही चार मास के बाद मुझे अपनी भूल मालूम हुई। मुझे मालूम हुआ कि सुभार्या स्वर्ग की सबसे बड़ी विभूति है, जो मनुष्य को उज्ज्वल और पूर्ण बना देती है, जो आत्मोन्नति का मूल-मन्त्र है। मुझे मालूम हुआ कि विवाह का उद्देश्य भोग नहीं, आत्मा का विकास है।

वागेश्वरी मनहर की नम्रता और सहन न कर सकी। वह किसी बात के बहाने से उठकर चली गयी।

मनहर और वागेश्वरी का विवाह हुए तीन साल गुजरे थे। मनहर उस समय एक दफ्तर में क्लर्क था। सामान्य युवकों की भाँति उसे भी जासूसी उपन्यासों से बहुत प्रेम था। धीरे-धीरे उसे जासूसी का शौक हुआ। इस विषय पर उसने बहुत-सा साहित्य जमा किया और बड़े मनोयोग से उनका अध्ययन किया। इसके बाद उसने उस विषय पर स्वयं एक किताब लिखी। रचना में उसने ऐसी विलक्षण विवेचन-शक्ति का परिचय दिया, उसकी शैली भी इतनी रोचक थी, कि जनता ने उसे हाथों-हाथ लिया। इस विषय पर वजह सर्वोत्तम ग्रन्थ थी।

देश में धूम मच गयी। यहाँ तक कि इटली और जर्मनी-जैसे देशों से उसके पास प्रशंसा-पत्र आये और इस विषय की पत्रिकाओं में अच्छी-अच्छी आलोचनाएँ निकलीं। अन्त में सरकार ने भी अपने गुणग्राहकता का परिचय दिया—उसे इंगलैंड जाकर इस कला का अभ्यास करने के लिए वृत्ति प्रदान की। और यह सब कुछ वागेश्वरी की सत्प्रेरणा का शुभ-फल था।

मनहर की इच्छा थी कि वागेश्वरी भी साथ चले; पर वागेश्वरी उनके पाँव की बेड़ी न बनना चाहती थी। उसने घर रहकर सास-ससुर की सेवा करना ही उचित समझा।

मनहर के लिए इंगलैंड एक दूसरी ही दुनिया थी, जहाँ उन्नति के मुख्य साधनों में एक रूपवती पत्नी का होना भी जरूरी था। अगर पत्नी रूपवती है, चपल है, चतुर है, वाणी कुशल है, प्रगल्भ है, तो समझ लो कि उसके पति को सोने की खान मिल गयी, अब वह उन्नति के शिखर पर पहुँच सकता है। मनोयोग और तपस्या के बूते पर नहीं, पत्नी के प्रभाव और आकर्षक के तेज पर। उस संसार के रूप और लावण्य-व्रत के बंधनों से मुक्त, एक अबाध सम्पत्ति थी! जिसने किसी रमणी को प्राप्त कर लिया; उसकी मानों तकदीर खुल गई। यदि कोई सुन्दरी तुम्हारी सहधर्मिणी नहीं है, तो तुम्हारा सारा उद्योग, सारी कार्यपटुता निष्फल है, कोई तुम्हारा पुरसाँहाल न होगा; अतएव वहाँ लोग रूप को व्यापारिक दृष्टि से देखते थे।

साल ही भर के अंग्रेजी-समाज के संसर्ग ने मनहर की मनोवृत्तियों में क्रांति पैदा कर दी। उसके मिजाज मे सांसारिकता का इतना प्रधान हो गया कि कोमल भावों के लिए वहाँ कोई स्थान ही न रहा। वागेश्वरी उसके विद्याभ्यास में सहायक होती थी; पर उस अधिकार और पद की ऊँचाइयों पर न पहुँचा सकती थी। उसके त्याग और सेवा का महत्त्व भी अब मनहर की निगाहों में कम होता जा रहा था। वागेश्वरी अब उसे एक व्यर्थ-सी वस्तु मालूम होती थी, क्योंकि उसकी भौतिक दृष्टि से हर एक वस्तु का मूल्य उससे होने वाले लाभ पर ही अवलंबित था। अपना पूर्व-जीवन अब उसे हास्यप्रद जान पड़ता था। चंचल, हँसमुख, विनोदिनी अंग्रेज-युवतियों के सामने वागेश्वरी एक हल्की, तुच्छ-सी वस्तु जान पड़ती—इस विद्युत-प्रकाशन में वह दीपक अब मलिन पड़ गया था। यहाँ तक कि शनैः शनैः उसका वह मलिन प्रकाश भी लुप्त हो गया।

मनहर ने अपने भविष्य का निश्चय कर लिया। यह भी एक रमणी की रूप-नौका द्वारा ही अपने लक्ष्य पर पहुँचेगा। इसके सिवा और कोई उपाय न था।

2

रात के नौ बजे थे। मनहर लंदन के एक फैशनेबुल रेस्ट्राँ मे बना-ठना बैठा था। उसका रंग-रूप और ठाठ-बाट देखकर सहसा यह कोई नहीं कह सकता था कि अंग्रेज नहीं है लंदन मे भी उसके सौभाग्य ने उसका साथ दिया था। उसने चोरी के कई गहरे मुआमलों का पता लगा दिया था, इसलिए उसे धन और यश दोनों ही मिल रहे थे। वह अब यहाँ के भारतीय समाज का एक प्रमुख अंग बन गया था, जिसके आतिथ्य और सौजन्य की सभी सराहना करते थे। उसका लबोलहजा

भी अंग्रेजों से मिलता-जुलता था। उसके सामने मेज की दूसरी ओर एक रमणी बैठी हुई उनकी बातें बड़े ध्यान से सुन रही थी। उसके अंग-अंग से यौवन टपक पड़ता था। भारत के अद्‌भूत वृत्तांत सुन-सनकर उसकी आँखें खुशी से चमक रही थीं। मनहर चिड़िया के सामने दाने बिखेर रहा था।

मनहर—विचित्र देश है जेनी, अत्यन्त विचित्र। पाँच-पाँच साल के दूल्हे तुम्हें भारत के सिवा और कहीं देखने को न मिलेंगे। लाल रंग के कामदार कपड़े, सिर पर चमकता हुआ लम्बा टोप, चेहरे पर फूलों का झालरदार बुर्का, घोड़े पर सवार चले जा रहे हैं। दो आदमी दोनों तरफ से छतरियाँ लगाए हुए हैं। हाथों में मेंहदी लगी हुई?

जेनी—मेंहदी क्यों लगाते हैं?

मनहर—जिसमें हाथ लाल हो जाएँ। पैरों में भी रंग भरा जाता है। उँगलियों के नाखून लाल रंग दिए जाते हैं। वह दृश्य देखते ही बनता है।

जेनी—यह तो दिल में सनसनी पैदा करने वाला दृश्य होगा। दुलहिन भी इसी तरह सजायी जाती होगी?

मनहर—इससे कई गुनी अधिक। सिर से पाँव तक सोने-चाँदी के जेवरों से लदी हुई। ऐसा कोई अंग नहीं जिससे दो-दो, चार-चार गहने न हों।

जेनी—तुम्हारी शादी भी उसी तरह हुई होगी? तुम्हें बड़ा आनन्द आया होगा?

मनहर—हाँ, वही आनन्द आया था, जो तुम्हें मेरी-गो-राउण्ड पर चढ़ने में आता है। अच्छी-अच्छी चीजें खाने को मिलती है; अच्छे-अच्छे कपड़े पहनने को मिलते हैं। खूब नाच-तमाशे देखता था और शहनाइयों का गाना सुनता था। मजा तो तब आता है, तब दुलहिन अपने घर से विदा होती है। सारे घर में कुहराम मच जाता है। दुलहिन हर एक से लिपट-लिपटकर रोती है; जैसे मातम कर रही हो।

जेनी—दुलहिन रोती क्यों है?

मनहर—रोने का रिवाज चला आता है। हालाँकि सभी जानते हैं कि वह हमेशा के लिए नहीं चली जा रही है, फिर भी सारा घर इस तरह फूट-फूटकर रोता है, मानो वह कालेपानी भेजी जा रही हो।

जेनी—मैं तो इस तमाशे पर खूब हँसूँ।

मनहर—हँसने की बात ही है।

जेनी—तुम्हारी बीवी भी रोयी होगी?

मनहर—अजी, कुछ न पूछो, पछाड़ें खा रही थी, मानो मैं उसका गला घोंट दूँगा। मेरी पालकी से निकलकर भागी जाती थी; पर मैंने जोर से पकड़ कर अपनी बगल में बैठा लिया। तब मुझे दाँत काटने दौड़ी।

मिस जेनी ने जोर से कहकहा मारा और हँसी के साथ लेट गयीं। बोली—हॉरिबिल! हॉरिबिल! क्या अब भी दाँत काटती है?

मनहर—वह अब इस संसार में नहीं है, जेनी! उससे खूब काम लेता था। मैं सोता था, तो वह मेरे बदन में चम्पी लगाती थी, मेरे सिर में तेल डालती थीं, पंखा झलती थी।

जेनी—मुझे तो विश्वास नहीं आता। बिलकुल मूर्ख थी!

मनहर—कुछ न पूछो। दिन को किसी के सामने मुझसे बोलती भी न थी, मगर मैं उसका पीछा करता रहता था।

जेनी—ओ! नॉटी बॉय! तुम बड़े शरीफ हो। थी तो रूपवती?

मनहर—हाँ, उसका मुँह तुम्हारे तलवों जैसा था।

जेनी—नॉनसेंस! तुम ऐसी औरत के पीछे कभी न दौड़ते।

मनहर—उस वक्त मैं भी मूर्ख था, जेनी।

जेनी—ऐसी मूर्ख लड़की से तुमने विवाह क्यों किया?

मनहर—विवाह न करता तो माँ-बाप जहर खा लेते!

जेनी—वह तुम्हें प्यार कैसे करने लगी?

मनहर—और करती क्या? मेरे सिवा दूसरा था ही कौन? घर से बाहर न निकलने पाती थी, मगर प्यार हममें से किसी को न था। वह मेरी आत्मा और हृदय को सन्तुष्ट न कर सकती थी, जेनी! मुझे उन दिनों की याद आती है, तो ऐसा मालूम होता है कि कोई भयंकर स्वप्न था। उफ! अगर वह स्त्री आज जीवित होती, तो मैं किसी अँधेरे दफ्तर में बैठा कलम घिसता होता। इस देश में आकर मुझे यथार्थ ज्ञान हुआ कि संसार में स्त्री का क्या स्थान है, उसका क्या दायित्व है और जीवन उसके कारण कितना आनन्दप्रद हो जाता है। और जिस दिन तुम्हारे दर्शन हुए, वह तो मेरी जिन्दगी का सबसे मुबारक दिन था। याद है तुम्हें वह दिन? तुम्हारी वह सूरत मेरी आँखों में अब भी फिर रही है।

जेनी—अब मैं चली जाऊँगी। तुम मेरी खुशामद करने लगे।

3

भारत के मजदूर दल-सचिव थे लार्ड बारबर, और उनके प्राइवेट सेक्रेटरी थे मि॰ कावर्ड। लार्ड बारबर भारत के सच्चे मित्र समझे जाते थे। जब कंजरवेटिव और लिबरल दलों का अधिकार था, तो लार्ड बारबर भारत की बड़े जोरों से वकालत करते थे। वह इन मन्त्रियों पर ऐसे-ऐसे कटाक्ष करते कि उन बेचारों को कोई जवाब न सूझता। एक बार वह हिन्दुस्तान आए थे और यहाँ काँग्रेस मे शरीक भी हुए थे। उस समय उनकी उदार वक्तृताओं ने समस्त देश में आशा और उत्साह की एक लहर दौड़ा दी थीं काँगेस के जलसे के बाद वह जिस शहर में गये, जनता ने उनके रास्ते में आँखें बिछायीं, उनकी गाड़ियाँ खींची, उन पर फूल बरसाये। चारों

ओर से यही आवाज आती थी—यह है भारत का उद्धार करने वाला। लोगों को विश्वास हो गया कि भारत के सौभग्य से अगर कभी लार्ड बारबर को अधिकार प्राप्त हुआ, तो वह दिन भारत के इतिहास में मुबारक होगा।

लेकिन अधिकार पाते ही लार्ड बारबर में एक विचित्र परिवर्तन हो गया। उनके सारे सद्भाव, उनकी उदारता, न्यायपरायणता, सहानुभूति ये सभी अधिकार के भँवर में पड़ गये। और अब लार्ड बारबर और उनके पूर्वाधिकार के व्यवहार में लेशमात्र भी अन्तर न था। वह भी वही कर रहे थे, जो उनके पहले के लोग कर चुके थे। वही दमन था, वही जातिगत अभिमान, वही कट्टरता, वही संकीर्णता। देवता अधिकार के सिंहासन पर पाँव रखते ही अपने देवत्व खो बैठा था। अपने दो साल के अधिकार-काल में उन्होंने सैकड़ों ही अफसर नियुक्त किए थे; पर उनमें एक भी हिन्दुस्तानी न था। भारतवासी निराश हो-होकर उन्हें 'डाइहार्ड', 'धन का उपासक' और 'साम्राज्यवाद का पुजारी' कहने लगे थे। यह खुला हुआ रहस्य था कि जो कुछ करते थे, मि॰ कावर्ड करते थे। हक यह था कि लार्ड बारबर नीयत के इतने शेर थे, जितने दिल के कमजोर। हालाँकि परिणाम दोनों दशाओं में एक-सा था।

यह मि॰ कावर्ड एक ही महापुरुष थे। उनकी उम्र चालीस से अधिक गुज़र चुकी थी; पर अभी तक उन्होंने विवाह न किया था। शायद उनका ख़्याल था कि राजनीति के क्षेत्र में रहकर वैवाहिक जीवन का आनन्द नहीं उठा सकते। वास्तव में नवीनता के मधुप थे। उन्हें नित्य नये विनोद और आकर्षण, नित्य नये लिबास और उल्लास की टोह रहती थी। दूसरों के लगाये हुए बाग की सैर करके चित्त को प्रसन्न कर लेना इससे कहीं सरल था कि अपना बाग आप लगायें और उसकी रक्षा और सजावट में अपना सिर खपायें। उनको व्यावहारिक और व्यापारिक दृष्टि में यह लटका उससे कहीं आसान था।

दोपहर का समय था। मि॰ कावर्ड नाश्ता करके सिगार पी रहे थे कि मिस जेनी रोज के आने की खबर हुई। उन्होंने तुरन्त आईने के सामने खड़े होकर अपनी सूरत देखी, बिखरे हुए बालों को सँवारा, बहुमूल्य इत्र मला और सुख से स्वागत की सहास छवि दर्शाते हुए कमरे से निकलकर मिस रोज से हाथ मिलाया।

जेनी ने कमरे में कदम रखते ही कहा—अब मैं समझ गई कि क्यों कोई सुन्दरी तुम्हारी बात नहीं पूछती। आप अपने वादों को पूरा करना नहीं जानते।

मि॰ कावर्ड ने जेनी के लिए एक कुर्सी खींचते हुए कहा—मुझे बहुत खेद है मिस रोज कि मैं कल अपना वादा पूरा न कर सका। प्राइवेट सेक्रेटरियों का जीवन कुत्तों के जीवन से भी हेय है। बार-बार चाहता था कि दफ्तर में उठूँ; पर एक-न-एक कॉल ऐसा आ जाता था कि फिर रूक जाना पड़ता था! मैं तुमसे क्षमा माँगता हूँ। बॉल में तुम्हें खूब आनन्द आया होगा?

जेनी—मैं तुम्हें तलाश करती रही। जब तुम न मिले, तो मेरा जी खट्टा हो गया। मैं और किसी के साथ नहीं नाची! अगर तुम्हें नहीं जाना था, तो मुझे निमन्त्रण-पत्र क्यों दिलाया था?

कावर्ड ने जेनी को सिगार भेंट करते हुए कहा—तुम मुझे लज्जित कर रही हो, जेनी! मेरे लिए इससे ज्यादा खुशी की और क्या बात हो सकती थी कि तुम्हारे साथ नाचता? एक पुराना बैचलर होने पर भी मैं उस आनन्द की कल्पना कर सकता हूँ। बस, यही समझ लो कि तड़प-तड़प कर रह जाता था।

जेनी ने कठोर मुस्कान के साथ कहा—तुम इसी योग्य हो कि बैचलर बने रहो। यही तुम्हारी सज्जता है।

कावर्ड ने अनुरक्त होकर उत्तर दिया—तुम बड़ी कठोर हो, जेनी! तुम्हीं क्या, रमणियाँ सभी कठोर होती हैं। मैं कितनी ही परवशता दिखाऊँ, तुम्हें विश्वास न आयेगा। मुझे यह अरमान ही रह गया कि कोई सुन्दरी मेरे अनुराग और लगन का आदर करती।

जेनी—तुममें अनुराग हो भी तो? रमणियाँ ऐसे बहानेबाजी को मुँह नहीं लगातीं!

कावर्ड—फिर बहानेबाजी कहा—मजबूर क्यों नहीं कहती?

जेनी—मैं किसी की मजबूरी को नहीं मानती। मेरे लिए यह हर्ष और गौरव की बात नहीं हो सकती, कि आपको जब अपने सरकारी, अर्द्ध-सरकारी और गैर-सरकारी कामों से अवकाश मिले, तो आप मेरा मन रखने का एक क्षण के लिए अपने कोमल चरणों को कष्ट दें। मैं दफ्तर और काम के हीले नहीं सुनना चाहती। इसी कारण तुम अब तक झींख रहे हो।

कावर्ड ने गम्भीर भाव से कहा—तुम मेरे साथ अन्याय कर रही हो, जेनी! मेरे अविवाहित रहने का क्या कारण है, यह कल तक मुझे खुद न मालूम था। कल आप-ही-आप मालूम हो गया।

जेनी ने उसका परिहास करते हुए कहा—अच्छा! तो यह रहस्य आपको मालूम हो गया? तब तो आप सचमुच आत्मदर्शी हैं। जरा मैं भी सुनूँ, क्या कारण था?

कावर्ड ने उत्साह के साथ कहा—अब तक कोई ऐसी सुन्दरी न मिली थी, जो मुझे उन्मत्त कर सकती।

जेनी ने कठोर परिहास के साथ कहा—मेरा ख़याल था कि दुनिया में ऐसी औरत पैदा ही नहीं हुई, जो तुम्हें उन्मत्त कर सकती। तुम उन्मत्त बनाना चाहते हो, उन्मत्त बनना नहीं चाहते।

कावर्ड—तुम बड़ा अत्याचार करती हो, जेनी!

जेनी—अपने उन्माद का प्रमाण देना चाहते हो?

कावर्ड—हृदय से, जेनी! मैं उस अवसर की ताक में बैठा हूँ!

उसी दिन शाम को जेनी ने मनहर से कहा—तुम्हारे सौभाग्य पर बधाई! तुम्हें वह जगह मिल गई।

मनहर उछलकर बोला—सच! सेक्रेटरी से कोई बातचीत हुई थी?

जेनी—सेक्रेटरी से कुछ कहने की जरूरत ही न पड़ी। सब कुछ कावर्ड के हाथ में है। मैंने उसी को चंग पर चढ़ाया। लगा मुझे इश्क जताने। पचास साल की तो उम्र है, चाँद के बाल झड़ गये हैं, गालों पर झुर्रियों पड़ गयी हैं, पर अभी तक आपको इश्क का खब्त है। आप अपने को एक ही रसिया समझते हैं। उसके बूढ़े चोचले बहुत बुरे मालूम होते थे; मगर तुम्हारे लिए सब कुछ सहना पड़ा। खैर, मेहनत सफल हो गयी है। कल तुम्हें परवाना मिल जायेगा। अब सफ़र की तैयारी करनी चाहिए।

मनहर ने गद्‌गद होकर कहा—तुमने मुझ पर बड़ा एहसान किया है, जेनी!

4

मनहर को गुप्तचार विभाग में ऊँचा पद मिला। देश के राष्ट्रीय पत्रों ने उसकी तारीफों के पुल बाँधे, उसकी तसवीर छापी और राष्ट्र की ओर से बधाई दी। वह पहला भारतीय था, जिसे ऊँचा पद प्रदान किया गया था। ब्रिटिश सरकार ने सिद्ध कर दिया था कि उसकी न्याय-बुद्धि जातीय अभिमान और द्वेष से उच्चतर है।

मनहर और जेनी का विवाह इंगलैंड में ही हो गया। हनीमून का महीना फ्रांस में गुजरा। वहाँ से दोनों हिन्दुस्तान आये। मनहर का दफ़्तर मुम्बई में था। वहीं दोनों एक होटल में रहने लगे। मनहर को गुप्त अभियोग की खोज के लिए अक्सर दौरे करने पड़ते थे। कभी काश्मीर, कभी मद्रास, कभी रंगून। जेनी इन यात्राओं में बराबर उसके साथ रहती। नित्य नये दृश्य थे, नये विनोद, नये उल्लास। उसकी नवीनता-प्रिय प्रकृति के लिए आनन्द का इससे अच्छा और क्या सामान हो सकता था?

मनहर का रहन-सहन तो अंग्रेजी था ही, घरवालों से भी सम्बन्ध-विच्छेद हो गया था। वागेश्वरी के पत्रों का उत्तर देना तो दूर रहा, उन्हें खोलकर पढ़ता भी न था। भारत में उसे हमेशा यह शंका बनी रहती थी कि कहीं घरवालों को उसका पता न चल जाए। जेनी से वह अपनी यथार्थ स्थिति को छिपाये रखना चाहता था। उसने घरवालों को आने की सूचना तक न दी। यहाँ तक कि वह हिन्दुस्तानियों से बहुत कम मिलता था। उसके मित्र अधिकांश पुलिस और फौज के अफसर थे। वही उसके मेहमान होते। वाक्‌चतुर जेनी सम्मोहनकला में सिद्धहस्त थी। पुरुषों के प्रेम से खेलना उसकी सबसे आमोदय क्रीड़ा थी। जलाती थी, रिझती भी थी, और मनहर भी उसकी कपट-लीला का शिकार बनता रहता था। उसे वह हमेशा भूल-भलैया में रखती, कभी इतना निकट कि छाती पर सवार, न कभी इतनी दूर

कि योजन का अन्तर—कभी निष्ठुर और कठोर, कभी प्रेम विह्वल और व्यग्र। एक रहस्य था, जिसे वह कभी समझता था और कभी हैरान रह जाता था!

इस तरह दो वर्ष बीत गये और मनहर तथा जेनी कोण की दो भुजाओं की भाँति एक-दूसरे से दूर होते गये। मनहर इस भावना को हृदय से न निकाल सकता था कि जेनी का मेरे प्रति एक विशेष कर्तव्य है। यह चाहे उसका संकीर्णता हो या कुल-मर्यादा का असर कि वह जेनी को पाबन्द देखना चाहता था। उसकी स्वच्छन्द वृत्ति उसे लज्जास्पद मालूम होती थी। वह भूल जाता था कि जेनी से उसके संपर्क का आरम्भ ही स्वार्थ पर अवलंबित था। शायद उसने समझा था कि समय के साथ जेनी को अपने कर्तव्य का ज्ञान हो जायेगा; हालाँकि उसे मालूम होना चाहिए था कि टेढ़ी बुनियाद पर बना हुआ भवन जल्द या देर अवश्य भूमिस्थ होकर रहेगा। और ऊँचाई के साथ इसकी शंका और भी बढ़ती जाती थी। इसके विपरीत जेनी का व्यवहार बिलकुल परिस्थिति के अनुकूल था। उसने मनहर को विनोदमय तथा विलनासमय जीवन का एक साधन समझा था और उसी विचार पर वह अब तक स्थिर थी। इस व्यक्ति को वह मन में पति का स्थान न दे सकती थी, पाषाण-प्रतिमा को अपना देवता न बना सकती थी। पत्नी बनना उसके जीवन का स्वप्न न था, इसलिए वह मनहर के प्रति अपने किसी कर्तव्य को स्वीकार न करती थी। अगर मनहर अपनी गाढ़ी कमाई उसके चरणों पर अर्पित करता था, तो उस पर कोई एहसान न करता था। मनहर उसका बनाया हुआ पुतला, उसी का लगाया हुआ वृक्ष था। उसकी छाया और फल को भोग करना वह अपना अधिकार समझती थी।

5

मनोमालिन्य बढ़ता गया। आखिर मनहर ने उसके साथ दावतों और जलूसों में जाना छोड़ दिया; पर जेनी पूर्ववत् सैर करने जाती, मित्रों से मिलती, दावतें करती और दावतों में शरीक होती। मनहर के साथ न जाने से लेशमात्र भी दुःखी या निराश न होती थी; बल्कि वह शायद उसकी उदासीनता पर और भी प्रसन्न होती। मनहर इस मानसिक व्यथा को शराब के नशे में डुबोने का उद्योग करता। पीना तो उसने इंगलैंड में ही शुरू कर दिया था, पर अब उसकी मात्रा बहुत बढ़ गयी थी। वहाँ स्फूर्ति और आनन्द के लिए पीता था, यहाँ स्फूर्ति और आनन्द को मिटाने के लिए। वह दिन-ब-दिन दुर्बल होता जाता था। वह जानता था, शराब मुझे पिये जा रही है, पर उसके जीवन का यही एक अवलम्ब रह गया था।

गर्मियों के दिन थे। मनहर एक मुआमले की जाँच करने के लिए लखनऊ में डेरा डाले हुए था। मुआमला बहुत संगीन था। उसे सिर उठाने की फुरसत न मिलती थी। स्वास्थ्य भी कुछ खराब हो चला था, मगर जेनी अपने सैर-सपाटे में

मग्न थी। आखिर एक दिन उसने कहा, मैं नैनीताल जा रही हूँ। यहाँ की गर्मी मुझसे सही नहीं जाती।

मनहर ने लाल-लाल आँखें निकालकर कहा—नैनीताल में क्या काम है?

वह आज अपना अधिकार दिखाने पर तुल गया। जेनी भी उसके अधिकार की उपेक्षा करने पर तुली हुई थी। बोली—यहाँ कोई सोसायटी नहीं। सारा लखनऊ पहाड़ों पर चला गया है।

मनहर ने जैसे म्यान से तलवार निकालकर कहा—जब तक मैं यहाँ हूँ, तुम्हें कहीं जाने का अधिकार नहीं है। तुम्हारी शादी मेरे साथ हुई है, सोसायटी के साथ नहीं। फिर तुम साफ देख रही हो कि मैं बीमार हूँ, तिस पर भी तुम अपनी विलास-प्रवृत्ति को रोक नहीं सकती। मुझे तुमसे ऐसी आशा न थी, जेनी! मैं तुमको शरीफ समझता था। मुझे स्वप्न में भी यह गुमान न था कि तुम मेरे साथ ऐसी बेवफ़ाई करोगी।

जेनी ने अविचलित भाव से कहा—तो क्या तुम समझते थे, मैं भी तुम्हारी हिन्दुस्तानी स्त्री की तरह तुम्हारी लौंडी बनकर रहूँगी और तुम्हारे तलवे सहलाऊँगी? मैं तुम्हें इतना नादान नहीं समझती। अगर तुम्हें हमारी अंग्रेजी सभ्यता की इतनी मोटी-सी बात मालूम नहीं, तो अब मालूम कर लो कि अंग्रेज स्त्री अपनी रुचि के सिवा और किसी की पाबन्द नहीं। तुमने मुझसे इसलिए विवाह किया था कि मेरी सहायता से तुम्हें सम्मान और पद प्राप्त हो। सभी पुरुष ऐसा करते हैं और तुमने भी वही किया। मैं इसके लिए तुम्हें बुरा नहीं कहती, लेकिन जब तुम्हारा वह उद्देश्य पूरा हो गया, जिसके लिए तुमने मुझसे विवाह किया था, तो तुम मुझसे अधिक आशा क्यों रखते हो? तुम हिन्दुस्तानी हो, अंग्रेज नहीं हो सकते। मैं अंग्रेज हूँ और हिन्दुस्तानी नहीं हो सकती; इसलिए हममें से किसी को यह अधिकार नहीं हैं कि वह दूसरे को अपनी मर्जी का गुलाम बनाने की चेष्टा करे।

मनहर हतबुद्धि-सा बैठा सुनता रहा। एक-एक शब्द विष की घूँट की भाँति उसके कण्ठ के नीचे उतर रहा था। कितना कठोर सत्य था! पद-लालसा के उस प्रचण्ड आवेग में, विलास तृष्णा के उस अदम्य प्रवाह में वह भूल गया था कि जीवन में कोई ऐसा तत्त्व भी है, जिसके सामने पद और विलास काँच के खिलौने से अधिक मूल्य नहीं रखते। वह विस्मृत सत्य इस समय अपने दारुण-विलाप से उसकी मदमग्न चेतना को तड़पाने लगा।

शाम को जेनी नैनीताल चली गई। मनहर ने उसकी ओर आँखें उठाकर भी न देखा।

6

तीन दिन तक मनहर घर से न निकला। जीवन के पाँच-छः वर्षों में उसने जितने रत्न संचित किए थे, जिन पर वह गर्व करता था; जिन्हें पाकर वह अपने को धन्य

मानता था, अब परीक्षा की कसौटी पर जाकर नकली पत्थर सिद्ध हो रहे थे। उसकी अपमानित, ग्लानित, पराजित आत्मा एकांत-रोदन के सिवा और कोई त्राण न पाती थी। अपनी टूटी झोपड़ी को छोड़कर वह जिस-जिस सुनहले कलश वाले भवन की ओर लपका था, वह मरीचिका-मात्र थी और अब उसे फिर उसी टूटी झोपड़ी की याद आयी, जहाँ उसने शान्ति, प्रेम और आशीर्वाद की सुधा पी थी। यह सारा आडम्बर उसे काट खाने लगा। उस सरल शीतल स्नेह के सामने ये सारी विभूतियाँ तुच्छ-सी जँचने लगीं। तीसरे दिन वह भीषण संकल्प करके उठा और दो पत्र लिखे। एक तो अपने पद से इस्तीफा था, दूसरा जेनी से अंतिम विदा की सूचना। इस्तीफे में उसने लिखा—मेरा स्वास्थ्य नष्ट हो गया है और मैं इस भार को नहीं सँभाल सकता। जेनी के पत्र में उसने लिखा—हम और तुम दोनों ने भूल की और हमें जल्द-से-जल्द उस भूल को सुधार लेना चाहिए। मैं तुम्हें सारे बन्धनों से मुक्त करता हूँ। तुम भी मुझे मुक्त कर दो। मेरा तुमसे कोई सम्बन्ध नहीं है। अपराध न तुम्हारा है, न मेरा। समझ का फेर तुम्हे भी था और मुझे भी। मैंने अपने पद से इस्तीफ़ा दे दिया है और अब तुम्हारा मुझ पर कोई एहसान नहीं रहा। मेरे पास जो कुछ है, वह तुम्हारा है, वह सब मैं छोड़ जाता हूँ। मैं तो निमित्त-मात्र था, स्वामिनी तुम थीं। उस सभ्यता को दूर से ही सलाम है, जो विनोद और विलास के सामने किसी बंधन को स्वीकार नहीं करती।

उसने खुद जाकर दोनों पत्रों की रजिस्ट्री करायी और उत्तर का इन्तजार किये बिना ही वहाँ से चलने को तैयार हो गया।

7

जेनी ने जब मनहर का पत्र पाकर पढ़ा। तो मुस्करायी। उसे मनहर की इच्छा पर शासन करने का ऐसा अभ्यास पड़ गया था कि इस पत्र से उसे जरा भी घबराहट न हुई। उसे विश्वास था कि दो-चार दिन चिकनी-चुपड़ी बातें करके वह उसे फिर वशीभूत कर लेगी। अगर मनहर की इच्छा केवल धमकी देनी न होती, उसके दिल पर चोट लगी होती, तो वह अब तक यहाँ न होता। कब का यह स्थान छोड़ चुका होता। उसका यहाँ रहना ही बता रहा था कि वह केवल बंदरघुड़की दे रहा है।

जेनी ने स्थिरचित होकर कपड़े बदले और तब इस तरह मनहर के सामने के कमरे में आयी, मानो कोई अभिनय करने स्टेज पर आयी हो।

मनहर उसे देखते ही जोर से ठट्टा मारकर हँसा। जेनी सहम कर पीछे हट गयी। इस हँसी में क्रोध या प्रतिकार न था। उसमें उन्माद भरा हुआ था। मनहर के सामने मेज पर बोतल और गिलास रखा हुआ था। एक दिन में उसने न-जाने कितनी शराब पी ली थी। उसकी आँखों में जैसे रक्त उबला पड़ता था।

जेनी ने समीप जाकर उसके कन्धे पर हाथ रखा और बोली—क्या रात भर पीते ही रहोगे? चलो आराम से लेटो, रात ज्यादा आ गयी है। घण्टों से बैठी तुम्हारा इन्तजार कर रही हूँ। तुम इतने निष्ठुर तो कभी न थे।

मनहर खोया हुआ-सा बोला—तुम कब आ गयी वागी? देखो, मैं कब से तुम्हें पुकार रहा हूँ। चलो, आज सैर कर आयें। उसी नदी के किनारे तुम अपना वही प्यारा गीत सुनाना, जिसे सुनकर मैं पागल हो जाता हूँ। क्या कहती हो, मैं बेमुरौवत हूँ? यह तुम्हारा अन्याय है, वागी! मैं कसम खाकर कहता हूँ, ऐसा एक दिन भी नहीं गुजरा, जब तुम्हारी याद ने मुझे न रुलाया हो।

जेनी ने उसका कन्धा हिलाकर कहा—तुम यह क्या ऊल-जुलूल बक रहे हो? वागी यहाँ कहाँ है?

मनहर ने उसकी ओर अपरिचित भाव से देखकर कुछ कहा, फिर जोर से हँसकर बोला—मैं यह न मानूँगा, वागी! तुम्हें मेरे साथ चलना होगा। वहाँ मैं तुम्हारे लिए फूलों की एक माला बनाऊँगा....।

जेनी ने समझा, यह शराब बहुत पी गये हैं। बक-झक कर रहे हैं। इनसे इस वक्त कुछ बातें करना व्यर्थ है। चुपके से कमरे से बाहर चली गई। उसे जरा-सी शंका हुई थी। यहाँ उसका मूलोच्छेद हो गया। जिस आदमी का अपना वाणी पर अधिकार नहीं, वह इच्छा पर क्या अधिकार रख सकता है?

उस घड़ी से मनहर को घरवालों की रट-सी लग गयी। कभी वागेश्वरी को पुकारता, कभी अम्माँ को, कभी दादा को। उसकी आत्मा अतीत में विचरती रहती, उस अतीत में जब जेनी ने काली छाया की भाँति प्रवेश न किया था और वागेश्वरी अपने सरल व्रत से उसके जीवन में प्रकाश फैलाती रहती थी।

दूसरे दिन जेनी ने जाकर उससे कहा—तुम इतनी शराब क्यों पीते हो? देखते नहीं, तुम्हारी क्या दशा हो रही है?

मनहर ने उसकी ओर आश्चर्य से देखकर कहा—तुम कौन हो?

जेनी—क्या मुझे नहीं पहचानते हो? इतनी जल्दी भूल गए?

मनहर—मैंने तुम्हें कभी नहीं देखा! मैं तुम्हें नहीं पहचानता।

जेनी ने और अधिक बातचीत न की। उसने मनहर के कमरे से शराब की बोतलें उठवा लीं और नौकरों को ताकीद कर दी कि उसे एक घूँट भी शराब न दी जाए। उसे अब कुछ-कुछ सन्देह होने लगा था, क्योंकि मनहर की दशा उससे कहीं शंकाजनक थी, जितनी वह समझती थी! मनहर का जीवित और स्वस्थ रहना उसके लिए आवश्यक था। इसी घोड़े पर बैठकर वह शिकार खेलती थी। घोड़े के बगैर शिकार का आनन्द कहाँ?

मगर एक सप्ताह हो जाने पर भी मनहर की मानसिक दशा में कोई अंतर न हुआ। न मित्रों को पहचानता न नौकरों को। पिछले तीन बरसों का उसका जीवन एक स्वप्न की भाँति मिट गया था।

सातवें दिन जेनी सिविल सर्जन को लेकर आयी, तो मनहर का कहीं पता न था।

8

पाँच साल के बाद वागेश्वरी का लुटा हुआ सोहाग फिर चेता। माँ-बाप पुत्र के वियोग में रो-रोकर अंधे हो चुके थे। वागेश्वरी निराशा में भी आस बाँधे बैठी हुई थी। उसका मायका सम्पन्न था। बार-बार बुलावे आते, बाप आया, भाई आया, पर धैर्य और व्रत की देवी घर से न टली।

जब मनहर भारत आया, तो वागेश्वरी ने सुना कि वह विलायत से एक मेम लाया है। फिर भी उसे आशा थी कि वह आयेगा; लेकिन उसकी आशा पूरी न हुई। फिर उसने सुना, वह ईसाई हो गया है। आचार-विचार त्याग दिया है, तब उसने माथा ठोंक लिया।

घर की अवस्था दिन-दिन बिगड़ने लगी। वर्षा बन्द हो गई। और सागर सूखने लगा। घर बिका, कुछ जमीन थी, वह बिकी, फिर गहनों की बारी आयी, यहाँ तक कि अब केवल आकाशी वृत्ति थी। कभी चूल्हा जल गया, कभी ठंडा पड़ा रहा।

एक दिन संध्या समय वह कुएँ पर पानी भरने गयी थी कि एक थका हुआ, जीर्ण, विपत्ति का मारा जैसा आदमी आकर कुएँ की जगत पर बैठ गया। वागेश्वरी ने देखा, तो मनहर! उसने तुरन्त घूँघट बढ़ा लिया। आँखों पर विश्वास न हुआ, फिर भी आनन्द और विस्मय से हृदय में फुरेरियाँ उड़ने लगी। रस्सी और कलसा कुएँ पर छोड़कर लपकी हुई घर आयी और सास से बोली—अम्माँजी, जरा कुएँ पर जाकर देखो, कोई आया है। सास ने कहा—तू पानी लाने गयी थी, या तमाशा देखने? घर में एक बूँद पानी नहीं है। कौन आया है कुएँ पर?

'चलकर, देख लो न!'

'कोई सिपाही-प्यादा होगा। अब उनके सिवा और कौन आने वाला है? कोई महाजन तो नहीं है?'

'नहीं अम्माँ, तुम चली क्यों नहीं चलतीं?'

बूढ़ी माता भाँति-भाँति की शंकाएँ करती हुई कुएँ पर पहुँची, तो मनहर दौड़कर उनके पैरों से लिपट गया। माता ने उसे छाती से लगाकर कहा—तुम्हारी यह दशा है, मानू? क्या बीमार हो? असबाब कहाँ है?

मनहर ने कहा—पहले कुछ खाने को दो, अम्माँ! बहुत भूखा हूँ। मैं बड़ी दूर से पैदल चला आ रहा हूँ।

गाँव में खबर फैल गयी कि मनहर आया है। लोग उसे देखने दौड़े। किस ठाट से आया है? बड़े ऊँचे पद पर है, हजारों रुपये पाता है। अब उसके ठाट का क्या पूछना! मेम भी साथ आयी है या नहीं?

मगर जब आकर देखा, तो आफत का मारा आदमी, फटेहाल, कपड़े तार-तार बाल बढ़े हुए, जैसे जेल से आया हो।

प्रश्नों की बौछार होने लगी—हमने तो सुना था, तुम किसी बड़े ऊँचे पद पर हो?

मनहर ने जैसे किसी भूली बात को याद करने का विफल प्रयास करके कहा—मैं! मैं तो किसी ओहदे पर नहीं।

'वाह! तुम विलायत से मेम नहीं लाये थे?'

मनहर ने चकित होकर कहा—विलायत! विलायत कौन गया था?

'अरे! भंग तो नहीं खा गये हो? तुम विलायत नहीं गये थे?'

मनहर मूढ़ों की भाँति हँसा—मैं विलायत क्या करने जाता?

'अजी, तुमको वजीफा नहीं मिला था? यहाँ से तुम विलायत गये थे। तुम्हारे पत्र बराबर आते थे। अब तुम कहते हो, मैं विलायत गया ही नहीं? होश में हो, या हम लोगों को उल्लू बना रहे हो?'

मनहर ने उन लोगों की ओर आँखें फाड़कर देखा और बोला—मैं तो कहीं नहीं गया था। आप लोग जाने क्यों कह रहे हैं!

अब इसमें सन्देह की गुंजाइश न रही कि वह अपने होश-हवास में नहीं है। उसे विलायत जाने से पहले की सारी बातें याद थीं। गाँव और घर के हरेक आदमी को पहचानता था, सबसे नम्रता और प्रेम से बातें करता था; लेकिन जब इंगलैंड, अंग्रेज-बीवी और ऊँचे पद का जिक्र आता तो भौंचक्का होकर ताकने लगता। वागेश्वरी को अब उसके प्रेम में एक अस्वाभाविक अनुराग दीखता था, जो बनावटी मालूम होता था। वह चाहती थी कि उसके व्यवहार और आचरण में पहले की-सी बेतकल्लुफी हो। वह प्रेम की स्वाँग नहीं, प्रेम चाहती थी। दस ही पाँच दिनों में उसे ज्ञात हो गया कि इस विशेष अनुराग का कारण बनावट या दिखावा नहीं, वरन् कोई मानसिक विकार है। मनहर ने माँ-बाप का इतना अदब पहले कभी न किया था। उसे अब मोटे-से-मोटे काम करने में संकोच न था। वह, जो बाजार से साग-सब्जी लाने में अपना अनादर समझता था, अब कुएँ से पानी खींचता, लकड़ियाँ फाड़ता और घर में झाड़ू लगाता था और अपने घर में ही नहीं, सारे मुहल्ले में उसकी सेवा और नम्रता की चर्चा होती थी।

एक बार मुहल्ले में चोरी हुई। पुलिस ने बहुत दौड़-धूप की; पर चोरों का पता न चला। मनहर ने चोरी का पता ही नहीं लगा दिया; बल्कि माल भी बरामद करा लिया। इससे आसपास के गाँवों और मुहल्लों में उसका यश फैल गया। कोई चोरी हो जाती, तो लोग उसके पास दौड़ आते और अधिकांश उद्योग उसके सफल भी होते थे। इस तरह उसकी जीविका की एक व्यवस्था हो गयी। वह अब वागेश्वरी के इशारों का गुलाम था। उसी की दिलजोई और सेवा में उसके दिन कटते थे।

अगर उसमें विकार या बीमारी का कोई लक्षण था, तो इतना ही। यही सनक उसे सवार हो गयी थीं।

वागेश्वरी को उसकी दशा पर दुःख होता था; पर उसकी यह बीमारी उस स्वास्थ्य से उसे कहीं प्रिय थी, जब वह उसकी बात भी न पूछता था।

9

छः महीनों के बाद एक दिन जेनी मनहर का पता लगाती हुई आ पहुँची। हाथ में जो कुछ था, वह सब उड़ा चुकने के बाद अब उसे किसी आश्रय की खोज थी उसके चाहने वालों में कोई ऐसा न था, जो उसकी आर्थिक सहायता करता। शायद अब जेनी को कुछ ग्लानि भी होती थी। वह अपने किये पर लज्जित थी।

द्वार पर हार्न की आवाज सुनकर मनहर बाहर निकला और इस प्रकार जेनी को देखने लगा, मानो उसे कभी देखा ही नहीं।

जेनी ने मोटर से उतरकर उससे हाथ मिलाया और अपनी बीती सुनाने लगी—तुम इस तरह मुझसे छिपकर क्यों चले आए? और फिर आकर एक पत्र भी नहीं लिखा। आखिर, मैंने तुम्हारे साथ क्या बुराई की थी? फिर मुझमें कोई बुराई देखी थी, तो तुम्हें चाहिए था कि मुझे सावधान कर देते। छिपकर चले आने से क्या फायदा हुआ? ऐसी अच्छी जगह मिल गयी थी, वह भी हाथ से निकल गयी।

मनहर काठ के उल्लू की भाँति खड़ा रहा।

जेनी ने फिर कहा—तुम्हारे चले आने के बाद मेरे ऊपर जो संकट आए, वह सुनाऊँ, तो तुम घबरा जाओगे। मैं इसी चिन्ता और दुःख से बीमार हो गयी। तुम्हारे बगैर मेरा जीवन निरर्थक हो गया है। तुम्हरा चित्र देखकर मन को ढाढस देती थी। तुम्हारे पत्रों को आदि से अन्त तक पढ़ना मेरे लिए सबसे मनोरंजक विषय था। तुम मेरे साथ चलो, मैंने एक डॉक्टर से बातचीत की है, वह मस्तिष्क के विकारों का डॉक्टर है। मुझे आशा है, उसके उपचार से तुम्हें लाभ होगा।

मनहर चुपचाप विरक्त-भाव से खड़ा रहा, मानो वह न कुछ देख रहा है, न सुन रहा है।

सहसा वागेश्वरी निकल आयी। जेनी को देखते ही वह ताड़ गयी कि यही मेरी यूरोपियन सौत है। वह उसे बड़े आदर-सत्कार के साथ भीतर ले गयी। मनहर भी उनके पीछे-पीछे चला गया।

जेनी ने टूटी खाट पर बैठते हुए कहा। इन्होंने मेरा जिक्र तो तुमसे किया ही होगा। मेरी इनसे लंदन में शादी हुई है।

वागेश्वरी बोली—यह तो मैं आपको देखते ही समझ गयी थी।

जेनी—इन्होंने कभी मेरा जिक्र नहीं किया?

वागेश्वरी—कभी नहीं। इन्हें तो कुछ याद नहीं। आपको तो यहाँ आने में बड़ा कष्ट हुआ होगा?

जेनी—महीनों के बाद अब इनके घर का पता चला। वहाँ से बिना कुछ कहे-सुने चल दिए।

'आपको कुछ मालूम है, इन्हें क्या शिकायत है?'

'शराब बहुत पीने लगे थे। आपने किसी डॉक्टर को नहीं दिखाया?'

'हमने तो किसी को नहीं दिखाया।'

जेनी ने तिरस्कार करके कहा—क्यों? क्या आप इन्हें हमेशा बीमार रखना चाहती हैं?

वागेश्वरी ने बेपरवाह से जवाब दिया—मेरे लिए तो इनका बीमार रहना इनके स्वस्थ रहने से कहीं अच्छा है। तब वह अपनी आत्मा को भूल गये थे, अब उसे पा गये।

फिर उसने निर्दय कटाक्ष करके कहा—इनकी किसी विशेषज्ञ से चिकित्सा करानी होगी। यह जासूसी में बड़े कुशल हैं। इनके सभी अफसर इनसे प्रसन्न थे। यह चाहें तो अब भी इन्हें वह जगह मिल सकती है। अपने विभाग में ऊँचे-से-ऊँचे पद तक पहुँच सकते हैं। मुझे विश्वास है कि इनका रोग असाध्य नहीं है; हाँ विचित्र अवश्य है। आप क्या इनकी बहन हैं?

वागेश्वरी ने मुस्कराकर कहा—आप तो गाली दे रही हैं। यह मेरे स्वामी हैं।

जेनी पर मानो वज्रपात-सा हुआ है। उसके मुख पर से नम्रता का आवरण हट गया और मन में छिपा और क्रोध जैसे दाँत पीसने लगा। उसकी गरदन की नसें तन गयीं, दोनों मुट्ठियाँ बँध गयीं। उन्मत्त होकर बोली—बड़ा दगाबाज़ आदमी है। इसने मुझे बड़ा धोखा दिया। मुझसे इसने कहा था, मेरी स्त्री मर गयी है। कितना बड़ा धूर्त है! यह पागल नहीं है। इसने पागलपन का स्वाँग भरा है। मैं अदालत से इसकी सजा कराऊँगी।

क्रोधावेश के कारण काँप उठी। फिर रोती हुई बोली—इस दग़ाबाजी का मैं इसे मजा चखाऊँगी। ओह! इसने मेरा कितना घोर अपमान किया है! ऐसा विश्वाघात करने वाले को जो दण्ड दिया जाए, वह थोड़ा है! इसने कैसी मीठी-मीठी बातें करके मुझे फाँसा? मैंने ही इसे जगह दिलायी, मेरे ही प्रयत्नों से यह बड़ा आदमी बना। इसके लिए मैंने अपना घर छोड़ा, अपना देश छोड़ा और इसने मेरे साथ ऐसा कपट किया?

जेनी सिर पर हाथ रखकर बैठ गयी। फिर तैश में उठी और मनहर के पास जाकर उसको अपनी ओर खींचती हुई बोली—मैं तुम्हें खराब करके छोडूँगी। तूने मुझे समझा क्या है...

मनहर इस तरह शान्त भाव से खड़ा रहा, मानो उससे प्रयोजन नहीं है।

फिर वह सिंहनी की भाँति मनहर पर टूट पड़ी और उसे जमीन पर गिराकर उसकी छाती पर चढ़ बैठी। वागेश्वरी ने उसका हाथ पकड़कर अलग कर दिया और बोली—तुम ऐसी डायन न होती, तो इनकी यह दशा ही क्यों होती?

जेनी ने तैश में आकर जेब से पिस्तौल निकाली और वागेश्वरी की तरफ बढ़ी। सहसा मनहर तड़पकर उठा, उसके हाथ से भरा हुआ पिस्तौल छीनकर फेंक दिया और वागेश्वरी के सामने खड़ा हो गया। फिर ऐसा मुँह बना लिया, मानो कुछ हुआ ही नहीं।

उसी वक्त मनहर की माता दोपहरी की नींद सोकर उठीं और जेनी को देखकर वागेश्वरी की ओर प्रश्न की आँखों से ताका।

वागेश्वरी ने उपहास के भाव से कहा—यह आपकी बहू हैं।

बुढ़िया तिनक कर बोली—कैसी मेरी बहू? यह मेरी बहू बनने जोग है बँदरिया? लड़के पर न जाने क्या कर-करा दिया, अब छाती पर मूँग दलने आयी है?

जेनी एक क्षण तक खून-भरी आँखों से मनहर की ओर देखती रही। फिर बिजली की भाँति कौंधकर उसने आँगन में पड़ा हुआ पिस्तौल उठा लिया और वागेश्वरी पर छोड़ना चाहती थी कि मनहर सामने आ गया। वह बेधड़क जेनी के सामने चला गया। उसके हाथ से पिस्तौल छीन लिया और अपनी छाती में गोली मार ली।

न्याय

हजरत मुहम्मद को इलहाम हुए थोड़े ही दिन हुए थे। दस-पाँच पड़ोसियों तथा निकट सम्बन्धियों के सिवा और कोई उनके दीन पर ईमान न लाया था, यहाँ तक कि उनकी लड़की जैनब और दामाद अबुलआस भी जिनका विवाह इलहाम से पहले ही हो चुका था, अभी तक दीक्षित न हुए थे। जैनब कई बार अपने मैके गयी थी और अपने पूज्य पिता की ज्ञानमय वाणी सुन चुकी थी। वह दिल से इस्लाम पर ईमान ला चुकी थी; लेकिन अबुलआस धार्मिक मनोवृत्ति का आदमी न था। वह कुशल व्यापारी था। मक्के के खजूर, मेवे आदि जिन्हें लेकर बन्दगाहों को चालान किया करता था। बहुत ईमानदार, लेन-देन का खरा, मेहनती आदमी था, जिसे इहलोक से इतनी फुरसत न थी कि परलोक की फिक्र करे।

जैनब के सामने कठिन समस्या थी। आत्मा धर्म की ओर थी, हृदय पति की ओर। न धर्म को छोड़ सकती थी; न पति को। उसके घर के सभी आदमी मूर्तिपूजक थे। इस नये सम्प्रदाय से सारे नगर में हलचल मची हुई थी। जैनब सबसे अपनी लगन को छिपाती, यहाँ तक कि पति से भी न कह सकती थी। वे धार्मिक सहिष्णुता के दिन न थे; बात-बात पर खून की नदी बह जाती थी, खान्दान-के-खान्दान मिट जाते थे। उन दिनों अरब की वीरता पारस्परिक कलहों में प्रकट होती थी। राजनैतिक संगठन का जमाना न था। खून का बदला खून, धन-हानि का बदला खून, अपमान का बदला खून—मानव रक्त ही से सभी झगड़ों का निबटारा होता था। ऐसी अवस्था में अपने धर्मानुराग को प्रकट करना अबुलआस के शक्तिशाली परिवार और मुहम्मद तथा इनके इने-गिने अनुयायियों में देवासुरों का संग्राम छेड़ना था। उधर प्रेम का बन्धन पैरों को जकड़े हुए था। नये धर्म मे दीक्षित होना अपने प्राणप्रिय के लिए कलंक समझते थे। कुरैश जाति के ऐसे लोग मिश्रित विवाहों को परिवार के लिए कलंक समझते थे। माया और धर्म की दुविधा में पड़ी हुई जैनब कुढ़ती रहती थी।

2

धर्म का अनुराग एक दुर्बल वस्तु है; किन्तु जब उसका वेग होता है; तो हृदय के रोके नहीं रुकता। दोपहर का समय था, धूप इतनी तेज थी कि उसकी ओर ताकते आँखों से चिनगारियाँ निकलती थीं। हजरत मुहम्मद चिन्ता में डूबे हुए बैठे थे। निराशा चारों ओर अन्धकार के रूप में दिखायी देती थी। खुदैजा भी सिर झकाये पास ही बैठी हुई एक फटा कुरता सी रही थी। धन-सम्पत्ति सब कुछ इस लगन की भेंट हो चुकी थी। शत्रुओं का दुराग्रह दिनोंदिन बढ़ता जाता था। उसके मतानुयायियों को भाँति-भाँति की यन्त्रणाएँ दी जा रही थीं। स्वयं हजरत को घर से निकलना मुश्किल था। यह खौफ होता था कि कहीं लोग इन पर ईंट-पत्थर न फेंकने लगें। खबर आती थी, आज फलाँ 'मुसिल्म' का घर लुट गया, आज फलाँ को लोगों ने आहत किया। हजरत ये खबरें सुन-सुनकर विकल हो जाते थे और बार-बार खुदा से धैर्य और क्षमा की याचना करते थे।

हजरत ने फरमाया—मुझे ये लोग अब यहाँ न रहने देंगे। मैं खुद सब कुछ झेल सकता हूँ, लेकिन अपने दोस्तों की तकलीफें नहीं देखी जातीं।

खुदैजा—हमारे चले जाने से इन बेचारों की और भी कोई शरण न रहेगी। अभी कम-से-कम तुम्हारे पास आकर रो तो लेते हैं। मुसीबत में रोने का सहारा ही बहुत होता है।

हजरत—तो मैं अकेला थोड़े ही जाना चाहता हूँ। मैं सब दोस्तों को साथ लेकर जाने का इरादा रखता हूँ। अभी हम लोग यहाँ बिखरे हुए हैं; कोई किसी की मदद को नहीं पहुँच सकता। हम सब एक ही जगह एक कुटुम्ब की तरह रहेंगे, तो किसी को हमारे ऊपर हमला करने का साहस न होगा। हम अपनी मिली हुई शक्ति से बालू का ढेर तो हो ही सकते हैं, जिस पर चढ़ने की किसी की हिम्मत न होगी।

सहसा जैनब घर में दाखिल हुई। उसके साथ न कोई आदमी था, न आदमजात। मालूम होता था, कहीं से भागी चली आ रही है। खुदैजा ने उसे गले लगाकर पूछा—क्या हुआ जैनब, खैरियत तो है?

जैनब ने अपने अन्तर-संग्राम की कथा कह सुनायी और पिता से दीक्षा की याचना की।

हजरत मुहम्मद आँखों में आँसू भरकर बोले—बेटी, मेरे लिए इससे ज्यादा खुशी की और कोई बात नहीं हो सकती; लेकिन जानता हूँ, तुम्हारा क्या हाल होगा?

जैनब—या हजरत। खुदा की राह में सब कुछ त्याग देने का निश्चय कर लिया है। दुनिया के लिए अपनी नज़ात को नहीं खोना चाहती।

हजरत—जैनब, खुदा की राहों में काँटे हैं।

जैनब—अब्बाजान, लगन को काँटों की परवाह नहीं होती!

हजरत—ससुराल से नाता टूट जायेगा।

जैनब—खुदा से तो नाता जुड़ जायेगा?

हजरत—और अबुलआस?

जैनब की आँखों में आँसू डबडबा आये। क्षीण स्वर में बोली—अब्बाजन, उन्होंने इतने दिनों मुझे बाँध रखा था, नहीं तो मैं कब का आपकी शरण आ चुकी होती। मैं जानती हूँ उनसे जुदा होकर मैं जिन्दा न रहूँगी और शायद उनसे भी मेरा वियोग न सहा जाय; पर मुझे विश्वास है कि वह किसी-न-किसी दिन जरूर खुद पर ईमान लायेंगे और फिर मुझे उनकी सेवा का अवसर मिलेगा।

हजरत—बेटी, अबुलआस ईमानदार है, दयाशील है, सद्वक्ता है, किन्तु उसका अहंकार शायद अन्त तक उसे ईश्वर से विमुख रखे। वह तकदीर को नहीं मानता। रूह को नहीं मानता, स्वर्ग और नरक को नहीं मानता। कहता है, खुदा की जरूरत ही क्या है? हम उससे क्यों डरें? विवेक और बुद्धि की हिदायत हमारे लिए काफी है। ऐसा आदमी खुदा पर ईमान नहीं ला सकता। कुफ्र को तोड़ना आसान है; लेकिन जब वह दर्शन की सूरत पकड़ लेता है, तो उस पर किसी का जोर नहीं चलता।

जैनब ने दृढ़ होकर कहा—या हजरत, आत्मा का उपकार जिसमें हो, मुझे वही चाहिए। मैं किसी इन्सान को अपने और खुदा के बीच में न आने दूँगी।

हजरत ने कहा—खुदा तुम पर दया करे बेटी। तेरी बातों ने दिल खुश कर दिया।

यह कहकर उन्होंने जैनब को गले लगा लिया

3

दूसरे दिन जैनब को यथाविधि आम मस्ज़िद में क़लमा पढ़ाया गया।

कुरैशियों ने जब यह खबर पायी, तो जल उठे। ग़ज़ब खुदा का। इस्लाम ने तो बड़े-बड़े घरों पर भी साफ हाथ करना शुरू किया! अगर यही हाल रहा, तो धीरे-धीरे उसकी शक्ति इतनी बढ़ जायेगी कि हमारे लिए उसका सामना करना कठिन हो जायेगा। अबुलआस के घर पर एक बड़ी मज़लिस हुई।

अबूसिफियान ने जो इस्लाम के दुश्मनों में सबसे प्रतिष्ठित मनुष्य था, अबुलआस से कहा—तुम्हें अपनी बीवी को तलाक देना पड़ेगा।

अबुलआस ने कहा—हरगिज नहीं।

अबूसिफियान—तो क्या तुम भी मुसलमान हो जाओगे?

अ॰ आ॰—हरगिज नहीं।

अ॰ सि॰—तो उसे मुहम्मद ही के घर रहना पड़ेगा?

अ॰ आ॰—हरगिज नहीं। आप लोग मुझे आज्ञा दीजिए कि उसे अपने घर लाऊँ।

अ॰ सि॰—हरगिज नहीं।

अ॰ आ॰—क्या यह नहीं हो सकता कि वह मेरे घर में रहकर अपनी इच्छानुसार खुदा की बन्दगी करे?

अ॰ सि॰—हरगिज नहीं।

अ॰ आ॰—मेरी कौम मेरे साथ इतनी सहानुभूति भी न करेगी?

अ॰ सि॰—हरगिज नहीं।

अ॰ आ॰—तो फिर आप लोग मुझे समाज से पतित कर दीजिए। मुझे पतित होना मंजूर है। आप लोग और जो सजा चाहें दें, वह सब मंजूर है। मगर मैं अपनी बीवी को नहीं छोड़ सकता। मैं किसी की धार्मिक स्वाधीनता का अपहरण नहीं करना चाहता और वह भी अपनी बीवी की?

अ॰ सि॰—कुरैश में क्या और लड़कियाँ नहीं हैं?

अ॰ आ॰—जैनब की-सी कोई नहीं है।

अ॰ सि॰—हम ऐसी लड़कियाँ बता सकते हैं, जो चाँद को लज्जित कर दें।

अ॰ आ॰—मैं सौन्दर्य का उपासक नहीं।

अ॰ सि॰—ऐसी लड़कियाँ दे सकता हूँ, जो गृह-प्रबन्ध में निपुण हो, बातें ऐसी करें कि मुँह से फूल झड़े, खाना ऐसा पकायें कि बीमार को भी रूचिकर हो, सीने-पिरोने में इतनी कुशल कि पुराने को नया कर दें।

अ॰ आ॰—मैं इन गुणों में से किसी का भी उपासक नहीं। मैं प्रेम—और केवल प्रेम—का उपासक हूँ। और मुझे विश्वास है कि जैनब का-सा प्रेम मुझे सारी दुनिया में कहीं नहीं मिल सकता।

अ॰ सि॰—प्रेम होता, तो तुम्हें छोड़कर यह बेवफाई करती?

अ॰ आ॰—मैं नहीं चाहता कि मेरे लिए वह अपने आत्म-स्वातन्त्र्य का त्याग करे।

अ॰ सि॰—इसका आशय यह है कि तुम समाज में समाज के विरोधी बनकर रहना चाहते हो। आँखों की कसम। समाज तुम्हें अपने ऊपर यह अत्याचार न करने देगा! मैं कहे देता हूँ इसके लिए तुम रोओगे।

4

अबूसिफियान और उनकी टोली के लोग तो धमकियाँ देकर उधर गये, इधर अबुलआस ने लकड़ी सँभाली और हजरत मुहम्मद के घर जा पहुँचे। शाम हो गयी थी। हजरत दरवाजे पर अपने मुरीदों के साथ मग़रिब की नमाज पढ़ रहे थे। अबुलआस ने

उन्हें सलाम किया और जब तक नमाज होती रही, गौर से देखते रहे। जमाअत का एक साथ उठना-बैठना और झुकना देखकर उनके मन में श्रद्धा की तरंगें उठने लगीं। उन्हें मालूम न होता था कि मैं क्या कर रहा हूँ; पर अज्ञात भाव से वह जमाअत के साथ बैठते, झुकते और खड़े हो जाते थे। वहाँ एक-एक परमाणु इस समय ईश्वरमय हो रहा था। एक क्षण के लिए अबुलआस भी उसी अन्तर-प्रवाह में बह गये।

जब नमाज़ ख़तम हुई और लोग सिधारे, तो अबुलआस ने हजरत के पास जाकर सलाम किया। और कहा—मैं जैनब को विदा कराने आया हूँ।

हजरत ने विस्मित होकर पूछा—तुम्हें मालूम नहीं कि वह खुदा और उसके रसूल पर ईमान ला चुकी है।

अ॰ आ॰—जी हाँ मालूम है।

हजरत—इस्लाम ऐसे सम्बन्धी का निषेध करता है, यह भी तुम्हें मालूम है?

अ॰ आ॰—क्या इसका मतलब यह है कि जैनब ने मुझे तलाक दे दिया?

हजरत—अगर यही मतलब हो, तो!

अ॰ आ॰—तो कुछ नहीं! जैनब का अपने खुदा और रसूल की बंदगी मुबारक हो। मैं एक बार उससे मिलकर घर चला जाऊँगा और फिर कभी आपको अपनी सूरत न दिखाऊँगा; लेकिन उस दशा में अगर कुरैश-जाति आपसे लड़ने को तैयार हो जाय, तो उसका इलजाम मुझ पर न होगा।

हजरत—मैं कुरैश से इस वक्त नहीं लड़ना चाहता।

अ॰ आ॰—तो जैनब को मेरे साथ जाने दीजिए। उस हालत में कुरैश के क्रोध का भाजन मैं होऊँगा। आप और आपके मुरीदों पर कोई आफत नहीं होगी।

हजरत—तुम दबाव में आकर जैनब को खुदा की तरफ से फेरने का यत्न न करोगे?

अ॰ आ॰—मैं किसी के धर्म में बाधा डालना सर्वथा अमानुषीय समझता हूँ।

हजरत—तुम्हें लोग जैनब को तलाक देने पर तो मजबूर करेंगे?

अ॰ आ॰—मैं जैनब को तलाक देने के पहले जिन्दगी को तलाक दे दूँगा।

हजरत को अबुलआस की बातों से इत्मीनान हो गया। वह आस की इज्जत करते थे। आस को हरम में जैनब से मिलने का मौका दिया।

आस ने पूछा—जैनब, मैं तुम्हें अपने साथ ले चलने आया हूँ; धर्म के बदलने से कहीं मन तो नहीं बदल गया?

जैनब रोती हुई उनके पैरों पर गिर पड़ी और बोली—या मेरे आका! धर्म बार-बार मिलता है, हृदय केवल एक बार। मैं आपकी हूँ, चाहे जहाँ रहूँ, लेकिन समाज मुझे आपकी सेवा में रहने देगा?

आस—यदि समाज न रहने देगा, तो मैं समाज से ही निकल जाऊँगा। दुनिया

में आराम से जीवन व्यतीत करने के लिए बहुत से स्थान हैं। रहा मैं, तुम जानती हो, मैं धार्मिक स्वाधीनता का पक्षपाती हूँ। मैं तुम्हारे धार्मिक विषयों में कभी हस्तक्षेप न करूँगा।

जैनब चली, तो खदैजा ने रोते हुए उसे यमन के लालों का एक बहुमूल्य हार विदाई में दिया।

5

इस्लाम पर विधर्मियों के अत्याचार दिनोंदिन बढ़ने लगे। अवहेलना की दशा से निकलकर उसने भय के क्षेत्र में प्रवेश किया। शत्रुओं ने उसे समूल नाश करने की आयोजना करनी शुरू की। दूर-दूर के कबीलों से मदद माँगी जाने लगी। इस्लाम में इतनी शक्ति न थी कि शस्त्र-बल से विरोधियों को दबा सके। हजरत मुहम्मद ने मक्का छोड़कर कहीं और चले जाने का निश्चय किया। मक्के में मुस्लिमों के घर सारे शहर में बिखरे हुए थे। एक की मदद को दूसरे मुसलमान न पहुँच सकते थे। हजरत मुहम्मद किसी ऐसी जगह आबाद होना चाहते थे, जहाँ सब मिले हुए रहें और शत्रुओं की संगठित शक्ति का प्रतिकार कर सकें। अंत में उन्होंने मदीने को पसन्द किया और अपने समस्त अनुयायियों को सूचना दे दी। भक्तजन उनके साथ हुए और एक दिन मुस्लिमों ने मक्के से मदीने को प्रस्थान किया। यही हिजरत थी।

मदीने पहुँचकर मुसलमानों में एक नयी शक्ति, नयी स्फूर्ति का उदय हुआ। वे निश्शंक होकर अपने धर्म का पालन करने लगे। अब पड़ोसियों से दबने और छिपने की जरूरत न थी।

आत्मविश्वास बढ़ा। इधर भी विधर्मियों का स्वागत करने की तैयारियाँ होने लगीं। दोनों पक्ष सेना इकट्ठी करने लगी। विधर्मियों ने संकल्प किया कि संसार से इस्लाम का नाम ही मिटा देंगे। इस्लाम ने भी उनके दाँत खट्टे करने का निश्चय किया।

एक दिन अबुलआस ने आकर पत्नी से कहा—जैनब, हमारे नेताओं ने इस्लाम पर जिहाद करने की घोषणा कर दी है।

जैनब ने घबराकर कहा—अब तो वे लोग यहाँ से चले गये। फिर इस जिहाद की क्या जरूरत?

अबुलआस—मक्के से चले गये, अरब से तो नहीं चले गये! उन लोगों की ज्यादतियाँ बढ़ती जा रही है। जिहाद के सिवा और कोई उपाय नहीं है। जिहाद में मेरा शरीक होना जरूरी है।

जैनब—अगर तुम्हारा दिल तुम्हें मजबूर करता है, तो शौक से जाओ। मैं

भी तुम्हारे साथ चलूँगी।

आस—मेरे साथ?

जैनब—हाँ, वहाँ आहत मुसलमानों की सेवा-शुश्रूषा करूँगी।

आस—शौक से चलो।

6

घोर संग्राम हुआ। दोनों दलवालों ने खूब दिल के अरमान निकाले। भाई-भाई से, बाप-बेटे से लड़ा। सिद्ध हो गया कि मजहब का बन्धन रक्त और वीर्य के बन्धन से सुदृढ़ है!

दोनों दल वाले वीर थे। अन्तर यह था कि मुसलमानों में नया धर्मानुराग था, मृत्यु के पश्चात् स्वर्ग की आशा थी। दिलों में वह अटल विश्वास था, जो नवजात संप्रदायों का लक्षण है। विधर्मियों में 'बलिदान' का यह भाव लुप्त था।

कई दिन तक लड़ाई होती रही। मुसलमानों की संख्या बहुत कम थी, पर अन्त में उनके धर्मोत्साह ने मैदान मार लिया। विधर्मियों में कितने ही मारे गये, कितने ही घायल हुए और कितने ही कैद कर लिये गये। अबुलआस भी इन्हीं कैदियों में थे।

जैनब ने ज्योंहि सुना कि अबुलआस पकड़ लिये गये, उसने तुरन्त हजरत मोहम्मद की सेवा में मुक्ति-धन भेजा। यह वही बहुमूल्य हार था, जो खुदैजा ने उसे दिया था। जैनब अपने पूज्य पिता को उस धर्म-संकट में एक क्षण के लिए भी न डालना चाहती थी, जो मुक्ति-धन के अभाव दिशा में उन पर पड़ता, किन्तु अबुलआस को इच्छा होते हुए भी पक्षपात भय से न छोड़ सके।

सब कैदी हजरत के सामने पेश किये गये। कितने ही तो ईमान लाये, कितनों के घरों से मुक्ति-धन आ चुका था, वे मुक्त कर दिये गये। हजरत ने अबुलआस को देखा, सबसे अलग सिर झुकाये खड़े हैं। मुख पर लज्जा का भाव झलक रहा है।

हजरत ने कहा—अबुलआस, खुदा ने इस्लाम की हिमायत की, वरना उसे यह विजय न प्राप्त होती।

अबुलआस—अगर आपके कथानुसार संसार में एक खुदा है, तो वह अपने एक बन्दे को दूसरे का गला काटने में मदद नहीं दे सकता। मुसलमानों की विजय उनके रणोत्साह से हुई।

एक सहाबी ने पूछा—तुम्हारा फिदिया (मुक्ति-धन) कहाँ है?

हजरत ने फरमाया—अबुलआस का हार निहायत बेशकीमती है, इनके बारे में आप क्या फैसला करते हैं? आपको मालूम है, यह मेरे दामाद हैं?

अबूबकर—आज तुम्हारे घर में जैनब है, जिन पर ऐसे सैकड़ों हार कुर्बान किये जा सकते हैं।

अबुलआस—तो आपका मतलब यह है कि जैनब मेरी फिदिया हो?

जैद—बेशक हमारा मतलब है।

अबुलआस—उससे तो कहीं बेहतर था कि आप मुझे कत्ल कर देते।

अबूबकर—हम रसूल के दामाद को कत्ल नहीं करेंगे, चाहे वह विधर्मी ही क्यों न हो? तुम्हारी यहाँ उतनी खातिर होगी, जितनी हम कर सकते हैं।

अबुलआस ने सामने विषम समस्या थी। इधर यहाँ की मेहमानी में अपमान था, उधर जैनब के वियोग की दारूण वेदना थी। उन्होंने निश्चय किया कि यह वेदना सहूँगा, किन्तु अपमान न सहूँगा। प्रेम, आत्मा की गौरव पर बलिदान कर दूँगा। बोले—मुझे आपका फैसला मंजूर है। जैनब मेरी फिदिया होगी।

7

मदीने में रसूल की बेटी की जितनी इज़्ज़त होनी चाहिए, उतनी होती थी। सुख था, ऐश्वर्य था, धर्म था; पर प्रेम न था। अबुलआस के वियोग में रोया करती थी।

तीन वर्ष युगों की भाँति बीते। अबुलआस के दर्शन न हुए।

उधर अबुलआस पर उसकी बिरादरी का दबाव पड़ रहा था कि विवाह कर लो, पर जैनब की मधुर स्मृतियाँ ही उसके प्रणय वंचित हृदय को तसकीन देने को काफी थीं, वह उत्तरोत्तर उत्साह के साथ अपने व्यवसाय में तल्लीन हो गया। महीनों घर न आता। धनोपार्जन ही अब उसके जीवन का मुख्य आधार था। लोगों को आश्चर्य होता था कि अब यह धन के पीछे क्यों प्राण दे रहा है? निराशा और चिंता बहुधा शराब के नशे से शांत होती है; प्रेम उन्माद से। अबुलआस को धनोन्माद हो गया था। धन के आवरण में ढँका हुआ यह प्रेम-नैराश्य था; माया के परदे में छिपा हुआ प्रेम-वैराग्य।

एक बार वह मक्के से माल लादकर इराक की तरफ चला। काफिले में और भी कितने ही सौदागर थे। रक्षकों का एक दल भी साथ था। मुसलमानों के कई काफिले विधर्मियों के हाथों लुट चुके थे। उन्हें ज्योहि इस काफिले की खबर मिली, जैद ने कुछ चुने हुए आदमियों के साथ उन पर धावा कर दिया। काफिले के रक्षक लड़े और मारे गये। काफिले वाले भाग निकले। अतुल धन मुसलमानों के हाथ लगा। अबुलआस फिर कैद हो गये।

दूसरे दिन हज़रत मुहम्मद के सामने अबुलआस की पेशी हुई। हज़रत ने एक बार उसकी तरफ करूण-दृष्टि डाली और सिर झुका लिया। साहिबियों ने कहा—या हज़रत अबुलआस के बारे में आप क्या फैसला करते हैं?

मुहम्मद—इसके बारे में फैसला करना तुम्हारा काम है। यह मेरा दामाद है। सम्भव है, मैं पक्षपात का दोषी हो जाऊँ।

यह कहकर वह मकान में चले गये। जैनब रोकर पैरों पर गिर पड़ी। और बोली—अब्बाजान, आपने औरों को तो आज़ाद कर दिया। अबुलआस क्या उन सबसे गया बीता है?

हज़रत—नहीं जैनब, न्याय के पद पर बैठने वाले आदमी को पक्षपात और द्वेष से मुक्त होना चाहिए। यद्यपि यह नीति मैंने ही बनायी है। तो भी अब उसका स्वामी नहीं, दास हूँ। मुझे अबुलआस से प्रेम है। मैं न्याय को प्रेम कलंकित नहीं कर सकता।

सहाबी हजरत की इस नीति-भक्ति पर मुग्ध हो गये। अबुलआस को सब माल-असबाब के साथ मुक्त कर दिया।

अबुलआस पर हजरत की न्याय-परायणता का गहरा असर पड़ा। मक्के आकर उन्होंने अपना हिसाब-किताब साफ किया, लोगों का माल लौटाया, कर्ज अदा किया और घरबार त्याग कर हजरत मुहम्मद की सेवा में पहुँच गये। जैनब की मुराद पूरी हुई।

कुत्सा

अपने घर में आदमी बादशाह को भी गाली देता है। एक दिन मैं अपने दो-तीन मित्रों के साथ बैठा हुआ एक राष्ट्रीय संस्था के व्यक्तियों की आलोचना कर रहा था। हमारे विचार में राष्ट्रीय कार्यकर्ताओं को स्वार्थ और लोभ से ऊपर रहना चाहिए। ऊँचा और पवित्र आदर्श सामने रखकर ही राष्ट्र की सच्ची सेवा की जा सकती है। कई व्यक्तियों के आचरण ने हमें क्षुब्ध कर दिया था और हम इस समय बैठे अपने दिल का गुबार निकाल रहे थे। सम्भव था, उस परिस्थिति में पड़कर हम और भी गिर जाते; लेकिन उस वक्त तो हम विचारक के स्थान पर बैठे हुए थे और विचारक उदार बनने लगे, तो न्याय कौन करे? विचारक को यह भूल जाने में विलम्ब नहीं होता कि उसमें भी कमजोरियाँ हैं। उसमें और अभियुक्त में केवल इतना ही अन्तर है कि या तो विचारक महाशय उस परिस्थिति में पड़े नहीं, या पड़कर भी अपनी चतुराई से बेदाग निकल गये।

पद्मादेवी ने कहा—महाशय 'क' काम तो बड़े उत्साह से करते हैं; लेकिन अगर हिसाब देखा जाय, तो उनके जिम्मे एक हजार से कम न निकलेगा।

उर्मिलादेवी बोली—खैर 'क' को तो क्षमा किया जा सकता है। उसके बाल-बच्चे हैं, आखिर उनका पालन-पोषण कैसे करे? जब वह चौबीस घण्टे सेवा-कार्य ही में लगा रहता है, तो उसे कुछ-न-कुछ तो मिलना चाहिए। उस योग्यता का आदमी 500 वेतन पर भी न मिलता। अगर इस साल-भर में उसने एक हजार खर्च का डाला, तो बहुत नहीं है। महाशय 'ख' तो बिल्कुल निहंग हैं। 'जोरू न जाँता मियाँ से नाता; पर उनके जिम्मे भी एक हजार से कम न होंगे। किसी को क्या अधिकार है कि वह गरीबों का धन मोटर की सवारी और यार-दोस्ती की दावत में उड़ा दे?

श्यामादेवी उद्दण्ड होकर बोली—महाशय 'ग' को इसका जवाब देना पड़ेगा, भाई साहब! यों बचकर नहीं निकल सकते। हम लोग भिक्षा माँग-माँग कर पैसे लाते हैं; इसीलिए कि यार-दोस्ती की दावतें हों; शराबे उडायी जाएँ और मुजरे देखे जायँ? रोज सिनेमा की सैर होती है। गरीबों का धन यों उड़ाने के लिए नहीं है।

यहाँ पाई-पाई का लेखा समझना पड़ेगा। मैं भरी सभा में रगेदूँगी। उन्हें जहाँ पाँच सौ वेतन मिलता हो, वहाँ चले जायँ। राष्ट्र के सेवक बहुतेरे निकल आवेंगे।

मैं भी एक बार इसी संस्था का मंत्री रह चुका हूँ। मुझे गर्व है कि मेरे ऊपर कभी किसी ने इस तरह का आक्षेप नहीं किया; पर न-जाने क्यों लोग मेरे मन्त्रित्व से सन्तुष्ट नहीं थे। लोगों का ख़याल था कि मैं बहुत कम समय देता हूँ और मेरे समय में सस्था ने कोई गौरव बढ़ाने वाला कार्य नहीं किया; इसीलिए मैंने रूठकर इस्तीफा दे दिया था। मैं उसी पद से बेलौस रहकर भी निकाला गया। महाशय 'ग' हजारों हड़प करके भी उसी पद पर जमे हुए हैं। क्या यह मेरे उनसे कुनह रखने की काफी वजह न थी? मैं चतुर खिलाड़ी की भाँति खुद तो कुछ न करना चाहता था, किन्तु परदे की आड़ से रस्सी खींचता रहता था।

मैंने रद्दा जमाया—देवीजी, आप अन्याय कर रही हैं। महाशय 'ग' से ज्यादा दिलेर और...

उर्मिला ने मेरी बात काटकर कहा—मैं ऐसे आदमी को दिलेर नहीं कहती जो छिपकर जनता के रुपये से शराब पिये। जिन शराब की दुकानों पर हम धरना देने जाते थे, उन्हीं दुकानों से उनके लिए शराब आती थी। इससे बढ़कर बेवफाई और क्या हो सकती है? मैं ऐसे आदमी को देशद्रोही कहती हूँ।

मैंने और खींची—लेकिन यह तो तुम भी मानती हो कि महाशय 'ग' केवल अपने प्रभाव से हजारों रुपये चन्दा वसूल कर लाते हैं। विलायती कपड़े को रोकने का उन्हें जितना श्रेय दिया जाय, थोड़ा है।

उर्मिला देवी कब मानने वाली थीं। बोलीं—उन्हें चन्दे इस संस्था के नाम पर मिलते हैं, व्यक्तिगत रूप से एक धेला भी लावें तो कहूँ। रहा विलायती कपड़ा। जनता नामों को पूजती है और महाशय की तारीफें हो रही है; पर सच पूछिए तो यह श्रेय हमें मिलना चाहिए। वह तो कभी किसी दुकान पर गये भी नहीं। आज सारे शहर में इस बात की चर्चा हो रही है। जहाँ चन्दा माँगने जाओ, वहीं लोग यही अपेक्षा करने लगते हैं। किस-किस का मुँह बन्द कीजिएगा? आप बनते तो हैं जाति के सेवक; मगर आचरण ऐसा कि शोहदों का भी न होगा। देश का उद्धार ऐसे विलासितों के हाथों नहीं हो सकता। उसके लिए त्याग होना चाहिए।

2

यही आलोचनाएँ हो रही थीं कि एक दूसरी देवी आयीं, भगवती! बेचारी चन्दा माँगने आयी थीं। थकी-माँदी चली आ रही थीं। यहाँ जो पंचायत देखी, तो रम गयीं। उनके साथ उनकी बालिका भी थी। कोई दस साल उम्र होगी, इन कामों में बराबर माँ के साथ रहती थी। उसे जोर की भूख लगी हुई थी। घर की कुंजी भी भगवती

देवी के पास थी। पतिदेव दफ्तर से आ गये। घर का खुलना भी जरूरी था, इसीलिए मैंने बालिका को उसके घर पहुँचाने की सेवा स्वीकार की।

कुछ दूर चलकर बालिका ने कहा–आपको मालूम है, महाशय 'ग' शराब पीते हैं? द्वेष और प्रपंच का विष बोना मेरी ईर्ष्यालु प्रकृति को भी रुचिकर न जान पड़ा। जहाँ कोमलता और सारल्य, विश्वास और माधुर्य का राज्य होना चाहिए, वहाँ कुत्सा और क्षुद्रता का मर्यादित होना कौन पसन्द करेगा? देवता के गले में काँटों की माला कौन पहनायेगा?

मैंने पूछा–तुमसे किसने कहा कि महाशय 'ग' शराब पीते हैं?

'वाह, पीते ही हैं, आप क्या जानें?'

'तुम्हें कैसे मालूम हुआ?'

'सारे शहर के लोग कह रहे हैं!'

'शहर वाले झूठ बोल रहे हैं।'

बालिका ने मेरी अविश्वास की आँखों से देखा, शायद वह समझी, मैं भी महाशय 'ग' के ही भाई-बंदों में हूँ।

'आप कह सकते हैं, महाशय 'ग' शराब नहीं पीते?'

'हाँ, वह कभी शराब नहीं पीते।'

'और महाशय 'क' ने जनता के रुपये भी नहीं उड़ाये?'

'यह भी असत्य है।'

'और महाशय 'ख' मोटर पर हवा खाने नहीं जाते?'

'मोटर पर हवा खाना अपराध नहीं है।'

'अपराध नहीं है, राजाओं के लिए, रईसों के लिए, अफसरों के लिए, जो जनता का खून चूसते हैं, देश-भक्तों का दम भरने वालों के लिए वह बहुत बड़ा अपराध है।'

'लेकिन यह तो सोचो, इन लोगों को कितना दौड़ना पड़ता है! पैदल कहाँ तक दौड़े?'

'पैरगाड़ी पर तो चल सकते हैं। यह कुछ बात नहीं है। ये लोग शान दिखाना चाहते हैं, जिसमें लोग समझें कि यह भी बहुत बड़े आदमी हैं। हमारी संस्था गरीबी की संस्था है। यहाँ मोटर पर उसी वक्त बैठना चाहिए, जब और किसी तरह काम ही न चल सके और शराबियों के लिए तो यहाँ स्थान ही न होना चाहिए। आप तो चंदे माँगने जाते नहीं। हमें कितना लज्जित होना पड़ता है, आपको क्या मालूम!'

मैंने गम्भीर होकर कहा–तुम्हें लोगों से कह देना चाहिए, यह सरासर गलत है। हम और तुम इस संस्था के शुभचिन्तक हैं। हमें अपने कार्यकर्ताओं का अपमान करना उचित नहीं। हमें तो इतना ही देखना चाहिए कि वे हमारी कितनी सेवा करते हैं। मैं यह नहीं कहता कि क, ख, ग में बुराइयाँ नहीं हैं। संसार में ऐसा

कौन है, जिसमें बुराइयाँ न हों, लेकिन बुराइयों के मुकाबले उनमें गुण कितने हैं, यह तो देखो। हम सभी स्वार्थ पर जान देते हैं—मकान बनाते हैं, ज़ायदाद खरीदते हैं। और कुछ नहीं, तो आराम से घर में सोते हैं। यह बेचारे चौबीस घंटे देश-हित की फिक्र में डूबे रहते हैं। तीनों ही साल-साल भर की सजा काटकर, कई महीने हुए लौटे हैं। तीनों ही के उद्योग से अस्पताल और पुस्तकालय खुले। इन्हीं वीरों ने आन्दोलन करके किसानों का लगान कम कराया। अगर इन्हें शराब पीना और धन कमाना होता, तो इस क्षेत्र में आते ही क्यों?

बालिका ने विचारपूर्ण दृष्टि से मुझे देखा। फिर बोली—यह बतलाइए, महाशय 'ग' शराब पीते हैं या नहीं?

मैंने निश्चयपूर्वक कहा—नहीं। जो यह कहता है, वह झूठ बोलता है।

भगवतीदेवी का मकान आ गया। बालिका चली गयी। मैं आज झूठ बोलकर जितना प्रसन्न था, उतना कभी सच बोलकर भी न हुआ था। मैंने बालिका के निर्मल हृदय को कुत्सा के पंक में गिरने से बचा लिया था।

दो बैलों की कथा

जानवरों में गधा सबसे ज्यादा बुद्धिहीन समझा जाता है। हम जब किसी आदमी को पल्ले दरजे का बेवकूफ कहना चाहते हैं, तो उसे गधा कहते हैं। गधा सचमुच बेवकूफ है, या उसके सीधेपन, उसकी निरापद सहिष्णुता ने उसे यह पदवी दे दी है, इसका निश्चय नहीं किया जा सकता। गायें सींग मारती हैं, ब्यायी हुई गाय तो अनायास ही सिंहनी का रूप धारण कर लेती है। कुत्ता भी बहुत गरीब जानवर है, लेकिन कभी-कभी उसे भी क्रोध आ ही जाता है; किन्तु गधे को कभी क्रोध करते नहीं सुना, न देखा। जितना चाहो गरीब को मारो, चाहे जैसी खराब, सड़ी हुई घास सामने डाल दो, उसके चेहरे पर कभी असन्तोष की छाया भी न दिखायी देगी। वैशाख में चाहे एकाध बार कुलेल कर लेता हो; पर हमने तो उसे कभी खुश होते नहीं देखा। उसके चेहरे पर एक स्थायी विषाद स्थायी रूप से छाया रहता है। सुख-दुःख, हानि-लाभ, किसी भी दशा में उसे बदलते नहीं देखा। ऋषियों-मुनियों के जितने गुण हैं, वे सभी उसमें पराकाष्ठा को पहुँच गये हैं; पर आदमी उसे बेवकूफ कहता है। सद्गुणों का इतना अनादर कहीं नहीं देखा। कदाचित् सीधापन संसार के लिए उपयुक्त नहीं है। देखिये न, भारतवासियों की अफ्रीका में क्या दुर्दशा हो रही है ? क्यों अमरीका में उन्हें घुसने नहीं दिया जाता ? बेचारे शराब नहीं पीते, चार पैसे कुसमय के लिए बचाकर रखते हैं, जी तोड़कर काम करते हैं, किसी से लड़ाई-झगड़ा नहीं करते, चार बातें सुनकर गम खा जाते हैं फिर भी बदनाम हैं। कहा जाता है, वे जीवन के आदर्श को नीचा करते हैं। अगर वे भी ईंट का जवाब पत्थर से देना सीख जाते, तो शायद सभ्य कहलाने लगते। जापान की मिसाल सामने है। एक ही विजय ने उसे संसार की सभ्य जातियों में गण्य बना दिया।

लेकिन गधे का एक छोटा भाई और भी है, जो उससे कम ही गधा है, और वह है 'बैल'। जिस अर्थ में हम गधा का प्रयोग करते हैं, कुछ उसी से मिलते-जुलते अर्थ में 'बछिया के ताऊ' का भी प्रयोग करते हैं। कुछ लोग बैल को शायद बेवकूफों में सर्वश्रेष्ठ कहेंगे; मगर हमारा विचार ऐसा नहीं है। बैल कभी-कभी मारता भी

है, कभी-कभी अड़ियल बैल भी देखने में आता है। और भी कई रीतियों से अपना असन्तोष प्रकट कर देता है; अतएव उसका स्थान गधे से नीचा है।

झूरी काछी के दोनों बैलों के नाम थे हीरा और मोती। दोनों पछाईं जाति के थे—देखने में सुन्दर, काम में चौकस, डील में ऊँचे। बहुत दिनों साथ रहते-रहते दोनों में भाईचारा हो गया था। दोनों आमने-सामने या आस-पास बैठे हुए एक-दूसरे से मूक-भाषा में विचार-विनिमय करते थे। एक, दूसरे के मन की बात कैसे समझ जाता था, हम नहीं कह सकते। अवश्य ही उनमें कोई ऐसी गुप्त शक्ति थी, जिससे जीवों में श्रेष्ठता का दावा करनेवाला मनुष्य वंचित है। दोनों एक-दूसरे को चाटकर और सूँघकर अपना प्रेम प्रकट करते, कभी-कभी दोनों सींग भी मिला लिया करते थे—विग्रह के नाते से नहीं, केवल विनोद के भाव से, आत्मीयता के भाव से, जैसे दोस्तों में घनिष्ठता होते ही धौल-धप्पा होने लगता है। इसके बिना दोस्ती कुछ फुसफुसी, कुछ हलकी-सी रहती है, जिस पर ज्यादा विश्वास नहीं किया जा सकता। जिस वक्त ये दोनों बैल हल या गाड़ी में जोत दिये जाते और गरदन हिला-हिलाकर चलते, उस वक्त हर एक की यही चेष्टा होती थी कि ज्यादा-से-ज्यादा बोझ मेरी ही गरदन पर रहे। दिन-भर के बाद दोपहर या सन्ध्या को दोनों खुलते, तो एक-दूसरे को चाट-चूटकर अपनी थकान मिटा लिया करते। नाँद में खली-भूसा पड़ जाने के बाद दोनों साथ उठते, साथ नाँद में मुँह डालते और साथ ही बैठते थे। एक मुँह हटा लेता, तो दूसरा भी हटा लेता था।

संयोग की बात, झूरी ने एक बार गोईं को ससुराल भेज दिया। बैलों को क्या मालूम, वे क्यों भेजे जा रहे हैं। समझे, मालिक ने हमें बेच दिया। अपना यों बेचा जाना उन्हें अच्छा लगा या बुरा, कौन जाने, पर झूरी के साले गया को घर तक गोईं ले जाने में दाँतों पसीना आ गया। पीछे से हाँकता तो दोनों दाँयें-बाँयें भागते; पगहिया पकड़कर आगे से खींचता, तो दोनों पीछे को जोर लगाते। मारता तो दोनों सींग नीचे करके हुँकारते। अगर ईश्वर ने उन्हें वाणी दी होती, तो झूरी से पूछते—तुम हम गरीबों को क्यों निकाल रहे हो ? हमने तो तुम्हारी सेवा करने में कोई कसर नहीं उठा रखी। अगर इतनी मेहनत से काम न चलता था तो और काम ले लेते। हमें तो तुम्हारी चाकरी में मर जाना कबूल था। हमने कभी दाने-चारे की शिकायत नहीं की। तुमने जो कुछ खिलाया, वह सिर झुकाकर खा लिया, फिर तुमने हमें इस जालिम के हाथ क्यों बेच दिया ?

संध्या समय दोनों बैल अपने नये स्थान पर पहुँचे। दिन-भर के भूखे थे, लेकिन जब नाँद में लगाये गये, तो एक ने भी उसमें मुँह न डाला। दिल भारी हो रहा था। जिसे उन्होंने अपना घर समझ रखा था, वह आज उनसे छूट गया था। यह नया घर, नया गाँव, नये आदमी, उन्हें बेगानों-से लगते थे।

दोनों ने अपनी मूक-भाषा में सलाह की, एक-दूसरे को कनखियों से देखा और लेट गये। जब गाँव में सोता पड़ गया, तो दोनों ने जोर मारकर पगहे तुड़ा डाले और घर की तरफ चले। पगहे बहुत मजबूत थे। अनुमान न हो सकता था कि कोई बैल उन्हें तोड़ सकेगा; पर इन दोनों में इस समय दूनी शक्ति आ गयी थी। एक-एक झटके में रस्सियाँ टूट गयीं।

झूरी प्रातःकाल सोकर उठा, तो देखा कि दोनों बैल चरनी पर खड़े हैं। दोनों की गरदनों में आधा-आधा गराँव लटक रहा है। घुटने तक पाँव कीचड़ से भरे हैं और दोनों की आँखों में विद्रोहमय स्नेह झलक रहा है।

झूरी बैलों को देखकर स्नेह से गद्गद हो गया। दौड़कर उन्हें गले लगा लिया। प्रेमालिंगन और चुम्बन का वह दृश्य बड़ा ही मनोहर था।

घर और गाँव के लड़के जमा हो गये और तालियाँ बजा-बजाकर उनका स्वागत करने लगे। गाँव के इतिहास में यह घटना अभूतपूर्व न होने पर भी महत्त्वपूर्ण थी। बाल-सभा ने निश्चय किया, दोनों पशु-वीरों को अभिनन्दनपत्र देना चाहिए। कोई अपने घर से रोटियाँ लाया, कोई गुड़, कोई चोकर, कोई भूसी।

एक बालक ने कहा–ऐसे बैल किसी के पास न होंगे।

दूसरे ने समर्थन किया–इतनी दूर से दोनों अकेले चले आये।

तीसरा बोला–बैल नहीं हैं वे, उस जनम के आदमी हैं।

इसका प्रतिवाद करने का किसी को साहस न हुआ।

झूरी की स्त्री ने बैलों को द्वार पर देखा, तो जल उठी। बोली–कैसे नमक-हराम बैल हैं कि एक दिन वहाँ काम न किया; भाग खड़े हुए।

झूरी अपने बैलों पर यह आक्षेप न सुन सका–नमकहराम क्यों हैं ? चारा-दाना न दिया होगा, तो क्या करते ?

स्त्री ने रोब के साथ कहा–बस, तुम्हीं तो बैलों को खिलाना जानते हो, और तो सभी पानी पिला-पिलाकर रखते हैं।

झूरी ने चिढ़ाया–चारा मिलता तो क्यों भागते ?

स्त्री चिढ़ी–भागे इसलिए कि वे लोग तुम-जैसे बुद्धुओं की तरह बैलों को सहलाते नहीं। खिलाते हैं, तो रगड़कर जोतते भी हैं। ये दोनों ठहरे कामचोर, भाग निकले। अब देखूँ, कहाँ से खली और चोकर मिलता है ! सूखे भूसे के सिवा कुछ न दूँगी, खायें चाहें मरें।

वही हुआ। मजूर को कड़ी ताकीद कर दी गयी कि बैलों को खाली सूखा भूसा दिया जाय।

बैलों ने नाँद में मुँह डाला, तो फीका-फीका। न कोई चिकनाहट, न कोई रस ! क्या खायँ ? आशा-भरी आँखों से द्वार की ओर ताकने लगे।

झूरी ने मजूर से कहा—थोड़ी-सी खली क्यों नहीं डाल देता बे ?

'मालकिन मुझे मार ही डालेंगी।'

'चुराकर डाल आ।'

'ना दादा, पीछे से तुम भी उन्हीं की-सी कहोगे।'

2

दूसरे दिन झूरी का साला फिर आया और बैलों को ले चला। अबकी उसने दोनों को गाड़ी में जोता।

दो-चार बार मोती ने गाड़ी को सड़क की खाई में गिराना चाहा; पर हीरा ने सँभाल लिया। वह ज्यादा सहनशील था।

संध्या-समय घर पहुँचकर उसने दोनों को मोटी रस्सियों से बाँधा और कल की शरारत का मजा चखाया। फिर वही सूखा भूसा डाल दिया। अपने दोनों बैलों को खली, चूनी सब कुछ दी।

दोनों बैलों का ऐसा अपमान कभी न हुआ था। झूरी इन्हें फूल की छड़ी से भी न छूता था। उसकी टिटकार पर दोनों उड़ने लगते थे। यहाँ मार पड़ी। आहत-सम्मान की व्यथा तो थी ही, उस पर मिला सूखा भूसा !

नाँद की तरफ आँखें तक न उठायीं।

दूसरे दिन गया ने बैलों को हल में जोता, पर इन दोनों ने जैसे पाँव न उठाने की कसम खा ली थी। वह मारते-मारते थक गया; पर दोनों ने पाँव न उठाया। एक बार जब उस निर्दयी ने हीरा की नाक पर खूब डण्डे जमाये, तो मोती का गुस्सा काबू के बाहर हो गया। हल लेकर भागा। हल, रस्सी, जुआ, जोत, सब टूट-टाट कर बराबर हो गया। गले में बड़ी-बड़ी रस्सियाँ न होतीं, तो दोनों पकड़ाई में न आते।

हीरा ने मूक-भाषा में कहा—भागना व्यर्थ है।

मोती ने उत्तर दिया—तुम्हारी तो इसने जान ही ले ली थी।

अबकी बड़ी मार पड़ेगी।

'पड़ने दो, बैल का जन्म लिया है, तो मार से कहाँ तक बचेंगे ?'

'गया दो आदमियों के साथ दौड़ा आ रहा है। दोनों के हाथों में लाठियाँ हैं।'

मोती बोला—कहो तो दिखा दूँ कुछ मजा मैं भी। लाठी लेकर आ रहा है।

हीरा ने समझाया—नहीं भाई ! खड़े हो जाओ।

'मुझे मारेगा, तो मैं भी एक-दो को गिरा दूँगा !'

'नहीं। हमारी जाति का यह धर्म नहीं है।'

मोती दिल में ऐंठकर रह गया। गया आ पहुँचा और दोनों को पकड़कर ले चला। कुशल हुई कि उसने इस वक्त मारपीट न की, नहीं तो मोती भी पलट पड़ता। उसके तेवर देखकर गया और उसके सहायक समझ गये कि इस वक्त टाल जाना ही मसलहत है।

आज दोनों के सामने फिर वही सूखा भूसा लाया गया। दोनों चुपचाप खड़े रहे। घर के लोग भोजन करने लगे। उस वक्त छोटी-सी लड़की दो रोटियाँ लिये निकली, और दोनों के मुँह में देकर चली गयी। उस एक रोटी से इनकी भूख तो क्या शान्त होती; पर दोनों के हृदय को मानो भोजन मिल गया। यहाँ भी किसी सज्जन का वास है। लड़की भैरो की थी। उसकी माँ मर चुकी थी। सौतेली माँ उसे मारती रहती थी, इसलिए इन बैलों से उसे एक प्रकार की आत्मीयता हो गयी थी।

दोनों दिन-भर जोते जाते, डण्डे खाते, अड़ते। शाम को थान पर बाँध दिये जाते और रात को वही बालिका उन्हें दो रोटियाँ खिला जाती। प्रेम के इस प्रसाद की यह बरकत थी कि दो-दो गाल सूखा भूसा खाकर भी दोनों दुर्बल न होते थे, मगर दोनों की आँखों में रोम-रोम में विद्रोह भरा हुआ था।

एक दिन मोती ने मूक-भाषा में कहा—अब तो नहीं सहा जाता, हीरा !

'क्या करना चाहते हो ?'

'एकाध को सींगों पर उठाकर फेंक दूँगा।'

'लेकिन जानते हो, वह प्यारी लड़की, जो हमें रोटियाँ खिलाती है, उसी की लड़की है, जो इस घर का मालिक है। यह बेचारी अनाथ न हो जायेगी ?'

'तो मालकिन को न फेंक दूँ। वही तो उस लड़की को मारती है।'

'लेकिन औरत जात पर सींग चलाना मना है, यह भूले जाते हो।'

'तुम तो किसी तरह निकलने ही नहीं देते। बताओ, तुड़ाकर भाग चलें।'

'हाँ, यह मैं स्वीकार करता हूँ, लेकिन इतनी मोटी रस्सी टूटेगी कैसे ?'

'इसका एक उपाय है। पहले रस्सी को थोड़ा-सा चबा लो। फिर एक झटके में जाती है।'

रात को जब बालिका रोटियाँ खिलाकर चली गयी, दोनों रस्सियाँ चबाने लगे, पर मोटी रस्सी मुँह में न आती थी। बेचारे बार-बार जोर लगाकर रह जाते थे।

सहसा घर का द्वार खुला और वही लड़की निकली। दोनों सिर झुकाकर उसका हाथ चाटने लगे। दोनों की पूँछें खड़ी हो गयीं। उसने उनके माथे सहलाये और बोली—खोले देती हूँ। चुपके से भाग जाओ, नहीं तो यहाँ लोग मार डालेंगे। आज घर में सलाह हो रही है कि इनकी नाकों में नाथ डाल दी जायँ।

उसने गराँव खोल दिया, पर दोनों चुपचाप खड़े रहे।

मोती ने अपनी भाषा में पूछा—अब चलते क्यों नहीं।

हीरा ने कहा—चलें तो लेकिन कल इस अनाथ पर आफत आयेगी। सब इसी पर सन्देह करेंगे। सहसा बालिका चिल्लायी—दोनों फूफावाले बैल भागे जा रहे हैं। ओ दादा ! दादा ! दोनों बैल भागे जा रहे हैं, जल्दी दौड़ो।

गया हड़बड़ाकर भीतर से निकला और बैलों को पकड़ने चला। वे दोनों भागे। गया ने पीछा किया। और भी तेज हुए। गया ने शोर मचाया। फिर गाँव के कुछ आदमियों को भी साथ लेने के लिए लौटा। दोनों मित्रों को भागने का मौका मिल गया। सीधे दौड़ते चले गये। यहाँ तक कि मार्ग का ज्ञान न रहा। जिस परिचित मार्ग से आये थे, उसका यहाँ पता न था। नये-नये गाँव मिलने लगे। तब दोनों एक खेत के किनारे खड़े होकर सोचने लगे, अब क्या करना चाहिए।

हीरा ने कहा—मालूम होता है, राह भूल गये।

'तुम भी बेतहाशा भागे। वहीं उसे मार गिराना था।'

'उसे मार गिराते, तो दुनिया क्या कहती ? वह अपना धर्म छोड़ दे, लेकिन हम अपना धर्म क्यों छोड़ें ?'

दोनों भूख से व्याकुल हो रहे थे। खेत में मटर खड़ी थी। चरने लगे। रह-रहकर आहट ले लेते थे, कोई आता तो नहीं है।

जब पेट भर गया, दोनों ने आजादी का अनुभव किया, तो मस्त होकर उछलने-कूदने लगे। पहले दोनों ने डकार ली। फिर सींग मिलाये और एक-दूसरे को ठेलने लगे। मोती ने हीरा को कई कदम पीछे हटा दिया, यहाँ तक कि वह खाई में गिर गया। तब उसे भी क्रोध आया। सँभलकर उठा और फिर मोती से मिल गया। मोती ने देखा—खेल में झगड़ा हुआ चाहता है, तो किनारे हट गया।

3

अरे ! यह क्या ? कोई साँड़ डौंकता चला आ रहा है। हाँ, साँड़ ही है। वह सामने आ पहुँचा। दोनों मित्र बगलें झाँक रहे हैं। साँड़ पूरा हाथी है। उससे भिड़ना जान से हाथ धोना है; लेकिन न भिड़ने पर भी जान बचती नहीं नजर आती। इन्हीं की तरफ आ भी रहा है। कितनी भयंकर सूरत है !

मोती ने मूक-भाषा में कहा—बुरे फँसे। जान बचेगी ? कोई उपाय सोचो।

हीरा ने चिन्तित स्वर में कहा—अपने घमंड में भूला हुआ है। आरजू-विनती न सुनेगा।

'भाग क्यों न चलें ?'

'भागना कायरता है।'

'तो फिर यहीं मरो। बन्दा तो नौ-दो-ग्यारह होता है।'

'और जो दौड़ाये ?'

'तो फिर कोई उपाय सोचो जल्द !'

'उपाय यही है कि उस पर दोनों जने एक साथ चोट करें ? मैं आगे से

रगेदता हूँ, तुम पीछे से रगेदो, दोहरी मार पड़ेगी, तो भाग खड़ा होगा। मेरी ओर झपटे, तुम बगल से उसके पेट में सींग घुसेड़ देना। जान जोखिम है; पर दूसरा उपाय नहीं है।'

दोनों मित्र जान हथेलियों पर लेकर लपके। साँड़ को भी संगठित शत्रुओं से लड़ने का तजुरबा न था। वह तो एक शत्रु से मल्लयुद्ध करने का आदी था। ज्यों ही हीरा पर झपटा, मोती ने पीछे से दौड़ाया। साँड़ उसकी तरफ मुड़ा, तो हीरा ने रगेदा। साँड़ चाहता था कि एक-एक करके दोनों को गिरा ले; पर ये दोनों भी उस्ताद थे। उसे वह अवसर न देते थे। एक बार साँड़ झल्लाकर हीरा का अन्त कर देने के लिए चला कि मोती ने बगल से आकर पेट में सींग भोंक दिया। साँड़ क्रोध में आकर पीछे फिरा तो हीरा ने दूसरे पहलू में सींग चुभा दिया। आखिर बेचारा जख्मी होकर भागा और दोनों मित्रों ने दूर तक उसका पीछा किया। यहाँ तक कि साँड़ बेदम होकर गिर पड़ा। तब दोनों ने उसे छोड़ दिया।

दोनों मित्र विजय के नशे में झूमते चले जाते थे।

मोती ने अपनी सांकेतिक भाषा में कहा—मेरा जी तो चाहता था कि बच्चा को मार ही डालूँ।

हीरा ने तिरस्कार किया—गिरे हुए बैरी पर सींग न चलाना चाहिए।

'यह सब ढोंग है। बैरी को ऐसा मारना चाहिए कि फिर न उठे।'

'अब घर कैसे पहुँचेंगे, वह सोचो।'

'पहले कुछ खा लें, तो सोचें।'

सामने मटर का खेत था ही। मोती उसमें घुस गया। हीरा मना करता रहा, पर उसने एक न सुनी। अभी दो ही चार ग्रास खाये थे कि दो आदमी लाठियाँ लिये दौड़ पड़े, और दोनों मित्रों को घेर लिया। हीरा तो मेड़ पर था, निकल गया। मोती सींचे हुए खेत में था। उसके खुर कीचड़ में धँसने लगे। न भाग सका। पकड़ लिया। हीरा ने देखा, संगी संकट में है, तो लौट पड़ा। फँसेंगे तो दोनों फँसेंगे। रखवालों ने उसे भी पकड़ लिया।

प्रातःकाल दोनों मित्र काँजीहौस में बन्द कर दिये गये।

4

दोनों मित्रों को जीवन में पहली बार ऐसा साबिका पड़ा कि सारा दिन बीत गया और खाने को एक तिनका भी न मिला। समझ ही में न आता था, यह कैसा स्वामी है। इससे तो गया फिर भी अच्छा था। यहाँ कई भैंसें थीं, कई बकरियाँ, कई घोड़े, कई गधे; पर किसी के सामने चारा न था, सब जमीन पर मुरदों की तरह पड़े थे। कई तो इतने कमजोर हो गये थे कि खड़े भी न हो सकते थे। सारा

दिन दोनों मित्र फाटक की ओर टकटकी लगाये ताकते रहे; पर कोई चारा लेकर आता न दिखायी दिया। तब दोनों ने दीवार की नमकीन मिट्टी चाटनी शुरू की, पर इससे क्या तृप्ति होती ?

रात को भी जब कुछ भोजन न मिला, तो हीरा के दिल में विद्रोह की ज्वाला दहक उठी। मोती से बोला—अब तो नहीं रहा जाता मोती !

मोती ने सिर लटकाये हुए जवाब दिया—मुझे तो मालूम होता है, प्राण निकल रहे हैं।

'इतनी जल्द हिम्मत न हारो भाई ! यहाँ से भागने का कोई उपाय निकालना चाहिए।'

'आओ दीवार तोड़ डालें।

'मुझसे तो अब कुछ नहीं होगा।'

'बस इसी बूते पर अकड़ते थे !'

'सारी अकड़ निकल गयी।'

बाड़े की दीवार कच्ची थी। हीरा मजबूत तो था ही, अपने नुकीले सींग दीवार में गड़ा दिये और जोर मारा, तो मिट्टी का एक चिप्पड़ निकल आया। फिर तो उसका साहस बढ़ा। इसने दौड़-दौड़कर दीवार पर चोटें कीं और हर चोट में थोड़ी-थोड़ी मिट्टी गिराने लगा।

उसी समय काँजीहौस का चौकीदार लालटेन लेकर जानवरों की हाजिरी लेने आ निकला। हीरा का उजड्डपन देखकर उसने उसे कई डंडे रसीद किये और मोटी-सी रस्सी से बाँध दिया।

मोती ने पड़े-पड़े कहा—आखिर मार खायी, क्या मिला ?

'अपने बूते-भर जोर तो मार दिया।'

'ऐसा जोर मारना किस काम का कि और बंधन में पड़ गये।'

'जोर तो मारता ही जाऊँगा, चाहे कितने ही बंधन पड़ते जायँ।'

'जान से हाथ धोना पड़ेगा।'

'कुछ परवाह नहीं। यों भी तो मरना ही है। सोचो, दीवार खुद जाती, तो कितनी जानें बच जातीं। इतने भाई यहाँ बन्द हैं। किसी की देह में जान नहीं है। दो-चार दिन और यही हाल रहा, तो सब मर जायेंगे।'

'हाँ, यह बात तो है। अच्छा, तो ला, फिर मैं भी जोर लगाता हूँ।'

मोती ने भी दीवार में उसी जगह सींग मारा। थोड़ी-सी मिट्टी गिरी और फिर हिम्मत बढ़ी। फिर तो वह दीवार में सींग लगाकर इस तरह जोर करने लगा, मानो किसी प्रतिद्वन्द्वी से लड़ रहा है। आखिर कोई दो घंटे की जोर-आजमाई के बाद दीवार ऊपर से लगभग एक हाथ गिर गयी। उसने दूनी शक्ति से दूसरा धक्का मारा, तो आधी दीवार गिर पड़ी।

दीवार का गिरना था कि अधमरे-से पड़े हुए सभी जानवर चेत उठे। तीनों घोड़ियाँ सरपट भाग निकलीं। फिर बकरियाँ निकलीं। इसके बाद भैंसें भी खिसक गयीं; पर गधे अभी तक ज्यों-के-त्यों खड़े थे।

हीरा ने पूछा—तुम दोनों क्यों नहीं भाग जाते ?

एक गधे ने कहा—जो कहीं फिर पकड़ लिये जायँ।

'तो क्या हरज है। अभी तो भागने का अवसर है।'

'हमें तो डर लगता है, हम यहीं पड़े रहेंगे।'

आधी रात से ऊपर जा चुकी थी। दोनों गधे अभी तक खड़े सोच रहे थे कि भागें या न भागें, और मोती अपने मित्र की रस्सी तोड़ने में लगा हुआ था। जब वह हार गया, तो हीरा ने कहा—तुम जाओ, मुझे यहीं पड़ा रहने दो। शायद कहीं भेंट हो जाय।

मोती ने आँखों में आँसू लाकर कहा—तुम मुझे इतना स्वार्थी समझते हो, हीरा ? हम और तुम इतने दिनों एक साथ रहे हैं। आज तुम विपत्ति में पड़ गये, तो मैं तुम्हें छोड़कर अलग हो जाऊँ।

हीरा ने कहा—बहुत मार पड़ेगी। लोग समझ जायँगे, यह तुम्हारी शरारत है।

मोती गर्व से बोला—जिस अपराध के लिए तुम्हारे गले में बन्धन पड़ा, उसके लिए अगर मुझ पर मार पड़े, तो क्या चिन्ता। इतना तो हो ही गया कि नौ-दस प्राणियों की जान बच गयी। वे सब तो आशीर्वाद देंगे।

यह कहते हुए मोती ने दोनों गधों को सींगों से मार-मारकर बाड़े के बाहर निकाला और तब अपने बन्धु के पास आकर सो रहा।

भोर होते ही मुंशी और चौकीदार तथा अन्य कर्मचारियों में कैसी खलबली मची, इसके लिखने की जरूरत नहीं। बस, इतना ही काफी है कि मोती की खूब मरम्मत हुई और उसे भी मोटी रस्सी से बाँध दिया गया।

5

एक सप्ताह तक दोनों मित्र वहाँ बँधे पड़े रहे। किसी ने चारे का एक तृण भी न डाला। हाँ, एक बार पानी दिखा दिया जाता था। यही उनका आधार था। दोनों इतने दुर्बल हो गये थे कि उठा तक न जाता था; ठठरियाँ निकल आयी थीं।

एक दिन बाड़े के सामने डुग्गी बजने लगी और दोपहर होते-होते वहाँ पचास-साठ आदमी जमा हो गये। तब दोनों मित्र निकाले गये और उनकी देखभाल होने लगी। लोग आ-आकर उनकी सूरत देखते और मन फीका करके चले जाते। ऐसे मृतक बैलों का कौन खरीदार होता ?

सहसा एक दढ़ियल आदमी, जिसकी आँखें लाल थीं और मुद्रा अत्यन्त कठोर,

आया और दोनों मित्रों के कूल्हों में उँगली गोदकर मुंशीजी से बातें करने लगा। उसका चेहरा देखकर अन्तर्ज्ञान से दोनों मित्रों के दिल काँप उठे। वह कौन है और उन्हें क्यों टटोल रहा है, इस विषय में उन्हें कोई सन्देह न हुआ। दोनों ने एक-दूसरे को भीत नेत्रों से देखा और सिर झुका लिया।

हीरा ने कहा—गया के घर से नाहक भागे। अब जान न बचेगी।

मोती ने अश्रद्धा के भाव से उत्तर दिया—कहते हैं, भगवान् सबके ऊपर दया करते हैं। उन्हें हमारे ऊपर क्यों दया नहीं आती ?

'भगवान् के लिए हमारा मरना-जीना दोनों बराबर है। चलो, अच्छा ही है, कुछ दिन उसके पास तो रहेंगे। एक बार भगवान् ने उस लड़की के रूप में हमें बचाया था। क्या अब न बचायेंगे ?'

'यह आदमी छुरी चलायेगा। देख लेना।'

'तो क्या चिन्ता है ? मांस, खाल, सींग, हड्डी सब किसी-न-किसी काम आ जायँगे।'

नीलाम हो जाने के बाद दोनों मित्र उस दढ़ियल के साथ चले। दोनों की बोटी-बोटी काँप रही थी। बेचारे पाँव तक न उठा सकते थे, पर भय के मारे गिरते-पड़ते भागे जाते थे; क्योंकि वह जरा भी चाल धीमी हो जाने पर जोर से डंडा जमा देता था।

राह में गाय-बैलों का एक रेवड़ हरे-हरे हार में चरता नजर आया। सभी जानवर प्रसन्न थे, चिकने, चपल। कोई उछलता था, कोई आनन्द से बैठा पागुर करता था। कितना सुखी जीवन था इनका; पर कितने स्वार्थी हैं सब। किसी को चिन्ता नहीं कि उनके दो भाई बधिक के हाथ पड़े कैसे दुःखी हैं।

सहसा दोनों को ऐसा मालूम हुआ कि यह परिचित राह है। हाँ, इसी रास्ते से गया उन्हें ले गया था। वही खेत, वही बाग, वही गाँव मिलने लगे। प्रतिक्षण उनकी चाल तेज होने लगी। सारी थकान, सारी दुर्बलता गायब हो गयी। आह ? यह लो ! अपना ही हार आ गया। इसी कुएँ पर हम पुर चलाने आया करते थे; यही कुआँ है।

मोती ने कहा—हमारा घर नगीच आ गया।

हीरा बोला—भगवान् की दया है।

'मैं तो अब घर भागता हूँ।'

'यह जाने देगा ?'

'इसे मैं मार गिराता हूँ।'

'नहीं-नहीं, दौड़कर थान पर चलो। वहाँ से हम आगे न जायँगे।'

दोनों उन्मत्त होकर बछड़ों की भाँति कुलेलें करते हुए घर की ओर दौड़े।

वह हमारा थान है। दोनों दौड़कर अपने थान पर आये और खड़े हो गये। दढ़ियल भी पीछे-पीछे दौड़ा चला आता था।

झूरी द्वार पर बैठा धूप खा रहा था। बैलों को देखते ही दौड़ा और उन्हें बारी-बारी से गले लगाने लगा। मित्रों की आँखों से आनन्द के आँसू बहने लगे। एक झूरी का हाथ चाट रहा था।

दढ़ियल ने जाकर बैलों की रस्सियाँ पकड़ लीं।

झूरी ने कहा—मेरे बैल हैं।

'तुम्हारे बैल कैसे ? मैं मवेशीखाने से नीलाम लिये आता हूँ।'

'मैं तो समझता हूँ चुराये लिये आते हो ! चुपके से चले जाओ। मेरे बैल हैं। मैं बेचूँगा तो बिकेंगे। किसी को मेरे बैल नीलाम करने का क्या अख्तियार है ?'

'जाकर थाने में रपट कर दूँगा।'

'मेरे बैल हैं। इसका सबूत यह है कि मेरे द्वार पर खड़े हैं।'

दढ़ियल झल्लाकर बैलों को जबरदस्ती पकड़ ले जाने के लिए बढ़ा। उसी वक्त मोती ने सींग चलाया। दढ़ियल पीछे हटा। मोती ने पीछा किया। दढ़ियल भागा। मोती पीछे दौड़ा। गाँव के बाहर निकल जाने पर वह रुका; पर खड़ा दढ़ियल का रास्ता देख रहा था। दढ़ियल दूर खड़ा धमकियाँ दे रहा था, गालियाँ निकाल रहा था, पत्थर फेंक रहा था। और मोती विजयी शूर की भाँति उसका रास्ता रोके खड़ा था। गाँव के लोग यह तमाशा देखते थे और हँसते थे।

जब दढ़ियल हारकर चला गया, तो मोती अकड़ता हुआ लौटा।

हीरा ने कहा—मैं डर रहा था कि कहीं तुम गुस्से में आकर मार न बैठो।

'अगर वह मुझे पकड़ता, तो मैं बे-मारे न छोड़ता।'

'अब न आयेगा।'

'आयेगा तो दूर ही से खबर लूँगा। देखूँ, कैसे ले जाता है।'

'जो गोली मरवा दे ?'

'मर जाऊँगा; पर उसके काम तो न आऊँगा।'

'हमारी जान को कोई जान ही नहीं समझता।'

'इसीलिए कि हम इतने सीधे हैं।'

जरा देर में नाँदों में खली, भूसा, चोकर और दाना भर दिया गया और दोनों मित्र खाने लगे। झूरी खड़ा दोनों को सहला रहा था और बीसों लड़के तमाशा देख रहे थे। सारे गाँव में उछाह-सा मालूम होता था।

उसी समय मालकिन ने आकर दोनों के माथे चूम लिये।

रियासत का दीवान

महाशय मेहता उन अभागों में थे, जो अपने स्वामी को प्रसन्न नहीं रख सकते थे। वह दिल से अपना काम करते थे और चाहते थे कि उनकी प्रशंसा हो। वह यह भूल जाते थे कि वह काम के नौकर तो हैं ही, अपने स्वामी के सेवक भी हैं। जब उनके अन्य सहकारी स्वामी के दरबार में हाजिरी देते थे, तो वह बेचारे दफ्तर में बैठे कागजों से सिर मारा करते थे। इसका फल यह था कि स्वामी के सेवक तो तरक्कियाँ पाते थे, पुरस्कार और पारितोषिक उड़ाते थे। और काम के सेवक मेहता किसी-न-किसी अपराध में निकाल दिये जाते थे। ऐसे कटु अनुभव उन्हें अपने जीवन में कई बार हो चुके थे; इसलिए अबकी जब राजा साहब सतिया ने उन्हें एक अच्छा पद प्रदान किया, तो उन्होंने प्रतिज्ञा की कि अब वह भी स्वामी का रुख देखकर काम करेंगे। और उनके स्तुति-गान में ही भाग्य की परीक्षा करेंगे। और इस प्रतिज्ञा को उन्होंने कुछ इस तरह निभाया कि दो साल भी न गुजरे थे कि राजा साहब ने उन्हें अपना दीवान बना लिया। एक स्वाधीन राज्य की दीवानी का क्या कहना ! वेतन तो 500) रु. मासिक ही था, मगर अख्तियार बड़े लम्बे। राई का पर्वत करो, या पर्वत से राई, कोई पूछनेवाला न था। राजा साहब भोग-विलास में पड़े रहते थे, राज्य-संचालन का सारा भार मि. मेहता पर था। रियासत के सभी अमले और कर्मचारी दण्डवत् करते, बड़े-बड़े रईस नजराने देते, यहाँ तक कि रानियाँ भी उनकी खुशामद करतीं। राजा साहब उग्र प्रकृति के मनुष्य थे, जैसे प्रायः राजे होते हैं। दुर्बलों के सामने शेर, सबलों के सामने भीगी बिल्ली। कभी मि. मेहता को डाँट-फटकार भी बताते; पर मेहता ने अपनी सफाई में एक शब्द भी मुँह से निकालने की कसम खा ली थी। सिर झुकाकर सुन लेते। राजा साहब की क्रोधाग्नि ईंधन न पाकर शान्त हो जाती।

गर्मियों के दिन थे। पोलिटिकल एजेन्ट का दौरा था। राज्य में उनके स्वागत की तैयारियाँ हो रही थीं। राजा साहब ने मेहता को बुलाकर कहा—मैं चाहता हूँ, साहब बहादुर यहाँ से मेरा कलमा पढ़ते हुए जायँ।

मेहता ने सिर झुकाकर विनीत भाव से कहा—चेष्टा तो ऐसी ही कर रहा हूँ, अन्नदाता !

'चेष्टा तो सभी करते हैं; मगर वह चेष्टा कभी सफल नहीं होती। मैं चाहता हूँ, तुम दृढ़ता के साथ कहो—ऐसा ही होगा।'

'ऐसा ही होगा।'

'रुपये की परवाह मत करो।'

'जो हुक्म।'

'कोई शिकायत न आये; वरना तुम जानोगे।'

'वह हुजूर को धन्यवाद देते जायँ तो सही।'

'हाँ, मैं यही चाहता हूँ।'

'जान लड़ा दूँगा, दीनबन्धु !'

'अब मुझे संतोष है !'

इधर तो पोलिटिकल एजेन्ट का आगमन था, उधर मेहता का लड़का जयकृष्ण गर्मियों की छुट्टियाँ मनाने माता-पिता के पास आया। किसी विश्वविद्यालय में पढ़ता था। एक बार 1932 में कोई उग्र भाषण करने के जुर्म में 6 महीने की सजा काट चुका था। मि. मेहता की नियुक्ति के बाद जब वह पहली बार आया था तो राजा साहब ने उसे खास तौर पर बुलाया था और उससे जी खोलकर बातें की थीं, उसे अपने साथ शिकार खेलने ले गये थे और नित्य उसके साथ टेनिस खेला करते थे। जयकृष्ण पर राजा साहब के साम्यवादी विचारों का बड़ा प्रभाव पड़ा था। उसे ज्ञात हुआ कि राजा साहब केवल देशभक्त ही नहीं, क्रांति के समर्थक भी हैं। रूस और फ्रांस की क्रांति पर दोनों में खूब बहस हुई थी। लेकिन अबकी यहाँ उसने कुछ और ही रंग देखा। रियासत के हर एक किसान और जमींदार से जबरन चन्दा वसूल किया जा रहा था। पुलिस गाँव-गाँव चन्दा उगाहती फिरती थी। रकम दीवान साहब नियत करते थे। वसूल करना पुलिस का काम था। फरियाद की कहीं सुनवाई न थीं। चारों ओर त्राहि-त्राहि मची हुई थी। हजारों मजदूर सरकारी इमारतों की सफाई, सजावट और सड़कों की मरम्मत में बेगार कर रहे थे। बनियों से डण्डों के जोर से रसद जमा की जा रही थी। जयकृष्ण को आश्चर्य हो रहा था कि यह क्या हो रहा है? राजा साहब के विचार और व्यवहार में इतना अन्तर कैसे हो गया? कहीं ऐसा तो नहीं है कि महाराज को इन अत्याचारों की खबर ही न हो, या उन्होंने जिन तैयारियों का हुक्म दिया हो, उनकी तामील में कर्मचारियों ने अपनी कारगुजारी की धुन में यह अनर्थ कर डाला हो। रात भर तो उसने किसी तरह जब्त किया। प्रातःकाल उसने मेहताजी से पूछा—आपने राजा साहब को इन अत्याचारों की सूचना नहीं दी ?

मेहताजी को स्वयं इस अनीति से ग्लानि हो रही थी। वह स्वभावतः दयालु मनुष्य थे; लेकिन परिस्थितियों ने उन्हें अशक्त कर रखा था। दुःखित स्वर में बोले—राजा साहब का यही हुक्म है, तो क्या किया जाय ?

'तो आपको ऐसी दशा में अलग हो जाना चाहिए था। आप जानते हैं, यह जो कुछ हो रहा है, उसकी सारी जिम्मेदारी आपके सिर लादी जा रही है, प्रजा आप ही को अपराधी समझती है।'

'मैं मजबूर हूँ। मैंने कर्मचारियों से बार-बार संकेत किया कि यथासाध्य किसी पर सख्ती न की जाय; लेकिन हरेक स्थान पर मैं मौजूद तो नहीं रह सकता। अगर प्रत्यक्ष रूप से हस्तक्षेप करूँ, तो शायद कर्मचारी लोग महाराज से मेरी शिकायत कर दें। ये लोग ऐसे ही अवसरों की ताक में तो रहते हैं। इन्हें तो जनता को लूटने का कोई बहाना चाहिए। जितना सरकारी कोष में जमा करते हैं, उससे ज्यादा अपने घर में रख लेते हैं। मैं कुछ नहीं कर सकता।'

जयकृष्ण ने उत्तेजित होकर कहा—तो आप इस्तीफा क्यों नहीं दे देते ?

मेहता लज्जित होकर बोले—बेशक, मेरे लिए मुनासिब तो यही था; लेकिन जीवन में इतने धक्के खा चुका हूँ कि अब और सहने की शक्ति नहीं रही। यह निश्चय है कि नौकरी करके मैं अपने को बेदाग नहीं रख सकता। धर्म और अधर्म, सेवा और परमार्थ के झमेलों में पड़कर मैंने बहुत ठोकरें खायीं। मैंने देख लिया कि दुनिया दुनियादारों के लिए है, जो अवसर और काल देखकर काम करते हैं। सिद्धान्तवादियों के लिए यह अनुकूल स्थान नहीं है।

जयकृष्ण ने तिरस्कार-भरे स्वर में पूछा—मैं राजा साहब के पास जाऊँ ?

'क्या तुम समझते हो, राजा साहब से ये बातें छिपी हैं ?'

'संभव है, प्रजा की दुःख-कथा सुनकर उन्हें कुछ दया आये।'

मि. मेहता को इसमें क्या आपत्ति हो सकती थी ? वह तो खुद चाहते थे किसी तरह अन्याय का बोझ उनके सिर से उतर जाय। हाँ, यह भय अवश्य था कि कहीं जयकृष्ण की सत्प्रेरणा उनके लिए हानिकर न हो और कहीं उन्हें इस सम्मान और अधिकार से हाथ न धोना पड़े। बोले—यह खयाल रखना कि तुम्हारे मुँह से कोई ऐसी बात न निकल जाय, जो महाराज को अप्रसन्न कर दे।

जयकृष्ण ने उन्हें आश्वासन दिया कि वह ऐसी कोई बात न करेगा। क्या वह इतना नादान है ? मगर उसे क्या खबर थी कि आज के महाराजा साहब वह नहीं हैं, जो एक साल पहले थे, या सम्भव है, पोलिटिकल एजेंट के चले जाने के बाद वह फिर हो जायँ। वह न जानता था कि उनके लिए क्रांति और आतंक की चर्चा भी उसी तरह विनोद की वस्तु थी, जैसे हत्या, बलात्कार या जाल की वारदातें, या रूप के बाजार के आकर्षक समाचार। जब उसने ड्योढ़ी पर पहुँचकर अपनी इत्तला करायी, तो मालूम हुआ कि महाराज इस समय अस्वस्थ हैं, लेकिन

वह लौट ही रहा था कि महाराज ने उसे बुला भेजा। शायद उससे सिनेमा-संसार के ताजे समाचार पूछना चाहते थे। उसके सलाम पर मुसकराकर बोले—तुम खूब आये भई, कहो एम.सी.सी. का मैच देखा या नहीं ? मैं तो इन बखेड़ों में ऐसा फँसा कि जाने की नौबत नहीं आयी। अब तो यही दुआ कर रहा हूँ कि किसी तरह एजेंट साहब खुश-खुश रुखसत हो जायँ। मैंने जो भाषण लिखवाया है, वह जरा तुम भी देख लो। मैंने इन राष्ट्रीय आन्दोलनों की खूब खबर ली है और हरिजनोद्धार पर भी छींटे उड़ा दिये हैं।

जयकृष्ण ने अपने आवेश को दबाकर कहा—राष्ट्रीय आन्दोलनों की आपने खबर ली, यह अच्छा किया; लेकिन हरिजनोद्धार को तो सरकार भी पसन्द करती है, इसीलिए उसने महात्मा गाँधी को रिहा कर दिया और जेल में भी उन्हें इस आन्दोलन के सम्बन्ध में लिखने-पढ़ने और मिलने-जुलने की पूरी स्वाधीनता दे रखी थी।

राजा साहब ने तात्विक मुस्कान के साथ कहा—तुम जानते नहीं हो, यह सब प्रदर्शन-मात्र है। दिल में सरकार समझती है कि यह भी राजनैतिक आंदोलन है। वह इस रहस्य को बड़े ध्यान से देख रही है। लॉयलटी में जितना प्रदर्शन करो, चाहे वह औचित्य की सीमा के पार ही क्यों न हो जाय, उसका रंग चोखा ही होता है—उसी तरह जैसे कवियों की विरुदावली से हम फूल उठते हैं, चाहे वह हास्यास्पद ही क्यों न हो। हम ऐसे कवि को खुशामदी समझें, अहमक भी समझ सकते हैं, पर उससे अप्रसन्न नहीं हो सकते। वह हमें जितना ही ऊँचा उठाता है, उतना ही वह हमारी दृष्टि में ऊँचा उठता जाता है।

राजा साहब ने अपने भाषण की एक प्रति मेज की दराज से निकालकर जयकृष्ण के सामने रख दी, पर जयकृष्ण के लिए इस भाषण में अब कोई आकर्षण न था। अगर वह सभा-चतुर होता, तो जाहिरदारी के लिए ही इस भाषण को बड़े ध्यान से पढ़ता, उनके शब्द-विन्यास और भावोत्कर्ष की प्रशंसा करता और उसकी तुलना महाराजा बीकानेर या पटियाला के भाषणों से करता; पर अभी दरबारी दुनिया की रीति-नीति से अनभिज्ञ था। जिस चीज को बुरा समझता था, उसे बुरा कहता था और जिस चीज को अच्छा समझता था, उसे अच्छा कहता था। बुरे को अच्छा और अच्छे को बुरा कहना अभी उसे न आया था। उसने भाषण पर सरसरी नजर डालकर उसे मेज पर रख दिया और अपनी स्पष्टवादिता का बिगुल फूँकता हुआ बोला—मैं राजनीति के रहस्यों को भला क्या समझ सकता हूँ लेकिन मेरा खयाल है कि चाणक्य के ये वंशज इन चालों को खूब समझते हैं और कृत्रिम भावों का उन पर कोई असर नहीं होता बल्कि इससे आदमी उनकी नजरों में और भी गिर जाता है। अगर एजेन्ट को मालूम हो जाय कि उसके स्वागत के लिए प्रजा पर कितने जुल्म ढाये जा रहे हैं, तो शायद वह यहाँ से प्रसन्न होकर न जाय। फिर, मैं तो प्रजा की दृष्टि देखता हूँ। एजेंट की प्रसन्नता आपके लिए लाभप्रद हो सकती है, प्रजा को तो उससे हानि ही होगी।

राजा साहब अपने किसी काम की आलोचना नहीं सह सकते थे। उनका क्रोध पहले जिरहों के रूप में निकलता, फिर तर्क का आकार धारण कर लेता। और अन्त में भूकम्प के आवेश से उबल पड़ता था, जिससे उनका स्थूल शरीर, कुर्सी, मेज, दीवारें और छत सभी में भीषण कम्पन होने लगता था। तिरछी आँखों से देखकर बोले—क्या हानि होगी, जरा सुनूँ ?

जयकृष्ण समझ गया कि क्रोध की मशीनगन चक्कर में है और घातक विस्फोट होने ही वाला है। सँभलकर बोला—इसे आप मुझसे ज्यादा समझ सकते हैं।

'नहीं, मेरी बुद्धि इतनी प्रखर नहीं है।'

'आप बुरा मान जायँगे।'

'क्या तुम समझते हो, मैं बारूद का ढेर हूँ ?'

'बेहतर है, आप इसे न पूछें।'

'तुम्हें बतलाना पड़ेगा।'

और आप-ही-आप उनकी मुट्ठियाँ बँध गयीं।

'तुम्हें बतलाना पड़ेगा, इसी वक्त !'

जयकृष्ण यह धौंस क्यों सहने लगा ? क्रिकेट के मैदान में राजकुमारों पर रोब जमाया करता था, बड़े-बड़े हुक्काम की चुटकियाँ लेता था। बोला—अभी आपके दिल में पोलिटिकल एजेंट का कुछ भय है, आप प्रजा पर जुल्म करते डरते हैं। जब वह आपके एहसानों से दब जायेगा, आप स्वछन्द हो जायेंगे और प्रजा की फरियाद सुनने वाला कोई न रहेगा।

राजा साहब प्रज्ज्वलित नेत्रों से ताकते हुए बोले—मैं एजेंट का गुलाम नहीं हूँ कि उससे डरूँ, कोई कारण नहीं है कि मैं उससे डरूँ, बिलकुल कारण नहीं है। मैं पोलिटिकल एजेंट की इसलिए खातिर करता हूँ कि वह हिज़ मैजेस्टी का प्रतिनिधि है। मेरे और हिज़ मैजेस्टी के बीच में भाईचारा है, एजेंट केवल उनका दूत है। मैं केवल नीति का पालन कर रहा हूँ। मैं विलायत जाऊँ तो हिज़ मैजेस्टी भी इसी तरह मेरा सत्कार करेंगे ! मैं डरूँ क्यों ? मैं अपने राज्य का स्वतन्त्र राजा हूँ। जिसे चाहूँ, फाँसी दे सकता हूँ। मैं किसी से क्यों डरने लगा ? डरना नामर्दों का काम है, मैं ईश्वर से भी नहीं डरता। डर क्या वस्तु है, यह मैंने आज तक नहीं जाना। मैं तुम्हारी तरह कालेज का मुँहफट छात्र नहीं हूँ कि क्रांति और आजादी की हाँक लगाता फिरूँ। तुम क्या जानो, क्रांति क्या चीज है ? तुमने केवल उसका नाम सुन लिया है। उसके लाल दृश्य आँखों से नहीं देखे। बन्दूक की आवाज सुनकर तुम्हारा दिल काँप उठेगा। क्या तुम चाहते हो, मैं एजेंट से कहूँ—प्रजा तबाह है, आपके आने की जरूरत नहीं। मैं इतना आतिथ्य-शून्य नहीं हूँ। मैं अन्धा नहीं हूँ, अहमक नहीं हूँ, प्रजा की दशा का मुझे तुमसे कहीं अधिक ज्ञान है, तुमने उसे बाहर से देखा है, मैं उसे नित्य भीतर से देखता हूँ। तुम मेरी प्रजा को क्रांति का

स्वप्न दिखाकर उसे गुमराह नहीं कर सकते। तुम मेरे राज्य में विद्रोह और असंतोष के बीज नहीं बो सकते। तुम्हें अपने मुँह पर ताला लगाना होगा, तुम मेरे विरुद्ध एक शब्द भी मुँह से नहीं निकाल सकते, चूँ भी नहीं कर सकते···

डूबते हुए सूरज की किरणें महराबी दीवानखाने के रंगीन शीशों से होकर राजा साहब के क्रोधोन्मत्त मुखमंडल को और भी रंजित कर रही थीं। उनके बाल नीले हो गये थे, आँखें पीली, चेहरा लाल और देह हरी। मालूम होता था, प्रेतलोक का कोई पिशाच है। जयकृष्ण की सारी उद्दण्डता हवा हो गयी। राजा साहब को इस उन्माद की दशा में उसने कभी न देखा था, लेकिन इसके साथ ही उसका आत्मगौरव इस ललकार का जवाब देने के लिए व्याकुल हो रहा था। जैसे विनय का जवाब विनय है, वैसे ही क्रोध का जवाब क्रोध है, जब वह आतंक और भय, अदब और लिहाज के बन्धनों को तोड़कर निकल पड़ता है।

उसने भी राजा साहब को आग्नेय नेत्रों से देखकर कहा—मैं अपनी आँखों से यह अत्याचार देखकर मौन नहीं रह सकता।

राजा साहब ने आवेश से खड़े होकर, मानो उसकी गरदन पर सवार होते हुए कहा—तुम्हें यहाँ जबान खोलने का कोई हक नहीं है।

'प्रत्येक विचारशील मनुष्य को अन्याय के विरुद्ध आवाज उठाने का हक है। आप वह हक मुझसे नहीं छीन सकते !'

'मैं सबकुछ कर सकता हूँ।'

'आप कुछ नहीं कर सकते।'

'मैं तुम्हें अभी जेल में बन्द कर सकता हूँ।'

'आप मेरा बाल भी बाँका नहीं कर सकते।'

इसी वक्त मि. मेहता बदहवास-से कमरे में आये और जयकृष्ण की ओर कोप-भरी आँखें उठाकर बोले—कृष्णा, निकल जा यहाँ से, अभी मेरी आँखों से दूर हो जा और खबरदार ! फिर मुझे अपनी सूरत न दिखाना। मैं तुझ-जैसे कपूत का मुँह नहीं देखना चाहता। जिस थाल में खाता है, उसी में छेद करता है, बेअदब कहीं का ! अब अगर जबान खोली, तो मैं तेरा खून पी जाऊँगा।

जयकृष्ण ने हिंसा-विक्षिप्त पिता को घृणा की आँखों से देखा और अकड़ता हुआ, गर्व से सिर उठाये, दीवानखाने के बाहर निकल गया।

राजा साहब ने कोच पर लेटकर कहा—बदमाश आदमी है, पल्ले सिरे का बदमाश ! मैं नहीं चाहता कि ऐसा खतरनाक आदमी एक क्षण भी रियासत में रहे। तुम उससे जाकर कहो, इसी वक्त यहाँ से चला जाय वरना उसके हक में अच्छा न होगा। मैं केवल आपकी मुरौवत से गम खा गया; नहीं तो इसी वक्त इसका मजा चखा सकता था। केवल आपकी मुरौवत ने हाथ पकड़ लिया। आपको तुरन्त निर्णय करना पड़ेगा, इस रियासत की दीवानी या लड़का। अगर दीवानी चाहते हो,

तो तुरन्त उसे रियासत से निकाल दो और कह दो कि फिर कभी मेरी रियासत में पाँव न रखे। लड़के से प्रेम है, तो आज ही रियासत से निकल जाइए। आप यहाँ से कोई चीज नहीं ले जा सकते, एक पाई की भी चीज नहीं। जो कुछ है, वह रियासत की है। बोलिए, क्या मंजूर है ?

मि. मेहता ने क्रोध के आवेश में जयकृष्ण को डाँट तो बतलायी थी पर यह न समझे थे कि मामला इतना तूल खींचेगा। एक क्षण के लिए वह सन्नाटे में आ गये। सिर झुकाकर परिस्थिति पर विचार करने लगे—राजा उन्हें मिट्टी में मिला सकता है। वह यहाँ बिलकुल बेबस हैं, कोई उनका साथी नहीं, कोई उनकी फरियाद सुननेवाला नहीं। राजा उन्हें भिखारी बनाकर छोड़ देगा। इस अपमान के साथ निकाले जाने की कल्पना करके वह काँप उठे। रियासत में उनके बैरियों की कमी न थी। सब-के-सब मूसलों ढोल बजायेंगे। जो आज उनके सामने भीगी बिल्ली बने हुए हैं, कल शेरों की तरह गुर्रायेंगे। फिर इस उमर में अब उन्हें नौकर ही कौन रखेगा। निर्दयी संसार के सामने क्या फिर उन्हें हाथ फैलाना पड़ेगा ? नहीं, इससे तो यह कहीं अच्छा है कि वह यहीं पड़े रहें। कम्पित स्वर में बोले—मैं आज ही उसे घर से निकाल देता हूँ, अन्नदाता !

'आज नहीं, इसी वक्त !'

'इसी वक्त निकाल दूँगा !'

'हमेशा के लिए ?'

'हमेशा के लिए।'

'अच्छी बात है, जाइए और आधे घंटे के अन्दर मुझे सूचना दीजिए।'

मि. मेहता घर चले, तो मारे क्रोध के उनके पाँव काँप रहे थे। देह में आग-सी लगी हुई थी। इस लौंडे के कारण आज उन्हें कितना अपमान सहना पड़ा। गधा चला है यहाँ अपने साम्यवाद का राग अलापने। अब बच्चा को मालूम होगा, जबान पर लगाम न रखने का क्या नतीजा होता है। मैं क्यों उसके पीछे गली-गली ठोकरें खाऊँ। हाँ, मुझे यह पद और सम्मान प्यारा है। क्यों न प्यारा हो ? इसके लिए बरसों एड़ियाँ रगड़ी हैं, अपना खून और पसीना एक किया है। यह अन्याय बुरा जरूर लगता है; लेकिन बुरी लगने की एक यही बात तो नहीं है ! और हजारों बातें भी तो बुरी लगती हैं। जब किसी बात का उपाय मेरे पास नहीं, तो इस मुआमले के पीछे क्यों अपनी जिन्दगी खराब करूँ ?

उन्होंने घर आते-ही-आते पुकारा—जयकृष्ण !

सुनीता ने कहा—जयकृष्ण तो तुमसे पहले ही राजा साहब के पास गया था। तब से यहाँ कब आया ?

'अब तक यहाँ नहीं आया ! वह तो मुझसे पहले ही चल चुका था।'

वह फिर बाहर आये और नौकरों से पूछना शुरू किया। अब भी उसका पता

न था। मारे डर के कहीं छिप रहा होगा और राजा ने आध घंटे में इत्तला देने का हुक्म दिया है। यह लौंडा न जाने क्या करने पर लगा हुआ है। आप तो जायेगा ही मुझे भी अपने साथ ले डूबेगा।

सहसा एक सिपाही ने एक पुरजा लाकर उनके हाथ में रख दिया। अच्छा, यह तो जयकृष्ण की लिखावट है। क्या कहता है—इस दुर्दशा के बाद मैं इस रियासत में एक क्षण भी नहीं रह सकता। मैं जाता हूँ। आपको अपना पद और मान अपनी आत्मा से ज्यादा प्रिय है, आप खुशी से उसका उपभोग कीजिए। मैं फिर आपको तकलीफ देने न आऊँगा। अम्माँ से मेरा प्रणाम कहिएगा।

मेहता ने पुरजा लाकर सुनीता को दिखाया और खिन्न होकर बोले—इसे न जाने कब समझ आयेगी, लेकिन बहुत अच्छा हुआ। अब लाला को मालूम होगा, दुनिया में किस तरह रहना चाहिए। बिना ठोकरें खाये, आदमी की आँखें नहीं खुलतीं। मैं ऐसे तमाशे बहुत खेल चुका, अब इस खुराफात के पीछे अपना शेष जीवन नहीं बरबाद करना चाहता—और तुरन्त राजा साहब को सूचना देने चले।

2

दम-से-दम में सारी रियासत में यह समाचार फैल गया। जयकृष्ण अपने शील-स्वभाव के कारण जनता में बड़ा प्रिय था। लोग बाजारों और चौरस्तों पर खड़े हो-होकर इस काण्ड पर आलोचना करने लगे—अजी, वह आदमी नहीं था, भाई, उसे किसी देवता का अवतार समझो। महाराज के पास जाकर बेधड़क बोला—अभी बेगार बन्द कीजिए वरना शहर में हंगामा हो जायेगा। राजा साहब की तो जबान बन्द हो गयी। बगलें झाँकने लगे। शेर-है-शेर ! उम्र तो कुछ नहीं; पर आफत का परकाला है। और वह यह बेगार बन्द कराके रहता, हमेशा के लिए। राजा साहब को भागने की राह न मिलती। सुना, घिघियाने लगे थे। मुदा इसी बीच में दीवान साहब पहुँच गये और उसे देश-निकाले का हुक्म दे दिया। यह हुक्म सुनकर उसकी आँखों में खून उतर आया था, लेकिन बाप का अपमान न किया।

'ऐसे बाप को तो गोली मार देनी चाहिए। बाप है या दुश्मन !'

'वह कुछ भी हो, है तो बाप ही।'

सुनीता सारे दिन बैठी रोती रही। जैसे कोई उसके कलेजे में बर्छियाँ चुभो रहा था। बेचारा न-जाने कहाँ चला गया। अभी जलपान तक न किया था। चूल्हे में जाय ऐसा भोग-विलास, जिसके पीछे उसे बेटे को त्यागना पड़े। हृदय में ऐसा उद्वेग उठा कि इसी दम पति और घर को छोड़कर रियासत से निकल जाय, जहाँ ऐसे नर-पिशाचों का राज्य है। इन्हें अपनी दीवानी प्यारी है, उसे लेकर रहें। वह अपने पुत्र के साथ उपवास करेगी, पर उसे आँखों से देखती तो रहेगी।

एकाएक वह उठकर महारानी के पास चली ! वह उनसे फरियाद करेगी, उन्हें भी ईश्वर ने बालक दिये हैं। उन्हें क्या एक अभागिनी माता पर दया न आवेगी ? इसके पहले भी वह कई बार महारानी के दर्शन कर चुकी थी। उसका मुरझाया हुआ मन आशा से लहलहा उठा।

लेकिन रनिवास में पहुँची तो देखा कि महारानी के तेवर भी बदले हुए हैं। उसे देखते ही बोलीं–तुम्हारा लड़का बड़ा उजड्ड है। जरा भी अदब नहीं। किससे किस तरह बात करनी चाहिए, इसका जरा भी सलीका नहीं। न-जाने विश्वविद्यालय में क्या पढ़ा करता है। आज महाराज से उलझ बैठा। कहता था कि बेगार बन्द कर दीजिए और एजेंट साहब के स्वागत-सत्कार की कोई तैयारी न कीजिए। इतनी समझ भी उसे नहीं है कि इस तरह कोई राजा कै घंटे गद्दी पर रह सकता है। एजेंट बहुत बड़ा अफसर न सही; लेकिन है तो बादशाह का प्रतिनिधि। उसका आदर-सत्कार करना तो हमारा धर्म है। फिर ये बेगार किस दिन काम आयेंगे। उन्हें रियासत से जागीरें मिली हुई हैं। किस दिन के लिए ? प्रजा में विद्रोह की आग भड़काना कोई भले आदमी का काम है ? जिस पत्तल में खाओ, उसी में छेद करो। महाराज ने दीवान साहब का मुलाहजा किया, नहीं तो उसे हिरासत में डलवा देते ! अब बच्चा नहीं है। खासा पाँच हाथ का जवान है। सबकुछ देखता और समझता है। हम हाकिमों से बैर करें, तो कै दिन निबाह हो। उसका क्या बिगड़ता है। कहीं सौ-पचास की चाकरी पा जायेगा। यहाँ तो करोड़ों की रियासत बरबाद हो जायगी।

सुनीता ने आँचल फैलाकर कहा–महारानी बहुत सत्य कहती हैं; पर अब तो उसका अपराध क्षमा कीजिए। बेचारा लज्जा और भय के मारे घर नहीं गया। न-जाने किधर चला गया। हमारे जीवन का यही एक अवलम्ब है, महारानी ! हम दोनों रो-रोकर मर जायँगे। आँचल फैलाकर आपसे भीख माँगती हूँ, उसको क्षमा-दान दीजिए। माता के हृदय को आपसे ज्यादा और कौन समझेगा; आप महाराज से सिफारिश कर दें ···

महारानी ने अपनी बड़ी-बड़ी आँखों से उसकी ओर देखा मानो वह कोई बड़ी अनोखी बात कह रही हो और अपने रँगे हुए होंठों पर अँगूठियों से जगमगाती हुई उँगली रखकर बोलीं–क्या कहती हो, सुनीता देवी ! उस युवक की महाराज से सिफारिश करूँ जो हमारी जड़ खोदने पर तुला हुआ है ? आस्तीन में साँप पालूँ ? तुम किस मुँह ऐसी बात कहती हो ? और महाराज मुझे क्या कहेंगे ? ना, मैं इसके बीच में न पड़ूँगी। उसने जो बीज बोये हैं, उनका वह फल खाये। मेरा लड़का ऐसा नालायक होता, तो उसका मुँह न देखती। और तुम ऐसे बेटे की सिफारिश करती हो ?

सुनीता ने आँखों में आँसू भरकर कहा–महारानी, ऐसी बातें आपके मुँह से शोभा नहीं देतीं।

महारानी मसनद टेककर उठ बैठीं और तिरस्कार-भरे स्वर में बोलीं—अगर तुमने सोचा था कि मैं तुम्हारे आँसू पोंछूँगी, तो तुमने भूल की। हमारे द्रोही की सिफारिश लेकर हमारे पास आना, इसके सिवा और क्या है कि तुम उसके अपराध को बाल-क्रीड़ा समझ रही हो। अगर तुमने उसके अपराध की भीषणता का ठीक अनुमान किया होता, तो मेरे पास कभी न आतीं। जिसने इस रियासत का नमक खाया हो, वह रियासत के द्रोही की पीठ सहलाये ! वह स्वयं राजद्रोही है ! इसके सिवा और क्या कहूँ ?

सुनीता भी गर्म हो गयी। पुत्र-स्नेह म्यान के बाहर निकल आया। बोली—राजा का कर्त्तव्य केवल अपने अफसरों को प्रसन्न करना नहीं है। प्रजा को पालने की जिम्मेदारी इससे कहीं बढ़कर है।

उसी समय महाराज ने कमरे में कदम रखा ! रानी ने उठकर स्वागत किया और सुनीता सिर झुकाये निस्पंद खड़ी रह गयी।

राजा ने व्यंग्यपूर्ण मुस्कान के साथ पूछा—यह कौन महिला तुम्हें राजा के कर्त्तव्य का उपदेश दे रही थी ?

रानी ने सुनीता की ओर आँख मारकर कहा—यह दीवान साहब की धर्मपत्नी हैं। राजा साहब की त्योरियाँ चढ़ गयीं। ओठ चबाकर बोले—जब माँ ऐसी पैनी छुरी है, तो लड़का क्यों न जहर का बुझाया हुआ हो। देवीजी, मैं तुमसे यह शिक्षा नहीं लेना चाहता कि राजा का अपनी प्रजा के साथ क्या धर्म है? यह शिक्षा मुझे कई पीढ़ियों से मिलती चली आयी है। बेहतर हो कि तुम किसी से यह शिक्षा प्राप्त कर लो कि स्वामी के प्रति उसके सेवक का क्या धर्म है और जो नमकहराम है, उसके साथ स्वामी को कैसा व्यवहार करना चाहिए?

यह कहते हुए राजा साहब उसी उन्माद की दशा में बाहर चले गये।

मि. मेहता घर जा रहे थे, राजा साहब ने कठोर स्वर में पुकारा—सुनिए मि. मेहता ! आपके सपूत तो विदा हो गये लेकिन मुझे अभी मालूम हुआ कि आपकी देवीजी राजद्रोह के मैदान में उनसे भी दो कदम आगे हैं; बल्कि मैं तो कहूँगा, वह केवल रेकार्ड है, जिसमें देवीजी की आवाज ही बोल रही है। मैं नहीं चाहता कि जो व्यक्ति रियासत का संचालक हो, उसके साये में रियासत के विद्रोहियों को आश्रय मिले। आप खुद इस दोष से मुक्त नहीं हो सकते। यह हरगिज मेरा अन्याय न होगा, यदि मैं यह अनुमान कर लूँ कि आप ही ने यह मन्त्र फूँका है।

मि. मेहता अपनी स्वामिभक्ति पर यह आक्षेप न सह सके। व्यथित कंठ से बोले—यह तो मैं किस जबान से कहूँ कि दीनबन्धु इस विषय में मेरे साथ अन्याय कर रहे हैं, लेकिन मैं सर्वथा निर्दोष हूँ और मुझे यह देखकर दुःख होता है कि मेरी वफादारी पर यों संदेह किया जा रहा है।

'वफादारी केवल शब्दों से नहीं होती।'

'मेरा खयाल है कि मैं उसका प्रमाण दे चुका।'

'नयी-नयी दलीलों के लिए नये-नये प्रमाणों की जरूरत है। आपके पुत्र के लिए जो दण्ड-विधान था, वही आपकी स्त्री के लिए भी है। मैं इसमें किसी भी तरह का उज्र नहीं चाहता। और इसी वक्त इस हुक्म की तामील होनी चाहिए।'

'लेकिन दीनानाथ… '

'मैं एक शब्द भी नहीं सुनना चाहता।'

'मुझे कुछ निवेदन करने की आज्ञा न मिलेगी ?'

'बिलकुल नहीं, यह मेरा आखिरी हुक्म है।'

मि. मेहता यहाँ से चले, तो उन्हें सुनीता पर बेहद गुस्सा आ रहा था। इन सभी को न-जाने क्या सनक सवार हो गयी है। जयकृष्ण तो खैर बालक है, बेसमझ है, इस बुढ़िया को क्या सूझी। न-जाने रानी साहब से जाकर क्या कह आयी। किसी को मुझसे हमदर्दी नहीं, सब अपनी-अपनी धुन में मस्त हैं। किस मुसीबत से मैं अपनी जिन्दगी के दिन काट रहा हूँ, यह कोई नहीं समझता। कितनी निराशा और विपत्तियों के बाद यहाँ जरा निश्चिन्त हुआ था कि इन सभी ने यह नया तूफान खड़ा कर दिया। न्याय और सत्य का ठीका क्या हमीं ने लिया है ? यहाँ भी वही हो रहा है, जो सारी दुनिया में हो रहा है ! कोई नयी बात नहीं है। संसार में दुर्बल और दरिद्र होना पाप है। इसकी सजा से कोई बच नहीं सकता। बाज कबूतर पर कभी दया नहीं करता। सत्य और न्याय का समर्थन मनुष्य की सज्जनता और सभ्यता का एक अंग है। बेशक इससे कोई इन्कार नहीं कर सकता; लेकिन जिस तरह और सभी प्राणी केवल मुख से इसका समर्थन करते हैं, क्या उसी तरह हम भी नहीं कर सकते। और जिन लोगों का पक्ष लिया जाय, वे भी तो कुछ इसका महत्त्व समझें। आज राजा साहब इन्हीं बेगारों से जरा हँसकर बातें करें, तो वे अपने सारे दुखड़े भूल जायेंगे और उल्टे हमारे ही शत्रु बन जायँगे। शायद सुनीता महारानी के पास जाकर अपने दिल का बुखार निकाल आयी है। गधी यह नहीं समझती कि दुनिया में किसी तरह मान-मर्यादा का निर्वाह करते हुए जिन्दगी काट लेना ही हमारा धर्म है। अगर भाग्य में यश और कीर्ति बदी होती, तो इस तरह दूसरों की गुलामी क्यों करता ? लेकिन समस्या यह है कि इसे भेजूँ कहाँ ! मैके में कोई है नहीं, मेरे घर में कोई है नहीं। उँह ! अब मैं इस चिन्ता में कहाँ तक मरूँ ? जहाँ जी चाहे जाय, जैसा किया वैसा भोगे।

वह इसी क्षोभ और ग्लानि की दशा में घर में गये और सुनीता से बोले–आखिर तुम्हें भी वही पागलपन सूझा, जो उस लौंडे को सूझा था। मैं कहता हूँ, आखिर तुम्हें कभी समझ आयेगी या नहीं ? क्या सारे संसार के सुधार का बीड़ा हमीं ने उठाया है ? कौन राजा ऐसा है, जो अपनी प्रजा पर जुल्म न करता हो, उनके स्वत्वों का अपहरण न करता हो। राजा ही क्यों, हम-तुम सभी तो दूसरों पर अन्याय कर

रहे हैं। तुम्हें क्या हक है कि तुम दर्जनों खिदमतगार रखो और उन्हें जरा-जरा-सी बात पर सजा दो ? न्याय और सत्य निरर्थक शब्द हैं, जिनकी उपयोगिता इसके सिवा और कुछ नहीं कि बुद्धुओं की गर्दन मारी जाय और समझदारों की वाह-वाह हो। तुम और तुम्हारा लड़का उन्हीं बुद्धुओं में हैं। और इसका दण्ड तुम्हें भोगना पड़ेगा। महाराज का हुक्म है कि तुम तीन घंटे के अन्दर रियासत से निकल जाओ नहीं तो पुलिस आकर तुम्हें निकाल देगी। मैंने तो तय कर लिया है कि राजा साहब की इच्छा के विरुद्ध एक शब्द भी मुँह से न निकालूँगा। न्याय का पक्ष लेकर देख लिया है। हैरानी और अपमान के सिवा और कुछ हाथ न आया। जिनकी हिमायत की थी, वे आज भी उसी दशा में हैं; बल्कि उससे भी और बदतर। मैं साफ कहता हूँ कि मैं तुम्हारी उद्दण्डताओं का तावान देने के लिए तैयार नहीं। मैं गुप्त रूप से तुम्हारी सहायता करता रहूँगा। इसके सिवा मैं और कुछ नहीं कर सकता।

सुनीता ने गर्व के साथ कहा—मुझे तुम्हारी सहायता की जरूरत नहीं। कहीं भेद खुल जाय, तो दीनबन्धु तुम्हारे ऊपर कोप का बज्र गिरा दें। तुम्हें अपना पद और सम्मान प्यारा है, उसका आनन्द से उपभोग करो। मेरा लड़का और कुछ न कर सकेगा, तो पाव-भर आटा तो कमा ही लायेगा। मैं भी देखूँगी कि तुम्हारी स्वामिभक्ति कब तक निभती है और कब तक तुम अपनी आत्मा की हत्या करते हो?

मेहता ने तिलमिलाकर कहा—क्या तुम चाहती हो कि फिर उसी तरह चारों तरफ ठोकरें खाता फिरूँ ?

सुनीता ने घाव पर नमक छिड़का—नहीं, कदापि नहीं। अब तक तो मैं समझती थी, तुम्हें ठोकरें खाने में मजा आता है तथा पद और अधिकार से भी मूल्यवान् कोई वस्तु तुम्हारे पास है, जिसकी रक्षा के लिए तुम ठोकरें खाना अच्छा समझते हो। अब मालूम हुआ; तुम्हें अपना पद अपनी आत्मा से भी प्रिय है। फिर क्यों ठोकरें खाओ; मगर कभी-कभी अपना कुशल-समाचार तो भेजते रहोगे, या राजा साहब की आज्ञा लेनी पड़ेगी ?

'राजा साहब इतने न्याय-शून्य हैं कि मेरे पत्र-व्यवहार में रोक-टोक करें ?'

'अच्छा ! राजा साहब में इतनी आदमीयत है ? मुझे तो विश्वास नहीं आता।'

'तुम अब भी अपनी गलती पर लज्जित नहीं हो ?'

'मैंने कोई गलती नहीं की। मैं तो ईश्वर से चाहती हूँ कि जो मैंने आज किया, वह बार-बार करने का मुझे अवसर मिले।'

मेहता ने अरुचि के साथ पूछा—तुमने कहाँ जाने का इरादा किया है ?

'जहन्नुम में !'

'गलती आप करती हो, गुस्सा मुझ पर उतारती हो ?'

'मैं तुम्हें इतना निर्लज्ज न समझती थी !'

'मैं भी इसी शब्द का तुम्हारे लिए प्रयोग कर सकता हूँ।'

'केवल मुख से, मन से नहीं।'

मि. मेहता लज्जित हो गये।

3

जब सुनीता की विदाई का समय आया, तो स्त्री-पुरुष दोनों खूब रोये और एक तरह से सुनीता ने अपनी भूल स्वीकार कर ली। वास्तव में इन बेकारी के दिनों में मेहता ने जो कुछ किया, वहीं उचित था, बेचारे कहाँ मारे-मारे फिरते।

पोलिटिकल एजेंट साहब पधारे और कई दिनों तक खूब दावतें खायीं और खूब शिकार खेला। राजा साहब ने उनकी तारीफ की। उन्होंने राजा साहब की तारीफ की। राजा साहब ने उन्हें अपनी लायलटी का विश्वास दिलाया, उन्होंने सतिया राज्य को आदर्श कहा और राजा साहब को न्याय और सेवा का अवतार स्वीकार किया और तीन दिन में रियासत को ढाई लाख की चपत देकर विदा हो गये !

मि. मेहता का दिमाग आसमान पर था। सभी उनकी कारगुजारी की प्रशंसा कर रहे थे। एजेंट साहब तो उनकी दक्षता पर मुग्ध हो गये। उन्हें 'राय साहब' की उपाधि मिली और उनके अधिकारों में भी वृद्धि हुई। उन्होंने अपनी आत्मा को उठाकर ताक पर रख दिया था। उनकी यह साधना कि महाराज और एजेंट दोनों उनसे प्रसन्न रहें, सम्पूर्ण रीति से पूरी हो गयी। रियासत में ऐसा स्वामिभक्त सेवक दूसरा न था।

राजा साहब अब कम-से-कम तीन साल के लिए निश्चिन्त थे। एजेंट खुश है, तो फिर किसका भय ! कामुकता, लम्पटता और भाँति-भाँति के दुर्व्यसनों की लहर प्रचण्ड हो उठी। सुन्दरियों की टोह लगाने के लिए सुराग-रसानों का एक विभाग खुल गया, जिसका सम्बन्ध सीधे राजा साहब से था। एक बूढ़ा खुर्राट, जिसका पेशा हिमालय की परियों को फँसाकर राजाओं को लूटना था और जो इसी पेशे की बदौलत राजदरबारों में पूजा जाता था, इस विभाग का अध्यक्ष बना दिया गया। नयी-नयी चिड़ियाँ आने लगीं। भय, लोभ और सम्मान सभी अस्त्रों से शिकार खेला जाने लगा; लेकिन एक ऐसा अवसर भी पड़ा, जहाँ इस तिकड़म की सारी सामूहिक और वैयक्तिक चेष्टाएँ निष्फल हो गयीं और गुप्त विभाग ने निश्चय किया कि इस बालिका को किसी तरह उड़ा लाया जाय। और इस महत्त्वपूर्ण कार्य के सम्पादन का भार मि. मेहता पर रखा गया, जिनसे ज्यादा स्वामिभक्त सेवक रियासत में दूसरा न था। उनके ऊपर महाराजा साहब को पूरा विश्वास था। दूसरों के विषय में सन्देह था कि कहीं रिश्वत लेकर शिकार बहका दें, या भण्डाफोड़ कर दें, या

अमानत में खयानत कर बैठें। मेहता की ओर से किसी तरह की उन बातों की शंका न थी। रात के नौ बजे उनकी तलबी हुई—अन्नदाता ने हुजूर को याद किया है।

मेहता साहब ड्योढ़ी पर पहुँचे, तो राजा साहब पाईबाग में टहल रहे थे। मेहता को देखते ही बोले—आइए मि. मेहता, आपसे एक खास बात में सलाह लेनी है। यहाँ कुछ लोगों की राय है कि सिंहद्वार के सामने आपकी एक प्रतिमा स्थापित की जाय, जिससे चिरकाल तक आपकी यादगार कायम रहे। आपको तो शायद इसमें कोई आपत्ति न होगी। और यदि हो भी तो लोग इस विषय में आपकी अवज्ञा करने पर भी तैयार हैं। सतिया की आपने जो अमूल्य सेवा की है, उसका पुरस्कार तो कोई क्या दे सकता है, लेकिन जनता के हृदय में आपसे जो श्रद्धा है, उसे तो वह किसी-न-किसी रूप में प्रकट ही करेगी।

मेहता ने बड़ी नम्रता से कहा—यह अन्नदाता की गुण ग्राहकता है, मैं तो एक तुच्छ सेवक हूँ। मैंने जो कुछ किया, यह इतना ही है कि नमक का हक अदा करने का सदैव प्रयत्न किया, मगर मैं इस सम्मान के योग्य नहीं हूँ।

राजा साहब ने कृपालु भाव से हँसकर कहा—आप योग्य हैं या नहीं इसका निर्णय आपके हाथ में नहीं है मि. मेहता, आपकी दीवानी यहाँ न चलेगी। हम आपका सम्मान नहीं कर रहे हैं; अपनी भक्ति का परिचय दे रहे हैं। थोड़े दिनों में न हम रहेंगे, न आप रहेंगे, उस वक्त भी यह प्रतिमा अपनी मूक वाणी से कहती रहेगी कि पिछले लोग अपने उद्धारकों का आदर करना जानते थे। मैंने लोगों से कह दिया है कि चन्दा जमा करें। एजेंट ने अबकी जो पत्र लिखा है, उसमें आपको खास तौर से सलाम लिखा है।

मेहता ने जमीन में गड़कर कहा—यह उनकी उदारता है, मैं तो जैसा आपका सेवक हूँ, वैसा ही उनका भी सेवक हूँ।

राजा साहब कई मिनट तक फूलों की बहार देखते रहे। फिर इस तरह बोले, मानो कोई भूली हुई बात याद आ गई हो—तहसील खास में एक गाँव लगनपुर है, आप कभी वहाँ गये हैं ?

'हाँ अन्नदाता ! एक बार गया हूँ, वहाँ एक धनी साहूकार है। उसी के दीवानखाने में ठहरा था। अच्छा आदमी है।'

'हाँ, ऊपर से बहुत अच्छा आदमी है; लेकिन अन्दर से पक्का पिशाच। आपको शायद मालूम न हो, इधर कुछ दिनों से महारानी का स्वास्थ्य बहुत बिगड़ गया है और मैं सोच रहा हूँ कि उन्हें किसी सैनेटोरियम में भेज दूँ। वहाँ सब तरह की चिन्ताओं एवं झंझटों से मुक्त होकर वह आराम से रह सकेंगी, लेकिन रनिवास में एक रानी का रहना लाजिमी है ! अफसरों के साथ उनकी लेडियाँ भी आती हैं, और भी कितने अंग्रेज मित्र अपनी लेडियों के साथ मेरे मेहमान होते रहते हैं।

कभी राजे-महाराजे भी रानियों के साथ आ जाते हैं। रानी के बगैर लेडियों का आदर-सत्कार कौन करेगा ? मेरे लिए यह वैयक्तिक प्रश्न नहीं, राजनैतिक समस्या है, और शायद आप भी मुझसे सहमत होंगे, इसलिए मैंने दूसरी शादी करने का इरादा कर लिया है। उस साहूकार की एक लड़की है, जो कुछ दिनों अजमेर में शिक्षा पा चुकी है। मैं एक बार उस गाँव से होकर निकला, तो मैंने उसे अपने घर की छत पर खड़ी देखा। मेरे मन में तुरन्त भावना उठी कि अगर यह रमणी रनिवास में आ जाय, तो रनिवास की शोभा बढ़ जाय। मैंने महारानी की अनुमति लेकर साहूकार के पास सन्देशा भेजा, किन्तु मेरे द्रोहियों ने उसे कुछ ऐसी पट्टी पढ़ा दी कि उसने मेरा सन्देशा स्वीकार न किया। कहता है, कन्या का विवाह हो चुका है। मैंने कहला भेजा, इसमें कोई हानि नहीं, मैं तावान देने को तैयार हूँ, लेकिन वह दुष्ट बराबर इन्कार किये जाता है। आप जानते हैं; प्रेम असाध्य रोग है। आपको भी शायद इसका कुछ-न-कुछ अनुभव हो। बस, यह समझ लीजिए कि जीवन निरानन्द हो रहा है। नींद और आराम हराम है। भोजन से अरुचि हो गयी है। अगर कुछ दिन यही हाल रहा, तो समझ लीजिए कि मेरी जान पर बन आयेगी। सोते-जागते वही मूर्ति आँखों के सामने नाचती रहती है। मन को समझाकर हार गया और अब विवश होकर मैंने कूटनीति से काम लेने का निश्चय किया है। प्रेम और समर में सबकुछ क्षम्य है। मैं चाहता हूँ, आप थोड़े-से मातबर आदमियों को लेकर जायँ और उस रमणी को किसी तरह ले आयें। खुशी से आये खुशी से, बल से आये बल से, इसकी चिन्ता नहीं। मैं अपने राज्य का मालिक हूँ। इसमें जिस वस्तु पर मेरी इच्छा हो, उस पर किसी दूसरे व्यक्ति का नैतिक या सामाजिक स्वत्व नहीं हो सकता। यह समझ लीजिए कि आप ही मेरे प्राणों की रक्षा कर सकते हैं। कोई दूसरा ऐसा आदमी नहीं है, जो इस काम को इतने सुचारु रूप से पूरा कर दिखाये। आपने राज्य की बड़ी-बड़ी सेवाएँ की हैं। यह उस यज्ञ की पूर्णाहुति होगी और आप जन्म-जन्मान्तर तक राजवंश के इष्टदेव समझे जायँगे।'

मि. मेहता का मरा हुआ आत्म-गौरव एकाएक सचेत हो गया। जो रक्त चिरकाल से प्रवाह शून्य हो गया था, उसमें सहसा उद्रेक हो उठा। त्योरियाँ चढ़ाकर बोले–तो आप चाहते हैं, मैं उसे किडनैप करूँ ?

राजा साहब ने उनके तेवर देखकर आग पर पानी डालते हुए कहा–कदापि नहीं मि. मेहता, आप मेरे साथ घोर अन्याय कर रहे हैं ! मैं आपको अपना प्रतिनिधि बनाकर भेज रहा हूँ। कार्य-सिद्धि के लिए आप जिस नीति से चाहें, काम ले सकते हैं। आपको पूरा अधिकार है।

मि. मेहता ने और भी उत्तेजित होकर कहा–मुझसे ऐसा पाजीपन नहीं हो सकता है।

राजा साहब की आँखों से चिनगारियाँ निकलने लगीं।

'अपने स्वामी की आज्ञा का पालन करना पाजीपन है ?'

'जो आज्ञा नीति और धर्म के विरुद्ध हो उसका पालन करना बेशक पाजीपन है।'

'किसी स्त्री से विवाह का प्रस्ताव करना नीति और धर्म के विरुद्ध है ?'

'इसे आप विवाह कहकर 'विवाह' शब्द को कलंकित करते हैं। यह बलात्कार है !'

'आप अपने होश में हैं ?'

'खूब अच्छी तरह ?'

'मैं आपको धूल में मिला सकता हूँ !'

'तो आपकी गद्दी भी सलामत न रहेगी !'

'मेरी नेकियों का यही बदला है, नमकहराम ?'

'आप अब शिष्टता की सीमा से आगे बढ़े जा रहे हैं, राजा साहब ! मैंने अब तक अपनी आत्मा की हत्या की है और आपके हर एक जा और बेजा हुक्म की तामील की है; लेकिन आत्मसेवा की भी एक हद होती है, जिसके आगे कोई भला आदमी नहीं जा सकता। आपका यह कृत्य जघन्य है और इसमें जो व्यक्ति आपका सहायक हो, वह इसी योग्य है कि उसकी गर्दन काट ली जाय। मैं ऐसी नौकरी पर लानत भेजता हूँ।'

यह कहकर वह घर आये और रातों-रात बोरिया-बकचा समेटकर रियासत से निकल गये; मगर इसके पहले सारा वृत्तान्त लिखकर उन्होंने एजेंट के पास भेज दिया।

मुफ्त का यश

उन दिनों संयोग से हाकिम-जिला एक रसिक सज्जन थे। इतिहास और पुराने सिक्कों की खोज में उन्होंने अच्छी ख्याति प्राप्त कर ली थी। ईश्वर जाने दफ्तर के सूखे कामों से उन्हें ऐतिहासिक छान-बीन के लिए कैसे समय मिल जाता था। वहाँ तो जब किसी अफसर से पूछिए, तो वह यही कहता है–'मारे काम के मरा जाता हूँ, सिर उठाने की फुरसत नहीं मिलती।' शायद शिकार और सैर भी उनके काम में शामिल है ? उन सज्जन की कीर्तियाँ मैंने देखी थीं और मन में उनका आदर करता था; लेकिन उनकी अफसरी किसी प्रकार की घनिष्ठता में बाधक थी। मुझे संकोच था कि अगर मेरी ओर से पहल हुई तो लोग यही कहेंगे कि इसमें मेरा कोई स्वार्थ है और मैं किसी दशा में भी यह इलजाम अपने सिर नहीं लेना चाहता। मैं तो हुक्काम की दावतों और सार्वजनिक उत्सवों में नेवता देने का भी विरोधी हूँ और जब कभी सुनता हूँ कि किसी अफसर को किसी आम जलसे का सभापति बनाया गया या कोई स्कूल, औषधालय या विधवाश्रम किसी गवर्नर के नाम से खोला गया, तो अपने देश-बन्धुओं की दास-मनोवृत्ति पर घंटों अफसोस करता हूँ; मगर जब एक दिन हाकिम-जिला ने खुद मेरे नाम एक रुक्का भेजा कि मैं आपसे मिलना चाहता हूँ; क्या आप मेरे बँगले पर आने का कष्ट स्वीकार करेंगे, तो मैं बड़े दुविधे में पड़ गया। क्या जवाब दूँ ? अपने दो-एक मित्रों से सलाह ली। उन्होंने कहा–'साफ लिख दीजिए, मुझे फुरसत नहीं। वह हाकिम-जिला होंगे, तो अपने घर के होंगे, कोई सरकारी वा जाब्ते का काम होता, तो आपका जाना अनिवार्य था; लेकिन निजी मुलाकात के लिए जाना आपकी शान के खिलाफ है। आखिर वह खुद आपके मकान पर क्यों नहीं आये ? इससे क्या उनकी शान में बट्टा लगा जाता था ? इसीलिए तो खुद नहीं आये कि वह हाकिम-जिला हैं। इन अहमक हिन्दुस्तानियों को कब यह समझ आयेगी कि दफ्तर के बाहर वे भी वैसे ही साधारण मनुष्य हैं, जैसे हम या आप। शायद ये लोग अपनी घरवालियों से भी अफसरी जताते होंगे। अपना पद उन्हें कभी नहीं भूलता।'

एक मित्र ने, जो लतीफों के चलते-फिरते तिजोरी हैं, हिन्दुस्तानी अफसरों के विषय में कई बड़ी मनोरंजक घटनाएँ सुनायीं। एक अफसर साहब ससुराल गये। शायद स्त्री को विदा कराना था। जैसा आम रिवाज है, ससुर जी ने पहले ही वादे पर लड़की को विदा करना उचित न समझा। कहने लगे—बेटा, इतने दिनों के बाद आयी है अभी कैसे विदा कर दूँ ? भला, छः महीने तो रहने दो। उधर धर्मपत्नीजी ने भी नाइन से सन्देश कहला भेजा—अभी मैं नहीं जाना चाहती। आखिर माता-पिता से भी तो मेरा कोई नाता है। कुछ तुम्हारे हाथ बिक थोड़े ही गयी हूँ ? दामाद साहब अफसर थे, जामे से बाहर हो गये। तुरन्त घोड़े पर बैठे और सदर की राह ली। दूसरे ही दिन ससुरजी पर सम्मन जारी कर दिया। बेचारा बूढ़ा आदमी तुरन्त लड़की को साथ लेकर दामाद की सेवा में जा पहुँचा। तब जाके उनकी जान बची। ये लोग ऐसे मिथ्याभिमानी होते हैं और फिर तुम्हें हाकिम-जिला से लेना ही क्या है ? अगर तुम कोई विद्रोहात्मक गल्प वा लेख लिखोगे, तो फौरन गिरफ्तार कर लिये जाओगे। हाकिम-जिला जरा भी मुरौवत न करेंगे। कह देंगे—यह गवर्नमेंट का हुक्म है, मैं क्या करूँ ? अपने लड़के के लिए कानूनगोई या नायब तहसीलदारी की लालसा तुम्हें है नहीं। व्यर्थ क्यों दौड़े जाओ।

लेकिन, मुझे मित्रों की यह सलाह पसन्द न आयी। एक भला आदमी जब निमन्त्रण देता है, तो केवल इसलिए अस्वीकार कर देना कि हाकिम-जिला ने भेजा है, मुटमर्दी है। बेशक हाकिम साहब मेरे घर आ जाते, तो उनकी शान कम न होती। उदार हृदय वाला आदमी बेतकल्लुफ चला आता; लेकिन भाई, जिले की अफसरी बड़ी चीज है। और एक उपन्यासकार की हस्ती ही क्या है। इंगलैंड या अमेरिका में गल्प लेखकों और उपन्यासकारों की मेज पर निमंत्रित होने में प्रधानमन्त्री भी अपना गौरव समझेगा, हाकिम-जिला की तो गिनती ही क्या है ? लेकिन यह भारतवर्ष है, जहाँ हर एक रईस के दरबार में कवि-सम्राटों का जत्था रईस के कीर्तिमान के लिए जमा रहता था और आज भी ताजपोशी में हमारे लेखक-वृन्द बिना बुलाये राजाओं की खिदमत में हाजिर होते हैं, कसीदे पेश करते हैं और इनाम के लिए हाथ पसारते हैं। तुम ऐसे कहाँ के बड़े वह हो कि हाकिम-जिला तुम्हारे घर चला आये। जब तुममें इतनी अकड़ और तुनुकमिजाजी है, तो वह तो जिले का बादशाह है। अगर उसे कुछ अभिमान भी हो तो उचित है। इसे उसकी कमजोरी कहो, बेहूदगी कहो, मूर्खता कहो, उजड्डता कहो, फिर भी उचित है। देवता होना गर्व की बात है; लेकिन मनुष्य होना भी अपराध नहीं।

और मैं तो कहता हूँ—ईश्वर को धन्यवाद दो कि हाकिम-जिला तुम्हारे घर नहीं आये; वरना तुम्हारी कितनी भद होती। उनके आदर-सत्कार का सामान तुम्हारे पास कहाँ था ? गत की एक कुर्सी भी नहीं है। उन्हें क्या तीन टाँगोंवाले सिंहासन पर बैठाते या मटमैले जाजिम पर ? तीन पैसे की चौबीस बीड़ियाँ पीकर दिल खुश

कर लेते हो। है सामर्थ्य रुपये के दो सिगार खरीदने की ? तुम तो इतना भी नहीं जानते कि वह सिगार मिलता कहाँ है; उसका नाम क्या है। अपना भाग्य सराहो कि अफसर साहब तुम्हारे घर नहीं आये और तुम्हें बुला लिया। चार-पाँच रुपये बिगड़ भी जाते और लज्जित भी होना पड़ता। और कहीं तुम्हारे परम दुर्भाग्य और पापों के दण्डस्वरूप उनकी धर्मपत्नी भी उनके साथ होतीं, तब तो तुम्हें धरती में समा जाने के सिवा और कोई ठिकाना न था। तुम या तुम्हारी धर्मपत्नी उस महिला का सत्कार कर सकती थी ? तुम्हारी तो घिग्घी बँध जाती साहब, बदहवास हो जाते ! वह तुम्हारे दीवानखाने तक ही न रहती जिसे तुमने गरीबामऊ ढंग से सजा रखा है। वहाँ तुम्हारी गरीबी अवश्य है, पर फूहड़पन नहीं। अन्दर तो पग-पग पर फूहड़पन के दृश्य नजर आते। तुम अपने में फटे-पुराने पहनकर और अपनी विपन्नता में मगन रहकर जिन्दगी बसर कर सकते हो; लेकिन कोई भी आत्माभिमानी आदमी यह पसन्द नहीं कर सकता कि उसकी दुरवस्था दूसरों के लिए विनोद की वस्तु बने। इन लेडी साहिबा के सामने तो तुम्हारी जबान बंद हो जाती।

चुनाँचे मैंने हाकिम-जिला का निमन्त्रण स्वीकार कर लिया और यद्यपि उनके स्वभाव में कुछ अनावश्यक अफसरी की शान थी; लेकिन उनके स्नेह और उदारता ने उसे यथासाध्य प्रकट न होने दिया। कम-से-कम उन्होंने मुझे शिकायत का कोई मौका न दिया। अफसराना प्रकृति को तब्दील करना उनकी शक्ति के बाहर था।

मुझे इस प्रसंग को कोई महत्त्व देने की कोई बात भी न थी, महत्त्व न दिया। उन्होंने मुझे बुलाया, मैं चला गया। कुछ गप-शप किया और लौट आया। किसी से इसका जिक्र करने की जरूरत ही क्या ? मानो भाजी खरीदने बाजार गया था।

लेकिन टोहियों ने जाने कैसे टोह लगा लिया। विशेष समुदायों में यह चर्चा होने लगी कि हाकिम-जिला से मेरी बड़ी गहरी मैत्री है और वह मेरा बड़ा सम्मान करते हैं। अतिशयोक्ति ने मेरा सम्मान और भी बढ़ा दिया। यहाँ तक मशहूर हुआ कि वह मुझसे सलाह लिये बगैर कोई फैसला या रिपोर्ट नहीं लिखते।

कोई भी समझदार आदमी इस ख्याति से लाभ उठा सकता था। स्वार्थ में आदमी बावला हो जाता है। तिनके का सहारा ढूँढ़ता फिरता है। ऐसों को विश्वास दिलाना कुछ मुश्किल न था कि मेरे द्वारा उनका काम निकल सकता है, लेकिन मैं ऐसी बातों से घृणा करता हूँ। सैकड़ों व्यक्ति अपनी कथाएँ लेकर मेरे पास आये। किसी के साथ पुलिस ने बेजा ज्यादती की थी। कोई इन्कम टैक्स वालों की सख्तियों से दुःखी था, किसी की यह शिकायत थी कि दफ्तर में उसकी हकतलफी हो रही है और उसके पीछे के आदमियों को दनादन तरक्कियाँ मिल रही हैं। उसका नम्बर आता है, तो कोई परवाह नहीं करता। इस तरह का कोई-न-कोई प्रसंग नित्य ही मेरे पास आने लगा, लेकिन मेरे पास उन सबके लिए एक ही जवाब था—मुझसे कोई मतलब नहीं।

एक दिन मैं अपने कमरे में बैठा था, कि मेरे बचपन के एक सहपाठी मित्र आ टपके। हम दोनों एक ही मकतब में पढ़ने जाया करते थे। कोई 45 साल की पुरानी बात है। मेरी उम्र 19 साल से अधिक न थी। वह भी लगभग इसी उम्र के रहे होंगे; लेकिन मुझसे कहीं बलवान और हृष्ट-पुष्ट। मैं जहीन था, वह निरे कौदन। मौलवी साहब उनसे हार गये थे और उन्हें सबक पढ़ाने का भार मुझ पर डाल दिया था। अपने से दुगुने व्यक्ति को पढ़ाना मैं अपने लिए गौरव की बात समझता था और खूब मन लगाकर पढ़ाता था। फल यह हुआ कि मौलवी साहब की छड़ी जहाँ असफल रही, वहाँ मेरा प्रेम सफल हो गया। बलदेव चल निकला, खालिकबारी तक जा पहुँचा, मगर इस बीच में मौलवी साहब का स्वर्गवास हो गया और वह शाखा टूट गयी। उनके छात्र भी इधर-उधर हो गये। तब से बलदेव को केवल मैंने दो-तीन बार रास्ते में देखा, (मैं अब भी वही सींकिया पहलवान हूँ और वह अब भी वही भीमकाय) राम-राम हुई, क्षेम-कुशल पूछा और अपनी-अपनी राह चले गये।

मैंने उनसे हाथ मिलाते हुए कहा—आओ भाई बलदेव, मजे में तो हो ? कैसे याद किया, क्या करते हो आजकल ?

बलदेव ने व्यथित कंठ से कहा—जिन्दगी के दिन पूरे कर रहे हैं भाई, और क्या? तुमसे मिलने की बहुत दिनों से इच्छा थी। याद करो वह मकतबवाली बात, जब तुम मुझे पढ़ाया करते थे। तुम्हारी बदौलत चार अक्षर पढ़ गया और अपनी जमींदारी का काम सँभाल लेता हूँ, नहीं तो मूर्ख ही बना रहता। तुम मेरे गुरु हो भाई, सच कहता हूँ; मुझ-जैसे गधे को पढ़ाना तुम्हारा ही काम था। न-जाने क्या बात थी कि मौलवी साहब से सबक पढ़कर अपनी जगह पर आया नहीं कि बिलकुल साफ। तुम जो पढ़ाते थे, वह बिना याद किये ही याद हो जाता था। तुम तब भी बड़े जहीन थे।

यह कहकर उन्होंने मुझे सगर्व नेत्रों से देखा।

मैं बचपन के साथियों को देखकर फूल उठता हूँ। सजल नेत्र होकर बोला—मैं तो जब तुम्हें देखता हूँ, तो यही जी में आता है कि दौड़कर तुम्हारे गले लिपट जाऊँ। 45 वर्ष का युग मानो बिलकुल गायब हो जाता है। वह मकतब आँखों के सामने फिरने लगता है और बचपन सारी मनोहरताओं के साथ ताजा हो जाता है।

बलदेव ने भी द्रवित कंठ से उत्तर दिया—मैंने तो भाई, तुम्हें सदैव अपना इष्टदेव समझा है। जब तुम्हें देखता हूँ, तो छाती गज-भर की हो जाती है कि वह मेरा बचपन का संगी जा रहा है, जो समय आ पड़ने पर कभी दगा न देगा। तुम्हारी बड़ाई सुन-सुनकर मन-ही-मन प्रसन्न हो जाता हूँ, लेकिन यह बताओ, क्या तुम्हें खाना नहीं मिलता ? कुछ खाते-पीते क्यों नहीं ? सूखते क्यों जाते हो ? घी न मिलता

हो, तो दो-चार कनस्तर भिजवा दूँ। अब तुम भी बूढ़े हुए, खूब डटकर खाया करो। अब तो देह में जो कुछ तेज और बल है, वह केवल भोजन के अधीन है। मैं तो अब भी सेर-भर दूध और पाव-भर घी उड़ाये जाता हूँ। इधर थोड़ा मक्खन भी खाने लगा हूँ। जिन्दगी-भर बाल-बच्चों के लिए मर मिटे। अब कोई यह नहीं पूछता कि तुम्हारी तबियत कैसी है? अगर आज कंधा डाल दूँ, तो कोई एक लोटे पानी को न पूछे। इसलिए खूब खाता हूँ और सबसे ज्यादा काम करता हूँ। घर पर अपना रोब बना हुआ है। वही जो तुम्हारा जेठा लड़का है, उस पर पुलिस ने एक झूठा मुकदमा चला दिया है। जवानी के मद में किसी को कुछ समझता नहीं है। है भी अच्छा-खासा पहलवान। दारोगाजी से एक बार कुछ कहा-सुनी हो गयी। तब से घात में लगे हुए थे। इधर गाँव में एक डाका पड़ गया। दारोगाजी ने तहकीकात में उसे भी फाँस लिया। आज एक सप्ताह से हिरासत में है। मुकदमा मुहम्मद खलील, डिप्टी के इजलास में है और मुहम्मद खलील और दारोगाजी से दाँत-काटी रोटी है। अवश्य सजा हो जायेगी। अब तुम्हीं बचाओ, तो उसकी जान बच सकती है। और कोई आशा नहीं है। सजा तो जो होगी वह होगी ही; इज्जत भी खाक में मिल जायेगी। तुम जाकर हाकिम-जिला से इतना कह दो कि मुकदमा झूठा है, आप खुद चलकर तहकीकात कर लें ! बस, देखो भाई, बचपन के साथी हो, 'नहीं' न करना। जानता हूँ, तुम इन मुआमलों में नहीं पड़ते और तुम्हारे-जैसे आदमी को पड़ना भी न चाहिए। तुम प्रजा की लड़ाई लड़ने वाले जीव हो, तुम्हें सरकार के आदमियों से मेल-जोल बढ़ाना उचित नहीं; नहीं तो जनता की नजरों से गिर जाओगे। लेकिन यह घर का मुआमला है। इतना समझ लो कि मुआमला बिलकुल झूठ न होता, तो मैं कभी तुम्हारे पास न आता। लड़के की माँ रो-रोकर जान दिये डालती है, बहू ने दाना-पानी छोड़ रखा है। सात दिन से घर में चूल्हा नहीं जला। मैं तो थोड़ा-सा दूध पी लेता हूँ, लेकिन दोनों सास-बहू तो निराहार पड़ी हुई हैं, अगर बच्चा को सजा हो गयी, तो दोनों मर जायेंगी। मैंने यही कहकर उन्हें ढाढ़स दिया है कि जब तक हमारा छोटा भाई सलामत है, कोई हमारा बाल बाँका नहीं कर सकता। तुम्हारी भाभी ने तुम्हारी एक पुस्तक पढ़ी है। वह तो तुम्हें देवतुल्य समझती है और जब कोई बात होती है, तुम्हारी नजीर देकर मुझे लज्जित करती है। मैं भी साफ कह देता हूँ—मैं उस छोकरे की-सी बुद्धि कहाँ से लाऊँ ? तुम्हें उसकी नजरों से गिराने के लिए तुम्हें छोकरा, मरियल सभी कुछ कहता हूँ, पर तुम्हारे सामने मेरा रंग नहीं जमता।

मैं बड़े संकट में पड़ गया। मेरी ओर से जितनी आपत्तियाँ हो सकती थीं, उन सबका जवाब बलदेवसिंह ने पहले ही से दे दिया था। इनको फिर दुहराना व्यर्थ था। इसके सिवा कोई जवाब न सूझा कि मैं जाकर साहब से कहूँगा। हाँ, इतना मैंने अपनी तरफ से और बढ़ा दिया कि मुझे आशा नहीं कि मेरे कहने का

विशेष खयाल किया जाय, क्योंकि सरकारी मुआमलों में हुक्काम हमेशा अपने मातहतों का पक्ष लिया करते हैं।

बलदेवसिंह ने प्रसन्न होकर कहा—इसकी चिन्ता नहीं, तकदीर में जो लिखा है, वह तो होगा ही। बस, तुम जाकर कह भर दो।

'अच्छी बात है।'

'तो कल जाओगे ?'

'हाँ अवश्य, जाऊँगा ?'

'यह जरूर कहना कि आप चलकर तहकीकात कर लें।'

'हाँ, यह जरूर कहूँगा।'

'और यह भी कह देना कि बलदेवसिंह मेरा भाई है।'

'झूठ बोलने के लिए मुझे मजबूर न करो।'

'तुम मेरे भाई नहीं हो ? मैंने तो हमेशा तुम्हें अपना भाई समझा है।'

'अच्छा, यह भी कह दूँगा।'

बलदेवसिंह को विदा करके मैंने अपना खेल समाप्त किया और आराम से भोजन करके लेटा। मैंने उससे गला छुड़ाने के लिए झूठा वादा कर दिया। मेरा इरादा हाकिम-जिला से कुछ कहने का नहीं था। मैंने पेशबन्दी के तौर पर पहले ही जता दिया था कि हुक्काम आम तौर पर पुलिस के मुआमलों में दखल नहीं देते; इसलिए सजा हो भी गयी, तो मुझे यह कहने की काफी गुंजाइश थी कि साहब ने मेरी बात स्वीकार नहीं की।

कई दिन गुजर गये थे। मैं इस वाकिये को बिलकुल भूल गया था। सहसा एक दिन बलदेवसिंह अपने पहलवान बेटे के साथ मेरे कमरे में दाखिल हुए। बेटे ने मेरे चरणों पर सिर रख दिया और अदब से एक किनारे खड़ा हो गया। बलदेवसिंह बोले—बिलकुल बरी हो गया भैया ! साहब ने दारोगा को बुलाकर खूब डाँटा कि तुम भले आदमियों को सताते और बदनाम करते हो। अगर फिर ऐसा झूठा मुकदमा लाये, तो बर्खास्त कर दिये जाओगे। दारोगाजी बहुत झेंपे। मैंने उन्हें झुककर सलाम किया। बचा पर घड़ों पानी पड़ गया। यह तुम्हारी सिफारिश का चमत्कार है, भाईजान ! अगर तुमने मदद न की होती, तो हम तबाह हो गये थे। यह समझ लो कि तुमने चार प्राणियों की जान बचा ली। मैं तुम्हारे पास बहुत डरते-डरते आया था। लोगों ने कहा था—उनके पास नाहक जाते हो, वह बड़ा बेमुरौवत आदमी है, उसकी जात से किसी का उपकार नहीं हो सकता। आदमी वह है; जो दूसरों का हित करे। वह क्या आदमी है, जो किसी की कुछ सुने ही नहीं ! लेकिन भाईजान, मैंने किसी की बात न मानी। मेरे दिल में मेरा राम बैठा कह रहा था—तुम चाहे कितने ही रूखे और बेलाग हो, लेकिन मुझ पर अवश्य दया करोगे।

यह कहकर बलदेवसिंह ने अपने बेटे को इशारा किया। वह बाहर गया और एक बड़ा-सा गट्ठर उठा लाया, जिसमें भाँति-भाँति की देहाती सौगातें बँधी हुई थीं। हालाँकि मैं बराबर कहे जाता था—तुम ये चीज़ें नाहक लाये, इनकी क्या जरूरत थी, कितने गँवार हो, आखिर तो ठहरे देहाती, मैंने कुछ नहीं कहा, मैं तो साहब के पास गया भी नहीं, लेकिन कौन सुनता है। खोया, दही, मटर की फलियाँ, अमावट, ताजा गुड़ और जाने क्या-क्या आ गया।

मैंने कहने को तो एक तरह से कह दिया—मैं साहब के पास गया ही नहीं, जो कुछ हुआ, खुद हुआ, मेरा कोई एहसान नहीं है, लेकिन उसका मतलब यह निकाला गया कि मैं केवल नम्रता से और सौगातों को लौटा देने का कोई बहाना ढूँढ़ने के लिए ऐसा कह रहा हूँ। मुझे इतनी हिम्मत न हुई कि मैं इस बात का विश्वास दिलाता। इसका जो अर्थ निकाला गया, वही मैं चाहता था। मुफ्त का एहसान छोड़ने का जी न चाहता था, अन्त में जब मैंने जोर देकर कहा कि किसी से इस बात का जिक्र न करना, नहीं तो मेरे पास फरियादों का मेला लग जायेगा, तो मानो मैंने स्वीकार कर लिया कि मैंने सिफारिश की—और जोरों से की।

●●●